KB051857

공작님을 거절합니다

2

이채영 장편소설

공작님을
거절합니다

2

가하

공작님을 거절합니다 2

지은이 이채영
펴낸이 이형기
펴낸곳 도서출판 가하

초판인쇄 2018년 10월 11일
1판 2쇄 2019년 3월 2일
출판등록 2008년 10월 15일 제 318-2008-00100호

주소 서울 영등포구 양평로 67, 1209 (당산동5가, 한강포스빌)
전화 02-2631-2846 **팩스** 02-2631-1846

www.ixbook.co.kr

ISBN 979-11-300-3288-7 04810
       979-11-300-3286-3 04810(set)

값 13,800원

Contents

09

답답한 마음에 정원으로 산책을 나온 글로리아는 길을 따라 걸었다. 색과 향이 짙은 화려한 꽃들이 줄지어 핀 정원길을 지나 그녀는 정원 가장 귀퉁이에 무릎을 접고 앉았다. 화려한 꽃들 아래에 색감이 옅은 들꽃들이 옹기종기 모여 피어 있었다.

꽃보다는 돈을 좋아하지만, 그렇다고 꽃을 안 좋아하는 건 아니었다.

"아직 있었네."

글로리아의 표정이 한결 밝아졌다.

종종 정원사들은 정원에 핀 들꽃을 잡초 취급하며 뽑아버리곤 했다. 화려한 꽃보다는 들꽃을 더 좋아하는 에단은 남들의 눈이 닿지 않는 귀퉁이에 있는 들꽃은 남겨달라고 부탁했다. 그 후부터 이곳에는 항상 들꽃이 한 아름 피어 있었다.

다행히 여태껏 들꽃이 있다는 걸 다른 사람들이 알아채지 못한 모양이었다. 글로리아는 손을 들어 옅은 빛깔의 들꽃 잎사귀를 만졌다. 자그마해서 잡히는 느낌조차 없었지만, 왠지 모르게 마음이 평온해졌다.

들꽃을 보면 자신과 같게 느껴졌다. 화려한 꽃과 같은 귀족들이 사는 세상에 보이지 않게 존재하는 들꽃.

그래서 화려한 꽃들에게 굴하지 않고 열심히 사는 들꽃을 보면 기운이 났다. 특히 무기력한 날엔 반성도 하게 되었다.

"예쁘네."

그녀는 들꽃을 만지작거렸다.

"흠, 흠."

뒤에서 들리는 헛기침 소리에 글로리아의 고개가 홱 돌아갔다. 뒤에 있는 사람을 발견한 글로리아의 눈이 동그랗게 변했다.

"앨버트?"

며칠째 비가 내리지 않은 정원에 물을 주고 있었는지 집사 앨버트가 커다란 분무기를 들고 있었다. 아랫사람들을 시키거나 정원사를 불러도 되지만, 정원에 물을 주는 것만은 그가 특히 좋아하는 일이라 손수 종종 하곤 했다.

"놀라게 해드릴 생각은 아니었는데, 죄송합니다. 지나갈 수 있는 길이 이곳뿐이라서요."

평소라면 방해하지 않기 위해 다른 곳으로 돌아갔을 테지만, 이곳이 막다른 골목이라 지나갈 곳이 이 길밖에 없었다.

"아니에요."

"차라도 준비해드릴까요?"

차를 마시겠다고 하면 이곳에 간이 티 테이블을 가져다놓을 기세였다.

"괜찮아요. 잠시 보다가 들어갈 생각이었어요. 하던 일 마저 하세요."

"다 끝나고 지나가는 길이었습니다."

8

"그렇군요."

"부인, 혹시 이곳에 들꽃이 피어 있는 게 불편하십니까?"

"아뇨. 그건 왜 물으시죠?"

"원하시지 않는다면 정원사에게 말해 없애도록 할까 해서 말입니다."

말과 달리 앨버트의 표정이 조금 곤란해 보였다. 마치 들꽃을 없애는 것이 큰일이라도 되는 얼굴이었다.

"아뇨. 그냥 내버려뒀으면 해요. 보기 좋네요."

글로리아가 다급히 말했다.

"알겠습니다. 그럼 계속 관리하도록 하겠습니다."

"……관리요?"

글로리아가 무슨 소리냐는 듯 자그맣게 되물었다. 관리라면, 계속해서 누군가가 지켜보고 있었단 말이었다.

구석에 용케 숨겨져 있는 이 들꽃을 누가 관리하다니?

"아, 이 들꽃들은 공작님의 명령으로 이 부분만 특별히 관리되고 있었습니다."

"……공작님이라고요?"

"네."

앨버트는 말을 최대한 아꼈다. 그 순간 글로리아의 머릿속이 복잡해졌다.

공작이 이 들꽃들을 왜? 세상 모든 꽃에 관심이 없는 사람인데?

"혹시, 혹시…… 말인데요."

글로리아가 말을 더듬으며 앨버트를 바라보았다.

"에단이라는 보좌관이 이곳을 좋아했나요?"

글로리아는 알면서 떠보듯 물었다.

"네."

"그걸…… 공작님이 알고 계셨고요?"

"네."

"어떻게요?"

"정원사가 보고했고, 제가 그 부분에 관해 공작님께 말씀드리니 들꽃을 특별히 관리하라고 말씀하셨습니다. 단, 에단에게는 비밀로 하라고 말씀하셨죠. 에단은 성격상 단호한 구석이 있어서, 그 사실을 알게 되면 들꽃들을 없앨 거라고 생각하신 모양이었습니다."

"……."

순간 말문이 막혔다. 하나도 모르는 줄 알았는데, 그는 의외로 자신에 대해 많은 것들을 알고 있었다.

"혹시…… 공작님이 여길 오시기도 했나요?"

글로리아가 전보다 느려진 목소리로 물었다. 왜인지 모르게 심장이 쿵쿵 뛰었다.

"네. 종종 오셨습니다."

"……."

"괜찮으십니까?"

앨버트가 창백한 글로리아의 얼굴을 바라보며 조심스럽게 물었다.

"네. 괜찮아요."

글로리아가 걱정하지 말라는 듯 손을 들어 보였다.

"단지 아끼는 보좌관이었을 뿐입니다. 너무 걱정하거나 신경 쓰실 필요 없으십니다."

앨버트는 글로리아가 에단에 관해 크게 신경 쓸까 봐 염려하는 모양이었다. 혹시 다른 오해를 할까 봐 걱정스럽기까지 한 듯했다.

"네. 걱정하지 않아요. 바쁠 텐데 들어가보세요. 저는 여기서 조금 더 쉬다가 들어갈게요."

"알겠습니다."

앨버트가 사라진 후 글로리아는 멍하니 들꽃을 바라보았다. 불어오는 바람에 들꽃들이 속절없이 하늘거렸다.

한 번만 밟으면 끝날 들꽃들을 바라보면서, 그는 무슨 생각을 했을까. 아니, 무슨 마음으로 이걸 관리하라고 한 걸까…….

대체, 어떤 마음으로 나를…….

글로리아의 표정이 조금씩 무너져 내렸다.

자신이 죽어버린 후로 변화를 멈춘 집, 죽은 자신의 명예를 위해 데이빗슨 가문과의 단교를 선언한 그. 자신을 바라보는 눈빛.

그 모든 것들이 머릿속으로 스쳐지나갔다. 이 정도라면 아무리 의심이 많고 감정에 무딘 자신이라도 알 수밖에 없었다.

펠릭스가 자신을 얼마나 진심으로 좋아했는지.

……이러면, 사실대로 말할 수밖에 없잖아.

글로리아는 울 것 같은 표정으로 입술을 앙다물었다.

저녁 식사를 하던 테이블 주위가 순식간에 고요해졌다. 사람들을 물린 후, 오로지 둘만 남은 식사 자리였다. 펠릭스는 포크와 나이프를 내려놓은 후, 글로리아를 빤히 쳐다보았다. 그녀의 얼굴은 고요했다.

"어딜 가고 싶다고?"

그가 눈을 가느스름하게 뜬 채 물었다.

"에단의 무덤이요. 이 마을 어딘가에 있다고 들었어요. 그곳에 가고 싶다고 말씀드렸어요."

이 말을 하기 위해 그녀는 앨버트까지 잠시 물러나 있으라고 명령했다.

"거긴 왜?"

"공작님께서 아끼시던 보좌관을 직접 만날 수 없으니, 그렇게라도 보고 싶어서요."

글로리아의 말에 펠릭스는 잠시 대답이 없었다. 그는 잠시 생각에 잠긴 얼굴로 입가를 닦았다.

"그다지 좋은 구경거리는 아닐 텐데."

"그렇겠죠. 알고 있어요. 사람의 무덤이 뭐 별기 있나요?"

글로리아는 덤덤하게 대답했다.

"언제 가보고 싶은 거지?"

"언제든 좋지만, 되도록 빠르면 좋겠어요. 가능하다면 내일 아침도 좋아요."

"내일 아침엔 회의가 있으니 점심 먹고 출발하도록 하지."

"네. 그때 맞춰 준비할게요. 감사드려요."

글로리아는 생긋 미소 지었지만 한편으로는 뭔가를 결정한 사람처럼 비장해 보이기까지 했다. 펠릭스는 그런 그녀를 뚫어져라 오랫동안 바라보았다.

다음 날, 일찍 점심을 먹고 저택을 나선 글로리아는 마차에 타기 전 고개를 들었다. 눈이 부신 하늘에 흰 구름이 느릿하게 흘러가고 있었다. 무덤을 보러 가기에는 지나치게 좋은 날씨였다.

"부인."

부르는 소리에 돌아보자, 앨버트가 걱정스러운 표정으로 그녀를 바라보고 있었다. 펠릭스로부터 어디를 가는지 들은 얼굴이었다.

"지금이라도 불편하시다면 공작님께 제가 말씀드려 마차를 물리겠습니다."

그는 글로리아가 요청을 했을 거라고는 추호도 생각지 못하는 얼굴이었다. 귀족가의 부인이 한낱 보좌관의 무덤을 찾아간다고 하니, 그렇게 생각할 수밖에 없었다.

"아니에요. 괜찮아요. 바람 쐴 겸 다녀오는 거니까요."

그녀가 챙이 넓은 모자의 끄트머리를 거머쥐며 싱긋 웃었다. 그러자 앨버트가 마지못해 고개를 숙여 인사를 했다.

그녀가 마차에 타자, 펠릭스가 마차의 벽면을 두드렸다.

툭툭, 툭.

그 익숙한 노크에 글로리아가 그를 바라보았다. 그녀가 두드리던 노크 방식이었다.

"노크가 특이하네요."

글로리아가 모르는 척 말했다.

"배웠어."

"……."

글로리아는 그러냐는 듯 가볍게 고개를 끄덕인 후, 시선을 창밖으로 돌렸다. 자신의 노크 방식을 기억할 순 있어도, 그대로 따라 할 줄은 몰랐다. 그가 자신에게서 이런 것까지 영향을 받았을 줄은 미처 몰랐다.

마차는 한참 달려 한곳에 멈춰 섰다. 마부가 문을 열자 펠릭스가 마차에서 내려 그녀에게 손을 내밀었다. 세상이 눈부셔서 펠릭스의 손외에 다른 것이라고는 보이지 않았다. 그 손을 잡고 내린 글로리아는 느릿하게 주변을 둘러보았다.

"……여기는…….."

글로리아는 말끝을 흐렸다. 고개를 돌리자 끝이 보이지 않을 만큼 넓게 들꽃들이 피어 있었다.

"저는 에단의 무덤에 가고 싶다고 말씀드렸어요."

"그게 여기야."

"……."

글로리아가 다시금 주변을 둘러보았다. 그녀가 알던 무덤과 전혀 달랐다. 옹기종기 평민들의 무덤들이 모여 있는 곳과 달리 이곳은 아무리 둘러보아도 들꽃밖에 보이지 않았다. 색색깔의 들꽃들이 부는 바람에 살랑거리고 있었다. 이리저리 흔들리는 자그마한 꽃들이 아름다워 도무지 무덤이라고는 생각되지 않았다. 오히려 피크닉을 온 것 같았다.

"길이 좁으니 조심해서 따라오도록 해."

펠릭스가 익숙하게 들꽃들 사이로 난 좁은 길로 걸어갔다. 글로리아가 그의 뒤를 따라 걸었다. 들꽃들이 치맛자락에 스쳐 사락사락 소리를 냈다.

누군가의 무덤이라고 하기엔 찬란할 만큼 아름다운 곳이라, 그녀는 가는 내내 얼떨떨했다. 펠릭스가 걸음을 멈추고 서자 그녀도 따라 멈춰 섰다. 한 발자국 더 가서 그의 옆에 서자, 비로소 바닥에 설치해놓은 비석이 보였다.

[에단 달튼]

그 비석 위로 흘리듯이 쓴 이름이 보였다. 비석엔 평민들은 감히 가질 수 없다는 자그마한 십자가가 꽂혀 있었다.

글로리아는 멍하니 비석 속 이름을 바라보았다.

에단 달튼이 죽었다는 건 누구보다 잘 알고 있었다. 알면서도, 다시금 확인하니 심장이 나가떨어지는 기분이었다.

다행스러운 건 눈물이 나거나 감정이 격해지지 않았다는 거였다.

"무덤이 아름답네요."

글로리아가 덤덤하게 말했다.

"그 녀석의 무덤이니까."

펠릭스의 그 한마디에 글로리아는 잠시 입술을 깨물었다. 그 말에 담겨 있는 깊은 마음이 느껴졌다.

그녀가 고개를 들어 주변을 바라보았다. 저절로 심호흡이 나올 만큼 아름다운 광경이었다.

"저 먼 곳에는 다른 사람들이 묻혀 있나요?"

글로리아는 설마 이 넓은 공간에 자신만 묻혀 있을 거라곤 생각지 않고 물었다.

"아니. 이곳엔 에단 달튼만 있어."

"……."

먼 곳을 바라보던 글로리아의 표정이 탁 풀렸다. 그녀가 느릿하게 고개를 돌려 펠릭스를 바라보았다. 그는 어느새 한쪽 무릎을 꿇고 앉아 에단의 비석 주위에 난 잡초를 직접 손으로 뽑고 있었다. 잡초와 잔디도 구분 못 하던 남자였는데, 굉장히 능숙한 손길이었다.

그 모습을 보는데 가슴 끝이 찡해왔다.

"에단만 이곳에 있다고요?"

"음."

"……왜요?"

"다른 녀석들과 그 녀석을 같이 두고 싶지 않거든. 누군지도 모를 녀석들이랑 어울리게 둘 수 없으니까."

"그럼 여기가 전부 들꽃 천지인 것도……."

글로리아가 말끝을 흐리자, 펠릭스가 몸을 일으켜 그녀를 바라보았다.

"에단이 유일하게 관심 가지는 꽃이었거든."

"……."

"외롭게 하고 싶지 않았어. 쓸쓸하게 만들고 싶지도 않았고……."

새파란 눈동자 안에서 수많은 것들이 넘실댔다.

새파란 하늘, 흔들리는 들꽃, 그리고 울 것 같은 표정을 짓고 있는 자신까지.

글로리아는 그 모든 것들을 마주 바라보며 물었다.

"왜, 그 마음을 에단에겐 말하지 않았어요?"

글로리아의 조심스러운 물음에 그의 눈이 가느스름해졌다.

"시간이 많을 줄 알았거든. 죽을 때까지 내 옆에 있을 줄 알았고."

"……."

"그리고 나도 에단이 죽고 나서야 알았어. 내가 에단을 단지 사람으로서 아꼈던 게 아니라 좋아했다는 걸."

괴롭혀서라도 자신에게 한 마디라도 더 걸게 하고 싶었던 이유, 보고 싶었던 이유, 아주 가끔 그 붉은 입술에서 시선이 떨어지지 않았던 이유.

그 모든 이유를, 에단의 입에서 더는 '공작님'이라는 말이 나오지 않게 되고서야 알았다.

처음으로 그는 자신의 가슴에 칼을 꽂고 싶었다.

"……많이, 힘들었나요?"

글로리아가 치밀어오르는 감정을 꾹 누르며 물었다. 의미가 모호한 질문이었다.

"응."

그러나 그는 그 의미를 단번에 꿰뚫은 듯, 지체하지 않고 대답했다. 더는 참지 못하고 글로리아의 눈에 눈물이 고였다.

"에단이, 살아 있다고 믿어요?"

"그랬으면 해. 아니, 그래야 해."

"……."

"그게 지금 내가 버티는 유일한 이유니까."

그의 덤덤한 고백이 가슴을 내리쳤다. 오랫동안 곱씹은 듯 단단해진 그 마음을 마주하자, 견딜 수가 없었다.

여태껏 자신이 이런 애정을 받고 있는 줄 몰랐다. 그저, 도망칠 생각만 하느라 펠릭스 공작의 취향과 기분은 알아도 마음은 알지 못했다.

저 마음을 진즉 알았다면 우린 지금 다른 모습으로 마주할 수 있었을까…….

뒤늦은 후회가 마음을 아리게 만들었다.

그녀는 눈을 감은 채 천천히 입을 열었다.

"……공작님이 갖고 계신 그 은색 일기장, 불태워주세요."

"……."

"제가 그 일기장의 주인이니까요. 제가⋯⋯."

"⋯⋯."

"⋯⋯제가, 에단 달튼이에요, 공작님."

그녀가 말을 뱉은 순간, 바람이 한 차례 훅 밀고 지나갔다. 들꽃들이 사락거리며 드레스 자락에 부딪쳐왔다. 잠깐의 소란 이후 세상이 고요해졌지만, 펠릭스에게선 어떤 대답도 돌아오지 않았다.

설마 못 들은 건가. 두 번 말할 용기는 없는데.

글로리아가 느릿하게 눈을 떴다. 뒤늦게 고인 눈물이 눈에서 툭 떨어져 내렸다. 눈물로 인해 막혔던 초점이 서서히 맺히기 시작했다. 그의 모습이 점점 또렷하게 보였다.

작게 떨리는 입술, 흔들림 없이 굳어버린 파란 눈동자.

그가 자신의 말을 들었다는 걸 알았다.

"⋯⋯이런 모습으로 돌아와서 정말 죄송합⋯⋯."

글로리아의 사과는 끝을 맺지 못했다. 펠릭스가 숨 막히게 그녀를 끌어안았다. 글로리아는 무슨 말이라도 하려다 입을 다물었다. 등에 닿은 그의 손이 떨리고 있었다.

"⋯⋯돌아왔으면 됐어."

"⋯⋯."

"어떤 모습이든 상관없으니까."

그가 목이 멘 목소리로 말했다. 그러고는 숨을 깊게 들이마셨다. 에단과 전혀 다른 향기가 났지만, 자신이 아는 그 에단이라면 어떤 향이 나든 상관없었다.

저택으로 돌아온 글로리아가 퉁퉁 부은 눈도 가라앉히지 못한 채 향한 곳은 서재였다. 글로리아는 펠릭스가 보고 있는 가운데 손을 들어 낡은 일기장을 가리켰다. 애잔한 마음과 감동이 교차한 것은 교차한 거고, 이젠 해결할 문제를 해결해야 했다. 글로리아일 땐 하지 못했지만 에단일 땐 할 수 있었다.

"제가 보는 데서 태워주세요."

"아깝군."

펠릭스가 일기장을 들었다. 얼마나 읽은 건지 일기장의 끄트머리가 너덜너덜했다. 그가 일기장을 펼쳤다.

"펠릭스 공작님이 사엘 성으로 잠시 가셨으면 좋겠다. 사흘째 밤샘 근무를 했다. 아프다."

"읽지 마세요!"

글로리아가 벌게진 얼굴로 소리쳤다. 그러나 그는 묵묵히 다음 장을 넘겼다.

"그만두고 싶다. 꼭 그만두고 싶다. 그만두고 싶어서 미치겠다. 그만둘 수만 있다면 새벽 기도도 드릴 수 있을 것 같다."

그러고는 평연한 어조로 일기를 읽었다. 도저히 견디지 못한 글로리아가 다급하게 달려가 두 손으로 일기를 가렸다.

"……그만 읽으세요. 마차에서 약속하셨잖아요. 제가 원하는 건 다 잊어주고, 없애주겠다고요."

그녀는 저택으로 돌아오는 길에 펠릭스에게서 약속을 받아냈다. 에단이라는 사실을 용기 내어 말했으니 일기장을 불태워달라고. 그는 기꺼이 그렇게 하겠다고 약속했는데 지금, 아까의 말과는 달리 일기를 읽고 있었다.

"그전에 기념으로 봐두는 거지."

"이런 기념은 원하지 않습니다."

"내가 원해."

펠릭스가 예전처럼 눈을 사르륵 접으며 미소 지었다. 무수한 귀족 여자들을 홀린다는 그 미소였지만, 글로리아의 눈에는 짓궂게만 보였다.

"……이미 다 외우고 계시잖아요."

"음, 하루에 한 번은 꼭 봤으니까."

"……."

뭐 그렇게 열심히 읽었니.

글로리아의 표정이 어두워졌다.

"그런데 계속 그렇게 있어도 되겠어?"

"네?"

글로리아가 되묻기가 무섭게, 펠릭스의 고개가 앞으로 기울어졌다. 그의 얼굴이 점점 가까워졌다.

어……?

글로리아가 이상함을 느끼기가 무섭게, 입술이 닿았다. 펠릭스가 그녀의 아랫입술을 부드럽게 빨아들였다. 그녀가 흠칫하자, 그가 낮게 웃으며 물러섰다.

"계속 그렇게 있을 거면 있어."

펠릭스가 떨어지기가 무섭게, 글로리아가 뒤로 물러섰다. 그러고는 손등으로 입술을 가렸다.

"가, 갑자기 왜 이러십니까?"

"그러는 그쪽은 말투가 갑자기 왜 그러십니까?"

펠릭스가 고개를 기울이며 물었다. 자신이 에단일 때처럼 능글능글한 말투였다.

"그야 보좌관이니……."

"다른 사람들 눈에 여전히 넌 내 부인이야. 그런 말투 썼다간 다른 사람들이 이상하게 볼 거야."

"당장 시정…… 고칠게요."

"그래. 그리고 넌 이제 내게 에단이기도 하지만, 내 아내이기도 하지."

"……."

"언제든 키스할 수 있고 아이도 가질 수 있어. 키스 같은 걸로 놀라지 마."

"……!"

글로리아의 눈이 크게 벌어졌다. 순간 그녀의 머릿속으로 '이혼'이라는 단어가 빠르게 스치고 지나갔다.

"이혼은 불가해."

펠릭스가 마치 그녀의 머릿속을 읽은 듯 차분하게 말했다.

덫에 걸렸다!

글로리아는 심각한 표정으로 펠릭스를 바라보았다. 그의 깊은 마음에 감동해서 자신이 에단이라는 사실을 밝히긴 했지만, 사실 뒷수습 같은 건 생각지 않았다. 고작 한 생각이라고는 일기장을 없애야겠다는 것뿐이었다.

"그런데 이 일기장은 왜 이렇게 없애고 싶어 한 거야?"

펠릭스가 낡은 일기장을 들어 보이며 물었다.

"그야, 그 내용이 어떤지 아시잖아요."

글로리아가 말끝을 흐렸다. 귀족 모욕죄를 비롯해 마음만 먹으면

서너 가지 죄목을 덮어씌워 자신을 감옥에 처넣을 수도 있다. 물론 에단은 이제 죽었고 자신은 글로리아지만, 펠릭스는 그런 걸 신경 쓸 위인이 아니었다.

"충격적이긴 했지. 난 네가 날 굉장히 좋아하는 줄 알았거든."

"……어쩌다 그런 오해를 하신 거죠?"

글로리아가 믿을 수 없다는 표정으로 물었다.

대체, 어느 대목에서?

"글쎄……. 오랫동안 내 옆에서 버티기도 했고, 또 그랬으면 하고 바랐던 걸 믿었는지도 모르지."

말끝을 흐린 펠릭스는 일기장을 주르륵 훑어본 후, 그녀에게 내밀었다.

"과거 청산은 직접 하도록 해."

놀란 와중에도 글로리아는 그가 내민 일기장을 받아들었다. 그녀는 펠릭스가 말릴 새도 없이 벽난로 속으로 얼른 일기장을 던져 넣은 후 불을 붙였다. 금방 불이 붙은 벽난로 속에서 일기장이 화르륵 타올랐다.

금세 글로리아의 표정이 부드럽게 변했다. 자신을 괴롭히던 물질적인 증거가 사라지니 마음이 편안했다. 고개를 돌린 글로리아는 자신을 빤히 바라보고 있던 펠릭스와 눈이 마주쳤다. 그의 새파란 눈동자엔 흔들림이 없었다.

"하실 말씀이라도 있으신가요?"

"아니."

"그럼 왜 그렇게 쳐다보시는지……."

글로리아가 민망한 듯 자신의 뺨을 만졌다.

"에단일 때 드레스를 한번 입혀볼 걸 그랬다는 생각이 드는군."

"……제가 거부했을 거예요."

"그랬겠지. 은근히 말을 안 듣는 성격이니까."

제가요?

글로리아는 반문하고 싶은 심정을 꾹 눌러 참으며, 기가 막힌다는 표정으로 펠릭스를 바라보았다. 평정을 유지하는 척하지만 순식간에 달라진 그녀의 낯빛을 보며 펠릭스는 조용히 미소 지었다.

"하나 여쭤보고 싶은 게 있어요."

"이리 와서 말해."

펠릭스가 집무용 책상에 걸터앉은 채 글로리아에게 손을 내밀었다. 그녀는 손과 펠릭스를 번갈아 바라보았다.

"그냥 여기서 말할게요."

"이리 와. 아니면 내가 직접 갈까?"

글로리아는 냉큼 펠릭스의 손을 거머쥐었다. 그가 부드럽게 당기자 사이가 가까워졌다.

"말해."

"……."

이렇게 가까이서?

글로리아는 숨결이 닿을 듯이 가까운 펠릭스의 얼굴을 멍하니 바라보았다. 평소부터 공작은 능글맞긴 했지만 스킨십을 자주 하는 성격은 아니었다. 글로리아가 눈을 깜빡거렸다.

"말 안 할 건가?"

"할 거예요. 다른 건 아니고…… 제가 에단이라는 걸 알면서 왜 여태껏 아무 말 안 하셨어요?"

"티는 낸 것 같은데."

"네. 티는 내셨는데, 정작 말은 안 하셨잖아요."

글로리아가 의아하다는 표정으로 펠릭스를 올려다보았다. 그의 표정은 어제와 다르게 한결 온화해져 있었다. 입가에 부드러운 미소를 그린 그가 눈을 접었다. 그러면서 정작 대답은 하지 않았다.

한참을 기다린 끝에, 그가 느릿하게 입을 열었다.

"……겁이 났던 것 같아."

마침내 나온 대답은, 그녀가 전혀 예상하지 못한 것이었다.

펠릭스 공작에게 '겁'이라는 단어만큼 안 어울리는 게 있을까.

그는 어린 시절 알렉스 전대 공작을 따라 전쟁터를 누비고, 산간이 일부러 마물들이 나온다는 곳에 들어가 사냥을 하곤 했다. 그를 두고 사람들은 펠릭스를 '철의 공작'이라 부르기도 했다.

그랬던 그가, 겁이라니.

글로리아가 이해할 수 없다는 듯 그의 푸른 눈을 번갈아 보았다. 그러자 펠릭스가 손을 들어 글로리아의 머리카락을 귀 뒤로 넘겨주었다. 그의 손은 거기서 멈추지 않은 채 그녀의 이마에 난 잔머리를 넘겨주고, 턱선을 따라 뺨을 쓸어내렸다.

마치 귀한 보석을 다루듯 섬세한 손길로 그녀를 하염없이 어루만졌다.

"만에 하나 네가 아니라면…… 내가 무사할지, 에단과 비슷한 너를 그냥 두고 볼 수 있을지, 알 수가 없었거든."

펠릭스의 눈빛이 낮게 가라앉았다.

그는 글로리아가 에단이라 확신하면서도 뱉지 못했다. 정말 만에 하나, '아니라면'이라는 그 말에 붙들렸다.

전장에서 새까맣게 밀려드는 적들보다, 머릿속에서 피어오른 새까만 의심과 부정이 더욱 무서웠다. 태어나 처음으로 겪는 공포였다.

글로리아는 펠릭스의 푸른 눈동자에 천천히 스며드는 슬픔을 바라보았다. 공작님, 이라고 불러야 하는데 목이 메어 아무 말도 나오지 않았다. 대신 그녀는 펠릭스의 팔을 꽉 거머쥐었다.

저 여기 있어요.

그 뜻이 담긴 손짓에 펠릭스의 눈동자가 애틋하게 변했다. 그는 대답 대신 그녀의 뺨을 부드럽게 감싸 쥐었다. 글로리아는 얌전히 그 손길에 자신을 맡겼다. 그 모습을, 그가 사랑스럽다는 눈길로 바라보았다.

늦은 밤, 잠들 준비를 마친 글로리아가 커튼을 치려다 말고 손에 잡힌 커튼을 물끄러미 바라보았다. 따뜻한 날씨에 쓰기엔 적합하지 않은 두툼한 것이었다. 더군다나 색감도 짙어서 답답한 느낌까지 주었다.

"하아."

해야 할 일이 가득하다는 사실에 그녀가 낮은 한숨을 내쉴 때였다.

"웬 한숨이지?"

갑작스러운 목소리에 그녀의 몸이 돌아섰다. 어느새 펠릭스가 침대 근처로 다가와 그녀를 바라보고 있었다.

"아, 커튼을 바꾸고 싶어서요."

"바꿔. 내일 앨버트에게 말하도록 하지."

"앨버트가 해도 좋지만, 가능하다면 제가 해도 될까요?"

글로리아의 물음에 그가 의아한 표정을 지었다.

"해도 되지만, 네가 왜?"

"이제 제가 이 저택의 안주인이 되었으니 집안 살림도 제 손길을 거치는 게 좋을 것 같아서요. 커튼도 갈고, 복도의 카펫도 다른 색으로 깔고, 정원도 손질하고 싶어서요. 사실 예전부터 이런 것도 하고 싶었는데 보좌관 일이 바빠서 못 했거든요."

글로리아의 얼굴이 말을 할수록 상기되어갔다. 그런 얼굴은 처음이라 펠릭스의 표정이 묘해졌다.

"해도 돼."

"정말요?"

글로리아가 빙긋 미소 지었다. 금세 신난 얼굴이었다.

"그런 데에 관심이 있었으면 진즉 하지 그랬어."

"보좌관 일이 많은 데다, 이런 일은 공작부인이나 집안을 관리하는 앨버트만 할 수 있는 일이잖아요."

"여자라는 걸 밝히고 나한테 프러포즈를 하면 되잖아."

"……."

아니, 왜 그게 그렇게 돼? 집 좀 꾸미고 싶다고 곧바로 프러포즈라니?

글로리아는 황당하다 못해 대답할 의지를 잃은 얼굴로 펠릭스를 바라보았다.

"어려운 일은 아닐 텐데?"

"……제겐 몹시 어려운 일입니다."

"또, 그런 말투."

펠릭스가 한쪽 눈썹을 치켜 올렸다.

"자꾸 이런 말투가 나오게 하시네요."

참다못한 글로리아가 입술을 비쭉거리며 반항하자, 지켜보던 펠릭스가 픽 웃었다. 그제야 자신이 알던 에단 같았다.

"그리고 제가 고백한다고 해서 공작님이 절 받아주실 건 아니잖아요."

"왜 아니라고 생각해?"

"네?"

글로리아가 무슨 소리냐는 듯 되물었다. 그사이 상의를 벗은 펠릭스가 침대에 걸터앉아 그녀를 올려다보았다.

은발에 새하얀 피부. 푸른 눈을 한 야한 남자가 침대에서 자신을 바라보고 있으니 심장이 쿵 하고 내려앉았다.

글로리아가 멍하게 바라보는 사이 그가 입을 열었다.

"나도 그땐 자각하지 못해서 너를 아끼는 보좌관 정도로 생각하고 있다고 믿고 있던 때라, 혼란스럽긴 했지만 받아줬을 거야. 어쩌면 그때 내 마음을 자각했을지도 모르지. 네가 여자의 모습으로 다른 남자랑 결혼하는 걸 두고 보진 않았을 테니까. 다른 남자랑 할 바엔 나랑하라고 했겠지."

진심이 담긴 그의 눈빛이 고요하게 빛났다. 그 모습에 글로리아의 가슴이 다시금 철렁 내려앉았다.

"그런데 언제까지 거기 서 있을 거지? 이제 그만하고 이리 와서 누워."

펠릭스가 손을 내밀었다. 전쟁터를 이리저리 누빈 데다 펜을 자주 쥐어서 굳은살이 박이긴 했지만 남자치고 굉장히 아름다운 손이었다. 침대에 앉아 손을 내밀어서 그런지 오늘따라 자세가 야하게 느껴졌다.

"제가 할게요. 흠."

괜히 헛기침을 한 글로리아가 그의 손을 피해 얌전히 침대에 걸터 앉았다. 허공에 홀로 뻗은 손을 거둬들인 펠릭스가 침대 속으로 꼬물꼬물 기어들어가는 글로리아를 바라보았다. 그녀는 이불을 입술 바로 아래까지 바짝 끌어올린 자세로 그를 바라보았다.

"좋은 밤 보내세요."

"지금 장난치는 건가?"

그의 말에 글로리아가 의아한 표정을 지었다. 그사이 이불 속으로 들어온 펠릭스가 그녀를 끌어안았다. 에단이라는 사실을 고백한 후 안긴 건 처음이라 그런지 그녀의 몸이 뻣뻣해졌다.

"긴장 풀어."

"최대한 노력하고 있습니다."

"말투."

"노력하고 있어요."

글로리아가 정정하자, 그가 그녀의 머리를 쓰다듬었다. 자신이 루를 칭찬할 때와 비슷한 것 같다는 느낌이 들었지만, 금세 그 생각을 지웠다. 조금 있으니 금세 몸이 노곤해지면서 풀렸다. 펠릭스의 품에 안겨 있으면 이상하게 온기 때문인지 금세 잠이 오곤 했다. 하루 종일 감정 소모가 많아서 그런지 오늘따라 잠이 더 빨리 몰려왔다. 꼬물거리던 그녀의 움직임이 멎고, 그녀의 호흡이 점점 깊어졌다.

아, 좋다…….

그녀가 막 잠이 들었을 때였다.

"잠을 자?"

어이없다는 듯 묻는 목소리가 잠결에 들렸다. 동시에 커다란 손이 그녀의 뒷덜미를 거머쥐더니 입술이 따뜻해졌다. 부드럽고 말랑한 입술이 기분 좋아 그녀는 젖먹이 아기처럼 앙 물었다. 그와 동시에 입술을 가르고 무언가가 깊이 파고들었다. 촉촉하고 뜨거운 무언가가 입안을 헤집자 숨이 턱 막혔다.

숨이 차 바르작거리던 그녀가 눈을 번쩍 떴다.

춥.

귓가로 생경한 소리가 전해졌다. 흠칫한 글로리아가 몸을 뒤로 물리려고 했으나, 펠릭스의 손길에 붙들려 어림도 없었다.

"읏."

글로리아가 몸을 비틀다 포기했는지 얌전해졌다. 그러나 어딘가 돌처럼 바짝 굳어 있었다. 키스를 하던 펠릭스가 고개를 들고 그녀를 바라보았다.

"대체 왜 그런 얼굴이지?"

"제가 왜요?"

비장한 표정을 짓고 있는 글로리아를 바라보던 펠릭스가 얼굴을 찌푸렸다.

"전쟁터에 나가는 기사 같군."

손에 무기라도 쥐여주면 출정하는 신입 기사와 똑같은 얼굴일 것 같았다. 여태껏 글로리아가 에단이 아닐지도 모른다는 가능성에 그녀를 안지 못했다. 에단이 아니라면 그다지 몸을 섞고 싶지 않았으니까.

이후로는 글로리아가 에단이라는 사실을 확신하게 되어서도 그녀가 원치 않는 것 같아 안지 못했다.

이제 글로리아 자신이 에단이라 밝힌 이상, 참기가 힘들었다. 하지만 에단이 지금처럼 돌같이 굳어 있는 이 상황에서는 억지로 하고 싶지 않았다.

　이상했다. 뭐든 자신의 마음대로 하고 살았는데, 왜 에단에게만은 이토록 조심스럽고 겁이 나는 건지. 자신이 힘주어 잡으면 에단이 파사삭 깨어져 사라질 것만 같았다.

　"전쟁은 아니지만, 비슷한 마음가짐이 필요한 것 같아요."

　"대체 왜?"

　펠릭스가 이해를 못 하겠다는 듯 글로리아를 바라보았다. 그러고는 은발을 쓸어넘기며 눈을 치떴다. 한쪽 팔로 침대를 짚고서 옆으로 바라보는 그 얼굴이 몹시 야했다. 처음 보는 그의 얼굴에 글로리아가 시선을 슬그머니 돌렸다.

　"그야 처음이고…… 마음의 준비가 필요하니까요."

　"원래 여자들은 좋아하는 남자와 잠자리를 가지면 굉장히 좋아한다고 들었는데?"

　"좋아하는 남자라면 그렇겠죠."

　"……뭐?"

　대화가 묘하게 엇나가는 걸 깨달은 두 사람이 빤히 서로의 얼굴을 바라보았다. 주변이 싸해졌다.

　"……그러니까, 너는 나를 좋아하는 게 아니다?"

　펠릭스의 목소리가 확 낮아졌다. 순간 오소소 소름이 돋을 정도로 그의 눈빛이 차가워졌다.

　"아뇨. 좋아하고 있어요. 공작님으로서 충분히 존경하고 있……."

　"남자로는?"

　펠릭스가 다급히 말을 잘랐다. 글로리아가 아무 말 못 한 채 입을 벙긋거렸다. 인상을 바짝 쓰고 있던 펠릭스의 표정이 한순간에 탁 풀렸다. 그제야 에단을 향한 미스터리가 풀렸다.

글로리아인 그녀가 최선을 다해 자신에게서 벗어나려고 했던 이유는 단지 일기장이나 뒷일이 걱정되어서만이 아니었다. 자신을 남자로 좋아하지 않기 때문에, 언제든 마음 정리를 하고 떠날 수 있었던 거였다.

그의 입술이 삐딱해졌다. 처음으로 생각지 못한 누군가에게 처참하게 패배한 기분이었다. 펠릭스는 잠시 할 말을 잃은 얼굴로 천장을 바라보았다. 태어나서 손에 꼽을 정도로 황당한 상황이었다.

"……그러니까, 남자로서 전혀 관심이 없다, 그거였단 말이지."

그가 말끝을 묘하게 늘였다. 말을 하면서도 믿기지가 않았다. 자신이 남자로서 거절당할 줄이야.

"그건 아니고, 남자로 공작님을 바라볼 시간이 없었습니다."

글로리아가 금세 에단처럼 딱딱한 말투로 대답했다.

"나는 시간이 굉장히 많았나 보군. 너한테 이렇게 차고 넘치게 관심이 있었으니 말이야."

펠릭스의 목소리가 한층 낮아졌다.

"……공작님이 절 남자로 아시는 줄 알았거든요."

글로리아가 머리를 굴려 대답했지만, 펠릭스는 어떤 답도 하지 않았다. 그저 턱을 괴고서 기가 막힌다는 표정으로 글로리아를 빤히 바라보기만 했다.

"내게 이렇게 매력이 없는 줄 몰랐군……."

"매력은 많으십니다."

"그럼 뭐가 부족하지?"

"……."

콕 집어 말하기가……. 굳이 말하자면 좀 무서운 거랑, 성격……?

진심을 말하기 곤란한 글로리아가 입을 꾹 다문 채 펠릭스를 바라보았다. 그의 표정이 딱딱하게 굳어 있었다.

"……죄송합니다."

글로리아는 미안하다는 표정을 지었다. 실망하다 못해 허탈한 표정을 짓고 있는 펠릭스를 보니 지은 죄가 없음에도 사과의 말이 튀어나왔다.

방 안이 고요해졌다. 글로리아는 시선을 내리깐 채 꼼짝도 하지 않았다.

"미안한 줄 알면, 노력해."

머리 위로 떨어진 말에, 고개를 숙이고 있던 글로리아가 눈을 들었다. 펠릭스가 그녀를 내리깐 눈으로 바라보고 있었다.

"날 좋아하도록 노력하라고."

"……."

"나도 네가 날 좋아하도록 노력할 테니까."

펠릭스의 말에 글로리아는 느릿하게 고개를 끄덕였다. 분명 화를 내고 있는데도 간절히 부탁하는 것 같은 느낌이 들어 그녀는 그의 말을 거절하지 못했다.

"콜록, 콜록."

앨버트가 주먹으로 입을 가린 채 기침을 터트렸다. 어젯밤부터 으슬으슬 춥더니 결국 감기에 걸렸다. 그는 이른 아침에 약재상을 찾아가 감기 기운을 물리치는 약재를 받아 귀가했다.

공작가의 집사라면 의사를 찾아가 진료를 받을 수 있었지만, 귀족들만 상대하는 의사들은 신분이 낮은 사람들을 진료하기를 꺼려했다. 굳이 자존심 상해가며 진료받기 싫은 그는 몸이 아프면 약재상을 찾아가 약을 타오곤 했다.

"이런."

일찍 움직인다고 움직였는데도 마차에서 내렸을 땐 이미 해가 뜬 지 한참이 지난 후였다. 그가 부랴부랴 집으로 들어오다 말고 걸음을 뚝 멈추었다.

"이게 무슨 일이야!"

앨버트가 저도 모르게 소리쳤다.

"오셨습니까."

앨버트는 다가와서 공손하게 인사하는 하인을 노려보았다.

"누가 집을 이래놓은 거지?"

앨버트가 손짓으로 커튼을 가리켰다. 하인들이 아침부터 커튼과 카펫, 장식품들을 모두 치우고 있었다.

"부인께서 시키셨습니다."

"뭐?"

"제가 시켰어요."

앨버트가 소리치기가 무섭게, 복도에서 걸어나온 글로리아가 싱긋 웃으며 대답했다. 앨버트가 공손히 허리를 굽혀 인사하자, 글로리아가 마주 인사했다.

"좋은 아침이에요, 앨버트. 아프다고 들었는데 몸은 괜찮아요?"

"네. 괜찮습니다."

사실 저택의 변화에 몹시 놀라 아픈 것도 잠시 잊었다.

"그래도 몸이 안 좋은 것 같은데 오늘은 쉬는 게 어때요? 무리하면

병이 심해질 수도 있잖아요."

"생각해주셔서 감사합니다."

앨버트는 입에 발린 대답을 하면서 계속 불안한 얼굴로 저택을 둘러보았다. 에단이 죽은 후부터 펠릭스 공작은 집 안의 작은 물건 하나라도 바꾸는 걸 몹시 싫어했다. 대충 보는 것 같지만 그는 기억력이 좋은 편이라서 금방 바뀐 점을 찾아냈다.

그런데 이렇게 대대적으로 바꾸면 공작이 모를 리 없다. 이전에 분명 저택 안팎을 바꿔선 안 된다고 말씀하셨건만…….

난처해진 앨버트가 어떻게 말해야 할지 모르겠다는 표정으로 글로리아를 바라보았다.

"안 그래도 앨버트에게 말하려고 했는데, 자리를 비웠다고 해서 먼저 일을 진행 중이었어요. 미리 상의하지 못해서 죄송해요. 일단 바꿀 것들을 말하자면 커튼과 카펫, 그리고 무거운 느낌을 주는 장식품들이에요. 산뜻한 느낌으로 바꾸려고요. 이건 제가 알아서 진행할 테니 몸이 안 좋은 앨버트는 가서 쉬도록 해요. 그리고 나중에 몸이 괜찮아지면 둘러보고 개선해야 할 부분에 대해 조언해주세요. 그 부분은 다시 손보도록 할게요."

글로리아가 빙긋 웃으며 친절하게 바꿀 것들을 설명했다. 그럴수록 앨버트의 표정이 급속도로 어두워졌다.

영민한 부인인 줄 알았는데 여타 귀족부인들과 다를 바가 없구나. 공작부인이 되었으니 자신의 영향력을 행사해서, 오랫동안 집사 자리를 유지한 자신에게 권위를 보이려고 하는구나.

하지만 방법이 틀렸다. 이 사실을 펠릭스 공작님께서 아셨다간 난리가 나고 말 거다.

분명 이전에 집안 분위기를 바꾸려면 공작님의 허락이 필요하다고 말씀드렸을 텐데…….

입안이 바짝바짝 마른 앨버트는 고개를 돌렸다가 도구를 들고 정원으로 향하는 정원사들을 보고 기함했다. 그들은 주저하지 않고 나뭇가지들을 댕강댕강 잘라냈다. 그 모양새가 이전과 확 다른 상태였다.

"아, 안 돼……!"

자신도 모르게 비명을 지른 앨버트가 연신 기침을 터트렸다.

"콜록, 콜록!"

"괜찮아요, 앨버트?"

"네. 괜찮습…… 콜록, 콜록!"

"앨버트, 가서 쉬도록 해요."

"아닙니다. 이 말씀만큼은 드려야 할 것 같군요."

앨버트가 고개를 들었다. 새하얗게 질린 얼굴로 말을 꺼내는 모습이 마치 유언이라도 할 것 같았다. 글로리아는 불안한 표정으로 앨버트를 바라보았다.

"부인, 제가 이전에도 말씀드렸다시피……."

앨버트가 용기 내어 말하려 할 때였다. 지금이라도 늦지 않았으니 이전과 같은 커튼을 달고 카펫을 깔면 될 거다.

어서, 공작님께서 보시기 전에……!

그는 그 생각을 하다 말고 숨을 멈췄다. 2층 계단에서 보좌관을 이끌고 내려오는 펠릭스가 보였다. 계단을 내려오던 그가 손을 들어 보좌관의 말을 멈추게 하더니, 저택 안을 둘러보았다. 커튼이 이미 다 수거되고, 푸른빛의 커튼들이 달리고 있었다.

끝났다. 모든 게 끝났어!

앨버트는 숨을 멈춘 채 바라보았다. 실내를 스윽 둘러본 펠릭스가 계단으로 내려왔다.

"글로리아."

"네."

"그대가 바꾼 건가?"

"네."

글로리아를 부르는 펠릭스를 보며 앨버트는 침을 꼴깍 삼켰다. 펠릭스가 글로리아에게로 가까이 다가섰다. 글로리아는 손으로 커튼을 가리켰다.

"날이 좋으니 색감을 디 초록색으로 맞추려고요. 꽃꽂이는 들꽃으로 할까 해요. 최대한 정원에 있는 것처럼 편안하고 아늑한 느낌을 주려고 해요. 어떠세요?"

천진난만하게 말하는 글로리아의 뒷모습을 앨버트가 아련한 눈으로 바라보았다.

"괜찮군."

"……!"

생각지 못한 펠릭스의 대답에 앨버트의 눈이 크게 벌어졌다. 인상을 확 쓴 채 모조리 본래대로 돌려놓으라는 말을 할 거라는 예상과는 달랐다.

"카펫도 밝은 색으로 바꿀게요."

"원하는 대로 해."

펠릭스는 뭘 해도 상관없다는 듯 대답했다.

"잠시만요, 공작님."

펠릭스가 돌아서자, 글로리아가 그를 불렀다. 그러자 펠릭스가 순순히 멈춰 서서 그녀의 앞으로 다가갔다. 그러자 글로리아가 능숙한 손길로 펠릭스의 옷매무새를 꼼꼼하게 점검했다.

"소매가 삐뚤어졌어요."

소매, 옷깃, 배지 등을 모조리 점검하느라 글로리아는 펠릭스의 웃고 있는 얼굴을 보지 못했다.

"다 됐습니다."

글로리아가 만족한 듯 한 걸음 물러섰다.

"목덜미가 불편한데."

"잠시만요."

글로리아가 쪼르르 달려가 그의 목덜미를 살폈다.

"괜찮은데요."

"소매도 다시 한 번 보도록 해."

펠릭스가 팔을 내밀었다.

"여기도 괜찮습니다만……."

글로리아가 이제는 미심쩍은 얼굴로 쳐다보았다. 왠지 또 자신에게 장난치는 것 같았다.

"그렇군. 수고했어."

펠릭스가 나른한 미소를 지으며 글로리아의 뺨을 어루만졌다. 흠칫하긴 했지만 그녀는 그의 손을 피하지 않았다.

그사이 앨버트가 놀란 얼굴로 펠릭스와 글로리아를 바라보았다.

하룻밤 사이에 대체 무슨 일이 있었던 거지!

글로리아는 펠릭스를 한결 편하게 대했고, 펠릭스는 그런 글로리아를 애정 어린 눈으로 바라보고 있었다. 두 사람의 행동에 놀란 건 앨버트만이 아니었다. 다른 보좌관들도 눈을 부릅뜬 채 두 사람을 번갈아 바라보고 있었다.

"점심때 보도록 하지."

펠릭스가 보좌관들을 이끌고 사라진 후에야, 앨버트는 떨떠름한 얼굴로 글로리아를 바라보았다.

"잘 바꿔놓을 테니 신경 쓰지 마세요."

글로리아가 걱정하지 말라는 듯 앨버트에게 말했다.

"……네, 네."

"푹 쉬시고요, 앨버트."

"……네."

앨버트는 떨떠름한 얼굴로 대답하고는 그녀에게 등을 떠밀리나시피 하며 자기 방으로 향했다. 가는 내내 그는 자신이 너무 아파서 헛것을 봤나, 라고 연신 고개를 갸웃거렸다.

저택 대청소와 커튼, 카펫 교체로 오전과 오후가 모두 흘러갔다. 글로리아는 저녁 먹기 전 부랴부랴 대련실로 향했다. 아침부터 바쁠 거라 예상해 미리 검술 수업을 연기해놓았는데도 시간이 빠듯했다. 약속된 시각보다 조금 늦게 도착한 그녀가 문을 열면서 사과했다.

"늦어서 죄송……해요."

대련하기 좋은 복장으로 대련실로 들어서던 그녀의 말끝이 길어졌다. 은발을 한 남자가 그녀를 물끄러미 바라보고 있었다. 그의 손에서 목검이 핑그르르 돌다가 툭 떨어졌다. 마치 제 몸을 움직이는 것처럼 자연스러웠다.

"공작님이 왜 여기 계세요?"

글로리아가 의아한 얼굴로 주변을 둘러보았다. 늘 자신을 지도해주던 기사가 보이지 않았다. 넓은 홀에 오로지 그만 있었다.

"오늘부터 내가 지도하려고."

"……."

대체 왜요……?

글로리아가 차마 못 할 말을 표정으로 지은 채 그를 바라보았다.

"그럼 검술을 가르쳐주시던 분은 어떻게 되셨죠?"

"지금은 기사단에서 훈련 중이겠지."

어딘가 아프거나, 잘렸다는 말도 아니었다.

"바쁘실 텐데 이렇게까지 신경 써주시지 않으셔도 괜찮아요."

글로리아가 다급히 손을 내저었다. 그러자 펠릭스의 고개가 비스듬
히 기울어졌다.

"내가 괜찮지 않아. 여자 기사를 구하기 전까지, 내가 가르쳐주도록
하지."

글로리아는 멍한 얼굴로 그를 바라보다가 더듬거리며 물었다.

"그러니까 지금, 남자 기사랑 있는 게 보기 싫어서 직접 나섰다는
건가요?"

"맞아."

"……."

"검술 지도란 건 생각보다 좁은 곳에서 붙어 하는 거더군. 마주 보
고 쓸데없이 웃기도 하고."

"……."

한참을 달려도 될 만큼 넓은 홀에서, 그것도 최소 열 걸음 이상 떨어
진 곳에서 하는데 왜 그런 생각을 한 거지? 더군다나 그는 에단이었던
시절 남자들과 거의 같은 공간에서 지내다시피 했다. 황당하면서도

우스워서 글로리아는 저도 모르게 웃었다.

"왜 웃는 거지?"

"꼭 질투하시는 것 같아서요."

"맞아."

"……."

웃음이 뚝 그쳤다.

"이게 질투가 아니면, 뭐인 것 같아? 시간이 남아서 이러고 있는 것 같아? 누구보다 내 스케줄이 어떤지 잘 알 텐데? 응?"

"……."

그가 눈을 가느스름하게 뜬 채 물었다. 늦은 오후의 노을에 그의 얼굴이 붉게 물들어 있어서일까, 오늘따라 한결 야릇해 보이는 그의 모습에 글로리아는 저도 모르게 마른침을 삼켰다.

질투…….

당당하게 질투하는 그의 모습을 보고 있자니 이상하게 가슴 중간이 간질간질했다. 이렇게 퍼붓는 듯한 애정은 처음이라, 어쩔 줄 몰랐다.

"검 잡아. 최대한 빨리 실력을 키워줄 테니까."

펠릭스의 명령에 글로리아는 검을 다부지게 거머쥐었다.

탁!

목검이 금세 맞부딪쳤다.

질투하는 게 아닌 것 같은데. 그냥 괴롭힌 것 같은데…….

글로리아가 얼얼한 팔을 주무르며 생각했다. 저녁식사를 하러 온 그녀는 팔을 주무르며, 가깝게 앉아 있는 펠릭스를 조용히 노려보았다.

이전 검술 수업을 맡았던 기사는 자신이 여자라는 이유로 많은 부분에서 봐주었다. 그게 편하긴 했지만, 한편으로는 불편했다.

그는 호위기사가 따를 테니 검술을 열심히 배워도 소용없을 거라는 말투로 종종 말하곤 했다. 그는 악의 없는 뜻으로 한 말이겠지만, 검술이 꼭 필요한 그녀에게 좋게 들리진 않았다. 그 때문에 검술 선생을 바꿔야겠다 마음먹고 있던 차였다.

하지만 그렇다고 지금처럼 강하게 밀어붙이는 선생을 원한 것도 아니었다. 팔이 너덜너덜해진 기분이었다. 이런 상태로는 식사를 할 수 있을지조차 의문이었다.

"왜?"

펠릭스가 왜 그렇게 보냐는 듯 물었다. 그는 검술수련을 하고 바로 온 사람답지 않게 보송보송한 모습이었다. 그에 비해 씻고 왔음에도 그녀의 꼴은 엉망진창이었다.

"수업 강도가 너무 세서요."

"그래야 빨리 실력이 늘지. 이 정도는 해야 되는 거야."

그가 스테이크를 썰며 태연하게 대답했다. 글로리아도 뒤따라 포크와 나이프를 들었지만, 손이 부들부들 떨려 고기를 제대로 썰 수가 없었다.

"실력이 늘기 전에 쓰러질 판이에요."

"그전에 멈출 테니까 걱정하지 마."

"……."

절대로 강도를 낮추겠다는 소린 하지 않는 펠릭스가 야박하게 보였다. 그녀가 자포자기한 채 짓이겨진 스테이크를 마저 썰 때였다. 펠릭스가 글로리아의 접시를 가져갔다.

이제 먹지도 못하게 할 생각인가.

글로리아가 서러운 표정을 짓다 말고 눈을 동그랗게 떴다. 깨끗하게 썬 스테이크가 담긴 접시가 그녀의 앞에 놓여 있었다.

"먹어."

엉망진창으로 짓이겨진 스테이크가 펠릭스 앞에 놓여 있었다. 그는 아무렇지 않게 너덜거리는 스테이크 한 점을 집어 입에 넣었다.

"공작님."

글로리아가 기함해서 뭐라고 말하려 하는 사이, 펠릭스가 입을 열었다.

"에단의 체력도 그다지 좋은 편은 아니었지. 정신력으로 버티는 타입이었을 뿐. 그런데 지금의 넌 에단보다도 약해."

"……."

"이런 상태에서 에단이 겪었던 불상사를 또 겪어야 한다면, 어떻게 될 것 같지?"

"……!"

똑같이, 아니. 그보다도 더 처참한 모습으로 살해당할지도 모른다.

"그걸 방지하려고 검술훈련을 받는 거 아닌가?"

펠릭스가 정확히 검술수련을 받는 이유를 꿰뚫어 보았다.

"맞아요."

글로리아가 순순히 시인했다.

"그러니 힘들어도 따라오는 게 좋을 거야. 만약 굉장히 힘들어 보이면 그때 조절해주도록 하지."

그의 말에 글로리아는 느릿하게 고개를 끄덕였다.

그러고 보니, 펠릭스도 자신이 죽은 후 굉장히 힘들었다고 했다. 그 고통을 또 겪고 싶지 않은 거겠지…….

왠지 그가 자신보다 더 절박한 마음으로 검술수련에 임하는 것 같아서, 더는 그에게 불만을 표할 수 없었다.

에단이라는 사실을 밝힌 후, 글로리아는 이전보다 훨씬 더 바빠졌다. 자신이 글로리아라고 우길 땐 공작부인으로서의 교양과 예절 교습, 자신이 배우고 싶었던 검술과 무역 수업만 받으면 되었다.

그에 비해 지금은 저택 관리 및 각종 무역일에 자유롭게 참여할 수 있게 되었다. 동시에 펠릭스의 눈치를 보지 않고 움직일 수 있게 되면서 해야 할 일들도 많아졌다.

"음, 어쩌지……."

그녀는 턱을 괴고서 자신이 종이에 적은 일들을 살펴보았다.

[버클리 가문 주최 연회]

[펠릭스 버클리 공작님의 소문 수습]

보좌관 때부터 할 일을 목록으로 만들어 진행하는 데 익숙했다. 그렇게 우선순위를 정해 일하는 편이 능률적이었다.

가장 급한 건 일단 펠릭스의 소문 수습이었다. 자신 때문에 남색을 밝힌다는 소문이 났으니 자신이 나서서 수습해야 할 것 같았다. 그러려면 자신과 펠릭스의 다정한 모습을 될 수 있는 한 많이 보여주어야 했다.

가장 좋은 방법은 연회를 여는 것과 연극, 오페라 등 귀족들이 많이 참석하는 행사에 얼굴을 비치는 것이었다.

그녀가 할 일들을 차근차근 정리할 때였다.

똑똑.

"네. 들어오세요."

글로리아가 대답하자, 조슈아가 문을 열고 들어와 꾸벅 인사했다.

"부인, 해나 앤더슨 영애께서 오셨습니다."

"아, 그래? 고마워. 하녀들에게 말해 차를 가져오도록 해."

"네. 알겠습니다."

조슈아가 꾸벅 인사하고 한 걸음 물러서자 붉은 머리를 한 아름다운 여성이 모습을 보였다. 이전 연회장에서보다 훨씬 수수한 차림새였다.

"오랜만에 인사드립니다."

여성이 무표정한 얼굴로 인사했다.

"네. 오랜만이에요, 해나 앤더슨 영애. 여기 앉으세요."

글로리아가 푹신한 소파를 가리켰다. 해나는 그곳에 허리를 곧게 펴고 앉았다. 그 모습은 아름다운 영애라기보단 자세가 곧은 기사에 가까워 보였다. 무뚝뚝한 표정에 각이 잡힌 어깨가 더욱 그렇게 보이게끔 만들었다.

"제가 계속 초대해서 난처하셨죠?"

글로리아가 웃으며 물었다.

"조금 그랬습니다."

둘러 대답하는 법이 없는 해나를 보며 글로리아가 빙긋 웃었다. 아닌 척 내숭떠는 것보다는 솔직하게 말하는 편이 그녀로선 편했다.

"죄송해요. 어려워하신다는 걸 알면서도 제 욕심에서 초대했네요. 저를 구해주신 것에 대해 감사를 표하고 싶기도 하고, 이야기를 좀 더 나누고 싶은데 연회장에서 그렇게 헤어진 게 아쉽기도 해서요. 시간 길게 빼앗지 않을게요. 간단히 차만 한잔하고 가시도록 해요."

"네."

해나가 딱딱하게 대답했다. 곧 하녀가 차를 가져다주었다. 글로리아는 차를 마시며 해나를 물끄러미 바라보았다.

"그런데 영애가 황실기사를 하다니, 신기하네요."

어색한 분위기를 깰 겸 그녀가 조심스럽게 말을 건넸다.

"본래부터 황실기사가 꿈이었습니다."

"그런데 왜 그만두게 된 건가요? 혹시 제 일 때문인가요? 만약 그런 거라면 제가 적극적으로 나서서 돕겠어요."

글로리아가 놀라서 꺼낸 말에 해나가 고개를 돌려 그녀를 바라보았다.

"아뇨. 부인 때문이 아닙니다. 황태자님께 발각되어 쫓겨났습니다."

"……황태자님이요?"

"네."

그제야 해나가 황태자의 미움을 받고 있다는 소문이 기억났다.

영애가 황태자의 미움을 받을 이유가 뭘까. 그것도 황궁에서 쫓겨나면서까지? 그에게 대뜸 검술을 겨루자고 했다는 것까진 들은 것 같은데…….

글로리아는 의아한 얼굴로 바라보았지만, 그녀는 길게 대답할 마음이 없어 보였다. 자신이 괜히 억지를 부려 초대했나 싶어 미안한 마음이 들 때였다.

"이 사실은 부인의 걱정을 덜어드리기 위해 말씀드린 것이니 부디 비밀을 지켜주셨으면 좋겠습니다."

해나의 말에 글로리아는 의외라는 표정을 지었다. 어쩐지 입이 무거워 보이는 그녀가 황태자 때문에 쫓겨났다는 중대 비밀을 말한 게 이상하긴 했다. 자신이 계속 마음 쓸까 봐 사실대로 말한 모양이었다.

글로리아는 빙긋 미소를 지으며 해나를 바라보았다.

"제가 그런 중요한 비밀을 잘 지킬 것 같나요?"

"……제가 보기엔 그랬습니다."

"맞아요. 비밀은 꼭 지키려고 노력해요. 비밀로 하도록 할게요. 저를 그렇게 믿어줘서 고마워요, 영애."

글로리아가 싱긋 웃자 헤나가 빤히 쳐다보았다. 그녀의 눈동자가 조금 흔들렸다.

"그럼 요즘은 뭘 하고 지내시나요, 영애?"

글로리아는 해나의 마음이 조금 풀렸다는 걸 눈치채곤 일부러 편안한 목소리로 물었다.

"돈을 벌기 위해 이것저것 일을 하며 지내고 있습니다."

앤더슨 가문이 어렵다는 건 글로리아도 잘 알고 있었다. 국왕의 명령으로 타국에서 머물던 그녀의 집안은 앤더슨 자작의 병으로 인해 가문이 몰락 직전에 달했다고 들었다. 그나마 앤더슨 부인의 외가가 부유해 그 돈으로 버티고 있지만, 그마저도 오래 못 갈 거라고들 했다.

이런 집안 사정 얘기를 꺼내기 힘들었을 텐데, 해나는 가감 없이 대답했다. 왠지 그런 모습에 글로리아는 한층 끌렸다.

거기다가 무뚝뚝해 보이지만 남을 배려하는 행동이 마음에 들었다. 무뚝뚝한 행동이 이전의 자신을 보는 것 같기도 했다.

"그럼 기사의 꿈은 완전히 접었나요?"

"접진 않았지만, 펼칠 기회가 많지 않을 것 같습니다."

"음, 그렇군요. 그럼 이런저런 일이라면 어떤 걸 하나요? 혹시 검술도 가르치시나요?"

"네."

"그럼 제게도 검술을 가르쳐주시지 않겠어요?"

글로리아가 반가운 표정으로 말했다. 시간이 날 때마다 펠릭스에게서 검술을 배우고 있지만, 그는 타고난 천재라 이제 막 시작하는 자신을 이해 못 할 때가 많았다. '이렇게 하면 되잖아, 글로리아.'라고 말했지만, 그녀는 도통 '이렇게'가 무엇인지 알 수 없었다. 더군다나 체격도, 체력적인 차이도 커서 제대로 배울 수가 없었다. 또, 그가 바쁜데 힘겹게 시간을 빼고 있다는 걸 알게 된 후로는 더더욱 새로 검술 선생을 뽑아야겠다고 마음먹고 있던 차였다.

그 말에 해나가 달그락 소리가 나게 찻잔을 내려놓았다.

"죄송합니다, 부인. 저는 힘들 것 같습니다."

"거절하는 이유가 뭔가요?"

"그럴 능력이 되지 않는 것 같습니다."

"능력은 충분한 것 같은데요."

"죄송합니다."

"그런 형식적인 거절만 할 건가요? 전 영애에게서 검술을 배우고 싶다고 진심으로 말하고 있는데요."

글로리아의 직설적인 물음에 해나의 눈빛이 다시금 흔들렸다. 해나는 자신을 향해 사심 없이 웃고 있는 글로리아를 바라보았다.

다른 사람은 모르겠지만, 이상하게 글로리아 부인 앞에선 막아 세운 벽도 무너지는 기분이었다.

굉장히 아름답기 때문일까. 그건 아니었다. 자신은 아름다운 것에 약하지 않았다. 아무래도 오랜만에 인간다운 대접을 받아서 그런 모양이었다. 귀족부인이나 영애의 초대에 응할 때마다 면전에서 비아냥을 듣곤 하다가 정상적인 대화를 나누니, 결국 마음이 흔들렸다.

"……후우, 아시다시피 저는 황태자님의 미움을 받고 있는 상황이고, 가문도 몰락할 위기에 처해 있습니다. 돈을 벌기 위해서 잡일까지 하는 저를 두고 귀족의 수치라고 말하는 이들이 다수입니다. 이런 저를 가까이하시면 부인의 명성에 금이 갈 뿐입니다. 그러니 그 부탁은 없던 일로 해주세요."

그녀가 한풀 꺾인 목소리로 대답했다. 이런 말을 하는 게 수치스러웠지만, 왠지 글로리아에겐 해줘야 할 것 같았다.

"흠."

해나의 말에 글로리아가 낮은 한숨을 내쉬었다. 그녀의 낮은 한숨이 여태껏 익숙하게 들어온 소리와 비슷해서 해나는 체념했다.

버클리 공작부인인 글로리아가 이런 극악한 상황에 처한 자신과 계속해서 엮일 이유가 없었다. 자신이 매달려도 그녀가 뿌리치는 게 정상이었다. 씁쓸했다. 한두 번 겪는 일도 아닌데 오늘따라 유난히 마음이 아팠다.

귀족이면서도 귀족이지 못하고, 귀족이기 때문에 평민과 섞이지도 못하는 어정쩡한 상황이 지속되다 보니 외로웠다.

"그럼 저는 이만 물러가도록……."

해나가 씁쓸한 표정으로 몸을 일으킬 때였다.

"해나 영애."

글로리아의 부름에 해나가 고개를 돌려 그녀를 바라보았다.

"그럼 소문내지 말고 조용히 만나는 건 어때요?"

글로리아가 고민하는 표정으로 물었다.

"……네?"

"저는 태어나서 여자가 구사하는 검술이 아름답다고 느껴본 적이 없었어요. 그런데 처음으로 영애가 검을 휘두르는 걸 보고 아름답다는 생각을 했어요. 되도록 검을 배운다면 그런 검술을 배우고 싶어요. 그리고, 저는 해나 영애가 마음에 들어요. 절 구해주셔서 그런 것도 있겠지만, 그것 말고도 친해지면 꽤 좋을 것 같은 느낌이 들어요."

"……."

"이상하게 들리겠지만, 진심이에요."

말을 마친 글로리아가 빙긋 미소 지었다. 처음 해나 영애를 보았을 때부터 인상이 강렬했다. 이후 그녀의 모습에서 언뜻 자신의 모습이 보일 때마다 정감이 갔다. 왠지 모를 끌림이 있었다. 친하게 지낸다면 좋을 것 같은 느낌.

이런 느낌은 오랜만이라 놓치고 싶지 않았다.

더군다나 자신의 목숨을 구해준 사람이 저리도 어렵게 지내는 걸 그냥 지켜볼 수만은 없었다. 황태자에게 발각되어 황실기사에서 잘린 것도, 말로는 아니라고는 하지만 자신이 일으킨 소란 때문인 것 같았다.

"그렇지만 저는 황태자님의 미움을 받고 있어요. 이건 굉장히……."

해나의 눈동자가 가늘게 흔들렸다.

"알아요. 굉장히 안 좋은 거라는 걸. 그러니 조용히 만나자는 거예요. 그리고 나는 영애에게서 검술을 배우고, 영애는 그에 합당한 보수를 받아가는 거예요. 다른 사람들이 알게 된다면 검술 교습 중이라고 하면 될 거예요. 그걸로 트집 잡는 사람들은 없겠죠. 설령 있다고 해도 무시하면 될 거고요."

"……."

"생각할 시간을 줄게요. 부디 좋은 대답이 왔으면 좋겠네요, 영애."

글로리아의 말에 해나는 입술을 꽉 깨물었다.

"알겠습니다. 생각해보고 답변 드릴게요."

해나가 꾸벅 인사를 했다. 처음 들어왔을 때보다 더욱 정중해진 인사를 본 글로리아도 따라서 허리를 굽혔다.

"해나 앤더슨?"

펠릭스가 외출복을 입으며 물었다. 생각지 못한 이름을 들었다는 태도였다.

"네."

글로리아가 조마조마한 얼굴로 그를 바라보았다.

해나를 보낸 후, 글로리아는 뒤늦게 자신이 섣부른 결정을 내린 게 아닌가 하는 걱정이 들었다. 하지만 가능하면 펠릭스를 설득해 해나를 검술 선생으로 고용하고 싶었다. 귀족여자들 간의 교류에는 자신 있었다.

만약 오랜 시간 이야기해보고 불가능하다면 해나에게 그에 합당한 대가를 지불하고 다른 식으로 도울 생각이었다.

"그 영애에 대해 어떻게 알게 된 거지?"

"일전에 위험에 빠졌을 때 도움을 받았던 적이 있어요."

"그거 말고는?"

"딱히 없어요."

"영애에 대한 소문은 알고 있는 건가?"

"네. 그것 때문에 의논드리는 거예요. 해나 영애도 자신의 소문 때문에 검술 선생을 맡는 걸 주저하는 눈치였어요. 그런데 왜 황태자님께선 해나 영애를 미워하시게 된 거죠?"

글로리아가 의아한 얼굴로 펠릭스를 바라보았다.

"미워한다라……. 그럴까?"

펠릭스가 모호한 말을 흘렸다.

"싫어하지 않는다면 왜 그녀를 미워한다는 소문을 정정하지 않으셨을까요? 또 황실기사단에서 쫓아내셨다는 말도 들었어요. 기사단원 목록에서 이름까지 완전히 사라진 것도 이상한 일이고요."

"글쎄."

펠릭스는 끝내 말을 아꼈다. 외출복을 다 입은 그는 일부러 삐뚤게 한 소매와 배지 차림으로 글로리아 앞에 섰다. 그녀는 자연스럽게 펠릭스의 옷매무새를 가다듬었다.

"그럼 해나 영애와 거리를 둬야 하나요?"

글로리아가 우울한 얼굴로 물었다. 이제 공작부인인 만큼 정치적인 입지도 생각해야 했다.

"해나 영애가 마음에 든 모양이군."

"좋은 사람 같았거든요."

"마음에 들면 가깝게 지내도록 해."

"정말요?"

글로리아가 밝은 표정으로 묻자 펠릭스는 가볍게 고개를 끄덕였다. 그러고는 그녀를 물끄러미 바라보았다.

다른 사람이라면 굳이 황태자의 미움을 받는 영애와 가까이 지내려고 하지 않을 게 분명했다. 그러나 남이 뭐라고 하건 그녀는 마음에 드는 사람을 좋아하고 챙겼다. 그런 면이 그녀의 곁에 사람들을 끌어모았다.

「에단에겐 아주 특별한 재능이 있지. 다른 사람들은 쉬이 가지기 힘든 재능 말이야. 물론 그런 게 있다는 걸 스스로는 모르는 눈치지만.」

언젠가 카시아가 했던 말이 불현듯 떠올랐다. 그의 말대로 에단에게 능력이 있다면, 그건 좋은 사람을 자신의 사람으로 만드는 능력일 거다. 그리고 그 좋은 사람은 그녀의 인생에 길이 남을 귀한 사람이 되곤 했다.

"정말 특이하군."

펠릭스가 중얼거리듯 혼잣말을 뱉었다.

"네?"

글로리아가 눈을 동그랗게 뜬 채 되물었다.

"아니야. 이제 슬슬 나서도록 하지."

"네."

글로리아와 펠릭스는 거대한 오페라 홀로 들어섰다. 높은 천장과 빛이 쏟아지는 거대한 무대에 압도당한 글로리아는 벌어지는 입을 다물기 위해 노력했다. 그녀는 펠릭스와 함께 가장 좋은 관람석에 앉았다.

갑작스레 오페라 홀에 나타난 펠릭스와 글로리아를 보고서 귀족들이 수군거렸다.

"버클리 공작 부부?"

"세상에나. 공작께서 오페라를 보러 오신 건 처음 아닌가?"

"공작 부처께서 오시다니……."

"사이가 좋으신 모양이군."

"설마요. 그냥 보여주기 식 아닐까요? 얼마 전에 퍼진 공작님의 불미스러운 소문을 덮으려고요."

글로리아는 사람들의 입 모양으로 대충 이야기를 유추했다. 대부분 보여주기 식이라고 생각하는 듯했다.

이걸 어쩐담.

글로리아가 잠시 고민할 때였다.

"오페라를 좋아하는 줄 몰랐군."

갈 곳이 있다는 말에 어딘지도 묻지 않고 글로리아를 따라 나선 펠릭스는, 기껏 온 곳이 오페라 홀이라는 걸 알고 표정을 굳혔다. 그는 오페라를 전혀 즐기지 않았다. 그의 귀에는 인간 하나가 목소리를 크게 낸다고 자랑하는 것으로밖에 들리지 않았다.

"저도 처음이에요."

글로리아가 고개를 숙여 작게 속살거렸다.

"그럼 이런 것에 관심이 있었나 보군."

그가 불편한 듯 소맷자락을 만지작거리며 한쪽 눈썹을 치떴다.

"아뇨. 사실 별로 관심 없어요. 하지만 귀족들이 많이 모이는 곳이니까요. 공작님과 제 사이가 좋다는 걸 알릴 필요가 있겠다고 판단했어요. 공작님이 남색…… 하여튼 성적 취향이 이상하다고 소문난 걸 막을 필요가 있었으니까요. 소문을 없애려면 소문에 대한 부정보다는 또 다른 소문으로 덮는 게 빠르다고 판단했어요."

"……."

펠릭스가 작게 속삭이는 글로리아를 물끄러미 바라보았다. 그녀가 말을 할 때마다 귓가에 입김이 닿았다. 순진무구하게 한 행동이라는 걸 알면서도 펠릭스는 잠시 숨을 멈췄다.

차라리 노골적인 의도가 있었으면 하고 바랐다. 순진하게 이러니 미칠 지경이었다.

"제가 주제넘게 행동했다면 죄송합니다."

작은 입술이 오물거리며 움직였다. 펠릭스가 눈을 접으며 미소를 지었다.

"아니. 좋은 생각이야. 나를 그렇게까지 생각해주다니, 기쁘군."

펠릭스의 칭찬에 글로리아의 얼굴에 미소가 번졌다. 자신의 계략을 인정받은 듯했다. 그 순간, 그의 손길이 글로리아의 뺨을 감쌌다. 순식간에 입술이 닿았다가 떨어졌다.

"고, 고, 공작님?"

글로리아의 눈이 커졌다.

"우리가 대충 다정한 척하다가 가면 내가 남색이라는 소문을 덮기 위해 오페라에 온 거라고 생각할 거야. 그러니 열심히 노력하는 게 좋지 않겠어?"

펠릭스가 고개를 숙여 글로리아의 귓가에 작게 속삭였다. 그가 말할 때마다 입김이 귓불에 닿아 글로리아의 몸이 움찔거렸다. 그녀는 뒤로 물러나고 싶었으나, 어느새 손을 붙들고 있는 펠릭스 때문에 꼼짝도 할 수 없었다.

"집중해, 글로리아."

펠릭스가 푸른 눈을 빛내며 말했다.

"우린 누가 봐도 사랑하는 사이여야 하잖아. 안 그래?"

그의 말이 맞긴 한데, 이상하게 그의 손안에서 놀아나는 기분이다.

"손 제대로 잡아. 사람들이 쳐다보고 있어."

그의 말에 글로리아가 그의 손에 깍지를 꼈다. 두껍고 단단한 손가락 사이에 손가락이 맞물리자 기분이 묘해졌다. 심장이 손바닥 사이에 자리한 것처럼 쿵덕거렸다.

주변에서 사람들이 수군거리는 소리가 들렸다.

"날 보고."

글로리아가 내리깐 눈을 천천히 들어올렸다.

그의 날렵한 턱, 웃음을 머금은 입술, 날카롭게 뻗은 콧날을 지나쳐 푸른 눈을 바라보았다. 그 속에 어쩔 줄 몰라 하는 자신이 보였다.

손잡고 얼굴 보는 게 뭐라고 이렇게 떨리는지 알 수가 없었다.

"……공작님."

"응, 글로리아."

돌아오는 대답이 달콤했다. 누가 들어도 사랑이 담긴 대답이었다.

이건 연기가 아니라 진심이었다.

글로리아가 얕게 숨을 쉬었다. 그를 무작정 부르긴 했지만, 아무 말도 생각나지 않았다. 그저 넋이 나간 사람처럼 그를 바라보았다.

"그 표정, 마음에 들어."

"……."

"종종, 아니, 자주 오페라를 보러 와야겠군. 오페라도 꽤 재미있는 것 같아."

아니, 오페라는 시작도 안 했는데 무슨 재미를 느꼈다고…….

그가 말이 끝나기가 무섭게 다시금 그녀의 입술에 입을 맞추었다. 부드러운 그 입맞춤이 끝나기가 무섭게, 오페라 시작을 알렸다. 홀에 불이 꺼지고도 그의 입맞춤은 간간이 이어졌다.

10

당분간 오페라 관람은 하면 안 되겠어.

마차에 탄 글로리아는 작은 창문 밖을 바라보며 생각했다.

오페라를 하는 내내 그는 손을 잡고 있었다. 그뿐만이 아니라 간간이 입도 맞추었다. 마음먹으면 밀어낼 수도 있었지만, 보는 눈이 지나치게 많았다. 소문을 덮겠다고 와놓고 되레 불화설을 만들 수가 없어서 그녀는 그에게 휘말릴 수밖에 없었다. 그러다 오페라가 끝나 그가 입을 맞추었을 때에는 자신의 입술인지 그의 입술인지 구분할 수 없는 지경에 달해 있었다.

투투툭.

비가 내리는 소리에 그녀의 고개가 마차 천장으로 향했다. 잠시 빗소리를 듣던 글로리아의 어깨가 작게 움츠러들었다.

"아직 비 오는 날은 힘들 텐데."

펠릭스가 턱을 괴고서 그녀에게 물었다.

"네. 아직은 그래요. 빗줄기가 적거나 낮으면 상관없는데, 아직 밤에 내리는 비는 불편하네요."

비가 세차게 내리는 밤이면 칼에 찔렸던 그날의 고통이 떠올라 찔린 곳이 화끈거렸다. 이 몸으로 찔린 것도 아닌데도 컨디션이 좋지 않았다.

"그런데 어떻게 아세요?"

글로리아가 칼에 찔린 곳을 손으로 덮으며 신기하다는 표정으로 물었다.

"내가 이런 날이면 기분이 좋지 않거든."

"……."

"그날 퇴근을 시키지 말았어야 했는데, 집에 가둬놨어야 했는데, 빚을 더 지게 만들었어야 했는데, 뭐 그런 생각들이 자꾸 나서 밤을 새우곤 했지."

"……."

하나같이 위험한 생각들뿐이었다. 야근이나 감금이라니. 저렇게 온화한 표정과는 더더욱 어울리지 않는 말이었다. 평소라면 '무섭게 왜 이러십니까.'라며 딱 잘라냈을 테지만, 지금은 아무 말도 할 수 없었다.

자신이 죽은 이런 날씨가 되면, 텅 빈 서재에 우두커니 서서 수많은 후회를 곱씹었을 그의 뒷모습이 자연스럽게 떠올랐다.

그가 할 수 있는 일이 퇴근을 시키지 않는 것 말곤 뭐가 있었을까.

그의 진심을 알게 되니, 그 시간이 얼마나 힘들었을지 감히 상상조차 되지 않았다.

그가 이런 마음인 줄 알았다면 조금 일찍 그의 앞에 나타났을 텐데…….

"왜 그런 눈이야?"

펠릭스가 글로리아의 눈을 바라보며 물었다.

"마음이 좋지 않아서요. 죄송하기도 하고요."

그녀가 순순히 대답하자 그가 옅게 미소 지었다.

"돌아왔으니 됐어. 이제 어디 갈 생각만 하지 마."

그의 말에 그녀는 작게 고개를 끄덕였다. 그는 덤덤하게 말했지만, 그 말에는 진심이 짙게 배어 있었다. 그 진심이 자연스럽게 그녀의 마음을 울렁거리게 만들었다.

"제가…… 에단의 모습이 아니라서, 어색하진 않으세요?"

글로리아가 조용한 목소리로 물었다. 그 말에 펠릭스가 그녀의 얼굴을 물끄러미 바라보았다.

"그러니까……. 공작님이 아끼던 에단의 모습이 더는 아니잖아요."

"아니지."

그의 말에 왜인지 모르게 그녀의 가슴이 철렁 내려앉았다.

"하지만 넌 여전히 에단이지."

"……."

"내가 다시 철없이 나무 위로 올라가면 이불을 끌고 올 에단. 내가 괴롭히면 발끈하면서도 순순히 따라올 에단. 그건 변하지 않으니까. 외형이야 어떻든 상관없어."

기억을 함께 공유한 그 에단이라면 뭐든 상관없다는 듯한 말투였다. 글로리아는 멍하게 펠릭스를 바라보았다.

다행이다.

무심코 그런 생각이 들었다. 펠릭스는 무심한 시선을 창밖으로 던졌다.

"이 근처가 네 집이야. 들러보겠어? 아니면, 컨디션이 좋지 않을 테니 그냥 돌아가겠어?"

글로리아의 시선이 작은 마차의 창밖으로 향했다. 굵은 빗줄기에 가리긴 했지만, 눈에 익은 거리였다. 그녀가 퇴근할 때 종종 걸어가던 길이었다. 컨디션이 좋지 않긴 하지만, 이쪽으로 올 일이 거의 없었다. 기회가 될 때 예전 집을 보고 싶었다. 자신이 못다 한 물건 정리도 하고 싶었다.

"둘러보고 싶어요. 마침 할 일도 생각났고요."

그녀의 말에 펠릭스는 작은 창문으로 손을 내밀어 마차를 두드렸다.

집은 예전 상태 그대로였다. 오래된 집 냄새만 아니었다면 어젯밤 자신이 출근했다가 귀가했다고 해도 믿을 정도였다. 책상엔 먼지도 보이지 않았다. 누군가가 이곳을 관리했다는 말이었다.

집 안을 둘러보던 글로리아의 시선이 아주 자연스럽게 의자에 앉아 있는 펠릭스에게로 닿았다. 그는 한두 번 앉아본 게 아니라는 듯 편안한 자세를 취하고 있었다.

"……제 집이 익숙해 보이시네요."

글로리아가 떨떠름한 얼굴로 말했다.

"자주 왔으니까."

그가 당연한 거 아니냐는 듯 그녀를 올려다보았다.

"이 집이 유일한 휴식처였거든."

그가 옅게 미소 지으며 말했다. 언뜻 들으면 농담처럼 들리지만, 그 말은 진심일 확률이 높았다. 그는 농담처럼 말해도, 대부분 진심이었으니까.

"이 집에 볼 것도 없을 텐데 왜 오셨어요?"

글로리아가 그의 시선을 피하며 물었다. 그가 놀러 오기에 이 집은 남루하고 볼품없었다.

"아무리 저택을 박제시키듯이 내버려둬도 조금씩 변하더군."

돋아나는 싹이, 피어나는 꽃들이, 내려앉는 먼지들이, 색이 바래가는 것들이 시간의 흐름을 말했다. 모든 것들이 시간의 흐름에 맞춰 변하는데, 에단의 책상만 변하지 않았다. 서류도, 펜의 위치마저도.

미묘한 이질감은 에단의 공백을 더욱 강하게 느끼게끔 만들었다.

"여긴, 쉽게 변하지 않았거든."

"……."

"네 향기도 가장 늦게 사라진 곳이고."

"……."

글로리아가 손끝으로 책상을 쓸다 말고 그를 바라보았다. 자신의 마음을 순순히 말하는 그의 표정이 어둡게 가라앉아 있었다. 많은 감정이 담긴 그의 얼굴이 낯설었다.

그는 누구보다 표정 관리를 잘하던 사람이었는데…….

그래서 자신도 펠릭스의 생각과 감정을 읽기 힘들어하지 않았던가. 그런데 지금 펠릭스는 모든 감정을 일부러 가감 없이 드러내고 있었다. 슬픔과 후회, 무기력한 스스로에 대한 미약한 분노까지 고스란히 담겨 있었다.

"왜 그런 얼굴로 쳐다보는 거지?"

펠릭스가 고개를 비스듬히 기울이며 물었다.

"……그런 표정을 하는 공작님이 낯설어서요. 표정뿐만 아니라, 저한테 이런 말을 할 거라곤 생각지 못했어요."

그녀가 멍하게 그를 바라보며 대답했다.

"말하지 못해서 후회하는 건 한 번으로 충분하다고 말했을 텐데."

"……."

"생각보다 우리한테 주어진 시간이 많지 않을 수도 있다는 생각을 했거든. 그러니까, 너도 생각을 해보는 게 좋을 거야, 글로리아."

펠릭스가 말을 하며 그녀의 손을 거머쥐었다. 작고 가느다란 손을 움켜쥔 채 그녀를 물끄러미 바라보았다.

많지 않은 시간.

그 말이 그녀의 가슴을 훅 찌르고 들어왔다. 자신도 이전의 삶이 그렇게 끝날 거라고는 생각 못 했다.

글로리아의 입술이 달싹였다. 무언가 말을 하고 싶은데, 쉽게 나오지 않았다. 펠릭스는 힘들어하는 글로리아를 닦달하는 대신 몸을 일으켰다.

"이제 네가 왔으니 이 집은 처분할까 해. 그전에 내가 널 여기로 데려온 건, 챙겨야 할 게 있으면 챙기라는 거야."

"처분해요?"

"네가 돌아왔으니까 더 이상 이 집은 필요 없잖아. 그러니까 챙길 것만 챙겨."

물론 없을 것 같지만.

펠릭스가 뒷말을 붙이며 집 안을 핑글 둘러보았다. 다시 보아도 형편없고 남루한 집이었다. 그는 몇 차례 그녀에게 새로운 집을 구해주겠다고 했지만, 그녀는 번번이 거절했다. 지금 받는 급여로 충분하다며 고집을 세웠다.

보다 못한 그가 급여를 올려주어도 마찬가지였다. 높은 급여를 받아 사무엘을 치료하느라 진 빚을 갚고, 나머지는 어디에 쓰는지 알 수 없었다.

투툭.

무언가가 뜯어지는 소리에 그가 고개를 돌렸다. 글로리아가 낡은 책상 아래로 들어가 바닥의 일부분을 뜯고 있었다. 그러자 구멍이 뚫린 바닥이 드러났다. 그녀는 그 속에서 자루를 꺼냈다.

"……집에 왜 그런 게 있는 거지?"

펠릭스가 팔짱을 낀 채 물었다. 그조차도 저런 곳에 저런 구멍이 있을 거라곤 꿈에도 몰랐다.

"집을 비우는 시간이 많으니까요. 도둑이 들면 곤란하잖아요."

"그건 뭐야?"

"여태껏 모은 돈이요."

제법 자루가 두툼했다. 좋은 집을 구하라고 급여를 올려줬더니 그걸 다람쥐처럼 모아놓고 있을 줄이야. 흐뭇하게 자루를 살펴보는 글로리아를 지켜보던 펠릭스가 기가 찬 듯 낮게 웃었다.

"귀가하기 전에 들를 곳이 있어요, 공작님. 잠시 시간을 내주시겠어요?"

"어딜 가겠다는 거지? 이 비에?"

그가 세차게 내리는 빗줄기를 바라보며 물었다.

"이 근처예요."

그녀는 마부가 준 로브를 뒤집어쓴 채 자루를 품에 끌어안았다. 그가 우산을 펼쳐주겠다고 했지만, 그녀는 한사코 거절하더니 빗줄기 속으로 뛰어들었다. 그녀가 간 곳은 에단의 집에서 멀지 않은 곳이었다. 야트막한 언덕 아래에 자리한 낡고 오래된 집이었다. 어두컴컴한 데다 집의 벽면에 구멍이 나 있어서 폐가처럼 보였다.

쿵, 쿵.

도저히 사람이 살 것 같지 않은 집의 문을 글로리아가 서슴없이 두드렸다.

펠릭스는 몇 걸음 떨어진 곳에서 그녀가 하는 행동을 지켜보았다. 그녀가 문을 두드린 지 얼마 되지 않아 삐거덕 하고 문이 열리더니 지팡이를 짚은 할머니가 휘청거리며 나왔다. 그 뒤로 십대 중반쯤으로 보이는 여자아이 하나가 얼굴을 쑥 내밀었다.

"누구세요?"

여자아이가 갑자기 로브를 쓰고 나타난 글로리아를 경계하며 물었다.

"안녕. 에단이라고 알지? 저기 살던 에단."

"그런데요?"

여자아이가 문을 꽉 거머쥐고서 물었다. 여차하면 문을 닫을 기세였다.

"나는 에단과 아는 사람인데……."

"에단, 죽었어요. 저도 그것밖에 몰라요."

여자아이가 말을 자르며 대답했다. 그러더니 슬픔을 참으려는 듯 입술을 앙다물었다.

"알아, 죽은 거."

글로리아가 서글프게 웃으며 말했다. 또다시 옆구리 쪽이 욱신거리는 듯했다.

"죽기 전에 나한테 부탁한 게 있어서 이렇게 찾아왔어. 이거, 에단이 주라고 했거든."

"이게 뭔데요?"

여자아이는 여전히 경계하는 얼굴이었다. 그러고는 자루를 받아 열어보더니 눈을 크게 부릅떴다.

"아, 아이고, 이게 뭔가요? 우리는 이런 거 못 받습니다."

뒤늦게 자루 속의 돈을 본 할머니가 손을 내저으며 자루를 도로 내밀었다. 하지만 글로리아는 그럴 줄 알았다는 듯 차분하게 여자아이의 두 팔에 자루를 안겨주었다.

"나쁜 돈 아니고 성실하게 모은 돈이니 뒤탈이 없을 거예요. 그간 먹을 거 챙겨주신 거, 아플 때 수프 챙겨주신 거 에단이 늘 고맙다고 말했어요. 오며가며 나눈 그 인사들도 고맙다고요."

폐가 같은 집에 살면서도 없는 살림으로 자신에게 뭔가를 나눠주려 했던 고마운 이웃이었다. 오며가며 나누었던 인사들, 낡은 그릇에 담겨 왔던 먹거리들. 그 모든 것들이 이제 와 보니 눈물 나게 고마웠다.

"그리고 에단이 크리스티나가 이제라도 공부를 했으면 좋겠대요. 똑똑한 아이인데 공부를 못 하는 게 아쉽다고요. 이게 에단의 유언이에요. 그러니까 받아주셨으면 좋겠네요. 이 돈을 받지 않으시면, 어쩔 수 없이 폐기 처분해야 해요. 그게 에단의 마지막 유언이었거든요."

"정말…… 에단이랑 아는 사이였어요?"

"응."

대답을 한 에단은 검지로 크리스티나를 가리키고는 엄지를 치켜들었다.

"이거라면 알 거라고 하던데."

「크리스티나, 수프 최고야.」

수프를 가져다줄 때마다 에단이 보여줬던 제스처였다.

"흐, 흐흑."

글로리아의 말에 크리스티나가 울음을 터트렸다. 이윽고 할머니의 주름진 눈에도 눈물이 어렸다.

"나는 에단한테 잘해준 것도 없는데……."

"관심만 줬어도 에단은 좋아했을 거야."

글로리아가 울컥거리는 마음을 참으며 대답했다.

고된 일을 마치고 돌아왔을 때 갖다주던 수프. 어려운 형편에도 자신에게 나눠주려 했던 이들의 마음이 늘 고마웠다.

"에단이 그렇게 될 줄은…… 흑흑."

"에단은 정말 많이 고마워했어요."

"흐흑."

크리스티나의 여윈 어깨가 바들바들 떨렸다. 글로리아는 조용히 입술을 사리물었다. 고작해야 이웃이었을 뿐인데, 자신을 위해 울어주는 사람들을 보고 있자니 마음이 시큰거렸다.

"돈 관리는 어떻게 하는지 알지? 다른 사람들에게 돈이 있다는 이야기는 절대 하지 말고, 숨겨놓고 치료비랑 공부하는 데 쓰도록 해. 똑똑한 아이니까 잘해낼 거라고 믿어."

"네, 감사합니다."

크리스티나가 흐르는 눈물을 닦으며 말했다. 눈물이 고인 그녀의 손등을 보니 괜히 마음이 울컥해왔다.

여기서 더 서 있다간 울 것 같아 먼저 돌아선 글로리아는 펠릭스에게로 걸어갔다. 마차에 탄 그녀는 그제야 터지는 눈물을 조용히 닦았다. 이제 자신이 저들 앞에 나설 일은 없을 거다. 이렇게 에단이었을 때 맺은 인연이 또 하나 잘려나갔다.

"평생 모은 돈일 텐데 그렇게 타인에게 줘도 되겠어?"

펠릭스가 그녀에게 손수건을 내밀며 물었다.

"네. 어차피 자그마한 집을 사고 남는 돈은 크리스티나에게 주려고 했어요. 똑똑하고 착한 아이예요. 할머니를 보살피느라 공부를 못 해서 저렇게 고생하고 있는 거라서요. 공부만 한다면 충분히 멋지게 자랄 수 있는 아이예요."

글로리아가 손수건으로 눈가를 닦으며 말했다. 이전부터 간간이 도와왔지만, 크리스티나와 할머니는 염치없다는 이유로 그 이상의 도움을 줄곧 거절했다. 그러면서 없는 살림으로 만든 수프를 그녀에게 나눠주곤 했다. 언젠가 그 빚을 갚아야겠다고 생각하고 있던 차였다. 이렇게라도 갚을 수 있어서 마음이 조금 편안했다.

그녀는 로브를 벗어 마차 구석에 내려놓은 후, 비가 내리는 창밖을 바라보았다.

"저 집은 어떻게 하실 거예요?"

"어떻게 했으면 해?"

"공작님이 알아서 처분해주세요."

"무너뜨려서 잔재는 소각시키도록 하지."

"네, 그러세요. 저도 그편이 차라리 편하겠네요. 그나저나 전부 다 끝나가네요. 이젠 정말 제가 에단이라고 우겨도 믿을 사람 하나 없겠어요."

글로리아가 옅게 미소 지으며 농담 같은 말을 꺼냈다.

"아직 끝은 아니지."

펠릭스의 낮은 목소리에 그녀의 고개가 돌아갔다. 그러자 펠릭스가 상체를 앞으로 숙였다. 순식간에 얼굴 간의 거리가 훅 좁혀졌다. 분명 방금 전까지 습한 비바람에 몸이 끈적거렸는데, 펠릭스의 맑은 눈을 보니 순식간에 불쾌감이 사라졌다.

"널 죽인 녀석, 그냥 둘 건가?"

"……!"

글로리아의 눈이 살짝 벌어졌다.

"해결해야지, 글로리아."

"……할 수 있어요?"

글로리아의 목소리가 가늘게 떨렸다.

여태껏 자신을 죽인 놈의 정체가 궁금했지만 나설 수 없었다. 자신이 에단의 죽음에 관여하면 사람들이 의아하게 볼 게 분명했다. 조용히 알아보면 될 테지만, 그마저도 펠릭스의 정보망에서 자유로울 수 없을 것 같았다. 그 때문에 여태껏 꾸역꾸역 참고만 있었다.

"할 수 있을 것 같아. 에단 달튼을 사칭하는 인간이 나타났거든."

펠릭스의 얼굴에 냉기가 흘렀다. 눈앞에 범인이 있으면 찢어 죽일 것처럼 서늘한 기운이 흘러나왔다.

"저를 사칭……해요?"

글로리아가 기가 차다는 표정을 짓자, 그가 말을 이었다.

"네가 죽은 지 얼마 되지 않아 에단 달튼의 신분증을 소지하고 있는 자가, 남부의 우리 영지에서 머물다가 돈을 받아가려다 실패했다고 하더군. 네 얼굴을 알 리 없는 남부 쪽에선 신분증만 믿고 덜컥 돈을 내어주려다가 은패가 없다는 걸 알곤 관뒀다더군. 그리고 잠적했는가 싶더니 요 근래 다시 나타났다고 해서 추적 중이야."

"남부의 영지에서 머물다가 돈을 받아갔다는 건, 제가 버클리 공작의 보좌관이라는 걸 아는 사람이겠네요."

글로리아가 착잡한 표정으로 말했다.

"계획된 살해지."

"그럴 거예요. 그 사람, 절 찌르기 전에 분명히 제 이름을 알고 있었거든요."

글로리아의 말에 펠릭스의 눈이 가늘어졌다.

"얼굴은?"

"어두워서 못 봤어요. 목소리가 익숙하긴 했는데, 빗소리 때문에 확실치 않아요. 그리고 덩치가 굉장히 컸는데, 저는 그 정도 덩치를 가진 사람을 알지 못해요."

"괜찮다면 살해되었던 그날 일을 듣고 싶은데."

펠릭스가 턱을 괴고서 그녀를 똑바로 바라보았다. 여태껏 그녀의 상처를 덧나게 할까 봐 차마 묻지 못했다. 예상대로 글로리아는 우물거리며 쉽게 말하지 못했다.

"만약 피곤하거나 힘들다면 하지 않아도 좋아. 날이 맑을 때 해도 되니까."

"솔직히 힘들긴 하지만, 이런 날이 회상하기엔 더 좋을 것 같네요. 기억 안 나던 것도 떠오를 수 있으니까요. 그러니까……."

글로리아는 차분히 살해당했던 날에 대한 이야기를 꺼냈다. 아무래도 글로리아 미들턴의 마차에 치인 것 같다는 말을 했을 때, 그의 표정은 설명할 수 없을 정도로 냉담해졌다.

속에 든 게 자신이 아니었다면 가만히 두지 않을 기세였다. 그 때문에 글로리아는 마차에 치여 차라리 고통을 빨리 끝낼 수 있었다고 설명했고, 그제야 펠릭스의 표정이 조금 가라앉았다.

이어 그녀는 자신이 살해당하던 날, 그 마차에서 떨어진 가문의 문장 파편을 사무엘이 발견한 것 같다는 것과, 그가 에단의 죽음을 교통사고사로 착각해서 자신을 칼로 찌른 것 같다는 것까지 모조리 설명했다.

"그럼 그 상황의 첫 목격자는 사무엘이겠군."

"네. 공작님이 말씀하신 대로라면 그렇겠네요."

"범인이 사무엘일 확률은?"

"그는 그럴 사람이 아니에요. 저랑 동갑내기 아들을 잃은 기억이 있는데, 그 때문에 저를 굉장히 아껴주었어요. 아들에게 못 한 것들을 해주고 싶다면서 여행을 다녀올 때마다 꼭꼭 선물도 가져왔고요. 그리고 사무엘이 저를 죽이려면 굳이 그렇게 죽일 필요가 없었을 거예요. 차라리 제가 보좌관 일을 그만두고 함께 여행이라도 떠났으면 모를까. 이왕 죽일 거면 아무도 없는 산속이 낫지 않겠어요?"

"죽은 네 시체를 회수하지 않은 이유는?"

"글쎄요. 거기까진 저도 알 수 없네요."

"만약 그가 네 신분증이 필요했던 거라면?"

"그랬다면 굳이 돌아와서 글로리아인 제 배를 찌를 필요가 없었겠죠."

글로리아가 다시금 옆구리를 감싸 쥐었다. 잠시 고민하던 펠릭스도 의견에 동의한다는 듯 가볍게 고개를 끄덕였다.

"그런데."

"네?"

"……일을 그만두고 사무엘과 여행을 떠날 생각이었나?"

뺨을 툭툭 두들기던 펠릭스의 손가락이 뚝 멈추었다. 그러더니 이전보다 낮은 목소리로 물어왔다.

"어, 음…… 일을 그만둔 후, 작은 집을 사기 전에 여행을 갈까 생각하고 있었어요."

글로리아가 잠시 고민하다가 솔직하게 대답했다.

"행복한 계획들을 꽤 많이 세워놨었군."

"……."

"누구는 밤새 잠도 못 이뤘는데 말이야."

펠릭스가 여전히 굳은 표정으로 말했다.

"……과거의 일은 덮어두기로 하셨잖아요."

글로리아가 조용히 항변했다. 들꽃 무덤을 다녀오던 날, 글로리아는 펠릭스에게서 과거의 모든 일을 덮을 뿐만 아니라 책임도 묻지 않겠다는 약속을 받아냈었다.

"그래, 이쯤에서 묻어두도록 하지. 약속이니까. 대신 앞으로 네가 세우는 모든 계획에는 내가 포함되어 있었으면 하는군."

"……."

"부탁이니 들어줄 거라 생각해, 글로리아."

그가 일부러 글로리아라는 이름을 강조해서 말했다. 말이 부탁이지 명령이나 다름없었다. 이젠 보좌관도 아니니 거절해도 되는데, 오랜 습관 탓인지 아니면 다른 이유 때문인지 거절하기가 쉽지 않았다.

늘 자신은 펠릭스에게 약했으니까.

"네."

어차피 결혼한 이상 계획에 펠릭스를 두는 건 당연한 일이었기에, 그녀는 순순히 대답했다. 그러자 펠릭스가 만족한 듯 미소를 지었다.

"그러면 내일 손님을 초대해야겠군. 목격자와 이 일을 아는 사람이 많으면 많을수록 좋을 테니까."

"그게 누군가요?"

"너도 보면 알게 될 거야."

펠릭스의 말이 끝나기가 무섭게, 마차가 저택으로 들어섰다. 그녀는 누가 들을세라 조용히 입을 다물었다.

하늘을 찢을 듯한 천둥소리에 펠릭스가 눈을 떴다. 글로리아가 바꿔놓은 초록색 커튼 너머로 번개가 번쩍여 사위를 밝혔다가 금세 새까만 세상으로 돌아왔다.

"끄응."

천둥소리가 멎자 미약하게 앓는 소리가 났다. 펠릭스의 시선이 반대편으로 향했다. 평소 자신에게 안겨 잠드는 것과 달리, 오늘은 침대 끄트머리에 혼자 누워 있었다.

"글로리아."

펠릭스가 손을 뻗어 그녀를 붙들었다. 몸이 끈적거렸다. 이마를 짚자 땀이 흥건했다. 이불을 걷어낸 그가 글로리아를 똑바로 눕혔다. 아픈 게 아니라 악몽을 꾸는 것처럼 보였다.

"으, 으으."

글로리아가 몸을 비틀며 괴로운 듯 앓는 소리를 냈다. 마치 누군가에게 억눌려 괴로운 일을 당하는 것 같았다.

"글로리아!"

그가 소리쳤지만, 글로리아는 좀처럼 깨어나질 못했다. 펠릭스는 그녀를 붙든 손을 풀고, 대신 끌어안았다.

"괜찮아. 괜찮아."

펠릭스가 그녀의 어깨를 쓸어주며 귓가에 속삭였다. 한동안 이리저리 고통스럽게 몸부림치던 글로리아는 한참이 지나서야 조금씩 안정을 찾아갔다. 그녀의 호흡이 완전히 안정되고 나서야 펠릭스는 참았던 숨을 내쉬었다.

펠릭스는 그녀가 잠잠해졌다는 걸 알면서도 계속해서 어깨를 쓰다듬어주었다. 그러고는 간간이 "에단, 괜찮아."라고 속삭여주었다.

괜찮은 줄 알았는데, 과거의 기억을 떠올리는 게 부담이 되었던 모양이었다.

에단일 때부터 그녀는 종종 이런 식이었다. 괜찮은 척 모든 일을 다 하다가, 느닷없이 앓아눕거나 병에 걸리곤 했다. 하지 않아도 된다고 말려도 소용없었다. 그녀는 은근히 말을 안 듣는 스타일이었다.

그가 에단이 여자라는 사실을 알게 된 것도 이런 식이었다. 잠시 쉬겠다고 책상에 엎드려 누웠던 에단이 좀처럼 일어나지 않아 조슈아가 깨우러 갔다가 아픈 걸 발견했다. 굉장히 아픈지 가까운 방의 침대로 옮길 때까지도 내내 의식 불명 상태였다.

에단이 그만큼 아픈 건 처음 보았기에 펠릭스는 하던 일을 다 접고서 그의 곁을 지켰다. 앨버트가 의사를 부르러 가고, 조슈아에게 차가운 물과 수건을 가져오라고 시킨 후 그는 에단을 바라보았다. 자신이 불러도 대답하지 않는 에단이 낯설었다. 처음으로 불안해서 뭐라도 해야겠다는 생각이 들었다. 그러자 손이 제멋대로 움직였다.

땀에 젖어 갑갑해 보이는 에단의 옷을 벗기다가 뭔가 이상함을 느꼈다.

남자치곤 볼록한 가슴, 가는 허리. 옅은 피부 빛깔까지.

설마 하는 마음에 바지를 벗기던 그는 손을 떼어냈다. 벗기지 않아도 다르다는 걸 알아볼 수 있었다. 수만 가지 감정이 교차했다.

잠시 굳은 듯 서 있던 그는 조슈아가 들어오기 전에 그녀의 옷을 도로 입혔다. 그리고 다른 사람이 에단의 옷을 벗기지 못하도록 명령을 내린 후, 그 비밀을 덮었다.

언젠가 때가 되면 에단이 자진해서 말할 거라는 생각이었다. 자신이 먼저 아는 체를 하면 에단은 미련 없이 이곳을 떠날 것 같았다. 그리고 에단이 여자이든 아니든 자신과는 크게 상관이 없다고 생각했다.

무심한 성격도 한몫했지만, 에단은 에단일 뿐이니 달라질 건 없다고 여겼다.

그날 이후로 에단에게 더 눈길이 가고 조금이라도 더 오래 곁에 두고 싶어 했으면서도 스스로의 마음을 깨닫지 못했다. 변화하는 마음을 알아채기엔 그에게 에단은 이미 공기같이 익숙한 존재였다.

그 공기가 사라진 후에야 펠릭스는 자신이 에단을 여자로서, 그리고 인간으로서 사랑하고 있었음을 알았다.

자신도 그토록 느렸다. 어쩌면 스스로의 감정에 더 무딘 글로리아는 자신보다 더 오랜 시간이 필요할지 모른다.

그러니까 기다릴게.

잠든 글로리아를 바라보던 펠릭스가 고개를 숙여 그녀의 이마에 입을 맞추었다.

"부인, 괜찮으세요?"

엘레나가 거울에 비친 글로리아를 쳐다보며 물었다.

"아니. 안 괜찮은 것 같아."

그녀가 뻐근한 어깨를 주무르며 중얼거렸다.

74

"어머, 어디 아프세요?"

"그건 아닌 것 같고. 조금 피곤해. 아무래도 어제 잠을 잘 못 잤나 봐. 악몽을 꾼 것 같기도 하고……."

이름 모를 누군가에게 한참 쫓겼다. 그러다가 막다른 골목에 달해 꼼짝없이 죽겠구나 싶을 때 꿈이 끝났다. 그 순간, 거짓말처럼 편안함이 밀려들었다. 마치 누군가가 귓가에서 '괜찮아.'라고 속삭여주는 것처럼.

글로리아는 혹시 펠릭스가 그랬나, 라고 생각하다가 고개를 가로저었다. 자신이 악몽을 꾸는 줄 그가 어떻게 알았을까. 더군다나 눈을 떴을 땐, 평소와 다를 바 없이 그의 품에 안겨 있었다.

"어떻게 해요. 의사를 부를까요?"

엘레나가 걱정이 가득 담긴 얼굴로 말했다.

"아냐. 그 정도는 아니야. 아무래도 어제 안 좋은 생각을 많이 해서 그런가 봐. 괜찮아."

글로리아는 신경 쓰지 말라는 듯 손을 내저었다. 어젯밤 살해당하던 상황을 몇 번이나 곱씹었던 게 무의식중에 부담이었던 모양이다.

준비를 마친 글로리아는 침실에서 나서다가 마주 오는 펠릭스를 보곤 걸음을 멈췄다. 깔끔하게 정리한 은발이 오늘따라 눈부셨다.

"좋은 아침이에요."

펠릭스가 눈을 접으며 미소 지었다. 그가 자연스럽게 그녀에게로 한발 다가섰다. 글로리아의 시선이 뒤따라 그의 몸을 훑었다.

방향이 다른 배지, 살짝 들린 옷깃. 조금씩 어딘가가 삐뚤어져 있었다.

글로리아가 자연스럽게 손을 뻗어 그것들을 정리했다. 그는 얌전히 그녀에게 몸을 맡기고 있었다.

그 모습을 앨버트가 뜨악한 얼굴로 지켜보았다. 분명 드레스룸에서 나올 때까지만 해도 멀쩡하던 배지와 옷깃이 왜 저렇게 되었는지 모를뿐더러, 펠릭스 공작이 자신의 몸을 글로리아에게 맡기는 모양새가 몹시 익숙하다는 게 묘했다.

같은 방을 쓰는 부부끼리 당연하다고 할 수 있지만, 펠릭스는 자신의 몸에 타인이 손을 대는 걸 좋아하지 않았다. 그 정도가 얼마나 심하냐면 아버지였던 알렉스가 몸에 손을 대도 얼굴을 찌푸릴 정도였다. 그래서 오랫동안 집사 일을 해온 그조차도 펠릭스의 몸에 손을 대는 건 손에 꼽을 정도였다.

그래서 여태까지 그의 몸에 손을 댈 수 있었던 건 정해진 하녀들과 에단뿐이었다. 그런 그인 만큼 오히려 만져달라는 듯 글로리아에게 다가가는 행동이 기괴해 보이기까지 했다.

"죄송합니다. 꼼꼼하게 옷차림을 살피라고 하녀들에게 일러두겠습니다."

정신을 차린 앨버트가 면목 없다는 얼굴로 사과했다. 그러나 펠릭스는 이미 발길을 돌려 조슈아와 이야기를 나누고 있었다.

"괜찮아요."

글로리아가 별일 아니라는 듯 미소 지었다. 펠릭스가 보좌관들과 간단한 이야기를 나누며 내려가는 사이, 글로리아는 걸음을 늦춰 앨버트의 곁에 섰다.

"정말로 하녀들에게 말하실 필요 없어요."

"그래도 한번은 일러두는 게……."

"요즘 공작님의 취미생활이에요."

"네?"

"하녀들은 분명히 완벽히 정돈해드렸을 거예요. 전담하녀들이 그런 실수를 할 리 없잖아요. 공작님께서 심심해서 하시는 행동이니 그냥 내버려두세요."

글로리아는 빙긋 미소를 지었다. 두 번째까진 하녀들이 바뀌었거나 어딘가에 부딪쳐서 옷차림이 망가진 거라 생각했다.

그러나 상황이 반복되고서야 글로리아는 펠릭스가 일부러 흐트러진 차림새로 자신의 앞에 선다는 걸 알았다. 자신이 옷매무새를 가다듬어줄 때, 기다렸다는 듯이 빤히 건너다보는 그 얼굴이 증거였다.

그 이후부터 그녀는 순순히 그의 옷매무새를 정리해주었다. 오른쪽 소매를 정리한 후, 자연스럽게 왼쪽 손을 내미는 모습이 조금 귀여워 보이기까지 했다. 그래서인지 요즘은 그녀도 아침마다 즐거운 마음으로 그의 옷매무새를 고쳐주었다.

"그러니 앨버트도 미안해할 필요 없어요."

글로리아는 걱정하지 말라는 말을 남긴 후, 식사를 하는 홀로 들어섰다.

취미생활……. 아니, 왜 저런 이상한 취미생활을……?

그보다도 두 분은 언제 저렇게 가까워지신 거지?

앨버트는 얼떨떨한 얼굴로 두 사람의 뒷모습을 바라보았다.

11

응접실에서 손님이 기다리고 있다는 소식이 도착한 건, 식사가 끝나갈 즈음이었다.

"가도록 하지."

"저도요?"

입가를 닦던 글로리아가 의아한 얼굴로 물었다.

"오늘 손님이 온다고 했잖아. 네 손님이기도 하거든, 글로리아."

"누구신데요?"

글로리아가 자리에서 일어나며 물었다.

"보면 알아. 아마 굉장히 반가워하겠지."

그가 모호한 대답을 흘리며 돌아섰다. 글로리아가 의아한 얼굴로 그의 뒤를 따랐다. 응접실에 들어선 글로리아는 고분고분하게 펠릭스의 옆자리에 섰다. 예의상 미소를 지으며 인사를 하려던 그녀가 상대를 확인하자마자 뻣뻣하게 굳었다.

응접실에 우두커니 서 있던 남자 또한 글로리아를 빤히 쳐다보았다.

"인사드립니다."

남자는 고개를 숙이면서도 글로리아에게서 눈을 떼지 못했다.

사무엘…….

글로리아는 속으로 조용히 그를 불렀다.

"이분이 왜 여기 있죠?"

글로리아가 창백한 얼굴로 물었다.

사무엘은 귀족의 몸에 상해를 입힌 평민이었다. 오래전 일이라 하더라도 충분히 문제 삼아 그를 처벌할 수 있었다. 그렇기에 혹시라도 그를 알아보는 사람이 있기라도 하면 큰일이었다.

그녀는 자신과 한 약속을 잊었냐는 얼굴로 펠릭스를 쳐다보았다.

"우리와 함께 에단을 죽인 범인을 찾을 사람이니까."

"……네?"

"일단 앉아. 자세히 설명해줄 테니까."

펠릭스의 말에 글로리아가 응접실 소파에 앉았다. 공교롭게 사무엘의 맞은편 자리였다. 그는 여전히 묘한 표정으로 글로리아를 바라보았다. 그녀는 시선을 피해 펠릭스를 바라보았다.

"눈앞의 남자는 사무엘, 에단의 스승이지. 에단을 살해한 범인을 찾고 있는 중이기도 하고. 에단 달튼을 사칭한 자가 나타났다는 곳을 찾아갈 때마다 이자가 나타나 똑같이 조사를 했다고 하더군. 그래서 공조하면 좋을 것 같아 데려왔어."

"……그렇군요."

글로리아가 침착하게 대답했다.

"부인도 에단의 범인을 찾는 중이십니까?"

사무엘이 조용한 목소리로 물었다. 글로리아는 눈을 들어 그를 바라보았다. 가까이서 본 사무엘은 초췌했다.

"네. 공작님의 일이 제 일이니까요."

글로리아는 최대한 덤덤하게 대답했다.

"그렇군요."

사무엘이 믿기지 않는다는 말투로 대답했다. 그러나 깊게 캐묻는 대신, 펠릭스에게로 시선을 돌렸다.

"주제넘습니다만, 공작부인께서 참여하시기엔 잔인한 사건으로 보이는데, 괜찮으시겠습니까?"

"상관없어. 오히려 영민한 여자라 도움이 될 테니까."

펠릭스의 말에 사무엘은 납득했다는 듯 고개를 끄덕였다.

"알겠습니다. 그럼 제가 아는 대로 말씀드리지요. 한시라도 빨리 범인을 찾는 게 중요하니까요."

숨을 깊게 들이마신 사무엘이 천천히 입을 열었다.

"에단 달튼을 사칭하는 자가 나타난 것은 제가 알기로 열 번이 넘습니다."

열 번?

글로리아가 의아한 얼굴로 사무엘을 바라보았다. 펠릭스가 말한 사칭 횟수보다 훨씬 더 많았다.

"대체로 그가 출몰한 곳은 빈민가의 사창가나, 평민이라고는 하지만 형편이 어려운 자들이 몰려 지내는 곳의 상점가 등이었습니다. 그곳에서 에단 달튼의 신분증에 찍힌 보좌관 도장을 이용해 협박한 후 물건이나 돈을 갈취했다고 합니다. 아무래도 버클리 공작의 보좌관이라고 하면 무서울 테니 달라는 대로 내어줬겠죠."

사무엘의 말에 글로리아가 조용히 주먹을 거머쥐었다. 이러지 않으면 험한 말이 튀어나올 것 같았다. 자신을 죽인 걸로도 부족해, 자신의 신분증으로 형편이 어려운 사람들을 갈취했다니.

"빈민가만 공략한 이유는 귀족들과 기사들의 발길이 잘 닿지 않는 곳이기 때문이겠군."

펠릭스가 턱을 쓰다듬으며 말하자, 사무엘이 고개를 끄덕였다.

"저도 그렇게 생각하고 있습니다. 빈민굴 사람들은 신고를 하지 않으니까요. 아니, 자신들의 이야기를 들어주는 사람들이 없어서 신고를 못 하니까요. 그 때문에 이런 일이 빈번하게 벌어진 모양입니다."

"지도는?"

"가져왔습니다."

사무엘이 품에서 낡은 지도를 꺼내 펼쳤다. 그 지도를 본 순간, 글로리아는 조용히 입술을 사리물었다.

잠시 잊고 있던 과거가 떠올랐다.

「에단, 어디를 여행하고 싶으냐?」

언젠가 일을 그만두고 여행을 가고 싶다는 말에 그가 지도를 꺼냈었다. 그 낡은 지도에는 여태껏 사무엘이 다녀왔던 도시들이 표시되어 있었다.

「사무엘, 지도가 있어요?」

「그럼. 옛날에 열심히 돈을 모아 큰맘 먹고 하나 장만했지. 상인 녀석이 어찌나 비싼 가격에 파는지. 후우. 그래도 꽤 좋은 지도를 구했단다.」

「우와! 이렇게 많이 다녀왔어요, 사무엘?」

「그럼! 이걸로는 부족해. 앞으로 더 다닐 거다. 내 목표는 죽기 전에 커다란 별을 그리고 죽는 거지.」

사무엘의 말처럼 지도 위에 표시된 지점들을 눈으로 연결하자 별이 그려졌다. 아직 몇 도시가 부족해서 완전하진 않았지만, 곧 이룰 것 같았다. 남들 눈에는 쓸모없어 보이지만, 세상에 큰 별 모양의 발자취를 남기고 가고 싶다는 그의 꿈이 낭만적으로 들렸다.

그 예쁜 지도에 붉은색의 점이 보기 싫게 찍혀 있었다.

에단 달튼이 죽은 장소, 에단 달튼을 사칭한 자가 나타난 곳.

낭만과 아름다움 대신 살해의 흔적과 복수가 들끓는 지도를 보고 있자니 가슴이 시큰거렸다.

"에단 달튼을 사칭한 자가 나타난 곳입니다."

펠릭스가 사무엘이 펼친 지도를 빤히 들여다보았다. 두 사람이 지도를 들여다보며 이런저런 이야기를 하는 사이, 글로리아는 숨을 깊게 들이마셨다가 내쉬었다.

오랜만에 사무엘을 봐서 마음이 흐트러졌다. 지금은 사무엘에 대한 마음보다, 에단 달튼을 사칭하는 자를 잡는 게 한시라도 급했다. 글로리아는 마음을 다잡고 지도를 들여다보았다.

그러나 마음과는 달리, 지도에 표시된 곳을 아무리 들여다보아도 일정한 법칙이라고는 보이지 않았다. 그나마 한번 나타났던 곳은 절대 재방문을 하지 않는다는 것 정도만 알 수 있었다.

"에단 달튼을 사칭하는 자를 찾는 자에게 현상금을 걸겠다고 하는 건 어떤가요?"

글로리아가 조심스럽게 물었다.

"안 돼. 그랬다간 사칭하는 자가 신분증을 버리고 도주할 가능성이 높아. 사칭하는 자를 잡는 게 목표인 만큼 조심스럽게 움직여야 해."

펠릭스의 말에 글로리아가 수긍한다는 듯 고개를 끄덕였다.

"제 의견을 하나 말씀드려도 되겠습니까?"

사무엘이 조심스럽게 물었다.

"해."

펠릭스가 지도에 시선을 둔 채 허락했다.

"빈민가에 드문드문 사람을 배치하는 게 어떨까 합니다. 에단 달튼을 사칭한 자는 한번 나타난 곳에는 다시 나타나지 않으니, 이 도시에서 가장 후미진 빈민가 몇 곳에만 사람을 배치하면 몇 달 안에 잡을 수 있지 않을까 합니다."

"만약 그자가 다른 도시로 떠났거나, 떠날 계획이라면요?"

글로리아가 지도에 시선을 둔 채 말했다.

"그렇다면⋯⋯."

사무엘의 말문이 막혔다. 글로리아가 고개를 들어 사무엘을 바라보았다.

"그러니 에단 달튼을 사칭하는 자가 오게끔 만들어야 해요. 최대한 빠른 시일 내에요."

글로리아의 말에 펠릭스가 알아들었다는 듯 가볍게 고개를 끄덕였다.

"그게 무슨 말입니까, 부인?"

사무엘이 못 알아들었다는 듯 의아한 얼굴로 물었다.

"에단 달튼을 사칭하는 자는 아무래도 사칭한 걸로 먹고사는 것 같아요. 그런데 자신과 똑같이 에단 달튼을 사칭하는 사람이 나타나면 어떻게 될까요? 그자가 나타난 곳을 자신은 재방문하지 못하니 입지가 좁아지겠죠. 또한, 에단 달튼이 두 명이 되어 분탕질을 치고 다니면 누군가가 신고를 할지도 모른다는 생각도 하겠죠. 그러니 그전에 처리하려고 할 거예요."

"그러면 어떻게 하겠다는 거죠?"

"에단 달튼이라고 사칭하는 자를 빈민가에 풀어야죠."

"흠."

사무엘이 잠시 고민하다가 조심스럽게 물었다.

"그럼 어디부터 시작하는 게 좋을까요?"

"음, 이곳이 좋겠네요."

지도를 살펴보던 글로리아가 마지막 사칭 상소였던 곳에서 얼마 떨어지지 않은 빈민가를 가리켰다.

"이곳이라면 충분할 거예요. 분명 마지막 나타났던 데서 그리 멀리 가진 않았을 테니 소문도 금방 듣겠죠."

글로리아의 말에 사무엘은 "아." 하고 감탄하며 고개를 끄덕였다. 자신은 지도를 들여다보며 뒤쫓을 생각만 했지, 찾아오게 할 생각은 미처 하지 못했다. 그는 놀랍다는 눈으로 글로리아를 바라보며 입을 열었다.

"그럼 에단 달튼과 흡사한 미끼를 풀어야겠군요."

"아뇨. 전혀 다른 외형이어야 해요."

"왜 그렇죠?"

사무엘이 이해할 수 없다는 듯 물었다.

"범인은 에단 달튼에 대해 이미 잘 아는 사람이에요. 아마도 진짜 에단 달튼이 죽었다는 것도 꼼꼼하게 확인했을 확률이 높아요. 그런데 갑자기 뜬금없이 에단 달튼과 비슷한 사람이 나타나면 덫이라고

생각할 수도 있어요. 그러니 범인의 눈에, 미끼는 정말 미끼 같아야
해요."

"흠, 만약 범인이 에단 달튼을 사칭하는 사람을 덫이라고 생각해서
나타나지 않을 때는요? 그땐 다른 방법을 강구하는 겁니까?"

사무엘이 고심하는 얼굴로 물었다.

"아뇨. 세 번째 에단 달튼을 사칭하는 사람을 푸는 게 좋을 것 같아
요. 그러면 그는 자신 같은 사기꾼이 늘어나고 있다고 착각할 거예
요."

글로리아의 말에 사무엘이 느릿하게 고개를 끄덕였다. 현재로선 이
방법이 가장 적당했다. 그러면서 그는 글로리아와 펠릭스를 바라보았
다. 펠릭스는 글로리아가 처음 말을 꺼냈을 때부터 모두 다 알아들었
다는 얼굴을 하고 있었다. 그런 그도 놀랍지만, 이런 생각을 한 글로
리아에게 굉장히 놀라는 중이었다.

펠릭스가 했던 '영민하다.'는 말이 입에 발린 칭찬만은 아닌 것 같았
다.

"일의 진행은 우리 쪽에서 하도록 하지."

펠릭스의 말에 사무엘이 느릿하게 고개를 끄덕였다. 자신보다 펠릭
스가 직접 나서는 게 훨씬 더 계획적일 게 분명했다.

"그리고 사무엘, 그대가 뒤를 쫓고 있다는 걸 범인이 알 수 있으니
직접적으로 나서지 말도록. 자칫하다간 일이 엉망이 될 수 있으니 말
이야."

"간단히 순찰 정도는 하고 싶습니다."

"그렇게 하도록 해. 대신 절대로 나서진 마. 범인과 맞닥뜨리면 그
대가 위험해. 실수로 범인을 놓치면 찾기 어려워지니까."

"알겠습니다."

사무엘은 못마땅한 표정이었지만, 순순히 대답했다.

모든 대화가 끝이 났다. 펠릭스의 시선이 옆으로 향했다. 글로리아
는 아쉬운 표정으로 지도를 챙기는 사무엘을 바라보고 있었다. 주인
잃은 강아지처럼 커다란 눈동자가 어쩔 줄 몰라 했다. 그러다 사무엘
이 쳐다보자, 언제 그랬냐는 듯 무표정을 지었다. 넘치는 감정을 주체
하느라 힘들어 보였다.

펠릭스의 손끝이 움찔거렸다.

왜 이 녀석 주변에는 남자가 이렇게 많은 거지?

마음 같아서는 저 작은 얼굴을 이쪽으로 돌려 자신만 보게 하고 싶
었다. 이 상황이 못마땅해진 펠릭스가 눈썹을 치켜 올렸다.

"보고할 거리가 생기는 대로 연락을 하도록. 방문을 하고 싶다면 전
날 연락해. 그러면 되도록 허락하도록 하지."

펠릭스가 사무엘을 쳐다보았다.

"제게 말씀하신 겁니까?"

"그대 말고 내가 이런 말을 할 사람이 누가 있지?"

펠릭스가 날이 선 목소리로 말했다.

"그렇군요. 알겠습니다. 베풀어주신 은혜에 감사드립니다."

사무엘이 떨떠름한 얼굴로 대답했다. 허락한다는 말과 달리 펠릭스
는 날카로운 표정을 짓고 있었다. 오라는 말이 오지 말라는 말보다 무
섭게 느껴진 건 처음이었다.

자리에서 일어난 사무엘은 맞은편에 서 있는 글로리아를 물끄러미
건너다보았다. 하고 싶은 말이 많았다.

자신을 기억하고 있는지, 옆구리를 찌른 자신에게 도망가라는 말을

왜 한 건지, 자신의 이름은 어떻게 알았는지, 혹시…….

사무엘이 말끝을 삭였다. 모두 다 이 자리에서는 할 수 없는 말들이었다.

"가보도록 하겠습니다. 다음에 또 뵙겠습니다. 영광된 시간을 허락해주셔서 감사합니다."

사무엘이 고개를 숙여 끝인사를 건넸다.

"……조심히 살펴 가세요."

글로리아가 고개를 숙여 인사했다.

글로리아는 멀어지는 사무엘의 뒷모습을 창가에 서서 바라보았다. 이렇게 사무엘을 마주하게 될 줄 몰랐기에 얼떨떨했다.

"글로리아, 그대는 공작부인이야. 사무엘에겐 하대를 해야 하지."

펠릭스의 지적에 그녀가 돌아섰다.

"앞으로 주의하겠어요. 그런데 사무엘이 온다는 이야기를 왜 미리 하지 않으셨어요?"

글로리아가 불만스러운 표정으로 물었다.

"그럼 들떠 있을 테니까."

"그게 당연한 거 아닌가요?"

"다른 사람 때문에 하루 종일 들떠 있는 모습을 나더러 보란 말인가?"

응접실 소파에 앉은 채 펠릭스가 얼굴을 찌푸리며 낮은 목소리로 물었다.

"저한테 사무엘은 가족 같은 사람이에요."

"가족 같은 사람일 뿐, 가족은 아니지."

"······혹시, 지금 질투하세요?"

"그럼, 내가 연기하는 것 같아?"

부끄러우라고 던진 말인데, 펠릭스는 일절 표정 변화 없이 뻔뻔하게 받아쳤다. 오히려 그의 당당한 태도에 글로리아의 얼굴이 불그스름해졌다. 예전엔 이런 말을 들으면 당황스러웠는데, 요즘은 가슴 중간이 간질간질했다.

글로리아는 열이 오른 얼굴에 손으로 부채질을 했다. 그러자 펠릭스가 성큼성큼 다가와 그녀의 이마를 짚었다.

"다행히 열은 없군."

"조금 더워서요."

"열린 창문 쪽으로 가서 바람을 쐬는 게 낫겠군."

펠릭스의 말에 글로리아가 바람이 잘 들어오는 창가로 다가갔다. 그러자 선선한 바람이 몸을 스치고 지나갔다. 그녀는 창가에 붙어선 채, 창틀에 기대서 있는 펠릭스를 바라보았다. 그는 팔짱을 낀 채 창문에 머리를 대고 있었다.

"그런데 이런 위험한 일에 왜 사무엘을 끌어들인 거예요? 그가 가진 정보가 많다면 적당한 금액을 주고 거래했어도 될 일이었어요."

선선한 바람에 정신이 든 글로리아가 심각한 표정으로 물었다. 사무엘과 재회한 반가움도 잠시, 걱정이 되기 시작했다.

"내가 끌어들이지 않아도 이미 혼자서 에단 달튼을 죽인 범인을 쫓고 있었어. 만약 그러다 사무엘이 먼저 범인과 맞닥뜨렸다면 어떻게 됐을 것 같아?"

"······!"

자신의 기억에 따르면 범인은 굉장히 큰 덩치의 남자였다. 사무엘이 상대할 만한 사람이 아니었다.

"죽거나, 죽였겠지."

"……"

"운 좋게 죽이더라도 복수에 의한 살인인 만큼, 형량이 가볍지 않아. 그럼 검거되거나, 운이 좋아봤자 도망자 신세가 되겠지."

"……"

"어느 쪽이든 네가 좋아할 결론은 아니잖아, 글로리아."

"……"

"네가 슬퍼하는 것보단, 내가 질투하는 쪽이 나을 거라는 생각에서 내린 결정이야."

말을 마친 그가 입을 다물었다. 그의 입꼬리에 미미한 미소가 맺혀 있었다. 아무렇게나 행동하는 것 같지만, 그 끝은 모두 자신을 위한 배려였다. 기분이 이상했다.

얕은 물인 줄 알고 발을 담갔는데, 알고 보니 몹시 깊은 물에 맞닥뜨린 기분이었다.

글로리아는 자신이 숨을 쉬지 않고 있다는 것도 잊은 채 펠릭스를 바라보았다.

그 순간, 청량한 바람이 훅 밀려 들어왔다. 그 바람이 가슴을 관통해 들어온 것처럼, 속이 울렁거렸다. 조용히 내려앉았던 감정들이 일순 허공으로 흩날렸다. 가슴이 터질 것처럼 벅차오르는 가운데, 그의 모습이 찬란히 빛났다.

눈이 부신데, 눈을 감을 수 없었다.

"그런 표정으로 쳐다보면 곤란한데……"

그의 매끈한 미간이 좁혀졌다. 동시에 그가 그녀의 턱을 부드럽게 들어올렸다. 그가 느릿하게 다가오는 모습이 보였다.

잠시 흩날렸다가 제자리를 찾는 은발, 서서히 눈꺼풀 아래로 사라지는 푸른 눈, 일자로 뻗은 입꼬리.

그것들이 점점 더 크게 보였다. 마침내 아름다운 얼굴이 보이지 않게 되자, 입술로 온기가 퍼졌다.

아…….

알 수 없는 감탄사가 속에서 흘러나왔다. 침묵이 모든 소리를 집어삼켰다. 아무도 알지 못하는 시간의 틈에 갇힌 듯, 신비로웠다. 가슴 가운데에서 흩날리던 감정이 소리 없이 내려앉았다.

글로리아는 자신도 모르게 눈을 감았다.

아무래도 홀린 것 같아.

글로리아는 턱을 괴고서 창밖을 바라보며 생각했다. 손에서 놓친 책이 테이블 아래로 떨어졌지만 그녀는 눈치채지 못했다. 그만큼 그녀에게 펠릭스와 나눈 키스는 충격적이었다.

그와 키스를 끝낸 후, 글로리아는 자신도 모르게 뒷걸음질 쳤다. 당황한 그녀는 '실례하겠습니다.'라는 말을 남긴 후, 도망치듯 자신의 방으로 뛰어왔다.

다른 일에 집중하겠다고 이것저것 다 해보았지만 어느 것도 통하지 않았다. 자꾸만 넋이 나간 채 창밖을 바라보게 되었다.

"괜찮으세요?"

이불 정리를 하던 엘레나가 더 이상은 잠자코 지켜볼 수가 없는지 책을 들어 그녀의 테이블에 올려놓았다.

"응. 괜찮아."

"안색이 안 좋으세요. 아니, 안 좋은 건 아니고……."

엘레나가 설명하기 묘하다는 표정을 지었다.

"안색이 왜?"

"붉어요. 아프신가요?"

"거울 있어?"

"네. 여기요."

엘레나가 챙겨 다니던 조그만 손거울을 글로리아에게 내밀었다. 거울을 들여다본 글로리아의 표정이 미묘해졌다.

뺨이 붉었다.

여기저기 만져보았지만 뜨겁지 않았다. 열이 오른 얼굴이 아니라, 부끄러워하는 쪽에 가까웠다.

"내가 대체 왜 이럴까……. 미쳐가는 건가."

"네?"

엘레나가 무슨 말이냐는 듯 물었다.

"아냐, 아무것도."

글로리아는 손을 내저었다. 그녀는 다시금 책을 읽기 시작했다. 열 번도 더 읽었던 페이지를 다시 읽기 시작했다.

늦은 밤, 침실로 향하는 글로리아의 표정이 복잡했다. 그의 황궁 외출로 저녁식사를 홀로 했기에, 키스를 한 후 얼굴을 맞대는 건 처음이었다. 글로리아는 침실 문 앞에 서 있다가 복도 쪽 창문에 기대섰다.

일단 마음을 가라앉히고 들어가야지.

그녀가 숨을 들이마셨다가 내쉬길 반복할 때였다.

"부인."

고개를 돌리니 오늘 하루 종일 자신을 따라다녔던 엘레나가 종종걸음으로 다가오고 있었다.

"엘레나, 나 괜찮다니까. 그만 따라다녀."

"괜찮으시다니 다행이에요. 사실 그것 때문에 온 건 아니고, 여기 서신이 왔어요. 해나 앤더슨 영애에게서 서신이 오면 언제든 갖다달라고 하셨잖아요."

"이 늦은 시각에 왔다고?"

"네."

글로리아가 의아한 얼굴로 서신을 받아들었다.

"전달해줘서 고마워. 기다리던 소식이었거든."

"네."

"좋은 밤 보내."

"부인도 좋은 밤 보내세요."

대답을 하는 엘레나의 뺨이 붉게 물들었다.

요즘 공작 부부의 사이가 좋다고 저택 내에 소문이 자자했다. 바쁘면 대충 서재의 간이침대에서 자던 공작이 꼬박꼬박 침실로 향하는데다가, 외출이 없으면 식사 시간에 꼭 공작부인을 찾았다. 그뿐만이 아니라 저택의 모든 것을 하나도 바꾸지 못하게 했던 이전과 달리, 글로리아가 저택을 어떻게 바꾸든 신경 쓰지 않는다는 것도 소문의 한 이유였다.

"응."

서신에 정신이 팔려 있느라 그녀는 엘레나의 얼굴을 미처 보지 못했다. 엘레나가 사라진 후, 글로리아는 앤더슨 가문의 인장이 찍힌 부분을 바라보았다. 얼마나 낡았는지 인장의 군데군데가 제대로 찍히지 않은 상태였다.

"후우."

그녀는 안타까움에 한숨을 내쉬며 봉투를 열었다. 그 속에 해나 앤더슨의 자필 편지가 담겨 있었다.

[제안해주신 부분은 감사합니다만, 오랫동안 고민해보아도 받아들일 수가 없을 것 같습니다.

부인께서 좋은 분이시라는 건 알고 있습니다. 또한 제안하신 자리도 좋다는 걸 알고 있습니다.

그래서 더욱 받아들일 수 없을 것 같습니다.

제가 조금 더 나은 환경이 되었을 때 꼭 인사드리러 가겠습니다.

보여주신 따뜻함에 다시 한 번 감사드리며.

해나 앤더슨.]

"거절당했군."

"그러게요."

"슬픈가."

"슬픈 건 아니고, 조금 섭섭할 뿐이……."

무심코 대답하던 글로리아가 고개를 번쩍 들었다. 펠릭스가 팔짱을 낀 채 서신을 들여다보고 있었다.

"슬프다면 해나 앤더슨을 강제로 고용하는 방법도 있어."

"아뇨. 그렇게까지 하지 않으셔도 돼요. 그런데 언제 여기까지 오셨어요?"

"방금."

펠릭스가 눈만 들어 글로리아를 보며 대답했다. 그제야 잊고 있던 사실이 떠올랐다. 펠릭스는 마음먹고 발소리를 줄이면 첩자도 할 수 있는 수준이었다. 다만 저택에서 그토록 발소리를 줄일 일이 없어서 잊고 있었을 뿐이었다.

그런데 왜 하필, 이럴 때 그 기술을 쓰는 거지?

"분명 기척도 느껴지고 말소리도 들렸는데 들어오지 않기에 나와봤어."

펠릭스가 문제 될 거 있냐는 듯한 표정으로 바라보았다.

"그랬군요."

글로리아가 대답하며 시선을 슬그머니 피했다. 얼굴에 조금씩 열이 오르기 시작했다. 이쯤 되니 몹쓸 병에 걸린 게 아닌가 싶었다.

"왜 눈을 피하지?"

펠릭스의 목소리가 금세 낮아졌다.

"피곤하실 텐데 주무시러 들어가시죠."

글로리아가 말을 돌렸지만, 펠릭스는 발바닥이 땅에 붙은 사람처럼 꼼짝하지 않았다. 오히려 고개를 기울여 그녀의 얼굴과 마주했다. 시야에 펠릭스의 얼굴이 완전히 들어오자, 글로리아는 저도 모르게 입술을 앙다물었다.

"키스한 게 싫었던 건가?"

펠릭스가 그녀의 입술에 시선을 둔 채 물었다.

"누가 들을지도 몰라요."

"부부가 키스하는 게 뭐가 문제지?"

펠릭스가 조금 더 다가오며 물었다. 그의 고개가 완전히 기울어져 있었다. 조금만 더 숙이면 입술이 닿을 듯했다.

"……문제는 아니지만, 민망하잖아요."

"보여준 것도 아닌데 민망할 게 뭐지?"

"……."

그의 말에 대꾸할 힘이 없어졌다. 그의 뻔뻔함이 남다르다는 것도 잠시 잊고 있었다. 더 말을 섞었다간 휘말릴 것 같아, 글로리아는 침실을 가리켰다.

"시간이 늦었어요. 주무시러 가시죠."

그가 잡을세라 얼른 침실로 들어온 그녀는 침대에 누웠다. 펠릭스가 뒤따라 옆자리에 눕는 걸 확인한 후, 촛불을 껐다. 그녀는 침대 끄트머리에 누워 깍지 낀 손을 베개 아래에 넣었다.

오늘은 잠결에 그에게 안기면 큰일이 날 것 같았다.

"좋은 밤 보내세요."

글로리아는 밤 인사를 한 후, 눈을 꼭 감았다. 그 순간 이불이 들썩거렸다. 불길한 예감과 동시에 글로리아가 눈을 떴을 때, 펠릭스는 이미 그녀의 코앞에 다가와 있었다. 창가에서 스민 달빛에 머리를 괴고서 옆으로 누워 있는 그의 실루엣이 보였다.

"왜 그러고 계세요?"

"넌 그러고 잘 수 있나 보군."

"그럼요?"

"난 뭔가를 끌어안아야 잘 수 있게끔 습관이 바뀌었어. 누구 때문에."

"……."

잠시 멍하게 있던 글로리아가 조심스럽게 베개를 내밀었다.

"이거라도……."

"베개 말고."

"……."

어둠 속에서 귀신같이 알아본 펠릭스가 한마디 던졌다. 그 말에 글로리아는 베개를 슬며시 내려놓았다.

펠릭스가 손을 뻗어 글로리아의 어깨를 끌어안았다. 자연스럽게 몸이 착 맞물렸다.

쿵, 쿵.

누구의 것인지 모를 심장 소리가 크게 울렸다.

"이 소리가 네 소리였으면 좋겠는데, 아무래도 내 소리인 것 같군."

펠릭스가 덤덤하게 자신의 심장이 뛰고 있음을 인정했다. 자신 때문에 누군가의 심장이 이렇게 뛸 수 있다는 게 신기했다. 동시에 뺨이 붉어졌다. 어쩌면 자신의 심장도 이렇게 뛰고 있을지 모른다는 생각이 들었다. 그렇지 않고서야 누워만 있는데 숨이 찰 리 없다.

이제 그만 생각하고 자자.

더 생각했다간 머리가 터질 것 같아, 글로리아는 기도하듯이 손을 꽉 쥐고서 눈을 감았다. 그리고 오지 않는 잠을 간절히 청할 때였다.

쪽.

그 순간, 이마에 입술이 닿았다.

쪽.

다시 한 번 이마에 입술이 닿고서야, 글로리아가 고개를 들었다. 마치 그 순간을 기다렸던 것처럼 펠릭스가 고개를 숙였다. 글로리아의 입에서 나오려던 말이 맞닿은 입술 사이에서 뭉개져 사라졌다.

짧은 키스 후, 펠릭스가 느릿하게 고개를 떼어냈다. 글로리아가 그런 그를 물끄러미 바라보았다.

"잘 자, 에단. 아니, 글로리아."

펠릭스는 글로리아의 입술에 가볍게 입을 맞춘 후, 언제 그랬냐는 듯 그녀를 끌어안은 채 눈을 감았다. 천장을 바라보고 누운 글로리아는 느릿하게 눈을 깜빡였다. 언젠가 조슈아에게서 들었던 말이 떠올랐다.

「한번 진도 나가면 무르는 건 없어요. 연애란 앞만 보며 달리는 거죠.」

그때까지만 해도 연애 한번 안 해본 놈이 별소리를 다 하는구나 하고 귓등으로 들었는데 그 말이 사실이라는 걸 지금에서야 알았다.

그랬구나……. 고로, 앞으로는 굿나이트 인사는 키스가 되겠구나…….

글로리아는 흐트러진 호흡을 들킬세라 잠시 숨을 멈추었다.

글로리아는 초조한 표정으로 응접실 문을 바라보았다. 평소보다 일찍 일어나서 오후 스케줄까지 모조리 앞당겨 오전에 끝냈다. 앨버트에게서 저택에 관한 보고를 받은 후, 무역 수업도 일찌감치 끝마쳤다.

"오셨습니다."

하녀의 말에 글로리아가 몸을 벌떡 일으켰다. 문이 열리자 허름한 차림의 사무엘이 들어섰다. 눈이 마주치자, 사무엘이 고개를 숙여 인사했다.

"며칠 만에 인사드립니다."

"오시는 길이 멀었을 텐데, 와주셔서 감사합니다."

글로리아가 사무엘에게 인사를 건넸다.

"공작님은 안 보이시는군요."

"일이 바쁘셔서 참석하지 못하셨습니다. 대신 제가 대접할 테니 섭섭하게 생각하지 않으셨으면 합니다."

사실 이 만남은 글로리아가 펠릭스에게 부탁한 결과였다.

자신이 죽은 후로 고생이 극심했는지 피골이 상접한 사무엘의 모습이 마음 쓰이니 식사를 따로 대접할 수 있게 해달라고 했다. 그 말에 펠릭스는 마뜩잖다는 표정으로 글로리아를 바라보았다.

「그건 내가 꽤 많은 양보를 하는 것 같은데, 그럼 넌 내게 뭘 해줄 거지?」

펠릭스가 허리를 숙이며 물었다.

「왜 그게 양보죠?」

「네가 또 사무엘이랑 여행을 가겠다고 나서면 내가 굉장히 화가 날 테니까.」

「그럴 일 없어요. 전 이미 여기서 살기로 마음먹었으니까요.」

「없더라도, 가능성은 언제든 있지.」

억지였지만, 글로리아는 펠릭스가 주장을 굽히지 않을 것임을 알았다. 나른하게 웃으면서 자신을 내려다보고 있는 얼굴에는 비킬 생각이 추호도 없었다. 이걸 빌미로 뭔가를 얻고자 하는 의도가 확실했다.

「……뭘 원하시는데요?」

「글쎄.」

그가 말과 달리 고개를 비스듬히 기울였다. 동시에 그의 눈빛이 그녀의 입술로 사뿐히 내려앉았다.

의도가 명확한 행동이었다.

「……하세요.」

고민하던 글로리아가 입술을 내밀었다. 어차피 밤마다 하는 거, 가끔 눈이 마주치면 낮에 할 때도 있었다. 한두 번 하는 게 아니니 상관없겠다 싶어 고개를 내밀었지만 펠릭스는 꼼짝도 하지 않았다.

「왜 내가 해야 하지?」

「네? 그럼…… 제가?」

그녀의 물음에 펠릭스가 푸른 눈을 접으며 미소 지었다.

「음.」

언뜻 소년처럼 보이는 청량한 미소였지만, 그 의도는 상당히 불순했다. 잠시 머뭇거리던 글로리아는 될 대로 되라는 심정으로 펠릭스의 목을 끌어안고서 입을 맞추었다. 시작은 그녀가 했지만, 끝은 그가 원하는 타이밍에야 났다. 펠릭스는 포식한 짐승처럼 나른한 표정으로 미소를 지으며 자리를 떠났다.

그렇게 해서 얻은 식사 자리였다. 사무엘은 죽었다 깨어나도 모르겠지만.

"공작님이야 바쁘실 테니 당연한 거겠지요. 부인께서 직접 식사를 대접해주시는 것만으로도 감사할 따름입니다."

사무엘은 정중하게 대답했다. 두 사람은 곧장 식당으로 자리를 옮겨 긴 테이블을 사이에 놓고 마주 앉았다.

글로리아는 이날을 위해 특별히 요리에 신경을 썼다. 평소 사무엘이 먹기 힘든 질 좋은 소고기와 영양가가 듬뿍 담긴 건강한 식자재들로 요리하기를 당부했다.

"황송한 요리들입니다. 제가 들기엔 과분합니다."

사무엘이 나온 음식들을 바라보며 놀란 표정을 지었다.

"며칠 동안 고생하고 계시잖아요. 감사의 뜻으로 차린 식사이니, 신경 쓰지 말고 드세요."

"감사합니다."

다행히 사무엘의 입에 맞는지 그는 열심히 먹기 시작했다. 그러다 간간이 글로리아를 빤히 바라보기도 했다. 눈이 마주칠 때마다 그녀는 빙긋 미소 지었다.

"이 일이 끝나면 뭘 하실 건가요?"

"멀리 여행을 떠날까 합니다. 제가 할 수 있는 일은 다 끝났으니까요."

"그러시군요. 여행을 좋아하시나 봐요."

글로리아는 알면서 모르는 척 물었다. 사실 묻고 싶은 것들이 많았다.

그간 어떻게 지냈는지, 속상하게 왜 자신의 죽음에 그토록 매달리면서 시간을 허비하는 건지, 자신이 에단이라는 걸 눈치챈 건지…….

그러나 어떤 말도 입 밖에 낼 수 없었다. 그가 자신의 말을 믿어줄 거라고 자신할 수 없었다.

펠릭스가 자신이 에단이라는 사실을 믿은 건 메달이라는 징표가 있었기 때문이지만, 사무엘에겐 그 말을 믿을 만한 증거가 없으니까.

더욱이 자신이 에단이라는 사실을 밝혀도 달라질 건 없었다. 자신은 공작부인이 되었으니 더 이상 예전의 에단처럼 살 수 없었다.

여행을 꿈꾸고, 서슴없이 장난치고, 시장 골목을 다니며 길거리에서 파는 음식들을 사서 한입씩 나눠 먹는 건 이제 꿈이나 다름없었다.

그렇다면 차라리 에단 달튼이 죽었다고 믿게 만드는 편이 나을 것 같았다.

"네. 여행을 아주 좋아합니다. 함께 에단과 여행을 가려고 했는데 일이 이렇게 되었군요. 그 애도 저처럼 대륙에 발자취로 별을 그리는 여행을 하고 싶다고 말했죠. 함께 가면 참 좋았을 텐데……."

사무엘이 씁쓸한 표정을 지었다.

"유감입니다."

글로리아가 씁쓸한 표정으로 대답했다. 식탁 위로 무거운 침묵이 내려앉았다.

"그런데, 부인, 저를 보신 적 없으십니까?"

"며칠 전 저택에서 뵈었지요."

"아뇨. 그전에 말입니다."

사무엘이 쥐고 있던 식기를 접시에 내려놓으며 물었다. 그는 연회장의 일을 묻고 있었다. 이 질문이 한 번쯤 나올 거라 예상하고 있던 글로리아는 덤덤하게 그를 바라보았다.

"글쎄요. 전에 뵈었을 수도 있겠죠. 하지만 기억나는 게 없네요. 몇 달 전 연회장에서 괴한에게 칼에 찔려 충격을 받은 후로 기억이 드문드문 사라졌거든요. 시간이 지나면 기억이 돌아올 거라는데, 이상하게 돌아오지 않네요. 그래서 말인데, 저를 아시나요?"

글로리아가 미리 준비한 대답을 하며 되물었다. 그러자 사무엘이 잠시 침묵을 지키다가 고개를 가로저었다.

"아뇨. 저도 뵌 적 없는 것 같군요."

연회장 어두컴컴한 곳에서 칼을 휘두른 범인이 자신이라고 자백할 수는 없었기에 사무엘이 고개를 가로저었다. 자백할 땐 하더라도, 에단 달튼을 죽인 범인을 잡기 전까진 감옥에 들어갈 수 없었다.

"그렇군요. 잠시 다른 귀족여식과 헷갈리셨나 봅니다. 음식이 식겠어요. 식사하세요."

글로리아가 권하자, 그가 포크와 나이프를 다시 들고 식사에 임했다. 사무엘의 그런 모습을, 그녀는 씁쓸한 눈으로 오래도록 바라보았다.

글로리아는 창가에 서서 멀어지는 사무엘의 뒷모습을 바라보다가 조용히 손으로 왼쪽 가슴을 눌렀다.

누군가의 뒷모습을 바라보는 일은 왜 이렇게 시글픈 걸까.

「에단을 죽인 범인을 꼭 찾을 겁니다. 그 아이는 제게 아들과도 같은 녀석이었습니다. 그런 아이를 제게서 빼앗아갔으니 그 녀석도 죽음으로 갚아야지요. 절대로, 절대로 용서하지 않을 겁니다.」

식사 중에 했던 사무엘의 말이 귀에서 쟁쟁거렸다. 유순하던 그가 복수에 눈이 돈 모습을 보니 마음이 더욱 무겁게 가라앉았다.

사무엘이 완전히 보이지 않게 된 지 한참이 지나서야 그녀는 돌아섰다.

"부인."

엘레나가 글로리아의 표정이 우울하다는 걸 알아채곤 조심스럽게 불렀다. 어쩔 줄 몰라 하는 엘레나의 표정을 바라보던 글로리아가 빙긋 미소 지었다.

"괜찮아."

"요즘 표정이 계속 안 좋으세요."

엘레나의 말에 글로리아가 손으로 뺨을 감쌌다. 자신의 죽음을 조사하는 일이 쉬운 일은 아니었다. 범인이라는 말을 들을 때마다 살해당했던 때의 기억이 번개처럼 머릿속을 스쳐지나갔다. 그 고통을 견뎌내기란 힘들었지만, 그런 내색을 해서 주변 사람들을 걱정시킬 수는 없었다.

"피곤해서 그런가 봐. 산책이나 갈까, 엘레나?"

"네."

"산책을 하고 나서 오후에는 간단히 검술 복습을 해야겠어. 저녁에는 목욕을 할 테니 물을 받아줘."

"네. 알겠습니다."

글로리아는 숨을 깊게 들이마셨다. 마음 아프고 힘들지만, 견뎌내야 한다.

시간은 앞으로 흐르지, 뒤로 흐르진 않으니까. 언젠가는 괜찮아질 거다.

"가자."

글로리아는 밝게 웃으며 정원 쪽을 가리켰다.

쿵, 쿵.

방문을 두드리는 거친 소리에 잠들었던 글로리아가 느릿하게 눈을 떴다. 주변을 둘러보니 창밖이 어두컴컴했다. 밤에 누군가가 문을 두드리는 일은 드물었다.

그녀가 일어나자, 이미 눈을 뜨고 있었다는 듯 펠릭스가 가벼운 몸놀림으로 일어났다.

"무슨 일이지?"

펠릭스가 글로리아의 가슴께까지 이불을 덮어주며 물었다.

"늦은 밤에 죄송합니다. 에단 달튼을 사칭한 남자가 잡혔다고 합니다."

문 너머에서 초조한 목소리가 들렸다.

"이렇게 빨리?"

글로리아가 의아한 얼굴로 문 쪽을 바라보았다. 펠릭스는 거기에 가만히 있으라는 제스처를 보인 후, 침실 문을 열고 나섰다. 숨을 헐떡이던 기사단장이 은발을 쓸어넘기며 나오는 펠릭스를 바라보았다. 헝클어진 머리가 아니었다면 자다가 나온 줄 모를 정도로 말끔한 얼굴이었다.

"벌써 잡았다고?"

펠릭스가 나른한 목소리로 물었다.

"네. 현재 잡아서 수감 중입니다. 증거물로 에단 달튼의 신분증을 확보했고, 에단 달튼을 사칭한 자에게 당했다는 가게를 몇 군데 들러 얼굴도 확인했습니다. 상점 주인들도 그자가 맞다고 확인해주었습니다."

"알았어. 준비해서 내려가도록 하지. 지하에 가둬놓도록 해."

"알겠습니다."

기사단장이 절도 있게 인사를 한 후, 돌아섰다.

"생각보다 빨리 잡힌 모양이군."

펠릭스가 불을 밝히며 말했다. 침대에서 내려온 글로리아는 자연스럽게 그가 옷을 입을 수 있게끔 도왔다.

"저도 갈게요."

"시간이 오래 걸릴 거야. 여기서 쉬고 있도록 해."

"아뇨. 제 죽음이잖아요."

"……."

글로리아가 펠릭스의 소맷자락을 꽉 쥐고서 그를 바라보았다.

"범인이 누구인지 직접 보고, 왜 그랬는지 직접 들어야만 완전히 매듭을 지을 수 있을 것 같아요. 그러니까, 부탁드릴게요."

글로리아가 간절한 표정을 지었다.

"매듭짓는 과정이 더 괴로울 수도 있어."

펠릭스가 그녀의 머리를 다정하게 쓸어넘겨주며 말했다.

"그 후엔 후련하겠죠."

"후회 안 할 자신, 있는 건가?"

"네."

글로리아는 고개를 끄덕였다.

"준비해."

펠릭스의 허락이 떨어지자 그의 마음이 바뀔세라 그녀도 준비에 나섰다.

햇불이 드문드문 꽂힌 지하의 공터에 기사들이 빙 둘러서 있었다. 그 한가운데에 팔다리를 결박당한 채 무릎 꿇고 앉아 있는 남자가 있었다. 그의 머리에서는 피가 뚝뚝 떨어지고 있었다.

펠릭스가 몇 걸음 떨어진 곳에서 멈춰 섰다. 그 뒤로 로브를 깊게 쓴 글로리아가 자리를 잡고 섰다.

그녀는 공터 한가운데에 있는 남자를 빤히 바라보았다. 낡은 옷차림에 볼품없는 모양새를 한 남자는 상체가 이리저리 흔들리고 있었다.

펠릭스에게 다가온 기사단장이 상황을 보고했다. 미끼를 살해하려는 남자를 검거해서 그의 품을 뒤져보니 에단 달튼의 신분증이 나왔다는 것이 그 내용이었다.

"이자 말고 공범은?"

펠릭스가 범인에게 시선을 둔 채 물었다.

"확인 중입니다만, 현재로선 없는 것으로 밝혀졌습니다. 그리고 저자의 소지품에서 금지품목인 마약이 나왔습니다. 에단 달튼을 사칭해 얻은 돈으로 마약을 구입한 모양입니다. 현재도 복용한 것으로 보입니다."

보고를 들은 펠릭스가 손끝을 까딱였다. 그러자 기사단장이 범인의 머리채를 잡아 뒤로 젖혔다. 횃불에 남자의 얼굴이 고스란히 드러났다. 퉁퉁 붓고 피가 군데군데 묻어 있었다. 기사단장은 천조각으로 범인의 얼굴을 닦아냈다. 그러자 남자의 얼굴이 고스란히 드러났다. 남자의 얼굴을 확인한 글로리아가 흠칫하며 한 걸음 물러섰다. 그녀의 눈동자가 이리저리 흔들렸다.

오래전에 봤다지만 어떻게 잊을 수 있을까. 저 얼굴을.

「에단.」

자신을 부르던 음흉한 목소리. 자신의 머리채를 거머쥐던 거센 손길. 매일 앵벌이한 돈을 상납할 때 바라보던 그 얼굴⋯⋯.

글로리아는 떨리는 손으로 펠릭스의 팔을 거머쥐었다. 그러자 그가 돌아보았다. 그녀는 그의 귓가에 작게 속삭였다.

"저자가 누군지 알고 있어요."

펠릭스가 마저 말하라는 듯 쳐다보자, 글로리아가 떨리는 목소리로 말을 이었다.

"제가 빈민굴에 있던 시절의 수장이에요. 전대 버클리 공작님에 의해 노예로 살고 있다고 들었는데, 왜 여기 있는지 모르겠어요."

"죽인 범인은 맞는 것 같아?"

"네. 그런 것 같아요."

글로리아의 말에 펠릭스의 눈빛이 한층 더 얼어붙었다. 그녀는 침착하게 말하고 있었지만, 입술이 바들바들 떨리고 있었다. 어린 시절의 공포와 죽기 직전 당했던 공포가 뒤엉켜 그녀를 내리누르고 있었다.

앞으로 다시 돌아선 그는 글로리아를 몸으로 가렸다. 그러고는 기사들의 그림자에 남자의 얼굴이 가려 제대로 보이지 않자, 손짓으로 기사들을 몇 발짝 물러서게 만들었다.

"에단 달튼의 신분증을 소유하고 사칭했다는데, 어디서 구한 거지?"

펠릭스의 질문에 남자가 퉁퉁 부은 눈을 힘겹게 떴다.

"저, 저는…… 떨어진 걸 주웠습니다. 저, 정말입니다."

"그럼 에단 달튼이 버클리 공작의 보좌관이라는 사실은 어떻게 알았지?"

"버클리 공작님의 보좌관은 유, 유명하니까요……."

그의 얄팍한 변명에 펠릭스의 얼굴이 냉랭해졌다. 버클리 가문은 그의 말대로 유명하지만, 가문에 대해선 기본적인 것을 제외하곤 알려진 바가 없었다. 버클리 가문은 사생활이나 정보를 지키는 데 철두

철미했다. 보좌관의 정보 또한 마찬가지였다. 보좌관은 공작의 스케줄을 모두 꿰고 있는 사람이기에 그의 정보에 대해선 비밀에 부쳐두고 있었다.

펠릭스가 계단을 내려가 남자의 앞에 섰다.

"유명하지만 네 녀석이 알 만한 정보는 아니지. 더욱이 신분증으로 남쪽 저택에서 돈을 요구해 가져갈 정도라면 에단 달튼과 우리 가문에 대해 오랫동안 조사를 해온 거겠지. 그러니 잘 알고 있을 거야, 네가 한 행동이 목숨을 걸고 한 짓이라는 걸."

펠릭스의 시선이 기사단장에게로 향했다.

"사주한 놈은?"

"다행히 사주한 자는 없어 보였습니다. 개인적인 원한으로 보입니다. 탈출한 후부터 에단에 대해 조사했다고 하더군요. 2년 넘게 정보를 모으다가 우연히 퇴근하던 에단을 발견해서 그때부터 미행했다고 하더군요. 그 증거도 찾았습니다. 그의 방에 에단에 대한 행적이 빼곡히 적혀 있었습니다."

"에단이 보좌관이라는 사실을 알아낸 방법은?"

"에단에 대해 몇 달간 꾸준히 조사를 한 모양입니다. 공작저를 드나드는 걸 보고 그곳에서 일한다는 걸 알아냈고, 기사들과 동행하는 걸 몇 번 목격한 후엔 보좌관일 수도 있겠다고 추측한 모양입니다. 실제로는 에단을 죽인 후 그의 신분증을 보고서야 제대로 안 것 같습니다."

"더 남은 게 있을지도 모르니 고문해서 남은 자백을 받아내도록 해."

"네. 알겠습니다."

"그리고 끝난 후에 북부 사엘 성 경계 근처에 손과 발을 묶은 채 산 채로 던져둬. 짐승들이 뜯어먹게."

"……!"

남자의 눈이 크게 벌어졌다. 그러더니 고개를 푹 숙였다. 언뜻 보면 자포자기한 것처럼 보였다. 그러나 글로리아는 불안한 기분에 사로잡혀 그를 빤히 쳐다보았다.

저자는 저렇게 쉽게 포기할 만한 인간이 아니었다. 뭔가 이상하다.

마치 자포자기한 게 아니라, 이 순간을 기다린 것 같은 기이한 느낌. 등에 소름이 끼쳤다.

"크큭. 큭."

갑자기 남자의 어깨가 이리저리 흔들렸다. 범인이 미친 사람처럼 웃음을 터트렸다. 소름 끼치는 웃음소리가 지하를 쩌렁쩌렁 울렸다. 한참을 웃던 그가, 갑작스레 웃음을 뚝 멈추고는 말했다.

"네게 그럴 자격이 있다고 생각하나? 펠릭스 공작?"

갑작스럽게 들리는 음울하고 낮은 목소리에 사람들의 시선이 남자에게로 집중되었다. 가장 늦게 펠릭스의 시선이 닿았다. 남자는 여전히 고개를 숙인 채 바닥을 내려다보고 있었다.

"네 아버지는 내게서 사업장을 빼앗아갔고 에단 달튼까지 빼앗아갔지. 그 녀석만 팔아치우면 그딴 일 접고 먼 곳에 가서 편하게 살 수 있었어. 그런데 네 아버지라는 녀석이 내 꿈을 다 망가뜨린 거야. 그걸로 부족해 나를 노예장에 가둬놨지."

"입 닥쳐라! 감히 버클리 가문을 더러운 입에 올리다니!"

기사단장이 소리치자, 펠릭스가 손을 들어 막았다. 남자가 삐거덕거리는 목을 억지로 들어올렸다. 퉁퉁 부은 얼굴 가운데 새빨간 눈이 섬뜩하게 번들거렸다. 정상이 아니었다. 마약을 한 것처럼 그의 눈은 초점이 흐려졌다가 맞기를 반복했다.

"노예장에 불이 난 건 행운이었다. 그러지 않았다면 난 죽을 때까지 거기서 살았을 테니까. 말도 안 되지. 내가 뭘 잘못했다고 그렇게 살아야 하지? 귀족 나부랭이 놈들은 인간들을 개처럼 부리면서, 왜 우리가 하는 건 잘못됐다고 말하는 거지? 그럴 자격이 있는 건가? 응?"

투두둑. 그가 말하면서 팔을 강하게 당겼다. 그러자 그를 묶고 있던 밧줄이 떨어졌다. 기사들이 검을 뽑았다.

"윽!"

그러나 한발 빠른 남자가 지하를 지키고 서 있는 어린 수련기사의 목덜미를 잡아챘다. 그러고는 자신의 몸 앞에 세운 채 어린 기사의 목을 거머쥐었다. 조금만 허튼 움직임을 보이면 어린 기사의 목을 꺾어버릴 기세였다. 펠릭스가 손을 들어 기사들의 움직임을 멈추게 했다.

스르릉.

남자는 어린 기사가 허리춤에 차고 있던 검을 빼내 치켜들었다. 검이 번뜩였다.

"내가 가장 용서 못 하는 건 에단 달튼 그 새끼였어. 먹이고 키워줬더니 감히 날 배신해? 남자 새끼들한테 뒤만 잘 대줬어도 그 녀석도 예쁨을 받고 살았을지도 모르는데 말이야. 거기다가 내가 그 고통을 받을 때 호의호식하면서 지내다니. 이건 너무 억울한 일이잖아. 죽어 마땅한 일이지. 에단도, 그리고 그 에단을 거둬 키운 공작 네놈도!"

남자가 어린 기사를 기사들에게 밀치더니, 검을 쥔 왼손을 치켜들었다. 잠시 중심을 잃은 기사들이 최대한 재빠르게 남자를 막으려 할 때였다.

획.

어린 기사의 검이 순식간에 오른손으로 옮겨갔다.

안 돼!

글로리아가 다급하게 한 걸음 내딛을 때였다. 기사들이 잠깐 놓친 틈에 남자는 기사들만큼이나 빠른 속도로 펠릭스에게 다가가 검을 던졌다. 찰나에 수많은 소리가 오갔다.

푹!

그 소리를 끝으로 지하가 고요해졌다.

"흡."

글로리아가 숨을 들이마신 채 그 자리에 멈춰 섰다. 섬뜩한 소리가 지하감옥을 울렸다. 한발 늦은 기사들의 검은 허공에 머물러 있었다. 펠릭스의 검만이 남자의 오른쪽 어깨를 관통했다.

"으, 으악!"

남자가 믿을 수 없다는 듯 눈을 부릅떴다. 노예 생활을 하는 내내 틈틈이 단도로 훈련했다. 언젠가 도망칠 기회를 얻거나 복수할 때가 오면 그 기회를 놓치지 않기 위해서였다. 그런데 허망하게 제압당했다. 검이 날아오는 것도 보지 못했다. 정신을 차려보니 오른쪽 어깨가 죽도록 아팠다.

마약을 했는데도 이런 고통이라니. 제정신이라면 버티지 못했을 거다.

"다른 건 조사해도 이건 알아내지 못한 모양이군. 그런 느린 속도로 날 잡을 수는 없다는 걸."

펠릭스의 냉랭한 목소리가 지하에 고요하게 울려 퍼졌다. 그가 가차 없이 검을 뽑았다.

푹!

곧바로 남자의 왼쪽 어깨에 검이 꽂혔다. 너무나 부드럽고 여유로운 행동이라, 뒷모습만 봐선 사람을 찌르는 걸로 보이지 않았다. 글로리아는 움찔거리면서도 펠릭스가 하는 행동을 꿋꿋하게 지켜보았다.

"으악!"

남자가 한발 늦게 비명을 내질렀다. 어깨를 시작으로 온 팔이 부들부들 떨리고 있었다.

"내가 자애롭지 않다는 것도 몰랐던 모양이야."

비명을 내지르는 남자 앞에서 펠릭스는 고요한 목소리로 말을 이었다. 그가 꽂은 검을 빙글 돌렸다.

"으으으악!"

남자가 고함을 내지르다 그 자리에 털썩 주저앉았다. 펠릭스도 따라 한쪽 무릎을 꿇고 앉아 남자를 바라보았다. 그는 여전히 검을 옆으로 돌리고 있었다. 살을 후벼대는 고통에 남자는 손톱이 부러지도록 흙바닥을 거머쥐었다.

어째서, 어째서……!

그가 짐승처럼 붉은 눈을 한 채 바닥을 내려다보았다.

"차, 차라리…… 차라리 죽여!"

남자가 악을 썼다.

"그러면 너무 쉽지."

펠릭스와 가깝게 마주한 남자의 눈이 사정없이 흔들렸다. 방금 사람을 찔렀다고는 믿을 수 없을 만큼 그의 눈은 푸르고, 아름다웠다. 그 이질감 때문일까, 어두컴컴한 길에서 맹수를 만났을 때보다 더한 공포가 밀려들었다.

남자의 턱이 덜덜 떨렸다. 그제야 자신이 무슨 짓을 한 건지 깨달았다.

"넌 짐승들에게 뜯어 먹힐 때까지 살게 될 거다. 내가 그렇게 만들 거니까. 한 점씩 뜯기는 고통을 느끼도록 해."

"……으윽."

"그게 네가 내게 준 고통과 가장 비슷할 테니까."

펠릭스가 검을 뽑아냈다.

"으악!"

그러자 남자의 팔에서 피가 철철 흘러내렸다.

"치료해서 사엘 성으로 끌고 가. 절대로 죽이지 말고, 짐승들이 뜯어먹을 때까지 살려둬. 짐승이 뜯어먹으면 데려와서 치료해. 그리고 다시 던지도록."

"알겠습니다."

펠릭스의 명에 의해 남자에게 다가간 기사단장은 속으로 혀를 내둘렀다. 팔을 쓰지 못하지만 목숨에 지장 없을 정도의 상처만 내어놓았다. 이건 순식간에 판단을 내려 정제된 행동을 할 때에만 나오는 기술이었다. 이것은 대륙에서 펠릭스와 황태자, 단 두 사람만이 구사할 수 있는 기술이었다.

"으아아악!"

고통과 분노가 뒤엉킨 비명을 내뱉는 남자를 기사단장이 차갑게 바라보며 말했다.

"넌 이제 매순간 차라리 죽는 걸 소원하게 될 거다."

쉽게 죽지 못할 거다. 짐승들이 살점을 물어뜯어 죽어가는 순간에 치료를 받아 다시 살게 될지 모른다. 목숨을 자신의 뜻대로 할 수 없다는 게 얼마나 지옥 같은지 매순간 절절하게 깨달을 거다.

펠릭스가 얼마나 무서운 인간인지 아는 기사단장은 남자의 미래가 훤하다는 듯 고개를 설레설레 흔들었다.

지하에서 올라온 글로리아는 가장 먼저 숨을 깊게 들이마셨다. 속이 메슥거렸다. 그걸로도 부족해서 주먹으로 가슴을 쿵쿵 두드렸다.

"비위가 약한가 보군."

펠릭스가 검을 검집에 넣으며 말했다.

"방금 전에 본 것 때문에 그런 게 아니니 신경 쓰지 마세요."

"그럼 무엇 때문이지?"

"어릴 때 기억이 나서요."

동시에 살해당할 때의 기억도 번갈아 떠올랐다. 이제 괜찮아진 줄 알았는데, 그렇지 않은 모양이었다.

상황을 수습한 기사단장이 지상으로 올라와 펠릭스 앞에 섰다. 펠릭스가 쳐다보자, 기사단장이 입을 열었다.

"범인은 지하감옥에 단독 수감해두었고, 날이 밝는 대로 사엘 성으로 출발할 예정입니다."

"쉽게 죽도록 내버려두지 말고, 꾸준히 상황을 보고하도록 해."

"네. 알겠습니다."

기사단장이 절도 있는 자세로 대답했다.

"저, 기사단장님."

하얗게 뜬 얼굴을 한 글로리아가 조심스럽게 대화에 끼어들었다.

"네. 말씀하십시오."

기사단장이 펠릭스에게 대답할 때보다 훨씬 부드러운 어조로 말했다.

"그자가 어떻게 여기에 나타나게 된 거죠? 노역장에 감금되어 있던 자가 풀려날 수 있나요?"

"저희도 알아본 결과, 2년 전에 노역장과 맞닿은 산에 불이 난 적이 있었다고 합니다. 날이 가물었던 터라 인근 노역장에 감금되어 자고 있던 대다수 범죄형 노예들이 불에 타 죽는 사고가 발생했습니다. 그때 저자는 죽은 자로 처리되었던 걸로 되어 있었습니다. 담당자의 의도적인 숨김이었는지, 누락된 건지 알 수 없으나 일이 그렇게 되었습니다. 그래서 현재 그 사건에 대해 다시 조사에 들어가 있습니다."

"그렇군요."

글로리아가 작게 고개를 끄덕였다. 노역장에 불이 났다는 소식은 들은 기억이 있었다. 그때 탈출한 노예는 없고 모조리 사망했다는 보고를 받았기에 그런 줄로만 알고 있었다. 세부적인 것은 다른 보좌관의 몫이었기에 그녀는 그 이후 관심을 끊었다. 그런데 그가 탈출했을 줄이야.

"괜찮으십니까?"

기사단장이 하얗게 질린 글로리아의 얼굴을 보며 조심스럽게 물었다.

"네. 괜찮아요. 소년 기사는 괜찮나요? 방금 많이 놀랐을 것 같은데요."

"아……. 괜찮습니다. 이런 일도 이겨내야 기사니까요."

기사단장이 의외의 질문을 들은 듯 놀란 표정으로 대답했다.

"그래도 놀랐을 텐데 걱정이네요."

"부인께서 걱정하셨다고 말 전하겠습니다. 아마 그것만으로도 그

녀석은 내일 다 나을 겁니다."

기사단장의 넉살 좋은 대답에 글로리아가 미소로 대답했다.

"제압 과정에서 다친 사람들은?"

"기사들 중에는 없습니다만, 사무엘이라는 자가 다쳤습니다."

"사무엘?"

"네. 사무엘이 가장 먼저 범인을 발견했는데, 잡으려는 과정에서 부상을 입었습니다."

"얼마나요?"

글로리아가 불쑥 끼어들어 물었다.

"저도 상황을 보고받은지라, 정확한 상태는 모릅니다."

"사무엘은 어디 있죠?"

"본인 집으로 귀가하겠다는 말만 들었습니다."

기사단장의 대답이 끝나기가 무섭게, 글로리아의 시선이 펠릭스에게 닿았다. 그녀의 눈빛이 간절했다. 맑고 깨끗한 눈동자에 서린 걱정이 다른 사람을 향한 거라고 생각하니 펠릭스의 기분이 상했다.

늘, 언제나 에단의 우선순위는 자신이 아니라는 걸 확인받는 기분이었다.

펠릭스가 글로리아의 팔을 거머쥐었다. 이런 얼굴색을 하고 이 밤중에 어딜 가려는 거냐는 말을 하려 할 때였다.

"공작님."

글로리아가 부탁한다는 듯이 그를 간절하게 불렀다. 그의 미간이 움찔했다. 저런 표정이면 이길 수가 없다.

"데려오라고 할 테니 기다려."

펠릭스가 얼굴을 찌푸린 채 마지못해 대답했다.

"아뇨. 제가 가보고 싶어요."

"거기가 어딘 줄 알고 가겠다는 거야?"

그의 목소리에 날이 섰다.

"기사들 호위하에 가면 되잖아요."

글로리아의 눈에 걱정이 한가득 담겨 있었다.

"안 돼."

"부탁드려요, 펠릭스 버클리 공작님."

글로리아의 입에서 자신의 풀 네임이 나오자, 그가 눈을 질끈 감았다. 이건 귀족끼리 하는 정중한 부탁이었다.

"후우."

펠릭스는 낮은 한숨을 내쉬더니 기사단장을 쳐다보았다.

"……앨버트에게 연락해서 지금 당장 마차 준비하라고 해."

마차가 오래된 여관 앞에서 멈춰 섰다. 평민 거주 구역에서 빈민굴로 향하는 길목에 자리한 여관은 낡은 외관을 갖고 있었다. 그 때문에 글로리아와 펠릭스가 들어섰을 때 여관의 1층에서 술을 마시던 사람들의 이목이 한 번에 집중되었다.

글로리아와 펠릭스는 아랑곳하지 않고 기사의 안내를 받아 3층으로 향했다. 문을 쿵쿵 두드리자, 낡은 여관방 문을 열고 사무엘이 엉거주춤한 자세로 나왔다. 그러더니 두 사람을 보곤 눈이 휘둥그레졌다.

글로리아의 시선이 배를 덮고 있는 사무엘의 손으로 향했다. 손가락 너머로 붉은 피를 보고 글로리아의 눈이 커졌다.

"많이 다쳤나요?"

글로리아가 다급히 외쳐 물었다.

"아뇨. 괜찮습니다."

"옆구리에서 피가 나잖아요."

"정말 괜찮습니다."

사무엘이 난처한 표정으로 손을 들어 보였다. 그러나 글로리아의 놀란 표정은 사그라질 기미가 보이지 않았다.

"모셔."

글로리아가 더 뭐라고 하기도 전에, 펠릭스가 턱짓으로 사무엘을 가리켰다. 그러자 기사가 사무엘을 부축했다.

"지금 뭐하는 거요?"

사무엘이 눈을 휘둥그레 뜬 채 펠릭스를 바라보았다.

"부상을 치료하러 가도록 하지."

뭐라고 입을 채 열 틈도 없이 사무엘은 기사에게 붙들려 나오게 되었다. 1층에서 술을 마시던 사람들의 이목이 이번에는 사무엘에게로 옮겨갔다.

"저런, 죄를 지은 모양이구만."

"그러게나 말이야. 좀 이상한 사람이다 싶더니……."

사람들이 수군거렸다.

"잠시만 기다려주십시오."

사무엘의 청에 기사의 걸음이 멎었다. 그는 품에서 돈을 꺼내 여관 주인에게 내밀었다.

"며칠간 묵은 숙박비요. 돈이 남을 거요. 그 기간만큼 여관방을 더 빌리도록 하겠소. 금방 돌아오도록 할 테니 방을 치우지 말아주시오."

"알겠소이다."

귀족들에게 끌려가기에, 돈 받기는 글렀다고 생각하던 여관 주인의 얼굴이 활짝 피었다. 펠릭스는 그런 사무엘을 물끄러미 바라보았다.

이 와중에 방값을 계산하다니, 생각보다 훨씬 더 정직한 사람인 듯했다. 그랬기에 에단이 따랐겠지.

그는 시선을 거둬들였다.

약재상에나 가서 간단히 치료받을 거라는 예상과 달리, 도착한 곳은 버클리 공작 저택이었다. 평민 출신의 그가 귀족 저택에서 의사의 치료를 받는 건 기적과도 같은 일이었다.

거기다가 시중까지 받게 될 줄이야.

어쩌면 자신이 죽어서 하늘나라에 있는 게 아닐까 하는 착각이 들 정도였다. 그가 어리둥절해하는 사이, 펠릭스가 문을 열고 들어섰다.

"몸은?"

펠릭스가 침대 곁에 다가서며 물었다.

"괜찮습니다. 옆구리에 칼날이 스친 정도니까요."

펠릭스도 앨버트에게서 보고를 들어 상태는 대충 알고 있었다. 칼이 옆구리에 스쳐 피가 배어나온 것일 뿐, 큰 상처는 아니라고 했다. 다만, 상처가 얕아도 노인에겐 큰 타격으로 이어질 수 있었다. 펠릭스는 그 점을 염려했다.

"일어날 거 없어."

펠릭스가 손을 들어 일어나려는 그를 저지했다. 귀족이 앞에 있는데 일어나지 않는 건 불경죄였다. 사무엘이 어쩔 줄 몰라 하자, 펠릭스가 그의 어깨를 꾹 눌러 도로 앉혔다. 가볍게 누른 것 같은데, 온몸이 땅으로 꺼지는 기분이었다.

기사란 이런 건가.

속으로 놀랐지만, 사무엘은 내색하지 않았다.

"저 때문에 오셨습니까?"

"음."

"생각해주셔서 감사합니다."

"내 뜻은 아니니 인사는 필요 없어."

펠릭스가 서늘한 표정으로 말했다.

귀족이 평민의 병문안을 오는 상황이라니. 자신이 생각해도 기가 막혔지만 이 방법밖에는 없었다. 글로리아가 직접 이 방에 와서 사무엘의 상태를 눈으로 확인하려 했던 것이다. 보다 못한 그가 '넌 에단이 아니야. 이제 귀족부인이 되었으니 그만큼 권위를 갖추도록 해.'라고 까지 말했지만, 글로리아는 패닉 상태였다.

「너무 많이 잃어서 그런지, 더 잃는 게 무서워요.」

글로리아는 하늘이 꺼진 것 같은 표정으로 말했다.

「정신을 차려야 하는데, 그게 좀처럼 되지 않네요.」

그녀가 시선을 옆으로 돌리며 자그맣게 중얼거렸다. 당장이라도 깨질 것 같은 얼굴을 한 글로리아를 보자 두려움이 일었다.

자신은 에단 하나를 잃었다. 그러고도 정신을 차리지 못했다. 그러나 에단은, 자기 자신을 포함해 모든 걸 잃었다. 누구의 정신적 외상이 더 클지는 굳이 재지 않아도 알 만했다.

「그럼 내가 다녀오도록 하지. 다녀와서 상세히 이야기해줄 테니까 넌 쉬어. 넌 공작부인이야. 평민 남자와 한 방에 있다간 이상한 소문에 휩쓸리기 쉬워. 그렇게 되면 네가 아니라 사무엘이 위험해. 알잖아. 더군다나 네가 지금 그 표정으로 사무엘에게 가면 그의 의심을 살 테니 말이야.」

글로리아는 복잡한 얼굴을 했지만, 결국 고개를 끄덕였다. 이게 최선이라는 걸 머리로 받아들인 듯했다. 그 때문에 그는 평생 해본 적 없는 평민 악사의 병문안을 오게 되었다.

별걸 다 해보는군.

그가 속으로 중얼거렸다.

"그런데 왜 제가 여기 있습니까?"

"에단의 범인을 잡은 공로를 인정해서 직접 치료해주기로 했지."

펠릭스가 생각하고 있던 대답을 했다.

"그렇군요. 그럼 범인은 잡혔습니까? 기사들에게 끌려가는 건 봤는데 그 이후를 모르겠군요."

"잡혔고, 내일 날이 밝는 대로 북쪽의 사엘 성으로 끌고 갈 예정이지. 산 채로 짐승에게 뜯기게 될 거야. 죽길 가장 격렬하게 소망하다가, 그 소망마저 꺼질 때쯤 죽게 되겠지."

펠릭스의 덤덤한 대답에 사무엘이 작게 고개를 끄덕였다. 잔인한 형벌이지만 그 정도가 합당하다고 생각했다.

"후우. 다 끝났군요. 모든 게⋯⋯."

사무엘의 시선이 깜깜한 창밖으로 향했다. 그는 잠시간 말이 없었다. 수많은 생각이 스친 끝에, 그의 얼굴 위로 허무함이 짙게 떠올랐다. 하나의 목표만 보고 달려왔는데, 이제 그 목표가 사라졌다.

"정말로 방랑자가 된 기분이군요."

이 세상을 떠다니는 먼지가 된 듯한 표정으로 그가 말했다.

"쉬도록 해."

펠릭스는 사무엘의 상태가 생각보다 괜찮다는 걸 확인한 후, 돌아섰다.

"……해가 뜨는 대로 떠나겠습니다."

한참 만에 사무엘이 말했다. 펠릭스가 몸을 반쯤 돌려 그를 바라보았다.

"상처가 심하지 않다고 해도, 적당히 쉬는 게 나을 거야."

"방랑자 주제에 이 정도면 호사스러운 치료를 받은 겁니다. 베풀어주신 은혜에 감사드립니다."

"멀리 떠날 건가?"

"네."

"이게 마지막이겠군. 그렇게 알고 있도록 하지."

사무엘의 강경한 표정에, 펠릭스가 허락했다.

"저…… 그리고 하나만 더 부탁드려도 되겠습니까?"

"뭐지?"

"제가 떠나는 걸 공작부인께서 모르셨으면 합니다."

"이유는?"

펠릭스가 건조한 목소리로 물었다.

"여관에서도 제가 다친 걸 보고 아파하시는 걸 보니 마음이 여리신 분 같더군요. 제가 이런 꼴로 떠난다고 하면 슬퍼하실 것 같아서요."

"자네가 떠나는 걸 글로리아가 싫어할 거라고 확정 짓고 있는 것 같군."

"……정이 많으신 분 같아서 혹시나 하는 마음에 드리는 말씀입니다."

예리한 펠릭스의 말에 사무엘은 잠시 당황하다 말고 침착하게 대답했다.

"누구에게도 말하지 않고 떠나도록 해. 그럼 되겠지."

펠릭스는 간단히 대답한 후 돌아섰다.

"알겠습니다. 그리고 진심으로 감사드립니다. 에단을 죽인 범인을 잡지 못했다면 저는 아마 폐인으로 살았을 겁니다."

"그건 그대를 위해서가 아니라 날 위해서이니 신경 쓰지 말도록."

그가 차갑게 대답한 후, 방을 나섰다.

이른 새벽, 눈을 뜬 펠릭스는 품이 허전한 걸 깨닫자마자 눈을 떴다. 옆자리가 비어 있었다. 손을 넣자 시트가 서늘했다. 일어난 지 한참 되었다는 말이었다. 펠릭스의 얼굴이 확 구겨졌다. 이 새벽부터 어딜 간 건지 안 봐도 훤했다. 밤새 잠도 못 이룬 채 뒤척거린 이유와 연관이 있을 거다.

침대에서 일어난 그가 나가려다 말고 우뚝 걸음을 멈췄다. 찾으러 갈 필요 없이 한눈에 보였다. 창 너머로 마주 선 사무엘과 글로리아가 보였다. 그는 떠나려다가 붙잡힌 모양새를 하고 있었고, 글로리아는 뒷모습만 보일 뿐 얼굴이 보이지 않았다.

그는 돌아서서 나가려다가 걸음을 멈췄다.

고작해야 두 사람은 스승과 그 제자다. 두 사람 사이에는 두 사람만

의 사연이 있었다. 그들에게도 정리할 시간이 필요하다. 알고 있는데
도, 불안하고 초조했다.

"후우."

그는 힘겹게 멈춰 선 채로 숨을 고르며, 은발을 쓸어넘겼다.

푸르스름한 새벽의 기운이 도는 저택의 계단 앞에 선 사무엘이 난
처한 표정을 지었다.

"어떻게 아신 겁니까?"

공작에게도 정확히 언제 떠나겠다고 언질을 주지 않았다. 그랬기에
자신이 집을 나서자마자 쫓아 나온 글로리아를 보고 깜짝 놀랐나.

"이러실 것 같아서요."

사무엘이 에단에 대해 잘 알듯, 에단 또한 사무엘에 대해 잘 알고 있
었다. 방랑자인 그는 어딘가 왔다가도 떠날 때에는 새벽 일찍 아무도
모르게 떠났다. 그는 그녀가 아무것도 모른다고 생각했겠지만, 그녀
는 사무엘이 떠날 즈음이면 창문에 서서 멀어지는 그의 뒷모습을 바
라보았다. 그리고 그의 뒷모습이 완전히 보이지 않게 될 때 즈음엔 두
손을 모으고 기도했다.

다음에 그를 또 보게 해달라고. 그때까지 그가 무사하게 해달라고.

그러니 그가 언제 떠날지 타이밍을 아는 건 어렵지 않았다.

"하나 묻고 싶은 게 있어서요."

글로리아의 말에 사무엘이 말하라는 듯 가볍게 고개를 끄덕였다.

"……에단의 시체를 거두지 않았다고 들었는데, 왜 그러셨어요?"

글로리아의 물음에 사무엘의 얼굴에 남아 있던 미미한 미소가 사라
졌다.

"그냥, 궁금해서요."

글로리아가 어색한 미소를 지었다. 어려운 질문이었다. 하지만 지금 묻지 않으면 평생 묻지 못할 것 같았다.

"제가 거두면 아무 산의 흙바닥에나 묻힐 것 같아서 그랬습니다. 공작님께서 알게 되시면 그래도 조금은 좋은 곳에 묻힐 거고, 사건 조사도 더 명확하게 이루어질 테니까요."

"……."

"내가 에단에게 해줄 수 있는 일은, 그것밖에 없었습니다."

덤덤하게 말하는 사무엘의 눈에 눈물이 고였다.

가진 것 없고 힘도 없는 자신이 할 수 있는 일은 없었다. 그저 더 비를 맞지 않도록 천으로 덮어주고, 그 시신을 끌어안고 하염없이 오열하다가 공작저로 달려가 저택을 지키는 문지기에게 그 사실을 알리는 것 말고는.

이후로는 범인을 찾기 위해 돌아다녔다.

"……그랬군요. 그럼 이번에 가시면 언제 오세요?"

글로리아가 착 가라앉은 목소리로 물었다.

"돌아오지 않을 예정입니다."

"……네?"

글로리아가 망연자실한 표정으로 그를 바라보았다.

"이젠 이곳에 돌아오지 않을 겁니다."

"왜……죠?"

그는 어디에 있든 이곳으로 돌아왔다. 그랬기에 그의 대답은 충격적이었다.

"에단이 있었기에 왔던 곳인데, 이제 그 아이가 없으니까요. 제가 이곳에 올 이유가 없지요."

"……아니, 그래도……."

말을 하려던 글로리아의 눈가에 눈물이 고였다. 북받쳐오르는 감정이 입술을 무겁게 만들었다. 그의 말이 옳았다. 그가 이곳으로 오는 이유는 에단이 있기 때문이었다. 에단이 없으니 오지 않아도 된다.

그렇긴 한데…….

침묵이 흐르고, 그들 사이로 바람이 불었다. 이별의 시간이 다가왔다는 게 피부로 느껴져서 글로리아는 아무 말도 하지 못했다. 그저 빈 입술만 달싹였다.

툭.

그사이, 참았던 눈물이 무겁게 손등으로 떨어졌다.

"……그러면…… 아니, 그러면 조금 더 있다가 가시는 게……."

글로리아는 스스로에게 '이제 나는 글로리아다. 에단이 아니다.'라고 세뇌해 말하면서도, 입술이 제멋대로 움직이는 걸 느꼈다. 알렉스 버클리가 죽은 후, 사무엘은 그녀에게 남은 유일한 아버지 같은 존재였다. 그를 또 잃으려니 목이 메었다.

눈을 감은 채 굵은 눈물만 뚝뚝 떨구는 글로리아를, 사무엘이 아픈 표정으로 바라보았다.

"글로리아 버클리 부인."

"……."

이름을 불려도 글로리아는 아무 대답을 하지 못했다. 그저 끅끅거리며 울음을 참고 있었다.

"후우."

"……."

"모르는 척하려고 했는데, 자꾸 이러면 그러기 힘들잖니, 에단."

"……!"

글로리아의 눈이 크게 벌어졌다. 사무엘이 눈물 고인 눈을 한 채 미소 짓고 있었다.

"네가 그렇게 에단인 티를 풀풀 내는데 내가 모를 리가 있겠니?"

사무엘이 글로리아의 얼굴을 바라보았다. 에단과 조금도 닮지 않았지만 짓는 표정, 말투, 행동이 모두 그녀였다. 어찌 된 상황인지 몰라도, 사무엘은 에단에게 기적이 일어난 거라 생각했다.

"알면서 왜 안 와요? 알면서 왜 안 돌아온다는 거예요? 내가 에단이라는 걸 알면서, 왜!"

사무엘이 아는 티를 내자마자, 에단이 예전 같은 말투로 물었다. 어른스러운 보좌관 에단이 아니라 완전히 어린애처럼 그녀는 울음을 터트렸다.

"네가 에단이긴 하지만, 이제 예전의 에단은 완전히 없으니까."

"……!"

"넌 이제 예전의 에단이 아니잖니."

사무엘의 말에 글로리아는 눈을 부릅뜬 채 입술을 사리물었다. 온 얼굴로 상처받은 티를 내는 글로리아를 보며 사무엘은 숨을 들이마셨다. 마음이 돌로 변한 듯 무거웠다. 정이 많고, 자신의 사람에게 유난히 약한 녀석이라 상처받을 걸 알고 있었다.

그러나 그는 말을 멈추지 않았다.

"네가 나랑 편하게 물을 마시며 아무 데나 걸터앉아 이야기를 할 수 있겠니, 아니면 나와 산책을 하면서 허심탄회하게 이야기를 할 수 있겠니? 그러지 못하니 나도 섭섭해질 거고, 너도 섭섭해질 테지. 그러니 너도 이제 예전과 같지 않다는 걸 받아들여야지, 에단."

어르고 달래듯 그가 말하자 글로리아가 시선을 떨구었다.

안다. 잘 알고 있기에, 자신도 사무엘에게 '제가 에단이에요.'라고 고백하지 못했다. 하지만 아는 것과 마음이 아픈 건 별개였다.

그리고…….

"그것 때문만은 아니잖아요. 사무엘이 제 근처에서 얼쩡거리면 제가 위험해질까 봐 그러는 거잖아요."

사무엘이 자신의 곁에서 얼쩡거리면, 그에 대해 궁금해하는 사람들이 생길 거다. 그러다 보면 자연스럽게 '에단'에 대해 알게 될 거고, 자신과 '에단'을 엮어서 생각하는 사람들이 생길 거다. 그 사실만으로도 마녀사냥을 당할 수 있고, 모함에 빠질 수 있었다.

설령 그렇게 엮이지 않더라도, 추문에 휩쓸릴 확률이 높으니 사무엘은 자청해서 자신의 인생에서 빠지려는 것이었다.

자신을 위해 사라지려는 사무엘 때문에 마음이 아팠다.

"잘 알면서 왜 떼를 쓰는 거냐, 이 녀석아. 사람 속상하게."

사무엘이 꾸짖듯 말했다.

"섭섭하고 속상하고 서러우니까 그렇죠. 아예 안 온다면서요. 정말 안 와요?"

글로리아가 눈물이 그렁그렁 맺힌 채 물었다.

"그래. 나도 이제 자유롭게 살려고 그런다. 여행 갔다가 때에 맞춰 돌아오는 게 얼마나 힘든 일인지 아느냐?"

"원래 자유롭게 살았으면서……. 그럼 편지라도 보내주세요."

"생각해보고."

글로리아가 입술을 삐죽거렸다. 단단히 심통이 났을 때에만 보이는 얼굴이었다.

"에단."

글로리아가 눈만 들어 사무엘을 바라보았다.

"난 이제 홀가분하다. 네 걱정 안 해도 될 것 같거든. 그래서 이렇게 갈 수 있는 거다. 이 말이 어떻게 들릴지 모르겠지만, 네 자리를 찾은 것 같구나."

"제자리라니요. 여기가 어떻게 제자리예요."

"너, 펠릭스 공작님 좋아하잖느냐. 결혼해서 평생 같이 살게 되었으니 딱이지. 더군다나 펠릭스 공작도 좋은 분 같더구나. 행복해 보여서 마음 편히 갈 수 있게 되어 기쁘다."

"네? 누가 누굴 좋아해요?"

글로리아의 눈이 커졌다. 흐르던 눈물마저 뚝 멈추었다. 사무엘에게서 갑자기 뒤통수를 얻어맞아도 이것보단 어이없지 않을 거다.

"네가 펠릭스 공작님을 말이다."

사무엘이 또박또박 말했다.

"무슨 소리예요? 다른 사람은 몰라도, 사무엘은 나한테 그런 소리 하면 안 되잖아요!"

사무엘은 유일하게 에단의 비밀을 다 알고 있는 사람이었다. 자신이 여자라는 사실도 알고 있었고, 공작저에서 나올 방법에 대해 같이 고민할 때에도 함께 있었다. 그 때문에 자신이 얼마나 고통스러워했는지도 곁에서 모조리 지켜본 사람이었다.

그랬던 사무엘이 저런 소리를 하다니.

"허! 이 녀석 보게나. 설마 아직도 못 깨달은 거냐?"

사무엘은 사무엘대로 놀란 얼굴로 되물었다.

"못 깨달은 게 아니라 좋아한 적이 없습니다. 저는 버클리 전 공작 알렉스 님의 유언 때문에 펠릭스 공작님의 곁을 지킨 거예요. 그리고 제가 사무엘한테 펠릭스 공작님 욕한 세월만 해도 몇 년이 넘을걸요. 그 고된 생활을 옆에서 지켜봤으면서 그런 말을 해요?"

"정말, 아무 마음도 없는데 펠릭스 공작님의 곁을 이토록 오래 지켰단 말이냐?"

"네."

"그럼 내가 잘못 안 것일 수도 있겠지. 하지만 내가 지켜본 바로, 너는 늘 힘들어하면서도 공작님 이야기를 할 때마다 입꼬리가 슬쩍 올라가 있었지. 그리고 꽤나 자주 공작님 이야기를 했고……."

"그건 싫어서……."

글로리아가 우물거렸다. 사무엘은 그런 글로리아를 답답한 표정으로 바라보았다.

에단은 영민하고 예의 바르며 책임감이 강했지만, 한편으로는 무심하고 제 감정을 잘 알아채지 못했다. 어린 시절 타인의 눈치를 보며 자란 데다 감정을 억제하며 지낸 시간이 길어 그런 거라 생각했지만, 유난히 펠릭스 공작에 대한 감정만은 무뎠다. 마치 감정을 억제해놓은 사람처럼.

"처음부터 싫어하진 않았던 걸로 기억하는데."

"……그거야 처음부터 사람을 어떻게 싫어해요? 겪다 보니 싫어하는 거지."

"처음에 너는 공작님의 신뢰를 얻어 즐거워 보였어. 그러다가 언젠가 갑자기 우울증에 걸린 것처럼 괴로워하더니 공작님과 거리를 두더구나. 그러고는 그만두고 싶다는 말을 입에 달고 살았지. 말은 그만두고 싶어 하는 것처럼 보였지만, 사실 내가 보기에 너는 도망치고 싶다고 말하는 것 같았어. 그러면서도 늘 표정은 어두웠거든."

"……."

"내일 그만둘 거라고 말하던 그날마저도 넌 웃었지만 울 것 같은 얼굴을 하고 있었단다."

사무엘의 말에 글로리아의 눈이 커졌다.

"네가 아니라면 아니겠지만, 에단. 다시 한 번 생각해보렴. 넌 남의 감정은 잘 알아도, 네 감정엔 굉장히 무디니까."

"……."

"어린 시절 힘들게 지내서 아마 네 감정보다 타인의 감정을 읽는 데 더 익숙해졌을 거다. 하지만 이젠 달라. 상황도 다르고, 위치도 다르지. 네 감정에 솔직하지 않으면 남은 인생을 허투루 허비하게 될 수도 있단다. 그땐 보통 후회할 일이 닥친 뒤지."

"……."

"내가 해줄 수 있는 말은 여기까지인 것 같구나. 널 더 잡아두면 왠지 무사히 돌아갈 수 없을 것 같거든."

사무엘은 쳐다보지 않았지만, 이전부터 느끼고 있었다. 2층 창가에서 팔짱을 낀 채 자신을 내려다보고 있는, 펠릭스의 뼛속까지 얼릴 법한 시선을.

사무엘은 멍하게 서 있는 글로리아를 웃는 얼굴로 바라보았다.

"에단, 기적은 쉽게 오는 게 아니란다."

"……."

"늘 네 행복에 집중하렴. 나도 네 행복을 늘 빌도록 하마."

사무엘이 빙긋 웃는 얼굴로 돌아섰다.

"사무엘!"

그녀의 부름에 그가 돌아섰다. 글로리아는 그의 손에 무언가를 쥐여주었다.

"가져가요. 필요할 테니까……. 멀리 가서 봐요. 지금 보지 말고."

"그래. 알았다. 잘 지내렴."

"몸조심해요. 이제 나이도 있으니까 많이 돌아다니면 안 돼요. 괜한 불의에 맞서지 말고, 참을 땐 참고요. 뼈 부러지면 안 붙어요. 알죠? 좋은 여자 있으면 연애도 하고요."

"녀석, 잔소리는."

"그리고 또……. 끼니도 꼬박꼬박 챙겨 먹어요. 또……."

"에단."

"……."

"이제 그만해. 그만 잡아두렴."

"……."

"그런다고 아쉬운 마음이 사라지지 않는다는 걸 잘 알잖느냐. 녀석아."

사무엘의 말에 글로리아는 입술을 꾹 깨물었다.

"녀석, 이렇게나 정이 많아서야……. 그만 가보도록 하마. 잘 지내려무나."

빙긋 웃은 사무엘이 글로리아에게 손을 들어 보였다. 그러고는 언제나 그랬듯, 같은 뒷모습을 보여주며 멀어졌다. 글로리아는 부는 바람에도 눈을 깜빡이지 않은 채 바라보았다.

손바닥만 한 사무엘의 뒷모습이, 손가락 크기가 되었다. 이윽고 점이 되어 완전히 사라졌을 때 그녀는 참았던 울음을 터뜨렸다.

가장 정답에 가까운 선택을 골랐지만, 그 선택이 행복한 것만은 아니기에……

꼿꼿하게 걷던 사무엘은 글로리아가 완전히 보이지 않게 되자, 절뚝거리기 시작했다. 이 걷는 모양새를 봤으면 글로리아는 사람을 시켜 자신을 방에 가둬놨을 게 분명했다. 그랬다면 행복하게 지내는 에단의 모습을 더 지켜볼 수 있어서 좋을 테지만, 그건 자신의 몫이 아니었다.

"욕심이 생겨 또 그 녀석의 아버지 역할을 하고 싶어지겠지……."

사무엘이 쓰게 웃었다.

귀족의 영애가 된 그녀에게 평민 악사 아버지는 가당찮았다. 이미 글로리아에겐 미들턴 백작이라는 좋은 아버지가 생겼고 이제는 버클리 공작이라는 남편까지 있다. 자신은 이제 그녀의 삶에서 비키는 게 맞았다.

"잘된 거지."

사무엘이 씁쓸한 표정으로 중얼거렸다. 그러면서도 내심 자신이 에단이라 끝까지 밝히지 않았던 글로리아에게 조금 섭섭함도 느꼈다.

하지만 그녀로서도 부담되었을 거다. 자칫 잘못하다가 악령 씐 마녀로 찍힐 수도 있었을 테니까.

터벅터벅 걸어가던 그가 손에 쥐고 있던 무언가를 들었다. 끈을 풀자, 돌돌 말린 종이가 툭 튀어나왔다. 조금 펼쳐 보자 고급 종이로 만든 지도였다. 새벽바람에 지도의 끝자락이 흔들렸다.

"녀석도, 참……."

지도를 완전히 펼친 사무엘의 걸음이 그 자리에서 뚝 멈췄다. 지도 위에 푸른색 동그라미가 군데군데 쳐져 있었다. 3분의 2가 채 안 되게 그려진 별 모양이 있었다. 에단이 죽은 후로 멈췄던 그의 방랑의 기록이 고스란히 담겨 있었다.

[선물이에요, 사무엘. 당신의 여행이 완성되길.]

이렇게 알려주려고 했구나……. 네가 에단이라는 걸. 어쩌면 네가 나보다 나은지도 모르겠구나.

지도를 하염없이 바라보는 사무엘의 눈가에 눈물이 고여들었다. 그는 다시금 에단이 있는 저택으로 시선을 돌렸다.

행복하렴, 에단.

그는 진심을 다해 에단의 행복을 빌었다.

글로리아는 조용히 침실 문을 열고 들어섰다. 잠들어 있을 펠릭스를 깨우지 않을 생각이었다.

"어딜 다녀오는 거지?"

그러나 펠릭스는 이미 동이 트는 아침 창가를 등진 채 의자에 앉아 그녀를 바라보고 있었다. 역광 때문에 표정이 보이지 않았지만, 목소리만으로도 그가 어떤 기분인지 충분히 짐작할 수 있었다.

"사무엘을 배웅하고 왔어요."

글로리아가 순순히 시인했다.

"힘들었겠군."

"네. ……네?"

사무엘과 엮이는 걸 싫어하기에 펠릭스가 당연히 한소리 할 거라는 예상을 했던 글로리아는 무심결에 대답하다 놀란 표정을 지었다. 자신이 잘못 들었나 싶었다.

"그러니 얼굴이 그 지경일 테니까."

자리에서 일어난 펠릭스가 저벅저벅 다가와 그녀의 턱을 들었다. 찬물로 박박 씻었지만, 운 티를 모두 감추진 못했다.

"제 얼굴이 좀 엉망이죠?"

"좀이 아니라 굉장히."

"……."

아, 네.

글로리아는 속으로 대답했다.

"그런데 왜 그렇게 놀란 표정이지?"

"기분 안 좋아서 화내실 거라고 생각했거든요."

글로리아가 숨기지 않고 대답했다.

"기분이 썩 좋진 않아. 새벽부터 울고 들어온 아내를 좋아할 남자는 없을 테니까."

"……."

"그런데 이상하게도 화를 낼 수가 없군."

"……."

"어서 마음을 추스르도록 해."

펠릭스가 손으로 그녀의 머리를 쓰다듬었다. 부드러운 머리카락이 손가락 사이로 스르륵 빠져나갔다.

글로리아가 돌아오면 멋대로 새벽에 나가지 말라고 이야기하려 했는데, 정작 얼굴을 보니 화가 가라앉았다. 오히려 무사히 돌아와줘서 다행이라는 생각을 하고 있음을, 맞닥뜨리고서야 알았다.

자신은 그저, 글로리아가 떠날까 봐 두려워하고 있었다.

글로리아는 책임감이 있는 성격이니 미들턴 백작과 사무엘 때문에라도 자신을 떠날 수 없을 거라는 걸 알면서도 머리와 마음이 따로 놀았다.

그가 낮은 한숨을 내쉬었다. 그의 눈이 가느스름해졌다. 예리해진 푸른 눈동자엔 안도와 알 수 없는 감정이 뒤엉켜 있었다.

"아침식사 할 준비를 하도록 해."

펠릭스가 그녀를 스쳐지나갔다.

쿵.

침실에서 드레스룸으로 이어지는 문이 닫히고서야 글로리아의 고개가 닫힌 문으로 돌아갔다. 그녀의 손이 왼쪽 가슴을 덮었다.

쿵, 쿵, 쿵.

새삼 심장이 거세게 뛰어댔다. 그 순간, 사무엘의 말이 떠올랐다.

「너, 펠릭스 공작님 좋아했잖느냐.」

말도 안 된다고 생각했던 그 말이, 어쩐지 머릿속에서 뱅뱅 맴돌았다.

12

한순간에 이렇게 될 수 있구나.

글로리아는 침대에 누워 반쯤 눈을 감은 채 생각했다. 아침식사 때까지만 해도 멀쩡했는데 낮잠을 자고 일어나니 몸살이 나 있었다. 눈두덩은 무겁고, 목은 까슬까슬했다.

범인 체포에다가 사무엘 일까지 겹쳐 여러모로 신경을 쓴 게 화근이었다.

신경 조금 썼다고 몸살이라니.

그나마 검술훈련을 해서 이 정도였다. 만약 예전의 그 체력으로 이모든 일을 해냈으면 죽었을지도 모를 일이었다.

"엘레나, 나, 물 좀."

글로리아가 쩍쩍 갈라진 목소리를 내자, 깜짝 놀란 엘레나가 다급히 물이 담긴 잔을 내밀었다.

"괜찮으세요? 부인. 의사를 부를까요?"

"아냐, 됐어. 괜한 소란 피우지 마."

"그럼 공작님께라도…….

"아냐. 바쁜 분인데 이런 걸로 신경 쓰시면 안 되지. 절대로 말하지마."

"하지만……."

글로리아에게 무슨 문제가 생기면 곧장 보고하라는 공작의 당부가 생각이 난 엘레나가 울상을 지었다.

"내가 함구시켰다고 할 테니까 걱정하지 마, 엘레나. 넌 그냥 내가 시키는 대로만 하면 돼."

글로리아가 말하고서야 엘레나의 표정이 한결 풀렸다.

"그럼 약이라도 챙겨올까요?"

"아니. 그냥 한숨 푹 잘게. 오늘 오후에 잡힌 무역 수업과 차 예법 수업은 연락해서 미루도록 해."

글로리아가 목을 감싸고서 말했다.

"알겠습니다."

글로리아의 손에 언제든 닿을 수 있는 곳에 물잔을 둔 엘레나가 조용히 침실을 벗어났다. 홀로 남은 글로리아는 이불 안에 몸을 파묻었다. 분명 두툼한 이불 덕에 따뜻한데도 추웠다.

잠이 들기 직전, 그녀는 자신도 모르게 생각했다.

펠릭스가 옆에 있으면 좋겠다…….

기절하듯 잠들었던 글로리아의 의식이 천천히 돌아왔다. 그녀는 눈을 뜨지 않았지만, 침대에 누군가가 눕고 있다는 걸 알았다.

공작님이구나.

그녀는 얼마 지나지 않아 알아챘다. 자신을 끌어안는 단단한 팔과, 자신과 다른 엇박의 호흡이 증거였다. 글로리아는 알면서도 눈을 뜨지 못했다. 피곤해서 눈꺼풀이 들리지가 않았다.

"부를 때까지 들어오지 마."

펠릭스의 명령에 "네."라고 대답하는 엘레나의 목소리가 들렸다.

아직 밤이 안 되었을 텐데, 일도 많을 텐데……. 자신과 이러고 있을 시간이 없을 텐데…….

수많은 생각이 들었지만, 마음과 달리 눈이 뜨이지 않았다. 오히려 몸은 온기를 찾아 꾸물거리며 그에게로 파고들었다. 그가 자연스럽게 그녀를 끌어안았다. 몸이 착 맞아떨어졌다. 그제야 글로리아의 호흡이 평온해졌다.

"평소에도 잠들 때처럼만 얌전하면 좋을 텐데, 에단."

펠릭스의 한숨 섞인 목소리가 들렸다. 글로리아는 뭐라고 대답하고 싶었지만, 금세 잠이 들었다.

꿈을 꾼 게 아닐까 하는 생각과 달리, 눈을 떴을 때 펠릭스는 여전히 그녀의 곁을 지키고 있었다.

"깼나 보군."

자고 있었던 것도 아니었는지 그녀의 부스럭거리는 기척에 그가 말을 건네왔다. 펠릭스의 짧은 수면 시간을 떠올려보건대, 그가 낮잠을 잘 리 없었다.

"죄송합니다."

글로리아가 자리에서 일어나 부스스한 머리를 정리하며 사과했다.

"뭘."

"저 때문에 괜히 시간 낭비하셨네요."

시간 낭비를 싫어하는 펠릭스의 성격을 잘 알기에 글로리아가 난처한 표정을 지었다.

"이런 걸 시간 낭비라고 생각하나 보군."

"아무것도 안 하셨으니까요."

당연한 거 아니냐는 듯 글로리아가 답했다.

"……너는 정말 여전하군."

자리에서 일어난 펠릭스가 뜻 모를 소리를 꺼냈다. 글로리아가 빤히 쳐다보자, 푸른 눈을 접으며 옅은 미소를 지어 보였다.

"고분고분하지 못하고 융통성이 없어. 분위기까지 없지."

"개선하도록 하겠……."

에단처럼 대답하다 말고 그녀가 입을 다물었다.

바로 그런 점 말이야.

펠릭스가 표정으로 말하고 있었다. 이럴 때 무슨 말을 해야 융통성이 있는 건지 모르겠다. 글로리아는 그의 얼굴을 쳐다보며 고민했다. 그러다 문득 얼굴로 열이 오르는 게 느껴졌다.

「너, 펠릭스 공작님 좋아했잖느냐.」

그 말이 머릿속에서 뱅뱅 맴돌았다.

"몸은?"

다행스럽게도 그가 말을 다른 데로 돌렸다.

"괜찮아요. 덕분에 편하게 잤어요."

"다행이군."

"그런데 제가 아픈 건 어떻게 아셨어요?"

"할 이야기가 있어서 찾아왔더니 아파서 잔다는 말을 들어서."

혹시나 엘레나가 달려가서 보고했나 했는데, 아닌 모양이었다. 글로리아는 멍한 얼굴로 그러냐는 듯 고개를 끄덕였다. 컨디션은 전보다 나아졌지만, 여전히 머리가 멍하고 몸이 묵직했다.

유난히 목이 무거운 것 같기도…….

글로리아가 목을 쓰다듬다가 문득 걸리는 무언가를 만지작거렸다.

"더 당기지 않는 게 좋을 거야. 물론 쉽게 풀리지도 않겠지만."

펠릭스의 말에 글로리아는 목덜미를 더듬거렸다. 그러자 목 뒤로 넘어가 있던 메달이 앞으로 넘어왔다. 투박하다 못해 돌같이 생긴 메달이었다.

그녀도 잘 아는 물건이었다. 알렉스의 협박에 착용했다가 죽을 때까지 빼지 못한 그 목걸이였다. 그 덕에 자신이 지금까지 살아 있기도 했다.

"……이게 왜 제 목에 있죠?"

글로리아가 멍한 얼굴로 목걸이와 펠릭스를 번갈아 보았다. 그러자 그가 느긋한 얼굴로 대답했다.

"내가 너한테 걸어줬으니까."

그걸 누가 몰라!

자다가 자신이 걸지 않은 이상, 펠릭스가 걸어줬으리라는 건 쉽게 추측할 수 있었다. 문제는 이 귀한 걸 왜 자신의 목에 착용시켰나 하는 거였다.

"제 건 깨졌잖아요."

"맞아. 네가 착용한 건 내 것이지."

"……!"

"사엘 성에서 카시아로부터 전해 받은 유품이야. 그 목걸이의 가치나 특성에 대해선 네가 충분히 잘 알고 있을 거라고 생각하니 설명은 생략하도록 하지."

그의 덤덤한 말이 이어질수록 글로리아의 얼굴은 점점 굳어갔다.

"이건 제가 가질 물건이 아니에요. 돌려드리겠습니다."

글로리아가 목 뒤를 더듬거렸다.

"그걸 풀면 어떻게 되는지 잘 알 텐데. 저주에 걸려."

"……."

그녀가 멈칫하자, 펠릭스의 입술이 느슨하게 늘어났다.

"저주에 안 걸리는 거 알고 있어요."

글로리아가 반항했다.

"그럼 풀든지."

"……."

글로리아가 찝찝하다는 표정을 지었다.

"그런데 그건 알아둬. 그 메달을 풀어서 내게 준다고 해봤자, 이미 효과는 사라진 뒤야. 나라면 무의미하게 없애느니 착용하고 있는 쪽을 택하겠어."

"하지만 이건 공작님 거잖아요."

"그래. 내 거니까 널 준 거야."

글로리아가 복잡한 표정으로 펠릭스를 쳐다보았다. 그러다가 긴 한숨을 내쉬었다.

"대체 저한테 왜 이러세요?"

"선물을 줘도 화를 내는군. 보면 성격이 참 나쁜 편이야."

"놀리지 마시고요. 그리고 화를 내는 게 아니라 속상한 거예요. 이 귀한 걸 왜 저한테 주세요?"

아파서 그런지 발끈할 힘도 없었다.

"귀한 걸 주면 좋은 거 아닌가? 넌 욕심도 없나 보군."

"공작님이 갖고 계시면 훨씬 더 가치 있게 쓰실 수 있으니까요. 전 두 개 중에서 하나만 가져도 충분해요. 그것 때문에 지금껏 살아 있는 거고요. 다른 하나는 공작님이 갖고 계셨어야죠. 이걸 가지고 계시면 하다못해 공작님의 목숨이 위험해졌을 때 이걸로 살아나실 수도 있고, 또……."

"또, 뭐?"

그가 팔짱을 낀 채 창틀에 기대섰다.

"또…… 더 많은 부를 축적할 수도 있고……."

글로리아가 이 목걸이로 할 수 있는 것들을 떠올리기 위해 눈을 굴릴 때였다.

"그러다 네가 죽으면?"

낮은 목소리가 불쑥 끼어들었다. 그녀의 말이 툭 잘려 나동그라졌다. 갑작스레 찾아온 침묵 속에 글로리아는 눈만 돌려 그를 바라보았다. 그는 이전의 느긋한 웃음 따위 하나도 없는 얼굴로 그녀를 바라보고 있었다. 푸른 눈에 온기가 없었다. 일자로 굳게 다물린 입술은 화난 것처럼 보였다.

"……그럴 리 없겠지만, 만약 그러면 살려주시겠죠."

필요 없다면 살리지 않아도 된다는 말을 하려고 했지만, 그 말을 하면 그가 굉장히 화를 낼 것 같았다.

"또 내가 못 본 사이에 그런 일이 닥치면?"

"……."

"그땐, 어떻게 할 거지? 에단."

그의 입에서 아주 오랜만에 에단이라는 이름이 나왔다. 생경하면서 낯설었다.

"넌 그냥 죽으면 끝이겠지만, 남는 건 나야."

"……."

"나는 또 그 시간을 견뎌야겠지."

눈을 뜨고 있어도 아무것도 보이지 않았다. 시간의 경계가 모조리 무너진 세계에 홀로 살아남아 떠도는 기분이었다.

멈춘 시간 틈에 끼인 채, 살아도 사는 것 같지 않게 살아가겠지.

그의 말에 글로리아의 표정이 조금씩 허물어졌다.

저벅저벅 일부러 발소리를 내고 다가간 펠릭스가 침대에 걸터앉았다. 그러고는 무거운 짐을 떠안은 표정을 짓고 있는 글로리아를 바라보았다.

글로리아의 고지식한 성격상 공작이 아닌 자신이 유품을 물려받은 것에 대해 무거운 책임감을 느끼고 있는 듯했다. 이럴 거라 예상했다. 그래서 거절하지 못하도록 자는 틈에 걸어준 것이다.

"그건 네가 아니라 날 위한 거야. 그러니까 죽어도 다시 살아나. 그런 표정도 짓지 말고."

펠릭스의 말에 글로리아가 고개를 들었다.

"……나중에 후회하실지 몰라요."

"그건 이미 차고 넘치도록 해서 더 할 게 남아 있을지 모르겠군."

펠릭스의 말에 글로리아가 입술을 꽉 깨물었다. 그의 푸른 눈동자에 자신이 담겨 있었다. 그는 이 결정을 철회할 생각이 전혀 없어 보였다. 더군다나 기억을 떠올려보니, 한번 사람이 착용한 목걸이는 다른 사람이 착용하더라도 무용지물이라는 말을 알렉스에게서 들은 듯했다. 이젠 돌이킬 수 없게 되었다.

글로리아는 조용히 메달을 만지작거렸다.

"물릴 수 없는 상황이니, 감사히 받겠습니다."

말과 달리 그녀는 울상이었다. 그 모습이 꽤 귀여워 펠릭스의 입술이 늘어났다.

"고마우면 노력해, 에단."

"······."

"내 인내심도 서서히 끝나가거든."

펠릭스가 싱긋 웃으며 그녀의 턱을 거머쥐었다. 그러고는 고개를 틀어 그녀의 입술에 가벼운 입맞춤을 했다. 감기가 옮을지도 모른다는 생각에 번뜩 정신이 들었지만, 이미 입맞춤은 끝난 후였다.

펠릭스가 밀린 일을 하러 간 사이, 글로리아는 컨디션 핑계를 대고 침대에 앉아 창밖을 바라보았다.

벌써 어두컴컴한 밤이 다가오고 있었다. 식사와 낮잠을 반복했더니 하루가 금세 사라졌다. 이렇게 사치스러운 하루를 보내도 되나 싶을 정도였다.

「넌 나를 루보다도 안 좋아하는 것 같거든.」

그는 장난처럼 말했지만, 진심이라는 게 느껴졌다.

그녀는 촉촉하게 젖은 눈으로 보름달을 응시했다.

사무엘의 눈엔 자신이 펠릭스를 좋아한다는 것 같다는데, 어째서 자신은 그 사실을 인정할 수 없을까. 그러고 보면 펠릭스를 좋아하고도 남았을 텐데.

그녀는 자신에 대해 꽤 잘 알고 있었다. 정에 약하고, 자신의 사람에겐 더없이 약했다. 특히 자신에게 아무런 이유 없이 애정을 퍼붓는 이에겐 금세 마음을 열곤 했다.

물론 펠릭스가 무뚝뚝하고 짓궂으며 과로를 시키는 걸로 괴롭히긴 했지만, 보이지 않게 잘 챙겨준다는 걸 알고 있었다. 충분히 마음을 열고도 남을 만한 사람이었다.

더군다나 처음에 펠릭스는 그녀의 눈엔 하늘에서 뚝 떨어진 천사처럼 아름다워서, 졸졸 쫓아다니기에 바빴다. 못된 성격을 갖고 있긴 했지만, 그 정도는 참을 만했다. 빈민굴에 비하면 이 저택은 천국이었으니까.

그런데 대체 언제부터였을까⋯⋯. 펠릭스와 거리를 둬야겠다고 생각한 게⋯⋯.

그녀가 곰곰이 생각을 할 때였다.

똑똑.

"실례하겠습니다, 조슈아입니다. 공작님의 명령으로 방문했습니다."

"들어와."

그녀가 대답하자 조슈아가 문을 밀고 들어섰다.

"몸은 괜찮으신지, 필요한 건 없는지 확인하라는 공작님의 명령에 따라 방문했습니다."

"컨디션도 괜찮아졌고, 필요한 것도 없다고 전해드려."

"알겠습니다."

조슈아가 깍듯하게 인사한 후 돌아섰다. 글로리아는 그가 돌아서서 나가는 모습을 바라보았다. 그러고 보니 보좌관 제복을 보는 건 오랜만이었다.

검정 상의에 하얀 바지.

승마복과 비슷한 색감이지만 디자인이 판이해 완전히 다른 느낌을 주었다. 보좌관 제복을 멍하니 떠올리던 글로리아의 머릿속에 저도 모르게 오래전 일이 생각났다.

「한번 보좌관은 그 옷을 벗을 때까지 보좌관이지. 모시는 공작님을 존경하고 따라야 하지만, 그 이상을 바라서는 안 된다. 그게 보좌관이야. 그 이상의 자리를 바라거나 욕심을 내는 순간, 군말 없이 보좌관의 옷을 벗어야 한다.」

처음 펠릭스의 보좌관이 된 날, 그는 윗사람으로부터 교육을 받았다. 이후 귀에 못이 박이도록 그 이야기를 들었다. 나중에는 자다가 '보좌관은 보좌관.'이라는 잠꼬대를 하는 바람에 놀라 깨기도 했었다.

귀에 못이 박이도록 듣긴 했지만, 당연한 말을 왜 하나 싶었다. 그런 그녀가 처음으로 그 말을 지키기 어렵겠다는 생각을 한 건 자신이 여자라는 사실을 완벽하게 자각하고 난 후였다.

여자라는 사실이 발각되면 귀족 모독죄를 비롯해 갖은 죄로 형벌을 살게 될까 봐 무섭다고 했지만, 실은…… 펠릭스에게서 외면받고 싶지 않은 마음이 더 컸다. 그가 그의 삶에서 자신을 밀어낸다고 생각하자 두렵다 못해 공포스러워졌다.

펠릭스가 자신을 버리면, 자신은 살 수 있을까. 인간답게 살기 시작한 후부터 자신에겐 펠릭스가 전부였는데. 그에게서 외면당하기 전에 도망쳐야겠다는 생각이 들었다.

그러면서 자연스럽게 마음에서 그를 밀어내기 시작했다. 떠나야 하는데 그를 담고 있으면 걸음이 무거워 발이 움직이지 않을 것 같았다.

　그날부터 매일 스스로에게 세뇌하듯 말했다.

「일이 힘들어서 그만두고 싶다. 자그마한 집을 사서 텃밭을 가꾸면
서 살아야지.」

　실은 그 삶이 조금도 설레지 않으면서, 마치 간절한 꿈이라도 되는
양 수없이 혼잣말을 되뇌었다. 사실은 전혀 그를 떠나고 싶지 않았는
데…… 조금 더 곁에 있고 싶었는데…… 아주 조금은 보좌관 그 이
상의 특별한 사람이 되고 싶었는데…… 그 마음을 인정하면 안 되니
까…….

　"인정하면…… 그 옷을 벗어야 하니까."

　……그러면 더 빨리 떠나야 하니까.

　그러니까 적당히 곁에서 머물다가, 때가 되면 조용히 사라지자.

　생각이 끝나자마자 그녀의 어깨가 흠칫했다. 누가 듣지 않았을까
주변을 살피던 그녀는 혼자 있다는 것을 확인하고서야 가슴을 쓸어내
렸다.

　"하…….

　그러고는 헛웃음을 지었다.

　그녀는 손으로 얼굴을 덮었다.

　정말 어이없게도, 깨달음은 순식간이었다.

　펠릭스가 다정하게 대할 때마다 설레면서도 그 사실을 인정하지 않
은 이유. 단 한 번도 스스로에게 '펠릭스에 대해 어떻게 생각하느냐.'
를 묻지 않았던 이유. 펠릭스와 늘 거리를 두려고 했던 이유.

그 이유의 답은 하나였다.

애초부터 자신은 그에게 특별한 사람이 되고 싶었다. 그에게 특별한 사람이 될 수 없다면, 그의 인생에서 완전한 상태로 사라지고 싶었다. 그 터무니없는 욕심이 신념이 되었고, 나중엔 그의 아내가 되어서도 습관이 되어 그를 밀어내기에 바빴다.

그를 원한다고 말하기 무서웠다. 자신에겐 뭔가를 원할 자격이 늘 없었으니까…….

너무 큰 욕심을 내면 늘 뒤탈이 따른다는 걸 어린 시절부터 배웠다. 그래서 욕심을 내지 않으려고 노력했고, 그래도 욕심이 나면 외면하거나 피했다.

그렇게 펠릭스를 놓칠 뻔했다.

"바보. 멍청이."

글로리아가 손을 들어 자신의 얼굴을 가렸다.

"멍청이야. 하아, 진짜…….."

팔이 시트 위로 툭 떨어졌다. 멍하게 있던 그녀가 이불을 걷고 침대에서 일어났다.

지금 당장 그를 봐야 할 것 같았다.

아니, 보고 싶었다.

어둠이 내린 저택의 실내, 글로리아는 이곳저곳을 찾아다니다가 걸음을 멈췄다. 복도 벽에 기대선 그녀는 이마를 쥐고서 숨을 골랐다.

"하, 대체 어디 있는 거야?"

가장 먼저 방에서 나온 그녀는 집무실로 향했다. 당연히 늦은 밤, 그곳에 있을 거라고 생각했는데, 그의 모습은 보이지 않았다. 지나다니는 하녀들에게 물었지만, 펠릭스의 행방에 대해서 아는 사람은 없었다.

결국, 앨버트를 찾아가 펠릭스의 행방을 물으니, 그가 일을 하다 말고 놀란 표정으로 말했다.

「이 시각엔 대련실에 계십니다. 요즘 저녁 드신 후엔 늦은 밤까지 훈련을 하시곤 하거든요.」

「업무를 하시는 게 아니고요?」

「업무는 굉장히 일찍 끝내십니다.」

「아, 그렇군요. 알려줘서 고마워요.」

「부인, 제가 다녀오겠습니다. 편찮아 보이시는데 침실로 돌아가시는 게 어떻겠습니까?」

앨버트가 걱정스러운 눈으로 그녀를 바라보며 말했다. 문틀을 거머쥔 그녀의 얼굴엔 불긋한 열이 올라 있었다.

「아니에요. 제가 직접 가볼게요.」

자신을 복도까지 쫓아 나와 만류하는 앨버트를 걱정하지 말라고 여러 번 달랜 후에야, 그녀는 대련실로 갈 수 있었다.

그러나 대련실은 불이 꺼져 있었고, 누군가가 오랫동안 몸을 움직이고 사라진 듯 옅은 온기만이 남아 있었다. 그녀는 펠릭스를 찾으러 가야 한다고 생각하면서도 텅 빈 대련실을 물끄러미 바라보았다.

누군가를 보고 싶은데 보지 못하는 게 이렇게 갑갑한 일이구나.

자신은 고작해야 저택 안에서 뱅글뱅글 돌며 엇갈릴 뿐이었다. 그런데 펠릭스는 이보다 더 오랜 시간을 참아야 했다. 처음으로 그의 마음이 무사한지 궁금했다.

그녀는 대련실에서 나와 다시 침실로 돌아가다 말고 지쳐서 복도 벽에 기대섰다. 몸살에 걸린 상태로 잠옷에 외출용 가운 하나만 걸치고 미친 사람처럼 저택을 헤매고 다녔더니 다시 몸이 아프기 시작했다.

멍청하게 나섰다. 이럴 줄 알았으면 그냥 방에 있을걸…….

"하아."

글로리아가 벽에 반쯤 기댄 채 숨을 헐떡일 때였다.

"글로리아."

소리가 죽어버린 복도 위에 낮은 목소리가 퉁 떨어졌다. 그 소리에 글로리아는 숨을 멈췄다. 목소리가 닿자, 몸의 통증이 느껴지지 않았다. 느릿하게 고개를 돌리자, 펠릭스가 씻고 나온 듯 젖은 머리를 한 채 그녀에게로 걸어오고 있었다.

"아픈데 왜 여기 있는 거지?"

그가 얼굴을 찌푸린 채 물었다. 그녀가 이러고 있는 게 마음에 들지 않는 티가 풀풀 났다. 대답을 해야 하는데, 글로리아는 눈이 먼 사람처럼 그를 바라보았다. 그가 한 걸음 걸을 때마다 창가에서 새어 들어온 달빛에 얼굴이 보였다가, 또 한 걸음 만에 사라지길 반복했다.

달빛에 물든 은발, 빛이 고인 푸른 눈, 자신을 향해 걸어오는 흔들림 없는 걸음.

그의 모습이 어둠에 가렸을 때 그녀는 눈을 더 크게 떴다. 그러다 그의 모습이 달빛에 드러나면 빛은 아프게 눈을 찌르고 들어왔다. 그 빛

때문인지 눈에 눈물이 고였다.

마침내 그 걸음이 그녀의 앞에서 멎었다.

"왜 여기 있냐고 물었을 텐데."

"……."

"에단."

그녀가 대답하지 않자, 펠릭스가 강하게 그녀의 이름을 불렀다.

"드릴 말씀이 있어요."

"일단 침실로 들어가서 해. 급한 거 아니면."

"급해요."

"……."

글로리아의 고집에 펠릭스가 돌아서던 걸음을 멈췄다. 그러더니 못마땅하다는 표정으로 글로리아의 옷을 살폈다. 망토를 걸치고 있긴 하지만, 늦은 밤에 돌아다니기엔 얇은 옷차림이었다. 마음 같아선 무작정 침실로 끌고 들어가고 싶지만, 글로리아의 표정이 심상찮았다.

"후우."

한숨을 내쉰 펠릭스가 입고 있던 자신의 옷을 벗어 글로리아의 어깨 위에 걸쳤다.

"무슨 말인지 몰라도 서둘러 하는 게 나을 것 같은데."

그의 재촉에 글로리아가 입을 열었다. 그러나 아무 말도 나오지 않았다. 그를 보면 말이 쏟아질 것 같았는데, 막상 앞에 있으니 머릿속이 새하얗게 변했다. 이런 경험은 태어나서 처음이었다.

"글로리아."

펠릭스가 왜 이러냐는 표정으로 그녀를 불렀다. 그가 재촉하자, 글로리아의 마음도 덩달아 급해졌다. 누군가에게 고백해본 적이 한 번도 없다 보니 무슨 말을 해야 할지 알 수 없었다.

"공작님, 그러니까, 제가 드릴 말씀은요."

지금 생각나는 말을 하자. 가장 진심이 담긴 말. 이 순간에 가장 적합한 말.

그녀가 가열차게 고민하다 입을 열었다.

"우리, 잘 살아봐요."

"……."

그녀가 눈에 힘을 바짝 준 채 말했다.

미래에도 함께 잘 지내자는 말처럼 예쁜 고백이 어디 있을까.

그러나 그녀의 기대와 달리 주변 공기는 싸해졌다. 펠릭스의 눈이 가느스름해졌다. 고작 그딴 말을 하려고 이러고 있냐는 듯한 표정이었다.

당황한 글로리아가 다급히 입을 열었다.

"그러니까…… 제 말은, 건강하게 몸 관리하면서 오랫동안 행복하게 살았으면 좋겠다는 거예요. 아이도 낳고…… 바람도 피우지 말고……. 그러니까 제 말은."

말을 할수록 엉켜들어갔다. 펠릭스가 주례사라도 하느냐는 표정으로 팔짱을 낀 채 그녀를 바라보았다.

"많이 아픈 건가, 글로리아?"

펠릭스가 눈을 가느스름하게 뜬 채 그녀를 위아래로 훑었다.

"아뇨. 아픈 게 아니라……."

"아니. 의사를 불러야 할 것 같은데. 내일 아침이 되는 대로 앤드루를 부르도록 하지."

펠릭스의 표정이 심각해졌다. 그러자 되레 답답해진 글로리아가 한숨을 내쉬며 말을 쏟아냈다.

"정말로 아픈 게 아니에요. 그런 게 아니라, 전 지금 정말 최선을 다해서 고백하고 있는 거예요."

"⋯⋯."

"공작님을 좋아하는 것 같은데, 아니, 좋아하고 있는데 마땅히 예쁘게 고백할 방법이 없어서요. 지금 아니면 고백할 용기도 안 생길 것 같고⋯⋯. 그렇다고 제가 공작님한테 꽃다발을 주면서 무릎을 꿇을 수도 없는 거고⋯⋯. 도대체 남자한테는 어떻게 고백해야 하는 건지⋯⋯."

글로리아는 울상이 된 채 웅얼거리다가, 이전과 나른 고요함에 고개를 들었다. 팔짱을 낀 채 내려다보는 펠릭스의 얼굴은 무표정했다. 그러나 무표정이라지만 왠지 이전과는 다른 느낌이었다.

믿기 힘든, 그러나 간절히 믿고 싶어 하는 말을 들었다는 느낌이었다.

"⋯⋯다시, 말해봐."

그의 입에서 흘러나온 목소리가 뚝뚝 끊겼다. 그는 숨을 쉬고 있는 것 같지 않았다.

"네?"

"방금 한 말, 다시 해보라고."

펠릭스의 말에 글로리아는 그의 눈을 물끄러미 바라보았다. 푸른 눈이 가늘게 흔들리고 있었다. 그럴 리 없겠지만, 그는 긴장한 것 같았다. 그 모습을 바라보자 열쇠를 꽂은 자물쇠가 열리듯이, 입술이 자연스럽게 벌어졌다. 그러고는 그 사이로 말이 흘러나왔다.

"공작님을 좋아하는데, 어떻게 고백해야 하는지 모르겠어요."

너무 늦게 깨달아버린 이 마음을 어떤 말에 담아야 전부 다 전할 수 있을지 알 수가 없었다. 수많은 말을 해도 마찬가지일 것 같았다. 그래서 그녀는 마음에서 모든 말을 털어냈다. 그러자 한 문장만 덩그러니 남았다.

"……좋아해요."

그 말을 뱉자, 알 것 같았다. 펠릭스가 어째서 자신에게 좋아한다고만 고백했는지. 왜 얼마나, 어떻게 좋아하는지 설명하지 않았는지…….

그 모든 말들은 필요하지 않았다.

지금 이 순간, 내가 당신을 좋아한다.

그 한 문장만 필요할 뿐이었다.

고백이 끝나자, 귀가 먼 듯한 침묵이 흘렀다. 흔들리던 펠릭스의 눈동자가 멎었다. 시간이 멈춘 사람처럼 그의 모든 행동이 멎어 있었다. 말을 하지 않아도, 굳이 전달하지 않아도, 그가 벅차하고 있다는 게 느껴졌다.

"공작님."

글로리아가 부르자, 돌처럼 굳어 있던 그가 마법에서 풀린 것처럼 손을 뻗었다. 큰 손이 머리부터 뺨, 턱, 목덜미까지 애틋하게 훑고 지나갔다. 그녀에게서 흘러나오는 온기를 완전히 느끼고서야 그의 표정이 누그러졌다.

"꿈이, 아니군."

"……."

"이 말을, 듣는 날이 정말 오긴 하는군."

그가 혼잣말처럼 중얼거렸다. 낮게 가라앉은, 그러나 감격한 듯한 그의 말에 글로리아의 코끝이 찡해졌다.

"아파서 실언을 한 게 아니었으면 좋겠군."

"아니에요. 절대로."

그녀의 다부진 말에 펠릭스의 입술이 늘어났다. 처음으로 눈을 접으며 환하게 웃는 그의 얼굴에 글로리아의 심장이 쿵 하고 내려앉았다.

그가 손을 뻗어 그녀를 와락 끌어안았다. 그러고는 참았던 호흡을 길게 내쉬었다.

완전한 안도.

그가 글로리아의 어깨에 이마를 가져디댔다. 글로리아는 팔을 뻗어 그를 끌어안았다. 많은 포옹을 했지만, 이런 순간은 태어나 처음이었다.

완전히 서로에게 닿았다고 느껴지는 이런 느낌은.

"……어째서 자세엔 변화가 없는 거지?"

펠릭스가 침대에 부동자세로 누워 있는 글로리아를 바라보며 물었다.

올 테면 와라!

그녀의 자세가 말하고 있었다.

"긴장되긴 마찬가지라서요."

천장을 바라보고 있던 글로리아가 대답했다. 펠릭스는 그런 그녀를 보며 가볍게 웃었다. 방금 전까지 키스할 때만 해도 괜찮더니, 침대 위에선 기사가 따로 없었다.

"이것도 곧 적응할 거야. 이젠 키스도 곧잘 하잖아."

"……제가요?"

"음."

펠릭스가 눈을 접으며 미소 지었다. 그러더니 그녀의 몸 위로 그림자를 드리우며 올라탔다.

"그런데 저 아직 몸이 아픈데, 공작님께 옮기면 어쩌죠?"

"옮는 게 나아. 지금 참는 것보단."

"……."

직설적인 그의 말에 글로리아의 뺨이 붉어졌다.

"글로리아, 넌 어떻지? 아파서 힘들 것 같다면 그만두도록 하지."

펠릭스가 그녀의 뺨을 쓰다듬으며 다정하게 물었다. 손끝으로 뺨을 훑는 손길에 등에 오소소 소름이 돋아올랐다. 처음 느끼는 이상한 기분이었다.

"……아뇨. 힘들진 않아요."

"얼른 해치우자 이건가?"

"아뇨. 그런 건 아니고……."

상의를 벗은 그가 고개를 기울인 채 우물거리는 그녀를 바라보았다.

"공작님을 너무 기다리게 하는 것 같기도 하고, 저도 궁금하기도 하고……."

"……."

그녀의 솔직한 대답에 펠릭스의 입매가 길어졌다.

"그런데 공작님은, 안 떨리세요?"

좋아하는 마음은 같은데 관계를 앞둔 자세가 너무나 달랐다. 펠릭스는 그녀의 위에서 여유로운 얼굴로 바라보고 있었다. 그 눈빛이 사냉감을 아래에 둔 나른한 맹수 같았다.

"난 수백 번도 더 상상했으니까, 여유로울 수밖에."

"……!"

수백 번?

글로리아가 놀란 눈으로 바라보는 사이, 그가 고개를 숙였다.

"떨리진 않아도, 설레긴 하는군."

그가 나른한 눈을 하고서 그녀를 바라보았다. 그녀가 하려던 말이 다시 목구멍 안으로 밀려들어갔다.

햇살에 눈이 부셔 눈을 뜬 글로리아는 가장 먼저 창밖을 바라보았다. 해가 하늘 가운데 걸려 있었다. 평소보다 늦게 일어났다는 걸 깨달은 그녀는 옆을 돌아보았다.

"공작님, 일어나세……."

글로리아가 말을 하려다 말고 멈칫했다. 이미 펠릭스는 머리를 괴고서 그녀를 바라보고 있었다.

"좋은 아침이군."

펠릭스가 고개를 숙여 그녀의 이마에 입을 맞추었다. 다정한 그의 행동에 글로리아의 마음이 울렁거렸다. 마치 높은 곳에서 떨어지는 것처럼 아찔하기까지 했다.

"일어나셨어요?"

글로리아가 그의 푸른 눈을 마주 보며 물었다.

"응. 한참 전에."

"그럼 깨워주시죠."

"잘 자는 것 같아서."

그가 자연스럽게 그녀의 머리카락을 쓸어넘겼다. 어젯밤 이후 그의 스킨십은 한결 더 거침없어지고, 여유롭게 느껴졌다.

기분 탓인지 모르겠지만, 피부도 좋아 보이고…….

"하녀를 부를게요."

그녀가 펠릭스의 출근을 돕기 위해 몸을 일으키다 말고 멈칫했다. 잠옷이 저만치 날아가 있었다. 그렇다고 시트를 당겨 돌돌 말고 가자니, 펠릭스의 나체가 드러날 판이었다. 잠시 고민하던 글로리아는 이리저리 움직이기 시작했다.

"……뭐하는 거지?"

"부끄러우실까 봐요."

"……."

펠릭스가 기가 찬 눈으로 자신의 하반신을 가린 베개를 바라보았다. 그사이 글로리아는 시트로 야무지게 자신의 몸을 감싸고 있었다. 농작물을 수확하듯 허리를 숙여 침대 아래에 떨어진 자신의 잠옷을 챙기는 글로리아를 바라보던 펠릭스가 손을 쭉 뻗었다.

"으앗!"

글로리아가 기척을 감지했을 땐 이미 늦은 후였다. 그녀의 몸이 침대로 다시 고꾸라졌다.

"하루 일과 시작하셔야 합니다."

침대에 몸을 파묻은 글로리아가 고개를 빼꼼 든 채 심각한 표정으로 말했다.

"넌 더 이상 보좌관이 아니야, 글로리아."

그 말에 글로리아가 "아." 하고 깨달은 표정을 지었다.

"그리고 보좌관, 하녀들, 앨버트 모두 다 오전 내내 이곳에 얼씬도 하지 않을 거야."

"말씀하셨나요?"

"음. 모처럼 즐거운 휴식 시간을 가질 테니 오지 말라고 해놨으니까 안심해."

"……."

글로리아가 조용히 이마를 짚었다. 그 말이 무슨 뜻인지 이해 못 할 사람이 이 저택에 있을 리 없었다.

"그러니 말한 걸 지켜야겠지."

펠릭스가 중얼거리면서 그녀의 몸을 번쩍 들어 자신의 몸 위에 올렸다. 글로리아는 펠릭스를 어리둥질한 얼굴로 바라보았다. 그의 은 발이 하얀 시트 위에 흩어져 있었다. 동시에 푸른 눈은 즐거움으로 가득 차 있었다.

"이게 무슨……."

글로리아가 말을 하다 멈칫했다. 깔고 앉은 무언가가 부풀어 오르는 게 느껴졌다. 그와 동시에 그녀의 몸을 싸고 있던 시트가 스르륵 아래로 떨어져 내렸다. 시트를 거머쥐려고 했으나, 한 박자 늦었다. 펠릭스가 이미 그 시트를 꽉 누르고 있었다.

글로리아가 도망치려 했지만, 그는 그녀의 목을 끌어당겨 깊게 입을 맞추었다. 그녀는 그에게 갇힌 채 키스를 하며 생각했다.

왠지 오후에도 이 방을 빠져나갈 수 없을 것 같다고.

공작 부부가 하루 종일 방에서 나오지 않은 후로, 저택의 분위기는 한층 달아올랐다. 그 분위기를 눈치 빠른 글로리아가 읽어내지 못할 리 없었다. 그녀는 아침 단장을 하며 거울에 비친 엘레나를 흘깃 바라보았다.

"그만 웃어, 엘레나."

"네."

고분고분한 대답과 달리 엘레나의 입꼬리가 연신 실룩거렸다.

그녀의 마음을 이해 못 하는 건 아니었다. 하녀들은 누구보다 집안의 분위기에 민감하고, 공작 내외에게 관심이 많았다. 부부의 분위기가 저택의 분위기를 좌우하기 때문이었다. 그들의 사이가 좋으면 하녀들 역시 일하기가 한결 편해졌다.

그중 엘레나가 좋아하는 건, 사심 없이 기뻐하는 것도 있지만 공작부인이 공작에게서 얼마나 사랑받느냐에 따라 저택 내에서 그녀의 입지도 달라지기 때문이었다.

"이럴수록 말조심, 행동조심 해야 해, 엘레나."

글로리아가 진지한 표정으로 경고했다.

"네. 알겠습니다."

엘레나는 고분고분하게 대답했지만, 신이 난 건 여전해 보였다. 욕심이 없으니 별다른 사고를 치지 않을 거라 생각하며 글로리아는 걱정을 접었다.

준비를 마친 그녀가 침실에서 나와 복도를 걸어가고 있으려니, 집무용 문을 열고 펠릭스가 나왔다. 눈이 마주치자 그가 미소를 지어 보였다. 글로리아가 마주 웃으며 그에게 다가갔다. 자연스럽게 헝클어진 그의 소매와 옷깃을 정돈해주었다.

"매번 실수하는 날 위해 내 옷을 직접 입혀주는 게 어때?"

펠릭스가 그녀의 손이 쉽게 닿도록 고개를 숙이며 물었다. 그의 바다처럼 푸른 눈에 즐거움이 가득했다.

일부러 엉망으로 하고 나오는 거면서.

글로리아는 펠릭스의 눈을 마주 보았다.

"죄송하게도 제 능력이 거기까지 되진 않을 것 같네요."

"아쉬운 일이군."

글로리아의 거절에 펠릭스가 즐겁다는 듯 웃었다.

그 모습을 앨버트가 신기한 눈으로 바라보았다. 글로리아와 결혼한 후, 공작의 얼굴에 종종 미소가 살아나긴 했지만, 지금처럼 즐겁게 웃는 건 처음이었다. 이건 마치 에단을 놀리면서 즐거워할 때와 같은 얼굴이었다. 아니, 그보다도 더 평온하고 행복해 보였다.

"가도록 하지."

펠릭스가 그녀에게 손을 내밀었다. 잠시 바라보던 글로리아가 그의 손을 잡고서 계단을 내려갔다.

다정하게 손을 잡고 내려가는 그들의 뒷모습을 멍하게 바라보던 앨버트는 주먹을 불끈 쥐었다. 이러지 않으면 박수를 칠 것 같았다.

이 모습을 죽기 전에 볼 수 있었다니.

여자에겐 일절 관심 없는 공작인 데다 방에 들이는 여자도 없어서 걱정하던 차였다. 기껏 결혼하더니 들리는 말로는 순수하게 숙면만 취한다고 해서 이대로 버클리 가문의 대가 끊기는 게 아닌가 깊게 고민하기까지 했었다.

그랬던 그가 부인에게 저토록 다정하게 행동하다니. 더군다나 침실에서 하루 종일 나오지 않았다고 하지 않았던가.

버클리 가문을 살려주셔서 감사합니다, 하느님.

앨버트는 하늘을 바라보며 두 손을 모았다.

오전에 무역 수업을 마친 글로리아는 곧장 펠릭스의 집무실로 향했다. 자신이 얼마 전에 바꾼 푸른 카펫을 밟으며 긴 복도를 지나 마침내 원목으로 된 거대한 문 앞에 섰다.

똑똑, 똑.

노크하면 대답이 돌아올 거라는 예상과 달리, 문이 스르륵 열렸다. 마치 그녀가 오기를 기다리고 있었다는 듯 그가 문을 직접 열어주었다.

"들어와."

글로리아가 드레스 자락을 들고서 조심스럽게 집무실로 들어섰다. 커다란 집무용 책상 옆에 그 절반 정도 되는 자그마한 책상이 놓여 있었다.

"크기는 이 정도면 되는 것 같은데, 어떻게 생각하지?"

펠릭스가 책상을 톡톡 두들기며 물었다.

"누가 앉을 거냐에 따라 다를 것 같네요. 만약 조슈아라면 책상이 좀 더 커야 할 것 같아요. 그의 덩치는 크니까요."

"네가 앉을 거야."

"……제 자리라고요?"

글로리아가 놀라 되물었다.

"음."

펠릭스가 자신의 집무용 책상에 걸터앉으며 가볍게 고개를 끄덕였다. 그러자 글로리아가 의아한 얼굴로 바라보았다. 대륙에서 남자귀족만큼 일을 당차게 하는 여자귀족들이 더러 있긴 하지만, 그들이 한 집무실을 쓰는 경우는 거의 없었다.

"무역 쪽에 관심 있는 거면 지금부터 제대로 해보라고."

"……제가요?"

글로리아의 눈이 크게 벌어졌다.

"음. 데몬 사건 때부터 함께 일하면 좋겠다고 생각했지만, 기본지식이 부족해서 그 부분만 보충하고 오면 될 거라고 생각했어. 그리고 지금은 충분하다고 생각되는군."

"제가 과연 충분할까요?"

"무역 선생으로부터 네가 어떤 부분을 공부하고 있는지 전해들었어. 충분해."

펠릭스의 제안에 글로리아의 표정이 진지해졌다.

분명 꿈꾸던 일이있다. 나른 부분보다 무역에 대한 관심이 컸다. 보좌관 시절부터 무역일을 직접 할 수 있으면 좋겠다는 꿈을 꾸기도 했고, 언젠가 이루겠다고 다짐하고 있기도 했었다. 그러나 그 꿈이 순식간에 이루어진다고 하니 겁이 났다.

"뭐가 고민이지?"

펠릭스가 이해할 수 없다는 표정으로 바라보았다.

"제가 과연 제대로 할 수 있을까 고민하고 있었어요."

"그걸 왜 해보기 전부터 고민하는 거지?"

"실수를 하면 걷잡을 수 없는 일이 벌어질 테니까요."

"그 모든 책임을 너에게 뒤집어씌울 생각은 없어. 나를 비롯해 다른 보좌관들이 그냥 있는 건 아니니까. 다른 건 다 집어치우고, 하나만 생각해."

"……"

"하고 싶은지, 아닌지."

그의 푸른 눈이 심각해졌다. 그가 자신에게 충고할 때 나오는 얼굴이었다.

하고 싶은지, 아닌지…….

"하고 싶어요."

글로리아가 마침내 결심한 듯 말했다.

"좋아. 오늘부터 하도록 해."

펠릭스가 흡족한 표정을 지었다.

"네."

흥분과 들뜸이 뒤엉킨 글로리아의 얼굴을 바라보던 펠릭스가 사랑스럽다는 표정을 지었다.

글로리아에게 처음으로 맡겨진 일은 '제안 보고서를 작성하는 것'이었다. 주제도, 범위도 없었다. 그녀가 직접 제안할 만한 것을 골라 제안한 이유를 작성하고 금액 산정 등을 해야 했다.

보고서를 정리하기만 하고 정해진 주제 내에서만 간략한 보고를 해왔던 그녀의 입장에선 굉장히 어려운 일이었다. 그렇다고 하기 싫다는 말을 할 수는 없었다. 처음으로 맡은 일이니 도전이라도 해보고 싶었다.

뭐가 좋을까. 무역을 좀 더 원활하게 하기 위해서 제안할 만한 것들.

그녀는 심각한 표정으로 고민에 빠졌다.

독점을 막기 위해 무역을 자유롭게 허락한다는 황제의 명령이 떨어진 후, 무역사업을 진행하는 귀족들이 우후죽순 늘어났다. 그들은 펠릭스가 구축해놓은 사업에는 눈치를 보고 덤비지 않는 중이었지만, 언제든지 때만 되면 손을 댈 게 분명했다. 그전에 버클리 가문의 무역

입지를 군건히 할 만한 게 필요할까, 아니면 또 다른 제안할 만한 게 있을까.

진지하게 고민하던 글로리아가 흘깃 고개를 돌렸다. 펠릭스는 집무용 책상 앞에 앉아 조슈아가 가져다준 서류를 검토하고 있었다.

그의 옆얼굴로 햇살이 내려앉아 하얀 얼굴이 더욱 희게 빛났다. 높은 콧대와 감정을 알 수 없게끔 다문 입술선이 그 누구보다도 아름다웠다. 그러나 그중 가장 아름다운 건 자신의 일에 집중하는 펠릭스의 모습, 그 자체였다.

제멋대로인 것처럼 보이는 그이지만, 일에서만큼은 철두철미했다. 그 모습을 닮고 싶어서 자신도 열심히 최선을 다해 일했었다.

그래, 어쩌면 그때부터 반했는지도 모르지.

글로리아는 턱을 괴고서 그를 바라보다가 시선을 다시 책상으로 옮겼다. 뭔가 생각난 듯 그녀는 펜을 들고 써내려가기 시작했다.

펠릭스가 고개를 들었을 때, 글로리아는 책상에 엎드린 채 잠들어 있었다. 창가에서 치고 들어온 햇살에 눈이 부신지 얼굴을 찌푸리고 있었다. 고개를 돌리면 될 텐데, 꿋꿋하게 정면으로 마주하고 잠들어 있었다.

순발력은 좋은데 융통성이 부족했다. 책임감이 뛰어나고 아랫사람을 잘 다루면서도 윗사람에게 아부 같은 건 일절 못 했다.

그 성격이 잠든 자세에서도 보이는 듯했다.

조용히 자리에서 일어난 펠릭스가 그녀에게로 다가갔다. 그녀는 커다란 종이 위에 펜으로 무언가를 길게 적어놓은 상태였다.

[빈민, 평민 인재 등용]

[영지민들 중 글을 아는 자를 골라 매달 필요한 물품, 변동 사항, 마을 분위기를 보고받기. 그에 합당한 대가 지불]

[곡물 횡령을 막기 위한 감시원들을 뽑기]

[새로 보좌관 뽑기]

그 외에도 여러 제안이 있었다. 펠릭스의 눈에 가장 먼저 들어온 건, 가장 윗줄에 적힌 '빈민, 평민 인재 등용'이었다.

글로리아는 특이한 경험을 하고 여기까지 올라온 사람이었다. 빈민굴에서 자라다가 평민촌에서 거주하며 귀족가의 일을 돌보는 사람, 누구보다도 여러 계층의 삶을 잘 아는 사람이었다. 그 때문에 평생 귀족으로 살아온 자신이 보지 못하는 부분을 볼 수 있었다. 지난번의 데몬 수입 건만 해도 글로리아가 아니었다면 문제점을 발견할 수 없었을 터였다.

글로리아에게 무역일을 권한 것도 이런 이유 때문이었다. 물론 무역에 대한 그녀의 관심과 괜찮은 자질도 이유이긴 했지만.

빈민 인재 등용이라.

글로리아의 이런 제안도 그녀라서 할 수 있는 것이었다. 물론 쉽지 않겠지만.

잠시 생각에 잠긴 사이 햇살의 방향이 기울었다. 펠릭스의 몸을 비껴 들어온 햇살이 글로리아의 얼굴에 내려앉았다. 눈이 부신지 글로리아의 미간이 찌푸려졌다. 일어날 만도 한데 고집스럽게 잠을 청하는 글로리아를 바라보던 펠릭스의 입술이 느슨하게 늘어났다. 어젯밤 자신에게 시달린 데다 수업을 받고 일까지 했으니 고된 모양이었다.

펠릭스는 서류를 가져와 글로리아의 책상에 걸터앉았다. 햇살이 그의 몸에 가로막혀 그늘이 생기자, 글로리아의 미간이 다시금 평평해졌다.

그 모습을 물끄러미 지켜보던 그는 서류로 시선을 돌렸다.

저녁식사를 마친 후, 글로리아는 정원을 산책하러 나섰다. 날이 어두워졌지만, 환한 보름달 덕분에 길을 걷는 데에는 지장이 없었다. 그녀가 향한 곳은 들꽃이 소담하게 피어 있는 정원 끄트머리였다. 들꽃은 밤에도 자그맣게 피어 고개를 살랑살랑 흔들고 있었다. 그 모습이 귀여워 그녀는 무릎을 접고 앉아 구경했다.

그러다 바스락거리는 소리에 고개를 돌렸다.

"흡."

거대한 그림자에 흠칫했다.

"나야."

펠릭스의 말에 가슴을 쓸어내렸다.

"하아. 어떻게 오셨어요?"

"산책 갔다는 말에. 이 시간에 여기서 뭐하는 거지?"

"저녁을 많이 먹었는지 배불러서 산책할 겸 나왔어요."

펠릭스는 아무 대답 없이 잠자코 옆자리에 서 있었다.

"왜 나오셨어요? 하실 말씀이라도 있으신가요?"

글로리아가 몸을 일으켜 펠릭스 쪽으로 돌아섰다. 고개를 한참이나 들고서야 그의 얼굴을 완전히 볼 수 있었다.

"내일부터 새 보좌관을 뽑을까 해."

"아, 그렇군요."

"너한테는 미리 말해야 할 것 같더군."

"진즉에 했어야 할 일이었어요. 지금까지 제자리를 공석으로 해놓는 것 자체가 무리였죠. 조슈아 얼굴이 엉망진창이던걸요."

오늘도 한 차례 실수를 하지 않았던가. 먼저 발견한 그녀가 조슈아에게 조용히 언질을 주지 않았더라면, 펠릭스에게 들킬 뻔했다.

"제가 먼저 말씀드렸어야 했는데, 죄송해요."

"괜찮은 건가."

"……."

펠릭스의 갑작스러운 물음에 글로리아의 얼굴이 미미하게 굳었다.

괜찮은가. 아니, 괜찮지 않다.

새로운 보좌관이 들어오면 자신의 책상과 자신의 손때가 묻은 모든 것이 창고 속에 봉인되거나 폐기된다. 이제 이 저택에서 에단 달튼이 존재했다는 건 사람들의 기억에만 남게 된다. 자신의 자리를 누군가가 채워가는 모습이 편하지만은 않을 거다.

"사실대로 말하자면 괜찮진 않겠지만, 곧 괜찮아질 거예요. 에단 달튼은 사라져도 글로리아 버클리는 존재하니까요. 글로리아 버클리로 사람들의 기억에 남을 거고, 더 많은 일들을 할 수 있으니 금방 괜찮아질 거예요."

글로리아가 미소 지었다.

"그럼 새로운 보좌관을 뽑는 자리에 함께해줬으면 해."

"네. 그럴게요."

그가 여기까지 찾아온 데에는 이런 이유가 있을 거라 생각했다.

"바람이 찬데 계속 여기 있을 건가?"

"아뇨. 들어가야죠. 그리고 감사해요."

"뭘 말이지."

"들꽃을 뽑지 않고 가꿔주셔서요."

글로리아가 소담하게 피어 있는 들꽃들을 가리켰다.

"앨버트에게서 들었어요. 관리하라고 명령하셨다면서요."

글로리아의 얼굴에 미미한 미소가 돌았다. 펠릭스가 맞다는 듯 가볍게 고개를 끄덕였다.

"꽃 중에선 저 꽃이 제일 낫더군."

"꽃을 좋아하시는 줄은 처음 알았네요."

"널 닮았거든."

"……."

선선한 바람이 불어 그의 은발이 부드럽게 흩날렸다.

"고집스럽게 자생하면서도, 사람 손을 많이 타면 죽을 것 같더군."

"……."

"그래서 좋아해."

펠릭스가 글로리아의 눈을 똑바로 바라보며 말했다. 좋아한다는 말이 분명 꽃을 향한 건데, 자신에게 향한 듯 그녀의 심장이 울렁거렸다. 선선한 바람이 스치는데 얼굴에 열이 올랐다.

"들어가지."

펠릭스가 옅은 미소를 지으며 돌아섰다. 그가 성큼성큼 걸어가자 금세 거리가 멀어졌다. 달빛에 젖은 뒷모습이 아름다우면서도 왠지 쓸쓸했다.

자신이 없는 틈에 이곳을 찾았던 그는 저런 뒷모습으로 돌아갔겠지. 다시는 그런 모습을 보이게 하고 싶지 않았다.

그 순간 어떤 말이라도 하고 싶었다. 자신의 마음을 서툴게나마 표현하고 싶었다.

"공작님!"

그녀의 부름에 펠릭스가 반쯤 돌아섰다. 그의 아름다운 얼굴을 바라보던 글로리아가 입을 열었다.

"같이 오래 살아요!"

말을 뱉은 글로리아는 절망했다.

왜 이런 말밖에 안 나오는 건지. 다른 여자들은 사랑스럽게 말하던데…….

"그러니까 제 말은…….."

"……."

"죽을 때 같이 죽어요! 살아도 같이 살고요!"

기사도냐!

글로리아는 자신의 입을 틀어막고 싶었다. 이 분위기 좋은 순간에 이따위 말밖에 못 하는 어휘력이 저주스러웠다. 수습하려 할수록 고백은 점점 더 엉망이 되어갔다.

결국 글로리아는 지친 얼굴로 펠릭스를 맥없이 바라보았다.

"……그냥 못 들은 걸로 해주세요."

글로리아가 시선을 내리깔았다.

아무래도 자신은 고백에 자질이 없는 모양이었다. 다음엔 편지를 써야겠다.

그사이 저벅저벅 다가오는 발소리에 그녀의 고개가 들렸다. 그가 그녀의 허리를 감싸더니 빤히 내려다보았다. 그는 웃고 있었다.

"……비웃으시나요?"

"이래서 좋아해."

"아무래도 특이 취향이신가 봐요."

이렇게 전투적인 고백을 받고도 좋아할 남자는 이 사람밖에 없을 거다.

"그럴지도 모르지."

펠릭스의 입가에 미소가 더욱 짙어졌다.

"글로리아, 하나 가르쳐주지. 말로 하는 고백에 재주가 없다면 무리하지 마."

"……그럼 전 평생 고백 못 할지도 몰라요. 괜찮으세요?"

"괜찮아. 몸으로 하면 되니까."

말을 마친 펠릭스가 고개를 비스듬히 꺾어 그녀의 입술에 입을 맞췄다.

쪽, 쪽.

맞닿았던 입술이 떨어졌다. 코끝이 닿을 거리에서 그의 얼굴이 멈췄다. 웃고 있는 그의 눈이 시야에 꽉 들어찼다.

"해봐."

"……이걸요?"

"음."

그가 대답을 하며 그녀의 허리를 지분거렸다. 등골이 오싹해지면서 솜털이 곤두섰다. 점점 숨이 가빠졌다. 이후에 어떤 일이 일어날지 몸이 기억하고 있었다.

"좋아하는 만큼 하는 건가요?"

글로리아의 순진한 말에 펠릭스의 미소가 짙어졌다.

"할 수 있다면 해봐."

그의 손짓과 도발에 어느 순간 생각이 뚝 끊겼다. 그녀는 달뜬 얼굴로 펠릭스의 푸른 눈을 바라보다가 비스듬히 고개를 기울였다.

좋아하는 만큼…….

홀린 듯 몽롱해진 얼굴로 그녀가 입술을 반쯤 벌렸다. 그러고는 곧장 펠릭스의 입술에 입을 맞췄다. 가볍게 맞닿았던 입술이 짙은 키스로 이어졌다. 처음 보는 글로리아의 야한 표정에, 펠릭스가 눈을 질근 감으며 생각했다.

아무래도 자신이 실수한 것 같다고.

버클리 가문에서 새로운 보좌관을 뽑는다는 공고에 대륙이 발칵 뒤집혔다. 계층에 상관없이 실력만으로 뽑겠다는, 그 한 줄 때문이었다. 이 부분을 제안한 건 글로리아였지만, 그녀도 자신의 제안이 이렇게 빨리 채택될 거라곤 미처 생각지 못했다.

지망하는 자는 한 날짜에 모여 몇 차례 테스트를 받게 되었다. 가장 먼저 고강도 스케줄을 감당할 체력 테스트, 두 번째는 정신력 테스트, 세 번째는 암기력과 순발력 테스트였다. 마지막 테스트는 펠릭스와 보좌관이 직접 감독하기로 했다.

"이래도 될까요?"

되레 걱정이 든 글로리아가 펠릭스를 보며 물었다.

"안 될 건 뭐지?"

그가 그녀를 쳐다보며 물었다.

"반발하는 사람들이 생길 거예요."

"반발은 무슨 일을 하든 생기지. 그리고 이 일은 엄연히 우리 가문에서 결정하는 일이니, 그들도 대놓고 뭐라고 하진 못할 거야."

"그렇겠죠."

글로리아가 조금 안심이 된다는 얼굴로 고개를 끄덕였다.

"그리고 고아원을 후원하고 있던데?"

"네. 미들턴 가문의 이름으로 하고 있었어요."

펠릭스의 말에 글로리아의 눈이 커졌다. 그녀는 여태껏 써도 써도 남는 용돈으로 고아원을 후원하고 있었다.

고아원에는 빈민굴에서 버려진 아이들이 많기에, 그들이 교육을 받고 일을 할 수 있게끔 하는 게 그녀의 목적이었다.

버클리 가문의 이름으로 할 수도 있지만, 그의 허락 없이는 가문의 이름을 사용할 수 없기에 미들턴 가문의 이름으로 후원하는 중이었다.

"문제가 되나요?"

"앞으로 그만두도록 해."

"제 용돈에서 진행하는 일이에요."

"알아. 앞으로 예산에서 빈민굴과 고아원에 버클리 가문의 이름으로 두 배가 넘는 금액을 후원할 테니 그만두라는 거야. 그리고 내년 즈음부터는 빈민굴 개선사업도 동시에 들어갈 예정이야. 그들 중 쓸 만한 사람은 일을 시키고, 학대당하는 아동들이 거주할 수 있는 고아원을 새롭게 만들 예정이지."

글로리아가 놀란 표정을 지었다. 자신이 언젠가 하고 싶던 일 중 하나였다.

"저랑 똑같은 생각을 하신 게 신기해요."

글로리아가 눈을 깜빡이며 말했다.

"네 일기장에서 참고한 거야. 빈민굴에 영민하고 좋은 아이들이 많은데 그대로 죽어가서 불쌍하고 아깝다고 썼던 게 꽤 오랫동안 기억에 남았거든. 가능하다면 그들을 구해서 가문과 제국을 위해 일을 시킬 수 있으면 좋겠다는 대목까지도."

퍼뜩, 일기장의 내용이 떠올랐다. 오래전에 쓴 것이라 잊고 있었다. 펠릭스는 깍지를 낀 채 그녀를 물끄러미 바라보았다.

"만약 내 아버지가 아니었다면, 너도 빈민굴에서 그대로 죽어갔겠지."

"……."

"도망쳐도 빈민굴에서 벗어나지 못한 채로."

그의 눈빛이 깊어졌다.

그랬다면 지금 자신의 곁에는 이 여자가 없을 거다. 그 삶을 상상할 수 있을까. 살아도 산 것 같지 않겠지.

펠릭스의 말에 글로리아가 입술을 깨물었다. 그의 말대로 그녀는 이 자리에 없을 확률이 높았다.

알렉스를 만난 건 운이 좋았다. 그러나 자신처럼 운이 좋은 이들은 빈민굴에 몇 없다. 대부분 부모가 버렸거나 팔아넘긴 경우가 대다수였다. 그들의 말로는 대부분 비슷했다. 살해당하거나, 병에 걸려 죽거나 둘 중 하나였다.

"그러니 세부적인 내용은 직접 생각해서 보고하도록 해."

"네."

글로리아가 즐거운 표정으로 고개를 끄덕였다.

새로 진행되는 후원사업과 새로 뽑을 보좌관에 대해 의논을 마친 글로리아는 모처럼 외출에 나서기로 했다. 잊을 만하면 옷을 보내주는 미들턴 백작 덕분에 여태껏 쇼핑할 일이 없었다. 그러나 이번에는 미들턴 백작의 출장이 길어지면서 그녀가 직접 연회 준비를 해야 했다.

모처럼의 외출에 엘레나의 표정이 밝아졌다.

"연회는 왜 잊을 만하면 하는 걸까."

그에 비해 글로리아의 표정은 한결 어두웠다.

"연회 싫으세요?"

"하아. 피곤하잖아."

"예전에는 쇼핑을 좋아하셨는데 요즘은 통 즐기지를 않으시네요."

엘레나가 그녀의 머리카락을 부드럽게 빗기며 말했다.

"응. 즐겁지가 않네."

처음엔 적응이 안 되어서 거부했다. 그러다 어느 시점이 되자 예쁜 드레스와 화려한 보석들을 착용하는 게 신기해서 조금 즐기게 되었다. 에단과 완전히 다르게 예쁘장한 글로리아의 몸에 입히니 인형놀이를 하는 것처럼 즐거웠다. 그러나 예쁜 드레스와 보석일수록 무게가 상당하다는 걸 깨닫고 난 후부터 재미가 뚝 떨어졌다.

차라리 그 시간에 책을 보고, 검술훈련을 해서 체력을 키우는 쪽이 더 즐거웠다.

"부인은 다른 귀족부인과 교류를 안 하시나요?"

엘레나가 걱정하는 표정으로 물었다.

"해야겠지. 해야 하는데…… 하아."

글로리아는 긴 한숨을 내쉬었다. 공작부인이 되었으니, 다른 귀족부인과의 교류는 필수적이었다. 대부분 쓸모없는 이야기지만, 그중에 필요한 정보가 더러 있기 때문이었다. 하지만 그 정보를 얻자고 싫어하는 사람과 부대낄 생각을 하니 눈앞이 캄캄했다.

"내키지 않으시나요?"

"응."

간단히 대답한 글로리아는 문득 한 사람을 떠올렸다.

해나 앤더슨.

그녀라면 왠지 자신과 성향이 잘 맞을 것 같았다.

친구가 될 수 있다면 좋을 텐데…….

글로리아는 왠지 그녀가 아쉬웠다. 연락이라도 해볼까 하다가 부담
스럽게 구는 것 같아 생각을 접었다.

"오늘은 화려하게 꾸며줘, 엘레나."

"네. 알겠습니다."

엘레나가 신이 나서 손을 빠르게 움직였다.

드레스와 보석들이 가득한 숍으로 들어선 글로리아는 허리를 꼿꼿
하게 폈다. 사람들이 겉으로 보이는 것에 얼마나 크게 휘둘리는지 알
기에 흐트러진 모습을 보일 수 없었다.

"오셨습니까, 버클리 공작부인."

그녀의 방문에 숍의 마담이 나와 허리를 굽히며 인사했다. 그녀는
허리를 바짝 졸라매고 풍성한 가슴을 드러낸 드레스를 입고 있었다.
머리도 높게 틀어올려 화려한 장신구를 여기저기에 꽂고 있었다. 처
음에는 마담들을 보고 놀랐지만, 이젠 글로리아도 마주 보며 웃을 수
있는 정도가 되었다.

"오랜만에 인사드리네요."

글로리아의 인사에 마담의 얼굴이 환해졌다.

"그러게요. 부인을 얼마나 기다렸는지 모른답니다. 부인에게 딱 어
울릴 드레스며 보석이 가득하답니다. 이리로 오시죠."

그녀가 마담을 따라 매장 안쪽으로 들어갈 때였다.

"해나, 이것 좀 입어보거라. 응?"

익숙한 이름에 그녀의 걸음이 뚝 멈췄다.

"괜찮아요."

뒤이어 익숙한 목소리가 들렸다. 고개를 돌리자, 휘장 너머로 붉은 머리의 여자와 나이 든 여자가 실랑이를 하고 있는 모습이 눈에 들어왔다.

"괜찮기는. 이 꼴로 연회에 갈 거니?"

"연회에는 안 갈 거라고 말씀드렸잖아요."

해나 앤더슨이 화가 난 표정으로 말했다.

"안 가긴 왜 안 가! 가야지! 거기서 좋은 남자를 만나 결혼할 생각을 해야지! 그래야 가문이 살고 네가 살지!"

나이 든 부인이 덜덜 떨리는 손으로 드레스를 골라 해나의 몸에 억지로 가져다댔다. 붉은 머리에 잘 어울리는 검은색 드레스였다. 다만 가슴과 등이 지나치게 파여 있어서 움직일 때 불편해 보였다.

"그만하세요."

해나가 그 드레스를 거칠게 밀어냈다.

"그만하긴 뭘 그만해. 내가 너 검술 시킨 걸 얼마나 후회하고 있는지 모른다. 여자란 좋은 남자 만나 좋은 것 먹고 사랑받으면 돼. 검 같은 걸 휘두르고 다니니까 이렇게 험한 꼴로 사는 거 아니니! 나는 절대로 그 꼴 못 본다. 그러니까 가도록 해."

"연회에 참석할 마차도, 돈도 없어요. 아시잖아요."

"어떻게든 마련할 테니까 신경 쓰지 말거라."

앤더슨 부인의 질긴 고집에 해나 앤더슨이 주먹을 불끈 쥐었다.

"저분들이 또 저기서 저러고 있네요."

마담이 머리 아프다는 듯 긴 한숨을 내쉬며 말했다.

"이곳에서 자주 있는 일인가요?"

글로리아가 마담을 보며 물었다.

"그럼요. 이런 험한 꼴 보여드려 죄송합니다. 일단 따라 들어오시죠. 편하고 좋은 곳으로 모시겠습니다."

더는 남의 사생활을 지켜보는 게 예의가 아닌 것 같다는 생각에 그녀는 마담의 뒤를 따라 룸으로 향했다. 사면으로 막힌 거대한 룸에는 드레스들이 진열되어 있었다. 밖에 진열된 옷들과는 차원이 다른 드레스였다.

금액도 차원이 다르겠지.

글로리아는 덤덤하게 생각하며 마담을 바라보았다.

"부인을 위해 준비해둔 드레스랍니다. 부인의 금발과 하얀 얼굴에 맞춘 흰 드레스예요. 조명을 받으면 반짝반짝 빛이 나게끔 디자인되어 있죠. 가슴골이 드러나는 디자인과, 레이스로 목까지 감싼 디자인이 있답니다. 제 개인적인 생각으로는……."

마담이 그녀를 위해 몇 가지 드레스를 꼽아 이야기를 할 때였다. 문 너머의 소란이 거세졌다.

"마담."

난처한 표정으로 시종이 들어섰다.

"무슨 일이야?"

마담이 표정을 싹 바꾼 채 시종을 쳐다보았다. 그러자 시종이 속상하다는 표정을 지었다.

"잠시 실례하겠습니다, 부인. 정말 죄송합니다."

"괜찮으니 다녀오세요."

글로리아의 허락에 마담과 시종이 커튼을 열고 들어갔다. 그러나 자리를 옮긴 보람도 없이 두 사람의 이야기가 고스란히 귀에 들어왔다.

"앤더슨가에서 실랑이를 벌이다가 드레스를 손상했어요. 수선하기 까다로운 부분이 찢어졌네요. 배상하라고 했더니, 가진 돈이 드레스 값보다 적은 거 있죠? 돈도 없으면서 이 드레스, 저 드레스에 손때를 다 묻혀놓고…… 후우."

"옛정을 생각해서 봐줬더니……. 후우. 빚으로 달아놓겠다고 해. 그리고 앞으로 앤디슨가의 출입을 막노록 해."

"그렇게 해도 될까요? 그래도 귀족인데……."

"앤더슨가는 이미 끝났어. 그나마 다른 귀족들의 도움으로 연회에도 참석하는 것 같은데, 그마저도 곧 끝이야. 더 이상 그 가문은 살아날 거리가 없거든. 해나 영애가 좋은 곳에 시집가면 모를까, 그마저도 지금으로선 힘든 일이지."

마담의 이야기를 들으며 글로리아는 해나의 상황을 떠올렸다. 황태자가 미워한다는 영애와 결혼해서 굳이 눈 밖에 날 귀족이 영식은 없었다.

더군다나 해나 앤더슨은 검술에 능하고 무뚝뚝한 성격 탓에 귀족가 남자들에게서 인기가 없다는 말을 들었다.

그 상황인데도 앤더슨가의 부인은 딸에게서 기대를 버리지 못하는 듯했다. 매달릴 게 그녀밖에 남지 않았으니, 충분히 이해는 되었다.

"그러니까 손상된 드레스를 빚으로 달고, 그걸 빌미로 돌려보내도록 해."

"알겠습니다."

"마담."

글로리아의 부름에 마담이 얼른 휘장을 젖히며 들어섰다.

"죄송합니다. 제가 너무 오래 비웠죠?"

"말을 들으려고 했던 건 아닌데, 들렸어요."

"어머, 죄송해요. 좋은 말도 아닌데 들으시게 했네요. 얼른 드레스를......"

"잠시만요."

"네."

"해나 앤더슨이 손상을 입힌 드레스를 제가 배상할게요."

"부인께서요?"

마담이 의아한 표정으로 글로리아를 바라보았다.

"일전에 해나 앤더슨에게 빚진 게 있어서요. 드레스 값은 제가 지불할 테니, 앤더슨 모녀에겐 아무 말 하지 말고 조용히 돌려보내도록 하세요. 만약 다른 드레스를 구매하길 원한다면 그것도 그들이 갖고 있는 금액에 맞춰서 파세요. 부족한 금액은 제가 지불하도록 할게요."

"어머."

마담의 눈이 휘둥그레졌다.

글로리아 버클리와 해나 앤더슨이라니.

글로리아는 공작부인이 된 후, 귀족가 부인들이 가장 가깝게 지내고 싶어 하는 여인이었다. 아름다운 외모에 버클리 공작가의 유일한 안주인.

더군다나 여자라면 쳐다보지도 않던 펠릭스 버클리가 그녀에게 흠뻑 빠졌다는 소문이 돌면서 그녀의 위상은 더욱 높아졌다.

그러나 따로 사교모임에 나오지 않고 외출도 일절 하지 않아서 그녀와 교류하고 싶어 하는 귀족가의 부인들은 가슴이 바짝바짝 타들어가고 있었다.

그에 비해 해나 앤더슨은 가문의 몰락에 이어 힘든 상황을 겪고 있었다. 그나마 검술 교습을 하고 다른 일들을 해 번 돈으로 가문을 유지하고 있지만, 그마저도 얼마나 갈지 알 수 없었다. 그 때문에 항간에는 앤더슨 가문에서 돈 많은 상인의 재취 자리를 알아보고 있다는 말까지 돌았다.

그런 두 사람이 인연이 있다니.

이건 사교계의 화젯거리가 될 만했다.

"마담, 부탁드리죠."

글로리아의 우아한 명령에 마담의 고개가 저절로 굽어졌다.

"알겠습니다."

마담이 고개를 숙이며 대답했다.

글로리아는 연회에 입고 갈 드레스 한 벌과 여분의 드레스 한 벌, 그에 어울리는 보석들을 구매해 숍을 나섰다. 드레스 수선을 끝내면 마담이 며칠 내로 공작가를 방문하기로 약속을 잡았다.

드디어 지겨운 쇼핑이 끝났네.

일을 했을 때보다 더 피곤한 표정으로 마차에 타려고 할 때였다.

"부인."

저를 부르는 소리에 글로리아의 고개가 돌아갔다. 붉은 머리를 한 갈래로 묶은 해나 앤더슨이 그녀를 바라보고 있었다.

"오랜만이에요, 영애."

그녀가 왜 자신을 기다렸는지 알면서도 글로리아는 아무것도 모르는 척 생긋 미소 지었다.

"잠시 시간 괜찮으십니까? 괜찮으시면 잠시 뵙고 싶은데요."

"그럼 마차에 타도록 해요. 우리 저택에 가서 차 한잔했으면 해요."

"그렇게까지 시간을 많이 빼앗을 생각은 없습니다."

"그렇다고 여기 서서 이야기를 할 건가요?"

글로리아가 고개를 갸웃거리며 물었다. 해나의 얼굴에 갈등하는 기색이 보이자, 글로리아가 다시금 말을 이었다.

"사람들이 지나다니고 있는 거리에서요? 영애의 시간이 괜찮고, 정말 날 위한다면 마차에 타줬으면 좋겠어요."

글로리아의 부드러운 청에 해나 앤더슨은 고민하다가 마차에 탔다. 타고 가는 동안 해나는 뭔가 이야기를 하려 했지만, 글로리아가 그녀의 말을 잘랐다.

오랜만에 만난 해나 앤더슨은 굉장히 피곤해 보였다. 집으로 데려가서 따뜻한 차와 맛있는 식사를 먹이고 싶었다. 힘든데 억지로 버티고 사는 모습이 예전의 자신 같아서 자꾸 눈길이 갔다.

저택으로 향한 글로리아는 하녀들에게 일러 끼니가 될 만한 간식거리를 내어놓으라고 했다. 영양가 높은 간식이 테이블에 놓이자, 글로리아는 해나의 손이 닿기 쉽도록 그녀의 앞으로 그릇을 밀었다.

"배려해주셔서 감사합니다."

해나가 곧바로 알아채고 인사해왔다.

"별말씀을요."

해나는 자신의 품을 뒤져 작은 주머니를 그녀에게 내밀었다.

"지금 가진 돈의 전부입니다. 나머지 드레스 대금은 돈이 마련되는 대로 변상하도록 하겠습니다. 신경 써주셔서 감사합니다."

주머니를 내미는 그녀의 표정이 어둡게 가라앉았다.

"알게 되었나 보군요."

"계산적인 마담이 그냥 보내주는 것 자체가 말이 안 되는 일이니까요."

가문이 기울기 전, 그 숍에서 몇 번 거래를 해서 마담의 성향에 대해 잘 알고 있었다. 이제는 그곳을 이용할 돈이 없는데도 어머니는 고집을 세웠다. 마치 그 숍의 드레스를 입어야 자신이 좋은 곳에 시집갈 수 있는 것처럼. 그녀는 그런 어머니가 피곤하면서도, 불쌍해서 끌려왔다가 이런 일을 겪었다.

"그래도 나라고 생각하기는 쉽지 않았을 텐데요."

"왜 드레스 값을 지불하지 않아도 되냐고 시종에게 캐물었더니 중앙에 있는 룸을 흘깃대더군요. 그곳에는 글로리아 부인께서 계셨고요. 부인께서 저를 도와주셨을 거라 생각했습니다. 제가 틀렸나요?"

해나가 덤덤하게 물었다.

"아뇨. 맞아요. 주신 거니까 받도록 할게요."

이미 모든 사실을 안 해나가 자존심을 굽혀가며 내민 돈이었다. 이 돈을 거절하는 게 그녀에게 더 큰 상처가 될 수 있겠다는 생각에 받아들었다.

"감사합니다."

"기분 나쁘지 않았으면 해요. 제가 영애를 도운 건, 영애가 난처한 일을 겪지 않았으면 하는 순수한 호의 때문이었으니까요. 별다른 뜻은 없었어요."

"그럴 거라고 생각했습니다. 순수한 호의가 아니셨다면 제게 찾아와서 뭔가를 요구하셨을 테니까요."

"알아줘서 다행이네요."

글로리아가 빙긋 미소 지었다. 그런 그녀를 해나가 물끄러미 바라보았다. 그녀의 눈빛이 이리저리 흔들렸다. 할 말이 있는 얼굴이었다.

"그리고 도움을 청할 일이 있으면 이야기하도록 해요. 전부 다 도와주겠다고 약속하진 못하지만, 도울 일이 있으면 도울게요."

글로리아가 넌지시 던진 말에 해나의 눈빛이 더욱 동요했다. 하고 싶은 말이 있는 듯했다. 글로리아는 모르는 척 차를 마시며 그녀에게 시간을 주었다. 채근하면 도망칠 스타일이었다. 그냥 내버려두는 편이 나을 것 같았다.

예상대로 시간이 흐른 뒤, 해나가 조심스럽게 입을 열었다.

"……이전에 제안하신 검술 수업, 아직도 유효한가요?"

말을 하던 해나가 주먹을 꽉 쥐었다. 이 일을 다시 입 밖으로 꺼낸다는 게 부끄러웠다. 여전히 황태자는 자신을 싫어하고, 자신의 곁에 있는 사람들은 이득을 볼 게 없었다. 그 때문에 글로리아의 부탁을 거절했다.

그러나 그때와 지금은 상황이 완전히 달랐다. 지금은 누군가의 체면을 걱정할 때가 아니었다.

귀족들의 잡일을 도와가며 생계를 적당히 유지했던 이전과 달리, 지금은 어머니의 약값과 남동생의 사고 수습 비용이 더 필요했다. 그렇다고 다른 귀족가의 여성들처럼 귀족들의 예법 수업을 돕거나 하녀 일을 할 수도 없었다. 그녀는 평생 검을 잡고 남자처럼 살아왔다. 남자의 세계에서 살 수 없고, 귀족여성들처럼 살 수도 없는 애매한 상태였다.

그런 그녀가 손을 뻗어 잡을 수 있는 게 있다면 뭐가 됐든 잡아야 했다, 그런 그녀에게 잡을 수 있는 건, 글로리아 하나뿐이었다.

그녀가 염치없다는 얼굴로 눈을 내리깔았다.

"……만약 도와주신다면, 충성을 다하겠습니다."

글로리아는 해나를 물끄러미 바라보았다.

저 성격에 저런 말 하기 쉽지 않았을 텐데…….

그녀에게서 가장의 절박함이 느껴졌다.

"도와달라는 말은 제가 해야죠. 제 검술 실력은 형편없어요. 가르치기가 아마 꽤 힘들 거예요. 그리고 괜찮다면 제가 먼 길을 갈 때나 경호가 필요할 때 도움을 요청했으면 하는데 그것도 괜찮나요?"

글로리아의 말에 초조해하던 해나의 표정이 한순간 밝아졌다.

"열심히 돕겠습니다."

"그래요. 가만히 있지 말고, 차와 샌드위치를 좀 들어요. 배고플 테니까."

"감사합니다."

이제야 식욕이 돈다는 듯 샌드위치를 먹는 해나를, 글로리아는 미소 띤 얼굴로 바라보았다.

"……그렇게 해서 해나 앤더슨에게서 검술 수업을 받기로 했어요."

저녁시간, 글로리아는 식사를 하다 말고 시작한 설명을 간략하게 끝냈다. 펠릭스가 들고 있던 포크와 나이프를 내려놓았다.

"그러니 앞으로 내가 하는 검술 수업은 필요 없다는 거로군."

"필요 없는 게 아니라 공작님의 시간을 아끼셨으면 해서 한 선택이었습니다."

"말과 달리 굉장히 즐거워 보이는 얼굴인데."

펠릭스가 글로리아의 얼굴을 빤히 쳐다보며 말했다.

"그럴 리가요."

말과 달리 글로리아는 즐거웠다. 펠릭스를 좋아하고 그와 보내는 시간이 소중하긴 하지만 검술 수업만큼은 예외였다.

그는 선생으로서 자질이 없었다. 타고나길 천재로 태어나, 보잘것 없는 실력을 가진 자신을 조금도 이해하지 못했다. 또, 누가 덤벼도 요령껏 피해야 한다며 빡빡하게 수업했다. 그의 불안은 이해하지만, 몸은 그렇지 않았다.

"별로 힘들지 않았을 텐데, 이럴 줄 알았으면 제대로 가르칠 걸 그 랬군."

"……여기서 뭘 더 얼마나요?"

"아직 시작도 못 했지."

펠릭스가 진심으로 안타깝다는 듯 말했다. 그 말에 글로리아는 욱 했다.

"시작도 못 했는데 제 팔다리는 성하지 않습니다. 그렇다고 밤에 숙 면…… 후우. 아니에요."

밤에 숙면하게 해주는 것도 아니지 않느냐는 말을 하려다가 꾹 참 았다. 그러자 펠릭스가 웃는 얼굴로 그녀를 건너다보았다.

"난 매일 너에게 숙면할 기회를 주는 걸로 아는데."

"그런데 왜 결과는 매번 그렇습니까?"

글로리아가 정색한 얼굴로 물었다. 펠릭스에게 정색하며 달려드는 사람은 여태껏 몇 없었다. 대체로 그들의 결과는 좋지 않았다. 그걸 지켜봐서 잘 아는 글로리아지만, 이번만큼은 억울해서 참을 수가 없었다.

"좋은 결과를 내고 있잖아."

펠릭스가 느슨하게 웃으며 턱을 괴었다.

"잠들 만하면 손대고, 그러다가 잠들 만하면 손대시잖아요. 그게 어떻게 기회를 주는 겁니까?"

"잠들게 해주려고 노력하는데, 그때마다 네가 날 끌어안더군."

"……."

"다리 사이에 다리를 넣는 것도, 가슴에 얼굴을 부비는 것도, 숨소리를 불어넣는 것도 너인데 그게 왜 내 탓이지?"

"……!"

적나라한 묘사에 글로리아가 다급히 손을 내저었다. 그건 잠들었을 때 자신도 모르게 하는 행동이라는 걸 버젓이 알면서, 펠릭스는 그녀를 놀리고 있었다. 그러나 그녀는 길게 항변하지 못했다. 식사를 마칠 시간이 되어 앨버트를 비롯해 보좌관, 하녀들이 줄지어 들어오고 있었다.

"……그만하시죠."

글로리아가 조용히 주변을 살피며 말했다. 이리저리 눈을 굴리는 모습이 귀여워서 그는 웃는 얼굴로 말을 이었다.

"네가 날 조금만 덜 만졌더라도, 난 참을 수 있었어, 글로리아."

"……."

"나야말로 숙면해야 하니 그만 좀 건드렸으면 좋겠군. 이래서야 일에 지장이 생기겠어."

"……공작님."

글로리아가 어금니를 깨문 채 그를 불렀다. 그러자 그가 한없이 평온한 얼굴로 그녀를 쳐다보았다. 그에 비해 펠릭스 공작의 말을 들은 집사와 하녀들은 눈 둘 곳을 찾아 먼 곳을 바라보고 있었다.

우리 공작부인님 대단하시다.

그들의 표정이 그렇게 말하고 있는 듯했다.

글로리아는 난처한 표정을 지었다.

"불렀으면 말을 해, 글로리아."

"……아닙니다. 생각해보니 제 탓이네요. 죄송합니다."

글로리아는 이 이야기를 끝내려고 노력했다. 괜한 말을 했다.

펠릭스가 자신에게 장난치기를 좋아한다는 걸 알면서…….

입맛이 뚝 떨어진 그녀는 냅킨으로 입가를 닦으며 생각했다.

복수하겠다……. 이 서러움을…….

"이걸 다 어쩌시려고요?"

엘레나가 시키는 대로 하긴 했지만, 도저히 이해 못 하겠다는 눈으로 글로리아를 바라보았다.

"쓸 데가 있어서."

"이 많은 걸요?"

엘레나가 침대에 쌓인 베개를 내려다보며 물었다.

"응. 가져다줘서 고마워. 푹 쉬도록 해."

"네. 좋은 밤 보내세요."

얼떨떨한 표정으로 인사를 한 엘레나는 나가는 내내 고개를 갸웃거렸다.

"자, 시작해볼까."

홀로 남은 글로리아는 베개를 차곡차곡 침대 한가운데에 쌓기 시작했다. 큰 사이즈의 베개라 두 개씩 겹쳐 세 줄로 나란히 이어놓으니 벽처럼 가로막혔다.

"뭐하는 거지?"

불쑥 들리는 목소리에 돌아서자, 잠잘 준비를 마친 펠릭스가 침대를 물끄러미 바라보고 있었다.

"제가 공작님의 숙면을 방해한다는 말을 듣고 해결책을 강구하다가, 이 방법이 어떨까 해서요. 이 정도 거리가 있으면 베개를 안게 될 거고, 공작님도 피해를 입지 않고 푹 주무실 수 있잖아요."

그가 침대에서 느릿하게 시선을 옮겨 글로리아를 바라보았다. 하얀 잠옷을 입고 금발을 높게 들어올린 그녀는 흐뭇한 표정으로 베개를 탕탕 두드리고 있었다. 각방을 쓰자거나 각자 침대를 쓰자는 건 이혼하자는 말이나 다름없으니 머리를 굴려 대책이랍시고 이러는 모양이었다.

펠릭스의 입술이 비스듬히 올라갔다.

가끔 보이는 이런 엉뚱함이 재미있다.

펠릭스는 "아아." 하고 나른한 목소리를 내며 글로리아가 있는 침대 쪽에 걸터앉았다.

"그럼 내가 여기서 자는 건가?"

그럴 리가.

글로리아가 표정을 굳혔다.

"저랑 같이 계시면 베개를 성처럼 쌓은 의미가 없어지잖아요."

"그래도 할 건 해야지."

"……오늘 하루쯤은 쉬어도 괜찮지 않을까요?"

글로리아가 큰 눈을 데굴데굴 굴렸다. 그러자 펠릭스가 못마땅한 얼굴로 눈을 가느스름하게 떴다.

"나랑 하는 게 싫은가."

"……쿨럭, 그런 건 아니에요. 어쨌거나 공작님의 자리로 돌아가시는 게 어떠신가요?"

"그만 떠들고 저쪽으로 가라?"

"제가 갈까요?"

글로리아가 베개 너머의 넓은 침대를 바라보며 물었다.

"내가 가도록 하지."

펠릭스가 자리에서 일어나 반대편으로 향했다. 그가 후 하고 촛불을 불자 방의 절반이 어두워졌다. 글로리아도 뒤따라 불을 끈 후 얌전히 천장을 보고 누웠다. 베개를 쌓아놓으니 흐뭇했다.

더는 공작님을 무의식중에 괴롭히지 않겠지. 동시에 나도 괴롭지 않겠지.

글로리아가 뿌듯한 표정으로 가슴 위에 얌전히 손을 겹친 채 잠을 청할 때였다.

툭. 툭.

묵직한 무언가가 바닥으로 떨어지는 소리였다. 동시에 옅은 바람이 잠옷을 팔랑거리게 만들었다. 무심코 고개를 돌린 글로리아의 눈이 부릅뜨였다. 자신이 기껏 쌓아놓은 베개가 허공을 획획 날고 있었다. 그것들이 바닥으로 추락하는 소리였다.

"공작님?"

뭐하는 짓이냐는 표정으로 그를 불렀다.

"불편해서."

"곧 적응하실 거예요."

"이런 거에 적응하고 싶지 않은데."

글로리아가 두 손으로 들었던 베개를 한 손으로 휙휙 날려 없앤 펠릭스가 어느새 그녀에게 가까이 붙어 누웠다.

"……제가 괴롭혀서 힘드시다면서요."

"그랬지."

"안 괴롭히려고 최선을 다한 건데, 조금 노력해주시죠. 자꾸 이러시면 공작님이 절 괴롭히시는 거예요."

글로리아가 구겨지려는 얼굴을 억지로 펴며 말했다. 이 표정을 좋아하는 펠릭스는 느긋하게 웃으며 글로리아의 뺨에 손을 댔다. 하얀 피부라 차가울 것 같은데, 보드랍고 따뜻했다.

냉정해 보이지만 어딘가 허술한 에단처럼.

"그래. 그럼 그렇게 해."

"네?"

"내가 괴롭히는 걸로 하라고."

……어. 이게 아닌데.

글로리아가 멍한 눈으로 펠릭스를 바라보았다. 그가 순순히 인정할 줄 몰랐다. 눈이 마주치자, 푸른 눈이 가늘어지면서 웃음이 맺혔다. 그가 온몸으로 즐거워하는 게 보였다.

당했다!

글로리아는 한 박자 늦게 사태를 파악했으나, 이미 상황은 엎어진 후였다. 그의 손이 뺨에서 턱으로 내려와 잠옷 사이로 파고들었다.

"읏."

다정하면서 야릇한 손길에 글로리아가 흠칫하자, 그가 몸을 겹쳐왔다. 어느새 그의 몸이 그녀의 위로 올라와 있었다. 그녀의 양쪽 무릎을 잡은 그가 나른한 미소를 지으며 말했다.

"제대로 해야겠군. 이왕 괴롭힌다는 말을 들을 거면 말이야."

"아니……!"

글로리아의 말은 길게 이어지지 않았다. 그저 텅 빈 머릿속에는 '또 당했다!'는 생각뿐이었다.

다음 날 오후, 피곤한 표정으로 펠릭스의 집무실로 향한 글로리아는 일부러 그와 눈을 마주치지 않고 책상에 앉았다.

"피곤해 보이는군."

펠릭스의 말에 글로리아가 도끼눈을 한 채 그를 쳐다보았다.

이게 누구 때문인데!

그러나 속마음을 부드럽게 가공해서 말하는 데 일가견이 있는 그녀는 차분한 표정으로 대답했다.

"네. 조금 피곤하네요."

"그러게 다 해준다니까."

그가 턱을 괴고서 그녀를 빤히 바라보았다.

"……거절하겠습니다."

"왜지?"

"……."

펠릭스의 말에 글로리아는 조금 울컥했다.

왜긴 왜야, 너 때문이지!

아침에 일어나자마자 어마어마한 피곤이 몰려들었다. 여태껏 누적되었던 피로에, 어제 새로 얹은 피로까지 더하니 손가락 하나 까딱하기 힘들었다. 펠릭스가 뭐라고 하든 잠든 척해야지, 라고 생각하는데 그가 귓가에 속삭였다.

「일어나기 힘든 모양이군. 그럼 내가 다 해주도록 하지.」
「……..」
「씻기고, 먹이고, 입히는 것까지.」

그 말에 저절로 눈이 번쩍 뜨였다. 씻다가 무슨 일을 당하고, 먹다가 무슨 일을 당할지 모르는데 여기서 더 피로를 가중시킬 수 없었다. 억지로 일어나 꾸역꾸역 씻고, 밥을 먹고, 집무실로 향한 게 지금 이상황이었다.

"조금씩 괜찮아지고 있으니 크게 신경 쓰지 않으셔도 됩니다."

글로리아가 걱정 말라는 듯 선을 그은 후, 자신의 책상 위에 놓인 서류를 읽기 시작했다. 그러는 사이, 펠릭스는 손끝으로 책상을 톡톡 두들기며 그녀를 빤히 바라보았다. 자신이 쳐다보는 줄도 모른 채 서류에 금방 빠진 얼굴이었다.

이렇게 선을 그을수록 달려들고 싶다는 걸 아직까지 모르는 모양이었다. 조금 화가 난다는 것까지도.

자신과 결혼을 하고 매일 밤 함께 잠드는데도 글로리아에게 완전히 닿지 못한 느낌이 들었다. 무게를 잰다면 자신의 쪽이 확실히 기울 것 같은 느낌. 시간이 흐를수록 자신만 무거워질 뿐, 글로리아는 여전히 같은 무게로 존재할 것 같았다.

그러니 억울한 건 글로리아가 아니라 자신이었다. 이렇게 대하지 않으면 무심하다 못해 무신경하게 나오니까.

그래서 자꾸 조르게 되고, 괴롭히게 된다.

자신을 한 번만 더 봐달라고 짖는 개마냥.

"늘 그렇듯이, 손해 보는 기분이군."

"네?"

글로리아가 무슨 소리냐는 얼굴로 무심하게 바라보았다. 커다란 흑안이 흔들림 없이 바라본다. 자신이 대답할 때까지 기다리겠다는 듯이. 저렇게 충직한 눈으로 바라보면, 억울하다고 말할 수가 없다.

자신도 모르게 금방 풀려버리니까.

"피곤하면 가서 쉬라고."

펠릭스가 금세 미소를 지었다.

"괜찮아요. 할 일은 해야죠."

글로리아가 덤덤하게 답한 후, 꼿꼿하게 허리를 세운 자세 그대로 서류에 시선을 옮겼다. 펠릭스는 조금 더 그녀의 모습을 바라보았다.

오전에 간단히 업무를 마친 후, 펠릭스는 황태자와 약속이 있어 외출을 했다. 홀로 남은 글로리아는 평소와 달리 조슈아를 불러 함께 식사를 했다. 요즘 조슈아의 얼굴색이 안 좋은 게 신경 쓰이던 차였다.

"공작님께 허락받은 자리이니 편하게 식사하도록 해."

글로리아가 손을 들며 걱정 말라는 제스처를 취하자, 조슈아의 얼굴색이 조금 정상으로 돌아왔다.

"감사합니다만, 왜 제게 이런 정찬을 차려주시는지 여쭤봐도 되겠습니까?"

조슈아가 조심스럽게 물었다.

"공작님을 대신해서 주변 사람들을 챙기는 게 내 몫이니까. 서류를 보니 그간 조슈아가 고생한 것도 알 만하고. 말이 나와서 그런데, 요즘 얼굴이 안 좋아 보이는데 일이 많아서 그런 거야?"

그런 거라면 새로운 보좌관을 얼른 뽑아야겠다, 라고 생각할 때였다.

"아뇨. 일은 이미 이골이 났습니다만……."

"불만이 생기면 언제든지 말해. 불만사항들을 정리해서 공작님께 직접 보고할 테니까."

에단이었던 시절, 그녀는 보좌관들이나 하녀들의 불만들을 정리해 개선할 수 있는 대안까지 작성한 후 펠릭스와 앨버트에게 제시해왔다. 하녀장과 집사의 권한을 건드리지 않는 선에서 문제 제기를 하는 거라, 대체로 그녀가 하는 제안은 수용되는 편이었다. 하지만 지금은 그 일을 해주는 사람이 없으니 갈등이 쌓였을지도 모른다는 생각이 들었다.

"불만 없습니다. 개인적으로 착잡한 일이 생겼는데 그게 계속 티가 났나 봅니다. 죄송합니다."

"개인적인 일이라니. 안 좋은 일은 아니었으면 좋겠네."

"개인적인 일이라고도 할 수 없죠. 에단 달튼 님의 짐을 정리하다가 우울해진 거니까요."

"……."

"새로운 보좌관을 위해서 에단 님이 해온 일들을 정리하는데, 혼자서 얼마나 많은 일들을 한 건지 가늠이 안 되더군요. 그것도 모르고 저는 에단 님한테 일이 힘들다고 칭얼대고, 의지하고, 기대고……. 그분한테 못 할 짓을 했다는 생각이 들어서 조금 우울했어요."

에단이 죽은 후, 공작저는 혼란에 빠졌다. 에단이 해온 일들은 눈에 보이는 것보다는 보이지 않는 것들이 더 많았다.

사람들을 위로하고 격려하는 일, 감정적인 대립으로 갈등이 생겼을 때 침착하게 해결하는 일, 하녀들과 보좌관 사이를 조정하는 일, 앨버트와 하녀장들의 권한을 건드리지 않으면서 문제를 제기하는 일 등등.

다행히 글로리아가 안주인으로서 무게를 잡은 후로, 그런 소소한 문제들은 잠잠해졌다. 그 때문에 에단이 해온 일들에 대해 잊어갈 즈음, 그의 짐을 정리하다 그 모든 고민이 담긴 종이를 발견했다. 오랫동안 고민하고 해결책을 찾아내려고 노력한 그 메모들을 보고서야 에단이 업무 외에도 많은 일들을 해왔음을 알았다.

미안하고, 또 미안해서 조슈아는 그 메모 앞에서 고개를 들 수 없었다.

"하지만 앞으로는 이런 기분 내색하지 않도록 주의하겠습니다."

조슈아가 다부진 표정으로 말했다.

"……그래. 식기 전에 식사해."

글로리아가 한 박자 늦게 대답했다.

"네."

글로리아는 일부러 씩씩하게 식사하는 조슈아를 바라보다가 그릇으로 시선을 돌렸다. 왠지 모르게 씁쓸했다.

"그 메모들은 버렸어?"

식사를 하던 중, 글로리아가 불쑥 물었다.

"아뇨. 잘 정리해서 책갈피에 넣어뒀습니다. 이제 에단 님의 일을 제가 다 해내야 하니까요."

우울한 것도 잠시, 호기롭게 말하는 조슈아를 보며 글로리아는 옅게 미소 지었다.

"그래. 조슈아는 잘할 것 같아. 에단이라는 사람도 처음부터 다 잘하진 못했을 거야. 차근차근 하다 보니 할 수 있었겠지."

조슈아가 고개를 들어 글로리아를 바라보았다.

"일은 옷 입는 거랑 비슷한 것 같거든. 옷을 입는 것처럼 안에서부터 천천히 하나씩 입다 보면 어느새 근사한 옷을 입고 있게 되지. 일이 힘들수록 멋진 옷을 입기 위한 시간이라고 생각하면 조금 편해질 거야."

"가, 감사합니다."

조슈아의 얼굴이 붉어졌다. 글로리아는 빙긋 미소 지으며 식사를 시작했다. 걱정이 앞섰지만, 조슈아라면 지금처럼 잘해낼 것 같아 조금 마음이 놓였다.

조슈아와 식사를 하며 이런저런 이야기를 나누던 글로리아는 생각지 못한 정보를 접했다. 그녀는 무역에 관한 부분만 배우는 데다, 사교계에 나가지 않으니 그간 데이빗슨 가문에 대해 정보를 들을 일이 없었다. 펠릭스도 그녀가 깊게 신경 쓸까 봐 말하지 않은 듯했다.

펠릭스의 집무실로 돌아와 책상 앞에 앉은 글로리아는 방금 조슈아에게서 들었던 이야기를 떠올려보았다.

이야기의 시작은 '새 보좌관을 뽑는 데 별다른 문제가 없느냐.'는 글로리아의 질문이었다.

「보좌관직을 신청하는 사람들은 많습니다만…….」

그러고서 조슈아는 말끝을 흐렸다.

「왜? 마음에 드는 사람이 없어?」

「아뇨. 마음에 드는 사람들은 몇 있습니다. 문제는 데이빗슨 가문을 중심으로 하는 여타 가문들의 반발이 굉장히 심해서요.」

「데이빗슨 가문? 그곳이 왜?」

데이빗슨 가문은 버클리 가문이 단교한 후, 몇 차례 항의와 사과를 요구하다가 펠릭스가 아무 반응을 보이지 않자 잠잠해진 상태였다.

「얼마 전부터 데이빗슨 가문의 둘째 영애인 로라 데이빗슨이 황태자비 후보가 될 거라는 소문이 돌고 있습니다. 황제께서 호의적으로 바라보고 계시다고 하더군요. 그 때문에 데이빗슨 가문의 위상이 점점 살아나는 추세입니다. 아무래도 이번에 본보기 삼아 저희 쪽에 압박을 넣은 것 같습니다. 이래야 다른 귀족들이 자신들의 눈치를 더 볼 테니까요. 안 그래도 황태자비 간택 건을 놓고, 저희 쪽과 교류하던 귀족들도 슬슬 데이빗슨 가문의 눈치를 보며 연락하고 있다는 소식도 들리고 있습니다.」

「흠, 데이빗슨가의 영애와 황태자님을? 어째서 그렇게 되는 거지?」

「데이빗슨 가문이 오래전부터 준비해오기도 했고, 황태자님이 별달리 결혼 생각이 없으시니 황제께서 밀어붙이신 듯합니다. 아무래도 데이빗슨가를 택한 가장 큰 이유는, 버클리 가문을 견제하기 위해서가 아닌가 싶습니다. 무역권 자유화도 그 일환으로 보이고요.」

그 말에 글로리아의 머릿속에서 여러 가지 생각이 겹쳤다.

조슈아의 말처럼 황제가 버클리 가문을 견제하는 건 당연한 일이었다. 아무리 우호적인 가문이라 해도, 한 가문에게 지나치게 힘을 실어주면 안 좋은 일이 벌어진다는 건 역사서 한 권만 봐도 알 만한 일이었다.

그런데 뭔가 빠진 것처럼 찝찝했다.

그러고 보니 황태자님은 왜 여태껏 결혼하지 않으신 거지……

「황태자님은 지금도 결혼에 전혀 뜻이 없으시대?」

「네. 현재 알려진 바로는 그렇습니다.」

그녀는 자신이 봤던 황태자를 떠올렸다. 금발에 수려한 미모를 가진 그는 펠릭스만큼이나 냉랭한 분위기를 풍겼다. 동시에 펠릭스처럼 속을 알 수 없는 인물이었다. 황태자를 놓고 펠릭스는 '이성적인 분'이라고 평가했다.

그런 분이, 황제의 재촉에도 결혼을 미룬다니.

「공작님도 이 사실을 알고 계시겠지?」

「네. 오래전부터 조금씩 진행되어온 사항이라 알고 계십니다.」

그런데 펠릭스는 별달리 고민하는 내색을 보이지 않았다. 그 대화를 끝으로, 차를 마신 후 조슈아와 헤어졌다.

13

"흐음."

글로리아는 턱을 괴고서 잠시 고민했다.

데이빗슨 가문에서 황태자비가 나오면 가문의 위세는 더욱더 높아질 거다. 그러다 황태자비가 자식이라도 낳게 된다면, 버클리 가문에는 큰일인 셈이었다.

지금은 황제가 지켜준다지만, 시간이 흘러 황태자가 황제가 되었을 땐 가문의 존폐 여부가 위험해질 수도 있었다.

"큰일이네."

글로리아의 표정이 심각해졌다. 그러나 고민이 깊어가도, 답은 나오지 않았다. 자신이 할 수 있는 일은 지켜보고 대안을 찾는 것뿐이었다.

똑똑.

"들어와."

글로리아의 대답에 엘레나가 문을 열고 들어섰다.

"부인, 해나 영애께서 오셨습니다."

"아, 시간이 벌써 그렇게 되었네. 응접실에 모셔. 조금만 기다려달라는 말을 전하고."

"알겠습니다."

"아! 그리고."

"네."

"끼니가 될 만큼 영양가 높은 간식으로 준비해서 가져다드려."

"네, 알겠습니다."

글로리아가 해나 영애를 챙긴다는 걸 잘 아는 엘레나가 알겠다는 듯 고개를 끄덕였다.

금발에 화려한 외모를 가진 황태자는 펠릭스와 단둘이 있게 되자마자, 어제 근엄한 태도를 유지했냐는 듯 의자에 편안하게 앉아 펠릭스를 보았다.

"넌 꼭 내가 불러야만 오는군."

황태자가 불만스러운 표정으로 말하며 눈앞의 펠릭스를 보았다.

은발에 푸른 눈.

볼 때마다 놀라운 조합이었다. 은발이 드문 대륙에서 그의 머리는 유난히 눈에 띄었다. 이런 친구가 있다는 걸 늘 자랑하고 싶었지만, 펠릭스는 그런 자신을 완전히 남 보듯이 바라보았다. 그게 괘씸해서 더 친한 척했는지도 모른다.

"일이 바빴습니다."

"둘이 있을 땐 말 놓으라고 했잖아. 대체 언제가 되어야 내 말을 들어먹을 거지?"

"차후에 책임을 지고 싶지 않으니 그럴 수 없을 것 같습니다."

펠릭스가 미소를 지으며 대답했다.

"하여튼, 계산적이야."

황태자가 고개를 설레설레 내저었다. 대륙이 자리를 잡던 시절, 황제와 전대 버클리 공작 사이에는 만남이 잦았다. 자연스럽게 또래였던 그와 황태자의 만남도 잦았다. 비슷한 검술 실력을 가진 그들은 자주 검을 맞대었고, 만나는 시간도 길어져 자연스럽게 친우가 되었다.

　그러다 그가 황태자가 된 후, 펠릭스는 그를 먼저 찾아오지 않았다. 이를 놓고 몇 차례 섭섭하다는 티를 냈지만, 펠릭스는 한결같았다.

　"무슨 일로 부르신 겁니까?"

　"친우를 보고 싶어서 불렀지."

　"이유 없이 한 가문의 공작을 곁에 두는 건, 적대 가문을 만들기 마련입니다."

　펠릭스가 차분한 얼굴로 말했다.

　"알아. 아주 잘 알지. 황제도 말씀하시고 너도 매번 말하니까. 날 위한다는 것도 잘 알고 있지. 그래도 이번만큼은 네가 먼저 날 찾아올 줄 알았어, 펠릭스. 데이빗슨 가문의 영애와 내가 결혼하게 될 거라는 소문을 들었을 텐데?"

　황태자가 와인잔을 빙글빙글 돌리며 펠릭스를 냉랭한 눈으로 바라보았다. 데이빗슨 가문에 힘을 실어주면, 시간이 흐를수록 버클리 가문이 쇠락하게 된다. 영민하고 계산적인 구석이 있는 펠릭스라 어떻게든 살아남겠지만 지금만큼의 전성기를 누리긴 힘들 터다. 그걸 잘 알고도 여태껏 자신을 찾아오지 않는 이유가 뭐냐는 듯이 쳐다보고 있었다.

　"정말 그 말씀을 하시려고 부르신 겁니까?"

　펠릭스가 잔을 들며 물었다.

　고작해야 그런 거냐는 듯한 그 말투에 황태자의 미간이 좁아졌다.

"무슨 말을 하고 싶은 거야?"

"저는 저희 가문에 드나들기 시작한 한 사람 때문에 부르신 줄 알았습니다. 해나 앤더슨 영애 말입니다."

"……!"

펠릭스의 말에 황태자의 손놀림이 뚝 멈추었다. 와인잔 안에서 붉은 와인이 핑그르르 돌다가 제자리를 찾을 때까지 사위가 고요했다.

"모르고 계셨다면 괜한 소리를 했군요. 못 들은 걸로 해주십시오."

펠릭스가 일부러 난처한 표정을 지으며 말했다.

"해나 영애가 대체 왜 그대의 집에 드나드는 거지?"

"……."

"……설마, 두 번째 부인으로 들일 생각인가?"

황태자의 눈이 가느스름해졌다. 몰락해가는 가문의 영애를 귀족가에서 두 번째 부인으로 들이는 일이 종종 있곤 했다. 그는 최대한 침착함을 유지하고 있었지만, 화가 난 걸 모두 숨길 순 없었다.

"글로리아가 해나 앤더슨 영애를 마음에 들어 해서 가깝게 지내고 있습니다."

"부인으로 들일 생각은?"

황태자가 집요하게 물어왔다.

"전혀 없습니다. 글로리아만으로도 전 충분합니다."

펠릭스의 덤덤한 대답에 황태자의 표정이 한결 누그러졌다. 그러더니 그는 고개를 돌려 창밖을 바라보았다. 그의 표정이 복잡했다.

"앤더슨 가문은 몰락 위기에 처해 있습니다."

"……."

"지금까진 어찌어찌 버텨왔지만, 이제 어떤 쪽으로든 해나 영애도 선택을 할 수밖에 없을 겁니다. 그 짐을 혼자 다 지고 갈 순 없을 테니까요. 누군가와 결혼을 하든, 검술 실력이 좋으니 용병단에 들어가든, 뭐든 하겠죠."

"⋯⋯."

"결론은 시간이 그리 많지 않다는 겁니다. 시간은 또 돌아오지 않습니다."

그 말을 끝으로, 펠릭스는 황태자를 물끄러미 쳐다보다가, 남은 와인을 한 번에 들이켰다.

"제 시간 또한 그리 많지 않군요. 가보도록 하겠습니다."

"넌 정말 마음에 안 들어."

황태자가 얼굴을 구기며 말하자, 펠릭스가 황태자를 마주한 이래 가장 환한 미소를 지어 보였다.

"그럼 앞으로는 덜 부르시는 걸로 알겠습니다."

"후우."

황태자가 어찌 이기겠냐는 듯 고개를 설레설레 내저었다. 펠릭스가 자리에서 일어나 인사를 할 때까지, 황태자는 그에게 고개를 돌리지 않았다.

"오늘 수업은 여기까지입니다."

해나 앤더슨의 말이 끝나기가 무섭게, 글로리아가 제자리에 풀썩 주저앉았다. 그녀의 몸에서 비 오듯이 땀이 쏟아져 내렸다.

"하아, 하아. 뭔가 잘못된 것 같군요."

글로리아가 이마에 맺힌 흥건한 땀을 닦으며 손등으로 말했다.

"무슨 말씀이십니까."

"저는, 죽을 것 같은데…… 하아, 영애는 정말 멀쩡하군요."

글로리아가 헉헉거리며 말했다. 심장이 터질 것처럼 뛰는 자신과 달리, 해나는 땀이 흐르는 것 빼곤 멀쩡했다. 그녀는 조금 억울했다.

"저는 오래전부터 검을 잡았으니까요. 이만큼 움직이는 데에는 습관이 되었을 뿐입니다."

"대단하시네요."

글로리아의 칭찬에 해나는 옅은 미소로 대답했다. 수업의 강도도 펠릭스에게서 배울 때와 크게 다르지 않았다. 그나마 좋은 점은, 자신이 못 해도 이상하게 바라보지 않는다는 점이었다.

검술수련을 마친 후, 그녀는 해나를 조용한 곳으로 불렀다.

"이거 가져가도록 해요."

"이건 무슨 돈입니까?"

해나가 돈이 든 주머니를 글로리아와 번갈아 쳐다보았다.

"약속했던 검술수련비를 먼저 주는 거예요."

"아……."

해나의 눈동자가 흔들렸다. 고작 한 번 수업해놓고 선금으로 받는 게 미안한 표정이었다. 하지만 지금 그녀의 자존심을 살리기엔 형편이 굉장히 어려웠다.

"일단 20회 비용을 넣었어요. 미리 지불하는 이유는 영애 때문이 아니라 나 때문이에요. 모처럼 알게 된 좋은 여기사를 놓치고 싶지 않았거든요. 그러니 날 생각해서 받아줬으면 좋겠군요."

해나는 글로리아가 일부러 자신을 배려해서 하는 말이라는 걸 알았다.

"감사합니다. 이 은혜는 꼭 갚도록 하겠습니다."

누구도 자신에게 손을 뻗어주지 않았을 때, 글로리아만이 손을 내밀었다. 이 은혜를 잊을 수 없었다.

"무슨 은혜씩이나. 괜찮아요."

글로리아가 싱긋 웃었다. 사심 없는 그 미소에 해나는 조용히 입술을 사리물었다.

"오늘은 집으로 돌아가나요?"

"아뇨. 약을 사서 돌아갈 예정입니다."

"데려다줄게요. 마차를 타고 가도록 해요."

"괜찮습니다. 운동 후에는 조금 걷는 게 좋거든요."

해나가 걱정하지 말라는 듯 옅은 미소를 지었다. 처음 보이는 그녀의 미소에 글로리아는 조금 놀랐지만, 내색하지 않았다. 자신에게 마음을 열어가는 것 같아 기쁜 마음이었다.

"해나 영애."

"네."

"며칠 후에 우리 저택에서 파티가 있을 예정이에요. 결혼 후 처음으로 귀족부인과 영애들을 불러 갖는 자리지요. 그 자리에 영애도 와주었으면 하는군요."

"저택을 지키면 되겠습니까?"

"아뇨. 용병으로 고용하고 싶다는 게 아니라 손님으로서 초대하는 거예요."

"……."

글로리아가 돈과 함께 미리 챙겨두었던 초대장을 내밀었다. 해나는 갈등하는 얼굴로 초대장을 물끄러미 바라보았다.

"제가 참여하는 게 도움이 되지 않을 겁니다."

"함께 있는 것만으로도 도움이 될 거예요. 사실 누구에게도 말하지 않았지만, 귀족부인들과 영애들을 상대하는 건 저한테도 힘든 일이거든요. 그래도 곁에 아는 사람이 있다면 힘이 되겠죠. 하지만 해나 영애가 많이 부담스럽거나 힘들다면 강요하진 않을게요. 그러니, 잘 생각해보고 대답해줘요."

"알겠습니다."

해나가 느릿하게 고개를 끄덕였다. 그러고는 돈과 초대장을 품에 소중하게 챙겨 넣었다.

해나가 거대한 저택에서 나왔을 땐 이미 노을이 지고 있었다. 그녀는 돌아서서 노을에 물든 붉은 서벽을 바라보았다. 글로리아 부인의 방으로 추정되는 곳을 물끄러미 바라보았다. 그러고는 기사처럼 반듯하게 서서, 말아 쥔 주먹으로 왼쪽 가슴을 꾹 눌렀다.

귀족가의 부인이 된 이는 결혼한 지 한 달 이내에 다른 귀족부인들을 불러 다과회를 열곤 했다. 명칭은 다과회지만, 일반 다과회보다 규모가 크고 초대객의 수가 많아 거의 파티와 비슷했다.

대체로 결혼 후 어떤 생활을 하는지, 남편에게서 얼마나 사랑받는지 보여주기 식의 모임이었다. 특히 남편에게서 얼마나 많은 선물을 받았는지를 놓고서 사랑을 가늠하곤 했다.

그야말로 '결혼 잘했다는 자랑'에 불과한 자리라, 글로리아는 몇 달이 넘어가도록 그 모임을 미루고 있었다. 해야 한다는 건 알지만, 썩 내키지 않았다.

그러나 황실 연회를 코앞에 두고 있는 이상, 남들 다 하는 것 정도는 하는 게 좋지 않겠냐는 앨버트의 조언에 따라 다과회를 열었다. 남들 다 하는 걸 하지 않아 펠릭스가 남의 입에 오르내리는 걸 원치 않았다.

사실 애초에는 자그마한 다과회를 기획했다. 몇몇 유력한 귀족부인을 모아 좋은 시간을 보내려고 했으나 앨버트는 그를 용납하지 않았다.

「버클리가에 안주인이 들어오셨다는 걸 알리는 아주 중요한 자리입니다.」

「하지만 잘 아시잖아요, 제가 굉장히 바쁘다는 걸요. 다과회 정도이니 적당히 해도 괜찮지 않을까요?」

「아닙니다. 이럴수록 성대하게 치러야지요! 세상에서 가장 아름다운 다과회를 만들어 보이겠습니다.」

평소 차분한 성격과 달리, 앨버트는 흥분했다.

펠릭스와 글로리아는 굉장히 아름답고, 서로를 사랑하며, 일처리 방식이 딱딱 맞아떨어지는 천생연분이었다. 거기까지면 좋았겠지만, 그들은 사교 성향이 비슷해서 대외적으로 나서는 걸 귀찮아했다.

그나마 글로리아가 펠릭스에 비해 외교적인 편이라고는 하지만, 다른 귀족부인들에 비해선 한없이 부족했다. 귀족부인들의 다과회같이 중요한 자리를 대충 해치우려는 걸 두고 볼 수 없었다. 자신이 모시는 부부가 다른 귀족가들에게서 무시당하는 건 앨버트에게 자존심이 상하는 일이었다. 더군다나 모처럼 실력을 발휘할 수 있는 기회이기도 했다.

앨버트의 강력한 뜻에 못 이긴 글로리아는 결국 그에게 일을 맡겼다. 글로리아가 한 일은 야외정원에서 다과회를 열었으면 좋겠다는 뜻을 전하고, 펠릭스의 일에 방해되지 않도록 소란스럽게 일을 벌이지 말라고 당부하는 정도였다. 그리고 앨버트가 만든 초대장 하나를 얻어 해나를 개별 초대한 것이 전부였다.

그녀는 다과회 하루 전날, 참석하기로 한 귀족부인의 명단을 보았다. 결혼식에 참석해준 귀족부인들과 사교계에서 영향력을 발휘하는 영애들이었다. 그 명단에는 아이리스와 제너 영애의 이름도 있었다.

"피곤하겠네……."

그들의 자리를 자신이 가져갔으니, 그들은 굉장히 화가 나고 억울한 상태일 게 분명했다. 그나마 다행인 건, 네이빗슨가와의 단교로 그 가문의 여자들이 참석하지 않는다는 거였다.

"그런데 이렇게 계속 데이빗슨 가문과 거리를 둬도 되는 걸까요?"

글로리아가 초대객 명단을 내려놓으며 앨버트에게 조심스럽게 물었다. 그들이 오지 않아 좋긴 하지만, 계속 이렇게 지낼 수도 없는 노릇이었다.

"공작님의 뜻이 확고하시니까요."

"그렇긴 하죠."

글로리아는 조용히 한숨을 내쉬었다. 제이드 데이빗슨의 성격상, 이대로 가만히 있지 않을 것 같아서 불안했다. 그러나 펠릭스가 나서지 않는 한, 자신도 나설 방법이 없었다.

"이대로 진행해주세요."

"네. 알겠습니다."

글로리아가 들고 있던 종이뭉치를 넘겨주자, 앨버트가 인사를 하곤 방을 빠져나갔다. 이후에도 글로리아는 내내 일이 많았다. 새로운 보좌관을 뽑는 일들에 대해 고민하면서, 다과회 준비를 하느라 정신 차릴 틈 없이 바쁘게 시간이 흘러갔다.

　글로리아는 평소보다 늦게 잠들었음에도 일찍 일어났다. 다과회 때문에 밀리는 일들을 일찌감치 정리하기 위해서였다. 이 이야기를 전해들은 앨버트와 조슈아는 고개를 설레설레 내저었다.

　"정말 대단한 안주인께서 들어오신 것 같아요."

　"그러게나 말이야. 공작님과 정말 잘 어울리는군."

　그들이 감탄하고 있다는 사실을 모르는 글로리아는 남은 다과회 준비에 힘쓰느라 정신없이 움직였다.

　그녀가 화려하게 치장하고 야외정원을 꼼꼼하게 살핀 후 얼마 되지 않아 정문으로 마차들이 줄지어 들어오기 시작했다. 옆면에 가문의 인장이 찍혀 있는 마차들이 저택 앞에 멈춰 섰다. 글로리아는 마차에서 내리는 귀족부인들을 보자마자 입꼬리를 늘여 미소 지었다.

　"어서 오세요."

　글로리아의 인사에 다들 반가운 표정으로 대꾸했다.

　"어머, 부인. 결혼하시더니 얼굴색이 훨씬 좋아지셨어요."

　"부인의 아름다움 또한 여전하세요."

　"부인께 그런 말씀을 들으니 부끄럽군요. 호호."

　"들어가시죠. 부족하게나마 준비를 했습니다."

　"감사합니다."

　"앨버트."

　그녀의 부름에 앨버트가 다가와 야외정원으로 안내했다. 마차 몇 대가 지나간 후, 익숙한 문장의 마차가 문 앞에 멈춰 섰다. 머리를 높게 틀어올린 아이리스 영애가 부채를 살랑살랑 흔들며 마차에서 내렸다. 그 뒤를 제너 영애가 따라 내렸다.

"오랜만에 인사드려요."

정색하고 있던 아이리스가 문 앞에 나와 있는 글로리아를 보자 마지못해 미소 지었다.

"네. 오랜만에 뵙는군요. 그간 잘 지내셨나요?"

"네, 뭐……."

아이리스가 미소 지으며 대답했지만, 그녀의 눈은 전혀 웃고 있지 않았다.

"오시느라 힘드셨을 텐데 들어가시죠."

글로리아가 눈짓을 하자 시종이 그녀들에게 다가섰다.

"그런데, 부인."

아이리스의 부름에 글로리아가 그녀를 바라보았다.

"네. 말씀하시죠, 영애."

"그 목걸이, 몇 해 전 파티에서 본 것과 같군요."

"좋아하는 거라 한 번 더 착용했어요."

이번 다과회를 위해 준비한 보석이 있었으나, 지나치게 무거워서 본래 소유하고 있던 목걸이로 바꾸었다. 엘레나는 이전에 착용한 적이 있어서 안 된다고 계속 만류했다. 다른 귀족부인들이 우습게 볼 거라는 게 그 이유였다.

그러나 글로리아는 고집을 부려 작은 보석이 박힌 주얼리를 착용했다. 알아보는 부인이 있을 리 없다고 생각했다. 설령 알아본다고 해도 별문제 되지 않을 거라 여겼다.

고작 한 번 착용했다고 사용하지 않다니. 그만한 사치가 어디 있는

가.

아이리스가 부채를 쫙 펼쳐 씰룩거리는 입가를 가렸다.

"부인께서 공작님께 어마어마한 사랑을 받고 있다고 들었는데……
역시 소문은 믿을 게 못 되는군요."

"……."

"다과회인데 부인의 목걸이 하나 챙겨주시지 않으시다니……. 공
작님도 참 무심하십니다. 부인에게 남편의 사랑이란 굉장히 중요한
것인데 말이죠. 저라면 아마 엉엉 울었을지도 모르겠어요."

"그런 걸로 울진 않으니 걱정하지 마세요."

"어머, 울진 않아도 속은 상하겠죠. 저는 이번에 제르너 후작님께
목걸이와 이 반지를 선물받았답니다. 단지 다과회에 초대되었을 뿐인
데 말이죠. 약혼한 사이에도 이런 선물을 받는데, 부부간에 이런 소홀
함이라니……. 제가 다 속상하네요."

아이리스의 눈이 접혔다. 처음으로 웃는 눈이었다. 그녀를 약 올리
려는 의도가 분명했다. 그러나 수가 훤히 보이는 비아냥에 넘어갈 정
도로 만만한 글로리아가 아니었다.

아이리스를 보며 그녀는 빙긋 미소 지었다.

"서로 간의 존중과 사랑의 가치를 고작 주고받는 보석으로 환산할
수 있다고 생각하시면 그렇게 보이실 수도 있겠군요. 영애의 걱정에
감사드립니다. 들어가시죠."

눈 하나 깜빡 안 하고 대꾸하는 글로리아를 바라보던 아이리스의
눈매가 딱딱하게 굳었다.

"끝까지 잘난 척은. 그래봤자 사랑도 못 받고 사는 주제에. 보석도
못 받는 여자들이 저런 말로 스스로를 위로하지. 쯧."

아이리스가 부채로 입가를 가리며 중얼거렸다. 그 말을 들은 제너는 긴 한숨을 내쉬며 그녀의 뒤를 따랐다.

야외정원에 들어온 귀족부인들은 연신 감탄했다.

"어머, 세상에나. 저택에 이런 곳이 있다니요."

"정말 낭만적이고 아름다운 곳이에요."

귀족부인들은 자리에 앉지 않고 야외정원을 둘러보았다. 글로리아는 그녀들의 반응을 이해했다. 자신도 처음에는 화려하게 꾸며진 야외정원을 보고 감탄을 금치 못했으니까.

잘 정돈된 나무들 아래로 색색의 꽃들이 심어져 있었다. 나무들 사이로 탁 트인 새파란 하늘이 보였다. 정원 끄트머리엔 음악을 연주하는 악사들이 줄지어 서 있었다. 저택과 분리되어 있는 야외정원은 마치 멀리 피크닉을 나온 느낌을 주었다.

그 가운데 긴 식탁에 자리했다. 흰 테이블보가 깔린 식탁과 새하얀 의자는 마치 눈이 내린 듯 눈이 부셨다.

그 위로 제국에서도 쉽게 맛볼 수 없는 진미들이 한가득 차려져 있었다. 이 모든 것이 앨버트의 피땀 어린 노력 덕분이었다. 자신이 마지막으로 확인했을 때보다 더 화려한 야외정원을 보며, 글로리아는 앨버트에게 꼭 수고했다는 말을 해야겠다고 다짐했다.

모든 부인들이 긴 테이블에 자리 잡고 앉았다.

"다과회이긴 하지만, 먼 길 와주셨는데 차만 내는 것이 예의가 아닌 것 같아 간단한 식사를 준비했습니다. 부족하지만, 맛있게 드시길 바랍니다."

글로리아가 긴 테이블 앞에 서서 말하자, 귀족부인들은 상기된 얼굴로 고개를 끄덕였다.

"네."

"맛있게 먹겠습니다."

그들이 식사를 시작하고서야 글로리아도 포크를 들 수 있었다. 피곤해서 음식이 넘어가지 않을 거라는 예상을 깨고, 스테이크는 입에 넣자마자 살살 녹아서 포크질을 계속하게 만들었다.

"어머, 이런 음식은 처음이에요."

"세상에나. 굉장히 맛있어요."

귀족부인들은 연신 감탄했다. 글로리아는 대답 대신 미소로 응답했다.

식사가 끝나고 달달한 우유에 얼린 과일을 올린 디저트가 나왔다. 귀족부인들과 화기애애한 분위기를 유지하며 디저트를 기분 좋게 먹을 때였다.

"그런데 공작님은 어디 계시죠?"

불쑥 끼어든 목소리에 글로리아의 고개가 돌아갔다. 테이블 끄트머리에 앉아 있는 아이리스 영애가 그녀를 바라보고 있었다.

"공작님은 왜 찾으시죠?"

글로리아의 물음에 아이리스가 빙긋 미소 지었다.

"부인의 다과회에 남편 되는 분이 한 번은 오신다던데…… 아닌가요?"

"어머, 그러게요."

부인들은 금세 서로의 얼굴을 보고 수군거렸다. 식사 자리의 분위기가 금세 달라지자, 아이리스는 더욱 아쉬운 표정으로 말을 꺼냈다.

"별 뜻은 아니었어요. 그저 저는 부인이 공작님의 사랑을 듬뿍 받으시는 걸 보고 싶었을 뿐이에요. 그런데 뭐랄까…… 제 생각과는 조금 다르네요. 보석도 몇 해 전에 봤던 거고……. 드레스도 미들턴 백작가에 계실 때보다 훨씬 더 아름답지 않은 것 같아 보여 부인을 좋아하는 제 입장에선 굉장히 속상하네요."

"……."

"이래서 부인이 늦게 다과회를 여셨나 싶기도 하고……. 어쩌면 부인께서 공작님의 사랑을 못 받는다는 소문이 사실이 아닐까 싶군요."

아이리스가 말끝을 흐렸다.

"그만하시죠. 여긴 공작부인의 다과회 자리예요. 분위기를 흐리는 일은 지중하셨으면 좋겠군요, 엉애."

듣다 못한 귀족부인 하나가 아이리스를 쳐다보며 따끔하게 말했다.

"어머, 죄송해요. 다만 전 안타까워서 말이죠. 더군다나 요즘 이상한 소문이 돌기도 하고요."

"이상한 소문이요?"

부인 중 하나가 의아한 목소리로 물었다.

"이런 걸 말해도 될지 모르겠는데……."

아이리스가 글로리아를 흘깃 쳐다보았다. 뒤따라 귀족부인들도 글로리아의 눈치를 살폈다. 아이리스가 말한 소문이 듣고 싶은 눈치였다.

"말하시죠. 저도 궁금하군요. 제게 어떤 소문이 도는지 말이죠."

글로리아가 허락했다.

이 상황에서 말하지 말라는 게 이상한 상황이었다. 더군다나 지금 말하지 않아도 언젠가 자신이 없는 자리에서 말할 게 뻔했다. 그전에 미리 알아두는 편이 좋았다.

그래봤자 자신에겐 별것 아니겠지만.

글로리아가 무심한 눈으로 아이리스를 바라보았다.

"그 소문은······."

눈을 반짝인 아이리스가 말을 하려 할 때였다.

"여기 계셨군요."

야외정원을 에워싼 나무들 사이에서 장신의 남자가 다가왔다. 은발에 푸른 눈을 가진 남자가 글로리아의 곁에 섰다. 글로리아가 일어나려 하자, 펠릭스가 그녀의 어깨를 꾹 눌렀다.

"그냥 앉아 있도록 해."

펠릭스가 미소를 지으며 글로리아의 눈을 바라보았다.

"늦게 인사드리러 온 점, 사과드립니다."

펠릭스가 참석한 손님들을 바라보며 예의상 인사를 건네자, 여자들의 얼굴이 붉게 물들었다. 부인 중 한 사람은 괜찮다는 말을 심하게 더듬기도 했다.

펠릭스 버클리 공작은 좀처럼 보기 힘든 인물이었다. 몇 달에 한 번 있는 연회에서도 잠깐 얼굴을 비치는 데다, 그마저도 남자들과만 어울리다 사라지는 게 전부라 귀족부인들은 그의 얼굴을 가까이서 볼 일이 거의 없었다.

그녀들은 이때다 하는 마음으로 펠릭스를 살펴보았다. 검술로 다져진 넓은 어깨와 장신. 살짝 내리뜬 눈은 날카로우면서도 색기가 흘러넘쳤다. 남자에게 '야하게 생겼다.'는 말이 이상하다는 걸 알면서도 그렇게밖에 표현할 수 없었다.

"식사는 맛있게 한 건가?"

펠릭스가 글로리아의 어깨를 쓸어내리며 다정하게 물었다.

"네."

글로리아가 가볍게 고개를 끄덕였다.

"공작님은 식사하셨나요?"

"곧 해야겠지."

"외출하시나요?"

"응. 늦지 않게 돌아오도록 할게."

두 사람이 눈을 마주친 채 이야기를 하는 모습이 굉장히 자연스러워 보였다. 특히 펠릭스는 이야기를 하는 내내 미소를 지우지 않았다. 사랑스럽다는 눈으로 글로리아를 바라보며 다정하게 대답하고 있었다.

아이리스는 그 모습을 바라보다 주먹을 꽉 움켜쥐었다. 자신과 여러 번 만났음에도 펠릭스가 저런 표정을 지은 적은 단 한 번도 없었다. 그저 형식적인 미소가 전부였고 그마저도 드물었다. 지루하고 따분한 시간을 보내고 있다는 걸 알려주기라도 하듯이 대체로 무표정한 얼굴이거나, 시선을 마주치지 않았다.

그래봤자지…….

아이리스는 치밀어오르는 화를 꾹 참았다.

다정하고 멋있으면 뭐할까. 목걸이나 보석 같은 건 사주지 않는 남편인데.

아이리스는 자신이 끼고 있는 반지를 만지작거리며 마음을 쓸어내렸다.

"일이 바빠 먼저 자리를 비워야겠군."

"알았어요. 조심히 잘 다녀와요."

"일어나지 말고 앉아 있어. 일어서기 힘들 텐데."

펠릭스가 다시금 일어나려는 글로리아의 어깨를 눌러 앉혔다. 부인들은 그의 세심한 배려에 감탄했다. 귀족부인들의 드레스는 무겁고 거추장스러워서 앉았다 일어나는 것조차 힘들었다. 그걸 알아주는 남편이라니.

"앨버트."

그의 부름에 앨버트와 하인이 나타났다. 그들이 테이블을 돌며 부인들에게 납작한 케이스를 내밀었다.

"이건 다과회에 참석하신 부인들을 위해 저와 글로리아가 준비한 선물입니다."

펠릭스의 말에 글로리아가 무슨 말이냐는 듯 그를 흘깃 쳐다보았다. 부인들을 위해 준비한 선물이라니, 금시초문이었다.

"어머, 세상에나."

"우아."

"이런 걸 받아도 될는지……."

케이스를 열어본 부인들이 감탄을 금치 못했다. 고개를 돌려 케이스의 내용물을 확인한 글로리아의 눈이 크게 벌어졌다. 장인이 세공한 펜던트였다. 그 펜던트 가운데 자리한 노란빛의 보석이 유난히 눈에 띄었다. 한눈에 봐도 고가품이었다.

글로리아가 휘둥그레진 눈으로 펠릭스를 바라보았다.

이런 짓 하는 사람이 아니잖아!

글로리아가 눈으로 묻는 사이 앨버트가 다가왔다. 앨버트가 세상에서 가장 흐뭇한 미소를 짓고 있었다.

……앨버트 짓이구나.

글로리아는 금세 알아챘다. 앨버트가 공작에게 이야기했을 거고,

공작이 승낙한 모양이다.

"부인, 이건 공작님께서 부인을 위해 준비하신 선물입니다."

앨버트가 다른 색의 케이스를 글로리아에게 내밀었다. 글로리아가 떨떠름한 얼굴로 케이스를 열었다. 그러자 붉은색 보석이 한가운데에 자리하고 있었다.

"어머머."

글로리아의 케이스 안을 훔쳐보던 귀족부인들이 입을 다물지 못했다. 언뜻 보기엔 붉지만 사실은 각도와 빛에 따라 다른 색을 뿜내는 이 보석은 흔치 않은 고가품이었다. 그 보석 뒤로 금목걸이가 이어져 있었다.

부인들의 호들갑에도 불구하고 글로리아의 표정은 그다지 밝지 않았다.

이걸 착용했다간 목이 빠질 거야.

글로리아는 보석을 내려다보며 덤덤하게 생각했다.

"고마워요."

글로리아가 예의상 인사하자, 펠릭스의 입술이 길어졌다. 그녀는 고맙다는 말과 달리 할 말이 많은 얼굴을 하고 있었다.

"목걸이를 걸어주고 싶은데."

"괜찮아요."

글로리아가 단박에 거절했다.

이런 무거운 걸 사람이 어떻게 메고 다니는 거지.

글로리아가 온 표정으로 말하고 있었다. 그 모습이 재미있어서 펠릭스의 미소가 더욱 짙어졌다.

"좋은 시간 보내도록 해, 글로리아."

펠릭스가 고개를 숙여 그녀의 이마에 입을 맞췄다. 그의 행동에 야외정원이 고요해졌다. 금발 위로 은발이 조용히 내려앉았다. 입을 맞추는 펠릭스도, 그 키스를 받는 글로리아도 잠시 눈을 감았다.

찰나였지만, 경건했다. 아주 잠깐 숨을 멈추고 바라볼 정도로.

"밤에 보도록 하지."

"조심히 다녀와요."

펠릭스의 입맞춤이 당연하다는 듯 받아들인 글로리아가 가볍게 손을 흔들었다. 펠릭스가 완전히 사라지자, 글로리아는 케이스를 닫아 앨버트에게 건네주었다.

"방에 가져다놓도록 해요."

"알겠습니다."

한 번 더 보석을 보고 자랑 삼아 착용할 만도 하건만, 글로리아는 보석에 대해 관심이 없는 눈치였다.

"목걸이는 안 해보시는 건가요?"

부인 중 한 사람이 궁금함을 참지 못하고 물었다.

"지금 목걸이로 충분합니다. 목걸이나 보석엔 관심이 없어서 말이죠."

"그렇군요. 그나저나 정말 사랑받으시는군요, 부인."

글로리아에게 호감을 표하던 남작부인이 감탄하며 말했다.

다른 귀족여자들이 지켜보는 데서 부인에게 보석을 선물하는 남편은 있어도, 저택을 찾아온 부인의 손님들에게까지 선물을 하는 건 이례적인 일이었다. 이건 재력과 부인을 향한 관심이 없으면 불가능한 일이었다.

부인들은 연이어 감탄을 쏟아냈다.

"정말 부러워요."

"두 분이 함께 서 있는데 서로를 굉장히 사랑하시는 게 보이더군요. 부인께서 하신 말씀이 뭔지 알 것 같더군요. 서로를 향한 존중과 사랑은 보석으로 환산할 수 없다는 말씀은 진리이지요."

마주 서 있는 두 사람에겐 보석 같은 건 필요 없어 보였다.

"아무래도 부인이 공작님께 사랑받지 못한다는 소문은 거짓인 것 같군요."

남작부인이 아이리스를 똑바로 쳐다보며 말했다. 더는 허튼소리를 허용하지 않겠다는 듯한 태도에 아이리스는 입술을 깨물었다.

감히 남작부인 따위가 공작의 영애인 자신의 눈을 똑바로 보며 한마디 하다니.

그러나 따져 물을 수 없었다. 다른 귀족부인들은 자신들이 받은 선물이나 펠릭스의 외모, 두 사람의 다정한 모습에 이미 관심이 완전히 쏠린 상황이었다.

"잠시 실례하죠."

자리에서 일어난 아이리스가 홱 돌아서서 야외정원을 벗어났다.

"분해! 분해!"

야외정원에서 어느 정도 벗어난 아이리스가 구두로 잔디를 짓밟으며 소리쳤다. 그녀의 발길질에 잔디가 맥없이 짓이겨졌다. 그녀는 그러고도 분통이 터진다는 얼굴로 바닥만 내려다보았다.

"영애, 소리를 낮추세요. 다른 부인들이 볼지 모릅니다."

제너가 주변을 살피며 조용히 주의를 주었다. 그러자 아이리스의 불똥이 그녀에게로 튀었다.

"지금 네깟 게 내게 잔소리를 하는 거야? 왜? 너도 내가 우스워?"

"그럴 리가요. 절대 그런 거 아니에요."

제너는 나오려는 한숨을 꾹 참으며 대답했다. 우스운 건 아니지만, 아이리스의 성격을 받아내기가 점점 힘들어지고 지치는 것도 사실이었다.

아이리스는 글로리아에게 공작을 빼앗겼다고 생각하고 있었다. 이번 초대장도 자신을 우습게 보기 때문에 보낸 거라 여겼다. 그러나 아이리스의 성격상 초대장이 오지 않았다면, 그건 그거대로 무시당했다고 날뛰고도 남았다.

"아이리스 영애, 영애에겐 후작님이 계시잖아요."

제너가 아이리스를 달래듯 말했다.

"그 후작이 열 명이라도 부족할 상황이야, 지금은!"

아이리스가 예쁜 얼굴을 무섭게 구기며 씩씩댔다. 후작에게서 목걸이와 반지를 선물로 받고 여기 올 때까진 기분 좋았다. 글로리아는 자신의 상상만큼 화려하지 않았고, 보석 또한 몇 해 전에 보았던 것이라 공작의 사랑을 받지 못하는 거라 여겼다.

기껏 자신의 자리를 빼앗아가더니, 그런 꼴이나 당하는구나.

그녀를 속으로 업신여겼다. 그러나 펠릭스 공작이 나타나는 순간 모든 게 달라졌다. 모처럼 가까이서 바라본 펠릭스 공작은 이전보다 훨씬 더 멋있었다.

이전보다 살짝 더 길어진 은발, 길게 뻗은 눈매, 높은 콧대와 살짝 올라간 입술까지.

냉기 흐르던 모습보다 조금 더 나른해진 그를 본 순간, 그녀의 심장이 사정없이 뛰기 시작했다.

다시 빼앗을 수만 있다면 뭐든 하고 싶었다. 이혼이 불가능한 것도 아니니 자신이 노력하면 되지 않을까. 그래. 후작 따위가 뭐가 중요할까. 펠릭스를 다시 가지고 공작부인이 될 수만 있다면 사교계의 비난도 감수할 수 있을 것 같다는 생각을 할 때였다.

그 순간, 펠릭스의 시선이 글로리아에게로 향했다. 한없이 다정하고 따뜻한 눈길로 그녀를 바라보는 걸 보자, 절벽 아래로 떨어지는 기분이었다.

게다가 그가 글로리아의 이마에 입을 맞춘 순간, 모든 가능성이 처참히 깨어졌다. 누가 보아도 글로리아는 펠릭스의 사랑을 듬뿍 받고 있었다.

오페라 극장에서 입을 맞추는 두 사람을 보았다는 말을 들었을 때만 해도 이미지 쇄신을 위해 하는 짓이라고 생각했는데…….

갑자기 자신이 차고 있던 목걸이도, 반지도 보잘것없어 보였다. 그제야 글로리아가 보석에 관심이 없는 이유를 알았다. 아무리 화려하고 아름다운 보석도 펠릭스 앞에선 무용지물이었다. 두 사람은 함께 있다는 것만으로도 완벽했다.

"정말, 말도 안 돼."

부들부들 떨던 아이리스의 시선이 케이스로 향했다. 자신이 걸고 있는 목걸이보다 더 비싸 보이는 펜던트였다.

고작 기념품에 불과한 펜던트가 이런 고가라니!

펠릭스 공작이 마음먹고 사준 보석은 어떨지 감히 상상도 되지 않았다.

아마 자신이 상상하지 못할 값비싼 보석들이겠지……!

"자존심 상해!"

아이리스가 신경질적으로 팔을 휘둘렀다. 그러다 놓친 펜던트 케이스가 포물선을 그리며 날아갔다.

풍덩!

연못에 케이스가 빠져 둥둥 떠올랐다.

"하, 재수가 없으려니까 정말 별게 다……."

아이리스가 입술을 깨물었다.

그걸 바라보던 제너가 눈을 질끈 감았다. 낭패였다. 차라리 케이스가 가라앉으면 모를까, 케이스의 부력 때문에 떠버리면 곤란했다. 초대한 사람의 선물을 버리고 가는 건 예의가 아니었다. 더군다나 저 펜던트는 버리고 가기엔 아까웠다.

제너 영애가 연못으로 다가가 주변을 살폈다. 나뭇가지를 주워든 그녀가 팔을 뻗었지만, 케이스엔 닿지 않았다. 아무래도 직접 들어가지 않는 이상 건져내기 어려울 것 같았다. 그나마 다행으로, 나뭇가지를 넣어보니 수심이 허벅지까지밖에 오지 않아 들어가서 꺼내올 수 있을 것 같았다.

"영애, 실수로 빠트렸다고 말하고 사람들에게 도움을 청하는 게 좋을 것 같군요."

제너가 연못을 바라보며 한숨을 내쉬었다.

"지금 뭐라고 하는 거야? 사람을 부르라고? 실수로 빠트렸다고 하면 사람들이 믿을 것 같아? 그걸 말이라고 하는 거야?"

아이리스의 싸늘한 말에 제너가 허리를 곧게 펴고서 그녀를 멍하게 바라보았다.

"그럼 어떻게 하시겠다는 거죠?"

제너가 가까스로 정신을 차리며 물었다.

"지금 뭐하고 서 있어? 당장 들어가서 주워 와."

"……."

아이리스의 말에 제너의 얼굴이 굳었다.

"왜? 못 하겠어? 그럼 이렇게 해."

그사이 다가온 아이리스가 제너의 손에 들린 케이스를 빼앗았다.

"이건 내가 가질 테니, 영애가 빠트렸다고 하고 사람들의 도움을 청하도록 해. 그게 더 낫지 않겠어? 아냐. 생각해보니 영애가 그냥 직접 들어가서 가지고 나오도록 해. 그 핑계로 집에 돌아가게 말이야. 여기에 계속 있기도 기분이 좋지 않거든."

"……."

"표정이 왜 그래? 영애의 드레스보다 내 드레스가 훨씬 더 비싼 거 몰라? 그리고 우리 집에서 돈을 그만큼 빌려갔으면 이 정도 일은 해야지. 그러려고 받아간 거 아니었어?"

아이리스의 말에 제너 영애의 마음이 내려앉았다. 바짝 탄 입술에서 험한 말들이 튀어나오려 했지만, 그녀는 주먹을 꽉 쥔 채 참았다. 돈을 빌린 것도 사실이고, 아이리스와 척을 져서 좋을 것이 없었다.

"시간 없으니 얼른 들어가."

아이리스가 턱 끝으로 연못을 가리켰다. 제너는 울컥한 표정으로 연못을 바라보았다. 저 차가운 연못물에 들어가 귀족부인들의 험담을 듣게 될 뒷일보다, 아이리스의 말에 한마디 못 하는 스스로의 모습이 처량했다.

제너가 힘겹게 한 발짝을 떼어낼 때였다.

"잠시만."

제너의 몸이 움찔했다.

"영애가 고생할 필요 없겠어."

아이리스가 갑자기 밝은 표정으로 말했다. 무슨 소리냐는 듯 쳐다보자, 아이리스가 턱짓으로 한 곳을 가리켰다.

"연못에 들어가기 딱 좋은 사람이 오고 있거든."

아이리스가 가리킨 곳으로 고개를 돌린 제너는 얼굴을 굳혔다. 드레스를 입고 다급하게 정원을 가로질러 들어오는 적발의 여성이 보였다. 귀족의 우아함보다는 기사가 더 어울릴 것 같은 그녀의 걸음걸이를 보건대, 해나 앤더슨이 확실했다.

"해나 앤더슨 영애!"

아이리스가 그녀를 불렀다. 제너는 설마 하는 표정으로 아이리스를 바라보았다. 자신을 부르는 소리에 멈춰 선 해나가 이쪽을 바라보았다.

"잠시 이리 오시죠."

아이리스의 부름에 해나가 잠시 머뭇거리다가 그녀들에게 다가왔다. 키가 큰 그녀가 아이리스와 제너를 내려다보았다.

"무슨 일이십니까?"

"해나 앤더슨 영애, 제가 영애에게 도움을 청할 일이 있어서 말이죠. 도와주시겠어요?"

아이리스가 슬픈 표정을 지으며 말했다.

"아이리스 영애."

제너가 상황을 파악한 듯, 조용히 그녀를 불렀다. 왠지 말리고 싶었다. 그러나 아이리스는 제너의 말을 싹 무시한 채 해나를 바라보았다.

글로리아와 가깝게 지낸다고 알려진 해나가 하필 지금 이 순간에 자신의 앞을 지나간 건 하늘이 도운 거라 생각했다. 글로리아를 괴롭힐 수 없으니 지금 이 여자라도 괴롭혀야 직성이 풀릴 것 같았다.

"저기 연못에 제 소중한 기념품이 빠졌답니다. 가서 건져주지 않겠어요?"

"경호기사를 부르도록 하죠."

해나 영애가 딱딱한 표정으로 말했다.

"경호기사를 부를 거면 제가 진즉에 불렀겠죠. 안 그런가요?"

아이리스가 한심하다는 투로 말했다.

"제가 저걸 건져야 할 의무는 없습니다."

"의무는 없어도 대가는 있겠죠."

아이리스가 품속에서 자그마한 지갑을 꺼냈다. 그곳에서 은화를 꺼내 해나 앤더슨에게 내밀었다.

"이거 받고 연못에 들어가서 건져 와요."

"거절하겠습니다."

해나 앤더슨이 거절하자, 아이리스의 표정이 금세 싸늘하게 굳었다.

툭.

은화가 해나 앤더슨의 발치에 떨어졌다.

"주워 챙겨요, 영애. 이 은화까지 연못에서 줍고 싶지 않으면."

"……!"

아이리스의 입술이 삐딱해졌다. 제너는 차마 못 보겠다는 듯 눈을 감은 채 돌아섰다. 그사이 아이리스가 입을 열었다.

"영애가 글로리아 부인과 친해졌다고 기고만장한 것 같은데, 실수하는 거예요, 영애. 공작부인이 영애를 위해 뭘 얼마나 해줄 수 있겠어요? 지금은 신기하니 곁에 두겠지만, 해나 앤더슨이 얼마나 보잘것

없는 인간인지 알면 멀어질걸요? 그리고 해나 영애의 결정을 돕기 위해 한마디 하자면, 얼마 전에 영애의 어머니께서 우리 집에 와서 돈을 빌려간 사실을 알고 있나요?"

"……!"

처음 듣는 말에 해나 앤더슨의 눈이 크게 벌어졌다. 아이리스의 집안에서는 귀족들에게 돈을 빌려주고 이자와 원금을 받는 일을 하고 있었다.

"영애의 드레스를 사주기 위해 돈을 빌리는 거라고 하던데, 꿈에 부푼 어머니를 외면하면 안 되죠. 고작 자존심 때문에 그 은화를 포기할 건가요? 그 은화면 몇 달치 이자는 낼 수 있을 텐데 말이에요. 내가 영애라면, 그 은화를 아주 감사한 마음으로 받고 연못에 들어가겠어요. 그리고 제너 영애에게 케이스를 건네주고 조용히 귀가하겠어요. 드레스가 축축해서 기분이야 나쁘겠지만, 말리면 되잖아요. 돈이라도 얻어야죠, 영애."

아이리스의 말에 해나의 몸이 굳었다. 자존심이 사정없이 부서졌다. 자신의 어머니가 아이리스의 집안에서 돈을 빌렸다는 사실을 듣는 것도, 그 변제를 자신이 다시 감당하게 될 상황도 갑갑했다. 뿌리치고 싶지만, 발치에서 반짝이는 은화를 외면할 수 없었다.

자신의 사정은 자존심을 가릴 만큼 여유롭지 않았다.

해나의 생기 잃은 시선이 연못으로 향했다. 글로리아 부인의 체면을 위해 가진 것 중 가장 좋은 드레스를 입은 게 후회되었다. 그녀는 드레스를 말아 올린 후, 연못으로 들어섰다. 차가운 물에 발목이 얼어붙는 듯했다.

해나는 묵묵히 한 발 더 내딛었다. 제너는 그 모습을 차마 못 보겠다는 듯 눈을 감았고 아이리스는 웃는 얼굴로 바라보았다.

저 꼴이 글로리아라면 더 좋을 텐데…….

아이리스가 아쉬운 표정을 지었다.

"빨리 건져주면 은화 하나를 더 주도록 하죠. 서둘러요, 영애. 혹시 아나요? 영애가 열심히 하면 내가 아버지께 말해 영애의 집안 빚을 조금 탕감해줄지?"

아이리스가 비웃으며 은화를 흔들어 보일 때였다.

"해나 앤더슨 영애."

그 순간, 글로리아와 흡사한 목소리가 들렸다. 그곳에 있던 사람들의 고개가 일제히 돌아갔다. 거짓말처럼 글로리아가 무표정한 얼굴로 서 있었다. 해나를 바라보던 글로리아가 차가운 눈으로 주변을 둘러보았다.

떨어진 은화, 연못 가운데에 떠 있는 케이스, 연못에 들어선 해나 앤더슨.

무슨 상황인지 묻지 않아도 눈치 빠른 글로리아는 금세 알아챘다.

저벅저벅 다가온 글로리아가 연못으로 들어서고 있는 해나를 바라보았다.

"나와요, 영애."

글로리아가 차가운 목소리로 말했다.

"아닙니다."

"내가 정말 화내기 전에, 나와요."

"……."

"나오라고 했습니다."

글로리아의 목소리가 섬뜩할 정도로 낮아졌다. 처음 보는 얼굴에

230

해나 앤더슨은 깜짝 놀랐다. 그녀가 마지못해 연못에서 나오는 사이, 아이리스가 어색하게 웃었다. 글로리아가 알아채지 못하게 해나 영애에게 몇 푼의 돈으로 입막음하려고 했는데, 일이 꼬였다.

"제너 영애의 케이스가 빠져서 어쩌나 고민하고 있었어요. 그때 다행히 해나 앤더슨 영애가 도와주겠다고 했죠. 굳이 그러지 않아도 됐었는데 말이죠."

아이리스가 조용히 은화를 손에 말아 쥐었다. 글로리아는 무표정한 얼굴로 그녀가 하는 말을 가만히 듣고 있다가, 연못 쪽으로 돌아섰다.

첨벙.

연못의 물소리에 사람들의 눈이 크게 벌어졌다.

"글로리아 부인!"

해나가 연못에 들어서는 글로리아를 바라보며 소리쳤다. 말릴 틈도 없이 그녀는 연못 중앙까지 쑥 들어가 케이스를 거머쥐었다. 그리고는 연못에서 나와 제너 영애에게 젖은 케이스를 내밀었다. 케이스에서 물이 뚝뚝 떨어졌다.

"받아요."

제너는 마른침을 꼴깍 삼켰다. 무표정하게 케이스를 건네줬을 뿐인데, 손이 덜덜 떨릴 정도로 무서웠다.

"부인께서 그렇게 나서지 않으셔도 되는데 말이죠."

상황을 파악하지 못한 아이리스가 뒤에서 떠들어댔다. 그녀는 글로리아가 연못에 직접 들어간 게 통쾌한 얼굴이었다.

멍청한 여자.

제너는 속으로 아이리스를 욕했다.

"안 받나요?"

글로리아가 케이스 끝을 잡고서 흔들었다. 당장이라도 떨어질 것처럼 케이스가 손끝에서 흔들리고 있었다.

"가, 감사합니다."

제너가 말을 더듬었다. 그러나 이미 글로리아는 등을 돌린 후였다. 젖은 드레스를 끌며 걸어간 글로리아가 아이리스 영애 앞에 섰다. 그녀는 아이리스의 눈을 똑바로 쳐다보았다.

"영애."

"네."

"영애의 손에 들린 그 케이스, 영애의 것이 맞나요?"

"그럼요. 주신 선물을 소중하게 보관하고 있었습니다."

아이리스가 뻔뻔한 표정으로 말했다.

"그럼 잠시 보여주시겠어요?"

"왜 그러시죠?"

아이리스가 뭐라고 하기도 전에, 글로리아가 케이스를 빼앗아 뒤집었다.

"이상하군요. 아이리스 영애의 케이스에 왜 제너 영애의 이름이 적혀 있을까요?"

"……!"

아이리스의 눈이 커졌다. 케이스에 본인의 이름이 있을 거라고 생각지 못한 얼굴이었다.

"초대된 손님을 위한 한정판이라 케이스에 이름을 수놓아두었죠. 그 말씀을 할 즈음에 영애가 없으시더군요."

"케이스가 바, 바뀌었나 보군요……. 처음부터 잘못 전달받았나 봐요."

"그럴 리가요. 좌석도 지정, 케이스도 그 순서에 맞춰 실수 없이 정렬했을 텐데요."

"하지만 실수는 언제든 있을 수 있죠."

"그래요. 그럴 리 없겠지만 저희 쪽 실수인가 봅니다. 설마 아이리스 영애가 본인의 케이스를 연못에 집어 던지고, 제너 영애의 케이스를 가로채진 않았겠죠. 그런 뻔뻔한 짓을 해놓고 해나 영애에게 주워 오라고 했을 리도 없을 테고요."

글로리아의 정확한 말에 아이리스의 눈동자가 흔들렸다.

"그, 그럴 리가요."

아이리스가 말을 더듬었다. 글로리아는 무서울 정도로 무표정한 얼굴을 하고서 아이리스를 바라보았다. 그러다 자신이 머리에 꽂고 있던 머리장식을 뽑았다. 그러고는 아이리스의 눈을 똑바로 쳐다보며, 연못에 집어 던졌다. 그녀의 머리장식이 연못 아래로 가라앉았다.

"이런. 내 장식이 연못에 실수로 빠졌군요."

"……."

"주워 오도록 해요, 아이리스 영애."

"……!"

"못 들었나요?"

"지금 무슨 소리를 하시는 건가요? 영애인 제게 연못에 들어가라는 말씀을 하시는 건가요?"

아이리스의 입술이 일그러졌다.

"영애에게 도움을 청하는 거예요. 마음씨 좋은 영애라면 도와주겠죠. 서두르도록 해요. 혹시 아나요? 영애가 내 머리장식을 주워주면, 내 초대손님을 함부로 대해 나를 모욕한 지금 일을 덮어줄지?"

"그건 해나 앤더슨 영애가 자처한 일이에요. 저는 말렸지만, 영애가 고집을 부렸어요. 부인이 이렇게 화낼 일이 아니에요."

"화를 내다니요. 전 정중하게 부탁하고 있는 거랍니다. 영애, 서두르는 게 좋을 거예요. 영애가 고집을 피울수록 윌리엄 가문과 버클리 가문의 사이는 더 나빠질 테니 말이에요. 윌리엄 가문에서 부탁한 것도 수입할 수 없겠죠. 자금 또한 윌리엄 가문과 거래하지 않을 수도 있잖아요?"

"지, 지금 협박하시는 건가요?"

아이리스가 화를 냈지만, 어쩔 줄 몰라 하는 기색이 역력했다. 자신 때문에 버클리 가문과 틀어지게 되면 윌리엄 공작의 분노가 어마어마할 거다. 윌리엄 공작은 그녀가 버클리 공작과 결혼하지 못한 일로 아직까지 아쉬워하며 그녀를 탓하고 있는 상황이었다. 이런 와중에 최고로 큰손 고객인 버클리 공작과 완전히 틀어지게 된다면, 그녀를 아무 남자에게나 시집보내버릴지도 모를 일이었다.

"협박이라니요. 부탁드리는 거라니까요."

글로리아가 낮은 목소리로 말했다.

글로리아를 마주한 아이리스의 입술이 바들바들 떨렸다. 글로리아의 까만 눈동자엔 어떤 감정도 담겨 있지 않았다. 마치 지나치게 화가 나서 감정이 완전히 사라진 사람 같았다. 여태껏 얄밉게만 보이던 여자가, 처음으로 무섭게 느껴졌다.

"주워 오세요, 영애. 이번엔 부탁이 아니라 명령입니다."

"……."

"주워 오지 않으면 나도 가만히 있지 않을 겁니다. 이게, 내 마지막 경고입니다."

글로리아의 얼음장 같은 목소리에 아이리스가 드레스 자락을 꽉 움켜쥐었다. 만만하게 봤는데, 그럴 만한 상대가 아니었다. 이리저리 눈을 굴리며 빠져나갈 곳을 찾았지만 아무도 자신을 바라봐주지 않았다. 결국 아이리스는 고개를 푹 숙였다.

"용, 용서해주세요, 부인. 제가 실수를 한 것 같군요. 부인의 손님이신 줄 알았으면 절대로 이런 실수를 하지 않았을 거예요."

"내 저택에 드레스를 입고 찾아온 해나 영애가 손님이 아니라 대체 무엇으로 보였다는 거죠?"

글로리아의 입술이 일그러졌다.

"그건……."

순간 아이리스의 말문이 막혔다. 변명을 찾기 위해 눈을 굴렸지만, 아무 말도 떠오르지 않았다.

"죄송해요, 부인. 정말 죄송합니다."

윌리엄 공작의 귀에 이 사실이 들어가면 안 되기에 아이리스는 무작정 사과했다. 자존심 상하고, 꼴사나워도 지금은 이 방법밖에 없었다. 그러자 글로리아가 한 발자국 다가섰다. 그러고는 고개를 비스듬히 기울여 아이리스만 들을 수 있는 목소리로 속삭였다.

"주워 오라면 주워 와. 대충 말로 때울 생각 하지 말고."

글로리아가 불쑥 반말을 했다. 아이리스는 자신의 귀가 의심스러워서 그녀를 바라보았다. 글로리아의 눈동자가 다른 사람마냥 차가웠다.

"하, 하지만 가라앉아서 보이지도 않는 걸……."

"연못물을 퍼내든, 마시든, 알아서 해."

"……."

아이리스가 마른침을 꼴깍 삼켰다.

"왜? 이제 와 겁나?"

"부, 부인……?"

"내가 에리카를 다시 데려와 네가 한 짓을 낱낱이 까발리고, 오늘 있었던 일을 사교계에 퍼트릴까 봐? 내가 고작 그렇게만 할까? 네 이미지, 네 가문, 네가 사교계에서 이룬 것들을 무너뜨리는 건 일도 아니지."

아이리스의 눈동자가 심하게 흔들렸다. 글로리아는 아직 물기가 남은 손으로 아이리스의 어깨를 거머쥐었다. 어깨에 통증이 일었지만, 겁에 질린 아이리스는 한 마디도 하지 못했다.

"그렇게 겁이 나면 내 손님을 그렇게 대하지 말았어야지."

"……!"

"내가 분명히 이전에 경고했을 텐데 내 말이 우스웠나 보군. 내 머리장식을 가져오지 않는 이상, 영애의 사과는 받아들이지 않아. 이번 일은 영애가 자초한 거니 책임은 그대가 져야 할 거야. 앞으로 많은 일들이 일어날 테니 심심하진 않을 거야, 영애."

"……!"

"그때까지 되도록 내 눈에 띄지 말도록 해, 아이리스 영애. 다음에 또 본다면 그땐 내가 영애를 어떻게 해버릴지 나도 모르겠으니까."

글로리아가 아이리스의 눈을 똑바로 바라보다가 한 걸음 물러섰다.

"잠시 생각할 시간을 드리죠. 장식품을 주워 오지 않으실 거라면, 돌아가실 마차를 준비하도록 하겠습니다. 아, 혹시 장식품을 줍게 된다면 깨끗하게 닦아서 가져오도록 하세요. 미리 말씀드리지만 우리 저택엔 영애에게 드릴 수건이 없으니, 영애의 드레스에 닦아서요."

글로리아가 언제 반말을 했냐는 듯, 금세 정중한 말투로 명령했다. 그러고는 더는 상대할 가치도 없다는 듯 돌아섰다. 그제야 아이리스가 참았던 숨을 내쉬었다.

멍한 표정의 제너는 해나에게 다가가는 글로리아를 바라보았다.

"드레스 끝이 젖었군요. 올라가서 드레스를 갈아입도록 하죠."

글로리아는 자신의 드레스가 반 이상 젖었음에도 해나를 챙겼다. 해나는 그런 글로리아를 물끄러미 바라보다가 면목 없다는 듯 고개를 떨구었다. 제너는 부러운 눈으로 해나를 바라보았다.

저런 사람이 곁에 있다니.

그러다 고개를 돌리던 글로리아의 까만 눈과 시선이 마주쳤다.

"영애."

"네?"

제너가 깜짝 놀라 글로리아의 부름에 대답했다.

"이런 말은 주제넘게 들릴 수도 있습니다만, 영애는 좋은 사람 같은데 왜 아이리스 영애와 어울리는 거죠?"

"……."

글로리아의 물음에 제너가 입을 꾹 다물었다.

글로리아는 빈민굴 개선사업에 대해 알아보던 중, 제너가 가문을 대표해 어려운 이들을 많이 돕는다는 걸 알게 되었다. 현재는 가문의 상황이 어려워져 큰 금액을 내놓지는 못하지만, 작은 기부의 끈을 놓고 있진 않았다.

기부도 그러하지만, 글로리아의 눈에 제너는 아이리스와 어울릴 만한 사람이 아니었다. 제너는 차분하고 성정이 바른 쪽에 속했다. 지금도 해나가 모욕을 당할 때 말리다가 실패하자 울 것 같은 얼굴로 외면

하고 있지 않았던가.

"사람마다 사정이 있는 법이지요."

마침내 제너 영애가 입을 열었다. 그 말에는 수많은 뜻이 담겨 있었다.

글로리아는 방금 전, 은화로 해나를 모욕하던 아이리스의 모습을 떠올렸다. 저만큼 노골적이진 않더라도 돈으로 제너를 끌어들였으리라는 건 어렵지 않게 예상할 수 있었다.

"제너 영애."

"네."

"아무리 아름다운 드레스라도 구정물 속에 오래 있다 보면 그 색에 물드는 법이죠. 아무리 열심히 빨아도 그 물은 빠지지 않을 겁니다."

"……."

"그전에, 영애가 좋은 사람과 어울렸으면 좋겠군요. 영애의 영향을 받아 좋은 사람이 될 수 있는 사람, 영애를 좋은 사람으로 만들어줄 수 있는 사람. 다음엔 그런 사람과 교류하는 모습을 보고 싶군요."

"……!"

글로리아의 차분한 충고에 제너는 입술을 깨물었다. 사람의 말이 가슴을 꿰뚫고 들어오는 기분은 난생처음이었다.

"다음에 뵙죠."

글로리아는 아이리스 때와는 전혀 다르게 정중한 태도로 제너를 대한 후 돌아섰다. 제너는 멀어지는 글로리아의 뒷모습을 바라보았다. 곧은 자세로 멀어지는 그녀의 뒷모습에서 눈을 뗄 수가 없었다.

빛이 나는 여자.

저 옆자리에 자신이 있을 수 있으면 좋겠다, 이런 생각이 무심히 들었다.

"제너!"

발작적으로 저를 부르는 소리에 제너의 고개가 돌아갔다. 아이리스는 마치 물에 빠졌다가 막 기어 나온 사람처럼 입술을 바들바들 떨고 있었다. 보기에도 처량하고 처참했다.

"대체 글로리아 부인과 무슨 이야기를 나눈 거야? 내 욕이라도 한 거야?"

아이리스가 악을 쓰듯 말했다.

"좋은 사람을 만나라고 하더군요."

제너가 덤덤한 표정으로 말했다.

"흥, 우습네. 제깟 게 뭐라고! 고작 해봐야 시집 하나 잘 간 것 가지고 유세 부리는 거야? 좋은 사람이 어딨어? 이기는 사람이 좋은 사람이지!"

아이리스의 발악을 제너는 말없이 지켜보았다.

제너는 펠릭스 공작이 왜 글로리아를 택했는지 알 것 같았다.

아름다움도 아름다움이지만, 글로리아는 자신에게 정중한 사람에게 정중하고, 악한 이에게 악했다. 그리고 해나 영애를 대하는 태도를 보건대, 자신의 사람은 철저히 지키려고 했다. 내면의 강단과 아름다움이 있는 여자였다.

"거기 서서 뭐하는 거야? 당장 날 부축하지 못해?"

"……."

"후, 아니야, 제너. 지금 당장 연못에 들어가서 글로리아 부인의 머리장식을 찾도록 해. 그걸 찾아야겠어. 아마 내가 찾아내지 못할 거라고 생각하겠지? 그래서 그런 명령을 한 거겠지. 그 말을 한 걸 후회하

게 해주겠어. 어떻게든 장식을 찾아서 그 뻔뻔한 얼굴 앞에 내려놓고
야 말겠어. 뭐해? 제너 영애. 당장 연못에 들어가.”

아이리스는 자신이 글로리아에게 겁먹었다는 게 분하다는 듯 소리
쳤다.

예전이라면 자신에게 고개 숙이기 급급했을 여자가, 공작부인이 되
자마자 기고만장한 얼굴로 협박을 하다니.

아이리스가 이를 바득바득 갈았다.

“직접 하시죠.”

제너의 말에 아이리스의 고개가 천천히 돌아갔다.

“……뭐? 지금 무슨 소리를 하는 거야? 내 명령을 거부하면 앞으로
돈을 주지 않을 거야. 그래도 괜찮다는 거야?”

“네.”

제너가 가볍게 고개를 끄덕였다. 아이리스가 충격을 받은 표정으로
제너를 바라보았다.

“……뭐?”

아이리스가 되물었지만, 대답은 돌아오지 않았다. 제너는 냉담한
얼굴로 그녀를 바라보기만 했다.

“하, 대, 대체 왜 그러는 거야? 글로리아 부인이 협박한 거지? 나와
어울리면 가만히 두지 않겠다고 한 거지? 그런 거지?”

아이리스의 눈동자가 점점 새빨갛게 변했다. 아름다운 외모가 점점
흉측한 표정에 가렸다. 그녀의 입술이 분노로 바들바들 떨렸다.

제너는 고개를 가로저었다.

“아뇨. 글로리아 부인의 말을 듣고 깨달았어요. 더는 아까운 시간을
허비해선 안 되겠더군요. 저는 저를 소중하게 생각해주는 분과 어울

리고 싶습니다. 언제든지 저를 부려먹고 필요 없을 때 버리는 사람이
아니라요. 여태껏 감사했습니다."

자신에게 연못으로 걸어들어가라고 명령한 순간, 남아 있던 정이
완전히 떨어졌다. 제너는 다소곳하게 인사한 후 돌아섰다.

"제너!"

아이리스가 발악하듯 소리치며 따라왔다. 그러나 얼마 못 가 바닥
에 넘어졌다. 아이리스는 다시금 "제너 영애!" 하고 소리쳤지만, 그녀
는 돌아서지 않았다.

홀가분했다. 당장 아이리스에게서 받던 돈이 끊기겠지만, 아무래
도 상관없었다. 마치 눈을 가로막고 있던 막이 떨어져나간 것처럼 모
든 것이 깨끗하게 보였다.

"후우."

아이리스를 만난 이래 가장 후련한 한숨이 흘러나왔다.

글로리아의 정원을 벗어나던 제너는 다시금 그녀가 해주었던 말을
떠올렸다.

「아무리 좋은 사람도 좋지 않은 사람과 어울리면 물이 드는 법이죠.
영애의 영향을 받아 좋은 사람이 될 수 있는 사람, 영애를 좋은 사람
으로 만들어줄 수 있는 사람. 그 사람과 교류하는 모습을 보고 싶군
요.」

그 말을 떠올리는 제너의 얼굴에 희미한 미소가 맺혔다.

"……면목 없습니다."

드레스룸에서 드레스를 갈아입고 나온 글로리아는 대뜸 해나가 꺼낸 말에 고개를 갸웃거렸다. 일찌감치 그녀가 건네준 드레스로 갈아입은 해나는 화사한 드레스 색과 맞지 않게 우울한 얼굴을 하고 있었다.

"왜 갑자기 그런 말을 하죠?"

"제가 괜히 분란을 일으킨 것 같아서요. 아니, 분란을 일으켜서요."

"분란을 일으켰다는 말은, 피해를 입은 사람이 할 말이 아니죠. 피해를 입힌 사람에게 해야 할 말이죠."

글로리아가 생긋 미소 지었다. 구김살 하나 없는 그 얼굴에 해나는 더욱 울컥했다.

"그래도 제 탓도 일부분 있습니다. 제가 그 시각에 그곳만 지나가지 않았더라면……. 안내해주겠다는 하인의 말을 뿌리치고 혼자 정원을 가로지르지만 않았더라면……. 일을 늦게 마지치만 않았더라면……."

해나가 주먹을 꽉 움켜쥐었다. 어렵사리 하게 된 어린 영애의 검술 수업이 늦게 끝나는 바람에 서둘러 저택에 왔다가 이런 일을 당하게 되었다. 글로리아에게 폐를 끼치는 것 같아 스스로의 모습이 싫어질 정도였다.

그 모습을 글로리아는 말없이 바라보았다.

그 모습 위로 에단이었을 때의 자신의 모습이 겹쳤다. 빈민굴 출신이라는 사실이 알려진 후, 그녀는 저택 내에서 보이지 않는 괴롭힘을 많이 당했다. 무슨 이유에서인지 어느 순간 싹 사라지긴 했지만, 그 후에도 그녀는 한참이 지나도록 그 트라우마에서 벗어나기 힘들었다.

그러다 어느 정도 시간이 흐르고서야 깨달았다. 자신을 가장 많이,

오랫동안 괴롭혔던 건 타인의 괴롭힘보다 자신의 생각이었다는 걸.

'나는 왜 이럴까.'라는 생각과, '펠릭스 공자에게 별 도움이 되지 않는다.'는 생각.

그때, 그녀는 사람은 스스로의 생각에 걸려 넘어진다는 걸 깨달았다. 그걸 깨닫자 모든 고민들이 사라졌다.

"그렇게 생각하면, 나도 그렇게 생각할 수 있죠. 난 왜 영애를 초대해서 영애에게 이런 곤란한 일을 겪게 한 걸까, 나는 왜 야외정원에서 파티를 연 걸까, 기념품은 왜 나눠준 걸까 등등."

"아닙니다! 절대로 그런 생각 하실 필요 없습니다. 이건 부인의 실수가 아닙니다."

"그런 생각 할 필요 없다는 그 말을, 스스로에게 해줘요, 영애."

"……."

"일이 이렇게 된 김에, 그냥 우리 둘 다 서로의 실수가 아니었다고 생각하자고요. 나쁜 건 아이리스 영애잖아요? 정작 반성해야 할 사람을 놔두고서 우리가 왜 이러고 있어요? 안 그래요?"

글로리아가 걱정하지 말라는 듯 해나의 어깨를 툭툭 두들겨주었다. 그러자 해나는 입술을 꽉 다문 채 고개를 떨구었다. 마치 그 모습이 전쟁터에서 지고 돌아온 기사 같았다. 글로리아는 옅게 웃으며 테이블로 걸어갔다.

"이거 받아요, 해나 영애. 오늘 우리 파티에 온 사람들에게 주는 기념품이에요."

글로리아가 내민 케이스를 해나가 받아들었다. 케이스를 열자 노란빛의 펜던트가 들어 있었다.

"참석한 사람들에게 모두 주는 거예요."

"감사합니다. 잘 받겠습니다."

해나가 소중한 물건이라도 받은 양, 가슴에 끌어안았다. 그 모습을 바라보던 글로리아가 빙긋 미소 지었다.

"이제 그만 내려가죠. 너무 오랫동안 자리를 비운 것 같네요."

"저도, 말씀입니까?"

"네. 영애도 초대손님이니까요."

"하지만……."

해나가 말끝을 흐렸다.

"내가 피해 입을 일 없으니까, 그런 건 신경 쓰지 마요."

글로리아의 말에 해나가 느릿하게 고개를 끄덕였다. 자신을 이렇게까지 믿어주는데, 더는 뒷걸음질 칠 수 없었다. 해나는 당당하게 걸어 나가는 글로리아의 뒷모습을 물끄러미 바라보았다.

기사가 아닌 부인의 뒷모습이 멋있다는 생각이 든 건 처음이었다.

그건 아마도 흔들리지 않는 강한 내면 때문일 거다.

해나는 경외감 가득한 표정으로 그 뒤를 따랐다.

해나와 글로리아가 함께 나타난 건, 한창 파티장이 소란스러울 때였다. 그녀들은 갑자기 드레스가 젖은 채 나타난 글로리아와 해나에 관해서 이야기를 나누고 있었다.

"왜 드레스가 젖어 있었을까요?"

"글쎄요. 아무래도 발을 헛디딘 게 아닐까요?"

"어머. 세상에나. 그런데 왜 해나 영애와 글로리아 부인이 함께 있는 거죠?"

"설마 여기에 초대받은 건가요?"

"그럴 리가요."

그러던 중, 글로리아와 해나 앤더슨이 같이 나타나자 그들은 합죽이가 되었다. 글로리아는 해나를 정식으로 다른 귀족부인들에게 소개했다.

"여긴 앤더슨가의 외동딸인 해나 영애입니다. 제 검술수업을 봐주고 계시고, 오늘 늦게 초대되어 오신 손님이기도 하죠."

글로리아가 미소 지으며 설명했다. 뒤이어 해나가 고개를 숙여 인사했다. 그러자 귀족부인들이 얼떨떨한 얼굴로 해나와 글로리아를 번갈아 보았다. 그들은 해나 앤더슨을 반기지 않았지만, 글로리아의 손님이라고 하니 무시할 수 없어 간단한 인사 정도만 나누었다.

"공작부인."

글로리아가 잠시 앨버트와 이야기를 하고 돌아온 사이, 남작부인이 다가왔다.

"네, 부인."

"혹시 해나 앤더슨 영애에 대한 이야기를 못 들으셨나요?"

"잘 알고 있어요."

"그런데도 해나 앤더슨 영애와 가깝게 지내시는 건가요? 이 사실을 공작님은 알고 계신가요? 제가 주제넘은 건 알지만, 부인이 걱정되어 드리는 말씀이에요."

남작부인의 얼굴엔 걱정이 가득했다. 글로리아는 빙긋 미소 지었다.

"공작님껜 허락을 받았고, 소문에 대해선 크게 신경 쓰지 않아요."

"그래도 다시 한 번 생각해보시는 게 어떠시겠어요? 무려 다른 귀족도 아니고 황태자님이잖아요."

모두들 해나 앤더슨이 황태자의 미움을 받고 있다는 사실에 겁을 내고 있었다. 황태자가 결혼을 하면 현 황제가 지금의 그에게 황위를 물려줄 거라는 소문이 돌고 있는 상황이라 더욱 예민하게 반응했다.

"음, 그렇게 생각할 수도 있죠. 아니, 저도 한때는 그런 걱정을 했었죠. 하지만 요즘은 다른 생각을 하게 되는군요. 황태자님이 해나 영애를 정말 싫어한다면 지금 저렇게 두셨을까요?"

"네?"

남작부인이 눈을 동그랗게 떴다. 글로리아는 생각에 잠긴 얼굴로 턱을 괴었다.

"해나 영애를 싫어하셨다면 진즉에 어떤 이유를 대서라도 타국으로 보내셨겠죠. 하다못해 황궁에서 아주 먼 섬으로 보내셨을 수도 있고요. 그런데 황태자님은 그러지 않으셨죠. 그래서 소문이 와전된 게 아닌가 싶군요."

황태자의 성격에 대해 잘 알지는 못하지만, 싫어하는 사람을 그냥 둘 리 없었다. 더군다나 황태자도 분명 자신과 해나 영애의 소문을 들었을 텐데, 어떤 반응도 보이지 않고 있었다. 그건 소문이 퍼지길 기다리거나, 아예 신경 쓸 거리가 못 된다는 뜻이다. 어느 쪽이든 황태자가 해나 영애를 싫어하는 쪽은 아닌 것 같았다.

물론 좋아하는 쪽도 아닌 것 같지만.

"그 말씀은, 소문이 잘못되었다는 건가요?"

남작부인이 조심스럽게 물어왔다.

"아뇨. 소문의 진위는 확인하지 못해서 확신할 수 없어요. 단지 제 생각을 말씀드리는 거예요. 절 걱정해주셔서 감사해요, 부인."

글로리아가 드레스 자락을 슬쩍 들며 인사로 대화를 마무리 짓자,

남작부인은 마지못해 인사를 했다.

　조용했던 다과회가 시끌벅적해졌지만, 몇몇 사람을 제외하곤 아이리스와 제너가 빠진 걸 알아채지 못했다.

　다과회를 마친 후 글로리아는 휴식 시간을 가졌다. 안 하던 일을 하려니 굉장히 피곤했다. 그나마 다행인 건 돌아가는 해나 영애의 표정이 밝았다는 거였다.

　펠릭스가 황궁에 들어간 터라 혼자서 저녁식사를 하던 글로리아는 들던 포크를 조용히 내려놓았다.

　"하아."

　땅이 꺼져라 한숨을 쉬던 그녀는 자신의 머리 위를 덮치는 인기척에 고개를 들었다. 제법 고개를 들었음에도 가슴이 보여, 목을 한참 꺾고서야 펠릭스의 얼굴을 볼 수 있었다. 그녀가 일어나려 하자, 그가 그녀의 어깨를 눌러 앉혔다.

　"일어날 필요 없어."

　그가 글로리아의 옆자리에 앉으며 말했다.

　"돌아오신 것도 몰랐네요."

　"일일이 알 수야 없는 노릇이지. 특히 생각에 깊게 빠져 있을 때에는."

　"오늘 주신 목걸이 감사합니다."

　"별로 안 좋아하던 눈치던데."

　"그야 저는 보석보다 돈을 더……. 아무것도 아니에요."

　무심코 말하던 글로리아는 입을 다물었다. 기껏 선물 준 사람에게 할 말이 아니었다. 펠릭스는 그럴 줄 알고 있었다는 듯 반응이 없었다.

글로리아가 펠릭스를 바라보았다.

"그런데 귀족부인들에게 펜던트를 선물한 것과, 제게 그 자리에서 목걸이 선물을 한 건 앨버트의 생각이죠?"

"어. 꼭 해야 한다고 목 놓아 소리치더군."

펠릭스가 옅게 웃었다. 모처럼 앨버트는 강경했다. 공작부인이 공작에게서 얼마나 사랑받는지 알려줘야 한다며 목에 핏대를 세웠다. 그냥 넘어갔다간 하루 종일 따라다닐 기세였다.

"그럴 거 같았어요. 하아."

"그런데 웬 한숨이지?"

"아……."

"다과회를 무사히 마쳤다고 들었는데? 물론 그사이 소소한 일이 있었던 모양이지만."

아이리스가 씩씩대며 돌아간 사실이 보고된 모양이었다.

"그것 때문에요."

"아이리스 영애와 소란이 있었다고 하던데."

"제가 아이리스 영애를 저택에서 쫓아냈어요."

글로리아가 대답하며 슬쩍 펠릭스를 바라보았다. 그 말에 그는 흥미진진한 얼굴로 턱을 괴고서 그녀를 바라보았다. 무슨 일인지 말해 보라는 그의 표정을 보며, 글로리아는 조용히 말문을 열었다. 그리고 오늘 있었던 일을 간략하게 이야기했다.

펠릭스는 글로리아가 아이리스에게 연못에 들어가 자신의 머리장식을 찾아오라고 명령했다는 부분에서 미소를 지었다.

"그게 뭐가 문제지? 네 말대로, 네가 초대한 손님을 함부로 대한 건 아이리스 영애이니 그 대가를 치르는 게 맞는 일이야. 아니면, 아이리스 영애를 내쫓은 걸 후회하는 건가?"

"아뇨. 그건 후회하지 않아요. 다만, 조금 더 현명하고 차분하게 대처할 수 있었는데 이성을 잃었던 게 아쉬워서요."

글로리아는 무표정한 얼굴을 유지했지만, 사실 머릿속이 하얗게 변할 만큼 화가 난 상태였다. 돈으로 조롱하는 아이리스의 얼굴 위로 그간 자신을 괴롭혔던 수많은 얼굴들이 겹친 탓이었다. 그 때문에 이성을 살짝 잃었다.

이성을 잃으면 상대방에게 휘둘린 것 같아 썩 기분이 좋지 않았다. 그래서 이성을 잃지 않으려고 절제하는 편이었다. 그간 잘 지켜왔는데, 방심한 틈에 또 한 번 이런 상태에 빠진 스스로를 탓하고 있는 거였다.

"조금 더 냉철하고 이성적으로 강하게 몰아붙일 수 있었는데……."

스스로 흥분했다는 사실과, 아이리스를 더 몰아붙이지 못했다는 사실에 좌절하는 글로리아를 보며 펠릭스는 소리 죽여 웃었다.

아직도 스스로에 대해 모르는 건가.

그가 턱을 괴며 손가락으로 길어진 입가를 가렸다.

글로리아는 자신이 화가 나면 얼마나 무섭게 변하는지 전혀 인지하지 못하고 있었다. 화가 나면 그녀의 얼굴에선 감정이 휘발하고 가면처럼 딱딱한 표정만이 남았다. 그 얼굴로 냉기 어린 말을 조곤조곤 뱉으면, 대부분의 사람들은 기겁을 하며 뒷걸음질을 쳤다.

이 사실을 모르는 사람들은 보좌관치고 지나치게 무르다는 평가를 내렸지만, 그 얼굴을 단 한 번이라도 본 사람은 감히 에단에게 무르다는 말을 하지 못했다.

그런 반전 있는 모습을 펠릭스는 재미있어했다. 그래서 자신에게도 그럴까 싶어 몇 번이나 업무를 가장해서 괴롭히고 일처리를 미루어보았지만 그녀는 자신에게는 화를 내지 않았다. 그저 할 말은 많지만 참는다는 억울한 표정만 지을 뿐이었다.

"잘한 거야."

펠릭스의 말에 글로리아가 고개를 들었다.

"……정말 그럴까요?"

"그리고 그 정도는 이성을 잃었다고 표현할 수 없지."

"그럼요?"

"보통 이성을 잃었다고 하는 정도는, 그 사람을 죽이거나 숙기 직전까지 몰아붙여야 쓸 수 있는 말이지. 그 자리에 검이 없었다면, 아이리스 영애를 연못에 끌고 가서 빠트려 죽기 직전까지 몰고는 갔어야지."

"……."

평온한 표정으로 할 말은 아닌 것 같은데.

글로리아의 얼굴이 딱딱하게 굳었다. 아무래도 상담 상대를 잘못 고른 것 같다.

"그러고 보니, 넌 왜 내게 화를 내지 않지?"

뜬금없는 말에 글로리아가 무슨 소리냐는 얼굴로 펠릭스를 바라보았다.

"그간 충분히 화낼 일들이 있었는데, 내겐 화를 내지 않더군."

"……저도 사람을 봐가면서 이성을 잃는다는 걸 알아주셨으면 좋겠네요."

"한 번쯤은 나한테 화를 내도 재미있을 텐데."

"재미요?"

글로리아가 장난 치냐는 얼굴로 펠릭스를 노려보았다. 재미 찾다가 목이 달아날 상황이었다. 그 억울하다는 표정을 지켜보던 펠릭스의 미소가 더욱 짙어졌다.

"그래서 이제 아이리스 영애는 어쩔 거지?"

펠릭스가 웃는 얼굴로 묻자, 글로리아의 표정이 금세 생각하는 얼굴로 바뀌었다.

순식간이군.

그 모습을 펠릭스는 즐거운 얼굴로 바라보았다.

"제가 여는 귀족부인의 모임에서 제외할 거예요. 그리고 집안에서 소요되는 비용을 비롯해 앞으로 발생하는 금전 관련 거래는 윌리엄가와 하지 않을 예정이에요. 현재 무역 거래금이 커서 예외로 두고 있지만요. 하지만 공작님만 허락하신다면, 현재 윌리엄가보다 좋은 조건으로 환전이 되는 가문을 찾을까 해요. 이번 아이리스 영애의 일도 있긴 했지만, 그간 윌리엄가에서 가져가는 돈이 많아 그것도 고민이었거든요."

윌리엄가는 귀족들에게 돈을 빌려주고 이자와 원금을 받는 일을 주업으로 하고 있었다. 그러다 무역 시대가 도래하면서 타국의 돈을 대륙의 돈으로 바꿔주는 일을 시작했다. 버클리 가문의 입장에서는 타국의 돈으로 금을 구매해서 다시 대륙에서 판매하는 번거로운 일을 하지 않아 좋았지만, 중간 수수료가 비싸서 고민하던 차였다.

"당장 우리 가문의 돈을 감당할 만한 가문이 있을지 의문이군."

"여러 군데와 거래를 트면 가능하지 않을까 해요. 실제로 거래를 하려고 하는 가문들도 우후죽순 생기고 있고요. 우리와 거래하다 보면 자연스럽게 그 가문도 커질 테니까요. 여러 가문과 거래하면, 가문 간에 경쟁이 붙어 쉽게 환전액을 높이지 못할 거예요."

"좋은 생각이군."

펠릭스가 마음에 든다는 듯 고개를 끄덕였다.

"다른 가문을 찾아본 후에 말씀드릴게요."

"그렇게 하도록 해."

"오늘 황궁엔 잘 다녀오셨나요?"

"보다시피 무사하지만, 피곤하군."

펠릭스가 나른한 표정으로 의자 등받이에 몸을 기댔다.

"일이 있으셨나요?"

"아니. 단순한 부름."

"아하, 저는 곧 연회가 시작되니 그 일을 놓고 부르신 줄 알았어요."

"차라리 그랬으면 좋겠군."

펠릭스가 피곤한 표정으로 말끝을 흐렸다. 글로리아가 의아한 얼굴로 쳐다봤지만, 그는 더 이상 말하지 않았다.

급한 일이라는 황태자의 전갈을 받고서 황궁으로 향한 펠릭스였건만, 그를 반긴 것은 느긋한 자세로 체스를 두고 있는 황태자였다.

「생각보다 급해 보이시지 않으니, 돌아가도록 하겠습니다.」

「그러지 말고 앉아. 이러지 않으면 그대가 오지 않으니 내가 이러는 거 아닌가.」

황태자가 부탁하는 표정으로 맞은편 자리를 가리켰다. 마지못해 자리에 앉은 펠릭스는 황태자를 물끄러미 쳐다보았다.

「그래, 글로리아 부인은 요즘도 잘 지내는가?」

「네.」

「딱딱하기는. 다정하게 대해줘. 그대를 보면 추우니까.」

말과 달리 황태자가 싱긋 미소 지었다. 자신의 말에 휘둘릴 사람이었으면 지금껏 황태자의 자리를 지키고 있을 리 없었다.

「그런 말씀 하시려고 부르신 겁니까?」

펠릭스가 예의상 미소조차 짓지 않은 채 물었다.

「겸사겸사. 보고 싶기도 하고……. 알잖아, 이 황실에 친구 하나 없다는 거. 아주 몹시 외롭군.」

「…….」

친구가 없는 게 아니라 안 만드는 거였다. 그는 자신이 필요한 사람을 제외하곤 쓸데없는 교류를 경멸했다. 타인과의 교류보다 자신만의 시간을 더 중요하게 생각했다. 그런 그에게 펠릭스가 친구인 건, 어린 시절부터 알고 지낸 데다 비슷한 부류의 인간이라서 가능한 일이었다.

「조만간 글로리아 부인을 한번 보러 가야겠군. 저택에 놀러 갈 테니 시간을 내어줘.」

황태자가 혼자서 체스를 계속 두며 말했다.

「연회 때 뵙죠.」

펠릭스가 딱 잘라 거절하자, 황태자가 서운한 표정을 지었다.

「내가 간다고 해서 거절하는 사람은 이 대륙에 자네뿐일 거야. 황제도 내 방문을 거절하지 않는다고. 명령이니, 내 방문을 허락하도록 해.」

「해나 앤더슨 영애가 매일 오는 건 아니니, 미리 연락이라도 주시죠. 그래야 제가 언제 오시라는 말씀을 드릴 수 있을 테니까요.」

「…….」

처음으로 황태자의 입이 딱 다물렸다.

역시나.

그는 자신에게서 해나 앤더슨에 대한 이야기를 듣고 싶어서 부른 거였다. 다른 이들에겐 부탁하지 못하니까.

펠릭스는 고작 여자 하나 때문에 여기까지 불려온 게 짜증이 났다. 다리를 꼰 그는 등받이에 등을 파묻고서 황태자를 똑바로 쳐다보았다.

「해나 영애는 글로리아의 도움 덕에 그럭저럭 버티는 것 같습니다만, 그마저도 얼마 못 가겠더군요. 오늘 귀족부인 다과회에 초대를 받았다는 말은 들었는데, 우리 저택에서 보이지 않는 걸로 봐선 지금도 일을 하고 있나 봅니다. 그리고…….」

펠릭스가 말끝을 흐렸다. 그러자 황태자가 체스판에서 시선을 펠릭스에게로 옮겼다.

「……그리고 뭐? 왜 말을 하다가 마는 거지?」

황태자의 눈빛이 예리해졌다.

「오늘이 끝이었으면 하는군요. 해나 영애 때문에 저를 부르시는 일 말입니다.」

펠릭스와 황태자의 눈이 마주쳤다. 황태자의 눈빛이 날카로워졌다가, 언제 그랬냐는 듯 금세 온순하게 변했다.

「이번 연회에 아마도 글로리아가 해나 영애를 대동할 것 같더군요. 그리고 제 사견으로는 이번이 마지막일 겁니다.」

「……무슨 말이야?」

황태자의 목소리가 처음으로 낮아졌다.

「해나 앤더슨이 영애로서 마지막으로 참석하는 연회가 될 거라는 말입니다.」

펠릭스의 말에 황태자는 아무런 말을 하지 않았다. 그저 긴 침묵을 지켰다. 다시금 황태자는 체스를 시작했고, 펠릭스는 그 모습을 바라보았다.

한 시간 동안 앉아 있던 끝에, 펠릭스가 인사를 하며 몸을 일으켰다.

「시간이 늦었군요. 그만 돌아가보도록 하겠습니다.」

그가 돌아서자, 황태자가 펠릭스 하고 그를 불렀다. 펠릭스가 대답 대신 돌아서자, 황태자가 고개를 들었다.

「이전부터 묻고 싶었던 게 있었는데, 그대는 그대의 부인을 사랑하는가?」

그의 목소리에서 깊은 고민이 묻어났다.

「네.」

질문이 끝나기가 무섭게 대답이 돌아왔다. 그는 자신의 대답에 한 치의 의심도 없는 얼굴을 하고 있었다.

「그래서…… 행복한가?」

「네.」

「…….」

황태자가 혼란스러운 표정을 지었다. 펠릭스는 그가 황태자로서의 본분과, 한 남자로서의 선택 사이에서 저울질을 하고 있다는 걸 알았다. 돌아선 그는 황태자를 물끄러미 바라보았다.

「함께 있는 것보다 더 좋은 일은 없더군요.」

「…….」

「어떤 성취감, 만족감도 제게 주지 못했던 즐거움이죠.」

「…….」

「만약 이 즐거움을 다른 남자에게 빼앗겼다면, 전 그 상대를 죽이고 서라도 되찾아왔을 겁니다. 이 정도면 설명이 될까요?」

「……!」

어떤 악평도 무릅쓰고 글로리아를 택할 거라는 그의 말에 황태자는 눈에 띄게 반응했다.

펠릭스는 황태자가 더 잡을세라 인사를 한 후, 그곳을 벗어났다. 그리고 지금 글로리아와 마주하고 있었다.

"그리고, 사과드릴게요."

글로리아의 말에 펠릭스가 고개를 들어 그녀를 보았다.

"어쨌거나 제 개인적인 일로 버클리 가문의 이름을 사용한 거니까요. 제멋대로 윌리엄 가문과의 거래를 줄여가겠다고 선포하기도 했고요."

글로리아가 불편한 표정을 지었다. 돌이켜 생각해보니 자신이 한 짓이 아이리스가 한 짓과 뭐가 다른지 알 수가 없었다.

달그락.

펠릭스가 포크와 나이프를 내려놓았다. 곁에 놓여 있던 냅킨으로 입가를 닦은 그가 글로리아를 가만히 들여다보았다.

"버클리 가문의 안주인인 네가 가문의 이름을 사용하지 않는다면, 누가 사용하지?"

"가문의 이름은 공작님이 사용하셔야죠."

글로리아가 분명히 선을 그었다. 그녀는 에단의 습관을 아직 못 버리고 있었다. 자신이 이 가문에 소속되어 있긴 하지만, 의무와 책임만 있을 뿐 권력은 없다고 여기고 있었다.

"네 이름이 뭐지?"

뜬금없는 물음에 글로리아가 눈을 깜빡였다.

"글로리아 버클리예요."

"네 이름에도 버클리가 들어가 있어."

"……."

"버클리 가문의 사람이라는 거지. 설령 네가 윌리엄 가문과 단교하 겠다면 그렇게 하는 거야. 네 결정은 내 결정이고, 내 결정이 곧 네 결 정이니까."

그의 말은 곧, 글로리아를 자신과 동일시하겠다는 말이었다. 그녀 에게 그가 누릴 수 있는 모든 선택과 권력을 나눠주겠다는 말이었다. 그 말을 알아들은 글로리아가 마른침을 삼켰다. 무형의 거대한 무언 가가 몸을 덮친 기분이었다.

"하지만 저는 가문의 번영기 때 들어와 누리고 있을 뿐이잖아요. 제 게 그렇게 큰 결정권을 주지 않으시는 게……."

"더 큰 번영기를 누릴 만한 선택을 하면 돼. 실수하면 또 다른 선택 을 하면 되는 거고."

"……."

"혹시 책임지기 싫어서 그런 거라면 그 생각을 접는 게 좋을 거야. 모든 선택엔 책임이 들어가 있으니까. 지금 네가 맡고 있는 모든 일들 에도 말이야."

펠릭스의 푸른 눈이 가느스름해졌다. 그의 말에 글로리아가 얼떨떨 한 표정을 지었다. 무의식중에 거대한 책임을 떠안고 싶지 않아 이리저리 피해 다녔다는 걸 깨달았다.

"저도 모르게 실수할까 봐 겁이 났나 봐요. 그래서 어떤 책임도 지고 싶지 않았어요. 알려주셔서 감사해요."

생각에서 깨어난 글로리아가 미소 지었다. 타인의 지적이 기분 나쁠 만도 한데, 글로리아는 진심으로 고마워하는 표정을 짓고 있었다.

눈이 사르륵 접히고, 입꼬리가 올라가 있었다.

하룻밤 새에 피어난 꽃처럼 갑자기 피어난 미소에 펠릭스의 눈이 가늘어졌다. 분명 순진한 표정인데, 접히는 입매와 휘어지는 눈매는 전혀 다른 느낌을 자아냈다.

"글로리아."

펠릭스가 그녀를 바라보았다.

"네."

"책임져야 할 것 같군."

"네?"

글로리아가 무슨 소리냐는 듯 되묻자, 펠릭스가 손을 뻗었다. 드르륵, 그녀가 앉아 있던 의자가 순식간에 그의 앞으로 끌려갔다. 갑자기 무릎이 맞닿자, 글로리아가 얼떨떨한 표정을 지었다. 무엇보다도 자신이 앉아 있는 의자를 한 팔로 끌어당겼다는 게 가장 신기했다.

"그런 얼굴로 유혹을 했으면 책임을 져야지."

"……제가요?"

정말 제가 그랬다고요?

글로리아가 표정으로 물었지만, 이미 펠릭스의 손은 그녀의 뒷덜미를 지분거리고 있었다. 그녀의 가장 취약한 부분이었다. 야들야들한 살결을 문지르는 손끝이 야릇했다.

"읏."

글로리아가 참지 못하고 움찔하며 눈가를 접자, 펠릭스의 입술이 늘어났다.

"이것 봐. 또 그런 표정으로 이러고 있잖아."

"아니. 이건……."

아무리 봐도 내가 강제로 유혹하고 있는 것 같은데…….

글로리아는 한쪽 눈을 찌푸린 채 펠릭스를 바라보았다. 그의 손길이 스칠 때마다 그녀의 몸이 흠칫했다. 그의 손은 약이라도 바른 듯 사람을 기분 좋게 했다. 동시에 아랫배의 깊은 곳이 움찔거렸다.

"잠시만요."

더는 참지 못하고 글로리아가 그의 팔을 거머쥐었다. 그의 손이 떨어지지는 않았지만, 하던 행동은 멎었다.

여유롭던 펠릭스의 얼굴이 못마땅하게 변했다. 멈추기 싫어하는 기색이 역력했다.

그의 나른한 여유가 사라지고 조급함과 초조함이 자리하자, 신기한 마음이 들었다. 만약 자신이 저런 표정을 짓고 있는 거라면, 펠릭스가 왜 자신을 괴롭히는지 조금 알 것 같았다.

탁.

그 얼굴을 바라보던 글로리아가 손을 뻗어 그의 팔걸이를 잡았다. 펠릭스의 시선이 그녀의 손에 닿았다가 위로 향했다. 그의 푸른 눈동자에서 열기가 느껴졌다. 문득 그 눈동자에 입을 맞추면, 뜨거울지 차가울지 궁금해졌다.

물론, 어느 쪽이든 자극적일 테지만.

글로리아는 그 눈동자를 바라보며 조용히 말했다.

"침실로 가요."

글로리아의 붉은 입술이 달싹였다. 붉은 살결 사이로 흘러나오는 목소리가 소름 끼치게 야릇했다.

이 말이 어떻게 들리는지, 이 말 때문에 그가 얼마나 미칠 것 같은지 그녀는 전혀 모르는 얼굴이었다.

펠릭스는 그녀를 안아들고 2층으로 올라가는 계단을 바라보았다. 오늘따라 2층이 멀게 보였다.

"1층에도 침실을 하나 만들어야겠어."

그가 나지막한 목소리로 그녀의 귓가에 속삭였다.

머리에 무언가가 닿는 느낌에 글로리아가 눈을 떴다. 모로 누운 펠릭스가 그녀의 머리칼 사이에 무언가를 꽂고 있었다.

"뭐하세요?"

글로리아가 눈을 반쯤 뜬 채 물었다. 그에게서 대답이 돌아오지 않자, 글로리아가 고개를 뒤로 젖혔다. 그러자 그의 손에 들려 있는 머리장식이 보였다.

"이건……."

글로리아가 말끝을 흐렸다. 잠결에 자신이 잘못 본 거라 생각했다. 그렇지 않고서야 펠릭스가 손에 들꽃 모양의 머리장식을 들고 있을 리 없다. 검이면 모를까.

그러나 그녀의 생각이 무색하게 펠릭스는 들꽃 모양의 머리장식을 그녀의 머리칼에 사뿐히 꽂았다.

"어제 준다는 걸 잊었더군."

글로리아가 일어났다는 걸 확인한 펠릭스가 덤덤하게 말했다.

"설마, 들꽃 모양의 머리장식인가요?"

"음, 앨버트와 보석상에 갔더니 이런 게 있더군."

"보석상에 직접 가셔서 펜던트를 사셨어요?"

글로리아가 깜짝 놀라 되물었다.

"펜던트는 앨버트가, 네 목걸이는 내가 직접 골랐지. 그러다 우연히 이런 게 있기에 사봤어."

본래 들꽃 무늬의 머리장식에 박힌 것은 모조보석이었으나, 펠릭스는 죄다 진짜 보석으로 바꾸었다. 그러나 굳이 그 사실을 그녀에게는 말하지 않았다.

글로리아는 그의 손에 들린 장식품을 보았다. 그녀가 좋아하는 들꽃 모양이었다. 소담하고 예뻤다. 무겁고 화려한 걸 좋아하지 않는 그녀의 취향에 딱 들어맞는 선물이었다.

더군다나 그가 자신을 생각해 직접 사온 선물이었다.

거절할 이유가 없었다.

고마움, 민망함, 부끄러움이 뒤엉키는 가운데, 글로리아는 얌전히 그에게 머리를 맡겼다. 장식품이 꽂혔다.

하나, 둘, 셋……. 잠시만. 뭐가 이상한데. 대체 몇 개나 사온 거야?

글로리아는 조용히 손을 들어 자신의 머리를 만졌다. 머리에는 이미 여섯 개의 장식이 꽂혀 있었다.

왜 내 머리를 들꽃밭으로 만드니.

글로리아가 조용한 눈으로 펠릭스를 쳐다보았다. 그도 뭔가 이상함을 느꼈는지 얼굴을 찌푸리고 있었다.

"여자의 머리는 어렵군."

"……하나만 꽂으시면 됩니다."

"그랬더니 허전하던데."

"허전하다고 여섯 개씩 꽂고 그러진 않습니다. 허리가 허전하다고 검을 여섯 개씩 차고 다니시지 않는 것처럼요."

글로리아의 딱딱한 목소리에 펠릭스가 눈을 접으며 웃었다. 글로리아가 눈을 가늘게 떴다.

"설마, 일부러 이렇게……."

"일을 하러 가봐야겠군. 좋은 아침이야, 글로리아."

펠릭스가 그녀의 뺨에 입을 맞춘 후 몸을 일으켰다. 글로리아는 그가 욕실로 걸어가는 뒷모습을 물끄러미 바라보다 자리에서 일어났다. 그러고는 화장대 앞에 앉아 자신의 모습을 보았다.

머리에 꽃이 피었다. 그것도 여섯 개나.

"이대로 나가면 대륙의 최고 미친년이 되겠는데? 하아."

글로리아는 작은 한숨을 내쉬며 장식을 빼려고 손을 뻗었다가 멈칫했다.

그래도 그가 신경 써준 건데…….

고민하는 사이 엘레나가 문을 두드렸다. 글로리아가 들어오라고 말하자 문을 열고 들어온 엘레나는 그녀의 머리를 보고 흠칫했다.

"대체 어느 하녀가 이런 괴상한 짓을……."

엘레나가 충격을 받은 얼굴로 작게 중얼거렸다.

……응, 너희 공작님이 그러셨어.

글로리아는 그 말을 목 안으로 욱여넣었다.

"혹시 부인께서 직접 하신 건가요?"

엘레나가 아차 한 표정으로 물었다. 부인이 직접 했다면 자신이 말실수를 한 거나 다름없었다.

"어……. 응. 내가 했어. 비몽사몽간에 했더니 엉망이네. 그래서 말인데, 머리 손질 좀 다시 해줄래?"

차마 공작이 그랬다고 할 수는 없어 글로리아는 얼른 말을 돌렸다.

"네. 얼른 해드릴게요."

엘레나가 서둘러 그녀의 머리에 꽂힌 장식을 빼냈다.

"오늘은 어떻게 해드릴까요?"

엘레나가 그녀의 금발을 빗으로 쓸어내리며 물었다. 글로리아는 화장대에 얌전히 놓인 장식들을 보았다. 지금 보니 들꽃 모양도 제각각이고 색도 다양했다. 이걸 샀을 펠릭스를 떠올리니, 뒤늦게 글로리아의 입가가 움찔했다.

"최대한 저걸 다 꽂을 수 있는 방향으로 머리를 만들어줘."

글로리아는 나오려는 미소를 꾹 참은 채 말했다.

아이리스로부터 사죄의 편지가 끊이지 않고 이어졌다. 글로리아가 윌리엄가와의 거래를 줄이기 시작하면서부터였다. 아이리스가 찾아와 울며 빌었지만, 글로리아는 만나주지 않았다. 앨버트를 통해 머리 장식을 직접 연못에 들어가 찾아오면 받아주겠다는 말만 반복했다.

아이리스는 연못에 들어가 찾겠다고 나섰으나, 직접 들어가진 못했다. 연못 근처에서 빙빙 돌다가 나뭇가지로 찔러보는 게 전부라고 했다.

설령 마음먹고 연못에 들어간다고 하더라도, 찾을 수 있을 리 없었다. 이미 하인들을 시켜 연못에서 머리장식을 찾아다 버린 지 오래였다.

글로리아는 그녀가 급하지 않은 거라 생각했다. 정말 급하다면, 연못물을 직접 퍼서라도 찾아냈을 거다. 드레스가 젖든 말든, 머리를 처박았을 거다.

아이리스에게는 고작 그 정도의 절박함만 있을 뿐이었다.

창가에 선 글로리아는 터덜터덜 돌아가는 아이리스의 뒷모습을 냉담한 눈으로 바라보았다.

　연회는 주기적으로 열렸지만, 황실이 주최해서 열리는 연회는 한 해에 몇 번 없었다. 그중 수확기를 맞이해 열리는 연회는 연중 최대 규모를 자랑했다. 대륙 곳곳에 뻗어 있는 수많은 귀족들이 한자리에 모여 수확에 감사하고 황실의 업적을 기리는 중요한 날이기도 했다.

　이날엔 특별히 1년간 닫혀 있던 대관에서 연회를 치르는 것이 관례 였다. 대관은 황실 사람이 아니면 드나들 수 없는 특별한 곳으로, 황 제가 머무는 본궁을 제외하고는 황궁에서 가장 큰 곳이었다. 대관은 마치 막 눈이 내린 것처럼 사방이 새하얗게 빛났다.

　거대한 홀의 높은 곳에 황제와 황태자가 앉는 자리가 있었고, 그 아 래에는 귀족들이 앉는 긴 테이블들이 자리하고 있었다. 테이블엔 작 위별로 착석하는데, 대체로 자작과 남작들은 기둥 옆에 서 있는 경우 가 많았다.

　글로리아와 펠릭스는 황제와 가장 가까운 자리에 앉았다. 황태자와 가장 가까운 맞은편 자리에는 제이드 데이빗슨과 황태자비 후보로 거 론 중인 로라 데이빗슨이 앉아 있었다.

　로라 데이빗슨을 처음 본 글로리아는 잠시 말문이 막혔다. 그녀가 몹시 아름다운 탓도 있지만, 가장 먼저 눈에 들어온 적발 때문이었다.

데이빗슨 가문의 사람들이 금발이기에 당연히 로라 데이빗슨도 금발일 거라 넘겨짚었는데 그 예상이 깨어졌다.

로라는 구불거리는 적발을 단정하게 틀어올려 하얀 피부를 강조하고 있었다. 색기 어린 눈매와 휜 입술선이 사람들의 시선을 휘어잡았다.

"왜 로라 데이빗슨이 여태껏 보이지 않았는지 알겠군. 소문대로야."

누군가가 작은 목소리로 중얼거렸다. 사교계에 데뷔하지 않고도 로라 데이빗슨이 황태자비 후보에 오른 사실 때문에, 그녀가 어마어마한 미모의 소유지일 기라는 소문이 돌았던 것이다.

제이드 데이빗슨은 사람들의 시선이 딸에게 쏠리자 어깨를 쫙 폈다. 그는 이 순간이 올 거라 자신하고 있었다. 두 번째 부인이 로라를 낳았을 때부터 딸의 미모가 예사롭지 않다는 걸 알고 있었다.

대륙에서 흔치않은 적발인 데다 엄마의 외모를 물려받았으니 상당한 미모의 소유자가 될 거라 확신했다.

기필코 황실에 시집보내리라.

그는 그 결심 하나로 일찌감치 로라에게 황실 예법을 가르치고, 일절 남자들과 어울리지 못하도록 철저하게 감시했다. 사교계도 일부러 데뷔시키지 않고, 황실에 볼일이 있을 때에만 조용히 그녀를 데리고 다녔다. 이제 딸은 그의 계획대로 황제의 눈에 들어 황태자비 후보로 거론되고 있었다.

외모와 가문으로 보아도 자신의 딸만 한 후보가 없었다. 제이드는 오만하게 턱을 치켜든 채 펠릭스 버클리를 바라보았다. 그는 속을 알 수 없는 표정으로 앞을 바라보고 있었다. 그 무심한 행동에 제이드의 입술이 비틀어졌다.

제깟 게 관심 없는 척해봤자, 속으로 조마조마할 테지. 로라가 황태자비가 되면 수십 년도 못 가 가문의 위상이 역전될 테니까. 버클리 가문이 워낙 탄탄해서 조금 어렵긴 하겠지만, 불가능한 일도 아니었다. 시간은 흐르게 되어 있고, 버클리 가문을 지지하는 황제 또한 명을 달리할 거다. 그렇다면 지금의 황태자가 차기 황제가 될 테고, 자신은 그런 황제의 외척이 되는 것이다. 그 누구도 자신을 우습게 볼수 없다.

그렇게 된다면 절대로 가만두지 않을 테다, 펠릭스 버클리.

데이비드는 무서운 눈동자를 번들거리며 펠릭스와 글로리아를 쳐다보았다.

황제의 축사가 끝난 후, 식사를 마친 귀족들이 자리에서 일어나자 시종들이 몰려와 테이블을 치웠다. 그러자 눈처럼 새하얀 바닥이 드러났다. 이곳에 처음 온 글로리아는 자꾸만 시선이 아래로 향하려 했다. 예쁘다 못해 밟아도 되나 겁이 날 정도였다.

"글로리아!"

자신을 부르는 반가운 소리에 돌아보자, 미들턴 백작이 체통을 잃고 뛰다시피 달려오고 있었다. 오랜만에 보는 반가운 얼굴에 그녀의 얼굴에 미소가 그려졌다.

"돌아오셨어요?"

글로리아가 미들턴 백작에게 한 발자국 다가서며 물었다. 그는 오래전부터 준비했던 먼 나라와의 교역 때문에 몇 달째 집을 비운 참이었다.

"그럼!"

"연락하지 그러셨어요."

"연회에 맞춰 아슬아슬하게 도착했거든. 준비하고 나오느라 너에게 연락할 시간이 없었단다. 물론 내 마음이야 요정 같은 내 딸이 보고 싶어서 한달음에 달려오고 싶었지. 글로리아, 안 본 사이에 더욱 천사처럼 아름다워⋯⋯."

"무사하시니 다행이에요."

글로리아가 그의 말을 냉큼 잘랐다. 그러나 미들턴 백작은 더 이상 기죽지 않았다.

"널 위한 선물을 잔뜩 사왔단다. 가능한 시간에 알려다오. 모조리 챙겨서 갈 테니 말이다."

"⋯⋯또 고가품 사오셨죠? 선물은 필요할 때 말씀드린다고 했을 텐데요."

글로리아가 눈을 가느스름하게 뜨고 물었다.

"아, 아냐. 절대로 고가품 아냐. 그냥, 그냥 괜찮은 것들로 샀어. 비싸지 않아! 정말이야!"

미들턴 백작이 쩔쩔매며 대답했다. 글로리아는 한숨으로 잔소리를 삼켰다. 그러자 미들턴 백작이 그녀의 눈치를 살살 살피며 큰 눈을 데굴데굴 굴렸다.

"오랜만에 뵙습니다."

곁의 귀족이 미들턴 백작을 알아보고 인사를 건넸다. 그러자 미들턴 백작은 언제 순한 표정을 지었냐는 듯 냉담한 표정을 지었다. 딸과의 시간을 방해받은 게 꽤나 짜증 난다는 기색이었다.

"오랜만입니다."

미들턴 백작의 목소리가 딱딱해졌다.

"잠시 이야기를 나눴으면 하는군요. 백작께서 이번에 가져오셨다는 물품에 관심이 많아서 말입니다."

"지금은 보시다시피 굉장히 바쁩니다."

딸이랑 이야기하면서 뭐가 바빠! 일이 먼저지!

글로리아는 미들턴 백작에게 바짝 다가가 그의 등을 밀었다.

"좋은 시간 보내세요, 아버지."

"아니, 나는 너와 좋은 시간을 보내고 싶은데……."

버림받은 강아지처럼 처량한 표정을 짓는 미들턴 백작을 바라보며, 글로리아는 생긋 미소 지었다.

"일하는 아버지의 모습을 보고 싶어요. 그 모습이 가장 멋지거든요. 잘 다녀오세요. 모레쯤 저택에 들러주시고요."

글로리아가 웃으면서 건넨 말에 미들턴 백작의 어깨에 힘이 들어갔다.

가장 멋지대……!

"그래! 다녀오마!"

그가 멋진 아버지의 모습이 무엇인지 보여주겠다는 듯, 곁의 귀족에게 성큼성큼 다가갔다. 뒷모습만 보면 적진을 뚫으러 가는 기사 같았다.

"미들턴 백작을 아주 잘 다루는군."

뒤에서 불쑥 들리는 말에 글로리아가 돌아섰다. 펠릭스가 삐딱한 표정으로 그녀를 바라보고 있었다.

"대하기 쉬운 분이라서요."

"의외로 까다로워. 저래 봬도 무서운 구석도 있고."

"딸에겐 무른 분이에요."

글로리아는 빙긋 미소 지었다. 딸에겐 무르다 못해 눈치를 보는 백작이었다. 그는 딸이 원하는 거라면 무엇이라도 구해줄 것처럼 굴었다.

"미들턴 백작이 마음에 든 모양인데……."

"좋은 분이니까요. 그리고 늘 미안하기도 하고요."

글로리아가 씁쓸한 표정을 지었다.

그의 인생에서 가장 소중한 사람은 딸인 글로리아 미들턴이었다. 하지만 그는 딸이 죽은 줄 모르고 있었다. 아니, 의심조차 하지 않았다. 딸이 평소와 전혀 다른 행동을 하는데도 그는 그녀가 크게 다쳐서라고 굳게 믿고 있었다.

마치 그래야 한다는 것처럼.

그런 그에게서 차마 딸의 존재를 빼앗을 수 없었다. 그는 글로리아가 없다면 시들어 죽고 말 거다.

글로리아는 미안한 표정을 지었다.

"진심으로 딸이 되어드리고 싶어요. 그리고 저도 아버지가 없는 입장이니까요. 굳이 서로 상처 되는 진실을 밝힐 필요 없잖아요. 잘해드리려고요."

"……."

"……그러니 효심을 다해 고가품으로 가산을 탕진하는 버릇도 고쳐드려야죠."

애틋하던 글로리아의 목소리가 금세 진지해졌다. 그녀가 그의 취미 생활을 없애려고 한다는 것도 모른 채, 미들턴 백작은 글로리아가 자신을 보고 있다는 사실이 마냥 좋아서 방긋 웃으며 손을 흔들었다.

글로리아가 일하라는 듯 손짓하자, 미들턴 백작은 금세 심각한 표정으로 앞의 귀족과 대화를 나누는 척했다.

앞으로 꽤 고생하시겠군, 미들턴 백작.

펠릭스는 무심히 생각하며 시선을 돌렸다.

두 사람의 대화도 펠릭스와의 대화를 원하는 귀족들로 인해 뚝 끊겼다. 글로리아는 자신에게 다가오는 사람들에게 인사만 한 후, 주변을 둘러보았다. 그러다 대관 구석에 서 있던 해나와 눈이 마주쳤다.

해나는 반가움에 움찔하다가 그 자리에 멈춰 섰다. 자신이 다가와도 될지 의심하는 얼굴이었다. 글로리아가 미소 짓는 얼굴로 그녀에게 먼저 다가갔다.

"왔군요."

글로리아가 반가운 표정으로 말하자, 해나는 난처한 미소를 지었다.

"전에 말씀드린 대로 황실 초대장이 왔거든요. 이 초대장을 무시하면 안 될 것 같아서요."

해나는 자신에게 온 황실 초대장을 받았을 때, 몹시 의아하게 생각했다. 당장 자작 가문이 없어지게 생겼는데 왜 이런 걸 보냈을까.

공작, 후작, 백작 외에 자작가나 남작가에서는 영향력 있는 가문만 초대받는 자리이기에 몹시 이상하게 느껴졌다. 어쨌거나, 초대장을 받은 이상 거동이 불편한 자를 제외하곤 모두 참석해야 했다. 어머니의 건강이 좋지 않아 어쩔 수 없이 가문의 대표로 그녀가 오게 되었지만, 썩 내키지 않았다.

예상대로 참석한 사람들은 해나를 보고 흠칫했다. 왜 그녀가 이곳에 왔는지 의아해하는 얼굴이었다. 그나마 자신이 누군지 모르고서 외모만 보고 호감을 표현하던 지방 귀족들도 그녀의 이름을 듣고는 뒷걸음질을 쳤다.

오늘도 영락없이 혼자 있다가 조용히 빠져나가겠구나 생각하던 차에 글로리아와 눈이 마주쳤다. 그 순간, 반가움이 밀려들었다.

"식사는 했나요?"

글로리아가 물었다.

"네. 간단히 디저트가 나와서 먹었어요."

"다행이네요. 오늘 오전에 영애가 말한 대로 검술 연습을 했어요. 점심식사 때 포크를 드는데 손이 떨리던데, 과제를 조금 줄여줄 생각 없어요? 펠릭스 공작님이 몇 년 후에 기사 시험 칠 거냐고 물어볼 정도예요."

글로리아의 농담에 해나가 활짝 미소 지었다. 글로리아는 사람을 편하게 만들어주는 재주가 있었다.

그러다가 문득 느껴지는 시선에 고개를 돌린 해나는 저 멀리서 자신을 바라보고 있던 사람과 눈이 마주쳤다.

높은 자리에 앉아 아래를 바라보고 있던 황태자였다. 그녀의 얼굴이 굳었다.

"왜 그래요?"

"아닙니다. 잠시 실례할게요."

해나는 혹시 글로리아에게 해가 될까 봐 서둘러 자리를 피했다. 글로리아는 뭐라 말할 틈도 없이 그녀를 놓쳤다.

"어머, 부인."

"오랜만이에요."

글로리아가 멍하게 서 있는 틈을 타서 다른 부인들이 인사를 하며 다가왔다. 발목을 잡힌 그녀는 귀족부인들을 향해 자연스럽게 미소 지었다.

"그러게요. 다과회 때 뵙고 오늘 처음이군요."

황태자의 눈이 닿지 않는 곳으로 무작정 걸어가던 해나는 기둥 뒤로 빙글 돌아들었다. 사람들의 눈이 닿지 않는 곳에서 쉴 생각이었다.

툭!

뒤에서 오던 상대와 어깨가 가볍게 맞부딪쳤다.

"아."

"죄송합니다."

사과를 한 해나는 자신의 앞에 자리한 붉은 머리의 여자를 보았다. 자신만큼이나 붉은 머리를 높게 틀어올린 자그마한 여자가 자신을 무표정하게 쳐다보고 있었다. 해나는 눈앞의 여자가 로라 데이빗슨이라는 걸 단번에 알아보았다.

"죄송합니다. 다친 곳은 없으신가요?"

다행히 로라는 다친 곳이 없어 보였다. 하지만 검술로 수련했던 자신에게 부딪쳤으니 아플지도 모른다는 생각에 다시 한 번 사과했다.

"없어."

돌아오는 대답이 짧았다. 분명 자신보다 어린 데다, 초면이라 영애끼리는 말을 놓아선 안 되는 게 관례였다. 그러나 법으로 제정된 건 아니기에 해나는 눈앞의 이 여자가 어려서 뭘 모른다고 생각하기로 했다.

"다행입니다. 그럼."

"거기 서."

로라의 부름에 해나가 멈춰 섰다. 그러자 로라가 다가와 해나의 붉은 머리카락을 한 움큼 쥐었다.

"붉은색?"

"……"

해나는 대답하지 않고 그녀의 행동을 바라보았다.

"불결하군. 나와 같은 붉은색이라니."

로라의 눈빛이 돌변했다. 태어날 때부터 붉은 머리는 자신만의 상징이었다. 사람들은 그녀의 붉은 머리를 특별하게 여겼고, 이 머리색 덕분에 그녀는 아버지인 공작의 사랑을 받으며 클 수 있었다.

그런데 이 머리색을 다른 여자가 갖고 있다니.

"마음에 안 들어."

로라가 해나의 머리카락을 말아 쥐려 했다. 머리를 뽑으려는 그녀의 움직임을 감지한 해나가 그녀의 손목을 거머쥐었다.

"아!"

엄청난 악력에 로라가 비명을 내질렀다.

"지금 뭐하시는 겁니까?"

해나가 그녀를 무섭게 내려다보며 물었다.

"그 붉은 머리는 네가 할 만한 게 아니야. 당장 뽑아서 버리든지, 아니면 염색을 하도록 해. 감히 나와 닮아 보이려고 붉은색 머리를 하고 오다니……."

갇혀 산 탓에 로라는 뭐든 자기중심적으로만 생각했다. 사람들은 늘 그녀에게 특별하다고 해주었고, 몇몇 하녀는 그녀를 닮으려고 꾸미기도 했다. 이 여자도 자신을 따라 한 게 분명했다.

"헛소리하지 마시죠. 이 붉은 머리는 우리 가문의 상징입니다."

해나가 무뚝뚝한 목소리로 대답했다.

"웃기는 소리! 놔! 감히 불결하게 어디 내 손을 잡아!"

"머리부터 놓으시죠."

"이게 무슨 소란이야!"

불쑥 끼어든 어마어마한 노성에 두 사람의 실랑이가 멈췄다.

"아버지!"

로라가 금세 불쌍한 표정을 지으며 해나의 어깨 너머를 바라보았다. 그사이, 로라는 언제 그랬냐는 듯 해나의 머리카락을 놓았다. 해나도 뒤따라 그녀의 손목을 놓았다.

"아버지……."

로라가 보란 듯이 하얀 살결에 남은 해나의 손자국을 제이드 데이빗슨에게 내밀었다.

"감히……!"

자신의 딸에게 남은 손자국을 바라보던 제이드의 눈가가 바들바들 떨렸다. 황태자에게 흠집 하나 없이 바쳐져야 할 자신의 딸에게 상처라니.

"지금 네깟 게 무슨 짓을 한 거지?"

제이드가 무섭게 소리쳤다.

"인사드립니다. 앤더스 자작 가문의 여식 해나 앤더슨이라고 합니다. 로라 데이빗슨 영애와 잠시 실랑이가 있었습니다."

"실랑이? 여자 주제에 검이나 휘두르는 무식한 영애 따위가 감히 고귀한 신분인 내 딸을 건드려놓고 실랑이라고 한 건가? 말조심하는 게 좋을 걸세. 영애의 잘못된 말 한마디로 앤더슨 가문의 멸문이 앞당겨질 수 있으니 말이야. 물론 시간이 흐르면 자연스럽게 멸문하겠지만 말이야. 조금이라도 그대의 가족들이 무사히 살아야 할 게 아닌가."

제이드 데이빗슨의 모욕적인 발언에 해나의 얼굴이 뻣뻣하게 굳었다. 그녀는 조용히 주먹을 쥐었다.

여기서 일을 크게 만들어선 안 된다.

그녀는 그 사실 하나를 상기하며 꾹 참았다.

"제가 힘 조절을 하지 못해 영애의 피부에 자국을 남겼군요. 하지만 세게 잡지 않았으니 상처가 남진 않을 겁니다. 죄송합니다. 용서를 구하겠습니다."

그녀의 말에 제이드의 입술이 삐딱해졌다.

"용서? 그렇게 오만하게 서서 그따위 표정으로 용서를 구한다? 요즘 글로리아 부인과 어울린다더니 마치 자기가 부인이라도 된 것 같나? 아니면 글로리아 부인이 그렇게 영애를 가르치던가? 그 여자는 하나부터 열까지 제대로 하는 게 없군."

제이드의 눈에 경멸이 차올랐다.

"……글로리아 부인은 이번 일과 관계없으니, 제 이야기만 해주십시오."

자신 때문에 글로리아가 욕먹게 되자, 해나의 눈빛이 달라졌다.

"지금 네깟 게 내게 명령을 하는 건가?"

제이드가 쥐고 있던 지팡이로 땅을 탁 내리쳤다.

"명령이 아니라 부탁드리는 겁니다."

"하, 부탁이라. 그래, 영애의 말대로 영애의 이야기만 하도록 하지. 내 딸에게 이런 상처를 입혀놓고 그냥 무마될 거라곤 생각지 않겠지?"

데이빗슨의 차가운 눈길이 해나 앤더슨의 얼굴에 닿았다.

"아버지."

그사이, 로라가 제이드의 팔을 거머쥐었다.

"왜 그러니?"

"제게 남긴 상처이니, 제가 용서하는 게 맞지 않을까요?"

"그렇지, 로라."

"그럼 용서를 위해 벌을 내리는 것도 제 몫이겠죠."

로라의 얼굴에 영악한 미소가 피어올랐다.

"그렇겠지."

"아버지, 저는 저 여자의 붉은 머리가 마음에 들지 않아요. 사람들이 제 이야기를 점점 더 많이 하게 될 텐데, 붉은 머리 때문에 저 여자도 함께 거론되면 어쩌죠? 저 여자를 보이지 않는 곳으로 치워버리든지, 아니면 저 붉은 머리가 모조리 뽑혀서 사라졌으면 좋겠어요."

로라의 사나운 눈길이 해나의 붉은 머리카락에 닿았다. 해나는 경악한 눈으로 로라를 쳐다보았다. 목구멍 끝까지 욕이 치밀어올랐다.

설마, 이런 철없는 제안을 데이빗슨 공작이 받아들일 리가……

"흠, 듣고 보니 그렇구나."

"……!"

"완전무결해야 할 너와 저런 여자의 이름이 함께 거론되면 안 되지."

두 사람의 이야기를 듣고 있던 해나의 눈이 커졌다. 자신의 귀로 듣고도 제대로 들은 게 맞는지 의심스러울 정도였다.

"죄송하지만, 그 말씀은 받아들일 수 없습니다."

해나의 말에 제이드의 무서운 눈길이 그녀를 향했다. 로라를 바라보던 다정한 눈빛과는 전혀 다른 눈빛이었다. 그 표정에 다들 겁먹고 고개를 숙이는데, 해나는 흔들림 없는 눈으로 공작을 바라보았다. 그녀의 당당함에 제이드는 더욱 험악한 표정을 지었다.

어디서 본 눈빛이다 했는데 글로리아 부인과 비슷했다. 글로리아를 떠올리자 그의 눈빛이 더욱 차가워졌다.

"지금 내 말이 우스운 건가?"

제이드 데이빗슨의 입술이 씰룩거렸다.

"영애의 몸에 난 상처는 같은 상처를 남기는 걸로 대신하겠습니다. 제 머리카락은 가문의 상징, 제멋대로 자를 수 없으며, 더더욱 황명과 부모님의 명이 아닌 이상 다른 분의 말은 따를 수 없습니다. 넓은 양해 부탁드리겠습니다."

해나가 고개를 숙였다. 자연스럽게 제이드의 시선이 해나의 뒤통수에 닿았다.

글로리아 부인이 자신을 우습게 보더니, 이제 하다하다 그녀를 따르는 영애까지 자신을 우습게 보는 모양이었다. 제이드의 우악스러운 손길이 해나에게로 뻗어갔다.

"윽!"

제이드가 거친 손길로 해나의 뒤통수를 거머쥐었다. 고개를 강제로 들린 그녀가 눈을 치켜떴다.

"지금 무슨 짓입니까."

해나가 화를 꾹 눌러 참으며 물었다.

"나야말로 무슨 짓인지 묻고 싶군. 감히 멸문 직전의 자작가 영애 주제에 내게 명령을 한다? 같은 상처를 남기라? 지금 그 말이 무슨 뜻인지는 알고 있는 건가? 내가 그대의 몸에 같은 상처를 남기겠다고 칼이라도 뽑으면 어쩌려고 손모가지를 내놓겠다는 말을 하는 건가, 영애?"

"차라리 손목을 그으십시오. 제 머리카락은 함부로 없애실 수 없습니다."

해나가 흔들림 없는 눈으로 제이드를 쳐다보았다. 그 눈빛에 제이드의 입술이 바들바들 떨렸다.

감히 여자 주제에……!

"그리고 이 모습을 다른 귀족들에게 보이면 공작께 안 좋으실 텐데, 괜찮으시겠습니까?"

"그 건방진 입 다물지 못해!"

흥분한 제이드가 상황을 파악 못 하고 남은 한 손을 치켜들었다. 거대한 손에 맞으면 뺨이 부을 게 분명했다. 충분히 피할 수 있었지만, 해나는 뺨을 내어놓았다. 차라리 한 대 맞고 머리카락을 지키는 편이 나았다. 머리카락이 없으면 부모님께 면목이 없고, 나가서 일을 할 수도 없었다.

"아버지!"

로라가 무언가를 발견한 듯 급하게 소리쳤다. 그 소리에 제이드의 손이 멈칫했다.

"굉장히 소란스럽군요. 기분 좋은 연회장에서 말입니다."

차분한 목소리가 분위기를 가르며 끼어들었다. 갑자기 끼어든 목소리에 신경질적으로 고개를 돌리던 제이드가 흠칫하더니, 해나를 놓아주었다.

금발의 황태자가 시종 무리를 끌고서 복도 끝에 서 있었다. 황태자의 눈길이 이 와중에 꼿꼿하게 힘을 준 해나에게로 향했다. 황태자는 못마땅한 눈으로 해나를 바라보다 제이드에게로 시선을 옮겼다.

"인사드립니다."

당황한 제이드와 로라가 다소곳하게 허리를 굽혀 인사했다.

"소란스럽군요."

"잠깐 오해가 있어서 말이 오가는 중이었습니다. 그런데 찾는 분이 많으실 텐데 여기까진 어쩐 일이십니까."

제이드가 금세 사람 좋은 표정을 지으며 말을 능숙하게 돌렸다.

"춤을 신청하고 싶은 사람이 있어서 찾으러 다니다가 소란스럽기에 와봤습니다. 마침 그분이 여기 계시군요."

"아, 이런. 그러셨군요. 제가 미처 챙기지 못했습니다."

제이드의 입가에 미소가 걸렸다. 그는 곁눈으로 로라를 바라보았다. 왜 이곳까지 나와 시간을 끌어 황태자에게 이런 모습을 들키게 했냐는 책망의 시선이었다. 어쨌거나 황태자가 직접 찾으러 나왔다는 건 기분 좋은 소식이다.

"제 딸 로라입니다."

제이드가 데려가라는 듯, 로라의 등을 부드럽게 밀었다.

"정식으로 인사드립니다. 로라 데이빗슨입니다."

로라가 치맛자락을 거머쥐며 부드럽게 인사했다. 수천 번도 더 해본 인사지만, 황태자의 앞에서 하려니 손끝이 떨렸다. 가까이서 본 황태자에게서는 위압감이 느껴졌다. 이 남자의 옆자리에 설 수 있다면, 자신에게서도 이런 위압감이 풍겨나게 될 테지.

상상을 하던 로라의 얼굴이 붉게 상기되었다.

"잘 알고 있습니다. 적발은 흔치 않으니 말이죠."

"감사합니다."

로라의 얼굴이 붉어졌다.

"그럼 즐거운 시간 보내십시오."

"……!"

황태자의 끝인사에 로라가 멍한 얼굴로 바라보았다. 제이드 또한 이게 무슨 일인지 모르겠다는 얼굴로 황태자를 쳐다보았다.

두 사람의 시선을 등진 황태자의 걸음이 바닥을 보고 있던 해나의 앞에서 멈춰 섰다.

"머리가 몹시 엉망이군요, 해나 영애."

"죄송합니다."

낮은 한숨을 내쉰 황태자가 턱짓을 하자, 몇 발자국 뒤에 서 있던 시종이 그에게로 달려왔다.

"해나 앤더슨 영애를 데려가 머리를 다시 정돈시키게. 최대한 빨리 움직이도록. 시간이 얼마 남지 않았으니 말이야."

"알겠습니다."

시종은 얼떨떨한 표정이었으나, 되묻지 않고 침착하게 해나에게로 다가갔다.

"가시죠."

해나가 무슨 소리냐는 표정으로 황태자를 바라보았다.

"내가 하는 말이 무슨 뜻인지 모르겠다는 얼굴이군."

"네. 왜 제가……?"

"영애는 정말 하나하나 설명해주지 않으면 알아듣지 못하는 답답한 사람이군."

"……."

"영애에게 가장 먼저 춤 신청을 할 생각이야. 그러니까 당장 꾸미고 오도록 해."

"……!"

황태자의 말에 놀란 건 해나만이 아니었다. 황태자의 등만 바라보고 있던 제이드와 로라의 눈이 크게 부릅뜨였다. 주변 공기가 서늘하게 내려앉았다.

"어서 가도록."

황태자가 턱짓하자, 시종이 해나를 질질 끌다시피 해서 데려갔다.

"화, 황태자님, 어째서…… 그런 결정을 내리신 겁니까. 아니, 왜…… 해나 영애를……. 방금 데려간 영애는 해나 앤더슨입니다. 적발 때문에 헷갈리신 거라면…….”

"헷갈리지 않았습니다. 제가 앤더슨 영애와 데이빗슨 영애를 구분하지 못할 거라 생각하신 겁니까. 제가 그 정도로 아둔해 보일 줄은 몰랐군요."

황태자가 부드럽게 웃으며 뼈 있는 말을 던졌다. 자신이 그만큼 멍청하게 보이냐는 말에 제이드의 얼굴이 하얗게 질렸다.

"아닙니다. 그건 절대로 아닙니다."

"다행이군요, 데이빗슨 공작."

"하지만, 황태자님께서 춤을 신청하셔야 할 사람은 해나 앤더슨이 아니라, 제 딸인 로라라 알고 있습니다. 그러니 부디 다시 한 번 생각해보심이…….”

말을 하는 내내 제이드는 머릿속이 터질 것 같았다.

오늘 연회장에서 황태자와 가장 먼저 춤을 추게 될 사람은 자신의 딸이라 믿고 있었다. 자신을 따르는 귀족들조차도 그렇게 믿고 있었다. 오늘을 기점으로 자신의 위상이 달라질 거라 예상했는데, 갑자기 모든 게 다 엉망진창이 되었다.

"공작."

황태자가 제이드를 부르며 그의 앞에 멈춰 섰다.

"네."

제이드의 커다란 덩치가 자연스럽게 숙여졌다.

"내가 춤을 신청할 사람은 내가 정합니다. 그대가 아니라."

"……!"

주제넘게 나서지 말라는 황태자의 말에 제이드는 입을 꽉 다물었다.

"말이 나온 김에 말해두지요. 오늘은 몰라서 그렇다 치고 넘어갑니다만, 내가 보이는 곳이든 보이지 않는 곳에서든, 앤더슨 영애에게 손을 대려고 하거나 그녀를 모욕하면 내가 직접 책임을 묻도록 하겠습니다."

황태자의 엄포에 제이드와 로라의 얼굴이 하얗게 질렸다. 그 말에 담긴 무게를 그들이 알아듣지 못할 리 없었다.

"가도록 하지."

황태자는 충격으로 얼어붙은 두 사람을 등진 채 연회장으로 들어섰다.

넓은 연회장을 누비며 사람들과 인사하고, 필요한 정보를 나누던 글로리아는 장내의 음악이 멈추자 고개를 돌렸다. 이는 누군가 중요 인사가 춤을 추기 직전에 보내는 신호였다. 시종이 나와 고개를 숙이자, 홀 가운데에 서 있던 이들이 물러나기 시작했다. 그곳에 커다란 원이 생겼다.

"드디어 황태자님께서 춤을 추시나 봅니다."

"로라 데이빗슨 영애와 추시겠죠?"

"그렇겠죠."

사람들의 말을 들으며 글로리아는 원 가운데를 지켜보았다. 등에 와 닿는 인기척이 느껴졌다. 고개를 돌리자 펠릭스가 다가와 있었다. 글로리아가 옅게 미소 짓자, 펠릭스가 그녀의 허리를 부드럽게 감싸 자신의 등에 기대게 만들었다.

"힘들 테니 이렇게 서 있도록 해."

그의 입김에 목덜미가 간지러워서 그녀는 움찔거렸다.

"어디 불편한가?"

"아, 아니요. 괜찮습니다."

글로리아가 목을 접으며 말했다.

"안 괜찮아 보이는데."

어느새 그가 반대편 귓가에 속삭였다. 그의 입김에 그녀가 다시 움찔거렸다.

"피곤하면 먼저 저택으로 가도 좋아. 참석하는 데 의의가 있을 뿐, 굳이 보지 않아도 되니까."

그만 말하라고!

글로리아는 속으로 소리치며 조용히 손으로 자신의 귀를 덮었다. 그녀의 행동에 펠릭스는 입술을 늘이며 웃었다. 처음부터 간지러워한다는 걸 알고 있었다. 반응이 재미있어서 더 놀려줬을 뿐.

펠릭스의 입술이 글로리아의 머리에 닿았다. 그 가벼운 입맞춤에 글로리아의 몸에서 슬쩍 긴장이 풀리는 게 느껴졌다. 펠릭스는 자신의 행동 하나하나에 반응하는 글로리아를 사랑스럽다는 눈으로 바라보았다.

그사이, 황태자와 적발의 여성이 원 안으로 들어섰다. 무표정하게 지켜보던 글로리아의 표정이 미묘해졌다. 로라 데이빗슨 영애라고 하기엔 키가 크고 드레스 색이 달랐다. 더군다나 이날을 손꼽아 기다리며 연습했다는 것치곤 온몸이 뻣뻣했다.

"……해나 앤더슨 영애?"

글로리아의 작은 중얼거림을 알아들은 귀족부인들이 "어머!" 하며 경악했다. 웅성거림이 퍼져나갔다. 음악이 시작되고 나서 소란스러움이 잦아들긴 했지만, 사람들은 어쩔 줄 몰라 하는 얼굴로 서로를 바라보았다. 이윽고 사람들의 시선이 모두 글로리아에게로 향했다. 글로리아가 해나와 가깝게 지낸다는 소문은 이 자리에서 모르는 이가 없었다.

그러나 글로리아는 그들의 시선에 응해줄 상황이 아니었다. 그녀는 눈도 깜빡이지 못한 채 앞을 바라보았다.

황태자의 아름다운 스텝과 달리, 해나는 뻣뻣한 몸으로 가까스로 움직이고 있었다.

글로리아가 고개를 들어 펠릭스를 바라보았다. 이게 무슨 일이냐, 혹시 아는 게 있느냐는 시선이었다. 펠릭스는 대답 대신 속을 알 수 없는 미소를 짓더니, 그녀의 이마에 입을 맞췄다. 부드럽고 따스한 입술이 이마에 닿았다가 떨어지자, 열이 후끈 올랐다.

"공작님."

"이러라고 쳐다보는 거 아니었나?"

"아뇨. 그게 아니라……."

글로리아가 이리저리 몸을 꼼지락거렸다. 사람들이 지켜보고 있었다. 그러나 펠릭스는 그녀가 움직일 수 없도록 허리를 꼭 붙든 채 이마에 다시금 입을 맞추었다. 쳐다볼 때마다 입을 맞추는 통에, 그녀는 도무지 제대로 물을 수 없었다.

글로리아는 해나와 대화를 나누고 싶었으나, 춤이 끝난 후 황태자와 함께 사라지는 바람에 볼 수 없었다. 데이빗슨 가문의 사람들도 증발한 것처럼 사라진 탓에 사람들의 시선은 자연스럽게 버클리 공작 부처에게로 쏠렸다.

펠릭스는 황태자와 가깝게 지냈고, 글로리아는 해나와 가깝게 지냈으니 아는 게 있을까 해서였다.

그러나 두 사람은 어떤 말도 하지 않은 채 집으로 돌아가는 마차에 몸을 실었다. 글로리아는 마차에 난 자그마한 창문에서 불어 들어오는 바람을 쐬며 멍하니 앞을 바라보았다.

"공작님은 알고 계셨죠? 황태자님이 해나 영애에게 관심이 있다는 걸요."

"왜 그렇게 생각하지?"

펠릭스가 턱을 괴고서 물었다.

"공작님이 해나 영애와 가깝게 지내도 된다고 허락하셨잖아요. 지금 생각해보니 이 상황을 몰랐다면 쉽게 할 수 없는 허락이었을 거예요."

"영애들의 교류는 영애들끼리 정하는 법, 황태자의 성격상, 자신이 싫어하는 영애와 네가 어울린다고 해서 신경 쓰지 않아. 황태자라는 위치는 보기보다 할 일이 많은 자리라 그런 사사로운 것까지 신경 쓸 수가 없거든."

"그런가요?"

글로리아가 긴가민가한 표정으로 고개를 갸웃거렸다.

"하지만, 황태자가 해나 영애에게 관심이 있던 건 사실이야."

글로리아의 눈이 커졌다. 잠시 멍하게 있던 그녀가 억울한 표정을 지었다.

"왜 저한테 말하지 않으셨어요?"

"굳이 알아야 할 이유가 없지. 황태자가 해나 영애를 마음에 들어 한다고 해도 이어지지 않을 가능성이 더 높으니까. 더군다나 아주 가까운 시종들을 제외하고는 모르는 비밀이기도 했고."

그런 비밀이었다면 굳이 자신이 알아야 할 필요는 없었다. 글로리아가 이해한다는 듯이 고개를 끄덕였다.

"그럼 이제 어떻게 될까요?"

"글쎄."

펠릭스는 그다지 흥미 없다는 표정을 지었다. 남의 연애사에 자신이 왜 관여해야 하냐는 표정이었다. 황태자의 결혼은 곧 정치적인 사안과 직결되는데도 무관심하다는 얼굴이었다.

"오늘 미들턴 백작님께서 그러시더군."

뜬금없는 그의 말에 글로리아가 그를 물끄러미 바라보았다.

"아이는 몇이나 낳을 거냐고."

"……!"

자신이 못 본 틈에 언제 그런 주책을!

글로리아의 눈이 커졌다.

"아직 미정이라고 했지."

"그러니 뭐라고 하시던가요?"

"실망하시더군."

"……죄송해요."

글로리아는 아버지의 주책을 대신 사과했다. 그러자 펠릭스가 손을 뻗어 글로리아의 머리를 쓰다듬었다. 그녀가 고개를 들자, 그가 따스한 눈으로 바라보고 있었다. 푸른 눈동자인데 웃음이 맺히면 한없이 따뜻했다. 자신이 무슨 짓을 해도 다 받아줄 것 같은 인자함까지 느껴졌다.

"미안해할 거 없어."

그의 말에 글로리아의 마음이 풀어졌다.

두근, 가슴이 뛰었다.

"그래서 더 노력하겠다고 말씀드렸으니까."

그가 눈을 접으며 사르륵 미소 지었다.

여기서, 뭘, 더, 어떻게?

글로리아의 입술이 작게 벌어졌다.

연회가 끝난 지 이틀도 되지 않아 미들턴 백작이 공작저로 들이닥쳤다. 그를 반갑게 맞이하던 글로리아의 표정이 미묘해졌다.

"그러니까…… 이게 아버지가 말씀하신, 소소한 선물이라는 거죠?"

"응! 그렇단다!"

미들턴 백작이 밝은 목소리로 대답했다. 글로리아는 조용히 이마를 짚었다. 그의 소소한 선물이라는 말을 애당초 믿진 않았지만, 이건 해도 너무했다. 거대한 응접실의 한쪽 벽면을 그의 선물이 가득 채우고 있었다.

"왜? 부족하니?"

미들턴 백작이 전전긍긍했다.

내 표정이 어딜 봐서 부족해 보이는 얼굴이야!

"아뇨."

글로리아가 한숨을 참으며 대답했다.

"구경이라도 한번 해보지 않을래?"

미들턴 백작이 고개를 갸웃거리며 물었다. 그는 글로리아의 결혼 이후, 유난히 눈치를 많이 보고 애교를 많이 부렸다. 마음이 약해진 글로리아가 몸을 일으켰다.

어찌 되었든 간에 성의가 있고, 어차피 다른 나라에서 사온 거라 환불도 불가능했다. 그녀는 선물 앞에 섰다.

"어떠니? 너에게 잘 어울릴 것 같지 않니? 이 드레스 봐라! 난 이 드레스를 본 순간, 네게 딱일 거라 생각했지!"

선물을 보여주는 미들턴 백작의 목에 점점 힘이 들어갔다.

"그러게요. 예쁘네요."

미들턴 백작이 실망할까 봐 글로리아가 마지못해 대답했다.

"그렇지?"

"그런데…… 이건 뭐죠?"

드레스며 보석을 죽 훑던 그녀의 시선이 한곳에서 멈추었다. 자그마한 인형이 색깔별로 놓여 있었다.

"아, 그거? 손자일지 손녀일지 몰라서 다 사왔단다."

미들턴 백작이 흐뭇한 미소를 지으며 말했다.

"아직 임신하지도 않았는데요."

글로리아가 조용한 목소리로 물었다.

"언젠간 할 거 아니니."

"……그렇다고 인형을 색깔별로요? 벌써요?"

"응!"

"그런데 혹시 이거…….."

글로리아가 인형의 눈알을 조용히 가리켰다. 설마 아니겠지, 라는 눈으로 미들턴 백작을 바라보았다. 그녀의 표정이 달라진 걸 알아채지 못한 미들턴 백작이 신난 표정으로 소리쳤다.

"흑진주란다! 흑진주! 우리 손주들에게 아무 인형 눈알이나 만지게 할 순 없지! 적어도 흑진주 정도는 되어야 만지고, 인형 드레스 천도 비단은 되어야지! 그래야 물고 빨아도 안심이지!"

"……."

"옷들도 미리 사왔단다! 신발도 있단다! 어찌나 예쁜지!"

미들턴 백작이 가리키는 방향으로 고개를 돌린 글로리아의 표정이 어두워졌다.

"……신발까지 색깔별로 사올 필요 있었을까요, 아버지?"

"저 예쁜 것들 중에 어떻게 하나만 고르니!"

"……아버지?"

글로리아가 참지 못하고 미들턴 백작을 불렀다. 무심코 돌아선 미들턴 백작은 글로리아의 어두운 표정을 보곤 흠칫했다.

"비싸지 않다면서요. 흑진주면 얼마나 비싼지 제가 잘 알고 있는데요."

"……어, 그게…….."

글로리아가 그냥 넘어가지 않겠다는 듯이 바라보았다. 이렇게 흥청망청 써대다간 미들턴 백작가가 무사하지 못할 것 같아서 걱정이 앞섰다.

미들턴 백작이 풀 죽은 얼굴로 고개를 숙였다.

"이런 것도 못 하게 하면 내 삶에 낙이 없잖니. 네가 시집간 후로 집은 텅 비었지……. 다른 나라 가면 네게 줄 예쁜 선물을 사는 것 말곤 내가 할 수 있는 게 없잖니? 너는 자꾸 금을 사오라고 하는데, 금처럼 번쩍번쩍 빛나는 투박한 것만 매번 선물할 순 없잖니."

"……."

"나는 또 사흘 후면 배를 타고 나갈 텐데……. 또 몇 달을 배 위에서 살겠지. 이번엔 정말 먼 나라라서 돌아오는 데 한참 걸릴 거란다. 운이 없으면 이게 마지막 항해일지도 모르는데……."

"……."

"하지만 네가 싫다면 사오지 않으마. 죽어도 사오지 않으마. 에효, 딸이 싫다는데 하지 말아야지. 이것들도 다 치워버리마."

미들턴 백작이 한숨을 내쉬며 불쌍한 표정을 지었다. 그 모습이 비 맞은 강아지처럼 처량했다. 이러면 안 된다는 걸 알면서도 자꾸만 마음이 약해졌다. 무엇보다도 '마지막 항해일지도 모르는데.'라는 말이 가슴에 아프게 꽂혔다.

배를 타고 멀리 나가는 일은 위험했다. 바다는 변덕스럽고 위험한 곳이었다.

만약 이게 우리의 마지막 만남이라면, 아마 난 두고두고 이 순간을 후회하며 살겠지. 만남만큼이나 이별도 소리소문 없이 다가오니까.

글로리아의 표정이 어두워졌다.

"……선물 감사히 잘 받을게요."

"그래. 이게 마지막 선물일 테니 잘 갖고 있거라. 어차피 앞으로 선물도 못 사올 텐데…….”

미들턴 백작이 여전히 우울한 표정을 지었다. 선한 얼굴의 그가 처량한 표정까지 짓자 마음이 아팠다.

딸도 잃고 취미도 잃을 지경에 달한 그를 보니 마음이 한없이 약해졌다.

“……그럼 딱 세 개만 사오세요.”

결국 미들턴 백작의 말에 못 이긴 글로리아가 눈을 질끈 감고서 말했다.

“……열 개만.”

미들턴 백작이 시무룩한 표정으로 말했다.

“다섯 개요.”

“열 개.”

“……일곱 개요. 더 이상은 양보 못 합니다.”

“그럼 여덟 개.”

“…….”

“몇 달에 한 번 오는데……. 여덟 개도 못 사다니…….”

“……후, 알았어요.”

글로리아의 허락이 떨어지자 미들턴 백작이 언제 우울했냐는 듯 방긋 미소 지었다.

“알았다! 여덟 개만 사마!”

“네에.”

“제일 크고, 제일 좋은 걸로 여덟 개를 사오마!”

왠지 여덟 개가 아니라 여덟 세트를 살 것 같다…….

미들턴 백작의 말에 글로리아는 나오려는 한숨을 꾹 참았다.

사흘 후, 글로리아는 이른 아침부터 부둣가로 나갔다. 이전과 비교할 수 없을 만큼 긴 출장이라는 미들턴 백작의 말이 신경 쓰였다.

그녀는 일부러 미들턴 백작이 사준 드레스와 구두, 모자, 장갑으로 머리부터 발끝까지 꾸미고 나갔다. 미들턴 백작은 잠시 말을 잇지 못하더니 손수건으로 눈가를 닦았다.

"내 딸이지만 너는 정말 바다의 여신 따윈 우스워 보일 정도로 아름답구나. 내가 사온 것들이 이렇게나 다 잘 어울리다니. 지금이라도 당장 화가를 불러서 이 모습을 그려놓고 싶구나. 아마 시간이 흐르면 역사는 너를 미의 여신으로 기억할⋯⋯!"

"⋯⋯조심해서 잘 다녀오세요."

글로리아는 누가 들을세라 얼른 작별인사를 건넸다.

"그래, 알았다. 그동안 너도 건강히 잘 있어야 한다, 내 딸."

미들턴 백작이 글로리아의 손을 꼭 거머쥐었다. 그의 손이 따뜻했다. 괜히 가슴 밑바닥이 아파왔다.

이게 마지막이 아니기를.

그녀는 속으로 기도하며 그의 손을 힘주어 잡았다.

"그리고 이번 출장을 다녀오신 후엔, 이젠 위험하거나 너무 먼 곳은 가지 마세요. 저택에서 편하게 쉬세요."

"왜? 걱정되니?"

"네. 굉장히 걱정돼요. 매일 기도할 만큼이요. 그러니까, 조심히 잘 다녀오셔야 해요. 오래오래 제 곁에 계셔야죠."

"⋯⋯."

"⋯⋯아버지."

글로리아가 조심스럽게 그를 아버지라 불렀다. 여전히 어색하고 낯선 호칭이었다. 그러나, 꼭 불러주고 싶은 호칭이기도 했다.

"큽."

미들턴 백작이 찡한 코끝을 손수건으로 감추었다.

"그래! 잘 다녀오마! 태풍과 폭풍을 뚫고 무사히 돌아오마! 날 믿어라! 사랑한단다, 내 딸!"

미들턴 백작은 그녀를 꼭 끌어안았다. 그러고는 배에 올라타기 직전에 소리쳤다.

"아! 그리고 돌아올 땐 손주가 있었으면 좋겠구나!"

아아, 저 아버지가 진짜…….

부둣가에 도열해 있던 공작가의 기사들과 하녀들이 얼굴을 붉혔다. 글로리아는 조용히 입안의 살을 씹었다.

미들턴 백작은 배에 올라타자마자 갑판으로 뛰어나왔다. 그러고는 그녀가 보이지 않을 때까지 팔을 흔들었다. 멀어지는 미들턴 백작을 바라보던 글로리아는 미소를 짓다 말고 아련한 표정을 지었다.

잠깐 헤어지는 건데도 마음이 아프다.

그녀는 조용히 두 손을 모으고 기도했다. 그가 무사히 돌아올 수 있도록 은총 내려주소서.

글로리아는 부둣가에서 돌아오자마자, 집무용 책상에 앉아 조슈아가 건네주고 간 서류의 내용을 살펴보았다. 아버지가 먼 항해를 떠나 슬픈 건 슬픈 거고, 할 일은 해야 했다.

각종 테스트를 거쳐 올라온 보좌관 후보는 열 명이었다. 그중, 조슈아와 앨버트, 다른 보좌관이 면담을 한 끝에 최종으로 올라온 후보는 셋이었다. 몰락가문의 귀족 출신, 평민 출신, 빈민 출신이었다.

세 사람 다 만점에 가깝게 통과한 사람들이었다. 테스트 내용만 봐서는 누굴 뽑아야 할지 가늠이 되지 않았다.

그녀는 이 세 사람을 모두 만나봤으면 좋겠다는 내용을 보고서로 작성해 펠릭스의 집무용 책상으로 향했다. 외출 중인 펠릭스가 돌아와서 보기 좋게끔 가장 정중앙 자리에 놓았다. 마지막 결정은 늘 그렇듯 그가 하기로 되어 있었다.

똑똑.

문을 두드리는 소리에 글로리아가 돌아섰다.

"네."

"실례하겠습니다, 부인. 해나 영애께서 오셨습니다. 지금은 응접실에 계세요. 식사가 될 만한 간식거리도 미리 챙겨두었습니다."

"아, 그래. 고마워."

엘레나가 꾸벅 인사하곤 집무실을 나섰다. 글로리아는 곧장 응접실로 향했다.

연회장에서 황태자와 춤을 춘 해나는 홀연히 사라져서 모습을 보이지 않았다. 이후 편지를 보내봤으나 연락도 되지 않아 내심 걱정하던 차였다. 그러다 닷새쯤 지나 해나에게서 만나 뵙고 이야기를 드리고 싶다는 편지가 도착했다. 글로리아가 언제든 좋다고 답장을 보내자, 다음 날인 오늘 해나가 방문한 것이다.

응접실 문을 열고 글로리아가 들어서자, 해나가 몸을 일으켰다.

"너무 늦게 인사드리러 왔죠?"

해나가 옅은 미소를 지으며 물었다. 글로리아는 성큼 다가가 해나를 쭉 훑었다.

"어디 아프거나 다친 건 아니죠?"

"네, 괜찮습니다. 걱정 끼쳐서 죄송합니다."

"아니에요. 피치 못할 사정이 있었겠죠. 일단 앉아서 이야기하도록 해요."

글로리아가 앉자, 해나가 뒤따라 맞은편 자리에 앉았다.

"연회장에서는 어떻게 된 거예요?"

글로리아가 직접적으로 묻자, 해나는 난처한 표정을 지었다.

"말하기 곤란하면 하지 않아도 돼요."

글로리아가 배려하자, 해나가 고개를 가로저었다.

"곤란한 건 아닌데, 어디서부터 말을 해야 할지…… . 제가 밀주빈이 별로 좋지 않아서요."

"편하게 말해요."

해나는 잠시 고민하다가 입을 열었다. 그녀는 데이빗슨 공작과 마주쳤을 때부터 이야기를 시작했다.

데이빗슨 공작에게 험한 일을 당할 뻔한 그녀를 황태자가 구해주었고, 그의 명에 의해 난생처음 보는 방으로 가게 되었다. 뭐라고 할 새도 없이 시녀들이 우르르 들어와 드레스를 바꿔 입히고 머리를 새로 단장한 후, 방에서 내보냈다. 나가보니 황태자가 기다리고 있었다고 했다. 그 후로, 황태자가 가자는 대로 끌려갔다가 춤을 추게 되었다고 했다.

"……갑자기요?"

글로리아가 도통 이해 안 된다는 표정으로 물었다.

"네. 저도 놀랐습니다."

"…… ."

갑자기 황태자가 벼락이라도 맞은 걸까.

"그 후에는요?"

글로리아가 얼떨떨한 얼굴로 물었다.

"며칠간 황궁에 머무르다가 오늘에야 나오게 되었어요."

"황궁에서요?"

"네. 제가 춤을 추다가 황태자님의 발을 여러 번 밟았는데, 그에 대한 책임을 지라고 하시더군요. 그 때문에 치료해드리다가 겨우 다 나은 걸 보고 오늘에야 출궁할 수 있었습니다."

황궁엔 황태자를 치료할 수 있는 의사들이 즐비하게 깔려 있었다. 그런 자들을 내버려두고 해나에게 굳이 책임을 물어 치료를 하라고 한 것은, 그녀를 잡아놓기 위한 수작에 불과했다.

역시. 펠릭스의 말처럼 황태자는 해나 영애에게 마음이 있었고, 어떠한 계기로 인해 그 마음을 더는 숨기지 않기로 결정한 듯했다.

다만, 이상한 것은 황태자와 해나의 관계였다.

"혹시 황태자님과는 이전부터 아는 사이였나요?"

"……여태껏 말씀드리지 않았지만, 예상하신 대로 아는 사이입니다. 아버지께서 외교단으로 파견 가시기 전, 황태자님과 함께 외국어를 배운 적이 있습니다. 황태자님이 도통 외국어에 관심이 없으신 것을 걱정하신 황제께서 외국어에 능한 저를 찾아 경쟁자 삼아 붙여놓으셨습니다. 그러다가 제가 검에 재주가 있다는 걸 아신 뒤부터는 황태자님과 종종 검을 맞대게도 하셨습니다."

"어린 시절엔 사이가 좋았군요. 그런데 왜 갑자기 사이가 안 좋다고 소문이 난 거죠?"

"귀국 후, 황태자님을 뵈었습니다. 실수로 제가 예법에 맞지 않게 인사를 해서인지, 아니면 다른 이유가 있었던 건지 이전과는 비교도 할 수 없을 만큼 제게 냉랭하시더군요."

해나가 씁쓸한 미소를 지었다. 어린 시절 함께 공부했던 사이였기에 조금은 반겨줄 거라는 기대가 산산이 깨어지는 순간이었다. 마차를 타고 오는 내내 멋있게 자랐을 황태자를 볼 생각에 두근거렸던 마음도 그 순간에 사라졌다.

어린 시절의 기억은 한낱 꿈이었다.

씁쓸함도 잠시, 그녀는 그 상황을 받아들이기로 했다. 모두의 주목을 받는 대륙의 유일한 황태자와 보잘것없는 가문의 영애가 가깝다는 소문이 나면 그에게 좋을 것이 없었다.

그녀는 그렇게 생각하고 황태자가 있는 자리는 모두 피했다. 피치 못하게 마주칠 경우에는 그의 시선이 닿지 않는 곳으로 도망쳐 몸을 사렸다.

"그러다 언젠가부터 황태자님께서 절 미워하신다는 소문이 파다하게 퍼지더군요. 아무래도 제 인사만 받지 않고, 저만 보면 표정을 굳히셔서 그런 게 아닌가 싶었습니다."

"황태자님께 말씀은 드려봤나요?"

"따로 뵐 기회도 없고, 뵙는다고 한들 왜 그러셨냐고 물을 수도 없었습니다. 어린 시절에 잠시 만났다고 해서 어른이 된 지금까지 다정하게 대해주실 필요는 없으니까요."

해나의 말에 글로리아는 이해한다는 듯 느릿하게 고개를 끄덕였다. 그러다 그녀의 고개가 갸우뚱거렸다.

"그럼 왜 갑자기 이번 연회장에선 그러신 거죠?"

"그건 저도 잘 모르겠습니다. 아직 이야기해보지 못했습니다. 제가 먼저 꺼낼 이야기도 아니고, 황태자님도 말씀해주실 생각이 전혀 없어 보이시더군요."

"흠, 영애. 황태자님이 무슨 생각에서 그러신 건지는 모르겠습니다만, 이번 연회처럼 큰 자리에서 황태자님이 가장 먼저 춤을 신청하셨다는 게 무슨 의미인지는 아시죠?"

"……네."

해나가 붉어진 얼굴로 대답했다.

황태자가 가장 먼저 춤을 신청했다는 건, 결혼을 염두에 두고 있는 여자라는 의미였다. 웬 변덕으로 황태자가 갑자기 해나를 택했는지는 모르겠지만, 이미 돌이킬 수 없게 되었다. 두 사람의 사이는 대대적으로 공개된 것이나 다름없었다.

"영애의 마음은 어떤가요?"

해나에게는 선택권이 없는 거나 다름없기에 글로리아가 걱정스러운 표정으로 물었다.

"저는…… 괜찮습니다."

느릿하게 말을 하는 해나의 입꼬리가 올라갔다. 그 얼굴을 본 글로리아의 눈이 동그랗게 변했다.

"혹시 황태자님을……."

"……."

글로리아의 물음에 해나의 뺨이 조금 더 붉어졌다. 늘 당당하고 무뚝뚝하던 모습을 보이던 해나가 얼굴을 붉히며 어쩔 줄 몰라 하는 모습이 신선했다.

해나도 황태자를 마음에 두고 있었던 듯했다. 다만, 자신의 존재가 황태자에게 도움이 되지 않을 것 같아 여태껏 숨어 있었던 걸지도 모른다는 생각이 들었다.

"그렇다면 잘된 일이네요. 다행이에요."

글로리아가 안심한다는 듯 미소를 지었다.

"이 이야기는 부인만 알아주세요. 다른 사람에겐 이야기할 생각이
없습니다."

"알겠어요. 그럴게요."

"그리고 아무래도 앞으로 검술수업은 힘들 것 같습니다. 제게 주신
금액 중 수업하지 못한 금액만큼은 돌려드리겠습니다. 이건 꼭 받아
주셨으면 합니다."

"알겠어요. 아쉽긴 하지만, 잘된 일이라고 생각할게요."

그 금액은 받아도 그만, 안 받아도 그만이지만 해나의 강경한 눈빛
에 밀린 글로리아는 받기로 했다. 그게 그녀를 위하는 일 같았다.

"또……."

해나가 말끝을 늘이자 글로리아가 그녀를 바라보았다.

"고맙습니다."

뜬금없는 인사에 글로리아의 눈이 커졌다.

"갑자기 웬 감사인사죠?"

"부인을 만나면서부터 모든 일들이 다 잘되고 있습니다."

"그게 왜 제 덕분인가요. 타이밍이 좋았을 뿐이죠."

글로리아가 빙긋 미소 지었다.

해나는 그런 그녀를 보며 입을 꾹 다물었다. 하고 싶은 말은 많은
데, 말주변이 없는 탓에 고맙다는 말 말고는 떠오르는 게 없었다. 모
두가 외면할 때 자신을 붙잡아준 유일한 사람이었다. 글로리아는 아
니라고 했지만, 그녀는 글로리아 덕에 여기까지 올 수 있다고 믿고 있

었다.

해나는 속으로 다짐했다.

그러니 글로리아를 절대로 배신하지 않겠다고.

차를 다 마시기가 무섭게, 황태자의 부름으로 해나는 자리에서 일어나야 했다. 그녀는 황실에서 보낸 마차를 타기 직전, 글로리아를 바라보았다.

"지금처럼 가끔, 차를 마시러 와도 되겠습니까?"

해나가 조심스럽게 묻자, 글로리아는 변함없는 미소로 대답했다.

"언제든 와요. 환영이에요, 영애."

원하던 대답보다 훨씬 좋은 대답을 들은 해나가 빙긋 미소 지었다.

해나의 방문 이후, 글로리아의 일정은 이전보다 훨씬 더 바빠졌다. 보좌관을 새로 뽑는 일, 무역 관련 개선안 연구, 빈민굴 개선사업의 일을 글로리아가 주도적으로 나서서 하게 되었다. 이를 놓고 보좌관들과 앨버트는 우려의 시선을 보냈다.

그간 데몬 수입건을 비롯해 몇 가지 사건에서 글로리아가 두각을 드러내긴 했지만, 무역일을 진행할 정도의 재능이 있는지는 걱정스러웠던 것이다.

더군다나 빈민굴 사업 같은 경우 귀족으로만 자라온 그녀가 뭘 알고 진행할 수 있겠냐 하는 자조 섞인 말도 알게 모르게 나오는 중이었다.

조슈아 또한 글로리아를 존중하고 멋지다고 생각했지만, 그녀가 이번 보좌관을 뽑는 일에 관여하는 건 걱정스러웠다. 관여가 아니라, 펠릭스는 아예 글로리아에게 전적으로 맡기겠다고 통보했다.

다른 사람도 아니고 글로리아 단독결정이라니.

사람을 뽑는 일은 굉장히 중요한 일이었다. 한 사람이 잘못 들어오면 한 가문의 비밀이 새어나갈 수도 있었다. 그렇기에 신중하게 뽑아야 했고, 그러기 위해선 사람을 많이 만나보고 대해야 했다.

이 어려운 일을 곱게 자라온 글로리아 부인이 할 수 있을 리가 없었다.

조슈아는 펠릭스와 나란히 앉아 있는 글로리아를 흘깃 바라보다 낮은 한숨을 내쉬었다. 글로리아는 자신에게 와 닿는 걱정 섞인 시선을 느꼈다.

귀족부인이 뭘 하겠냐는 거겠지.

그들의 편견을 그녀는 이해했다. 그녀가 에단이었어도, 갑자기 들어온 귀족부인이 공작의 일에 관여하기 시작하면 불편하게 생각했을 테니까. 더군다나 대륙에서 여자가 남편의 일에 전적으로 나서서 함께하는 경우는 드문 상황이었다.

글로리아는 그들의 우려 섞인 시선을 알면서도 모르는 척 앞을 바라보았다. 그들의 앞에는 세 명의 남자가 줄지어 서 있었다.

체력적인 부분, 지식적인 부분, 인내력을 필요로 하는 정신적인 부분까지 모두 다 통과했다. 그렇기에 결정이 어려운 상황이었다.

숨쉬기 힘들 정도로 얼어붙은 분위기에서 가장 먼저 입을 연 건 글로리아였다.

"버클리 가문에 충성을 다할 수 있나요?"

"네."

세 사람이 짠 듯이 입을 모아 대답했다.

"버클리 가문에서 일하려면 무엇보다도 좋은 사람이어야 하죠. 스스로가 좋은 사람이라고 확신하나요?"

"네!"

세 사람 다 서로에게 지지 않고 우렁차게 대답했다. 힘들게 올라온 만큼, 보좌관 자리를 차지하고 싶은 열망으로 가득해 보였다.

"그럼 마지막으로 질문 하나만 할게요. 그대들의 앞에 보물상자가 떨어져요. 이 상자를 1분 안에 열면 그 안의 보물은 모조리 그대의 것이 되죠. 열쇠를 들고 보물상자로 가려고 하는데, 갑자기 허름한 몰골을 한 노인이 나타나요. 그러고는 그대를 붙잡고 이렇게 말하죠. '내 아들이 저 강물에 빠졌는데 당장 좀 구해주시오. 제발 구해주시오. 그러면 내가 가진 전 재산을 주겠소.'라며 1테인을 내밀죠. 보물상자엔 몇천 테인이 들어 있을지 모를 상황이고요. 만약 이런 상황이라면 어떻게 하겠어요?"

글로리아가 제일 처음에 서 있는 남자를 바라보았다. 몰락귀족 출신의 그는 수려한 외모를 갖고 있었다. 그는 호기롭게 대답했다.

"저는 노인의 아들을 구하겠습니다. 돈보다도 사람의 목숨이 더욱 중요하다고 생각하기 때문입니다."

"그렇다면 보물은요?"

"돈은 언제든 다시 벌 수 있다고 생각합니다."

"그렇군요."

글로리아의 시선이 두 번째 사람에게로 향했다.

"……저도, 노인의 아들을 구하겠습니다. 사람 목숨보다 더 귀한 건 없다고 생각합니다. 제가 빈민굴 출신이기 때문에 무엇보다도 사람이 중요하다고 생각합니다. 가능하다면 최대한 빨리 노인의 아들을 구하고 보물상자도 차지하고 싶습니다."

"그렇군요."

글로리아의 시선이 세 번째 남자에게로 닿았다. 그의 표정은 처음 들어왔을 때와 다르게 어두웠다. 그녀가 쳐다보았음에도, 그는 아무런 대답도 하지 못했다.

"어떻게 할 건가요?"

글로리아가 일부러 지루하다는 표정으로 그를 바라보았다. 평민가 출신의 남자는 입술을 달싹일 뿐 아무 말도 하지 못했다. 침묵이 길어지자 보좌관들의 표정에 짜증이 떠오르기 시작했다. 아까운 시간을 허비하게 되자, 다른 후보들도 흘깃 마지막 사람을 쳐다보았다. 인내심 있게 기다리는 건 글로리아와 펠릭스뿐이었다.

"대답 안 할 건가요?"

"……저는…… 보물을 택했습니다."

마침내 평민 남자가 고민 끝에 입을 열었다. 택하고 싶다가 아니라 '택했습니다.'라고 말했기에 지켜보던 사람들의 표정이 미묘해졌다.

"보물 속 돈이 좋은가요?"

글로리아는 무표정한 얼굴로 물었다.

"아뇨. 이미 택하고 여기까지 왔습니다."

글로리아의 눈빛이 묘해졌다.

"무슨 말인지 자세히 설명해주겠어요?"

글로리아의 말에 평민 남자가 결국 시선을 떨구었다.

"오늘 아침 이곳에 오는 길에 한 아이가 제게 매달리더군요. 아버지가 살해당했는데, 그 범인을 잡아달라고요. 왼쪽으로 도망쳤는데, 절름발이라서 달리기가 빠르지 않을 테니 충분히 잡을 수 있을 거라고요. 은혜는 잊지 않겠다고 울면서 빌었는데……."

그 아이를 뿌리치고 여기 왔기 때문에 지금 벌을 받고 있는 건지도 모른다.

눈을 내리깐 그가 아쉬운 표정을 지었다.

"그러니 보물을 택하겠다, 이건가요?"

"……네."

"충분히 말하지 않고 숨길 수 있었을 텐데요?"

"지금 숨긴다고 하더라도, 언젠가 비슷한 상황이 오면 저는 같은 선택을 하게 될 겁니다."

"……."

"그러면 오늘의 제 거짓말이 언젠가 들통 나겠죠. 차후에 일을 크게 만드는 것보단, 지금 솔직하게 말씀드리는 게 옳다고 판단했습니다."

평민의 말에 옆자리에 서 있던 몰락귀족의 입꼬리가 비스듬히 올라갔다.

멍청한 놈. 여기까지 올라와놓고 그런 거짓말 하나쯤 못 해서야.

평민 출신이 떨어졌으니 당연히 이 보좌관 자리는 자신이 차지하게 될 거라고 귀족은 생각했다. 버클리 공작가에서 빈민 출신의 보좌관을 또 뽑을 리 없으니 말이다. 물론 빈민가 출신의 보좌관이 있었다고는 하지만, 그건 아주 이례적인 케이스에 불과하다고 생각했다.

"대답은 다 들었고, 방금 결정했습니다."

글로리아가 세 사람을 물끄러미 바라보며 대답했다. 조슈아와 다른 보좌관, 앨버트도 몰락귀족을 바라보았다. 그가 될 거라 확신했다.

"다니엘."

글로리아의 말에 방 안의 모든 사람들의 시선이 평민 출신 남자에게로 쏠렸다.

"오늘부터 저택에서 머무르면서 보좌관 교육을 받도록 해요."

글로리아의 말에 자포자기 상태로 서 있던 다니엘이 고개를 번쩍 들었다.

"저…… 말입니까?"

다니엘이 더듬거리는 목소리로 물었다.

"네."

"이게 무슨……."

"음?"

곁에 서 있던 보좌관들이 의아한 소리를 내며 글로리아를 바라보았다.

"부인, 세 번째에 서 있는 마지막 남자가 다니엘입니다."

혹시 이름을 잘못 부른 게 아니냐는 듯 앨버트가 조용히 말했다.

"맞아요. 평민 출신의 다니엘. 펠릭스 버클리 공작의 보좌관으로 그대를 뽑으려고 합니다."

글로리아는 말을 한 후, 펠릭스를 쳐다보았다. 그는 이 모든 상황을 다 알아챘다는 듯 미소를 지으며 고개를 까딱였다. 펠릭스만은 막아 줄 거라 믿고 있었던 조슈아는 황당한 표정으로 입을 떡 벌렸다.

"어째서입니까?"

몰락귀족이 납득할 수 없다는 듯 화난 얼굴로 물었다. 그러자 글로리아가 차가운 눈으로 그를 바라보았다.

"그대는 아예 기억도 못 하는군요. 오늘 아침 그대가 집에서 나오자마자 달려오던 빈민가의 아이들을 말이죠."

"……!"

몰락귀족의 눈이 크게 벌어졌다.

"그 아이들은 그대에게 '저희 집에 불이 났는데 꺼주세요. 안에 저희 엄마가 있어요. 엄마가 많이 아프세요. 제발요.'라고 사정했죠. 그 아이들에게 그대가 어떻게 했는지 기억하나요?"

글로리아의 물음에 몰락귀족의 입술이 가늘게 떨렸다.

「어디 재수 없게 달려들어!」

그는 아이를 밀치고 옷을 툭툭 털었다.

「그럼 아무나 사람 좀 불러주세요.」

아이들은 사정했고, 그는 못 들은 척 이곳으로 왔다.

"그건 당연한 선택입니다. 인생이 걸린 이 기회를 어떻게 놓칠 수 있습니까?"

몰락귀족이 화를 참지 못하고 소리쳤다.

"그래서 그대에게 물었죠. 보물을 택할 건지, 사람을 택할 건지. 그리고 그대는 지체하지 않고 사람을 택하겠다고 말했죠. 방금 말한 건데, 기억나지 않나요?"

"……!"

글로리아의 차분한 설명에 몰락귀족이 억울한 표정을 지었다.

"지금 나는 그대를 도덕적으로 지탄하는 게 아닙니다. 그대가 만약 진실하게 보물을 택한다고 했다면, 난 그대를 뽑으려고 했을 겁니다. 내가 원한 대답은 그대의 인간적인 면이나 동정심이 아니니까요. 적어도 이 가문에서 일하려면 본인의 이득 때문에 말과 행동이 달라선 안 됩니다. 그게 내가 생각하는 보좌관의 첫 번째 가치입니다."

글로리아의 말에 방 안이 고요해졌다. 글로리아의 단호하고 강단 있는 모습에 지켜보던 이들이 넋이 나간 얼굴로 그녀를 쳐다보았다.

그녀의 말에 두 번째 빈민 출신의 남자는 고개를 떨구었다. 저택에 오기 전, 자신의 아이를 구해달라고 소리치던 젊은 여자를 뿌리치고 이곳에 온 것이 기억났다.

두 사람 모두 글로리아의 앞에서 아무 말도 하지 못했다.

그사이 조슈아는 놀란 표정으로 글로리아를 바라보았다.

그녀를 아무것도 모르는 사람 취급한 게 미안할 정도로, 기발한 면접방식이었다. 놀란 건 조슈아민이 아니었다. 펠릭스를 제외하고 이 방에 있던 모든 사람들이 깜짝 놀란 표정을 짓고 있었다.

"앨버트, 두 분을 배웅해드려요. 조슈아, 다니엘을 데려가서 보좌관 교육을 시키도록 해."

"아, 네."

글로리아의 말에 멍하게 서 있던 앨버트가 다급하게 정신을 차렸다. 앨버트가 조슈아의 어깨를 툭 치자, 그제야 정신이 돌아온 그가 다니엘에게 "따라와."라고 말하며 앞장섰다. 그들이 썰물처럼 빠져나가자 방엔 둘만이 남았다.

"기발하군."

펠릭스가 턱을 괸 채 글로리아를 보며 말했다.

"사흘간 고민했어요."

"말과 행동이 달라선 안 된다…… 정말 그렇게 생각하는 건가?"

"네. 묻지 않은 질문에 솔직하게 대답할 필요는 없지만요."

자신이 여자라는 걸 숨겼다는 사실을 조용히 합리화하는 글로리아의 말에 펠릭스의 입술이 늘어났다.

창가에서 치고 들어오는 햇살에 그의 하얀 얼굴이 부드럽게 빛났다. 길어진 입술이 붉은 초승달처럼 아름다웠다.

"보좌관도 뽑았고, 이제 뭘 할 거지?"

펠릭스가 글로리아의 뺨을 쓸며 물었다.

"보좌관 교육은 전적으로 조슈아에게 맡기고, 전에 말씀드렸던 빈민 구제와 고아원 설립에 나서볼까 해요."

"쉽지 않을 텐데⋯⋯."

그녀가 한다고 해서 맡기긴 했지만, 그는 여전히 썩 내키지 않았다.

"괜찮아요."

글로리아가 미소 짓자, 그가 졌다는 듯 웃어 보였다.

"그럼 지금은 할 일이 없겠군."

"아마도요. 오늘 밤에 새로운 연극을 한다더군요. 보러 가요."

"그래."

펠릭스가 미소를 지으며 자연스럽게 그녀의 입술에 입을 맞추었다.

연극 관람을 마친 후 귀가하는 마차 안에서 글로리아는 창밖을 바라보았다. 펠릭스는 턱을 괴고서 그런 그녀를 바라보았다. 그녀는 울음을 꾹 참고 있었다.

"왜 우는 거지?"

"안 웁니다. 전 쉽게 울지 않아요."

글로리아가 단호하게 말했다.

"그럼 눈에 고인 건?"

"조금 더워서 그래요."

"그럼 눈동자만 더운가 보지?"

"……."

"눈동자에 맺힌 건, 땀일 테고."

펠릭스의 가벼운 목소리에 글로리아가 항변하려고 입을 열었다.

"땀일 거예요. 저는 잘 울지 않……."

말이 끝나지도 않았는데, 눈물이 뚝 떨어졌다. 다급히 닦았지만, 보람도 없이 글로리아의 눈동자엔 금세 눈물이 차올랐다. 그녀의 입술이 바들바들 떨렸다. 결국 그녀가 으흡 하고 울음을 터트렸다. 맞은편에 앉은 펠릭스가 피식 웃으며 손수건을 내밀었다.

"손수건 하나로는 부족할 것 같군. 그래. 울지 않는다 지고, 왜 슬퍼하는 거지?"

펠릭스가 도통 이해할 수 없다는 표정으로 물었다.

"슬픈 내용이잖아요. 사랑하는 여자를 대신해서 죽는 남자라니……."

이렇게 슬플 줄 알았다면 보지 않았을 거다. 초반에 재미있었던 연극은 종국에 비극으로 끝이 났다. 사랑하는 여자를 대신해 남자가 죽고, 여자는 그 남자를 그리며 평생을 늙어간다는 내용이었다.

"그러니까, 그 남자배우가 죽는 부분이 슬프다? 남자배우가 퍽 마음에 들었나 봐."

아니, 왜 이야기가 그쪽으로 새는 거지.

글로리아는 단호하게 고개를 가로저었다. 그사이 펠릭스의 얼굴은 서늘해졌다.

"아뇨. 남자배우가 마음에 든 게 아니라, 내용이 슬프다고요."

"네가 그 여자도 아니고 내가 그 남자도 아닌데, 왜 우냐는 거지."

"슬프니까요."

"그러니까 왜. 내가 죽은 것도 아닌데."

"……."

대화가 한자리에서 뱅뱅 돌았다.

"그냥 제 감정이 과한 거라고 생각해주세요."

펠릭스를 설득하길 포기한 그녀는 말문을 닫았다. 저런 냉가슴으로 자신을 사랑한다는 게 기적처럼 느껴질 지경이었다. 어쩌면 사랑하는 게 아니라 소유욕은 아닐까.

"딸꾹."

글로리아가 가슴을 쓸어내렸다. 그러나 마음처럼 딸꾹질은 쉽사리 멈추지 않았다. 딸꾹거리다가 히끅거리기까지 하는 그녀를 바라보던 펠릭스의 입술이 길어졌다. 그의 시선은 창밖을 바라보는 글로리아에게서 떨어지지 않았다.

고작 등장인물 하나 죽는 걸로 펑펑 우는 글로리아가 신기하면서도 귀여웠다. 덤덤한 성격이기에 누군가가 죽는 연극을 봐도 눈 하나 깜짝하지 않을 줄 알았다.

그나저나 자신이 죽어도 저렇게 울까. 아니, 저것보단 더 울었으면 좋겠군, 이런 생각을 하며 그가 손을 뻗었다. 글로리아의 눈가에 맺혀 있는 눈물을 닦아주자, 그녀가 동그랗게 뜬 눈으로 쳐다보았다.

"울고 싶으면 그냥 울어."

"다 울었어요."

"아직 아닌 것 같은데."

"괜찮아요. 딸꾹."

글로리아의 작은 어깨가 올라갔다가 내려갔다. 코끝과 눈동자가 짠 것처럼 붉었다. 그 모습이 귀여웠다. 펠릭스의 눈이 가느스름해졌다.

그가 참지 못하고 그녀의 뒷목을 거머쥐려 할 때였다. 그사이 덜컹하며 마차가 멈춰 섰다. 도착을 알리는 마부의 말에 펠릭스가 아쉬운 표정으로 손을 거둬들였다.

펠릭스가 먼저 마차에서 내린 후, 글로리아에게 손을 내밀었다. 자연스럽게 그의 손을 잡고 내린 글로리아가 드레스를 정돈했다.

마부가 인사한 후, 마차를 끌고 사라지는 사이 그가 문이 열린 저택 쪽으로 걸음을 옮겼다.

"펠릭스 공작님."

그가 돌아서자, 글로리아가 바라보았다. 그녀가 그에게 다가와 손을 맞잡았다.

"같이 가요."

"……."

펠릭스가 그녀에게 잡힌 자신의 손을 물끄러미 바라보았다. 그녀가 먼저 다가와 손을 잡은 건 처음이었다. 그녀는 구원줄이라도 되는 양 그의 손을 두 손으로 꼭 잡았다. 그러고는 그의 얼굴을 쳐다보며 말했다.

"바람이 세차게 불어도, 폭풍우가 몰아쳐도, 그래도 난 그대만 있으면 됩니다."

남자주인공이 죽기 직전, 여자주인공이 그에게 했던 대사였다. 갑자기 그 대사를 인용하는 글로리아를 펠릭스는 의아한 눈으로 바라보았다.

"그냥 이 말을 해주고 싶어서요."

글로리아가 얼굴을 붉혔다. 그 대사를 처음 듣는 순간 예쁘다고 생각했다. 동시에 곁에 있는 펠릭스에게 말해주고 싶었다.

나 또한 당신이 있어서 괜찮다고.

자신의 마음을 빙빙 둘러말한 글로리아는 다시 용기를 내어 입을 열었다.

"그러니까 제가 하고 싶은 말은, 공작님이 살아 있어서 다행이라는 거예요."

"……."

"앞으로도 오래 사세요. 되도록 저보다 오래오래."

아직도 감정을 다 추스르지 못한 듯, 붉은 눈을 한 글로리아가 다부지게 말했다.

잠시 멍한 얼굴로 그녀를 바라보던 펠릭스의 얼굴에 그림 같은 미소가 맺혔다.

오래 사세요.

그 말이 글로리아가 최선을 다해 꺼낸 고백이라는 걸 알고 있었다. 그녀는 좋아한다는 말을 쑥스러워서 하지 못하고, 대신 오래 살아서 곁에 있으라는 말로 대신하곤 했다.

"꼭이요."

약속이라도 받아내겠다는 듯 자신의 손을 꼭 잡고 있는 글로리아가 사랑스러웠다.

"오래 사는 건 약속할 수 있지만, 너보다 오래 살 자신은 없군."

"……."

"혼자 남는 건, 한 번으로 족하거든."

그의 덤덤한 말에 글로리아는 입을 꼭 다물었다. 그의 푸른 눈동자가 고요하게 빛났다.

글로리아는 오늘 보았던 연극을 떠올렸다. 예전이라면 울지 않았을 거다. 조금 슬프군 하고 훌훌 털었을 거다. 그러나 오늘은 도무지 참을 수 없었다. 홀로 남아 남자를 그리워하던 여자의 모습 위로 펠릭스의 모습이 겹쳐진 탓이었다.

텅빈 눈동자와 줄어든 말수, 느려진 행동까지…….

이 남자도 그랬겠지.

가슴이 아렸다. 글로리아는 마음 아픈 표정으로 그를 바라보았다.

"그러니까 내가 오래 살길 바란다면 네가 오래 살아야 할 거야, 글로리아."

펠릭스가 고개를 숙여 그녀에게 입을 맞췄다. 맞닿은 입술이 서로의 입술을 빨아들였다. 자연스럽게 펠릭스가 그녀의 허리를 감쌌다. 그녀가 그의 목을 감싸려 할 때였다.

"흠, 흠."

낮은 헛기침 소리에 글로리아의 고개가 돌아갔다. 마차 소리에 저택 문을 열고서 기다리고 있던 앨버트가 난처한 표정을 짓고 있었다. 그 뒤로 시종들이 줄지어 서 있었다. 부끄러워진 글로리아가 손으로 눈가를 가렸다.

"오셨습니까."

앨버트가 아무것도 못 봤다는 듯 시치미를 뚝 떼며 인사했다.

"네."

민망한 미소를 짓는 글로리아와 달리, 펠릭스는 방해받은 게 싫다는 표정으로 앨버트를 쳐다본 후 저택 안으로 들어섰다.

쾅!

제이드 데이빗슨 공작이 집무용 책상을 내리치는 소리에 보좌관들은 일제히 고개를 숙였다. 며칠째 이어지는 험악한 분위기에 그들은 피가 마르는 기분이었다.

황실 주최 연회에 다녀온 후부터 공작은 계속 저기압이었다. 며칠이 지나면 풀리겠지, 라는 생각과 달리 그의 기분은 나날이 최악을 경신하고 있었다.

"대체 너희들은 일을 어떻게 하는 거야!"

제이드가 집무용 책상 위에 놓인 서류를 손으로 모조리 쓸었다. 종이들이 엉망진창이 되어 바닥 위로 떨어져 내렸다. 저걸 다 정리하려면 한참이 걸릴 듯했다.

그러고도 분이 풀리지 않는지 제이드는 손으로 책상을 몇 차례 내리쳤다. 그러자 책상에 금이 가기 시작했다.

"돈을 그만큼 받아놓고도 버클리 공작가에 보좌관으로 입성을 못해? 그 몰락귀족 녀석은 대체 뭘 한 거야! 그런 녀석을 뽑은 너희들은 대체 뭘 한 거고!"

제이드의 벼락같은 고함에 모두들 고개를 숙였다.

버클리 공작이 새로운 보좌관을 뽑는다는 말에, 제이드는 스무 명이 넘는 제 사람을 투입했다. 그중 한 사람이라도 버클리 공작의 보좌관이 된다면, 그가 계획하는 일들을 미리 알 수 있는 절호의 기회였다.

스무 명이 넘는 사람 중 마지막 후보가 된 자는 단 하나, 몰락귀족 출신의 남자였다. 그는 자신이 보좌관이 될 수 있다고 호언장담한 것과 달리 떨어졌다. 데이빗슨 가문의 사람이 그의 집에 쳐들어갔을 땐, 제 목숨이 위험하다는 걸 알았는지 멀리 도망친 후였다.

"로라는! 언제 온다고 하던가!"

"곧 오실 겁니다."

"당장 오라고 해!"

그가 천둥 같은 고함을 내지르기가 무섭게, 누군가가 문을 똑똑 두들겼다.

"들어와!"

제이드의 명령에 붉은 머리의 로라 데이빗슨이 집무용 문을 밀고 들어섰다.

"아버지."

그녀가 창백한 얼굴로 제이드를 바라보았다.

"후우. 그래, 로라."

로라의 얼굴을 본 그가 흥분을 가라앉히며 그녀의 이름을 불렀다.

"황태자님의 답장은? 어딨지?"

그가 책상을 짚고 서서 간절한 눈길로 딸을 바라보았다. 로라는 그의 마지막 희망이었다.

해나를 선택하긴 했지만, 황태자가 남자라면 로라의 얼굴을 보았으니 그녀에게 끌릴 거라 생각했다. 그래서 작문가 수십 명을 붙여 로라가 자필로 황태자에게 꾸준히 편지를 보내게끔 했다. 그러다 오늘, 황태자에게서 답장이 왔다는 연락을 받았다.

제이드의 눈동자가 번뜩였다.

"답장이 왔는데…… 황태자님이 저를 만나지 않겠대요, 아버지. 저는 이제 어떻게 해요?"

로라가 아름다운 얼굴을 구기며 눈물을 뚝뚝 흘렸다. 그녀에게 성큼성큼 다가간 제이드는 그녀의 손에서 황실 문장이 찍힌 편지지를 빼앗았다.

[영애, 우리의 만남은 어려울 것 같습니다. 좋은 분 만나 행복하길
기원합니다.]

종이에 적힌 문구를 읽고 또 읽던 제이드의 눈동자가 벌겋게 물들
기 시작했다.

펠릭스 버클리에게 면전에서 단교를 당한 후, 무역까지 신통치 않
아지면서 자신의 입지가 흔들리기 시작했다. 이런 와중에 연회에서
황태자는 해나 앤더슨과 춤을 췄다. 그 일을 계기로, 각종 선물을 가
지고 들이닥치던 귀족들의 발길마저 뚝 끊겼다.

그래도 황태자와 로라의 결혼을 밀어붙이던 황제를 믿고 여태껏 버
텼다. 그러나 황태자가 다른 여자에게 관심을 가지자 황제의 태도도
어쩔 수 없다는 것으로 바뀌었다.

「황태자가 원하는 대로 해줘야 하지 않겠나. 대신 로라 영애를 다른
황족과 결혼시켰으면 하는데…….」

황제는 다른 대안을 제시했으나, 제이드의 귀엔 아무것도 들리지
않았다. 황태자가 아니면 안 된다. 황위를 이을 수 없는 황족 따위와
연결되어봤자 버클리 가문을 이길 수 없었다.

제이드의 손이 분노로 바들바들 떨렸다.

"해나 앤더슨이 어제도 황태자님과 만남을 가졌대요. 이건 정말 말
도 안 돼요. 모두 다 그 붉은 머리 때문이에요. 내가 그 머리를 모조리

잘라 없앴어야 했는데…….”

　로라의 눈물 섞인 투정을 듣던 보좌관들이 서로의 눈치를 살폈다. 지금은 투정을 부릴 때가 아니었다. 제이드 데이빗슨의 표정이 점점 더 서늘해져가고 있었다.

　“아버지는 이 사실을 전혀 모르고 계셨어요? 어떻게 해나 앤더슨 따위에게…… 아악!”

　로라가 말을 하다 말고 뺨을 감쌌다. 그녀가 믿기지 않는다는 눈으로 제이드를 쳐다보았다. 그의 커다란 손이 다시금 로라의 뺨을 후려쳤다.

　“……아버지.”

　로라의 눈에서 뒤늦게 눈물이 후두둑 떨어져 내렸다. 그녀는 이 상황이 믿기지 않았다. 자신이 어떤 실수를 해도 봐주던 아버지였다. 자신이 넘어지면 보살피지 못한 하녀를 때렸을지언정, 자신에겐 손가락 하나 까딱한 적 없었다. 그랬던 아버지가 자신의 뺨을 때렸다. 로라의 눈동자가 사정없이 흔들렸다.

　“멍청한 것. 쓸모없는 것! 그렇게 많은 돈을 들였는데 황태자 마음 하나 못 잡아?”

　“그게 제 실수는 아니잖아요…….”

　로라가 울먹거리며 항변했다.

　“입 다물지 못해! 황태자와 춤을 출 생각은 뒷전이고 다른 영애나 괴롭힐 생각을 하니 멍청하게 이런 상황이 닥치는 게 아니냐! 당장 집무실에서 나가도록 해라! 그리고 넌 황제가 정해준 황족과 결혼하는 거니까 그렇게 알도록 해!”

　“황족이라니요?”

로라의 눈동자가 흔들렸다.

황족이라고 해봤자 변변찮았다. 황제의 직계만 우수할 뿐, 나머지는 볼품없다는 걸 알고 있었다. 자신은 태어날 때부터 황태자와 결혼할 사이라고 믿고 있었다. 다른 남자들은 필요 없었다.

"아버지, 어떻게든 해주세요! 황태자님과 저를 결혼시켜주세요! 제발요! 제가 잘못했어요!"

무작정 떼를 쓰는 로라를 노려보던 제이드가 턱짓을 하자, 보좌관이 그녀를 질질 끌고 문밖으로 사라졌다.

"아버지!"

멀어지는 순간까지 로라의 비명이 이어졌다.

"후우."

제이드가 한숨을 내쉬며 자리에 털썩 주저앉았다.

"이게 다 그 망할 놈의 버클리 가문 때문이야. 펠릭스……. 그 빌어먹을 녀석 때문에……."

제이드는 이를 갈았다. 자신의 쇠락과 달리 버클리 가문의 위세는 더더욱 높아졌다.

버클리 가문의 성공을 보고 많은 귀족들이 무역에 뛰어들었지만, 혼란만 가중시킬 뿐 그럴싸한 이윤을 내는 곳이 없었다. 오랜 시간 구축해온 미들턴 백작가와 버클리 공작가의 무역 기술을 따라잡을 자가 없었던 탓이다. 그 또한 데몬 이후로 이런저런 무역을 시도해보았지만, 번번이 실패했다.

거기다가 해나 앤더슨이 황태자비가 될지도 모른다는 소문이 돌면서, 그녀와 가까운 글로리아 버클리 부인에 대한 관심사 또한 높아졌다.

글로리아 버클리는 그저 아름답고 공작의 사랑을 듬뿍 받는 부인이라는 평판뿐만 아니라, 사람 보는 안목이 뛰어난 데다 공작의 업무를 분담할 줄 아는 능력 있는 여성이라는 소문이 널리널리 퍼져나가고 있었다.

실제로 그녀는 빈민굴 환경개선에 주도적으로 나서고 있으며, 얼마 전 보좌관 선출에도 직접 나섰다.

또한, 앞으로 버클리 가문의 업무 중 많은 부분을 글로리아 부인이 맡게 될 거라는 소문이 퍼졌다.

그 때문에 펠릭스 공작 못지않게 글로리아 부인과도 만나고 싶어 하는 이들이 많았다.

그에 비해 데이빗슨 공작부인과 그 자식들은 하나같이 먹고, 꾸미고, 노는 것밖에 할 줄 모르는 식충이들이었다. 그렇게 돈을 들이고도 황태자 마음 하나 유혹하지 못하는 로라가 오늘따라 더더욱 멍청하게 느껴졌다.

"이렇게 그냥 넘어가선 안 되지……. 절대로 안 돼."

제이드가 냉랭한 눈을 한 채 집무용 책상을 톡톡 두드렸다.

"조셉."

흥분을 가라앉힌 제이드가 조용히 한 사람의 이름을 불렀다. 그러자 네 명의 보좌관 중 유일하게 동요하지 않고 있던 한 남자가 고개를 들었다. 작은 키에 왜소한 체구를 가진 남자가 조용히 제이드를 바라보았다.

"자네는 다른 생각이 있겠지?"

"제게 의견을 물어주시기만을 기다렸습니다, 공작님."

쉿소리 같은 목소리가 새어나왔다. 그 소리에 곁에 서 있던 보좌관들의 얼굴이 일제히 구겨졌다.

뱀 같은 녀석.

다른 보좌관들이 속으로 욕을 뱉었다.

"조셉을 제외하고 다들 나가봐."

제이드의 축객령에 보좌관들이 기다렸다는 듯이 썰물처럼 빠져나갔다. 제이드는 두툼한 망토를 뒤집어쓰고 있는 조셉을 바라보았다. 어린 시절 입은 화상으로 그는 온몸과 얼굴을 가리고 다녔다. 그와 눈이 마주치자 방 안의 공기가 음습하게 변하는 듯했다.

그도 이런 조셉이 마음에 들진 않았지만, 다른 자들에 비해 머리가 비상해서 곁에 두고 있었다.

"어떻게 생각하지?"

"이제 다른 수는 없습니다, 공작님."

"무슨 소리야?"

"처음부터 뿌리를 뽑았어야 했습니다. 너무 오래 뒀더니 마치 텃밭이 제 땅인 양 자라고 있지 않습니까. 감히 공작님의 텃밭에다가 말이죠. 힘들겠지만 지금이라도 그 뿌리를 뽑아야지요."

조셉이 하고자 하는 말을 곧바로 알아들은 제이드가 얼굴을 구겼다.

"지금 그걸 의견이라고 내는 건가? 펠릭스 버클리가 어떤 자인지 전혀 몰라서 하는 말인가?"

제이드가 콧방귀를 뀌었다. 제거할 수 있다면 처음부터 없앴을 거다. 그러나 그 가문은 대륙 통일의 영웅이라고 불릴 정도로 검술에 능했다. 펠릭스가 뽑은 기사들 또한 그 능력이 출중해서 감히 덤빌 엄두가 나지 않았다.

또한, 성벽을 높게 짓고 성에 드나드는 이들을 철저히 체크하기 때문에 몰래 침투한다는 것 또한 불가능했다. 운이 몹시 좋아서 침투에 성공했다고 하더라도, 정작 펠릭스를 죽이기란 하늘의 별 따기였다.

기척에 예민하고 검술수련을 게을리 하지 않는 그를 일대일로 죽일 수 있는 자는 이 대륙에 아무도 없었다.

"그 가문의 사람을 죽일 수 있는 자가 있다면 데려오게나. 그럼 내가 아주 대우해줄 테니 말일세."

제이드가 콧방귀를 뀌며 인상을 찌푸렸다.

"그 가문에 속한 중요한 인물이면서도 검술에 능하지 않은 자가 있지요."

조셉의 말에 제이드의 고개가 돌아갔다.

"무슨 소린가?"

"포획하기 쉬우면서도 펠릭스 공작 최고의 약점, 펠릭스 공작을 펠릭스 공작답지 않게 만드는 사람. 그 여린 살점을 공략하면 됩니다."

"……."

"견고해 보이는 성벽일지라도, 성벽을 받치고 있는 중요한 돌 하나를 빼버리면 무너지는 법이지요."

두툼한 로브 안쪽에서 조셉의 눈동자가 잔인하게 빛났다.

"으."

책을 읽던 글로리아가 몸을 가늘게 떨며 팔을 쓸어내렸다.

"부인, 어디 불편하세요?"

"갑자기 오한이 끼치네."

서늘한 입김이 뺨에 닿았다가 멀어진 것처럼 등에 오소소 소름이 돌아올랐다. 이런 경험은 처음이라 기분이 나빴다.

"이상하네요, 날씨가 추운 것도 아닌데……. 담요를 가져올게요."

"아냐, 괜찮아. 날이 좋은 것 같으니 정원을 산책해야겠어."

"함께 가겠습니다."

엘레나가 이불 정리를 하다 말고 허리를 곧게 폈다.

"혼자 다녀올게. 생각 정리할 것도 있고 해서."

"알겠습니다."

생각할 거리가 있으면 종종 홀로 산책하는 글로리아를 잘 아는 엘레나는 잘 다녀오라는 듯 고개를 숙였다.

방에서 나온 글로리아가 이런저런 생각을 하며 느릿하게 걸을 때였다. 나란히 걷고 있는 두 사람의 뒷모습이 보였다.

"우리 공작님은 말이지, 굉장히 과묵하시고 두 번 이상 말하지 않으시니 한 번 듣고 외우도록 해야 해."

어깨를 쫙 편 채 신입 보좌관인 다니엘에게 설명하는 조슈아의 옆얼굴이 사뭇 진지했다.

"알겠습니다. 그런데 하나만 여쭤봐도 되겠습니까?"

"묻도록 해. 난 이 저택에 대해 모르는 게 없으니 말이야. 허헛."

글로리아는 조슈아의 귀여운 허세에 입안의 살을 조용히 씹었다. 이러지 않으면 웃음이 터질 것 같았다.

"보좌관님들이 입을 모아 말하는 전설의 보좌관님은 누구신가요? 성함이 에단이라고 하던데……."

갑작스러운 이름이 나오자 뒤따르던 글로리아의 표정이 굳었다.

"에단 님이라고 엄청난 분이 있으셨지."

조슈아가 금세 아련한 표정을 지었다.

하지 마…….

글로리아의 바람과 달리 두 사람의 대화는 계속해서 이어졌다.

"굉장하셨나요?"

"그럼. 키도 크지 않고 체구도 그리 큰 편은 아니었는데도 막강한 체력을 자랑하셨지. 외모도 좋은 편이어서 하녀들 사이에서 인기도 좋았어. 무엇보다도 일을 굉장히 잘하셔서 공작님의 신임이 어마어마 했지. 아마 보좌관계에 그런 인물은 다시없을 거야. 내 꿈도 그분같이 되는 거지. 우리 공작저의 보좌관들 사이에선 전설이야."

전설이라니……. 쟤는 왜 또 저러나.

조슈아의 이야기를 더 듣고 있기 민망했던 글로리아는 조용히 손을 말아 쥐었다.

말리고 싶은데 말릴 방법이 없었다.

글로리아는 일부러 그들과 다른 방향으로 향했다.

정원 산책을 하며 글로리아는 머릿속을 정리했다. 새로 뽑힌 보좌관은 다행히 적응을 잘하는 것 같았다. 물론 조슈아가 훨씬 더 신이 나 보였지만.

앞으로 할 일은 빈민굴 환경개선과 고아들을 돕는 일이었다. 빈민굴 환경개선은 쉽지 않은 일이라, 일단은 잠시 보류하고 고아들을 돕기 위해 일을 추진 중이었다. 고아들을 위해 고아원을 새로 지을 예정이라, 이런저런 계획으로 바빴다. 그 와중에 생각이 많아져서 산책하며 머릿속을 비우는 중이었다.

"글로리아 부인."

자신을 부르는 소리에 고개를 든 글로리아는 두 손을 가지런하게 모으고 있는 다니엘을 보았다.

"무슨 일이죠?"

"제너 영애께서 찾아오셨습니다."

"제너 영애가요?"

뜬금없는 방문이었기에 그녀는 고개를 갸웃거렸다. 다른 귀족부인이나 영애들의 만남이었다면 거절하겠지만, 제너라면 거절하고 싶지 않았다.

"좋아요. 가죠. 그런데 왜 하인이 아니라 다니엘이 왔죠? 보좌관은 이런 일까지 하지 않아도 돼요."

"하녀들이 부인을 찾아다니는 걸 보았는데, 우연히 제가 먼저 부인을 뵙게 되어 말씀드렸습니다."

"그렇군요."

글로리아는 고개를 끄덕이며 다니엘의 뒤를 따라 걸었다.

"부인, 다시 한 번 감사드립니다."

응접실에 도착한 그녀는 문을 열기 직전, 다니엘이 건네는 말에 고개를 돌렸다. 그가 두 손을 단정하게 모으고서 그녀를 바라보고 있었다.

"뭘 말이죠?"

글로리아는 무슨 소리인지 알 수 없어서 다니엘을 바라보았다.

"저를 뽑아주신 것 말입니다. 이 은혜 잊지 않고 열심히 일하도록 하겠습니다. 꼭 부인께 이 말씀을 드리고 싶었습니다."

"그건 내가 뽑은 게 아니라, 다니엘이 적합한 인물이었기 때문에 가능한 거였어요. 그러니 나한테 고마워할 필요 없어요. 하지만 일은 열심히 해줬으면 좋겠군요. 쉬운 일은 아니겠지만, 그만큼 보상도 따르고 보람도 있을 거예요. 왠지 잘할 것 같지만요."

글로리아가 미소를 지었다. 공작부인으로서가 아니라, 한때 보좌관으로 일했던 사람으로서 전하는 진심이었다. 글로리아의 다정한 말에 다니엘의 얼굴이 붉어졌다.

"네! 정말 열심히 하겠습니다! 저도 꼭 전설의 보좌관이었던 에단 님처럼 되겠습니다!"

"쿨럭."

글로리아는 낮은 기침을 터트렸다.

"괜찮으십니까?"

"괜찮아요. 그런데 뭐라고 했죠? 전설의…… 누구요?"

"전설의 보좌관, 에단 님이요!"

"……."

글로리아의 낯빛이 어두워졌다.

"꼭 그분처럼 되어서 조슈아 님과 함께 이 공작저를 길이길이 빛내도록 하겠습니다!"

다니엘의 쩌렁쩌렁한 외침에 글로리아는 조용히 고개를 돌렸다.

……조슈아에게 다니엘을 맡기는 게 아니었다. 다니엘이 조슈아스러워졌다. 큰일이야.

딱히 대답할 말이 없어진 글로리아는 "수고해요."라는 말을 남긴 후, 조용히 응접실에 들어섰다. 홀로 남은 다니엘은 닫힌 문을 바라보았다.

에단에 관해선 말만 들었을 뿐, 얼굴을 본 적 없어서일까. 왠지 에단이라는 사람은 글로리아 부인과 비슷할 것 같았다.

차분하고, 똑똑하며, 다정한 사람…….

"에잇, 내가 무슨 생각을."

다니엘은 고개를 가로저으며 조슈아가 시킨 일을 하기 위해 2층으로 향했다.

"오랜만에 뵙네요, 제너 영애. 얼굴이 좋아 보이네요."

글로리아는 제너의 맞은편 자리에 앉아 찻잔을 감싸며 물었다. 이전에 비해 얼굴이 훨씬 밝아진 제너가 미소 지었다.

"말씀하신 대로 좋은 사람들을 만나고 다녔어요. 그 덕인가 봅니다."

"다행이군요."

제너의 얼굴에 미소가 맺혔다. 그녀는 아이리스와 거리를 둔 후, 몇 차례 시달림을 당했다. 자신이 버림받았다는 사실을 인정하지 못한 아이리스는 거듭 찾아와 욕을 하고 화냈다가, 잘못했다고 어르고 달래길 반복했다. 그럴수록 제너는 아이리스에게 지쳐갔다.

누군가의 감정을 끊임없이 받아주는 이 힘든 일을, 고작 돈 몇 푼 받고 했었다니. 어쩌면 아이리스를 떠날 용기가 없었는지도 모른다. 그런 스스로가 한없이 한심하게 느껴졌다.

동시에 글로리아가 해주었던 말들이 떠올랐다.

좋은 사람을 곁에 두고, 좋은 사람이 되라는 그 말.

그녀는 결국 매몰차게 아이리스를 끊어내고, 자신이 가진 재능으로 귀족영애들의 교습을 해주며 돈을 벌기 시작했다. 아이리스는 물론 방해하려 했지만 제너는 호락호락하게 당하지 않았다.

아이리스가 글로리아의 눈 밖에 났다는 소문이 퍼지면서, 사교계에서 그녀의 입지도 좁아졌다. 약혼자로부터도 파혼당했다. 이 일로 인해 윌리엄 공작의 눈 밖에 난 아이리스는 먼 곳에서 명맥만 유지하고 있는 귀족에게 시집가게 될지도 모른다는 소문이 돌았다.

그 틈에 제너는 아이리스와 교류하지 않는 가문 영애들의 교습을 맡았다. 그 덕에 지금껏 무사히 지낼 수 있었다.

아이리스는 어느 때부터 잠잠하더니 요양차 멀리 떠났다는 소문을 마지막으로 더 이상 어떤 소식도 들리지 않았다.

"무슨 일인가요?"

글로리아가 제너를 따뜻한 눈으로 바라보며 물었다.

"여쭤볼 게 있어서요."

"편하게 말하세요."

영애인 제너에게 글로리아는 꼿꼿한 자세로 말했다.

"고아원 설립을 앞두고 계신다는 말을 들었습니다."

"네. 그럴 예정이에요."

비밀이 아니었기에 글로리아는 순순히 시인했다. 그러자 제너가 가져온 종이 두루마리를 내밀었다.

"이게 뭔가요?"

"제가 여태껏 고아원 아이들을 돌보는 일을 하면서 필요하다고 느낀 점들이에요. 개선해야 할 부분도 함께 작성해 왔어요. 괜찮으시다면 참고해주셨으면 해서요."

글로리아는 그녀가 내민 종이를 펼쳐 읽었다.

고아원에서 머물 수 있는 아이들의 연령대 확장, 세 살 터울로 묶어서 한 방 쓰기, 고아원 직원들의 횡령을 막기 위한 방법, 단순한 생계 유지뿐만 아니라 교육도 함께 하기 등 사소한 것부터 생각지 못한 부분들에 대한 내용도 담겨 있었다.

제너가 실무를 맡아 오랫동안 일해왔다는 것은 종이 한 장만 보고도 알 수 있었다.

"주제넘었다면 정말 죄송해요. 부인께 도움이 되고자 했던 진심만큼은 알아주세요."

제너가 미안한 표정으로 말했다.

"아뇨. 저에겐 필요한 정보예요. 그런데……, 음, 솔직하게 물을게요. 영애의 형편도 좋지 않은데 왜 고아원 아이들을 돕는 거죠?"

"아……."

"말하기 곤란하다면 하지 않아도 좋아요."

"비밀을 지켜주신다면 말씀드릴게요."

"비밀을 지키는 건 어렵지 않죠."

"어머니가 고아원에서 자란 분이셨어요. 후에 귀족부인이 되고 나서도 고아원 아이들을 돌보셨죠. 저도 곁에서 지켜보다 보니 자연스럽게 하게 되었어요. 보람도 있고, 잘 자란 아이들을 보면 행복하기도 했죠. 엇나가는 아이들도 있었지만요."

제너가 편안한 미소를 지었다.

글로리아는 제너가 첩 출신이라는 걸 떠올렸다. 본부인에게 자식이 없어서 첩을 들여 세 남매를 보았다고 했다. 본부인이 죽은 후, 그 첩이 본부인 자리를 차지했다는 것까진 알고 있었다.

그러나 그 첩인 제너의 어머니가 고아원 출신이라는 건 지금에야 알았다. 제너 자신에게 흠이 될 만한 이야기를 믿고 해주었다는 게 글로리아는 고마웠다.

"말하기 힘들었을 텐데, 해줘서 고마워요."

"아니에요. 이미 아이리스 영애도 알고 있던 사실이에요. 곧 퍼질 비밀인걸요."

제너가 씁쓸한 미소를 지었다.

"어머니에 관한 이야기가 퍼져도 걱정하지 마요. 제너 영애는 제너 영애 그대로니까요. 눈빛이 선하고 차분한 사람 말이죠. 만약 영애를 보는 시선이 달라지는 사람이 있다면 그 사람을 밀어내요. 이참에 안 좋은 사람들을 걸러내는 거죠."

글로리아가 미소 지으며 건넨 말에 제너의 눈동자가 가늘게 흔들렸다.

"그렇게 말씀해주셔서 감사해요."

"별말씀을요."

"제 생각을 시간 내어 검토해주셔서 감사합니다, 부인. 부인의 시간을 더는 빼앗을 수 없으니 자리에서 일어나도록 하겠습니다."

제너가 공손하게 인사하며 자리에서 일어났다.

"영애."

글로리아의 부름에 그녀가 시선을 내리깔았다. 소파에 앉아 있는 글로리아는 생각에 잠긴 얼굴이었다. 말을 할 듯 말 듯한 얼굴로 바라보던 글로리아가 마침내 입을 열었다.

"이전부터 생각하던 건데 때마침 기회가 주어졌으니 말할게요. 만약 영애의 시간이 허락한다면 날 좀 도와주겠어요? 지금 이 종이 한 장만 봐도 내가 놓친 게 얼마나 많은지 알겠어요. 실무에 들어가면 얼마나 많은 부분을 놓치겠어요? 그러니 날 도와주겠어요? 시간도 많이 빼앗지 않을 거고, 적절한 보상도 따를 거예요."

"……"

"곤란할까요?"

글로리아가 조심스럽게 물었다.

"아뇨. 곤란한 게 아니라…… 이런 제안을 받을 줄 몰라서요."

제너가 얼떨떨한 표정을 지었다.

"힘든 일이라는 거 알아요. 그러니까 천천히 생각해보고 대답해줘요. 마차 타고 왔나요? 만약 타고 오지 않았다면 우리 마차를 타고 가도록 해요. 날이 어두워지고 있거든요."

"지금 대답할게요."

"……."

글로리아가 쳐다보자, 제너는 마른침을 삼켰다. 글로리아는 우아하면서도 거만하지 않았다. 진심을 다해 상대방을 바라보았다.

좋은 사람과 함께…….

제너는 그 말을 자신도 모르게 속으로 읊조렸다. 증거는 댈 수 없지만, 눈앞의 이 사람이 좋은 사람이라는 걸 확신할 수 있었다.

이 사람과 함께하고 싶다.

그 생각이 들자마자, 제너의 입술이 움직였다.

"부인과 함께 일하고 싶어요. 부족한 저라도 괜찮으시다면 받아주세요. 부탁드릴게요."

제너의 말에 글로리아의 얼굴에 활짝 미소가 피었다.

"나야말로 부탁하고 싶네요. 한번 잘해봐요."

글로리아의 반가운 목소리에 제너의 얼굴에 미소가 피어올랐다.

펠릭스는 침대에 걸터앉아 자신의 옆자리에서 조잘거리는 글로리아를 물끄러미 바라보았다.

"제너 영애와 함께 고아원 설립에 대해 구체적인 부분을 의논하고 진행할 것 같아요. ……제 말 듣고 계신 거죠?"

"이렇게 가까이 있는데 안 들리는 게 이상한 것 같은데."

"대답이 없으시니까요."

글로리아가 얼굴을 찌푸리며 말했다. 다른 사람들에겐 침착하고 차분한 표정만을 보이지만 자신의 앞에선 얼굴도 찌푸리고 투덜거리는 글로리아의 모습이 보기 좋아서 펠릭스의 입술에 미소가 맺혔다.

"그런데 볼수록 이상한 재주군."

"네?"

"가만히 앉아서 필요한 사람을 불러들이는 재주라……."

펠릭스가 눈을 가늘게 떴다. 그의 파란 눈동자가 새파란 초승달처럼 빛났다.

"무슨 말이에요?"

"네 곁에는 필요할 때마다 알아서 사람이 다가온다는 말이야."

"그런가요? 사람 운이 좋은가 봐요."

글로리아는 대수롭지 않게 대답하며 어깨를 으쓱거렸다. 그녀는 별것 아닌 것처럼 굴었지만 이건 굉장히 중요했다. 좋은 사람을 끌어당기는 능력은 흔한 것이 아니었다.

"이젠 전설의 에단이 아니라 전설의 글로리아가 되겠군."

펠릭스가 그녀의 금발을 만지작거리며 말했다.

"쿨럭."

자신도 모르게 기침을 터트린 글로리아가 웃고 있는 펠릭스를 조용히 바라보았다.

"그런데 그 말은 어디서 들었어요?"

글로리아의 눈이 흔들렸다.

"요즘 저택 안에 유행처럼 돌던데. 전설의 에단."

"……."

"오늘 퇴근할 때 보좌관 녀석들끼리 손을 마주치면서 전설의 에단이 되자면서 서로를 응원하고 헤어지던데."

펠릭스가 나른한 웃음을 머금고서 말했다.

"아, 진짜……."

글로리아는 눈을 질끈 감았다. 졸지에 죽어서 전설로 남게 생겼다.

"……못 하게 말려주세요."

"의기투합하는 게 보기 좋으니 그냥 두지그래?"

벽에 머리를 댄 펠릭스가 건넨 농담에 글로리아가 눈을 치켜떴다.

"공작님은 절 좋아하는 게 아니라, 절 놀리는 게 좋은 거죠?"

"둘 다인 것 같군."

"……."

글로리아가 노려보자, 펠릭스가 미소 지었다.

"그렇게 예쁘게 웃으셔도 안 통합니다. 더는 휘둘리지 않겠어요."

글로리아가 단호한 표정으로 말했다.

"이건?"

펠릭스가 협탁 위에 놓아둔 종이를 글로리아에게 내밀었다. 그녀는 무표정한 얼굴로 서류를 받아들었다. 침실에만은 일거리를 들고 오지 않는 그가 들고 온 자료가 내심 궁금했다. 종이를 펼쳐본 글로리아의 눈이 커졌다.

"이건……."

글로리아는 말을 잇지 못했다. 에단이 살던 마을에 '에단 도서관'을 설립한 것에 대한 촌장의 감사 편지였다.

"보아하니 마을에 글을 읽을 줄 아는 사람들이 몇 되더군. 촌장이 어린아이들과 원하는 자들에게 한해 글을 가르치겠다고 하던걸."

"그런데 왜 이름이 에단 도서관이에요? 전 한 게 없는데……."

"네 집과 물건을 처분하고 부족한 금액을 더해서 설립했어."

물론 그녀가 입었던 옷들은 모조리 불태웠다. 그녀가 입었던 옷을 다른 사람들이 입는다는 게 용납이 되지 않았다. 결국 그녀의 집을 처분한 금액의 열 배를 더 들여 도서관을 지었지만, 그 부분에 대해선 길게 설명하지 않았다.

"와."

글로리아는 순수하게 감탄하며 촌장의 감사편지를 다시금 들여다 보았다. 어린아이들부터 시작해 모두가 마을 도서관이 생긴 것에 즐거워하고 있다는 마지막 줄을 읽고 또 읽었다.

글로리아의 표정은 언제 그랬냐는 듯 한껏 밝아져 있었다. 세상에서 가장 귀한 보석을 받아도 이것보단 기뻐하지 않을 것 같았다.

펠릭스가 이 일을 진행한다는 걸 알았을 때, 앨버트도 깜짝 놀랐다. 왜 그러냐고 묻자, 앨버트는 얼떨떨한 표정으로 말했다.

「공작님께서 이런 일을 하실 줄은 몰랐습니다. 사실 빈민굴 환경개선이나 고아원 설립도 놀라운 터라…….」

앨버트의 말에 그는 아무 대답도 하지 않았다. 자신 또한 이런 일을 하게 될 줄 몰랐다. 하지만, 하지 않을 수 없었다.

"감사해요, 공작님."

좋아서 어쩔 줄 몰라 하는 저 얼굴을 보고 싶으니까. 보석보다도, 드레스보다도 이런 걸 좋아하는 여자니까.

펠릭스의 눈가가 나른하게 접혔다.

"……너는 참 쉽게도 나를 바꾸는군."

글로리아가 무슨 말이냐는 표정으로 쳐다보자, 펠릭스는 대답 대신 미소를 지으며 그녀의 입술에 입을 맞췄다.

"이제 네가 내게 상을 줄 차례 같은데."

"어떤 상을 원하는데요?"

글로리아의 조심스러운 물음에, 펠릭스가 그녀의 손에 들려 있는 종이를 치웠다. 그러고는 그녀를 자신의 위에 태웠다.

"으앗."

글로리아가 붉어진 얼굴로 바라보자, 펠릭스가 야릇한 눈을 치켜뜨며 말했다.

"잘 알 텐데."

"…… ."

"지금부터 오래오래, 나를 행복하게 해줬으면 좋겠어."

귓가에 야릇하게 속삭이는 그의 말에 그녀가 움찔했다.

귀가 약한 건 어떻게 알아서.

"노력해볼게요."

글로리아는 붉어진 얼굴로 그의 목을 감싸 안았다. 그 행동에 펠릭스의 입술이 한층 더 길어졌다.

앨버트는 곤란한 표정으로 상대를 바라보았다. 그와 마주 선 남자 또한 난처한 표정을 지었다.

"이 선물만은 받아주십시오. 선물을 받아주실 때까지 머물라는 게 제 주인님의 뜻입니다."

영향력 있는 지방 남작 가문의 집사가 선물을 내밀며 말했다. 투명한 상자 안에는 굉장히 값비싼 보석이 담겨 있었다.

"펠릭스 공작님께서는 이런 선물을 일절 받지 않으십니다."

"이건 공작님이 아니라 글로리아 부인을 위한 겁니다."

"부인 또한 마찬가지이십니다. 그분들은 이유 없는 선물을 받으시지 않습니다. 설령 억지를 부려 이 선물을 놓고 가신다고 한다면, 오히려 더 좋지 않은 결과를 초래할 겁니다. 그러니 가지고 돌아가세요."

앨버트는 정중하지만 단호한 말투로 남작의 집사에게 말했다. 그러나 말귀를 알아듣지 못하는 집사는 몇 번 더 고집을 부리다가 끌려 나가다시피 해 돌아갔다. 그가 완전히 철문 밖으로 나가는 걸 확인한 후에야, 앨버트는 긴 한숨을 내쉬었다.

이전부터 펠릭스에게 선물을 바쳐 아부를 하려는 자들은 많았다. 그러나 글로리아와 가깝게 지내던 해나 영애가 황태자의 짝이 될지도 모른다는 소문이 퍼진 후로 그녀의 인지도까지 높아지는 바람에 잘 보이려는 선물이 봇물처럼 밀려들었다.

그녀에 대한 세간의 관심이 커지면서 그녀에 대한 정보도 사교계에 퍼지기 시작했다. 그녀에 대한 이야기가 퍼질수록 사람들은 감탄을 금치 못했다.

그녀가 얼음장 같은 펠릭스 공작의 마음을 얻은 걸로도 부족해, 공작저에서 어느 정도 실무를 담당하고 있다는 게 알려졌다.

부인이 공작의 일을 돕는 일은 종종 있었지만, 전반적인 일에 관여하는 건 대륙 역사상 처음 있는 일이었다. 더군다나 귀족 출신의 부인이 어려운 이들을 돕겠다고 나서서 평민들과 빈민들의 지지까지 받기 시작하면서, 그녀의 인지도는 걷잡을 수 없이 올라갔다.

물론 그런 그녀를 놓고 빈정거리거나 우려의 시선을 던지는 자들도 있긴 했지만, 글로리아는 신경 쓰지 않았다. 오히려 앨버트가 이 상황이 악화될까 걱정되어 조심하는 게 어떻겠느냐는 충언을 넌지시 건넨 적도 있었다.

그러자 글로리아는 이미 알고 있었다는 듯 침착하게 대답했다.

「걱정해줘서 고마워요, 앨버트. 하지만 이럴수록 더 열심히 움직여야 해요. 그들의 말에 귀 기울여 휘둘리는 걸 보이는 순간, 그들은 더더욱 제게 영향력을 행사하기 위해 떠들 테니까요. 그리고 사실대로 말하자면 별로 신경 쓰이지도 않고요. 날 모르는 사람들이 뭐라고 한들 무슨 소용이겠어요.」

글로리아는 개의치 않는다는 듯 환한 미소를 지어 보였다. 그 순간, 앨버트는 자신이 실수했다는 걸 알았다. 그녀에게 필요한 건 조심하라는 충고보다 열심히 하라는 다독거림이었다. 이후 그는 글로리아가 하는 행동들을 조용히 지켜보며 응원했다.

좋은 분이 들어오셔서 다행이야. 버클리 가문에 행운이 찾아왔어. 이제 대를 이을 아기씨만 태어나시면 좋을 텐데…….

앨버트가 간절하게 생각할 때였다.

"앨버트."

저택에 서서 이런저런 생각에 잠겨 있던 앨버트는 자신을 부르는 소리에 돌아섰다. 외출 준비를 마친 글로리아가 코앞까지 와 있었다.

"외출하십니까?"

글로리아가 제너 영애와 함께 고아원을 방문하기로 되어 있다는 사실을 떠올린 앨버트가 물었다.

"네."

그녀의 대답에 앨버트가 조용히 손짓했다. 그러자 멀리서 대기하고 있던 마차가 다그닥거리며 저택 앞까지 다가왔다.

"기사들을 대동하시는 게 어떠시겠습니까?"

앨버트가 물었다.

"그럴까 했는데 고아원에 가면서 기사들을 대동하면 다들 겁먹을 것 같아서요. 외곽이긴 하지만 잠깐 다녀오는 거니 괜찮을 거예요. 그리고 마부도 젊었을 때엔 기사단원이었으니 믿을 만하잖아요."

"알겠습니다. 조심히 다녀오십시오. 저택을 잘 지키고 있겠습니다."

잠시 고민하던 앨버트가 정중하게 인사했다.

"네. 고마워요."

글로리아를 태운 마차가 곧게 난 길을 따라 다그닥 소리를 내며 멀어졌다. 마차를 바라보던 앨버트의 시선이 문득 하늘에 닿았다.

짙은 먹구름이 낮게 깔려 있었다.

휘잉.

세찬 바람에 습기가 가득했다. 그는 흐트러지는 옷자락을 거머쥐며 얼굴을 찌푸렸다. 오랜만에 보는 비구름이라서일까, 왠지 모르게 불길했다. 그는 곧 비를 흩뿌릴 것 같은 하늘을 불안하게 쳐다보다 멀어지는 글로리아의 마차 쪽으로 시선을 옮겼다.

그녀의 마차가 철문을 나서고 있었다.

제너 영애가 기부하거나 돕는 고아원들을 순차적으로 둘러보고 나온 글로리아는 고개를 들어 하늘을 바라보았다. 날씨가 궂다 싶더니 결국 비가 내렸다. 굵은 빗줄기에 흙바닥이 푹푹 파였다.

제너에게 인사를 한 후, 마차에 올라탄 그녀는 습관적으로 작은 창문을 열려다가 그만두었다. 새까만 하늘과 쏟아지는 빗줄기를 보고 싶지 않았다.

툭, 툭.

굵직한 빗줄기 소리에 따라 옆구리가 쿡쿡 쑤셔왔다. 사무엘이 휘두른 단도에 흉터가 진 자리였다.

일을 너무 많이 해서 피곤한 모양이네.

글로리아는 눈을 감은 채 숨을 골랐다. 덜컹덜컹, 마차의 움직임이 느껴졌다. 모서리에 머리를 댄 그녀는 잠시 졸았다.

휘잉 하는 거친 바람소리가 들렸다. 휘잉, 휘잉. 그 소리가 두어 번 반복되고서야, 글로리아는 바람이 아니라 말이 울부짖는 소리라는 걸 알았다.

마차가 급하게 멈춰 서더니, 마부의 고함이 들려왔다. 이윽고 챙챙, 검이 맞부딪치는 소리에 눈을 번쩍 뜬 글로리아는 다급히 작은 창문을 열었다. 누군가의 섬뜩한 비명이 허공에 퍼져나갔다. 뒷덜미가 뻣뻣하게 굳었다.

벌컥.

"도망가십시오!"

마차 문을 뜯을 기세로 열어젖히며 소리친 건 마부였다. 피에 흠뻑 젖은 그의 손이 덜덜 떨리고 있었다. 눈앞이 새까맣게 변하는 기분이었다.

피와 몸을 적신 축축한 비.

그것만으로도 글로리아의 몸이 뻣뻣하게 굳었다.

"어서 서두르십시오……!"

마부의 초조한 말에 정신을 차린 글로리아가 주먹을 꽉 쥔 채 마차에서 뛰어내리다시피 내렸다. 묵직한 비가 그녀의 온몸을 때렸다. 피부가 얼얼할 정도였다.

"같이 가요!"

글로리아가 마부의 팔을 거머쥐었다. 그의 몸에서 흘러나온 붉은 피가 그녀의 손바닥을 축축하게 적셨다.

"아니요. 먼저 가시면 뒤따라가겠습니다."

"그래도…….''

"서두르세요. 녀석들이 죽기 전에 신호를 보냈으니, 어디서 또 나타날지 모릅니다. 제가 마차로 유인할 테니 부인께서는 힘드시겠지만, 발자국이 남지 않는 숲길로 가십시오. 여긴 저택에서 얼마 멀지 않습니다. 길은 아시겠지요?"

그녀도 알고 있는 길이었다.

"어서요! 꾸물거릴 시간 없습니다! 공작부인!"

마부의 외침에 글로리아는 고민하다가 몸을 틀었다. 둘이 함께 있는 것보다, 둘 중 하나라도 살아남는 편이 나았다.

"살아남아요!"

마부에게 소리친 글로리아는 그가 가리키는 방향으로 뛰었다. 마차 주변에 시신이 세 구 널브러져 있었지만, 그녀는 애써 고개를 돌려 외면했다.

그녀는 일부러 숲길로 들어서서 빽빽한 나무들이 있는 곳으로 달렸다. 그나마 다행스러운 건 그녀가 나무 색깔과 헷갈리는 갈색 드레스를 입고 있었다는 거였고, 불행한 것은 비가 오는 날이라 드레스 치맛자락이 다리에 엉겨 붙는다는 거였다.

그녀는 치맛자락이 나뭇가지에 걸려 찢어진 걸 보자마자 가차 없이 손으로 뜯어냈다. 종아리에 걸리는 게 없어지자 어느 정도 뛸 만했다.

"헉, 헉, 헉."

평탄치 않은 오르막길을 뛰어올라가려니 금세 눈앞이 어지러웠다. 점점 나무들과 빗줄기들이 두세 개로 보이기 시작했다.

어둠이 내린 곳에서 나무가 아지랑이처럼 흔들렸다.

「에단.」

죽기 직전 자신의 이름을 부르던 살인자의 목소리가 귓가에 쟁 울렸다. 온몸이 경직될 만큼 굳었지만, 그녀는 억지로 발을 놀렸다.

멈추면 안 돼. 멈추면 죽어. 다시는 죽고 싶지 않다. 이제 겨우 사랑받고 사랑을 주는 느낌이 무엇인지 알았는데……. 누군가와 오래도록 함께 살고 싶어졌는데…….

그녀는 눈물이 차오르는 눈을 손등으로 훔치며, 있는 힘을 다해 움직였다.

펠릭스…….

자신이 죽으면 그는 미쳐버릴 거다. 죽은 자신도 미칠 수 있다면, 미쳐버리겠지.

그의 얼굴이 눈앞에서 아른거렸다.

"제발……. 제발……. 하느님."

글로리아는 신에게 싹싹 빌며 야트막한 언덕으로 올라섰다. 멀리서 검이 맞부딪치는 소리와 누군가의 비명이 연신 들렸다. 입술을 깨문 그녀가 귀를 틀어막았다.

"제발…… 저를, 그리고 마부를 살려주세요."

소리를 내어 간절히 빌었다.

얼마 지나지 않아, 그녀는 언덕을 완전히 올라섰다. 그제야 저 멀리 버클리 가문의 정문이 보였다. 그전에 조금만 더 가면 마을이다. 마을에 도착하기만 한다면 자신을 알아보는 이가 있을지도 모른다. 설령 알아보지 못하는 사람이 있더라도, 마을엔 숨을 곳이 많으니 시간을 벌 수 있을 게 분명했다.

그러니까…….

희망에 차오르던 그녀의 얼굴이 한순간에 굳었다. 그녀의 맞은편에서 새까만 로브를 덮어쓴 이들이 무리지어 올라오고 있었다. 도망치려고 돌아섰으나, 이미 뒤편에서도 똑같은 무리가 올라오고 있었다.

유약한 짐승 한 마리를 잡기 위해 늑대 무리가 한곳으로 모는 것처럼, 그녀는 구석으로 몰렸다.

"하마터면 놓칠 뻔했군요, 글로리아 부인."

무리 중 빠르게 다가온 남자가 낮게 클클거렸다.

"……누구냐, 너희는."

글로리아는 시간을 끌며 주변을 살폈다. 도망갈 곳을 찾아 눈동자가 이리저리 흔들렸다.

"이 와중에 차분하다니, 역시 소문대로 글로리아 부인의 담대함은 다르시군요."

"누구냐고 물었어."

"대화는 천천히 나누도록 하지요. 정중히 모셔라."

남자의 명령이 떨어지기가 무섭게, 등에 인기척이 훅 와 닿았다. 누군가가 뒷목을 내리쳤다. 비명을 지를 틈 없이 눈앞이 어지러웠다. 땅이 가까워졌다.

그녀는 풀썩 쓰러지기 전, 누군가가 자신의 허리를 붙드는 느낌을 끝으로 정신을 잃었다.

창밖으로 쏟아지는 빗줄기를 지켜보던 펠릭스가 얼굴을 굳혔다. 새까만 구름이 하늘을 가리고 있었다. 굵은 빗줄기 너머의 세상은 보이지 않았다.

"그러니까, 아직도 오지 않았다?"

펠릭스의 낮은 물음에 엘레나가 고개를 푹 숙였다. 자신을 바라보는 펠릭스 공작의 눈동자가 얼음장처럼 차가웠다. 글로리아와 있을 때 보이는 여유롭고 나른한 모습은 온데간데없었다.

"네. 아직 귀가하지 않으셨습니다."

엘레나가 떨리는 목소리를 겨우 참으며 대답했다.

"제너 영애는?"

"확인해보니 귀가하셨다고 하십니다."

그런데 글로리아만 오지 않았다. 비가 내리다 못해 사위가 어둡게 변한 지 오래였다. 아직 글로리아는 이런 날씨에 적응하지 못했다. 괜찮은 척하다가도 밤이면 악몽에 시달리며 끙끙 앓기 일쑤였다. 그런 그녀가 이 시간까지 행방불명 상태였다. 펠릭스의 얼굴이 차갑게 식었다.

"앨버트를 불러오도록."

그의 부름에 앨버트가 금세 달려왔다.

"글로리아가 가는 곳에 기사를 동행시키라고 했을 텐데."

"공작부인께서 거부하셔서 기사를 동행시키진 않았고, 몰래 딸려 보냈습니다."

"그런데?"

"……그 기사 또한 현재까지 귀가하지 않았습니다."

앨버트가 비통한 표정으로 말했다.

급습일 확률이 높았다.

펠릭스는 방수외투를 집어 들었다. 자신도 모르게 힘을 꽉 주어 외투가 와락 구겨졌지만, 그는 알아채지 못했다.

그가 나서자 저택 앞에 서 있던 하녀들이 문을 열어젖혔다. 창가에서 볼 때보다 빗줄기가 한층 더 거셌다. 펠릭스가 손끝을 까딱이자 앨버트가 곁으로 다가섰다.

앨버트는 펠릭스에게서 흘러나오는 살기에 저도 모르게 마른침을 삼켰다. 펠릭스는 이성을 잃기 직전의 얼굴을 하고 있었다.

다그닥, 다그닥, 다그닥.

거센 빗소리가 조금 잠잠해지자, 느릿한 말굽 소리가 불순물처럼 끼어들었다. 가장 먼저 들은 건 펠릭스였다. 그의 고개가 돌아갔다. 부서진 마차를 끌고 말이 빗줄기 사이를 가르며 터벅터벅 걸어오고 있었다.

"저택 앞에서 말이 얼쩡거리고 있어서 데리고 왔습니다."

말의 뒤를 따라온 저택 문지기가 말했다.

"세상에나! 저, 저건……."

앨버트가 얼굴이 하얗게 질린 채 소리쳤다. 그의 심상찮은 반응에 펠릭스는 마차를 바라보았다.

"아무래도 오늘 오후에 부인께서 타고 나가신 마차 같습니다만……."

저택 문지기가 난처한 표정으로 말했다. 그 말과 동시에 펠릭스의 얼굴에 남아 있던 미미한 이성이 완전히 날아갔다.

앨버트는 빗속으로 저벅저벅 걸어가는 펠릭스의 뒷모습을 바라보았다. 비를 맞은 지 얼마 되지 않아 그의 몸이 흠뻑 젖었다. 문지기는 자신에게 다가오는 장신의 남자가 뿜어내는 기운에 못 이겨 뒷걸음질을 쳤다.

펠릭스의 손이 마차의 남은 문 조각을 잡아당겼다. 비스듬히 꺾인 탓에 문이 당겨지지 않았다.

"제가 돕겠……."

문지기가 함께 힘을 쓰겠다는 말을 할 때였다.

우두둑!

문이 종잇장처럼 뜯겨나갔다. 문이 저만치 날아가 바닥에 나동그라졌다. 마차 안에는 비에 젖지 않은 편지 한 통이 놓여 있었다.

[펠릭스 버클리 공작님께

추신. 공작님이 직접 보셔야 할 중요한 내용입니다.]

펠릭스가 새하얀 편지봉투를 뜯었다.

위치, 글로리아 버클리, 그리고 보는 즉시 이 편지를 태우고 혼자 올 것. 다른 사람을 대동할 시 그녀의 시체를 보게 될 거라는 내용만 담겨 있었다. 그리고 글로리아의 금발과 그녀가 입고 있던 드레스 자락의 일부분이 동봉되어 있었다. 버클리 기사단의 배지가 있는 걸로 봐선 글로리아를 몰래 따라간 기사도 살해된 듯했다.

펠릭스의 표정이 서늘하게 굳었다.

"체이스."

그의 부름에 곁을 지키고 있던 기사단장이 그의 곁으로 다가왔다. 펠릭스는 체이스를 바라보며 뭔가 나지막이 말했다. 체이스는 말도 안 되는 소리를 들은 사람처럼 잠시 머뭇거렸다. 그러다 펠릭스가 무섭게 쳐다보자, 알겠다는 듯 고개를 끄덕였다.

체이스가 먼저 자리를 떠났다.

"말을 준비해."

펠릭스의 명령에, 앨버트는 미리 준비해놓은 말을 끌어당겨 그의 앞에 대령했다.

"내가 돌아올 때까지 모두 대기하도록."

"공작님⋯⋯."

우산을 든 앨버트가 복잡한 표정으로 펠릭스를 바라보았다. 새까만 구름을 등진 그의 표정은 밤하늘보다 더 무섭고 어두웠다. 마치 무슨 일이 벌어질 것만 같았다. 그러나 펠릭스는 앨버트의 걱정에도 아랑곳하지 않고 말의 고삐를 거머쥐었다.

다그닥, 다그닥.

새하얀 말이 펠릭스를 태운 채 저택을 벗어나는 모습을 앨버트가 불안한 표정으로 바라보았다.

"이대로 혼자 가시게 둬도 되는 걸까요?"

곁을 지키고 있던 시종의 물음에 앨버트는 복잡한 표정을 지었다.

"따라간다고 해도 저분의 속도는 우리가 따라갈 수 있는 게 아니야.

하지만 기사단원들에게 언제든 움직일 수 있게 준비는 해두라고 일러
둬야겠지."

앨버트는 긴 한숨을 내쉬며 펠릭스가 사라진 방향을 바라보았다.

"……하도록."

"하지만……."

"내 말을 듣게나."

"알겠습니다."

두 사람의 대화 소리에 정신을 차린 글로리아는 눈을 감은 채 눈동
자를 굴리며 숨을 들이마셨다. 습하고 퀴퀴한 냄새가 코를 찔렀다. 온
몸이 천근만근이었고, 팔다리는 뭔가에 단단히 묶여 있었다. 등에 닿
은 건 단단한 벽이었다.

"시간이 꽤 걸리는군."

"조금만 기다리십시오. 곧 나타날 겁니다."

사람들의 말소리가 웅웅 들리는 걸로 봐선 지하나 밀실에 가까웠
다. 멍한 와중에 대충 정보를 모은 그녀는 조심스럽게 눈을 떴으나,
아무것도 보이지 않았다. 눈이 가려진 상태라는 걸 알아챈 그녀는 조
용히 숨죽인 채 청각과 후각에 집중했다.

"주변엔 기사들을 잘 풀어놓았겠지?"

"염려하지 마십시오."

쇳소리가 나는 목소리에 이어 남자의 흡족한 웃음소리가 들렸다.
웅 하고 울려서 제대로 들리지 않지만, 누군지 짐작할 수 있었다.

에단이었던 시절, 그녀는 남작 이상의 귀족들과 보좌관들의 얼굴이
며 이름을 모두 외웠다. 대체로 주요 보좌관들의 얼굴만 외웠지만, 딱

한 사람만은 달랐다. 로브를 뒤집어쓴 남자가 쉿소리를 내며 제이드 데이빗슨 공작에게 무언가를 말하고 사라지는 걸 딱 한 번 본 적 있었다.

저 사람도 보좌관인가.

그런 생각을 하며 멀어지는 그의 뒷모습을 바라보다가 눈이 마주친 적이 있었다. 잠시 바람이 불어 그의 로브 모자가 살짝 벗겨지면서 얼굴이 드러났다. 움찔할 정도로 흉이 진 얼굴에 눈동자는 무서울 정도로 새빨갛게 물들어 있었다. 그는 다급히 로브를 눌러쓴 채 자리를 벗어났었다.

데이빗슨 가문에서 딱 한 번 본 자였다. 그자의 목소리라고 생각하자, 중후한 남자의 목소리도 제이드 데이빗슨의 목소리처럼 들렸다.

펠릭스 공작에게 가장 큰 불만이 있으면서, 펠릭스가 처리되면 가장 큰 이득을 얻을 만한 사람.

아무래도 이런 짓을 꾸밀 사람 또한 데이빗슨 공작밖에 없었다.

"그런데 왜 일어나지 않지?"

저벅저벅, 다가오던 발소리가 글로리아 앞에서 멈췄다. 글로리아는 고개를 숙인 채 미동하지 않았다.

"체력이 약해서 회복되지 않는 모양입니다."

"그렇다면 깨우도록 해야지. 묻고 싶은 게 아주 많으니까 말이야."

"주인님, 굳이 그러실······."

조셉이 말리려고 했으나, 한 박자 늦은 후였다.

짝!

뺨을 후려치는 소리가 밀실을 쩌렁쩌렁 울렸다. 고개가 홱 꺾인 글로리아의 하얀 뺨이 빵처럼 부풀어 오르기 시작했다. 맞더라도 참아볼까 하던 글로리아는 골이 울리는 느낌에 고개를 치켜들었다. 두 대 맞으면 정말 기절할 것 같았다.

"누구야, 너흰."

글로리아는 짐작하면서도 모르는 척 물었다. 확실하지 않은 데다 자신이 그들의 정체에 대해 파악했다는 걸 알면 이 자리에서 죽일지도 모른다는 생각이 들었다.

"생각보다 차분하시군. 잡혀온 사람이 이러기 쉽지 않을 텐데 말이야. 혹시 이전부터 깨어 있었던 건가? 그래서 우리 이야기를 몰래 들은 거고?"

제이드 데이빗슨의 입김이 얼굴에 와 닿았다. 그의 빠른 추리에 글로리아는 흠칫했으나, 표정으로 드러내지 않았다.

"우리? 그렇다면 둘 이상이라는 말이군. 누가 사주했지? 얼마로 사주한 거야? 얼마를 받았든 그 배의 값을 지불할 테니 당장 풀도록 해. 그게 네게 이로울 테니까."

글로리아는 자신의 말이 먹히지 않을 거라는 걸 알면서도 모르는 척 말했다.

"하하! 역시 글로리아 부인은 배포가 참 두둑하셔. 그러니 펠릭스 버클리 공작과 함께 지내는 거겠지. 두 배를 주겠다니, 정말 약속할 수 있는 건가?"

"약속하도록 하지."

"내가 지불받길 원하는 건 펠릭스 공작의 목숨인데도 말이지?"

"……!"

글로리아의 몸에 흠칫 힘이 들어갔다.

"이제야 좀 봐줄 만하게 반응하는구먼."

제이드가 손끝으로 글로리아의 턱을 치켜들었다. 그녀의 하얀 얼굴에 덮인 안대를 쓸어내렸다. 그의 손끝이 정확하게 그녀의 눈동자 위를 만지작거렸다. 조금만 힘을 주면 눈알이 터질 것 같았다. 글로리아는 나오려는 신음을 꾹 참았다.

"부인을 볼 때 참 여러모로 아쉬웠지. 영애에게 관심이 있다는 걸 미들턴 백작에게 넌지시 표현했었는데, 그 알량한 자존심만 있는 작자가 못 알아듣는 척을 하더군. 그때 내게 보냈으면 이런 험한 꼴은 당하지 않았을 거 아닌가."

"……."

"자, 그럼 글로리아 부인, 그대에게 좋은 제안을 하도록 하시. 그대만은 살아날 수 있는 제안."

"들어보고 결정하도록 하지."

"똑똑해. 흥분하지 않고 침착한 성격, 참 마음에 든단 말이지."

제이드의 손끝이 그녀의 턱을 쓸어내렸다. 온몸에 오소소 소름이 돋아오를 만큼 징그러웠으나, 그녀는 이를 꽉 깨물고 참았다.

자신은 몸을 속박한 끈을 풀 수 없었고, 설령 운이 좋아 푼다고 하더라도 남자 둘을 상대할 만큼의 힘을 갖추지 못했으니 시간을 끌면서 머리를 굴려야 했다.

"펠릭스 공작이 사망하면 그 재산은 모조리 부인인 그대에게 가지. 그 재산과 무역권을 가지고 내게 온다고 약속하면 부인을 살려주도록 하지. 그리고 미들턴 백작의 목숨 또한 부지될 거야. 물론 지금처럼 무역권을 좌지우지할 순 없겠지만, 가문 유지와 목숨 부지만으로도 충분하지 않은가?"

"……!"

350

그의 말에 글로리아의 숨이 가빠졌다. 이자는 여기서 정말로 펠릭스를 죽일 생각이었다. 만약 자신이 거절한다면, 이 자리에서 자신 또한 죽일 작정이다.

"생각할 시간은 그다지 길지 않을 거야. 그러니 빨리 결정하는 게 좋을걸."

"……."

"고민의 시간이 길어지는 것 같으니, 도움 될 만한 말을 해주겠네. 그대에게도 절대로 손해 보지 않을 만한 제안이라고. 왜냐면 그대가 재혼할 상대는 제이드 데이빗슨일 테니까."

제이드가 낮은 목소리로 자신의 정체를 까발렸다.

"주인님!"

조셉이 말리듯 소리쳤지만, 제이드는 개의치 않았다. 어차피 지하 밀실에 갇혀 아무것도 할 줄 모르는 여자다. 곧 펠릭스가 오더라도 상황은 마찬가지였다.

"약속을 하고 이 자리에서 혼인서를 작성하면 널 살려주도록 하지, 글로리아."

뱀처럼 차갑고 습한 목소리가 귓가를 파고들었다. 글로리아는 어금니를 꽉 깨물었다. 남편에게 유산을 상속받을 만한 자가 없다면 아내가 전 재산을 상속받게 된다. 사별한 자는 재혼을 할 수 있고, 그 재산은 재혼한 상대의 것과 합쳐진다.

제이드는 버클리 가문의 재산을 노리고 있었다.

"제이드 공작."

글로리아가 제이드의 목소리가 들리는 쪽으로 고개를 들었다. 마치 안대 너머의 세상이 보이는 것처럼 정확하게 향한 시선에 제이드의

351

눈가가 움찔했다.

"다른 말은 다 참을 수 있었는데, 이 말은 도저히 못 참겠네. 그쪽이 한 제안은 받아들일 수가 없을 것 같아."

"······."

"내게도 취향이라는 게 있거든. 남은 인생 역겹게 사느니 깔끔하게 멋진 사람과 살다가 죽는 게 낫겠어. 그대의 인생을 통틀어도 펠릭스의 일 년만 못하거든."

"이년이······!"

제이드의 입술이 험하게 비틀어졌다. 그가 글로리아의 머리채를 잡아 쥐었다. 그녀는 나오려는 비명을 억세게 참았다. 이윽고 그의 손이 글로리아의 뺨을 연신 후려쳤다.

짝, 짝, 짝!

그 광경을 조셉이 멀리서 바라보았다. 보는 사람이 아플 정도라 비명을 지를 만도 한데, 글로리아는 절대로 소리를 내지 않았다. 그 점이 제이드를 더더욱 화나게 만들었다.

어째서지.

조셉의 눈동자가 흔들렸다. 다른 영애들과 다르게 당당한 글로리아의 태도는 자신의 예상과 무척 달랐다. 그래서 불안했다.

자기가 여태껏 들은 바로는 귀족부인들은 조금만 겁을 줘도 덜덜 떨고 시키는 대로 다 한다고 했는데······. 혹시 다른 대책이 있는 건 아닐까. 혹시 이 상황을 들키기라도 한다면, 저 뱀 같은 제이드 공작은 자신의 탓으로 미루고 쏙 빠져나갈 게 분명했다.

이래서 제이드 공작이 오지 않길 바랐는데······.

처음 계획은 그가 모든 일을 진행하고 결과만 제이드 공작에게 보고하는 것이었다. 그리고 이 일을 빌미로 그에게서 한몫 크게 뜯어내 멀리 떠나 편하게 한평생 사는 것이었다. 그런데 펠릭스가 죽는 꼴을 직접 보겠다고 제이드 공작이 나서는 바람에 일이 이렇게 꼬였다.

"후우."

조셉은 참았던 숨을 길게 내쉬었다. 최대한 빨리 일을 수습하고 돌아가는 게 좋을 것 같다.

한참이나 글로리아의 뺨을 후려친 제이드는 숨을 길게 내쉬었다. 글로리아는 신음 한번 뱉지 않은 채 기절했다. 그녀의 벌어진 입술 사이로 핏방울이 뚝뚝 떨어졌다.

"독한 년. 나중에도 그렇게 참을 수 있는지 보자고."

제이드가 바득바득 이를 갈았다.

15

편지에 적힌 약속장소는 허허벌판이었다. 다른 기사들과 함께 오지 못하도록 일부러 시야 확보가 용이한 이런 곳을 잡은 게 틀림없었다. 펠릭스가 밀에서 내리자, 오래된 나무 위에서 기척을 숨기고 있던 자들이 뛰어내렸다. 그들은 펠릭스가 정말로 혼자 온 것을 확인한 후 입을 열었다.

"검을 버리시죠."

펠릭스가 검을 빼 바닥에 던졌다. 그의 검 위로 빗방울이 뚝뚝 떨어져 내렸다.

"글로리아는?"

펠릭스가 낮은 목소리로 물었다.

"아직까진 살아 계십니다."

"순순히 협조하셔야 합니다. 그러지 않으면 공작부인께선 숨이 끊어지실 테니까요. 두 손을 내미시죠."

검은 로브를 쓴 자의 말에 따라 펠릭스가 손을 내밀었다. 두 사람이 펠릭스의 목에 검을 겨눴다. 한 사람이 다가와 그의 손목과 발목에 쇠사슬을 채웠다. 검은 로브를 쓴 자는 펠릭스의 얼굴을 바라보며 섬뜩한 미소를 지었다.

"지금부터 잊지 못할 시간이 될 겁니다, 펠릭스 공작."

뚝, 뚝.

펠릭스의 벌어진 입술에서 핏방울이 새어나왔다. 검은 로브를 입은
자들이 가쁜 숨을 헐떡거렸다. 그들은 질린다는 얼굴로 펠릭스를 바
라보았다. 보통 사람이라면 세 번도 더 기절하고도 남았을 강도의 매
질이었다.

그러나 펠릭스는 아무리 때려도 자세 한번 흐트러지지 않았다.

무서운 놈.

그의 명성은 익히 들어왔지만, 직접 경험하는 건 처음이다. 허허벌
판에서 마주했을 때 그가 마음먹었다면 자신들은 진즉에 죽고도 남았
을 거라는 예감이 들었다.

"연락드려. 이 정도면 된 것 같다고."

검은 로브의 수장이 헐떡거리며 쥐고 있던 채찍을 바닥에 던졌다.
피에 물든 채찍이 철썩 소리를 내며 떨어졌다. 검은 로브를 쓴 다른
자가 펠릭스를 바라보았다.

"아직은……."

"명령은 내가 한다! 당장 연락드려."

수장의 말에 다른 자가 서둘러 지하실로 내려갔다. 그사이 수장은
질린다는 표정으로 펠릭스를 바라보았다.

그는 더는 펠릭스를 맡고 있을 자신이 없었다.

스르렁.

돌이 밀리는 소리와 함께 몇 사람이 들어서는 발소리가 들렸다. 발

소리가 한가운데에서 멎기가 무섭게 글로리아는 자신의 목덜미에 와 닿는 서늘함을 느꼈다. 보이지 않지만, 칼날이라는 걸 알았다.

따끔한 통증이 일었다. 뜨거운 피가 목덜미를 타고 흘러내리는 게 느껴졌지만, 그녀는 아무 말 하지 않았다.

"이런. 드디어 두 사람이 만날 시간이 왔구만. 오래 기다렸다네."

제이드가 남은 한 손으로 글로리아의 눈을 가린 안대를 풀어 아래로 던졌다. 잠시 눈을 깜빡이던 글로리아는 밀실 한중간을 바라보았다.

누군가가 쇠사슬로 손과 발이 묶인 채 무릎 꿇고 앉아 있었다. 그의 온몸은 피범벅이 되어 있었다. 알아볼 수 없을 만큼 붉게 물들어 있었지만, 그녀는 그가 누군지 단번에 알아보았다.

"……!"

글로리아는 입을 달싹였으나, 아무 말도 뱉지 못했다. 입술이 덜덜 떨렸다.

왜, 왜……?

글로리아의 눈동자가 이리저리 흔들렸다.

"글로리아."

고개를 든 펠릭스가 그녀를 조용한 목소리로 불렀다. 그 목소리가 가슴을 꿰뚫었다. 수많은 말들이 머릿속에서 거품처럼 차올랐다.

대체 여긴 왜 온 거냐고, 왜 그런 꼴이냐고, 그 대단한 검술은 어쩌고 힘없이 맞았냐고.

글로리아의 눈에 참았던 눈물이 고였다. 이리저리 몸을 틀수록 밧줄은 점점 더 세게 그녀의 손목을 파고들었다. 손목이 끊어질 듯 아파왔지만, 얼얼한 마음보다는 견딜 만했다. 제이드는 그러는 내내 그녀의 목에 검을 겨누고 있었다.

"이게 무슨 꼴인가, 대체."

제이드는 환희에 찬 얼굴로 망가진 펠릭스를 보며 소리쳤다.

늘 오만하고 거만한 펠릭스가 자신 앞에 무릎을 꿇고 앉아 있었다. 할 수만 있다면 이 모습을 화폭에 기록해서 자신의 방에 걸어놓고 죽을 때까지 감상하고 싶을 정도였다.

"정말로 올 줄 몰랐구먼. 그토록 글로리아 부인을 살리고 싶은가? 하긴, 그러니 여기까지 와서 군말 없이 이런 꼴을 당했겠지. 천하의 버클리 가문의 아들이 이런 모습이라니. 정말 놀랍군."

제이드는 말을 하며 그의 주위를 에워싸고 있는 자신의 기사들을 보았다. 그들은 때리기만 했을 뿐인데도 숨을 참지 못하고 헐떡거리고 있었다. 그에 비해 펠릭스의 호흡엔 흔들림이 없었다. 순간 빈정이 상했지만, 그는 내색하지 않았다.

"주인님, 서둘러 진행하시는 게 낫겠습니다."

조셉이 제이드에게 다가가 속삭였다. 제이드는 즐거운 시간을 방해한 조셉이 마음에 들지 않는다는 듯 노려보았다.

"시간을 길게 끌면 추적꾼들이 붙을지도 모릅니다. 설마 펠릭스 공작이 혼자 오지는 않았을 테니까요."

조셉의 초조한 목소리에 제이드는 못마땅한 표정을 지었다. 하지만 그의 말이 틀린 건 아니었다.

"마음 같아선 사지를 찢어 짐승의 먹이로 던져주고 싶지만, 대륙의 공작을 그렇게 취급해선 안 되겠지. 그대의 명예를 생각해서 결정을 내렸다네. 그대의 부인을 살리고 싶다면……."

"……."

"······그 검으로 자결하도록 해. 명예롭게 말이야."

글로리아의 눈이 크게 벌어졌다.

······뭐?

벌어진 입술이 한없이 떨렸다.

"안 돼!"

마침내 비명 같은 목소리가 글로리아의 입에서 터져나왔다. 그 순간 목에 닿아 있던 제이드의 칼날이 글로리아의 목에 더욱 깊게 파고들었다.

"윽."

비명을 참기 힘들 정도로 예리한 고통이 느껴졌다.

"시간은 그리 길지 않아, 공작. 그대가 머뭇거릴수록 글로리아의 예쁜 목에 칼날이 박힐걸. 단, 그대가 죽으면 글로리아 부인을 놓아주도록 하지. 약속은 지키니 억울해할 것 없어."

아니. 저 말은 믿을 수 없다.

글로리아는 얼굴을 찌푸린 채 고개를 가로저었다. 안 된다는 눈짓을 계속해서 보냈다.

검은 로브를 쓴 사람 중 한 명이 다가가 펠릭스의 손목에 채워진 쇠사슬을 풀었다. 그는 고민하지 않고 검에 손을 뻗었다. 스르렁 소리와 함께 검집에서 검이 빠져나왔다. 허름한 외형과 달리 무섭게 벼린 칼날에서 새파란 빛이 뿜어 나왔다.

제이드는 글로리아의 목덜미에 검을 바짝 겨눈 채, 그녀의 뒤로 숨었다.

"허튼 생각이라도 했다간 어떻게 될지 잘 알 걸세. 물론 내가 이것만 준비했다고 생각하진 않겠지? 자네가 만약 이 자리에서 나를 죽이고 운 좋게 글로리아 부인을 데려간다고 하더라도, 밖에 포진하고 있는 자들이 살려두지 않을 걸세. 그들에게 이 여자만 죽이라고 명령했거든."

제이드의 눈빛이 번들거렸다.

"내 말에 불복종하면 무조건 이 여자는 죽게 되어 있단 말이지."

그의 말에 펠릭스가 주변을 둘러보았다. 내부에 설치되어 있는 트랩들이 그의 눈에 들어왔다. 다른 사람들은 알아볼 수 없을 만큼 촘촘하게 설계되어 있었다.

저택에 드문드문 나 있는 구멍들, 바닥의 갈라져 있는 틈들. 자신이 조금만 잘못 움직이면 제이드와 수하들 중 누구든 트랩을 발동시킬 테고, 정중앙의 빈틈을 밟고 있는 글로리아는 무조건 죽게끔 되어 있었다.

그의 말대로 글로리아가 살아 나갈 방법은 없었다. 자신의 앞에서 글로리아가 죽게 되는 거다.

펠릭스의 눈동자가 일순 텅 비었다. 치열하게 돌아가던 머릿속이 멈추었다.

"그러니 이 검으로 그대의 심장을 직접 뚫도록 해."

제이드의 명령에 펠릭스는 지체하지 않고 검을 자신의 왼쪽 가슴에 가져다댔다.

"안 돼……. 안 돼!"

글로리아가 고개를 가로저었다. 그녀의 목덜미로 점점 더 칼이 파고들었다. 참고 있던 눈물이 후드득 떨어져 내렸다.

"죽을 땐 죽더라도, 부인은 안아보고 싶은데."

"미안하지만 그건 안 될 것 같군, 펠릭스. 네가 심장에 검을 반쯤 꽂아 넣었으면 모르겠지만 말이야. 서두르게나. 이 칼이 곧 글로리아의 목을 뚫을 것 같네. 글로리아가 죽는 걸 보는 것보다는 그대가 죽는 쪽이 더 낫지 않은가."

제이드가 희열에 찬 눈으로 말했다.

푹!

그 말과 동시에 펠릭스의 왼쪽 가슴에 검이 반쯤 꽂혔다.

순간 글로리아의 숨이 멈췄다. 온몸에서 피가 다 빠져나간 것처럼 발끝이 서늘했다. 보고도, 본 걸 믿을 수 없었다. 자존심 강하고 이기적인 펠릭스가 검을 자신의 몸에 꽂았다.

칼에 찔려보고 검에 베여봤기에 그녀는 그 고통이 얼마나 극심한지 잘 알고 있었다.

……왜.

……대체 왜. 내가 뭐라고. 저런 말도 안 되는 선택을…….

숨을 멈춘 글로리아의 얼굴에서 굵은 눈물이 툭 떨어져 내렸다.

"이제 글로리아를 내게 줘."

펠릭스가 입을 열었다. 그러자 입술 사이에서 짙은 피가 흘러나왔다. 그의 시선이 제이드를 향했다.

"약속이니 지켜야겠지."

제이드가 희열에 찬 표정을 지었다. 그가 글로리아를 질질 끌었다.

"안 돼!"

글로리아가 온몸을 비틀며 벗어나려 했다. 그럴수록 줄은 그녀의 손목을 더 꽉 조였다. 손이 시체처럼 하얗게 질려갔다. 그러나 그녀는 자신의 손 따위 신경 쓸 수 없었다.

남은 검이 왼쪽 가슴을 관통하면 그는 정말로 죽는다. 그가 이 세상에 없다. 그것만으로도 미칠 것만 같았다.

이제 겨우 정착해서 사랑하게 되었는데……. 사랑이 뭔지 알게 되었는데……. 이제 겨우 사람답게 사는 것 같은데…….

글로리아의 눈에서 눈물이 쏟아져 내렸다.

제발…….

글로리아의 바람과 달리 제이드는 그녀의 머리채를 잡고서 질질 끌어당겼다. 글로리아는 끌려가지 않기 위해 버텼다.

짝, 짝!

제이드가 가차 없는 손길로 글로리아의 뺨을 후려쳤다. 그녀는 다리의 힘이 다 풀린 상태로 질질 끌려가 그의 앞에 멈춰 섰다. 가까이서 본 펠릭스의 몰골은 더욱 끔찍했다.

왜, 펠릭스, 당신이 이런 꼴로 내 앞에…….

"……그냥 죽게 놔뒀어야죠. 나만 죽으면 됐잖아요!"

글로리아의 입술에서 비명 같은 울음이 새어나왔다.

"이리 와."

펠릭스가 힘이 빠진 팔을 억지로 들어 그녀에게 내밀었다. 그의 얼굴에 흐린 미소가 번졌다. 늘 아름답기만 하던 미소가 무채색이 되었다. 원망과 서러움, 억울함이 뒤범벅이 되었다. 따져 묻고 싶었다.

혼자라도 살았어야지. 여길 오지 말았어야지.

속에서 터져나오는 말들과 다르게 몸이 저절로 움직였다. 펠릭스의 차가운 손에 몸이 닿는 순간, 빨려 들어가듯 그의 오른쪽 가슴에 안겼다. 글로리아의 몸이 그에게 맞닿았을 때였다.

푹!

동시에 섬뜩한 소리가 귓가에 번졌다. 온 감각이 멈췄다. 글로리아의 시야에 그의 등을 관통한 검이 보였다. 글로리아의 입술이 벌벌 떨렸다. 그 모습을 차마 제대로 보지 못하고, 앞만 바라보았다.

심장에 검이 꽂힌 펠릭스를, 제이드가 환희에 찬 표정으로 바라보았다. 그의 로브가 뒤로 넘어가며 얼굴이 드러났다.

"자네도 전쟁을 하면서 이런 기분이었나? 몸에 검을 꽂는 기분 말이야. 굉장히 아름다운 기분이구만. 그렇게 오만할 만했어. 이런 기분을 늘 느끼고 살았다니 오만할 수밖에. 어떤가. 늘 남을 찌르기만 하다가 본인이 찔린 기분이 말이야. 응?"

광기에 찬 그의 눈이 펠릭스의 몸을 바라보았다.

자신의 손으로 펠릭스의 인쪽 가슴에 검을 박아 넣었다. 왼쪽 심장에 검이 박힌 펠릭스라니. 이 얼마나 우스운가.

펠릭스는 글로리아를 품에 꼭 안고 있었다. 글로리아는 펠릭스에게 충격이 갈까 봐 숨도 제대로 쉬지 못했다.

그러나 보람도 없이 그의 가슴에서 새어나온 붉은 피는 그녀의 작은 몸을 흠뻑 적시고 있었다. 그 와중에 펠릭스는 글로리아의 허리를 꽉 붙들고 있었다.

"불쌍해서 눈물이 다 나는구만. 천하의 펠릭스 버클리 공작이 이러고 있는 걸 보니 말이야. 아하하하!"

제이드가 웃음을 터트리며 자신의 무릎을 내리쳤다. 그는 눈에 고인 눈물을 닦으며 펠릭스를 바라보았다. 그는 글로리아를 붙든 손에서는 힘을 풀지 않았다.

"저런. 죽기 직전까지도 빼앗기기 싫은 모양이구만. 걱정하지 말게나. 글로리아를 빼앗을 생각은 없으니 말이야."

자신의 편이 되지 않는다면 살아 있어봐야 자신에게 짐짝만 되는 여자였다.

강단 있는 여자이니 자신이 죽었다고 물고 늘어질 게 분명했다. 그러면 펠릭스의 뒤를 따르던 귀족들과 기사단들이 나설 테니 오히려 골치만 아파졌다.

"이제 마지막 처리를 하고 돌아가셔야 합니다. 더 오래 자리를 비웠다간 다른 사람들이 눈치챌지도 모릅니다."

조셉이 조마조마한 표정으로 제이드에게 속삭였다.

"아직 펠릭스가 죽지 않았어. 나는 저자가 천천히 죽어가는 모습을 봐야겠거든."

그 때문에 그는 펠릭스의 심장에 꽂힌 검을 뽑지 않았다. 펠릭스가 몸에 검이 꽂힌 채로 조금씩 고통스럽게 죽는 모습을 보고 싶었다.

"지금 당장 죽이셔야 합니다. 더 오래 자리를 비우시면 공작님의 알리바이가 사라지게 됩니다. 더군다나 곧 비가 그칠지도 모릅니다. 그 전에 움직여야 발자국이 사라집니다. 아시지 않습니까, 최대한 증거가 적어야 한다는 것을요. 그러니 부디 제 청을 들으시어 움직이시지요."

"이런, 쯧. 아쉽구만. 돌아가도록 하지."

"죽이지 않으시는 겁니까?"

조셉이 불안한 표정으로 쳐다보았다.

"벌써 죽이면 아깝지 않나. 천천히 죽음을 맛보도록 해야지."

"하지만……!"

조셉이 다급히 말하려 하자, 펠릭스가 그를 노려보았다.

"며칠 후에 오면 될 일이지. 그동안 두 사람 다 시체가 되어 있을 테니 그걸로 확인하면 될 거고. 이 밀실에서 저 몸으로 빠져나갈 수도 없어. 돌문 하나 못 밀 테니 말이야. 아주 운이 좋아 빠져나간다고 하더라도 살아남긴 힘들지. 이 주변을 에워싸고 있는 녀석들이 있으니까."

"알겠습니다."

제이드의 말에 조셉은 마지못해 대답했다. 그사이 제이드가 글로리아를 꼭 끌어안고 있는 펠릭스를 바라보았다.

"자네 가는 모습을 보고 가려고 했는데, 안 되겠구먼. 그곳에서 천천히 죽어가게나, 펠릭스 공작. 아아, 하지만 섭섭해하지 말게나. 자네를 따라 글로리아 부인도 갈 거니 말일세."

펠릭스의 새파란 눈동자가 제이드를 쳐다보았다. 제이드가 바닥에 던져놓은 단도를 가리켰다. 글로리아의 목을 찌르던 칼이었다.

"저 칼에 독이 조금 묻어 있거든. 자네보단 천천히 갈 테니, 부인을 죽이지 않은 건 맞지 않은가. 그러니 부인의 품에 안겨 조심히 가게나. 내 선물일세."

제이드가 낮게 클클 웃으며 걸음을 돌렸다.

스르렁.

무거운 돌벽이 밀리더니 금세 닫혔다. 글로리아가 온 힘을 다해도 열 수 없을 정도의 무게였다. 밀실에 단둘이 남게 되자 무기력함이 온몸을 지배했다.

그의 품에서 떨어진 글로리아는 눈물범벅이 된 얼굴로 펠릭스를 바라보았다. 그의 푸른 눈이 고요했다.

"……왜 여길 와요, 대체 왜! 그냥 죽게 내버려뒀으면 됐잖아요! 난 어차피 죽었어요. 다시 산 것 자체가 기적이라고요! 그런데 왜 여기까지 오냐고요! 왜!"

화가 치밀어올랐다.

그가 여기까지 오지 않았더라면, 자신만 죽었으면 끝났을 일이다. 그가 고집을 부려 여기까지 오는 바람에 둘 다 죽게 되었다.

대체 여길 왜 와. 왜…….

글로리아의 눈에서 눈물이 쏟아져 내렸다.

"……보고 싶어서."

자그마한 목소리가 들렸다. 그 순간, 글로리아는 숨이 턱 막혔다.

"또, 못 보면 안 되니까."

"……."

"그런 경험은 한 번으로 충분해."

"……."

"혼자 죽지 않게 하겠다고 약속했잖아."

실낱같은 목소리가 더듬더듬 이어졌다. 펠릭스가 마지막 힘을 다해 글로리아를 끌어안았다. 그녀의 이마가 그의 오른쪽 가슴에 닿았다. 피에 젖은 옷자락 때문에 그녀의 이마가 금세 축축해졌다.

"보지 마. 흉하니까."

그가 귓가에 낮게 낮게 속삭였다. 그의 호흡이 불안정하게 이어졌다.

"네 앞에선 멀쩡한 모습이었으면 하거든. 이미 늦은 것 같지만."

농담을 건네는 그의 입가에서 붉은 피가 흘러내렸다.

"흡."

눈물은 흘려도 울음소리만큼은 참던 글로리아가 울음을 터트렸다. 왜 왔냐고 화를 내고 울었지만, 그렇지만…….

……자신도 보고 싶었다.

제이드에게 머리채를 잡혀 영락없이 죽겠구나, 라고 생각한 순간 간절하게 바랐다. 이렇게 죽게 된다면 단 한 번만 그를 더 보고 싶다고.

"……미안해요."

자신의 간절함이 지나쳐서 당신을 이곳까지 불러들였다. 이 모든 게 자신의 탓이다. 자신이 다시 살고자 하지 않았더라면, 이렇게 살아서 당신 앞에 나타나지 않았더라면 이런 일이 일어나지 않았을 텐데…….

내가 당신의 유일한 약점이 되었다.

"죽지 마요. 제발……. 펠릭스, 죽지 마요. 살아요. 제발……."

글로리아가 그의 가슴을 누른 채 속삭였다. 그녀는 목에 달린 메달을 바라보았다.

"제발, 펠릭스 공작님을 살려줘. 이 사람을 살려줘……."

검이 심장을 관통한 이상, 자신이 가진 메달에 대고 아무리 빌어도 이루어지지 않는다는 걸 안다. 알지만, 그녀는 빌었다. 마지막으로 붙들 곳이 메달밖에 없었다.

못 해준 것들이 머릿속을 스치고 지나갔다. 그가 정직한 눈으로 사랑을 표현할 때, 자신은 부끄럽고 낯설다는 이유로 사랑을 티 나게 표현하지 않았다. 그래도 괜찮을 거라고 생각했다. 굳이 마음은 표현하지 않아도 전해질 테니까.

그렇게 놓친 순간들이 이제 와서 눈물 나게 아쉬웠다.

그 모든 순간에, 내가 당신에게 사랑한다고 말했더라면 지금의 후회는 절반으로 줄어들었을까. 그랬더라면 나는…… 당신의 사랑 앞에서 지금보다 조금 더 당당할 수 있을까.

글로리아가 입술을 달싹였다. 그러나 아무 말도 나오지 않았다. 단도에 독이 발려 있다고 했던가. 입술부터 마비가 오는 모양이었다.

"펠······."

이제 이름조차 제대로 부를 수 없었다. 그녀의 눈앞이 가물가물해졌다. 안면이 굳어 펠릭스가 숨을 쉬는지 아닌지조차 느껴지지 않았다. 매번 느끼는 거지만, 마지막은 늘 허무했다. 애써 살아온 보람도 없이.

그녀는 희미하게 흐려지는 의식 가운데 마지막으로 빌었다.

이 사람만은 제발 살았으면 좋겠다고······.

"······글로리아."

바닥을 바라보고 있던 펠릭스가 자그맣게 그녀를 불렀다. 그녀에게서 어떤 미동도 느껴지지 않았다. 앉아 있던 그가 조용히 눈을 감았다.

무언가가 파삭 하고 깨어지는 소리가 들렸다. 동시에 눈앞이 희게 변했다. 그는 무언가에 감싸이는 기분을 느꼈다. 머릿속이 멍해졌다.

그러자 눈앞에 지금보다 어린 에단의 모습이 떠올랐다. 그가 긴 전쟁을 마치고 저택으로 돌아온 지 얼마 되지 않았을 때였다.

늦은 밤, 그는 나무 위에 있었고 어린 에단은 나무를 오르지 못해 아래에 쭈그리고 앉아 있었다. 혹시 그가 떨어질지 모른다는 생각에 어디선가 이불을 한가득 가져와 나무 주변에 펼쳐놓았다. 돌아가라고 했지만 그는 고집을 부리며 앉아 있었고, 펠릭스는 신경을 끈 채 하늘을 바라보고 있었다.

「공자님, 노래를 불러드릴까요? 심심하시잖아요.」

「…….」

「하늘에서 별이 하나둘 떨어지는 밤.」

에단은 난생처음 듣는 노래를 부르기 시작했다. 말을 걸거나 신경 쓰면 더 말을 건다는 걸 알기에 펠릭스는 아는 체하지 않았다. 그저 노래가 끝나길 기다렸다.

「별이 내려와 말을 해요. 넌 잘하고 있단다, 아름다운 아이야. 네가 태어난 건 기적과도 같은 일이지.」

유치한 가사였다. 그러나 어둑한 밤, 별이 빛나는 순간에 듣기엔 썩 나쁘지 않았다. 그렇게 에단은 노래를 불러주었다. 한 곡, 두 곡. 죄다 처음 듣는 노래들이었다.

「대체 그 이상한 노래들은 어디서 배운 거지?」

「공자님한테 불러드리려고 배운 노래예요. 일부러 가사가 좋은 노래들만 배웠어요.」

「…….」

「전쟁에서 돌아오면 잠들기 힘들다고 들었어요. 아무래도 그렇겠죠. 그럴 때 예쁜 가사가 담긴 노래를 들으면 괜찮다고 들었어요. 이거 말고 다른 노래도 있어요. 불러드릴까요? 하늘 끝에는 무엇이 살고 있을까.」

제멋대로 노래를 시작했다. 아무래도 음정과 박자가 맞지 않는 것 같은 그 노래는, 계속해서 이어졌었다.

지금, 그 노래가 왜 갑자기 다시 듣고 싶어질까.

어쩌면 다시 그때로 돌아가 수줍게 노래를 부르던 네게 이야기해주고 싶었는지도 모른다.

아무도 신경 써주지 않던 자신의 마음을 보듬어줘서 고맙다고.

늦은 밤, 검은 로브를 뒤집어쓴 다섯 명이 쏟아지는 폭우 속에서 폐가를 바라보았다. 만에 하나 펠릭스 공작이 살아나오면 사살하라는 게 그들이 받은 명이다.

그러나 그들은 펠릭스가 저 폐가에서 살아나올 수 없을 거라 확신했다.

주인이 없다고 알려져 있지만, 제이드 데이빗슨이 본 주인인 저 폐가에는 아는 사람만 들어갈 수 있는 밀실이 존재했다.

그 존재를 아는 자들도 쉽게 찾기 힘들 정도로 어렵고 복잡하게 설계되어 있었다. 그곳에서 그는 자신의 일에 방해되는 자들을 조용히 처리해왔다. 여태껏 그 사실은 밝혀지지 않았고 앞으로도 밝혀지지 않을 거라고 확신했다.

그러나 시간이 지날수록 알 수 없는 불안이 들었다. 다들 입 밖으로 말하진 않았지만, 이상한 분위기를 감지한 듯했다.

로브를 뒤집어쓴 남자가 가장 중앙에 서 있는 남자에게 다가섰다.

"이래도 되는 겁니까?"

남자가 초조한 목소리를 냈다.

"뭘 말이냐."

"다른 사람도 아니고 펠……."

"입 닥치지 못해!"

그 이름이 나오려 하자, 중앙에 서 있던 남자가 엄하게 다그쳤다.

"죄송합니다. 하지만 '그자'는 건드리기에 너무 위험한 사람 아닙니까. 혹여 들키기라도 하면……. 아시지 않습니까, '그자'의 기사단원들이 어떤 자들인지."

"그런 일 없을 테니까 제자리로 돌아가서 지키고 있어라. 빠져나가지만 않으면 누구도 몰라."

정중앙의 남자가 으르렁거리자, 남자는 하는 수 없이 본래의 자리로 돌아갔다.

정중앙의 남자는 다시 빗속을 바라보았다. 말은 이렇게 했지만, 그 역시 마음이 편치 않았다.

만에 하나 펠릭스 공작을 죽인 게 데이빗슨 가문이라는 소문이 조금이라도 퍼졌다간 그의 수하인 기사단이 모조리 일어설 게 분명했다. 평소엔 존재감 없이 숨죽이고 있지만 강한 충성심과 뛰어난 검술 실력을 가진 그들을 상대할 자신이 없었다.

또한, 그를 평소에 경외하던 귀족들 또한 들고 일어날 게 분명했다.

정말 만에 하나 이 사실을 들키기라도 한다면…….

벌어질 일들은 상상도 하기 싫었다.

"흐음."

그가 낮게 침음하며 더욱더 눈을 크게 떴다. 이럴수록 더더욱 철저하게 감시해야 했다.

툭, 툭.

묵직한 빗줄기가 머리 위로 떨어졌다. 검은 로브를 뒤집어쓴 수장은 입을 꾹 다물었다.

분명 다 끝나가는데, 찝찝했다. 펠릭스 공작이 아무리 사랑에 눈이 멀었다지만, 이렇게 허술하게 죽을 사람이 아니었다.

스르렁.

그때, 빗소리 사이에 낯선 기척이 섞였다. 검을 뽑을 때 나는 소리라는 걸 직감적으로 알아챈 자들이 재빨리 몸을 돌렸다.

그러나 검은 로브를 쓴 다섯 명은 검집에 손도 대지 못한 채 멈춰 섰다. 다들 목덜미에 검이 닿아 있었다. 적들은 짙은 색의 로브를 뒤집어쓰고 있어서 얼굴을 알아볼 수 없었다.

지척에 도착할 때까지 알아채지 못했다.

검은 로브를 뒤집어쓴 자들의 얼굴이 낭패감에 물들었다. 검은 로브를 쓴 자들 중 수장이 되는 자는 눈으로 사람의 수를 살폈다. 검을 든 자들 말고도 몇 명이 뒤에서 대기하고 있었다. 그들의 손에는 활과 화살이 들려 있었다. 도망치면 곧바로 쏴 죽일 작정인 것이다.

"시키는 대로 한다면 살려주지."

"거부한다면?"

"이 자리에서 가장 고통스러운 방법으로 즉사. 너희 가족들 또한 모두 고통스럽게 죽일 예정이지. 말만 잘 듣는다면 달라질 거다."

"……!"

검은 로브를 쓴 자들이 술렁거렸다. 자신들은 모르겠지만, 가족이라면 말이 달랐다.

"셋을 세지. 그동안 결정하도록. 하나, 둘."

남자가 셋, 을 외치기 직전이었다.

검은 로브의 수장이 검을 바닥에 내려놓으며 무릎을 꿇었다. 그가 하는 행동을 경악한 표정으로 지켜보던 이들도 뒤따라 무릎을 꿇었다.

기사라고는 하지만, 제이드에게 돈으로 고용된 용병 출신들이라 그에게 충성심 따원 없었다.

그들이 항복의 제스처를 취하자 검을 쥐고 있던 남자가 고개를 까딱였다. 그러자 뒤에서 대기하고 있던 자들이 다가와 약병을 내밀었다.

"마셔라."

"이게 뭐지?"

"마시면 알게 될 거다."

검은 로브의 사내들이 머뭇거리는 사이, 저벅저벅 다가간 자들이 그들의 머리를 뒤로 젖혀 입에 약을 부었다.

"윽!"

그들이 뱉으려 하자, 목울대를 내리쳤다. 흡, 소리와 함께 그들이 약물을 삼켰다. 모두 약을 삼킨 걸 확인한 남자가 쓰고 있던 로브를 벗었다. 남자의 정체를 확인한 검은 로브의 사내들이 눈을 부릅떴다.

"……!"

펠릭스 버클리 공작저의 기사단장 체이스가 무서운 눈으로 그들을 내려다보고 있었다.

"깜빡하고 그 이야기를 하지 않았군."

"……."

"너희는 앞으로 살긴 살아도, 꽤 힘든 시간을 보내게 될 거다. 하루에 한 번씩 우리가 주는 해독제를 마시지 않으면 내장기관이 타들어가는 고통을 겪게 될 테니까 말이야."

체이스가 서늘한 미소를 지었다. 검은 로브의 사내들은 비명을 질렀다. 그러나 금세 버클리 기사단원들에게 제압당해 끌려갔다.

체이스는 홀로 남아 폐가를 바라보았다. 그러고는 펠릭스가 내렸던 명령을 떠올렸다.

「소리 없이 날 따라와라. 열두 시간 동안 나서지 말고 지켜만 보도록. 만에 하나, 내가 열두 시간이 넘어도 나타나지 않는다면, 나를 찾아보도록 해. 만약 찾았는데 내가 죽었거나 실종되었다면 배후를 찾아내 갈가리 찢어 죽이도록. 그 뒤는 보좌관들에게 맡겨놓은 유언대로 진행하면 된다.」

체이스는 평소와 다른 그의 명령이 섬뜩했지만, 거부할 수 없었다. 그래서 어쩔 수 없이 먼발치에서 펠릭스의 뒤를 따랐다. 펠릭스는 지금 눈앞에 보이는 폐가로 끌려갔었다.

이제 펠릭스가 끌려간 지 열두 시간이 다 되어가고 있었다. 체이스는 정확하게 열두 시간이 되면 폐가에 들이닥칠 참이었다.

그 순간 폐가에서 미약한 흔들림이 느껴졌다.

쿠쿵!

폐가가 내부에서부터 무너지는 듯한 소리가 들렸다. 체이스는 이를 사리문 채 재빨리 폐가를 향해 달려갔다.

제이드와 조셉은 이틀 후, 별장에 다녀오겠다는 핑계로 저택을 나섰다. 그들의 발길은 폐가에서 멀리 떨어진 별장으로 향했다. 별장에서는 이미 검은 로브를 입은 자들이 대기하고 있었다.

"그래, 그곳은?"

제이드가 푹신한 소파에 몸을 파묻으며 물었다.

"폐가에서 나오는 이는 한 사람도 없었습니다."

검은 로브의 수장이 대답했다.

"확실한가?"

"네."

"그럼 나머지 뒤처리도 단단히 해뒀겠지?"

"네. 퇴로 없이 확실히 무너뜨렸습니다. 설령 그들이 멀쩡히 살아 있다고 하더라도 나오기 힘들 겁니다."

제이드는 하루 정도 지켜보다가 비가 많이 내릴 때 폐가를 완전히 무너뜨려 돌더미로 만들라고 명했다. 검은 로브를 쓴 자들을 계속해서 폐가 근처에 둘 순 없었다. 다른 사람들 눈에 띄면 곤란했다.

그 때문에 쏟아진 폭우로 인해 무너진 것처럼 위장해두었다. 만에 하나 펠릭스의 기사단이 폐가를 이상하게 여겨 뒤질 것을 대비하기 위함이기도 했다.

"확인은?"

"기사단이 지척까지 뒤지고 다녀 어렵긴 했지만, 확인했습니다. 그들은 시체가 되었습니다."

검은 기사단이 눈을 내리깔며 말했다.

"그렇겠지. 하늘이 도와 살아 있다고 하더라도 나올 순 없을 테지."

밀실은 깊고 어두웠으며 복잡했다. 칼에 찔린 몸으로 그곳을 나오긴 무리였다. 나오다가 상처가 벌어져 길목에서 죽었을 확률이 더 높았다.

더욱이 글로리아 또한 독이 묻은 검에 목을 찔리지 않았던가. 물론 일시적인 마비를 시작으로 점점 독이 퍼져 호흡을 멈추게 하는 거라 시간이 꽤 걸리겠지만, 그 몸으로 나오긴 힘들 게 분명했다. 여자의 몸으로 밀 만한 벽들이 아니었다.

"하지만 참 아쉽단 말이야. 죽은 그 모습을 내 눈으로 제대로 봤어야 했는데 말이지."

제이드가 아쉽다는 듯 입맛을 다셨다.

버클리 가문이 발칵 뒤집혀 기사들이 그를 찾으러 온 대륙을 뒤지고 다닌다는 소식만 없었어도, 직접 찾아가서 그의 시체를 확인했을 거다.

펠릭스는 태어날 때부터 눈엣가시였던 녀석이었다. 그는 제 아비의 장점만 닮고 단점은 전혀 닮지 않은 특이한 케이스였다. 여태껏 그에게는 '본인' 말고는 약점이 존재하지 않아 처리할 수 없었다.

그러다 그가 아내를 맞이하면서 약점이 생겼다. 그는 진심으로 글로리아를 사랑하는 것처럼 보였다. 죽기 직전까지 꽉 끌어안고 있던 모습이 그 점을 증명하지 않던가.

"멍청한 놈, 스스로 약점을 만들다니. 그깟 여자가 뭐라고. 언제든 구할 수 있는 게 여자 아닌가. 물론 살아만 있다면 말이야."

제이드가 고개를 설레설레 흔들고는 손을 내밀었다. 그러자 곁을 지키고 있던 조셉이 와인이 담긴 잔을 그의 손아귀에 쥐여주었다.

"즐기십시오. 그리고 직접 가시지 않은 건 잘하신 일입니다. 운 나쁘게 버클리 가문의 기사단과 마주치면 좋지 않으니까요."

"나도 알고 있어. 그래, 이제 버클리 가문은 어떻게 될 것 같은가?"

제이드는 조셉의 얼굴을 외면한 채 물었다.

"저택이 발칵 뒤집힌 상태라고 합니다. 기사단도 이리저리 찾고 있으나 별달리 방도가 없겠지요. 아무리 뛰어난 기사단이라고 하더라도 폐가의 밀실까진 찾아보지 못할 테니까요. 지금은 저 상태로 어느 정도 유지되더라도 곧 차차 무너질 겁니다."

"버클리 가문에는 더 이상 대를 이을 자가 없다던데."

"네. 몇 해 전 유행한 전염병으로 사촌들까지 모두 죽어버린 터라……. 아마 버클리 공작가는 펠릭스 버클리 공작을 끝으로 사라질 것으로 보입니다.”

재산은 모조리 국가로 귀속될 것이고, 이제 대륙에서 가장 높은 위세를 자랑하는 공작가는 데이빗슨 가문만이 유일할 것이다.

“크하하하하하!”

조셉의 말에 제이드는 웃음을 터트렸다. 그는 한참이나 웃더니 눈가에 맺힌 눈물을 닦았다.

“얼마나 허무한 끝인가. 고작 여자 하나를 지키려다가 둘 다 폐가에 매장되는 꼴이라니……! 내가 정말 그 여자를 살려둘 거라고 생각한 건가, 그자는! 정말 어리석고 멍청한 자가 아닌가. 대체 누가 펠릭스 공작을 똑똑하다고 한 건지 모르겠구만. 정말 우스워. 아주 우스운 일이야.”

한참 웃고 떠들던 제이드는 붉은빛의 포도주를 들어 폐가가 있는 방향에다 대고 잔 안을 들여다보았다. 온 세상이 붉게 물들었다. 그 모습을 흡족하게 바라보고 그는 포도주를 단숨에 들이켰다.

“오늘은 즐겨야겠구만. 앞으로 다가올 즐거운 날들을 위해서 말이지.”

제이드의 만면에 즐거움이 가득했다.

눈을 뜬 글로리아의 시야에 가장 먼저 들어온 것은 새하얀 천장이었다. 입을 열려고 했으나, 아무 말도 나오지 않았다. 힘겹게 손을 들어 턱을 더듬더듬 만졌지만, 감각이 느껴지지 않았다. 뒷덜미 또한 마찬가지였다. 감각이 없었다.

죽었나 보네.

글로리아는 덤덤하게 생각했다. 그 상황에서 살아남은 것 자체가 기적이었다. 그녀는 멍하니 천장을 바라보았다.

그렇다면 여긴 어딜까. 꽤 착하게 산다고 노력했는데, 천국일까. 그럼 이곳에 알렉스도 있는 걸까. 펠릭스는?

펠릭스도 천국에 올 수 있을까.

왠지 못 올 것 같다. 전쟁 중에 살육을 얼마나 많이 했는데……. 그래도 마지막엔 그도 빈민가 환경개선에 힘쓰려고 하고, 좋은 일에 참여하려고 했으니 형벌이 깎이지 않았을까. 하지만 그 성질머리를 생각해보면 심판관 앞에서 느긋하게 웃으며 또박또박 말하다가 지옥으로 쫓겨났을 것 같기도 했다.

……그럼 못 보는 건가.

그 생각을 하자 심장이 발끝까지 툭 떨어졌다. 왜 잃고 나서야 그 사람의 무게를 깨닫게 되는 걸까.

글로리아는 나오려는 울음을 꾹 참고서 몸을 일으켰다. 감각은 없는데 몸이 묵직한 게 느껴졌다. 죽는다고 해서 몸이 깃털만큼 가벼워지는 건 아닌 모양이었다.

몸을 일으킨 그녀는 가장 먼저 축 늘어진 금발과 새하얗고 작은 발을 보았다. 팔엔 이런저런 멍이 잔뜩 남아 있었다.

「죽으면 죽은 모습 그대로 하늘나라에 가게 된다더구나.」

언젠가 사무엘이 흘리듯 던졌던 말이 떠올랐다. 죽으면 에단의 모습일 줄 알았더니, 글로리아의 모습이라 조금 섭섭했다. 몸을 일으킨 글로리아는 방을 둘러보다가 한곳에 시선을 멈추었다.

햇살이 비쳐드는 창가 앞에 자리한 소파에 한 남자가 앉아 있었다.

소파에 몸을 반쯤 파묻은 불편한 자세로, 그는 눈을 감고 있었다. 새하얀 피부는 상처투성이였고, 눈이 부신 은발은 새까만 소파 위에 흐트러져 있었다. 그의 높은 콧대 위로 햇살이 반짝였다.

글로리아는 그의 모습을 숨죽인 채 바라보았다. 이름을 붙일 수 없는 수많은 감정이 강물처럼 빠르게 스쳐지나갔다.

그리고 마침내 머리가 텅 비었을 때, 하나의 생각만 떠올랐다.

……다행이다, 다시 볼 수 있어서.

글로리아는 터져나오려는 울음을 온 힘을 다해 참았다.

자신이 보고 있는 모습이 꿈일지도 모른다는 생각이 들었다.

꿈이리면 깨지 마라, 제발.

그녀는 발소리를 죽인 채 천천히 그의 앞으로 다가갔다. 다리에 힘이 들어가지 않아 이리 휘청, 저리 휘청하면서도 그녀는 앞만 보고 걸었다. 마침내 그의 앞에 완전히 도착했을 때 그녀는 무릎을 굽히고 앉아 그를 물끄러미 바라보았다.

눈앞의 남자는 분명 자신이 알고 있는 펠릭스였다.

은발, 긴 눈매, 높은 콧대, 다물린 일자 입술까지.

그녀는 갈증 난 사람이 물을 마시듯 그를 바라보고 또 보았다. 그러다 조용히 손을 뻗어 그의 손을 감싸 쥐었다. 그럴 리 없는데도 손이 따뜻한 것처럼 느껴졌다. 마치 그가 살아 있는 것처럼 느껴졌다.

눈앞이 뿌옇게 변했다.

보고 나니 알겠다. 얼마나 보고 싶었는지…….

글로리아는 맞잡은 손을 바라보다 입술을 달싹였다. 지금이 아니면 할 수 없다는 생각이 들어서인지, 저절로 말이 새어나갔다.

"……다음부턴 잘할게요. 사랑한다는 말도 아끼지 않고, 더 많은 시간을 함께 보내려고 노력하고, 또······. 또······."

"······."

"그냥 뭐든 다 잘할게요. 뭘 시키든지 잘할게요. 다음부턴······ 그럴
게요."

머릿속으로 못 해준 것들이 빠르게 스쳐지나갔다. 왜 그 많은 생각
들 중에서 못 해준 것들만 떠올라 가슴을 내리치는지 알 수 없었다.

글로리아는 그의 손을 거머쥐고서 하던 말을 멈추었다. 눈에서 눈
물이 흘러넘쳤다. 지금 말을 더 해줘야 하는데······. 울음이 말을 가로
막았다.

펠릭스의 처참했던 마지막 모습이 자꾸만 눈앞에 아른거려, 숨이
막혔다.

"······그 약속, 기억해두도록 하지."

갑작스레 들리는 목소리에 글로리아가 고개를 들었다. 그러자 방금
그 자세에서 눈만 뜨고 있는 펠릭스가 보였다.

"······펠릭스?"

"일어났나 보군."

글로리아가 놀란 얼굴로 고개를 끄덕였다.

그러자 펠릭스가 몸을 일으켰다. 그는 잠시 글로리아를 훑어보았
다. 그러더니 방문을 향해 걸어갔다.

"어디 가요? 아직 말 다 못 했는데······."

왠지 그가 이 방문을 열고 나가면 다시는 못 볼 것 같아서, 글로리아
는 그를 꽉 붙들었다.

"무슨 말? 천천히 하도록 해. 그 몸으로 계속 떠들다가 쓰러져."

"안 돼요. 이제 못 볼지도 모르잖아요."

"못 봐?"

그가 얼굴을 찌푸리며 물었다.

"기억 안 나요? 우리 죽은 거? 우린 지금 죽어서 하늘에 온 거예요! 아무래도 공작님과 제가 심판을 받기 전에 만난 것 같은데, 심판을 받으면 이젠 헤어질지도 몰라요."

"……."

글로리아의 말을 듣고 있던 펠릭스의 표정이 묘해졌다. 그걸 알아채지 못한 글로리아가 그의 손을 꽉 거머쥐고서 말했다.

"아무래도 저는 착하게 살아서 천국 갈 것 같아요. 그런데 아무리 생각해봐도 펠릭스 공작님은 지옥에 갈 기…… 흡, 같아요."

"……."

"그 성격으로 온갖 못된 성질 다 부려가면서 살았는데 하늘이 공정하다면 공작님을 천국에 보낼 리가 없잖아요. 하다못해 저한테 한 짓들만 생각해도 공작님이 무사할 리가 없어요. 공작님한테 죽은 인간만 해도 몇이고, 하다못해 알렉스 전 공작님한테 따박따박 말대꾸한 행동만 생각해도……."

"……."

글로리아가 말을 잇다 말고 입술을 깨물었다. 펠릭스는 기가 차다는 얼굴로 글로리아를 바라보았다. 그녀는 그가 천국에 갈 리가 없다고 단언하고 있었다.

"……여태까지 날 그렇게 보는 줄 몰랐군."

펠릭스의 목소리가 한층 낮아졌다.

"저뿐만 아니라 모두가 그렇게 보고 있을 거예요."

"다른 사람은 몰라도 너까지 그렇게 볼 줄은 몰랐는데, 글로리아."

펠릭스의 미간이 확 좁아졌다.

"아닌 건 아니라고 해야죠. 물론 저한텐 좋은 사람이지만요."

"……."

"그러니까 조금만 더 있다가 가요."

글로리아가 펠릭스의 손을 붙잡은 걸로 부족해 팔을 붙들었다. 그러더니 팔에 이마를 대고서 울먹였다. 좀처럼 보이지 않던 사랑스러운 행동에, 화가 나 있던 펠릭스의 얼굴이 느슨하게 풀렸다.

"나중에 누가 찾아오면 그때 가요. 아직 못 해준 말도 많고 하고 싶은 것도 많아요. 더 보고 싶기도 하단 말이에요."

"……."

펠릭스는 횡설수설 말을 늘어놓는 글로리아를 말없이 바라보았다. 그녀의 눈에 눈물이 흘러넘쳤다. 그의 옷자락을 잡은 그녀의 손이 애처로울 만큼 바들바들 떨렸다.

"이렇게 헤어질 줄 알았으면, 조금 더 열심히 표현할걸……."

그녀의 중얼거리는 목소리에 펠릭스의 눈빛이 차분해졌다. 펠릭스가 손을 뻗어 그녀의 금발을 쓸어넘겼다.

"죽고 보니 생각이 많이 달라졌나 보군."

"네."

"생각보다 날 좋아한다는 걸 깨달은 건가?"

펠릭스의 나긋한 목소리에 웃음기가 맺혔다.

"아뇨."

"……."

"사랑해요. 그 마음을 깨달았어요."

"……."

장난스럽게 말을 하던 펠릭스의 입매가 굳었다. 기껏해야 얌전하게 '네.'라는 대답을 들을 줄 알았는데, 생각지 못한 대답이 돌아왔다.

"사랑해요."

"……."

"세상에서 제일."

"……."

"나보다 더."

속삭이듯 건네는 사랑한다는 말에 그의 목울대가 위아래로 움직였다. 말을 먹을 수 없다는 걸 알면서도 그는 그 말이 자신의 안으로 삼켜지길 바랐다. 그래서 사신이 원할 때마다 떠오르길 바랐다.

무심코 던진 네 마음이 나를 어떻게 만드는지 너는 죽어도 모르겠지.

손을 뻗은 펠릭스가 그녀의 머리를 쓰다듬었다. 애틋한 손길이 그녀의 머리를 하염없이 쓸어내렸다.

똑똑.

문을 두드리는 소리에 글로리아의 어깨가 흠칫 굳었다. 글로리아가 뭐라고 하기도 전에 펠릭스가 "들어와."라고 대답했다. 그 대답에 글로리아는 펠릭스의 얼굴을 원망스럽게 쳐다보았다.

하늘에서까지 반말이라니.

지옥을 향해 말을 타고 뛰어가는 남자의 뒷모습을 보는 것 같았다.

그녀의 조마조마한 마음과 달리, 한 남자가 문을 벌컥 열며 들어왔다.

"공작님, 보고드립니…… 힙! 부인께서 일어나셨군요."

"……조슈아?"

글로리아가 깜짝 놀라 그의 이름을 불렀다. 왜 그가 여기 있는지 모르겠다는 표정으로 바라보았다.

"세상에나! 저도 다 알아보시고 정말 다행입니다. 서둘러 앤드루를 불러오겠습니다."

"……앤드루?"

글로리아가 자그맣게 되물었다.

"네. 그리고 내일 중으로 앨버트 님이 오시기로 하셨습니다. 나머지는 공작님이 말씀하신 대로 진행 중입니다."

"알았어. 나가보도록."

"네."

조슈아가 나간 후, 글로리아는 멍한 표정으로 닫힌 문만 바라보았다.

"……우리, 죽은 거 아니군요."

마침내 글로리아가 가라앉은 목소리로 말했다. 멀쩡하던 조슈아와 앨버트까지 하루아침에 죽을 일도 없을뿐더러, 죽어서까지 이런 일을 하고 있을 리 없었다.

펠릭스는 대답 대신 미소를 지으며 그녀를 바라보고 있었다. 긍정을 뜻하는 미소에 글로리아는 자신의 몸을 바라보았다. 그러고 보니 턱과 목 말고 다른 곳에서는 감각이 다 느껴졌다.

"왜 여태껏 말을 안 했어요? 아니. 그건 천천히 듣고……. 우리가 살아 있다고요? 그럴 리가 없잖아요."

글로리아가 억울하다는 표정으로 물었다. 자신은 독을 발라놓은 칼에 목을 베였고, 펠릭스는 가슴 한쪽을 관통당했다. 그러고도 살아 있을 리 없었다.

"너의 간절함이 통한 모양이더군."

펠릭스의 말에 글로리아가 목을 더듬었다. 그리고 보니 메달이 사라졌다.

"간절하게 빌긴 했지만, 설마⋯⋯."

글로리아는 하마터면 거짓말, 이라고 말할 뻔했다. 그러나 에단의 몸에서 글로리아로 살아난 것 또한 메달의 힘이었다. 메달이었다면 가능했다. 펠릭스가 주머니에 넣어두었던 메달 조각을 보여주었다. 메달이 반으로 뚝 부서져 있었다. 이건 소원이 이루어진 후에 일어나는 현상이라는 걸 글로리아는 누구보다도 잘 알고 있었다.

"하지만 심장이 뚫렸잖아요. 회생 불가능한 상태에선 메달도 소원을 들어줄 수 없다고 들었던 것 같은데요."

"내 심장은 특이하게도 오른쪽에 있지."

"⋯⋯."

"그 덕에 전쟁터에서도 몇 번 살아남을 수 있었어."

"하지만 완전히 관통당했는데⋯⋯."

"회생 가능성이 전혀 없는 경우에만 안 되는가 보더군. 다행히 나는 몸에서 피가 다량으로 빠져나가기 전에 살아남은 모양이고. 이렇게 될 거라고 생각했지만, 꽤 아슬아슬했었나 봐. 눈을 뜨니 아프더군. 시간도 생각보다 꽤 흘러 있었고⋯⋯."

그의 말을 가만히 듣고 있던 글로리아의 눈이 가느스름해졌다. 뭔가 말이 이상하다는 걸 알았다.

"이렇게 될 줄 알았다니요? 혹시⋯⋯ 내가 메달로 살려낼 거라는 걸 알고⋯⋯."

"이럴 때 쓰라고 목에 걸어둔 거니까."

"……."

펠릭스의 덤덤한 말에 글로리아가 조용히 눈을 감았다. 갑자기 멀쩡하던 머리가 아파오는 기분이었다.

"목걸이로 네가 우리 둘 다 살려낼 줄 알았어. 정확히 말해 너는 나만 살려냈고, 나는 네 몸에 독이 완전히 퍼지기 전에 살려낸 거지만."

그의 단언에 글로리아가 이마를 짚었다. 갑자기 없던 두통이 생겼다.

"늦어서 둘 다 죽었으면요?"

"그런 생각은 해본 적이 없지만, 함께 죽는 거면 괜찮을 것 같군."

이런, 미친…….

이성을 잃은 글로리아가 펠릭스를 무섭게 노려보았다.

"제가 메달로 살아날 줄 알았으면, 혼자 두면 되잖아요. 죽었어도 잘 살아났을 텐데……! 굳이 와서 공작님까지 죽을 필요 없었잖아요!"

글로리아가 참지 못하고 난생처음 펠릭스에게 화를 냈다. 자신이 메달 때문에 살아날 거라는 걸 알았다면, 그가 굳이 오지 않아도 될 일이었다. 그랬다면 자신의 앞에서 그렇게 피를 흘릴 일도, 죽어갈 일도 없었을 거다.

"제가 그 모습을 보고 얼마나 힘들었는데……."

글로리아는 검이 꽂힌 그의 모습을 떠올리곤 눈물을 참지 못했다.

"혼자 두기 싫어서."

그의 말에 화를 내던 글로리아가 멈칫했다. 그녀가 고개를 들자, 펠릭스가 진지한 얼굴로 바라보고 있었다.

"또, 혼자 죽게 하기 싫었어."

"……."

그의 말에 글로리아는 아무 말도 할 수 없었다. 잠시 입술을 달싹이던 그녀는 입을 다물었다. 한 문장 안에 담긴 마음이 얼마만큼 크고 무거운지 감히 잴 수가 없었다.

잠시 침묵을 지키던 글로리아가 그를 바라보았다.

"……후, 만약에 저만 살고, 공작님만 죽었으면 어쩌려고요?"

"그런 일은 생각해보지 않았지만……. 아마도 네가 죽는 날, 죽음의 문 앞에 내가 서 있겠지."

대책 없는 그 말에, 글로리아는 한숨을 참지 못하고 길게 내뱉었다.

오랜 시간이 흘러도 그를 완벽하게 이해하는 날은 오지 않을 것 같았다.

글로리아는 저택을 둘러본 끝에, 자신이 머무는 곳이 아주 외진 곳에 있는 공작가의 별장이라는 걸 알았다. 딱 한 번 와본 곳으로, 그마저도 1층에만 머물다가 돌아간 터라 2층은 처음이었다. 그녀는 깨어나 펠릭스와의 대화를 마친 후, 반나절 넘게 잠을 잤다. 살아 있다는 걸 확인하자 긴장이 다 풀린 듯했다.

이후, 겨우 정신을 차린 그녀는 자신이 펠릭스에게 보였던 수많은 추태들을 떠올리며 머리를 잠시 쥐어뜯었다.

'천국이니 지옥이니, 내가 무슨 소리를 한 거야!'

한참을 자책한 끝에 그녀는 늦은 아침식사를 할 수 있었다.

그녀가 모든 상황을 들은 것은, 저녁식사가 시작될 무렵 펠릭스에게서였다. 그가 눈을 떴을 때 검은 저만치 나가떨어져 있었고, 다행히 왼쪽 가슴엔 피가 멎은 상태였다고 했다. 흉터가 남긴 했지만, 움직이는 데에는 지장이 없었다고 했다.

문제는 그녀였다. 호흡이 가늘어지고 있었다. 당장 치료를 받지 않으면 위험한 상황이라 그는 그녀를 안은 채 밀실을 빠져나왔다고 했다. 처음 진입할 때부터 밀실로 들어서는 모든 구조를 외우고 있어서 빠져나오는 데에는 지장이 없었으나, 강제로 돌문을 여는 과정에서 폐가의 중심이 흔들리면서 무너질 뻔했다고 했다.

아슬아슬하게 폐가를 빠져나온 펠릭스는 밖에서 대기 중이던 체이스와 만났다. 곧장 근처에 있는 별장으로 향한 그는 해독에 능한 의사를 불러 글로리아를 진찰받게 했다. 글로리아의 몸에 주입된 것은 신경을 느리게 마비시키는 독으로, 마지막엔 호흡기를 딱딱하게 굳혀서 죽게 만드는 것이라고 했다.

보통 호흡이 멈춘 후에 의식을 잃고 죽음을 맞이하는데, 글로리아는 체력이 약해 의식을 먼저 잃은 상태였다고 했다.

다행히 그녀의 몸에 주입된 독의 양이 경미한 데다 느리게 퍼지고 있어서 간발의 차로 치료가 가능했다. 다만, 몸의 일부분 중 감각을 느낄 수 없는 후유증이 발생할 수 있다고 했다. 그로부터 며칠이 지난 후에야 그녀는 눈을 뜰 수 있었다.

"이제 어쩌실 거죠?"

글로리아가 그를 보며 물었다.

"몸이 완전히 추슬러질 때까진 여기서 지낼 생각이야. 제이드에 관해서도 더 알아내야 하니까. 그동안 기사들에겐 계속해서 우리를 찾으라고 시킬 예정이지. 마치 우리가 실종된 것처럼. 그래야 제이드 쪽에서 얌전할 테니까."

말을 마친 펠릭스가 잔을 들어 입술을 축였다. 그는 얼마 전 체이스에게서 들었던 보고를 떠올렸다.

검은 로브를 쓴 자들은 예상대로 제이드의 기사단원들로, 그들에겐 약물을 투여해놓았다고 했다. 체이스는 그들에게 해독제 한 달치와, 적당한 보수를 주었다고 했다.

제이드의 몰락 후 완벽한 해독제를 제공하겠지만, 배신할 경우 다섯 명을 포함해 그들의 가족까지 모조리 몰살하겠다고 협박해두었다는 말을 들었다.

다행히 다섯 명의 기사들은 지금껏 배신하지 않았다.

그들은 제이드에게 펠릭스의 시신을 확인했으며, 폐가가 무너졌다는 보고까지 올렸다고 했다.

"……그렇군요."

글로리아는 느릿하게 고개를 끄덕였다. 자신의 일임에도, 정신없는 틈에 이루어진 일이라 모두 다 남의 이야기처럼 생경하게 들렸다.

그녀는 식사를 하다 말고 깨어진 메달을 만지작거렸다.

"미안해요. 두 개의 메달이 전부 저 때문에 깨어졌네요."

"그러라고 준 거니까 신경 쓸 필요 없어."

펠릭스의 말에 글로리아는 옅게 미소 지었다.

"지금 생각해보면 굉장히 허술한 술수에 걸린 것 같아요."

"설마, 이런 일이 벌어질 줄 몰랐으니까."

"그렇긴 해요."

그의 영지 안에서, 그것도 기사단 출신의 마부와 함께 가다가 납치될 거라고 누가 생각이나 했을까.

그러나 그보다도 더 놀란 건, 펠릭스의 선택이었다. 메달로 살아날 수 있을 거라는 계산을 했다지만, 자신의 왼쪽 가슴에 검을 박아 넣는 일이 쉽지만은 않았을 거다. 고통도 고통이지만, 죽음을 겪어본 그녀는 그 순간을 알고 있었다. 새까만 나락으로 떨어지는 것 같은 공포는 사람을 미치게 만들었다.

"다음부턴…… 그러지 마세요."

글로리아가 그를 조용한 눈으로 바라보았다.

"왜?"

펠릭스가 무표정한 얼굴로 물었다. 앞으로 이런 일이 발생하면 위험하게 혼자 찾아오지 말라는 글로리아의 말뜻을 그는 단번에 이해했다.

"아무리 생각해도 이번 결정은 너무 위험했어요."

"아까도 말했을 텐데."

"……."

"작정하고 널 납치한 놈들이야. 널 죽일 각오가 되어 있다는 거지. 내가 없는 데서 네가 죽을지도 모른다는 건데."

"……."

"그걸, 나보고 감수하라는 건가. 또?"

"……."

펠릭스의 물음에 글로리아는 입을 꾹 다물었다. 문득 얕게 헐떡거리는 목소리가 떠올랐다.

「보고 싶어서.」

울컥, 목에서 무언가가 치밀어올랐다.

"너라면 그럴 수 있을까, 글로리아."

그의 물음에 글로리아는 아무 대답도 할 수 없었다. 자신도 똑같은 선택을 했을 거다. 자신이 죽을 거라는 걸 알면서도 그에게 달려갔을 거다.

그의 말처럼 보고 싶었을 테니까.

혼자 살아남아 고통받느니, 함께 죽는 편이 낫다고 생각했을 거다.

"그러게요. 그럴 수 없을 것 같네요."

글로리아는 순순히 시인했다. 이제 펠릭스가 없는 삶을 상상할 수가 없었다. 깊이 스며든 이 사람을 어떻게 지울 수 있을까. 글로리아는 펠릭스 또한 마찬가지일 거라 생각했다. 그렇지 않고서야 그 꼴이 될 각오를 하고 자신을 만나러 오지 않았을 테니까.

"나도 이런 일은 처음이라 제대로 대치하지 못한 것 같군. 이제 이런 일은 없을 거야. 글로리아 너도 다음부턴 귀찮더라도 기사들을 대동해서 다니도록 해. 그렇지 않으면 나와 함께 다니든지."

"네. 알겠어요."

글로리아가 고분고분한 얼굴로 대답하자, 그가 마음에 든 듯 미소 지었다.

"다시 만날 수 있게 되어 다행이군."

펠릭스의 말에 글로리아가 고개를 돌렸다. 그는 온화한 얼굴로 그녀를 바라보고 있었다.

푸른 눈이 새파란 하늘처럼 아름다웠다.

저 표정이 누구에게도 쉽게 보여주지 않는 얼굴이라는 걸 그녀는 알고 있었다. 마주 미소 짓던 글로리아는 손을 뻗어 그의 손을 감싸 쥐었다.

"……사실 나도 보고 싶었어요. 마지막으로 딱 한 번만 더 보면 좋겠다는 생각을 할 정도로……. 찾아와줘서 고마워요."

그 고백에 펠릭스가 조금 놀란 표정을 짓자, 그녀는 조금 더 환하게 미소 지었다.

"약속한 대로 미루지 않고 표현 많이 하려고요."

그녀의 말에 펠릭스의 눈이 부드럽게 접혔다.

글로리아는 저택 앞에 서서 펠릭스의 옷을 정돈해주었다. 더는 정돈해줄 곳이 없음에도 그녀의 손은 그의 옷에서 떨어지지 않았다. 이 손을 떼면 그가 떠나야 했다.

"다 끝난 것 같은데."

"조금 남았어요."

"이러다가 여기서 밤새우겠군."

펠릭스가 미소 짓는 얼굴로 글로리아를 바라보았다.

"가능하다면 그러고 싶어요."

글로리아가 착잡한 표정으로 펠릭스를 바라보았다. 그녀의 까만 눈동자에는 걱정이 가득했다. 펠릭스는 손을 들어 그녀의 머리를 쓸어넘겼다.

"뭐가 무서운 거지."

"혼자 가시잖아요. 도무지 안 되겠어요. 저도 같이 갈게요. 기사단원들과 함께 있을게요. 그러니까 저도 데려가주세요."

"일이 마무리되는 대로 올라와. 지금은 몸이 좋지 않으니까. 경비원들을 가장해 3대 기사단을 풀어두었으니 여기 머무는 게 안전할 거야."

게다가 신분이 확실하지 않은 이는 별장 안으로 한 발자국도 들일 수 없었다. 저택 내에서는 시종으로 가장한 기사단원들이 그녀를 지키고 있었다. 그러니 누군가가 몰래 이곳으로 들어와 그녀를 해하는 건 불가능에 가까웠다.

"하지만……."

글로리아의 표정이 초조하게 바뀌었다.

그녀도 알고 있었다. 이런 위급한 상황에서 자신은 별 도움이 되지 않았다. 자칫 잘못하다간 펠릭스의 약점으로 전락할 수도 있었다. 그런데도 그를 혼자 보낼 자신이 없었다.

"저도 싸울게요."

펠릭스가 그녀를 바라보았다. 그의 푸른 눈동자가 묘한 빛을 띠었다.

"어쩌면 지옥이 있을지도 모른다는 생각이 들었어."

"갑자기 무슨 소리예요?"

"그 지옥은 이미 늦은 나만 가도 될 것 같군. 네 손엔 피를 묻히지 말고, 그냥 두도록 해."

"……."

"그런 곳까진 따라올 생각 하지 말라는 말이야."

눈을 마주치며 미소 지은 펠릭스가 그녀의 손바닥에 입을 맞추었다. 경건한 것에 예를 갖추는 듯한 입맞춤에 글로리아는 입을 꾹 다물었다.

이렇게까지 말하는 그에게, 데려가달라고 말할 수 없었다.

하는 수 없이 글로리아는 한발 물러섰다.

"몸이 성치 않은 건 공작님도 마찬가지이니, 건강 챙기세요."

"그러도록 하지."

"……."

"내가 이곳으로 돌아왔을 땐, 모든 게 깨끗해진 뒤일 거야."

그가 다정한 목소리로 속삭였다. 그러나 그 말에 담긴 뜻이 얼마나 잔혹한지 아는 글로리아는 입을 꾹 다물었다.

"그러니 걱정하지 않았으면 하는군."

"알겠어요. 조심히 가세요."

글로리아의 말에 펠릭스는 미소를 지으며 돌아섰다.

"가지."

펠릭스의 뒤를 조슈아가 따랐다. 그를 태운 새까만 마차가 저택을 벗어나는 광경을, 글로리아는 시선 한 번 떼지 않고 내내 지켜보았다.

"괜찮을 거예요, 부인. 크게 걱정하지 마세요."

그녀의 곁을 지키고 있던 하녀가 조용히 말했다.

"알아. 공작님이 괜찮을 거라는 거. 뒤처리도 알아서 잘하시겠지, 회생 불가능할 정도로. 하지만 걱정이 되네. 공작님도 공작님이지만, 다른 사람들도 걱정되거든."

"네? 다른 사람들이 왜요?"

"부디 다른 사람들에겐 피해가 가지 않는 선에서, 그놈들만 죽여 발겨야 할 텐데……."

걱정 섞인 표정으로 험한 말을 늘어놓는 글로리아를 바라보던 하녀가 흠칫했다.

우아한 그녀의 입에서 나온 말이라곤 도무지 믿기지 않았다.

하녀의 경악한 시선을 느끼지 못한 글로리아는 마차가 완전히 사라진 방향을 바라보았다.

황궁으로 화려한 마차들이 줄지어 들어섰다.

한 해를 마무리하고, 세금 문제와 영지민들의 안정을 귀족들이 함께 의논하는 황궁 회의가 있는 날이었다. 대체로 귀족들이 바라는 바를 황제와 황태자에게 보고하면, 황제는 의견을 듣고 다음 해 첫 시작일에 제정된 법을 공표했다.

대관에 모인 귀족들은 황제와 황태자를 기다리며, 평소와 다르게 어두운 얼굴로 수군거렸다.

"펠릭스 공작이 사라졌다면서요."

"버클리 가문에서는 쉬쉬하고 있긴 하던데, 펠릭스 공작을 못 본 지 오래라고 하더군요."

"글로리아 부인도 함께 사라졌디더군요."

"버클리 가문의 기사들이 온 대륙에 쫙 풀렸다더군요."

"이게 무슨 일입니까."

"그러게나 말입니다. 그 대단한 위인이 갑자기 사라지다니요."

사람들이 이야기를 하다 말고 침통한 표정으로 고개를 가로저었다.

"펠릭스 공작이 사라지면 어떻게 되는 겁니까. 대륙에서 가장 큰 전투인력이 빠지는 거 아닙니까. 펠릭스 공작이 없으면 기사단원들도 움직이지 않을 테고……. 그들이 황실기사단으로 소속되면 좋겠지만, 그 기사단의 특성상 딱히 그럴 것 같지도 않고……. 흐음, 다른 나라에서 알게 되면 어떻게 되는지……."

그들은 침통한 표정으로 긴 한숨을 내쉬었다.

펠릭스 버클리는 검술로는 황태자와 어깨를 나란히 하는 검술의 신으로, 그가 대륙의 안정화에 크게 일조하고 있다는 사실을 모르는 이들은 없었다. 그 때문에 그들은 갑작스러운 펠릭스 공작의 실종에 크게 두려움을 느꼈다.

"설마, 그럴 리는 없겠지만……. 다른 나라에서 펠릭스 공작을 해한 건 아니겠지요?"

"그럴 만한 실력 있는 자가 있다면, 벌써 소문이 났겠지요."

"흐음, 그럼 대체 무슨 일이랍니까."

버클리 가문에 줄을 대고 있던 귀족들의 표정은 더욱 어둡게 가라앉았다.

"만약 공작과 부인이 이대로 사라지면 어떻게 되는 겁니까? 실세가 아무래도 바뀌겠지요."

버클리 공작가에 줄을 대고 있던 귀족들의 시선이 가장 첫줄에 우뚝 서 있는 한 사람에게로 향했다. 턱을 치켜든 제이드 데이빗슨 공작이 고급스러운 지팡이를 든 채 우뚝 서 있었다. 풍채가 좋은 그가 어깨를 당당하게 펼치고 있었다.

얼마 전까지 버클리 가문에 위세가 눌리고 있었으나, 그래도 데이빗슨 가문은 공작가 중 유일하게 버클리 가문과 비등한 위치를 차지하고 있었다. 버클리 가문이 사라진다면, 데이빗슨 가문이 활개를 치고 다닐 게 분명했다.

마치 다가올 상황을 암시라도 하듯, 데이빗슨 가문에 줄을 대고 있는 귀족들의 만면엔 웃음꽃이 피었다. 그들은 오만한 표정으로, 버클리 가문과 가깝게 지내던 귀족들을 바라보았다.

"조용히들 하시죠."

데이빗슨 가문과 가깝게 지내는 남작이 버클리 가문과 가깝게 지내는 이들을 쳐다보며 말했다.

"회의 전 나누는 이야기까지 남작의 허락을 받아야 하는 줄은 몰랐군요."

버클리 가문과 친밀하게 지내는 남작이 따끔하게 맞받아쳤다.

"별로 좋은 이야기도 아닌데 시끄럽게 떠드니 하는 말 아닙니까. 쥐 새끼들처럼 힐끔힐끔 쳐다보기나 하고 말입니다."

"뭣이요?"

"이런. 마음속으로 생각만 한다는 게 입 밖으로 나왔군요."

"남작이 그토록 생각이 짧고 경박한 행동을 일삼는 사람인지 몰랐 군요."

"기분 나쁘신 건 알겠습니다만, 화풀이를 제게 하시면 안 되지요. 그리고 지금 그렇게 오만하게 나오실 때가 아닐 텐데 말입니다."

남작이 비죽거리며 웃자, 버클리 가문과 가깝게 지내는 남작의 입 술이 비틀어졌다.

"지금 그걸 말이라고……!"

탁!

지팡이를 세게 내리치는 소리에 팽팽하게 이어지던 긴장감이 탁 끊 어졌다. 사람들의 시선이 일제히 제이드 데이빗슨 공작에게로 쏠렸 다. 그는 냉담한 눈으로 사람들을 훑어보았다.

"지금 펠릭스 공작이 사라진 이 중대한 상황에서, 서로 다투기만 하 실 겁니까? 그런다고 무슨 일이 해결될 것도 아니고. 그 시간에 앞으 로 어떻게 대처할지를 생각하는 게 어떠십니까?"

제이드의 엄한 시선이 버클리 가문 편인 귀족들에게 향했다. 그들 은 분한 얼굴로 입을 다물었다. 덤벼들기엔 유리한 상황이 아니었다. 그들이 고개를 숙이자, 데이빗슨 가문을 편드는 귀족들의 입술에 미 소가 번졌다.

말 한마디에 주변이 조용해지자, 제이드는 심각한 표정으로 앞을 바라보았다. 그러나 표정과 달리 속으로는 이 상황을 즐기고 있었다.

버클리 가문만 믿고 기세등등하게 어깨를 펴고 다니던 자들이 자신의 눈치를 보기 시작하는 것이 흡족했다. 시간이 흐를수록 상황은 자신에게 유리하게 흘러갈 게 뻔했다.

버클리 가문에 줄을 대고 있던 자들도 결국은 얼마 못 가 자신에게 줄을 대려고 할 거다. 그중 몇몇은 신의를 저버리지 않고 버클리 가문을 지키려 하겠지만 그런 잔챙이들은 쓸어버리면 끝이었다. 펠릭스도 손쉽게 처리했는데, 그런 잔챙이들을 처리하는 건 일도 아니었다.

이제 무엇부터 삼킬까.

앞을 바라보고 있는 제이드의 눈동자에 새빨간 욕망이 차올랐다. 교역권을 비롯해 무역권을 독점하고, 국가로 회수되기 전에 버클리 가문의 재산을 빼돌려야 한다. 그는 버클리 가문이 갖고 있는 수많은 땅을 헐값에 사들일 생각이었다.

탁, 탁!

도열한 기사들이 검으로 바닥을 두어 번 두드렸다. 이어 긴 나팔 소리가 울리자, 귀족들 모두가 허리를 곧게 폈다. 황제와 황태자가 들어서서 금으로 치장한 의자에 앉자 귀족들이 일제히 고개를 숙였다.

"펠릭스 버클리 공작이 보이지 않는구만."

눈으로 귀족들을 쭉 훑은 황제가 침통한 표정으로 말했다. 황제는 버클리 공작이 납치된 글로리아 부인을 찾으러 갔다가 실종되었다는 소식을 접했다. 그 후로 열흘이 지날 동안 감감무소식이었다.

"버클리 공작과 소식이 닿는 자는 아무도 없는가?"

황제의 물음에 모두들 숙인 고개를 들지 못했다. 황제는 아픈 머리를 거머쥐었다. 펠릭스 버클리 공작이 갑자기 부재함으로써 생기는 문제들이 어마어마했다. 그가 관리하는 영지들을 비롯해 무역도 문제지만, 승리한 전쟁의 상징이 사라지는 것도 문제였다. 이 모든 걸 황태자가 떠안게 생겼다.

"후우, 그렇구만. 오늘은 이번에 발생한 버클리 공작의 실종 사건부터 먼저 의논을 했으면 하는데, 그대들은 어떻게 생각하오?"

황제의 물음에 모두들 긍정의 뜻을 밝혔다.

"그럼 이 일을 어떻게 했으면 하는가, 그대들은?"

그러나 황제의 물음에는 그 누구도 대답하지 못했다. 섣불리 대답하기 어려운 질문이었다. 모두가 눈치를 살피자, 황제는 얼굴을 찌푸리며 왼쪽 가상 첫줄에 서 있는 제이드 데이빗슨 공작에게로 시선을 돌렸다.

"그대는 어떻게 생각하는가, 현 귀족 중 가장 대표인 자. 그대라도 뜻을 밝혀야 하나둘 이야기를 할 것 같은데?"

황제가 턱을 괴고서 제이드를 바라보았다. 그 물음에 제이드는 비죽이 나오려는 웃음을 꾹 참았다.

그는 이 순간만을 기다렸다. 늘 버클리 공작에게 향해 있던 황제의 시선이 자신에게 닿는 순간. 갈 곳 잃은 황제와 황태자의 손이 자신을 붙잡는 것. 자연스럽게 권력의 중심에 서서 모든 귀족의 위에 군림하게 되는 이 순간.

그는 손끝이 짜릿해짐을 느끼며 고개를 들었다.

"폐하, 제가 비록 아는 바 없으나, 제 생각을 말씀드리자면……."

제이드가 입을 연 순간, 문이 열리며 빛이 쏟아져 들어왔다. 갑작스러운 빛에 사람들이 얼굴을 찌푸리며 고개를 일제히 돌렸다.

"무엄하게 누군가!"

말이 막힌 제이드가 험하게 얼굴을 굳히며 지팡이로 바닥을 탁 내리쳤다. 그러다 저벅저벅 발소리를 내며 걸어오는 남자를 보곤 말을 잇지 못했다.

눈이 부신 은발에 날카로운 검처럼 빛나는 새파란 눈동자, 짐승처럼 날렵한 몸을 자랑하는 그가 다가와 황제와 황태자의 앞에 고개를 숙였다.

"멀리서 오느라 늦었습니다. 이 죄를 용서하여주십시오."

"……펠릭스 공작?"

황제가 눈을 크게 뜨며 물었다. 무료하게 앞을 바라보고 있던 황태자 또한 놀란 얼굴로 의자 팔걸이를 내리치며 그를 바라보았다.

이게 대체 어떻게 된 건가. 이게……!

제이드의 눈동자가 바람 앞의 갈대처럼 사정없이 흔들렸다.

"대체 그간 어디 있었던 건가!"

황제의 호통에 펠릭스는 미소를 지었다.

"그간 몸이 아파 잠시 요양 중이었습니다."

"요양? 누구에게도 말하지 않고 말인가?"

"말을 할 수 없을 정도로 몸이 좋지 않았습니다. 심려 끼쳐 죄송합니다. 다시 한 번 용서를 구합니다."

"이런, 지금은 괜찮은 건가?"

"네. 염려해주신 덕에 무사합니다."

"아무리 아프더라도 미리 소식을 전했어야지! 다시는 이런 일이 없도록 하게나!"

"깊이 새겨듣겠습니다."

"자리로 돌아가도록."

황제의 손짓에 펠릭스는 오른쪽 가장 첫 줄에 섰다. 제이드의 얼어붙은 시선이 펠릭스를 향했다. 펠릭스는 그 얼굴을 바라보며 온화한 미소를 지었다.

그 미소가 마치 땅을 뚫고 올라온 악령 같아, 제이드는 아무 말도 하지 못했다.

회의가 끝난 후, 귀족들이 구름 떼처럼 펠릭스에게 모여들었다.

"어떻게 된 겁니까."

"괜찮으신 겁니까?"

"얼굴이 상하셨습니다."

우려와 걱정이 밀물처럼 쏟아졌다. 펠릭스가 손을 들자 모든 귀족들이 일제히 입을 다물었다.

"걱정해주셔서 감사합니다. 일일이 대답해드려야겠지만, 피곤해서 힘들 것 같군요. 다음에 천천히 이야기하도록 하죠. 자리를 마련하겠습니다."

펠릭스의 정중한 말에 귀족들은 아쉽지만 어쩔 수 없다는 표정으로 입을 다물었다.

"폐하께서 도착하시기 전에, 먼저 자리를 지켜야 합니다. 어서 조찬석으로 옮깁시다."

"그럽시다."

사람들의 발길이 조찬모임이 마련된 곳으로 향했다. 귀족들이 썰물처럼 빠져나간 가운데, 펠릭스와 제이드만 덩그러니 남았다.

펠릭스가 한 걸음 내딛자, 환한 햇살이 그의 머리로 쏟아져 내렸다. 은발이 부드럽게 빛나며, 천사가 내려온 듯 그는 온화한 표정을 지었다.

"표정이 어두우십니다. 그간 무슨 일이라도 있으셨습니까?"

그가 고개를 기울이며 부드럽게 물었다.

"……대체, 대체 자네가 여기에 어떻게……."

제이드가 떨리는 목소리로 물었다.

"무슨 말씀이신지 모르겠군요."

펠릭스가 전혀 모르겠다는 듯 온화한 표정으로 묻자, 제이드의 표정이 더욱 얼어붙었다. 펠릭스가 한 발자국 더 걷자, 그의 머리 위로 그림자가 졌다. 그는 지옥의 사신처럼 그림자 안에 우두커니 서 있었다.

"……어떻게 된 건가, 대체! 대체 어떻게 살아남은 건가."

겁에 질린 듯 제이드가 소리쳤다. 분명 죽었어야 할 남자였다. 자신의 눈으로 똑똑히 보았다. 그의 왼쪽 가슴에 검이 박히는 것을.

만에 하나 정말 운이 좋아 살아남더라도 그는 지금 걸을 수 있을 상황이 아니었다. 그러나 펠릭스는 보란 듯 흔들림 없는 걸음걸이로 제이드 앞에 멈춰 섰다. 눈높이가 같았다. 펠릭스는 선한 표정으로 미소 지었다.

"전쟁터에서 자주 들었죠."

"……."

"지옥에서도 살아남은 인간."

"……!"

제이드의 눈동자가 흔들렸다. 펠릭스는 그런 그의 눈을 똑바로 쳐다보았다. 그러고는 조금 더 가까이 다가갔다. 펠릭스의 얼굴로 시야가 완전히 가로막힌 제이드는 저도 모르게 흠칫하며 물러서려 했다.

처다보기만 했을 뿐인데, 깊은 산속에서 알몸으로 맹수를 마주한 기분이었다. 금방이라도 찢어발길 듯한 날카로운 시선이 얄팍한 미소에 가려 있었다.

"그자는 잘 있는가."

펠릭스가 부드러운 목소리로 말을 놓았다.

"지금 무엄하게……!"

"이름이 조셉이라던데."

"……!"

갑작스러운 이름에 제이드의 눈이 크게 벌어졌다.

"안부 전해주도록 해."

"……그, 그 이름을 어떻게 안 건가."

"내가 아는 게 그것뿐일까."

선량한 미소와 달리, 입술에서 흘러나오는 목소리는 냉담했다.

"멍청한 그대는 늘 이렇게 주제를 파악하지 못하고 선을 넘었지. 그 대가를 지금부터 치르게 될 테니 기다리게."

말을 마친 펠릭스가 한 걸음 물러섰다.

"조찬에 늦겠군요."

언제 반말을 했냐는 듯 그가 다정한 말을 건네고는 뒷모습을 보이며 화려하게 꾸며진 홀을 가로질러 사라져갔다. 홀로 남은 제이드의 입술이 가늘게 떨렸다.

"멍청한 녀석 같으니!"

조찬모임을 망친 제이드는 마차에 타자마자 고함을 내지르며 지팡이를 내던졌다. 미처 피하지 못한 집사는 얼굴로 지팡이를 받아야 했

다. 불같이 화를 내는 제이드의 기세가 무서워서 아픈 티도 내지 못했
다.

제이드는 꽉 쥔 주먹을 부들부들 떨며 작은 창문 밖을 내다보았다.
펠릭스를 태운 마차가 저 멀리 멀어지고 있었다.

"대체 어떻게 살아남은 거냐, 펠릭스……. 대체 어떻게……. 멍청
한 조셉 녀석, 그 녀석이 일을 망쳤다. 내가 직접 시체를 확인하러 갔
어야 했는데……. 그 기사단 놈들도 어떻게 된 거야! 분명히 시체를
확인했다고 했을 텐데!"

돌아오는 길 내내 분노를 주체하지 못하던 제이드는 저택에 들어서
자마자 벼락같은 고함을 내질렀다.

"조셉! 조셉은 어디 있는가!"

"고, 공작님……."

제이드의 고함에 뛰어나온 보좌관이 하얗게 질린 얼굴로 그의 앞에
털썩 무릎을 굽혔다.

"조셉은 어딨냐니까!"

"저, 저곳에 있습니다만……."

보좌관의 말이 끝나기가 무섭게, 제이드가 성큼성큼 그의 집무실로
향했다. 제이드의 손이 문을 부술 듯이 거칠게 열어젖혔다.

"멍청한 녀석! 지금 안에 처박혀 있을 때가…… 윽."

고함을 내지르던 제이드는 소맷자락으로 입가를 가렸다. 책상에 엎
드려 있는 남자의 온몸에 화살이 꽂혀 있었다. 고개를 숙이고 있는 그
의 몸 밑에서 피와 알 수 없는 체액이 흘러나와 서류를 온통 흥건하게
적시고 있었다.

"이게, 이게 뭔가……."

"비명이 나서 들어가보니 화살이 날아오고 있었습니다. 화살이 노리기라도 한 것처럼 팔에 꽂히더니 말릴 틈도 없이 이어서 등으로, 목으로 날아와 박혔습니다. 기사들을 풀어 주변을 뒤지게 했지만, 범인은 감쪽같이 사라진 후였습니다. 일단 공작님께 이 상황을 보여드려야 할 것 같아 기다리고 있었습니다."

보좌관이 떨리는 목소리로 말했다. 제이드의 입술이 가늘게 떨렸다.

펠릭스, 이 녀석……!

그는 주먹을 쥐고서 보좌관을 노려보며 불같이 화를 냈다.

"당장 치우게니! 그리고 이 사실을 아는 자들의 입단속을 시키고, 못 미더운 녀석들은 내게 고하게."

모조리 다 죽여버리게.

제이드의 눈길이 싸늘해졌다.

"공작님, 이상한 건 이것만이 아닙니다."

발길을 돌리던 제이드가 고개를 휙 돌렸다.

"또, 무슨 일이야!"

"공작님이 타고 가신 마차를 제외하고 나머지 마차가 모두 박살이 났습니다."

"……뭐?"

마차는 전부 저택 안에 보관되어 있었다. 누군가가 저택에 들어왔다가 빠져나갔다는 말에 등골이 서늘해졌다.

"그 안에 이런 것들이 담겨 있었습니다."

보좌관이 내민 봉투를 제이드가 받아들었다. 그가 찢다시피 봉투를 열어 편지를 꺼냈다.

[제 선물이 마음에 드셨으면 좋겠군요.]

죽은 시체. 박살 난 마차. 그 안에 담긴 편지까지.

자신이 했던 그대로를 따라 하고 있었다.

제이드의 손에서 편지가 와그작 구겨졌다. 그의 무서운 시선이 조섭의 시신으로 향했다. 일부러 조섭이 외출할 때를 노리지 않고, 저택에 있을 때 죽인 게 틀림없었다. 이것은 자신에게 하는 협박이었다.

네가 아무리 저택에 꽁꽁 숨어 있어도, 언제든 너를 죽일 수 있다는 경고.

그는 조섭이 누워 있는 책상을 부술 듯이 걷어찼다.

"멍청한 녀석! 제대로 일을 처리하지 못해서 나까지 무덤으로 끌고 들어가?"

책상을 완전히 박살 내자, 조섭의 시체가 철퍼덕 소리를 내며 바닥으로 떨어졌다. 그는 그러고도 분이 풀리지 않아 시체를 걷어찼다. 그의 고급 신발에 체액이 묻어 금세 축축해졌다. 제이드는 씩씩거리며 화살이 날아와 깨진 창문을 바라보았다.

창문을 깨고 정확히 사람을 맞힐 정도의 실력자를 거느린 사람은 대륙에 몇 없다.

펠릭스거나, 그가 거느린 자들…….

"이 시체를 불태우게나. 그리고 경비를 두 배로 늘리고, 출입하는 자들의 신분을 철저하게 확인해. 확인되지 않은 자는 누구도 들어오지 못하게 하고, 음식의 독성분을 확실히 확인해야 할 걸세."

불같이 화를 낸 제이드는 잔인한 광경에 어쩔 줄 몰라 하는 집사와 보좌관을 노려보며 명령했다.

"알겠습니다."

보좌관이 힘겹게 침착함을 유지하며 고개를 숙였다.

"커튼을 한 겹 더 치란 말이야! 밖에서 안이 보이지 않도록!"

신경질적으로 소리치는 제이드의 명령에 집사는 커튼을 하나 더 가져왔다. 벌써 커튼만 다섯 겹째였다. 이제 커튼이 무거워 떨어져도 이상할 상황이 아니다.

"아니야. 아니지. 창문을 완전히 폐쇄해야겠어. 그래. 그래야겠어."

며칠 잠을 이루지 못한 제이드가 새빨간 눈으로 신경질석으로 중얼거렸다. 그 모습을 집사가 피곤한 눈으로 바라보았다.

며칠째 이런 상태였다. 조셉이 죽은 날까진 침착함을 유지하던 제이드는 그다음 날부터 저택에서 벌어지기 시작한 괴상한 일에 점점 밤잠을 설치기 시작했다.

갑작스레 창문이 깨졌고, 마차는 고치기가 무섭게 박살이 났다. 하다못해 마차를 지키는 경비원을 세웠지만, 그들은 다음 날 아침 기절한 상태로 발견되었다. 그럴 때마다 마차 안엔 한 장의 편지가 놓여 있었다.

[저택에서 편하게 쉬실 수 있도록 돕겠습니다.]

뜻 모를 편지에 제이드가 고함을 내질렀다. 게다가 어느 날은 서재에 머물다가 자신의 코앞에 화살이 날아와 떨어지는 바람에 경기를 일으키기까지 했다. 그럴 때마다 그는 '펠릭스, 펠릭스. 그놈이…….'

라며 뜻 모를 소리를 중얼거렸다.

펠릭스 살해를 맡았던 검은 기사단원들도 사라졌다. 그 외의 남은 기사단원들은 기사직을 포기하고는 목숨을 챙기기 위해 달아났다. 제이드가 거액을 제시해도 전혀 듣지 않았다. 이름은 검은 기사단이지만, 애당초 용병으로 이루어진 그들은 제이드에게 깊은 충성심이 없었다.

검은 기사단이 완전히 와해되자 제이드는 자신이 언제 살해당할지 모른다는 공포에 시달리기 시작했다.

얼마 지나지 않아 음식에서 독극물이 발견된 순간, 그의 공포는 극에 달했다. 제이드는 식음을 거의 전폐하다시피 했다.

그런 그를 걱정한 가족들이 다가와 말을 걸었지만, 제이드는 가족들마저 믿을 수 없다며 모두 별장으로 보냈다.

그는 수십 번도 더 독이 들지 않았는지 확인한 후에야 간신히 음식을 섭취했다. 사람을 죽여본 적은 있어도 자신의 코앞에 죽음이 닥쳐온 건 처음이었기에 그는 공황상태에 빠졌다. 그의 신경질적인 반응을 버티지 못한 하녀와 시종들은 저택을 떠났다.

"펠릭스, 펠릭스……. 네깟 게 감히 나를 노려?"

제이드는 불이 꺼진 침실 한 귀퉁이에 앉아 새빨간 눈으로 바닥을 바라보며 조용히 분노했다. 펠릭스 버클리는 자신을 진즉에 죽일 수 있음에도 놀리듯 궁지로 몰아가고 있었다. 더는 이렇게 살 수 없었다. 생각을 해야 했다.

펠릭스는 자신을 죽이겠다고 단단히 결심을 한 듯했다.

말려 죽이든, 독극물을 먹여 죽이든, 화살로 죽이든…….

그러기 전에 자신이 그를 처리해야 했다. 이렇게 허무하게 사라질 수는 없었다.

어떻게 여기까지 왔는데……!

자신의 영광과 명예를 되살려야만 했다.

그러나 펠릭스의 유일한 약점인 글로리아는 어디론가 사라져서 찾을 수가 없었고, 자신의 기사단만으로는 병력이 턱없이 부족했다. 남은 방법은 하나뿐이다.

제이드는 조용히 문밖의 보좌관을 불러들였다.

펠릭스는 집무용 책상에 앉아 보고서를 읽고 있었다. 보고서 내용은 제이드 공작의 동향으로, 그의 저택을 비롯해 별장까지 빼놓지 않고 감시하고 있었다. 독약을 마셔 체이스의 명을 따르던 검은 기사단은 해독제를 받기로 한 날, 버클리 기사단원들에게 모조리 살해당했다.

펠릭스 공작에게 위해를 가한 그들을 살려둘 수 없다는 게 체이스의 결정이었다.

「가족들은 살려두지.」

그것이 체이스가 그들에게 베푼 마지막 아량이었다.

기사단장인 체이스는 보고서를 읽고 있는 펠릭스의 옆얼굴을 바라보며 생각에 잠겼다. 아직도 폐가에서 나오던 펠릭스의 모습이 잊히지 않았다.

폐가가 무너지기 직전, 낡은 문이 저만치 날아가며 펠릭스가 걸어 나왔다. 서 있는 게 신기할 정도로 엉망진창인 그의 품에는 글로리아가 안겨 있었다. 체이스가 받아들려고 하자, 그는 서슬 퍼런 눈으로 거부했다. 그가 한 첫마디는 '의사를 불러, 당장.'이었다.

체이스는 여태껏 봐온 펠릭스의 성격상 그를 이렇게 만든 제이드 공작부터 죽이러 갈 거라 생각했기에 의사를 찾는 그의 명령에 조금 당황했다.

펠릭스는 별장에 와서도 며칠간 별장에서 꼼짝도 하지 않았다. 그가 움직인 건, 글로리아가 무사하다는 걸 확인하고 나서부터였다.

"왜 그렇게 쳐다보는 거지?"

시선을 느낀 펠릭스가 보고서에 시선을 둔 채 물었다.

"어쩌실 겁니까?"

기사단장인 체이스가 걱정스러운 표정으로 펠릭스를 바라보았다.

"뭘 말이야."

펠릭스가 덤덤한 목소리로 되물었다.

"계속 이러다간 제이드 공작이 미쳐서 무슨 수를 쓸지 모릅니다. 저는 그게 걱정됩니다. 만에 하나 검이라도 들고 공작님을 해하겠다고 달려온다면……."

"그럼 일이 아주 쉽게 풀리겠지."

자신의 목숨이 위험하다는데도 펠릭스는 한결같았다. 오히려 그러길 바라는 듯한 희미한 희망까지 보이자, 체이스는 난처한 표정을 지었다. 글로리아와 함께 있을 때면 온화하고 부드러워 사람이 바뀐 줄 알았는데, 자신의 착각인 모양이었다.

펠릭스는 제이드의 피를 말려 죽이기로 작정한 듯했다. 그는 제이드를 직접적으로 해하지 않았다. 그의 주변 물건을 조금씩 파손하고, 서재의 물건을 깨부수고, 그의 드레스룸에 있는 옷들을 찢는 정도의 경고만 하고 있었다.

저택에서 서재로, 서재에서 침실과 가까운 드레스룸으로 범위가 줄어들자 제이드의 반응은 극에 달했다.

증거가 없기에 펠릭스를 몰아붙이지 못하고 끙끙 앓고 있긴 했지만, 터지는 건 금방이다.

"공작님이라면 제이드 공작을 언제든지 처리하실 수 있는데, 왜 시간을 끄시는지 모르겠습니다."

"걱정되나 보군."

"만에 하나 모르는 일이니까요."

체이스가 걱정스러운 얼굴로 말했다.

"걱정 때문에 즐거운 재미를 놓칠 순 없지. 누가 그러더군. 빨리 죽으면 고통이 빨리 끝나서 재미가 없다고."

"……."

누가 이 무서운 사람한테 그런 못돼 처먹은 말을 가르쳤나…….

체이스는 암담한 표정으로 미소 짓고 있는 펠릭스를 바라보았다. 저 아름다운 외양 아래에 담긴 본질을 본 듯해서 섬뜩했다.

"내게서 제일 중요한 걸 빼앗아가려 했으니, 나도 제이드 공작에게서 가장 중요한 걸 빼앗아야지. 부와 명예."

펠릭스가 덤덤하게 대답했다.

"그럼…… 한 가지 더 여쭤봐도 되겠습니까?"

과묵한 체이스가 오늘따라 질문이 많았다. 이런 일은 드물기에 펠릭스는 체이스를 바라보는 것으로 대답을 대신했다. 체이스는 그와 눈이 마주하자, 무겁게 다물고 있던 입을 열었다.

"이번에 정말로…… 죽으실 생각이셨습니까?"

체이스의 목소리가 가늘게 떨렸다.

글로리아를 태운 마차가 협박편지를 담고 돌아왔을 때, 공작이 자신에게 했던 말은 분명히 유언이었다. 뒤처리를 어떻게 해야 하며 유언장은 어디에 있다고 알려주기까지 했으니까. 동시에 자신을 죽이려던 범인을 색출해 자신이 죽게 된다면 찢어 죽이라는 복수까지 당부했다.

펠릭스가 턱을 괴었다.

"글쎄. 살 거라고 예상했지만, 운이 없어서 죽어야 한다면 죽을 생각이었지."

펠릭스가 덤덤하게 대답했다. 그는 스스로 운이 좋다는 걸 알고 있었다. 쉽게 죽지 않는다는 것 또한 알고 있었다. 거기다가 글로리아의 목에 걸어놓은 메달까지 있었다. 쉽게 죽지 않을 거라 예상했지만, 죽어야 한다면 죽을 수도 있다고 생각했다.

스스로 생각해도 한 가문을 이끄는 공작으로서 무모하고, 어리석은 결정이었다. 그러나 그 순간 이성적인 사고를 할 수 없었다. 글로리아를 살려야 했고, 살리지 못한다면 마지막으로 얼굴이라도 봐야 한다고 생각했다.

또, 혼자 차가운 바닥에서 죽게 할 수 없었다. 차갑게 얼어붙은 시신을 끌어안고 싶지 않았다. 자신의 손으로 시신에다 흙을 뿌리는 짓은 더더욱.

펠릭스의 애매한 대답에 체이스의 미간이 좁아졌다. 무슨 뜻인지 알 듯 말 듯 했다.

그러나 하나 확실한 건, 자신이 펠릭스를 위해 목숨을 버릴 수 있듯이 그도 그의 부인을 위해 목숨을 버릴 수 있는 얼굴이라는 것이다.

체이스는 제이드 공작을 떠올렸다.

그는 멍청하고 아둔했다. 펠릭스와 글로리아가 살아도, 펠릭스가 홀로 살아도, 설령 펠릭스가 죽더라도 그는 무사할 수 없었다.

펠릭스가 살아 있다면 그를 가장 고통스럽게 죽일 테고, 그럴 일 없겠지만 펠릭스가 죽었다면 버클리 기사단장인 자신이 그자를 가장 고통스럽게 죽였을 테니까.

체이스가 잠시 생각에 빠진 사이, 펠릭스가 창밖으로 고개를 돌렸다.

"……!"

뭔가가 다가오는 느낌에 체이스의 시선이 한 박자 늦게 창밖으로 향했다. 암살자 한 무리가 다가오고 있었다.

"그리 길게 갈 것 같진 않군."

자신을 죽이기 위해 한 무리의 병사들이 달려오고 있는데도 눈을 빛내는 펠릭스를 보며 체이스는 한숨을 내쉬었다.

괜한 걱정을 했다.

그는 걱정을 훌훌 털어냈다.

제이드 공작이 암살 용병을 고용해 펠릭스 공작을 해하려고 했다!

퍼진 소문에 대륙이 발칵 뒤집혔다.

펠릭스는 자신의 집에 침입한 용병들을 산 채로 잡아 사주한 자의 이름을 알아냈다고 했다. 펠릭스 공작은 이를 증거로 제이드 공작을 상대로 재판을 요구했다. 귀족이란 귀족들은 다 들이닥쳐 법정엔 앉을 자리조차 없었다.

몇 주 사이에 홀쭉해진 상태로 나타난 제이드 공작을 보고서 사람들은 놀라움을 금치 못했다. 그의 얼굴은 바짝 말라 있었고, 눈 밑은 검게 물들어 있었으며 두 눈엔 빼곡하게 핏발이 서 있었다. 사람들은 제이드의 몰골을 보곤 수군거렸다.

제이드 공작이 미쳐간다는 소문이 사실이군.

협박을 당하고 있다는데, 그게 누구지?

재판이 시작되자, 사람들의 수군거림이 금세 잦아들었다. 재판은, 증거를 기반으로 논쟁을 벌이는 두 사람의 이야기를 듣고 황태자를 비롯해 두 명의 황족이 판결을 내리게 되어 있었다.

"나를 모함하기 위한 자가 퍼트린 소문일 뿐인데, 날 범인으로 몰아붙이다니. 공작의 머리가 어떻게 되었나 보군."

제이드가 펠릭스를 새빨간 눈으로 노려보며 법정에서 소리쳤다. 그는 분한지 테이블을 내리쳤다.

"아니라니 다행입니다."

생각보다 펠릭스가 쉽게 의견을 꺾자, 제이드의 표정이 미묘해졌다.

"저도 제이드 공작이 범인이라는 생각을 하지 않았습니다. 공작께서 험한 소문에 시달리는 것 같아 해명할 자리를 마련해드린 것뿐입니다. 겸사겸사 집 밖으로 외출하셨으면 해서 말입니다."

"……!"

외출!

제이드의 얼굴이 삽시간에 굳었다.

왜 그 생각을 하지 못했을까.

자신을 재판정에 소환한 건 자신을 집 밖으로 끌어내기 위함이었다.

"펠릭스, 네놈이……!"

제이드가 주먹을 쥐고서 험한 말을 쏟아내자 재판정 안이 술렁거렸다. 같은 공작끼리는 재판정 안에서 말을 높이는 것이 예의였다.

"난 절대로 죽지 않는다. 쉽게 죽지 않아, 펠릭스!"

제이드가 소리쳤다.

"그러셔야죠. 저 또한 쉽게 죽길 원치 않습니다."

뼈 있는 그의 말에 제이드가 주먹을 부들부들 떨었다. 펠릭스는 고고한 표정으로 그런 제이드를 내려다보았다.

"용병을 직접 고용하신 게 아니라고 하니, 공작의 명예를 실추시킨 그들을 직접 벌하시면 되겠군요."

"……!"

제이드가 멈칫했다. 살인용병을 고용한 자가 그 용병을 해할 경우 그 책임은 모조리 고용한 자의 것이었다. 무자비하기로 소문난 살인용병단이 이 일을 묵과할 리 없다.

펠릭스는 준비해둔 검을 꺼내 제이드 앞에 내려놓았다. 그러고는 손끝으로 무릎 꿇은 용병들을 가리켰다.

"직접 벌하십시오."

펠릭스의 눈이 조용히 빛났다. 그 눈빛은 사람을 친친 감아 목을 조였다.

"내가 왜, 왜 그런 일까지 해야 하는 건가! 내가 왜!"

제이드가 비명을 내질렀다.

"공작의 명예를 되살리기 위해서지요. 공작의 이름을 함부로 입에 담아 명예를 실추시킨 자들입니다. 그들을 직접 벌하는 건 공작의 몫. 공작께서 이자들을 죽이시지 못하면, 저를 죽이라고 사주한 것으로 받아들일 수밖에 없습니다.”

펠릭스의 나긋한 말에 장내가 수군거렸다. 여태껏 귀찮다는 표정으로 바라보고 있던 황태자도 상체를 앞으로 숙여 주의 깊게 지켜보았다.

당했다……!

펠릭스가 노린 건 자신을 불러내는 게 아니었다. 본인의 손에 피를 묻히지 않고 자신의 숨통을 끊어놓을 생각이었다.

“서두르시죠.”

펠릭스가 온화한 표정으로 살인용병을 가리켰다.

제이드의 눈에 핏발이 섰다.

“펠릭스……!”

갑자기 나타나 자신의 삶을 가로막은 장애물. 알렉스의 빛보다 더 강렬해서 자신의 빛을 모조리 가려버린 자. 자신이 가지지 못한 재능을 어린 나이부터 가지고 있는 자.

제이드의 눈에서 핏줄이 터졌다. 제이드가 검을 휘둘렀다. 그 손놀림에 가장 앞자리에 있던 살인용병의 배에서 피가 흘러나왔다.

푹! 푹!

이어 들리는 잔인한 소리에 귀족들은 눈을 질끈 감았다. 제이드와 펠릭스가 그 피를 모조리 덮어썼다.

무표정한 펠릭스와 분노에 찬 제이드가 대립했다. 제이드가 숨을 헐떡거렸다.

짙은 죽음의 냄새가 자신의 온몸을 뒤덮었다. 사람을 죽이자 흥분했다. 그 순간, 달큰하면서도 섬뜩한 향이 코끝을 스쳤다. 제이드의 머릿속이 멍해졌다. 모든 것들이 멀어지고 펠릭스만 눈에 들어왔다.

"공작의 무고함이 밝혀졌군요. 다행입니다. 부디 무사히 집에 가시길 바랍니다. 많이 피곤해 보이시는데, 마음 놓고 푹 쉬시면 되겠군요."

펠릭스의 입술만 둥둥 떠다녔다. 제이드는 이를 꽉 깨물었다. 집에 가서 푹 쉬라는 말이 예삿말처럼 들리지 않았다. 그의 새빨간 눈이 이리저리 흔들렸다.

마차에 또 무슨 짓을 해놓은 건가, 아니면 자신이 집을 비운 틈에 저택에 트랩을 설치해둔 건? 음식에 독극물을 넣었을지도 모른다.

죽어야 할 자는 너인데, 왜 내가 고통받는가.

검을 쥔 제이드의 손이 바들바들 떨렸다. 펠릭스가 자신의 지척에 있었다. 그의 목이 가장 먼저 눈에 들어왔다. 저 목에 검을 찔러넣으면 모든 게 끝이 날 거다. 누구도 자신을 괴롭히지 못하겠지.

너만 죽으면…… 너만 죽으면 된다…….

"너만 죽으면……."

뭔가에 홀린 사람처럼 제이드는 손에 들린 검을 허공으로 치켜들었다.

챙, 챙!

순식간에 달려온 황실기사들의 검이 제이드의 검을 한 박자 빠르게 막았다.

"악!"

한바탕 비명이 휩쓸고 지나간 자리엔 고요함이 남았다. 검을 치켜든 제이드가 멈칫하며 펠릭스를 바라보았다.

자신이 지금 무슨 짓을 한 거지?

세 개의 검이 지붕처럼 맞닿은 가운데, 펠릭스는 검에서 반사되는

빛을 받으며 서 있었다. 그의 하얀 얼굴에 빛이 고였다. 마지막 전쟁을 끝낸 기사처럼 신성한 잔인함이 펠릭스의 얼굴로 흘러내렸다.

"……미쳤군."

펠릭스의 작은 중얼거림에 사람들은 숨을 죽였다. 하마터면 죽을 뻔한 사람치곤 그는 지나치게 침착했다.

제이드는 황실기사들에게 제압당했다. 제이드는 "펠릭스!"라며 고래고래 악을 썼다. 귀족들은 그런 제이드를 미친 사람 바라보듯 했다.

"판결을 내리시죠."

펠릭스는 고개를 돌려 황태자를 바라보았다. 그는 눈을 가느스름하게 뜬 채 펠릭스를 바라보았다. 펠릭스의 입가가 삐딱하게 휘어 있었다.

저 녀석, 작정했군.

법정에서 펠릭스를 직접 살해하려는 모습을 목격한 자들이 수십 명이 넘었다. 이미 판결은 내려진 것이나 다름없었다. 황태자는 펠릭스가 쥐여준 것이나 다름없는 판결문을 막힘없이 읊기 시작했다.

"제이드 공작은 펠릭스 공작을 살해하려 하였으므로, 펠릭스 공작이 원하는 대로 처벌받게 될 것이다."

황태자는 피곤한 표정으로 찻잔을 내려놓았다.

간단한 해프닝으로 끝날 거라는 예상과는 달리, 일이 복잡해졌다. 대륙을 지탱하는 공작가문 중 하나가 완전히 꺾이게 생겼다. 이로 인한 파급력은 엄청날 거고, 한동안 그는 정치 안정화를 위해 밤새 일해야 할 상황이다.

기껏 연애 같은 연애를 시작해서 한가하게 놀아볼까 했는데…….

마음에 안 드는 녀석.

황태자는 해나를 떠올리며, 맞은편에 앉아 있는 은발의 남자를 노려보았다.

"칼 맞을 뻔한 사람치곤 상당히 침착하군."

"그런 느린 검에 맞을 만큼 검술을 게을리 하진 않았습니다."

펠릭스가 찻잔을 들며 침착하게 대꾸했다.

"그래도 놀라는 척이라도 해야 하는 거 아닌가. 후우, 그나저나 네가 한동안 사라진 이유와 제이드 공작 사이엔 어떤 연관이 있었던 모양이군. 그럴 거라고 예상하긴 했지만……."

펠릭스는 입을 다물었다. 자신에게 불리한 이야기는 하지 않겠다는 태도였다. 재판이 끝나 결정적인 증거가 나오지 않는 한, 판결이 번복될 리도 없건만 그는 집요했다.

"앞으로 이런 건 나랑 상의를 해줬으면 좋겠군, 펠릭스."

"황태자님은 귀족들과 한 발 떨어져 계시는 게 좋습니다."

"한 발이 아니라 열 발인 것 같으니 하는 말이네, 친구."

황태자가 싱긋 미소 지었다.

"친구라는 말은 어디 가서 하지 마십시오. 사람들이 오해합니다."

펠릭스가 마주 미소 지으며 대답했다.

"자네는 정말 귀여움이 하나도 없어. 글로리아 부인의 마음고생이 심하겠어."

"할 말 없으시면 일어나도록 하겠습니다."

펠릭스가 대화를 마무리 지으려고 하자, 황태자가 얼굴을 찌푸렸다. 저 뒤끝 없는 태도가 자꾸 자신을 질척거리게 만든다.

"왜 그런 요구를 한 건가."

펠릭스가 황태자를 바라보았다. 펠릭스가 요구한 건, 제이드 공작의 작위 회수와 대륙에서 가장 먼 감옥의 탑에 가둬달라는 것이었다.

"충분히 황실 감옥에 가둬놓을 수 있었어. 과하긴 하지만 그를 이유로 교수형에 처해달라고 우길 수도 있었고. 그런데 제이드 공작을 대륙의 끝자락에 자리한 별장에서 치료를 받게 해달라니…….."

펠릭스답지 않은 결정이라고 생각했다. 황태자는 그가 제이드에게 죽음의 독배를 내밀 거라 여겼다.

"그런 자가 황실의 재산을 좀먹게 둘 수 없지요."

"그렇다면 교수형에 처해달라고 했어야지."

"죽음은 너무 손쉬운 면죄부죠."

펠릭스는 제이드가 부와 명예를 모조리 잃은 채 좁은 감옥에 갇혀 여생을 보내길 바랐다. 감옥에서 교도관들에게 무시를 당하며 밤새 벌레들에게 뜯기기를. 과거의 영광을 곱씹으며 비명을 지르기를. 그러다 명예롭지 않게 자신의 손으로 죽음을 선택하기를.

그것은 평생을 귀족으로 살아온 제이드에겐 죽음보다 더한 형벌이었다.

황태자는 할 말을 잃은 얼굴로 우아하게 차를 마시는 펠릭스를 바라보았다.

검술이 뛰어나면 머리라도 나쁘든가, 머리까지 좋으면 잔인하기라도 하지 말든가…….

황태자는 복잡한 표정으로 펠릭스를 바라보았다.

"……죽을 때까지 자네가 제국에 충성해주었으면 좋겠군."

황태자는 진심을 담아 그에게 말했다.

결박당한 채 마차로 이동하던 제이드는 입에 물린 재갈을 이로 뜯었다.

죽을 때까지 대륙의 끝자락 감옥의 탑에 갇혀 살아야 하다니.

그곳은 극악의 범죄를 저지른 자들만이 들어가는 곳으로, 철저한 감시가 이루어지는 곳이었다. 황제와 황태자의 허락을 받은 자가 아니면 면회도 금지되어 있었다. 그곳에 갇힌 자들은 하루에 한 번 식사를 주는 교도관의 얼굴을 보는 것이 전부였다.

좁고, 더러우며, 외로운 곳이었다.

펠릭스……!

"으윽!"

제이드가 악에 받친 비명을 내질렀다.

그는 법정에서 끌려나오고서야 자신이 펠릭스의 덫에 걸렸음을 알았다.

굉장히 흥분한 상태에서 맡으면 사람의 이성을 잃게 하는 향이 있었다. 그가 마약처럼 밀수입하려다가 버클리 상단이 먼저 알아채는 바람에 관둔 적이 있었다. 신경쇠약으로 그 순간에는 알아채지 못했지만, 분명 재판정에 감돌던 향은 그 향과 같았다.

펠릭스는 미리 그 향을 재판정에 피워놓은 게 분명했다. 그리고 자신에게 살인용병단을 죽이게끔 만들었다. 검을 휘두른 데다 사람을 죽여 흥분한 자신이 이성을 잃고 날뛰길 기다렸던 거였다.

일부러 자신을 자극하는 말을 하고, 목을 내어놓았다. 마치 이곳을 찌르라는 듯이.

재판정에서 끌려나오며 그는 펠릭스가 향을 피웠고 자신은 무고하다고 소리쳤으나 누구도 그의 말을 더는 들어주지 않았다. 사람들에게 중요한 건, 그가 검으로 펠릭스를 해하려고 했던 그 상황뿐이었다. 그가 악을 쓰자, 병사들은 그의 입에 재갈을 물려 말할 수 없게 만들었다. 그러고는 안에서 문을 열 수 없는 범죄용 마차에 태웠다.

"지독한 놈……! 지독한 놈!"

펠릭스의 덫에 걸렸다는 생각에 그는 분노로 몸을 부들부들 떨었다.

나는 어떻게든 살아남아 너에게 이 치욕을 되갚아줄 것이다. 기필코!

그가 새빨간 눈으로 복수를 다짐할 때였다.

덜컹!

휘이잉!

좁은 길을 달리던 마차가 멈춰 섰다. 마차 문이 열리더니 환한 빛이 스며들었다. 제이드가 얼굴을 찌푸렸다.

"제이드 데이빗슨."

문을 연 자가 그의 이름을 불렀다.

"……넌 누구냐."

제이드는 자신의 이름을 부르는 남자를 경계하는 눈으로 쳐다보았다. 보자마자 범상치 않은 기운을 느꼈다. 한낱 마부의 일을 할 만한 자가 아니었다.

"내 동료들을 개죽음시켜놓고 네놈은 살아 있길 바란 건가."

"설마, 너는…….."

제이드가 얼굴을 와락 구겼다. 마부로 위장 가능하며 자신을 여기까지 쫓아올 자들이라면 살인용병단밖에 없었다.

"알아본다니 다행이군."

"대체 어떻게 마부로 위장해서 따라온 거냐."

제이드가 몸을 사리며 물었다.

"이 정도도 못 하면 살인용병단이 아니지."

그는 마차 문을 짚고 서서 말했다.

"그나저나 안타깝군. 마차 전복사고로 길에서 사망이라니."

살인용병단장이 안타까운 표정을 지었다.

"……지, 지금 무슨 소리를 하는 거냐. 내가 왜 여기서 죽는단 말이냐!"

제이드가 비명을 내질렀다.

"이리석군. 네가 아직도 살 수 있을 거라고 여긴 건가."

"고작 살인용병 몇 명을 살해했다고 이러는 건가? 얼마를 원해? 어차피 너희는 돈만 주면 되는 거 아닌가? 그러니 여기서 날 구해주면 네가 요구하는 대로 다 지불하도록 하지! 아니, 나를 저택까지 데려다주면 어마어마한 금액을 주도록 하겠네!"

기회라고 여긴 제이드가 얼른 말을 늘어놓았다.

"이런. 아직도 상황판단을 못 한 모양이군. 내가 고작 용병들 몇 명 죽었다고 여기까지 찾아온 거라고 생각하는 건가."

살인용병단장의 입술이 삐딱해졌다.

"……!"

"네놈도 인생을 헛살았더군. 몰락하자마자 그대를 죽여달라는 의뢰가 들어오는 걸 보면 말이야."

살인용병단장이 혀를 끌끌 찼다.

그에게 쫓겨난 공작가의 가족들이 거액을 주고 살인용병에게 그를 죽여달라는 의뢰를 넣었다. 의뢰를 넣은 이유는 간단했다. 제이드 데

422

이빗슨 공작이 죽어야 재산을 그들 마음대로 처분할 수 있기 때문이었다.

"그대의 재산은 더 이상 그대의 것이 아니더군."

"자, 잠시만! 내가 그것보다 더 주겠네! 그들이 제시한 금액보다 더 줄 테니……!"

"미안하지만, 네놈은 신의를 잃었다. 재판정에서 우리 용병들을 죽이는 순간, 더는 우리 용병단에 일을 의뢰할 수 없는 블랙리스트에 올랐지. 그리고 난 썩은 패는 잡지 않아."

"감히 네까짓 게 내 명예를 욕보이는가!"

"명예? 네놈에게 남은 명예가 있는가? 혹시라도 네 녀석에게 명예가 남았다면, 저것들이 먹어치워줄 거다."

용병단장이 하늘을 날고 있는 까마귀와 독수리를 가리켰다. 유난히 사고가 많은 지점이라 절벽 아래에 시체가 가득했다.

그가 조용히 턱짓을 했다. 곁을 에워싸고 있던 자들이 마차를 절벽 밖으로 밀었다.

"안 돼……! 안 돼!"

제이드가 절박한 표정으로 소리쳤다.

"뭐든 해주겠네! 달라는 건 다 주겠네! 살려주게나! 제발! 살려만 준다면 원하는 건 전부 다 주겠네! 제발!"

제이드의 절박한 외침에 용병단장은 마차 문 안으로 고개를 들이밀며 섬뜩한 미소를 지었다.

"내가 원하는 건 네 죽음이니, 곧 지불하겠군."

"안 돼! 안 돼!"

"잘 가게나."

단장이 힘주어 밀자 마차가 기울었다. 절벽 아래로 제이드의 비명이 점점 멀어졌다. 우당탕탕 소리와 함께 마차가 부서졌다.

푹!

살점을 꿰뚫는 섬뜩한 소리가 들렸다. 아래는 뾰족한 바위가 많아 떨어진 자들이 살아남기 어려운 곳이었다. 단장은 절벽 아래를 바라보았다. 제이드의 가슴 한가운데를 뾰족한 바위가 관통해 있었다. 그의 사지가 부들부들 떨렸다.

단장은 주변을 에워싼 용병들에게 턱짓으로 절벽 아래를 가리켰다.

"죽었든 살았든 사지를 찢어놓도록 해. 사고처럼 위장하는 걸 잊지 말고."

용병의 말에 남은 자들이 조용히 고개를 끄덕인 후, 절벽 아래로 향했다. 홀로 남은 용병단장은 고개를 들어 하늘을 뱅뱅 돌고 있는 독수리를 물끄러미 바라보았다.

"모처럼 포식하겠군."

"마차 전복사고로 제이드 데이빗슨이 절벽에서 떨어져 즉사했다고 합니다."

체이스가 무감각한 표정으로 보고했다. 책상에 걸터앉아 창밖을 바라보고 있던 펠릭스가 고개를 들었다.

"살인용병단의 짓이겠군."

펠릭스의 추측에 체이스가 고개를 끄덕였다.

"그런 걸로 추정됩니다."

며칠이 지나도록 제이드가 감옥에 도착하지 않자, 황실 측에서 조사원들을 보냈다. 그들이 마차를 발견한 곳은 좁은 협곡이었다.

제이드는 뾰쪽한 바위 한가운데에 몸이 관통당해 죽었다. 시신은 독수리 떼에게 반쯤 뜯긴 상태라고 했다. 작위가 회수된 상태인 데다, 가족들이 그의 시신을 수습하려 나서지 않는 바람에 허허벌판에 버려졌다.

"제이드는 운이 좋군."

펠릭스가 못마땅한 표정으로 말했다. 체이스는 의아한 표정으로 공작을 바라보았다. 귀족으로서 부와 명예를 모두 잃고, 가장 비참한 마지막을 맞이했다.

그런 그에게 운이 좋다니.

"조금 더 괴롭길 바랐거든. 그렇게 쉽게 죽으면 아쉽잖아."

펠릭스의 말에 체이스는 입을 꾹 다물었다. 조금 나아졌나 했는데. 역시 그가 인간다울 땐 글로리아가 함께 있을 때였다.

"살인용병단을 고용한 자는?"

"제이드의 가족들로 추정됩니다."

"재산 때문이군."

"네."

체이스가 가볍게 고개를 끄덕였다.

"제이드 가문을 조금 더 지켜보도록 해."

"네. 알겠습니다."

체이스가 가볍게 고개를 끄덕였다.

다그닥, 다그닥.

창문 너머로 말이 달려오는 소리에 가장 먼저 펠릭스의 고개가 돌아갔다. 글로리아가 타고 있는 마차의 사방을 기사단의 말들이 빽빽하게 에워싸고 있었다. 화살 하나 허용하지 않겠다는 듯 철통방어였다.

체이스는 창밖이 아닌 펠릭스의 옆얼굴을 바라보았다. 방금 전까지 찬바람이 불던 펠릭스의 얼굴에 은은한 미소가 맺혔다. 마침내 그의 얼굴에 닿은 햇살이 따뜻한 온도를 가진 것 같았다.

며칠 만에 사람다운 얼굴을 하는 펠릭스를 보며, 체이스는 모처럼 안도의 한숨을 내쉬었다.

마차에서 내린 글로리아는 저택 앞에 서 있는 남자를 바라보았다. 은발을 한 장신의 남자는 그녀를 보자마자 기다렸다는 듯 미소를 지었다. 그녀는 눈을 가느스름하게 뜬 채 그의 모습을 바라보았다.

얼굴을 보니 알 것 같다. 자신이 얼마나 이 남자를 보고 싶어 했는지.

보고 싶으면서도 올 엄두를 내지 못했다. 자신이 도움이 되지 않을 때엔 참는 게 좋다고 생각했다. 저택 밖으로 한 발자국도 나가지 않고, 꾹 참았다.

이게 잘하는 거라고, 옳은 결정이라고.

그렇게 생각하면서도 밤마다 잠을 이루지 못했다. 그의 품이 사라지니 잠이 오지 않았고, 오랜만에 견딜 수 없는 외로움이 파도처럼 밀려들었다.

"펠릭스 공작님."

글로리아가 그의 이름을 부르며 조용히 계단을 밟아 올라갔다. 펠릭스가 계단을 내려오며 손을 내밀었다. 그녀가 손을 뻗었다. 한 계단씩 더 움직였을 때, 비로소 그들의 손이 닿았다. 글로리아의 얼굴에 옅은 미소가 맺혔다.

"보고 싶었어요."

"기다렸어."

짠 것처럼 동시에 말이 나왔다. 잠시 놀란 표정을 짓던 글로리아는 빙긋 미소 지었다.

기다렸어.

그 한 마디로 충분했다. 자연스럽게 두 사람은 손을 맞잡은 채 그들의 저택으로 들어섰다.

제이드 데이빗슨의 사망으로 데이빗슨 가문에 혼란이 오기 시작했다. 본처가 없고 후첩들이 서열 없이 살아가던 터라 재산분쟁이 일어났다. 재산은 종잇장처럼 갈가리 찢겨나갔다. 사람들도 이유 없이 죽어가기 시작했다. 장남을 시작으로, 세 명의 남자들이 자살로 위장된 살해를 당했다.

남은 가족들의 재산싸움은 더욱 치열해졌다. 자멸하는 이들이 늘어갔다. 마침내 가까스로 살아남은 이들은 재산을 나누어 뿔뿔이 흩어졌다.

"참 씁쓸한 결말이군요."

글로리아는 데이빗슨 가문의 이야기를 들으며 중얼거렸다. 그 누구도 제이드 데이빗슨의 죽음을 슬퍼하거나 복수하려고 하지 않았다.

"그의 돈을 보고 모인 이들이니까요."

앨버트가 조용히 대답하며 글로리아의 찻잔에 차를 부어주었다.

"고마워요, 앨버트."

"저야말로 감사드립니다."

"찻물을 따라준 건 앨버트인데 왜 제게 감사하시는 거죠?"

글로리아가 웃으며 물었다.

"부인께서 계시는 것만으로도 감사합니다."

앨버트는 진심을 다해 말했다. 글로리아가 있을 때와 없을 때의 저택 온도차는 상당했다. 펠릭스는 글로리아가 곁에 있을 때에만 사람 같았다. 표정이 온화해지고, 말이 부드러워지며, 상대방을 배려하는 모습을 보였다. 마치 에단과 함께 있을 때 같았다.

누구나 자신에게 맞는 짝이 있다더니.

에단이 사라진 후 선물처럼 다가와준 글로리아를 그는 한없이 고마운 눈으로 바라보았다.

"그런 말을 들으니 부끄럽네요."

글로리아가 빙긋 미소 지었다. 앨버트도 따라 웃었다. 앨버트가 자리를 비킨 후, 글로리아는 창밖을 바라보았다.

시원한 바람이 불었다.

저택에서 편안하게 차를 마실 수 있다니.

늘 누리고 있어서 이 일상이 얼마나 감사한 것인지 잊고 살았다. 펠릭스가 있는 이 저택에서 함께 머물 수 있다는 것만으로도 그녀는 행복했다. 보고 싶은 누군가가 있다는 것 또한, 고마운 일이었다.

그녀의 얼굴에 미소가 머물렀다.

제이드 데이빗슨 가문이 멸문한 후, 귀족들의 관심은 펠릭스에게로 향했다.

'그러고 보니 펠릭스 공작님은 왜 요양을 갔던 거지?'

'무슨 일이 있었던 건가?'

'혹시 전 데이빗슨 공작과 어떤 일이 있었던 건 아닐까?'

펠릭스 공작과 글로리아 부인이 실종되었던 사건에 대해 그들은 관심을 갖기 시작했다. 소문이 걷잡을 수 없이 퍼져갔다. 소문에 대해 해명해야 할 지경에 달했다.

펠릭스와 글로리아는 해명을 준비하면서, 제이드에게 납치되었다는 사실을 밝히지 않기로 했다.

제이드 데이빗슨에게 납치되었던 일을 말하려면, 자신들이 살아난 경위를 설명해야 했다. 메달 때문에 살아났다는 사실을 말하면 그들은 증거를 요구할 거다. 메달이 모조리 깨어진 상황인 데다, 설령 증명을 할 수 있다 해도 마녀사냥을 당할 게 뻔했다.

더군다나 이미 책임을 물어야 할 제이드가 죽어버린 상황이다. 사실대로 말한다 해도 얻을 이득이 없었다.

그래서 그들은 사실을 밝히는 대신, 다른 해명을 했다.

글로리아가 잠시 외출한 사이 실족했고, 펠릭스가 그녀를 찾아 나섰다가 그녀의 상태가 심각해 곁을 지키느라 며칠간 귀가하지 못한 걸로 둘러댔다. 거동이 불편한 글로리아를 데리고 움직일 수 없어서 작은 마을에서 치료하고 돌아오느라 늦었다는 설명에 사람들은 넘어가는 눈치였다. 귀족여성들은 뼈가 약했고 부러지는 경우도 많았다. 그러자 다른 소문이 퍼져나가기 시작했다.

글로리아 부인이 크게 아팠다는 소문은 어느새 죽을 뻔한 글로리아 부인을 펠릭스 공작이 지극정성으로 돌봐서 살려냈다는 내용으로 와전되었다. 펠릭스 공작은 유례없는 로맨티시스트가 되었다.

그 소문이 퍼지기가 무섭게, 그녀의 집으로 제너와 해나가 들이닥쳤다. 제너는 몸에 좋은 약초를 내밀었다.

"괜찮으신가요? 아프시다고 들었습니다. 뼈를 튼튼하게 해주는 약초랍니다. 꾸준히 드세요. 실족하셨으면 분명 뼈를 다치셨을 테니까요."

그녀는 직접 약초를 달이는 법을 하녀에게 설명해주었다.

황태자와 결혼을 앞둔 해나 또한 바쁜 시간을 쪼개 달려와, 그녀에게 직접 진귀한 보신용 음식을 들이밀었다. 모두 황실에만 있는 것이었다.

"드시고 얼른 나으시죠. 다 드시면 말씀하세요. 또 가져다드리겠습니다. 더 필요한 건 없으신가요?"

무뚝뚝한 말투였지만 해나의 얼굴에는 걱정이 가득했다. 글로리아는 먹먹한 표정으로 침대 아래에 가득 쌓인 것들을 바라보았다.

"제가 사람들은 잘 사귄 것 같군요. 고맙습니다. 이것들을 보기만 해도 다 낫는 기분이군요."

글로리아가 환하게 웃으며 제너와 해나를 번갈아 보았다.

"아프지 마십시오."

해나 영애의 말에 글로리아가 그녀를 바라보았다.

"친우가 다치면…… 제 마음이 좀 많이 아픕니다. 글로리아 부인은 제게 유일한 친우니까요."

해나는 멋쩍은 표정으로 말을 하더니 고개를 홱 돌렸다.

"……저도요."

제너가 작은 목소리로 덧붙이더니 반대편으로 고개를 홱 돌렸다. 수줍어하는 두 사람을 바라보던 글로리아가 웃음을 참으려고 입술을 꽉 깨물었다.

정말 귀여운 사람들이다.

유난히 선선한 바람이 부는 날이었다. 창밖의 하늘은 끝없이 쾌청했고, 구름은 높게 자리하고 있었다. 부는 바람에 나뭇잎들은 파도 소리를 내며 이리저리 흔들렸다.

글로리아는 읽고 있던 책을 내려놓은 후, 가만히 날짜를 세었다.

그러니까 오늘이…….

잠시 생각하던 글로리아의 표정이 어두워졌다. 갑자기 심란해진 그녀는 침대에서 내려와 창가로 다가갔다. 마음이 싱숭생숭해졌다. 산책이라도 가야 하나, 생각할 때였다.

똑똑.

돌아서자, 반쯤 열린 문을 두드리고 서 있는 펠릭스가 보였다.

데이빗슨 가문의 몰락 이후, 그의 일이 부쩍 바빠져서 얼굴을 보기가 좀처럼 힘들었다. 공작 한 명이 사라짐으로써 벌어지는 수많은 일들을 황태자는 펠릭스에게 떠넘기다시피 했다. 이유는 '난 결혼을 준비해야 하니 바쁘지 않은가.'가 전부였다.

그 때문에 밤중에 보거나, 집무실에서 함께 일을 할 때 눈을 마주치는 게 전부였던 터라 그녀는 놀란 표정을 지었다.

"이 시간에 어쩐 일이에요?"

"함께 산책을 갈까 하는데."

"그럴 시간 있어요?"

글로리아가 반가운 얼굴로 말했다.

"일을 내가 다 할 필요는 없으니까."

펠릭스는 글로리아가 좋아하는 바람이 분다는 걸 알자마자 모든 일을 접고 달려왔다.

"하지만……."

글로리아가 걱정스러운 표정을 지었다. 그러자 펠릭스가 말없이 손을 내밀었다. 잠시 고민하던 글로리아는 그의 손을 맞잡았다.

"그래요. 같이 가요."

글로리아는 펠릭스의 손에 조용히 깍지를 꼈다. 요즘 들어 부쩍 대담해진 그녀의 행동에 펠릭스의 입가에 미소가 번졌다.

저택에서 벗어나자 선선한 바람이 살갗을 스치고 지나갔다. 글로리아의 표정이 느슨하게 풀렸다.

"내일부터 집무실로 나갈게요. 무역수업은 중단하고, 검술수업은 다른 선생을 구해서 계속할까 해요."

"빈민굴 개선사업과 고아원 건립도 함께 말인가."

"네."

두 사람의 길음이 자연스레 한 방향으로 향했다. 그들은 우거진 숲을 지나 좁은 길을 따라 걸었다. 그들의 발길이 자연스럽게 들꽃이 있는 곳에서 멎었다. 펠릭스는 그곳에서 글로리아와 마주 보았다.

"고아원 후원은 그렇다 치더라도, 계급에 상관없는 인재 채용에 관해선 귀족들의 반발이 꽤나 심할 거야."

"그것 또한 각오하고 있어요. 하지만 변화하려면 부딪쳐야죠."

"……."

"본래 보석을 캐기 위해선 손에 흙을 묻혀야 하는 법이니까요. 주변 사람들이 화낸다고 해서 보석들을 놓칠 순 없잖아요."

신념을 지키고자 하는 글로리아의 표정은 다부졌다. 그녀는 계층에 상관없이 보석 같은 인재가 있다고 믿고 있었다. 그들을 찾아 교육하고 채용하면 적게는 가문, 넓게는 대륙에 큰 보탬이 될 거라고 생각하고 있었다. 펠릭스 또한 그녀의 생각에 동의하고 있었다.

그녀도 흙 속에서 발굴된 보석이었으니까.

실제로 그녀가 채용한 다니엘 또한 굉장한 업무 능력을 보이고 있었다.

"그 모든 일을 다 하더라도⋯⋯."

펠릭스의 은발이 부드럽게 날리었다. 눈을 감을 법한 바람에도 그는 올곧은 시선으로 글로리아를 바라보았다.

"가장 우선은 나였으면 하는군."

장난스러운 말과 달리 그의 푸른 눈동자에는 진심이 가득했다. 글로리아의 입술이 길어졌다.

"기꺼이 그러도록 하죠. 그리고 혹시나 제가 실수를 하게 되면 이해해주세요. 처음 하는 일들이라 서툴 테니까요."

"기꺼이 그러도록 하지."

자신의 말을 그대로 따라 하는 펠릭스를 보며 글로리아가 소리 내어 웃었다. 그 순간 바람이 세차게 밀려들었다. 부는 바람에 한 갈래로 단정하게 묶은 금발이 날려 얼굴을 가렸다. 잠시 눈을 감았다 뜬 글로리아는 무심코 손가락에서 느껴지는 이물감에 시선을 내렸다.

왼손 네 번째 손가락에 낯선 반지가 있었다.

"⋯⋯이게 뭐죠?"

투박한 돌조각들이 박힌 금반지를 그녀는 의아한 눈으로 바라보았다.

"태어난 걸 축하해, 에단."

"⋯⋯!"

펠릭스의 말에 글로리아가 놀라서 고개를 번쩍 들었다.

고아인 에단은 자신의 생일을 알 리 없었다. 그러나 그녀에게도 생일이 있었다. 전대 버클리 공작이었던 알렉스가, 우리가 처음 만난 날을 생일로 하면 되겠다면서 정해준 날이었다.

만들어진 생일이긴 하지만, 에단은 자신의 생일을 몹시 소중하게 생각했다. 그날이 되면 알렉스, 사무엘, 그리고 그녀를 아는 모든 사람들이 축하해주었다.

「태어난 걸 축하해.」

에단은 사람들이 건네주는 선물보다 그 말이 좋았다.

태어난 게 죄고 불행인 줄 알았던 순간들이 씻겨내려가는 기분이라 괜히 울컥하기도 했다. 그래서 생일이 있는 달엔 생일만 손꼽아 기다렸다.

그러다 글로리아가 되면서 에단의 생일은 사라졌다. 에단의 생일을 포기하긴 했지만, 씁쓸한 건 어쩔 수 없었다.

그리고 오늘이 에단의 생일이었다. 그 때문에 그녀는 하루 종일 싱숭생숭한 기분에 시달렸다.

"……어떻게 아셨어요?"

글로리아가 놀란 얼굴로 물었다.

"네 생일은 늘 기억해두고 있었어. 매년 선물을 준 걸로 기억하는데. 잊은 건가."

펠릭스의 말에, 멍하게 있던 글로리아는 무언가가 생각난다는 듯 "아!" 하고 소리쳤다.

그러고 보니 언젠가부터 펠릭스는 그녀의 생일에 어마어마한 것들을 쥐여주었다. 거대한 사슴고기, 두툼한 지폐 다발, 버클리 가문을 대표하는 은패까지.

다만, '생일 축하해.'라는 말을 하지 않는 데다 선물치곤 지나치게 부담스러운 것들뿐이라 그가 생일을 챙겨주고 있는지 몰랐을 뿐이다.

그저 은발님이 갑자기 변덕을 부리시는구나, 생각했을 뿐이었다.

그랬었구나…….

또 하나, 깨달았다. 그가 생각보다 오랫동안 챙겨주고 있었다는 걸.

"늘 선물만 주시더니, 올해는 갑자기 '태어나서 축하해.'라는 말도 하시네요."

글로리아가 빙긋 웃으며 말했다.

"그 말을 좋아한다는 걸 이제 알았거든."

"……."

"매년 생일마다 '태어난 걸 축하해.'라는 말을 들어서 좋다고 일기장에 써놨던데."

펠릭스가 바람에 흐트러진 그녀의 머리카락을 쓸어넘기며 말했다.

그녀의 일기장을 보고서야 알았다. 그녀가 자신의 생일을 소중하게 여긴다는 것과, '태어난 걸 축하해.'라는 말을 좋아한다는 걸.

"……그걸 아직도 기억하시나요?"

일기장 이야기가 나오자 글로리아의 얼굴이 흙빛으로 변했다.

"음, 네가 그 말을 좋아하는 줄 알았으면 매년 해줬을 텐데, 라고 생각했으니까."

"……."

그렇게 말하면 일기장 내용을 잊으라고 할 수가 없잖아.

글로리아는 투정을 부리는 대신, 먹먹한 눈으로 네 번째 손가락에 끼워진 반지를 바라보았다. 이것만으로도 그가 자신을 얼마나 생각하는지 알 것 같았다.

"특이한 디자인이네요."

"부서진 메달 조각으로 만든 반지야."

글로리아의 시선이 자연스럽게 펠릭스의 네 번째 손가락에 닿았다. 그의 손에도 같은 메달 조각이 박힌 반지가 있었다.

결혼반지를 교환했지만, 그때와는 전혀 달랐다. 마치 누구의 시선도 닿지 않는 신비한 곳에서 비밀스러운 언약을 나누는 듯했다.

"이날은 우리만의 기념일로 하도록 하지. 네 생일은 내게도 중요한 날이니까."

펠릭스의 말에 글로리아가 잠시 멍한 표정을 지었다.

네가 중요하게 생각하는 생일을 잊지 않을게.

그가 고요한 눈으로 그렇게 말하고 있었다. 글로리아는 입술을 사리문 채 힘껏 고개를 끄덕였다. 그녀의 눈에 고여 있던 눈물이 툭 떨어졌다.

모두가 잊어도, 이 사람만은 자신을 잊지 않았다. 그것만으로도 에단이었던 시절의 고생을 모두 보상받는 기분이었다. 이 사람을 만나기 위해 여태껏 고생한 거라면, 감수할 수 있겠다는 생각까지 들었다.

글로리아는 먹먹한 눈으로 자신의 네 번째 손가락에 끼워진 반지를 바라보았다.

메달. 잊혀져갈 에단이라는 이름.

그러나, 당신과 나만은 아는 이야기.

그리고 앞으로 만들어갈 우리만 아는 이야기들. 누구에게 말하지 않고, 서로의 가슴에 써내려갈 소중하고 어여쁜 그 내용들.

"실은 저도 하고 싶은 게 있었어요. 한 번쯤 해보고 싶었던 것."

글로리아의 얼굴에 사랑스러운 미소가 번졌다.

"허락하도록 하지."

펠릭스가 고개를 끄덕였다.

"그게 뭐든 상관없나요?"

"네가 하는 거라면."

펠릭스가 빛이 고인 눈동자를 바라보며 미소 지었다. 글로리아가 손을 뻗어 펠릭스의 어깨를 거머쥐었다. 그러고는 자신의 얼굴 앞으로 확 끌어당겼다. 눈이 마주치자, 글로리아가 찬란한 미소를 지으며 말했다.

"평생 제 옆에 머물러주세요, 공작님."

그녀의 발칙한 프러포즈에 펠릭스의 입술이 느슨하게 늘어났다.

"허락받고 할 만한 짓이군."

다른 사람이 했다면 진즉에 죽고도 남았을 짓이었다. 그러나 펠릭스는 순순히 그녀의 손에 잡혀 있었다. 자신의 앞에서 발칙해지는 글로리아의 행동이 귀여웠다.

"이게 끝인 줄 알았나요?"

"이 이상이 있는 건가?"

펠릭스가 고개를 기울이며 물었다. 그의 얼굴엔 언뜻 즐거움이 번졌다. 글로리아는 남은 손으로 그의 뒤통수를 감싸더니, 발끝을 들어 그의 입술에 입을 맞추었다. 펠릭스의 입가에 미소가 맴돌았다.

발칙하고, 어여쁘다.

눈을 꼭 감고 있는 글로리아를 바라보던 펠릭스도 마저 눈을 감았다.

선선한 날에는 무조건 산책을 나와야겠다고 생각하며.

공작의 집무실 창가에 선 글로리아가 심각한 표정으로 서류를 들여다보았다. 빈민굴 개선사업 및 빈민과 평민 인재 발굴에 대한 다니엘의 보고서였다. 부유하게 살아온 조슈아보다는 평민 출신인 다니엘이 더 적합해 보여 글로리아가 특별히 맡긴 일이었다.

"다행히 잘 진행되고 있네요. 주변을 정비했더니 범죄도 많이 줄었다네요. 하지만 보고서만 믿고 있을 순 없으니 직접 눈으로 보고 오면 좋을 것 같아요."

글로리아는 보고서에 눈길을 둔 채 펠릭스에게 말했다. 그러나 돌아오는 대답이 없었다. 고개를 들자, 펠릭스가 턱을 괴고서 그녀를 바라보고 있었다. 그의 은발에 빛이 고여 눈부셨다. 글로리아는 저도 모르게 눈을 가느스름하게 뜨며 물었다.

"무슨 문제라도 있으신가요?"

"이럴 줄 알았으면 그대에게 일을 시키지 않을 걸 그랬군."

갑작스러운 펠릭스의 발언에 그녀의 눈이 크게 벌어졌다.

"왜 갑자기 그런 생각을……."

"이틀째 일만 하고 있는 건 아는 건가."

"아……."

자리에서 일어난 펠릭스가 순식간에 그녀의 손에 들린 서류를 빼앗았다. 서류가 금세 탁 소리를 내며 책상 위로 떨어졌다.

"나는 그대에게 일을 하라고 했지, '일만' 하라고 한 적은 없는 것 같은데. 특히 이런 시기에는."

"좋아서 하는 일이에요."

"그래. 너무 좋아해서 문제지."

책상에 걸터앉은 펠릭스가 팔짱을 낀 채 눈을 가느스름하게 떴다. 그의 표정이 심상찮은 걸 발견한 글로리아는 그제야 자신이 지나치게 일에 몰두했음을 알았다. 펠릭스가 섭섭함을 느낄 정도로.

"미안해요. 그럼 오늘은 여기까지 하고 재미있는 걸 하러 가요."

"재미있는 거, 뭐?"

펠릭스의 눈이 가느스름해졌다. 그의 눈빛이 나른하게 풀어졌다. 이런 얼굴을 볼 때마다 가슴이 쿵 내려앉았다.

"그건 지금부터 천천히 정해볼까요? 뭐가 좋을⋯⋯."

글로리아가 습관처럼 펠릭스의 목에 팔을 감으며 이야기를 할 때였다.

벌컥!

공작의 집무실 문이 노크 없이 벌컥 열렸다. 무례한 행동에 글로리아가 곧장 얼굴을 찌푸렸다.

"글로리아!"

그녀가 뭐라고 하기도 전에, 상대가 먼저 그녀의 이름을 불렀다. 눈부신 금발에, 웬만한 여자들조차 가까이 가기 어렵다는 아름다운 미모의 남자가 그녀를 쳐다보고 있었다. 글로리아가 화들짝 놀라 펠릭스에게서 떨어졌다. 펠릭스는 아쉬운 듯 얼굴을 찌푸렸다.

"……아버지."

글로리아가 놀란 목소리로 그를 불렀다.

몇 달 만에 본 헤레이스 미들턴 백작은 선상 생활을 오래 했음에도 여전히 하얀 피부를 자랑했다. 그러나 그녀가 놀란 건 그의 뽀얀 피부 때문이 아니었다. 몇 달 만에 다시 만난 미들턴 백작의 표정은 심상찮았다. 이토록 무서운 표정은 처음이었다.

"무슨 일 있으셨어요?"

글로리아가 곧장 반응했다.

"일은 네게 생겼지! 글로리아! 이게 대체 무슨 말이야!"

"네?"

"납치를 당했다니! 누구냐! 누가 감히 내 딸에게 손을 댄 거냐! 내가 다 죽여버리겠다!"

미들턴 백작의 눈동자에 분노가 넘실거렸다. 그의 이런 살벌한 반응은 처음이라, 글로리아는 저도 모르게 흠칫했다.

이런 박력을 여태껏 숨기고 있었던 건가.

그제야 그녀는 사람들이 미들턴 백작을 두고서 차갑고 무섭다고 말한 이유를 새삼 깨달았다.

"괜찮아요. 공작님이 구해주셔서 무사해요. 그러니까 걱정하지 마세……."

"구해주는 게 아니라 처음부터 이런 일이 없도록 했어야지! 이런 일이 생기게끔 한 게 문제 아니냐!"

미들턴 백작의 노성이 펠릭스에게로 향했다.

"죄송합니다."

펠릭스가 순순히 사과하자, 글로리아는 놀란 표정으로 그를 바라보았다.

세상에서 가장 오만한 남자가 왜 이렇게 순순히 나오는 거지?

"다친 곳은?"

"없어요. 괜찮아요, 아버지."

글로리아가 흥분을 가라앉히라는 듯 손을 들어 보였다.

"범인은 누구냐! 대체 누가 감히 네게 손을 댄 거야!"

"어, 그게……."

"조사하면 다 나온다! 글로리아!"

숨길 생각 말라는 듯 그가 엄하게 소리쳤다.

"제이드 데이빗슨인데, 그자는 죽었어요, 아버지. 사고로 사망했어
요."

글로리아의 차분한 대답에 미들턴 백작은 이를 갈았다. 자신이 복
수하기도 전에 죽었다는 말에 이를 간 것이었다. 그러다 데이빗슨 가
문이 풍비박산이 났다는 걸 떠올리곤, 긴 한숨을 내쉬었다.

"후우, 그자가 지금껏 살아 있었다면 내가 진즉에 죽였을 거다."

미들턴 백작이 무서운 눈을 번들거렸다.

"걱정하지 마세요. 전 이렇게 멀쩡한걸요."

물론 아직도 턱 끝의 피부는 남의 피부를 갖다 붙인 듯 불편했지만,
그 말은 하지 않았다. 꾸준한 치료 덕에 조금씩 나아가기도 했고, 이
사실을 알면 미들턴 백작이 데이빗슨 가문의 남은 자들을 모조리 찔
러 죽일 것 같은 표정을 짓고 있었기 때문이었다.

"후우, 그래. 네가 무사하다니 됐다. 나는 내 딸이 잘못되었으면 못
살았을 거야."

미들턴 백작의 한숨 섞인 말에 글로리아의 마음이 뭉클했다.

"괜찮아요, 아버지. 그러니 걱정하지 마세요."

그에게 다가간 글로리아가 손을 꼭 잡았다. 그러자 미들턴 백작은 다리에 힘이 풀린다는 듯 그 자리에 주저앉았다.

"아버지……."

"후우."

긴 한숨을 내쉰 그가 힘겹게 몸을 일으켰다.

"그래. 다행이다, 다행이야. 네가 무사해서 말이야."

"정말로 괜찮아요."

글로리아가 다시 한 번 그를 달랬다.

"그래. 그런데 말이다…… 글로리아, 내가 이상한 소문을 들었단 다. 네가 일을 한다던데…… 빈민굴 개선사업과 무역도 한다는 말도 안 되는 소문이 돌더구나. 정말 말도 안 되지 않니? 네가 그런 걸 할 리가? 응?"

미들턴 백작의 뒤에서 그의 집사인 아드리안이 난처한 표정을 짓고 있었다. 그는 눈이 마주치자 말리지 못한 자신을 용서해달라는 듯 두 손을 모은 채 눈을 내리깔았다.

"아……."

글로리아가 난처해져서 뺨을 긁적였다.

언젠가 미들턴 백작도 알게 될 거라 생각했지만, 귀국하자마자 알 게 될 줄은 몰랐다.

"아니지? 소문이 잘못된 거지?"

"죄송해요, 아버지."

"뭐? 그 말은 한다는 거잖아! 하지 않기로 했잖니! 네가 그런 위험 한 일을! 너처럼 청초하고 가녀린 네가 험하디험한 무역일이라니! 봐라! 벌써부터 손이 거칠어졌잖아! 말도 안 돼!"

미들턴 백작이 고함을 지르며 그녀의 손을 거머쥐었다.

몇 달 동안 바닷가는커녕 그 근처에도 안 가봤는데 손이 거칠어질리가…….

"이게 다 바닷바람 때문이다! 안 돼! 절대로 안 돼! 파도가 여린 너를 집어삼킬지도 몰라! 그럼 나는 너를 구하려고 뛰어들다가 우리 둘다 죽어버리고 말겠지. 넌 정말 그런 슬픈 결말을 원하는 거냐?"

……대체 어디까지 가시는 거예요.

글로리아는 고요한 눈으로 미들턴 백작을 바라보았다.

그는 그녀가 무역을 함으로써 생길 수 있는 수십 가지의 비극에 대해 더 읊었다. 파도가 덮친다는 둥, 바다에 갔다가 거대한 문어가 나타나서 미인인 너를 잡아가면 어쩌냐는 둥. 그러다가 인어가 되어버리면 어쩌냐는 둥. 선원들이 널 납치해서 다른 나라로 가버리면 어쩌냐는 둥…….

더는 듣고 있기 힘들어진 글로리아는 힘주어 그의 손을 꽉 잡았다.

"아버지, 위험하지 않아요. 저는 바다에 나가지 않아요. 저택에서 집무만 보고 있고, 실무는 다 보좌관들이 보고 있어요. 중요한 건 공작님이 해주시고요. 저는 그냥 편하게 일을……."

"일이 어떻게 편해! 일은 힘든 거다! 무조건!"

"……."

미들턴 백작의 이런 극적인 반응은 처음이라 난감했다.

이 일을 어쩌나…….

글로리아가 고민에 찬 얼굴로 미들턴 백작을 바라보았다.

어떻게 설득해야 할까.

그녀가 막 입을 열려 할 때였다.

"저와 이야기하시죠."

펠릭스가 불쑥 끼어들었다. 그러자 미들턴 백작이 모난 눈으로 펠릭스를 쳐다보았다.

"내가 공작과 왜……!"

"글로리아는 현재 안정을 취해야 하는 상황입니다."

"그런 애한테 일을 시켜? 그리고 갑자기 안정이라니? 어디가 아프……!"

미들턴 백작이 말을 하다 말고 펠릭스가 가리키는 방향으로 시선을 돌렸다. 미들턴 백작의 시선이 글로리아의 배로 향했다. 배가 볼록 나와 있었다.

"이게 무슨……."

미들턴 백작의 눈이 사정없이 흔들렸다. 그의 얼굴 위로 수만 가지 의문이 스치고 지나갔다.

왜 내 딸의 배가 저런가. 복수가 찬 건가. 큰 병인가. 그런 것치곤 안색이 좋은데, 설마…….

"아버지, 할아버지가 되셨어요."

"흐읍."

글로리아의 말에 미들턴 백작이 두 손으로 입을 가렸다. 그의 큰 눈이 이리저리 흔들렸다.

"……뭐? 사실이니, 글로리아?"

"네."

"진즉 말하지 그랬니. 그럼 내가 큰 소리 내지 않았을 텐데……."

애초에 말할 시간조차 안 준 것 같은데…….

글로리아가 차마 못 한 말을 삼키며 미들턴 백작을 바라보았다.

"세상에나. 하느님, 감사합니다. 우리 딸과 똑같은 손주를 주시다니……."

"……아직 절 닮았을지, 공작님을 닮았을지는 몰라요."

글로리아가 침착하라는 듯 손을 들어 보였다.

"아냐. 난 느낄 수 있다. 널 쏙 빼닮았을 거다."

"……."

안 닮았으면 큰일 날 것 같은데.

글로리아는 난처한 표정을 지었다. 그러거나 말거나 미들턴 백작은 언제 화를 냈냐는 듯 뺨이 발그레해져선 웃음을 감추지 못했다.

"그러니 저와 남은 이야기를 하시죠."

펠릭스가 미들턴 백작에게 말했다.

"아니. 나는 손주와 내 딸과 오붓한 시간을……."

"자세한 설명을 들으셔야 마음 편하게 이야기를 나누시죠."

"아니, 그래도……."

펠릭스는 글로리아의 배에서 눈을 떼지 못하는 미들턴 백작을 거의 질질 끌다시피 데리고 나갔다.

"이런 일은 대륙 역사상 결단코 없는 일일 걸세!"

책들로 가득 찬 제 2의 서재로 향한 미들턴 백작은 자리에 앉자마자 언제 딸바보처럼 굴었냐는 듯 차갑게 말했다. 그러고는 마주 앉은 펠릭스 공작을 무서운 눈으로 바라보았다.

본래 작위의 차이 때문에 말을 높여야 하지만, 펠릭스는 미들턴 백작에게 말을 놔도 된다고 허락했다. 그러다 자연스럽게 업무를 할 땐 미들턴 백작이 펠릭스에게 말을 높였고, 개인적인 이야기를 나눌 땐 미들턴 백작이 펠릭스에게 편하게 말하는 상황이 되었다.

"임신한 여인에게 험한 무역일을 시키다니!"

미들턴 백작의 험한 분위기에도 펠릭스의 표정은 달라지지 않았다. 오히려 그는 무슨 생각을 하는지 모를 정도로 고요한 분위기를 풍겼다. 미들턴 백작의 눈이 가느스름해졌다.

"글로리아가 하고 싶어 하는 일입니다."

"그래도 말렸어야지!"

"그랬더니 이틀을 앓아눕더군요."

"⋯⋯."

"일을 못 해서 병이 생길 줄은 저도 미처 몰랐습니다."

"⋯⋯그, 그럴 리가."

"앤드루에게 직접 물어보시죠. 그도 지켜보다가 '그냥 일을 드리는 게 나을 것 같습니다.'라고 진단했으니까요."

펠릭스가 덤덤하게 대답했다. 임신 사실을 안 후로, 펠릭스는 글로리아에게 모든 업무에서 손을 떼라고 말했다. 마지못해 일에서 손을 뗀 그녀는 그 후로 시름시름 앓기 시작했다. 그녀는 대놓고 일하고 싶다고까지는 말하지 않았지만 온몸으로 피력했다.

눈빛, 행동, 표정, 말투까지.

어느 순간부턴 음식도 제대로 먹지 않았다. 보다 못한 그가 '조금씩 일을 하도록 해.'라고 허락했다. 그러자 입덧이 사라지고 음식도 잘 먹기 시작했다.

"⋯⋯일을 하라고 허락한 지 하루 만에 표정도 지금처럼 밝아졌죠."

펠릭스의 설명에 미들턴 백작은 할 말을 잃었다.

일을 못 해서 앓다니, 뭐 그런 경우가……

그러나 거짓말인 것 같지도 않았다. 일을 하는 사람치곤 글로리아의 표정이 굉장히 밝았으니까.

"하아, 하지만 이 일은 굉장히 위험하다는 거 알지 않는가. 그리고 평생 귀족영애로 살아온 글로리아가 무역일 같은 걸 잘할 리가 없지 않는가."

미들턴 백작의 말에 펠릭스는 미리 준비해둔 서류를 그에게 내밀었다.

"보시죠."

미들턴 백작은 어두운 얼굴로 서류를 펼쳤다. 한 장, 한 장 서류를 넘기던 미들턴 백작의 표정이 미묘하게 변했다. 무역에 관한 각종 아이디어가 담겨 있었다.

이익을 높일 수 있는 방법, 환전 수수료를 낮출 수 있는 방법, 그러면서 공생할 수 있는 방법, 횡령하는 자를 색출하는 방법 등.

"글로리아가 여태껏 제시한 의견들입니다. 절반 정도는 효율적이라 현재 적용 중입니다."

"……이걸 전부 다 글로리아가?"

미들턴 백작의 눈이 크게 벌어졌다.

"네."

펠릭스의 대답에 미들턴 백작의 시선이 다시 서류로 향했다. 수많은 고민의 흔적이 글에 담겨 있었다. 그가 보기에도 신선한 아이디어가 많았다. 왜 진즉에 생각해보지 않았나 싶을 정도로.

"하는 일은 이것만이 아닙니다. 아시다시피 빈민굴 개선사업에도 주도적으로 나서고 있습니다."

"하…… 세상에나. 그래, 빈민굴 개선사업인가 뭔가도 한다던데, 그건 정확히 뭔가?"

"말 그대로 빈민굴 주변을 정비해서 환경을 개선하는 겁니다. 그곳에서 쓸 만한 자들에게 교육 기회를 주어, 인재로 발탁해 활용하는 겁니다. 이제 시작단계라 여러 문제가 있습니다만 그에 비해 결과가 좋은 편입니다."

"빈민굴에서 인재를 고용해? 배운 거라곤 나쁜 짓밖에 없을 텐데, 그런 자들을 뭘 믿고?"

뼛속부터 귀족인 미들턴 백작의 얼굴이 불신으로 가득 찼다.

"제 이전 보좌관도 빈민굴 출신이었고, 현재 함께 일하고 있는 보좌관 다니엘도 평민 출신이죠. 그들은 모두 잘해내었고, 잘하고 있습니다."

"그래도 썩 내키지 않는구만. 몇몇 사례만으로 괜찮다고 확정지을 순 없지."

"인재는 신분을 가리지 않고 태어난다고 누가 그러더군요."

펠릭스가 느슨한 미소를 지었다.

미들턴 백작은 언제부터 자신의 딸이 사회적인 문제에 관심을 둔 건가 의아해했다.

"흠, 하지만 귀족들의 반발이 심각할 텐데."

"그 정도는 괜찮습니다."

"황제께서도 이 사실을 알고 계신가?"

미들턴 백작이 걱정스러운 표정으로 물었다.

"진즉에 알고 계셨습니다. 현재는 추이를 살펴보고 계시는 중입니다. 문제가 생기면 언제든 없던 일로 하면 되니까요. 결과는 차차 보시면 되겠죠."

"하아, 그런 걸 글로리아가 하다니. 대체 내가 없던 몇 달 사이에 무슨 일이 벌어진 건가, 후우."

미들턴 백작이 손으로 이마를 짚었다. 몇 달 만에 청초한 자신의 딸이 무역일을 비롯해 각종 거대한 일들을 진행하고 있다니. 자신의 딸이 맞나 생경한 기분이 들 정도였다.

"무엇을 걱정하시는지는 알고 있습니다만, 그 부분은 저도 염두에 두고 있으니 걱정하지 마십시오. 글로리아는 일에 재능이 있습니다. 본인도 그 재능을 펼치길 주저하지 않습니다."

펠릭스의 말에 미들턴 백작의 눈이 가늘어졌다. 몇 달 사이에 펠릭스는 다른 사람이라도 된 것마냥 온순한 표정을 짓고 있었다. 하지만 여전히 결코 무르거나 만만해 보이지는 않았다.

"자네는, 괜찮은 건가."

"뭘 말입니까?"

"공작부인이 나서서 주도적으로 일을 하는 게 자네 입장에서도 편하진 않을 텐데……."

공작부인이 공작의 일을 돕는 경우는 있어도, 전적으로 나서서 함께하는 경우는 없었다. 대륙의 역사상 가장 이례적인 부인이 될 거다. 처음 있는 일인 만큼, 뒤에서 펠릭스를 조롱하는 귀족들도 분명히 존재할 거다.

'자질이 부족해 부인의 도움을 얻는 남자.'

'남자답지 못하다.'

'귀족의 명예를 망가뜨리다니…….'

그 모든 뒷말을 감수할 수 있을지 걱정스러웠다. 언젠가 글로리아

449

의 자질이 불편해지는 날이 오지 않을까, 그래서 글로리아를 밀어내지 않을까, 미들턴 백작은 그런 것들이 두려웠다.

"그렇게 떠들기엔, 버클리 가문의 위상은 그리 가볍지 않습니다."

"……."

"그리고 곧 그들은 바라게 될 겁니다. 글로리아 버클리와 같은 여성과 결혼하고 싶다고 말입니다. 문화는 유행에 따라 바뀌는 법이니까요."

글로리아가 직접 일에 나선 후로, 무역의 이윤을 비롯해 수입이 늘어났다. 수입 중 정해진 비율만큼의 금액은 다시 어려운 형편의 평민과 빈민을 구제하는 데 들어갔다. 빈민굴을 개선해 범죄율을 줄이고, 아픈 자들을 무상 치료해주는 병원 설립도 계획 중에 있었다.

한 번도 희망을 품거나 사람대접을 받아본 적 없던 그들은 은혜를 입은 후, 버클리 가문을 찬양했다. 그리고 희망을 발견했다. 그 후로 버클리 가문에서 한다는 일은 무조건 적극적으로 지지했다.

그들 중 발탁된 인재들은 급여보다 더 높은 값어치로 일을 해냈다. 그들은 최선을 다해 일했고, 그 대가는 자연스럽게 버클리 가문의 이윤으로 이어졌다.

이 흐름이 정착하는 데에는 더 많은 시간이 필요했고, 뜻대로 되지 않는 자들도 있긴 하지만, 펠릭스는 충분히 투자할 가치가 있다고 판단했다.

"그리고 뒷말을 하기보단 대단하다고 생각하는 자들이 더 많은 것 같더군요."

실제로 글로리아가 나서서 더 큰 성과를 이룬 후로, 글로리아와 같은 부인을 들이고 싶다고 하는 귀족남자들이 속속 나타나기도 했다.

단순한 명예보다 실리와 이익을 따지는 귀족들이 늘어났다는 의미였다.

더군다나 그녀의 입지는 이제 사교계뿐만 아니라, 귀족남자들 사이에서도 감히 말을 걸 수 없을 정도로 강력해지고 있었다. 어느 모임에서든 그녀가 입을 열면 모두들 귀를 쫑긋 세웠다. 이건 버클리 가문의 배경도 있지만, 그녀에 대한 경외가 실리지 않으면 불가능한 일이었다.

"무엇보다도 글로리아가 행복해하는 모습을 보는 게 좋습니다."

"……."

"일어나지 않을 내일 때문에, 오늘의 행복을 포기하게 하는 건 잔인한 짓 같더군요."

펠릭스의 허를 찌르는 말에 미들턴 백작은 입을 꾹 다물었다.

펠릭스의 얼굴엔 진심이 가득 담겨 있었다. 그는 글로리아가 행복해한다면, 그걸로 충분해 보였다. 그 말에 미들턴 백작의 얼굴이 한풀 꺾였다.

자신은 두렵다는 이유로 자신의 딸이 날아갈 수 있는 날개를 꺾은 건 아닐까. 글로리아가 행복했으면 좋겠다는 핑계로 품 안에 가둬놓은 건 아닐까……. 그게 그 아이를 불행하게 만든 것인지도 모르는데…….

"그래. 후우, 그건 내가 잘못 생각한 것 같구만."

한참 생각에 잠겨 있던 미들턴 백작이 작은 목소리로 중얼거렸다.

"그럼 앞으로 어쩔 생각인가."

"최대한 글로리아가 원하는 대로 해줄 생각입니다. 제가 할 수 있는 건, 글로리아가 다치지 않게 하는 거겠죠. 다시는 제이드 데이빗슨 사건 같은 일이 생기지 않도록 최선을 다하고 있습니다."

"……."

제이드 데이빗슨 이야기를 할 때 펠릭스의 말투가 벼린 칼날처럼 예리하게 바뀐 것을 미들턴 백작은 알아챘다. 데이빗슨 가문의 몰락에 기여한 일등공신이 펠릭스라는 건 오는 길에 들어서 알고 있었다.

그가 배를 탈 때까지만 해도 한풀 꺾이긴 했지만, 데이빗슨 가문의 위상 또한 대단했다. 그런 가문을 박살 내다 못해 공작을 의문사까지 시켰으니, 이 사실을 눈치챈 다른 귀족들은 감히 글로리아에게 손대지 못할 거다.

"어쨌거나 글로리아가 하고 싶은 대로 둔다는 게 쉽지 않은 선택인데, 대단하구만."

"오늘이 마지막일 수 있으니까요. 후회는 남기지 않는 편이 좋죠."

"……."

어려운 말이었다.

오늘이 마지막일 수 있다니.

그러나 그게 무슨 뜻인지 묻지 않았다. 들어봤자 자신은 이해할 수 없을 것 같았다. 다만, 이것만은 알 수 있었다.

이제 글로리아에겐 자신보다 펠릭스가 더 잘 어울린다는 것.

글로리아는 조용히 이마를 짚었다.

"이것 봐라! 글로리아!"

미들턴 백작의 얼굴에는 활기가 넘쳤다. 그럴수록 글로리아의 표정은 어둡게 가라앉았다.

"이 옷은 우리 손주에게 정말 딱이지 않니! 이 드레스 보렴!"

미들턴 백작이 보석이 주렁주렁 달린 핑크빛 드레스를 번쩍 들어 보였다. 그의 눈은 보석보다도 더욱 찬란하게 빛나고 있었다.

"……아들일지 딸일지 모르잖아요."

"그럴 줄 알고 내가 아들 것도 준비했지! 이것 보렴!"

미들턴 백작은 이번에는 남자아이 옷을 번쩍 들어 보였다. 보석 단추가 달린 고가의 옷이었다. 글로리아는 괴로운 표정을 지었다.

……허락하는 게 아니었는데.

이 사달이 난 건 사흘 전이었다. 미들턴 백작에게 무역 업무를 본다는 사실이 발각난 후, 실랑이가 오갔다.

「네 뜻은 이해하지만, 섭섭하구나. 내게도 비밀로 하고 무역일을 시작하다니. 그것도 내가 없는 사이에 말이다. 하지 말라는 일이었는데…… 내가 우스워 보였나 보구나.」

미들턴 백작이 단단히 토라진 티를 냈다. 그의 말대로 그건 그녀의 실수였기에, 싹싹 빌었다.

「앞으로는 비밀 없을 거예요. 한 번만 용서해주세요, 아버지.」

아무리 애교를 부려도 통하지 않았다.

「이제 와서 아무리 그래봤자 소용없다.」

「그럼 어떻게 하면 화를 푸실래요?」

「너도 내 부탁을 들어주렴.」

「뭔가요?」

불안했다.

「앞으로 내가 내 손주에게 선물하는 것들을 말리지 마렴.」

「……아버지, 안 돼요.」

글로리아가 단호하게 대답했다.

「왜? 너는 네 마음대로 하면서 왜 나는 내 마음대로 못 하게 하는 거냐. 이래서야 누가 부모고 자식인지 모르겠구나. 됐다. 이만 돌아가마.」

미들턴 백작이 이렇게 토라진 건 처음이었기에, 글로리아는 하는 수 없이 한발 물러섰다.

「알겠어요. 대신 열 벌 이상은 안 돼요.」

「그런 제약은 말도 안 된다! 그럼 너도 세 시간 이상 일하지 말려무나!」

「아버지, 하아, 알겠어요. 뜻대로 하세요.」

어쩔 수 없이 글로리아는 완전히 양보할 수밖에 없었다.

「정말이냐? 알겠다.」

미들턴 백작이 언제 화를 냈냐는 듯 싱긋 웃고서야 그의 덫에 걸렸다는 걸 알았지만, 이미 늦은 후였다.

사흘이 채 지나지 않아 그는 집사와 하인들의 팔이 후들후들 떨릴 만큼 어마어마한 양의 선물을 가지고 공작저에 들이닥쳤다. 입을 떡 벌린 채 아무 말 못 하는 글로리아를 향해 미들턴 백작은 활짝 웃으며 말했다.

「내 손주 선물!」

「……이사 오신 거 아니죠?」

「그럴 리가!」

미들턴 백작은 싱글벙글 웃으며 들어와 선물을 하나하나 늘어놓았다. 눈이 돌아갈 정도로 휘황찬란한 것들이었다.

아들일지 딸일지 모르겠지만 옷과 신발은 안 사도 되겠다는 생각이

들 정도로 그 양이 어마어마했다.

글로리아는 이마를 짚은 채 미들턴 백작이 들어 보이는 것들을 물 끄러미 바라보았다. 아무리 봐도 저것들은 타국에서 구매한 것들이 었다. 그렇다는 건 몇 달 동안 다른 나라에서 차곡차곡 사왔다는 건 데……. 임신 소식을 듣기 전부터 손주 옷을 사재기해놨다는 말이었 다. 아마 이번 일이 터지지 않았으면 방문할 때마다 갖은 핑계로 몇 십 벌씩 가지고 왔을 거고. 안 봐도 눈에 훤했다.

"짜짠! 그리고 이건 내 손주 엄마가 입을 드레스!"

미들턴 백작이 펑퍼짐한 핑크빛 드레스를 번쩍 들었다. 찬란한 드 레스를 바라보는 글로리아의 표정이 어두워졌다.

"……그 레이스는 뭐죠?"

눈이 멀 정도의 화사한 핑크빛도 머리 아픈데, 주렁주렁 레이스가 달려 있었다.

"예쁘지 않니. 네게 딱일 것 같아 사왔다."

"제 선물은 안 사오기로 하셨잖아요."

"어…… 그건…… 내 손주의 엄마가 입을 옷이니, 내 손주의 선물인 셈이지! 네 선물이 절대 아니다!"

이게 웬 말 같지도 않은 소리야…….

미들턴 백작은 큰 눈을 이리저리 데굴데굴 굴리며, 변명하기에 급 급했다.

"이것도 내 손주의 엄마가 신을 신발이니, 내 손주의 선물이지!"

"……."

"……화났니, 글로리아?"

미들턴 백작이 우물쭈물하며 물었다. 큰 눈에 걱정이 한가득 담겼다. 본인이 생각해도 말이 안 된다고 여긴 모양이었다.

저런 표정으로 쳐다보면 화를 낼 수가 없잖아.

글로리아는 긴 한숨을 내쉬었다.

"……아니에요. 하나같이 다 예쁘네요. 뭘 입혀야 할지 모르겠어요."

대체 뭐가 있는지 물건 수량조차 파악이 안 됐다.

"그렇지? 내가 봐도 다 예쁘더구나!"

"당분간 배 안 타시죠?"

"웅! 그럼! 내 손주가 내게 '할아버지!'라고 할 때까지 나가지 않을 거다! 공작과도 그렇게 약속을 했어!"

"그럼 아버지의 손주가 '할아버지'라고 말하기 전까지 선물 사오실 일 없겠네요."

"그건 아니지. 이제 겨우 시작인데!"

"……."

미들턴 백작의 의기양양한 말에 글로리아는 잠시 아무 말도 할 수 없었다.

글로리아는 왼쪽으로 누워 펠릭스와 마주 보았다.

"표정이 왜 그렇지? 하루 종일 어두운 얼굴을 하고 있던데."

펠릭스가 글로리아의 뺨을 쓸어내리며 물었다. 글로리아는 식사를 하는 내내 다른 생각에 잠겨 있었다.

"망할까 봐 걱정돼서 잠이 안 와요."

"버클리 가문은 쉽게 망하지 않아."

펠릭스가 눈을 가느스름하게 뜬 채 말했다.

"아뇨. 미들턴 백작가요."

"……."

"오늘 백작님이 사온 선물 보셨죠? 방이 다 찼어요."

처음엔 아기 옷이 귀엽다며 신이 나서 정리하던 하녀들은 얼마 못 가 지친 표정을 지었다. 선물을 모두 정리한 하녀들은 혼이 빠져나간 얼굴로 인사한 후 사라졌다.

"원하는 대로 하시게끔 둬. 유일한 취미인 것 같은데."

펠릭스가 그녀의 머리카락을 귀 뒤로 넘기며 말했다. 부드러운 금발이 손가락 사이로 스르륵 빠져나가는 기분이 꽤 좋았다.

"그랬다간 미들턴 백작가가 망할 거예요."

손주 선물을 사다가 망한 귀족가라니. 세상에 이런 웃음거리도 없었다. 글로리아는 생각만 해도 머리가 지끈거렸다.

"그땐 내가 돕도록 할 테니 걱정할 필요 없어."

"그래도요."

글로리아가 걱정스러운 표정을 지었다.

"미들턴 백작가는 그렇게 쉽게 망하지 않아. 그리고 네가 걱정하는 일은 절대로 벌어지지 않아."

펠릭스의 말에 글로리아는 잠시 고민하다가 고개를 끄덕였다. 펠릭스가 일어나지 않는다고 하니 절대로 일어나지 않을 것 같았다.

"고마워요."

글로리아가 빙긋 미소 지었다. 입꼬리가 초승달처럼 휘었다. 그는 손을 뻗어 그녀의 머리를 쓰다듬었다.

"공작님 덕분에 편하게 잘 수 있을 것 같아요. 그리고 계속 걱정하면 우리 아기가 힘들겠죠."

글로리아가 볼록 나온 배를 쓰다듬으며 말했다.

"우리 아가, 오늘도 수고했어."

두 다리를 모으고 두 손으로 배를 꼭 안고 있는 글로리아를 바라보던 펠릭스의 입꼬리가 올라갔다. 정작 글로리아는 그런 자신이 얼마나 사랑스러운지 모르는 듯했다.

"아가, 태어나면 놀랄 거야. 할아버지도, 아버지도 굉장히 잘생겼거든. 아마 너도 잘생기거나 예쁘겠지. 정말 기대된다, 우리 아가. 엄마가 정말 많이 사랑해. 공작님도 널 무척 사랑할 거야. 그러니까 건강하게 태어나기만 해. 몇 달 후에 만나, 우리 아가……."

글로리아는 배를 끌어안고서 이런저런 이야기를 하다 말고 스르륵 눈을 감았다. 그녀는 요즘 침대에 눕기만 하면 금방 잠에 빠졌다.

펠릭스는 잠이 든 글로리아의 뺨을 찬찬히 쓸어내렸다.

달빛이 고인 하얀 얼굴이 사랑스럽다.

펠릭스의 얼굴이 부드럽게 풀어졌다. 다른 사람에게는 절대로 보이지 않는 그 눈에 글로리아를 담았다.

가끔 자신이 꿈을 꾸는 게 아닐까 하는 의심이 들었다. 그래서 손으로 완전한 온기를 느끼고서야 꿈이 아니라는 확신을 갖곤 했다.

너는 내게 평범한, 그러나 전혀 평범하지 않은 일상을 살게 한다.

"내일 만나, 글로리아."

펠릭스는 잠든 글로리아의 얼굴을 오래도록 바라본 후, 그녀의 입술에 입을 맞추었다.

반사적으로 잠결에도 입술을 삐죽 내미는 글로리아를 보며 펠릭스는 조용한 미소를 지었다.

비명이 저택 안을 울렸다. 처음엔 끙끙 앓던 소리가 어느새 비명이 되자, 문밖에 서 있던 남자 둘의 얼굴이 딱딱하게 굳었다. 미들턴 백작은 손수건으로 눈가를 닦았다. 집사인 앨버트가 방에서 기다리라고 했지만, 두 사람 다 꼼짝도 하지 않았다. 보다 못한 앨버트가 의자를 가지고 왔지만, 그들은 그마저도 사양했다.

「내 딸이 죽어가고 있는데 내가 어떻게 마음 편하게 의자에 앉아 있겠는가!」

이렇게 미들턴 백작은 소리쳤다. 펠릭스는 아예 미동조차 없었다. 앨버트의 말이 전혀 안 들리는 사람처럼 문만 쳐다보고 있었다.

"이럴 줄 알았으면 글로리아에게 손주 같은 건 갖고 싶지 않다고 하는 건데. 으흡, 얼마나 아팠으면 저 침착한 애가 저런 비명을…… 어엉."

미들턴 백작이 발을 동동 굴렀다. 벽에 기대선 펠릭스는 침착을 유지하고 있었으나, 잘못되면 가만히 두지 않을 것처럼 표정이 험악했다.

여자가 아이를 낳는 소리를 직접 듣는 게 처음인 펠릭스는 정신이 나갈 지경이었다.

특히 저 비명을 글로리아가 내다니. 저런 비명이라니. 대체 얼마나 아파야 저런 소리를 지르는 거지.

펠릭스가 절대로 다시는 아이를 갖지 않겠다고 다짐할 때였다.

순간, 비명이 사라졌다. 펠릭스의 숨이 멈췄다. 그의 시선이 문을 뚫을 기세로 무섭게 쳐다보았다. 응애 하는 울음소리가 들렸지만 펠릭스의 표정은 풀리지 않았다.

벌컥.

하녀가 문을 열자, 이마에 땀이 맺힌 산파가 걸어나왔다.

"건강한 아드님이십니다."

산파의 말에도 펠릭스의 표정은 풀리지 않았다. 산파의 손에 잔뜩 묻은 피에 시선이 닿았다. 문 너머에서 비릿한 피 냄새가 흘러나왔다.

"……글로리아는?"

펠릭스가 낮은 목소리로 물었다. 그는 눈도 깜빡이지 못했다. 글로리아의 피 냄새가 그를 공포로 몰아넣었다. 자신을 중심으로 세상이 어지럽게 빙글빙글 도는 느낌이었다.

"무사하십니다."

산파의 미소를 보고서야 펠릭스는 참았던 숨을 몰아쉬었다. 벽에 기대서서 숨을 몰아쉬었다. 그제야 그는 자신이 잔뜩 긴장하고 있었음을 알았다.

"……언제 볼 수 있는 거지?"

펠릭스가 갈라진 목소리로 물었다.

"몇 시간 후에 가능합니다."

"알았어."

펠릭스는 대답을 한 후 숨을 몰아쉬었다.

산파는 다시 방으로 들어가기 전, 펠릭스와 미들턴 백작을 바라보았다. 펠릭스 공작의 얼굴은 잔뜩 굳어 있었고, 미들턴 백작은 하얗게 질린 채 가슴을 부여쥐고서 숨을 헐떡이고 있었다.

저 두 사람이 아이를 낳은 것 같네.

산파는 문을 닫기 전, 그런 생각을 했다.

아이를 낳은 글로리아는 생각보다 쌩쌩한 얼굴을 하고 있었다. 침대에 누운 그녀는 말똥말똥 눈을 뜬 채 펠릭스와 미들턴 백작을 바라보았다.

"아프긴 했지만, 죽을 정도는 아니었어요."

"소리는 거의 죽어가던데 말이다."

흙빛이 된 얼굴로 미들턴 백작이 말했다. 글로리아는 걱정 말라는 듯 빙긋 웃었다.

"죽을 것 같았지만 죽진 않았으니까요. 지나고 나니 괜찮은 것 같네요. 둘째는 조금 더 수월하대요. 그러니까 더 괜찮을……."

"안 돼."

펠릭스가 그녀의 말을 뚝 잘랐다.

"네?"

글로리아가 눈을 크게 뜨고 그를 바라보았다.

"아이는 하나면 될 것 같군."

펠릭스의 딱딱한 대답에 글로리아가 충격받은 표정을 지었다.

아이를 셋쯤 낳기로 했는데, 갑자기 안 된다니.

"아이를 낳다가 왜 죽는지 알겠더군. 안 돼."

펠릭스의 말에 글로리아는 그제야 빙긋 미소 지었다.

자신이 출산하는 몇 시간 동안 문밖에 서 있었다더니, 무서웠던 모양이었다. 아이를 낳은 자신보다도 더 살벌한 반응을 보이는 펠릭스를 보자 웃음이 나왔다.

천천히 설득하지, 뭐.

글로리아는 빙긋 미소 지었다. 그사이, 다가온 하녀가 글로리아의 품에 아이를 안겼다.

"보셨어요?"

글로리아가 품속의 아이를 보여주었다. 도톰한 이불을 살짝 걷자, 아이의 붉은 얼굴이 튀어나왔다. 눈을 뜬 아이는 무표정한 얼굴로 앞을 바라보고 있었다. 글로리아는 아이가 사랑스러워 어쩔 줄 모르겠다는 표정으로 말했다.

"정말 공작님과 똑같이 생⋯⋯."

"글로리아, 정말 어릴 적 너를 빼다 박았구나!"

미들턴 백작이 그녀의 말을 싹둑 자르고 들어왔다. 하녀와 글로리아는 조용히 아기를 바라보았다.

아무리 봐도 펠릭스 공작과 똑같이 생겼는데, 어딜 봐서⋯⋯?

하녀도 이해 못 하겠다는 듯 고개를 갸웃거렸다. 펠릭스는 누굴 닮든 건강하니 상관없다는 표정을 짓고 있었다.

"네 어릴 적과 똑같아. 아주 똑같아. 세상에나."

어쩔 줄 몰라 하는 미들턴 백작을 바라보던 글로리아는 생각했다.

미들턴 백작은 아무래도 자신이 보고 싶은 대로 보는 것 같다고.

기절하듯 잠들었다가 아기 울음소리에 깨어난 글로리아는 하녀의 도움으로 아기에게 젖을 물렸다.

"가서 주무세요."

글로리아가 비몽사몽간에 펠릭스에게 말했다. 그는 하루 종일 그녀의 곁을 지키고 있었다.

"괜찮으니 하던 걸 마저 해."

"그럼 잠시 옆에 와서 쉬기라도 하세요. 보고 있는 제가 불편해서 그래요."

글로리아가 연신 재촉하자, 그가 마지못해 침대에 엎드려 누웠다. 옆자리에 누우라고 했지만 한사코 거절했다. 엎드려 누운 그는 반쯤 고개를 든 채 글로리아를 바라보았다.

"왜 그렇게 쳐다보세요?"

글로리아가 부끄러운 얼굴로 말했다.

"신기하군."

"……."

"아니, 신비롭군."

그의 말에 글로리아의 눈이 커졌다. 그의 입에서 이런 말이 나올 거라 생각지 못했다. 글로리아의 얼굴에 미소가 번졌다.

"칭찬으로 들을게요."

"칭찬이야."

"네."

글로리아가 미소 지었다.

그녀는 자신의 품에 안긴 아기를 바라보았다. 열심히 젖을 먹다 말고 금세 잠이 든 얼굴이었다.

산파가 시킨 것을 기억해낸 그녀가 아기를 품에 안아 등을 도닥거렸다. 아기가 트림을 하는 소리에 픽 웃은 글로리아는 펠릭스를 바라보다가 입을 다물었다. 어느새 그가 잠들어 있었다.

자신이 잠든 후에도 그는 한동안 자지 못했다고 했다. 자신을 한참이나 빤히 바라보다가, 잠든 아기를 한참이나 바라보길 반복했다고 했다.

글로리아는 하녀에게 아기를 넘겼다. 하녀가 아이를 조심스럽게 안아 아기 침대에 눕혔다.

"저건 뭐야?"

무심코 고개를 돌리던 글로리아가 꽃병에 담긴 들꽃을 보며 물었다. 꽃병 위에 투명한 유리막이 덮여 있었다.

"공작님께서 가지고 오셨어요."

글로리아는 꽃병을 물끄러미 바라보았다. 꽃가루가 날리지 않도록 유리병으로 덮어놓은 듯했다.

꽃병은 두 개였다.

큰 건 자신의 것, 작은 건 아기의 것인 모양이었다.

글로리아는 미소를 지으며 엎드려 잠든 펠릭스를 바라보았다.

「산책 나가서 바람을 쐬고 싶은데, 한 달간 외출하지 말라니. 들꽃도 보고 싶은데 아쉽네요. 곧 질지도 모르는데…….」

몇 시간 전, 자신이 중얼거리듯 흘린 그 말을 기억한 모양이었다.

늘 자신이 잠든 후에 펠릭스가 잠들었기에, 잠든 그의 얼굴을 보는 건 오랜만이었다. 달빛이 고인 그의 얼굴이 아름다웠다.

마치 금세 사라질 신기루처럼.

글로리아는 손을 뻗어 잠든 펠릭스의 머리를 쓰다듬었다. 자신이 잠들 때마다 그가 자신의 머리나 뺨을 쓰다듬는다는 걸 잠결에 알고 있었다.

그저 닿았을 뿐인데, 뭉클했다. 마치 닿기를 염원했던 것에 닿은 것처럼.

464

이런 기분이었기에 자신에게 닿은 그의 손길이 그토록 애틋했나.

글로리아의 눈가가 촉촉해졌다.

'내일 또 만나요, 펠릭스 공작님.'

글로리아는 늘 그가 자신에게 해주었던 그 인사를 마음으로 건네며, 그의 뺨을 쓰다듬었다.

Side Story 1

　해나 앤더슨 영애는 허리를 곧게 펴고 위를 바라보았다. 높고 넓은 새하얀 계단이 햇살에 비치자 눈이 멀어버릴 것 같았다. 그러나 그녀는 꼿꼿하게 그곳을 바라보았다. 그 위에서 금발의 황태자가 그녀를 내려다보고 있었다.

　10년 만의 재회였다.

　어린 시절 검을 맞대고 함께 외국어 공부를 하던 그때보다, 그는 훨씬 더 늠름하고 우아한 아름다움을 발산하고 있었다. 감히 바라보기 겁이 날 정도로 화려했다.

　이 순간을 그녀는 고대했다. 10년 만에 귀국하기로 정해질 때부터 잠도 못 이룬 채 바라지 않았던가.

　황태자가 느릿하게 계단을 걸어 내려왔다. 몸이 편찮은 황제를 대신해 앤더슨 자작가에 수고의 인사를 남긴 그가 해나의 앞에 멈춰 섰다. 눈이 마주치자마자 해나는 눈을 내리깔았다.

　황태자를 똑바로 마주 보는 것은 예의가 아니었다.

　"해나 앤더슨 영애."

　황태자의 목소리는 10년 전보다 훨씬 낮고 깊었다. 그 울림이 가슴을 찡하게 만들 정도였다.

466

그녀는 쥐고 있던 검을 바닥에 내려놓았다. 꽉 쥔 주먹을 왼쪽 가슴 위에 올린 후, 고개를 숙였다. 예의를 다해 인사한 그녀는 고개를 들었다가 흠칫했다.

주변의 공기가 싸하게 내려앉았다. 그중 자신을 마주하는 황태자의 표정이 딱딱하게 굳어 있었다.

시간이 멈춰버린 것처럼 고요한 가운데, 황태자의 한쪽 입술이 비틀렸다.

"아주 잘 다녀온 모양이군."

"네."

해나는 떨떠름한 마음을 숨긴 채 대답했다. 그것이 끝이었다. 황태자는 차가운 눈길을 거둔 후, 그길로 곧장 형식적인 말만 남기고 돌아갔다.

그녀는 자신이 무슨 실수를 한 건지 알 수 없었기에, 루퍼트 황태자의 성격이 차가워졌구나 하고 짐작할 뿐이었다.

해나가 황태자를 다시 만난 건 황실기사단에서였다. 견습생에 불과한 기사단의 훈련장에 황태자가 직접 나타난 건 처음이었기에 대련실이 소란스러웠다.

견습생들을 가르치는 선생들은 흥분한 그들을 가라앉히려고 애썼지만, 정작 자신들도 긴장한 표정을 숨기지 못했다.

황태자는 검술 천재라는 펠릭스 공작과 유일하게 실력을 겨루는 자였다. 그의 호위를 맡는 것은 기사로서 황제 호위단을 제외하고는 최고의 영예이자 명예였다. 그들은 황태자의 눈에 들기 위해 열심히 목검을 휘둘렀다.

그러나 황태자의 걸음이 멈춘 것은, 구석에서 검술수련을 하고 있던 해나의 앞이었다.

그녀는 머리를 질끈 묶고서 낡은 목검을 쥐고 있었다. 황태자가 방문한다는 소식을 듣지 못했던 그녀는, 자신 앞에 유령처럼 나타난 황태자를 보고 그 자리에 멈춰 섰다.

"열심히 하는군."

황태자가 손을 내밀자, 그의 곁에 서 있던 기사가 조용히 목검을 내밀었다. 황태자가 쥔 목검이 그녀의 검을 탁 소리 나게 쳤다. 시비에 가까운 움직임이었다.

"뭐하는 건가. 적이 그대에게 검을 휘둘러도 그렇게 서 있을 건가."

황태자의 물음에 해나는 검을 고쳐 쥐었다.

탁, 탁.

검이 맞부딪쳤다가 떨어지길 반복했다. 황태자의 일방적인 공격이었다. 그는 한 손으로 목검을, 또 다른 손은 뒷짐을 진 상태였다. 그에 비해 해나는 양손으로 목검을 거머쥐고서 땀방울을 뚝뚝 흘러댔다.

얼마 지나지 않아 해나는 헐떡거리며 고개를 떨구었다. 완벽한 패배였다.

"끝인가."

황태자가 물었다. 그의 목소리엔 조금의 흔들림도 없었다. 완벽한 실력차에 좌절한 해나는 자신이 쥐고 있던 검을 바닥에 탁 소리 나게 내려놓았다. 이는 완전한 패배를 선언하는 행위였다.

그러나 왜인지 황태자는 재회했던 그날처럼, 무서우리만큼 싸늘한 표정을 짓고 있었다. 이번에는 뭔가 크게 잘못된 건지 주변 기사들도 입을 틀어막은 채 부릅뜬 눈을 데굴데굴 굴렸다.

누군가가 '미쳤군.'이라는 소릴 차마 하지 못하고 입술만 벙긋댔다.

"안 본 사이에 참으로 그대는 건방져졌군."

황태자의 일갈에 해나의 표정이 미묘해졌다. 대체 무엇이 잘못된 것인지 알 수 없었다. 어쨌거나 자신의 실수라고 판단한 해나가 무릎을 꿇었을 땐, 이미 황태자가 등을 돌렸을 때였다.

"아무래도 내가 뭔가 단단히 착각을 했던 모양이군."

황태자는 알 수 없는 말을 남긴 후, 돌아섰다. 황태자가 자리를 떠나자 곧장 해나의 곁으로 기사단장이 다가왔다.

"미친 건가! 자네는!"

"무슨 말씀이십니까."

"황태자님께 감히 검술을 제대로 겨루자고 정식으로 신청하다니! 제정신인가?"

"그게 무슨……."

해나는 이해할 수 없다는 표정을 지었다.

"대련 중 검을 던지는 행위는 다음에 제대로 진검을 가지고 목숨을 다해 겨루자는 뜻이라는 걸 몰랐다는 말인가!"

"……!"

해나의 눈이 크게 벌어졌다. 그녀 딴에는 패배를 선언하는 뜻으로 보인 행동이었다. 이는 그녀가 머물던 외국에서 검술 대련 중 하던 행위였다.

뭔가 항의하려던 해나는 문득 든 생각에 입을 딱 다물었다.

만약 문화가 다르다면.

본국의 예의와 예절에 대해서는 모두 습득했지만, 검술 대련에 대한 예의만큼은 배우지 못했다. 문화의 차이로 자신이 실수했다.

"죄송합니다. 제가 아직 본국에 적응하지 못해 이런 실수를 저질렀습니다."

"사과를 해야 할 상대는 내가 아니라 황태자님이지! 그대는 벌을 피하지 못할 걸세!"

기사단장이 따끔하게 그녀를 혼낸 후 돌아섰다. 대련실 안에 웅성거림이 퍼져나갔다.

해나가 크게 벌을 받을 거라는 게 그들의 일관된 생각이었다. 그러나 그녀에게는 어떤 벌도 떨어지지 않았다.

다만, 그 후로 황태자가 해나를 찾아오는 일은 없었다. 멀리서 마주치게 되더라도 씨늘한 눈길로 바라볼 뿐이었나.

루퍼트 황태자.

황실기사단을 직접 관리하는 그는, 한 장의 서류에서 눈을 떼지 못했다.

"……그러니까, 정식 기사가 되겠다고 신청한 거란 말인가."

루퍼트의 낮은 목소리에 곁에 서 있던 시종이 고개를 숙였다.

"네."

"하."

황태자는 짧은 웃음을 터트리다가 금세 싸늘한 눈으로 서류를 바라보았다.

해나 앤더슨.

그녀가 황실기사단에 소속되고 싶다고 정식으로 신청서를 냈다. 그의 입술이 비틀렸다.

처음 해나를 만나 인사를 받았을 때부터 눈치챘다. 드레스 자락을 쥐고서 인사하는 영애들과 달리, 그녀는 주먹을 왼쪽 가슴에 올리는 인사를 건넸다.

이는 기사가 주군에게 하는 인사였다.

기사가 되고 싶다.

그 뜻이 분명히 읽히는 행위에 그는 기분이 확 상했다. 왜인지 정확히 설명할 수 없지만, 자신이 원하는 식의 재회는 아니었다.

자신의 오해였을지도 모른다는 생각에서 재차 찾아갔던 대련실에서도, 그녀는 검을 바닥에 내려놓았다.

이는 목숨을 걸고 대련하자는 의미.

한수 배우자는 수준이 아니라, 아예 작정하고 달려들겠다는 그녀의 행동에 루퍼트는 치밀어오르는 화를 참을 수가 없었다. 이후 그녀가 머물던 나라의 검술 예법에 따라 그것은 패배를 선언하는 행동이라는 걸 알게 되었지만 그의 기분은 나아지지 않았다.

그녀는 자신을 주군 이상으로는 절대 보지 않았다.

그 깨끗한 눈동자엔 경외와 설렘이 담겨 있었지만, 이성에 대한 두근거림은 조금도 느껴지지 않았다. 10년 넘게 재회의 순간을 기다려 오던 그는, 태어나서 처음으로 기분 나쁜 감정을 느꼈다.

패배감보다는 더 짙은, 박탈감이라고 설명하기에도 애매한 기묘한 기분이었다.

더군다나 그녀는 요즘 연회에서 마주치면 자신의 시선이 닿지 않는 곳으로 도망쳤다.

잡으러 가면 쏜살같이 사라져 모습이 보이지 않았다. 마치 작정하고 자신에게서 도망치려는 사람 같았다.

황태자의 얼굴이 날카롭게 변했다.

지이익.

황태자의 손에서 그녀의 기사단 입단 신청서가 찢어졌다.

"불허."

황태자의 말에 시종은 고개를 숙였다.

"알겠습니다."

황태자는 갈가리 찢긴 신청서를 바닥에 던졌다.

"현재 황실 견습생 기사단으로 있는 건 어찌할까요?"

"아직도 있었단 말인가?"

"네."

끈질긴 여자 같으니.

견습생으로 시간을 오래 보냈으면 포기할 만도 한데 굳이 기사가 되겠다고 이런 신청서나 밀어넣다니.

"내보내. 그리고 다시는 황실기사단에 받아들이지 말도록."

황태자가 차가운 목소리로 대답했다.

"알겠습니다."

시종이 다시 한 번 고개를 숙이며 명을 받들었다.

"오늘따라 황태자는 말이 없군."

황제와 단둘이 하는 식사 자리에서, 황제가 의아한 표정으로 물었다. 며칠 전부터 황태자의 말수가 줄고 표정이 어둡다는 보고를 받긴 했지만 정작 만나보니 생각보다 상태가 심각했다.

그는 음식을 보고는 있지만, 완전히 다른 생각에 잠긴 얼굴이었다.

황태자는 황제가 자신에게 말을 걸었다는 것도 모른 채 방금 전 들었던 말을 떠올렸다.

「해나 영애도 조만간 진로를 정해야 할 겁니다. 가문의 형편이 어려우니 뭐라도 하겠죠. 꿈꾸던 기사단 입단이 불가능해졌으니 용병이 될 수도 있겠죠. 다른 일보다 용병의 보수가 높으니 말입니다.」

펠릭스의 예견이었다. 자신보다 해나 영애를 자주 보니, 그 말은 진짜일 가능성이 높았다. 요즘 가깝게 지낸다는 글로리아 부인에게 용병일을 하겠다고 귀뜸했는지도 모른다.

해나 영애가 용병이라…….

기껏 기사를 못 하게 막았던 보람이 없게 되었다.

이유 없이 기사단에 뽑히지 못했으면 항의라도 할 만한데, 쓸데없는 곳에서 고분고분한 그녀는 반항 한 번 하지 않고 짐을 싸서 나갔다고 했다. 자신을 직접 만나겠다고 나서기라도 하든가. 10년 전 친분을 빙자해서 항의라도 하든가.

"황태자."

자신을 부르는 소리에 황태자가 고개를 들었다.

"무슨 일인가. 내가 하는 말을 전혀 안 듣고 있는 얼굴이군."

황제가 걱정 가득한 얼굴로 그를 바라보았다.

"죄송합니다. 아무것도 아닙니다."

정신을 차린 황태자가 화사한 미소를 지으며 대답했다.

"정말 아무 일도 아닌가."

"네."

"이제 결혼을 해야 할 텐데, 만나고 있는 영애는 없는가."

"없습니다."

칼 같은 황태자의 대답에 황제는 낮은 한숨을 내쉬었다.

"하긴 그러니 소문이 없겠지. 그럼 만나고자 하는 영애는 있는가. 최대한 원하는 대로 만나게 해줄 테니 허심탄회하게 말해보거라. 이제 너도 영원히 함께할 배필을 맞이하도록 해야지."

황제의 말에 황태자의 눈이 가늘어졌다.

영원히 함께할 배필이라…….

잠시 고민하던 황태자가 입을 열었다.

"……적발이었으면 합니다."

무심코 나온 말이었다.

"적발?"

황제가 의아하다는 듯 물었다. 황제의 목소리를 듣고서야 황태자는 자신이 말실수를 했음을 알았다.

무려 황태자비를 들이는 중요한 조건으로 적발이라니. 다른 사람들이 들으면 비웃을 일이었다. 그러나 그는 말을 거둬들이지 않았다.

적발.

적발이었으면 좋겠다는 그 말을 뱉고 나니, 진심으로 적발이었으면 좋겠다는 생각이 들었다. 자연스럽게 누군가가 떠올랐다.

"이 무슨 경망한 행동인가!"

황제의 노성이 터져나왔다. 그 앞에 선 황태자는 미동도 하지 않았다.

"그 행동으로 인해 짐의 명예와 신의가 바닥에 떨어졌다는 걸 알기는 하는 건가!"

황제가 화를 쏟아내도, 황태자는 아무 말도 하지 않았다.

황제는 최대한 그의 조건을 받아들여 적발인 로라 데이빗슨 영애를 찾아냈다. 그리고 그의 짝으로 묵시적으로 낙점해둔 상황이었다.

그런데 연회가 열리는 날, 정작 황태자는 로라 영애가 아닌 해나 앤더슨 영애와 춤을 추었다. 이는 해나 영애를 황태자비로 낙점하겠다는 대외적 선언이나 다름없었다.

"다른 영애도 아니고 해나 앤더슨이라니. 적발이라고 콕 집어 말하기에 이상하다고 생각은 했지만, 그 영애였던 것이냐."

흥분을 가라앉힌 황제는 길게 한숨을 내쉬며 이마를 짚었다. 황태자는 자신의 과실을 인정하지만, 후회는 없다는 표정을 짓고 있었다.

"네."

"그럼 진즉 말을 했어야지!"

"저도 어젯밤에야 알았습니다."

"뭐?"

황제가 무슨 소리냐는 듯 물었다. 황태자는 고요한 표정으로 고개를 들었다. 로라 부녀에게 붙잡혀 꼼짝도 하지 못하는 해나를 보는 순간 완전히 깨달았던 것이다.

그녀에게 화가 나 있긴 했지만, 그녀가 다른 이에게서 무시당하길 바라지는 않았다는 것을, 그리고 자신에게 도움을 청하길 바라고 있었다는 것을, 자신은 고민 상담을 빙자해서 그녀가 먼저 다가오길 기다리고 있었다는 것을…….

어리석은 행동이었다.

그녀의 성격상 다가오기는커녕 멀리 도망갈 텐데. 이렇게 내버려뒀다간 자신이 못 보는 사이에 망가질지도 모르는 일인데.

모든 걸 깨달은 황태자의 얼굴은 고요했다.

"앞으로 어쩔 참인가! 무슨 생각을 하고 있는 건지 말을 해보란 말이야!"

"내리시는 벌은 군말 않고 받겠습니다."

황태자는 무슨 벌이든 받겠다는 듯 고분고분한 태도를 취했지만, 곧 죽어도 속내를 드러내지 않았다.

"하아."

황제가 한숨을 내쉬며 다시금 이마를 짚었다. 누굴 닮아 저렇게 고집이 센 거냐고 화를 내고 싶었지만, 바로 자신을 닮아 저렇다는 걸 누구보다도 잘 알고 있었다.

황태자의 부름으로 황태자실로 들어선 해나의 어깨는 빳빳하게 굳었다. 그의 개인적인 공간에 들어온 건 처음이었다. 황태자실에서 가장 두드러지는 것은 붉은색이었다. 붉은 바닥, 붉은색 와인, 붉은색 의자. 새하얀 공간에서 붉은색의 물건들은 도드라져 보였다.

화려한 그곳에서 황태자는 자신의 침대에 비스듬히 누워 그녀를 바라보고 있었다. 금발이 하얀 침대보 위에 흐트러져 있었다. 붉은색보다 더 강렬한 금발이었다.

해나는 잠시 숨을 멈추었다.

꿈같았다. 황태자와 연회에서 춤을 추고, 그의 개인적인 공간에 발을 들여 그와 단둘이 마주 보는 이 모든 순간이. 가까이 다가가면 깨질까 봐, 그녀는 먼발치에서 멈춰 섰다.

"거기서 뭐하는 거지?"

황태자가 그녀를 보며 물었다.

"시키실 일이 있으시면 다가가겠습니다."

"타국에서도 그렇게 딱딱하게 굴었나."

"네."

"그런 성격이면 연애도 못 해봤겠군."

"……."

"그래서 다행이야."

황태자가 작게 중얼거리는 말을, 해나는 알아듣지 못했다. 무슨 말을 한 거냐고 되물을까 했지만, 별말이 아닌 것 같아 흘려들었다.

"시키실 일이 없으시면 나가보겠습니다."

해나는 자신을 뚫어져라 바라보는 황태자의 시선을 견디지 못하고 눈길을 돌리며 말했다.

"아니. 책임은 지고 나가야지."

"……."

"그대가 춤을 추면서 내 발을 몇 번이나 밟았을 것 같지?"

셀 수 없이 밟았다. 그녀는 춤 교습을 받을 시간에 검술훈련을 받았다. 남자든 여자든 기사가 될 수 있다는, 깨어 있는 사고방식의 소유자였던 앤더슨 자작 덕분에 가능한 일이었다.

그러나 그도 짐작하지 못했을 거다. 최소한의 춤 교습조차 받지 못한 자신의 딸이 황태자의 발을 바닥보다 더 많이 밟게 되리라는 것을.

"그대 때문에 걸을 수 없을 지경이야."

황태자가 곤란하다는 표정을 지었다.

오늘 복도를 걸어가는 걸 봤는데…….

해나는 할 말이 많지만, 아는 체하지 않았다. 그가 아프다면 아픈 거다.

"죄송합니다. 벌은 달게 받겠습니다."

"누가 그대에게 벌을 준다고 했지? 발이 아파서 그러니 며칠간 나를 보살피도록 해."

"……!"

해나가 놀란 눈으로 황태자를 바라보았다.

"곤란한가. 걷지 못해서 업무를 보지 못하는 나도 곤란한 상황이야, 영애."

황태자는 전혀 곤란하지 않은 얼굴로, 곤란하다고 말하고 있었다.

"하지만…… 황태자님. 만약 이 일이 소문으로 퍼진다면……."

"황실에서 일어나는 일이 그렇게 쉽게 새어나갈 거라고 생각하는 건가?"

"하지만 만에 하나 모르는 일입니다. 더군다나 황제 폐하께서 이 사실을 아신다면……."

"그러니 책임지지 않고 도망치겠다?"

"……."

해나는 억울했다. 그 말이 아니라는 걸 알면서도, 황태자는 말꼬리를 잡고 늘어졌다.

"그대 때문에 지금도 발가락이 쑤셔. 벌을 달게 받겠다면서 정작 보살피지는 못하겠다니. 이기적인 결정이군."

"저보다 나은 시종들과 의사들이 있습니다."

"그럼 부끄럽게 시종들에게 이 발을 보이라는 건가. 아니면 황실 의사에게, 춤에 익숙지 않은 해나 앤더슨 영애에게 밟혀서 이 지경이 되었다고 말을 하라는 건가?"

황태자는 그 말을 하며 이불 속에 있던 발을 꺼냈다.

그의 발가락이 벌겋게 부어올라 있었다. 생각보다 심각한 상황이었다. 걸을 때마다 신에 스쳐 욱신거릴 게 분명했다. 그가 엄살을 부리는 게 아니라는 걸 깨닫자 해나는 더 이상 거부할 수 없었다.

"……말씀하시는 순간까지 최선을 다해 보살피겠습니다."

원하던 대답이 해나의 입에서 나오자, 황태자의 입술이 길게 늘어졌다.

해나가 황태자의 곁에서 머문 지 며칠이 흘러가고 있었다. 보살피라는 말과는 달리, 그는 시키는 일이 별로 없었다.

해나가 독서를 하려 하면 그 앞에 앉아 책을 읽게 했다. 산책을 갈 땐 자신이 넘어질지 모르니 곁에 서 있으라고 말했다. 함께 차를 마시고, 간간이 대화를 나누었다.

그사이, 붉게 부르텄던 그의 발가락이 아물었다. 해나는 알면서도 다 나은 그의 발가락에 약을 바른 천을 덧대어 놓았다. 말하지 않는 건 그것만이 아니었다.

언제까지 자신이 이곳에 머물러야 하는지, 왜 억지를 부려서 자신을 이곳에 잡아두는 건지, 왜 연회장에서 춤을 추자고 한 건지.

그녀는 조금도 묻지 않았다. 마치 시종처럼 입을 다문 채 시키는 일만 묵묵히 할 뿐이었다.

"다 나았는데, 왜 아는 체를 하지 않는 거지?"

황태자가 약통을 치우는 해나에게 물었다.

"상처는 겉으로 봐선 모르는 법이니까요. 다 나으시면 말씀하실 거라 생각하고서 기다리고 있었습니다."

"때가 되면 말할 거니 기다리겠다는 건가."

"네."

고분고분하게 대답하는 해나를 황태자는 물끄러미 바라보았다. 그는 손을 들어 잔머리를 쓸어내렸다. 와인처럼 붉은 색깔이 아름다웠다.

"그럼 내가 왜 그대에게 춤을 청했는지 궁금하진 않은가?"

"그 또한 필요하면 말씀하실 거라 생각하고 있었습니다."

"그대는 내게 궁금한 게 전혀 없는 모양이군."

해나는 아무 말도 하지 않았다. 그녀의 행동에 황태자의 입술이 굳게 다물렸다. 이런 무뚝뚝한 행동이 섭섭하게 만든다는 걸 아는지, 모르는지.

귀염성이라곤 선혀 없는 여자였다.

"그대의 집이 걱정되진 않나?"

그가 말을 돌렸다.

"……걱정됩니다."

해나가 순순히 시인했다. 황태자의 눈이 가느스름해졌다. 그는 연신 그녀의 머리카락을 쓸어내렸다. 하얀 손가락 사이로 빠져나가는 적발이 아쉬웠다. 그의 시선이 느릿하게 해나에게로 옮겨갔다.

"내가 그대에게 도움을 줄 수 있다면, 그대는 내게 무엇을 말할 건가?"

"……."

"편히 말해봐."

황태자가 그녀에게 기회를 주었다. 그는 그녀가 자신의 집을 돌보아달라고 말하길 바랐다. 망해가는 자작가를 보호해주기 위해선 결혼만큼 좋은 것이 없었다. 그게 아니라면, 자신에게서 돈이라도 빌리길 바랐다. 어느 쪽이든 자신과 연결되는 것이길 바랐다.

"저는……."

해나가 말을 아꼈다.

"말해봐."

"……기사가 되고 싶습니다."

해나의 말에 황태자의 얼굴이 싸늘하게 식었다. 그의 얼굴이 굳은 것도 모른 채, 해나는 상기된 얼굴로 입을 열었다.

"황실기사단에 들어가고 싶습니다. 열심히 수련을 해서 황태자님의 기사가 되는 게 제 꿈입니다."

해나의 목소리에서 진심이 뚝뚝 떨어졌다.

"……그대는 눈치가 없는 건가, 아니면 모르는 척하는 건가?"

서늘해진 말투에 해나가 고개를 들었다. 어느새 몸을 일으킨 황태자가 무표정한 얼굴로 그녀를 바라보고 있었다. 해나의 들뜬 눈동자를 발견하자 그의 가슴으로 찬물이 쏟아져 내리는 느낌이었다. 황태자가 말을 씹어뱉듯 꺼냈다.

"내가 그대와 연회장에서 춤을 추고, 이곳에 데려와 며칠째 감금하다시피 가둬놓은 이유가 뭐라고 생각하는 거지? 그대를 기사로 만들기 위해 이런 짓을 하는 거라고 생각하는 건가."

"황태자님……."

"이렇게 애쓰는데, 그대는 내가 정말로 원하는 대답은 죽어도 하지 않는군. 아마 칼을 들이대도 그럴 테지."

"……."

"십 년 전 약속을 기억하는가."

"……!"

"나는 그 약속을 여태껏 기다리고 있었어."

황태자의 말에 해나의 입술이 자그맣게 벌어졌다. 그가 그날의 일을 기억하고 있을 거라곤 추호도 생각지 못했다.

해나는 10년 전, 헤어지기 전 감히 황태자의 손을 거머쥐었다.

「황태자님, 돌아오자마자 꼭 황태자님께 고백하겠습니다. 기다려 주세요.」

펑펑 울면서 어린 날 그에게 고백했다.

"그대의 고백이 배필로서의 고백이 아니라 기사가 되고 싶다는 고백일 줄 알았다면 이렇게 아둔하게 기다리고 있지 않았을 거야."

"......!"

말을 마친 황태자가 몸을 벌떡 일으켰다. 그의 옷자락에서 찬바람이 흘러나왔다. 그는 거칠게 금발을 쓸어넘겼다.

우습게도, 10년 전 그 약속을 그는 기다렸다. 어린 날 철부지의 기억이니 잊어도 된다고 생각하면서도, 자꾸만 마음에 남아 뱅뱅 돌았다.

그러다 해나를 다시 본 순간, 그는 자신이 그녀를 기다리고 있었다는 걸 알았다.

아름다운 적발, 무뚝뚝한 성격을 담은 그 얼굴, 무심한 듯 간결한 행동.

그가 상상하던 모습 그대로 나타난 해나를 보는 순간 자신도 모르게 미소가 우러나왔다. 그러면서 그녀가 어린 시절의 그 약속을 지키길 바랐다. 그런다면 자신의 옆자리를 주겠다고 내심 생각했다.

그러나 돌아온 것은 기사로서의 예의.

그리고 지금도 그녀는 자신과의 약속을 전혀 기억하지 못하는 듯했다.

구질구질하게 자신만 매달리는 상황이라니.

황태자는 창가로 다가가 입술을 사리물었다. 화가 나서 머리가 일시적으로 마비된 기분이었다.

"……황태자님, 저는 황태자님의 기사가 되고 싶었습니다."

"그 입 다물어."

황태자가 차갑게 말했다.

자존심을 다 내보인 이 순간까지도 해나는 자신의 기사가 되고 싶다고만 말하고 있었다. 자신에 대한 배려는 조금도 없어 보이는 해나 때문에 머리끝이 핑 도는 기분이었다.

그는 주먹을 꽉 움켜쥐고서 창밖을 바라보았다. 이러지 않으면 화를 주체할 수 없을 것 같았다.

대신, 그는 씹어뱉듯 말을 꺼냈다.

"그대가 기사단에 들어오고 싶다고 해도 난 허락해줄 생각이 없어. 그대는 죽어도 황실기사단에 발을 들이지 못할 테니까. 내가 그렇게 만들 거야. 그대는 그대의 의사와 상관없이 황태자비가 될 거다. 그것이 연회에서 내가 한 공언이었고, 난 그 공언을 지킬 테니까."

"이제는…… 기사를 안 해도 될 것 같습니다."

해나의 말에 황태자가 천천히 눈을 들었다. 창가에서 들이치는 햇살을 받고 있는 해나의 모습을 물끄러미 바라보았다.

유리창을 통해 두 사람의 눈이 마주쳤다.

"무슨 말이지."

황태자가 갈라진 목소리로 물었다.

"제가 기사가 되고 싶었던 이유는 궁금하지 않으십니까?"

황태자의 침묵이 이어지자, 해나가 느릿하게 입을 열었다.

"기사가 되어야, 황태자님을 지척에서 바라볼 테니까요."

"……!"

황태자의 눈이 커졌다. 생각지 못한 이유였다. 해나가 서글픈 미소를 지었다.

"나이가 들고 나서 알았습니다. 자작가의 딸은 황태자비가 될 수 없다는 것을요. 가문의 힘이 약해서 황실에서도 바라지 않는다고 아버지께 들었습니다. 그런 제가 황태자님 근처에서 할 수 있는 일은 기사밖에 없었습니다."

다행히 그녀는 검술에 자질이 있었다. 여자라서 어렵긴 하지만, 아예 불가능한 일이 아니라는 걸 깨닫고는 최선을 다했다.

외로운 타국에서 검술은 그녀에게 하나뿐인 희망이었다.

본국으로 돌아가는 날, 황태자의 곁에 있을 수 있는 유일한 기회였으니까.

"내게 말이라도 해볼 생각은 못 한 건가. 내가 그대를 찾아갔을 때, 그대에게 말을 걸었을 때, 충분히 기회가 있었을 텐데."

황태자의 말에 해나가 고개를 가로저었다.

"감히 그럴 수 없었습니다. 더군다나 지금은 가문마저 몰락 직전의 상태, 매일 빚이 늘어나고 언제 작위가 몰수될지 모르는 상황이니까요."

"그대는 욕심이 없는 건가? 아니면 나를 가볍게 본 것인가. 내가 그대와 연회장에서 춤춘 건 가벼운 변덕 정도로 생각한 건가?"

"제가 연회장에서 황태자님과 춤 한 번 췄다고 해서 황태자비가 될 거라고 꿈꿀 수는 없으니까요. 그럴 상황도, 그럴 입장도 아니지요. 그래서 계속 기사를 꿈꿨습니다."

섣불리 희망을 품었다가 실망하지 않기 위해 노력했다. 고작 춤 한 번 췄다고 흔들리지 말자, 그렇게 매순간 다짐했다.

"그래서 묻지 못했습니다. 왜 제게 이러시는 거냐고, 언제까지 황태자님 곁에 있어야 하냐고. 물으면 이 순간이 연기처럼 사라질 것 같았거든요."

황태자와 함께하는 이 순간이 간신히 붙잡고 있는 꿈만 같았다. 만약 이 순간이 꿈이라면 조금이라도 길게 이어지길 바랐다.

"이 꿈이 끝나면, 황태자님이 행복한 가정을 꾸리셔서 번창한 제국을 일구시는 모습을 근처에서 바라보고 싶었습니다. 그것만으로도 괜찮다고 생각했습니다."

그 또한 큰 의미의 사랑일 테니까.

……당신을 곁에서 지키는 것이, 십 년 전 약속을 지키는 것일 테니.

"이런 제 조심스러움이 황태자님에게 근심을 안겨드렸다면……."

해나의 말끝이 흐려졌다. 창가에 서 있던 황태자가 돌아서는 기척까진 느꼈는데, 어느새 자신의 코앞에 자리하고 있었다. 눈을 크게 뜬 해나가 황태자를 바라보았다.

"그대의 그 검술 실력으로 나를 지킬 수 있을 거라고 생각한 건가."

"……."

해나의 표정이 어두워졌다. 최선을 다해 수련했지만, 턱없이 부족하다는 걸 방금 전 깨달았다.

황태자의 움직임을 완전히 읽지 못했다는 사실에 그녀는 좌절했다.

그의 실력은 자신이 상상한 것보다 훨씬 더 많이 발전한 상태였다.

"그대는 나의 기사가 될 수 없어, 평생."

황태자가 손을 뻗어 해나의 턱을 들게 했다.

하얀 얼굴 위로 적발이 부드럽게 흘러내렸다.

"대신 다른 기회를 주도록 하지, 해나 앤더슨."

"……."

"십 년 전 약속을 지키도록 해. 이것이 나를 십 년간 기다리게 한 벌이야."

"……."

"어서."

황태자의 재촉에 해나의 입술이 벙긋거렸다. 10년간 잠자리에 들 때면 이 순간을 꿈꾸며 수만 가지 말들을 생각했다. 예쁜 말을 발견하면 잊어버리지 않기 위해 수도 없이 되뇌었다.

그런데 어째서 이 순간, 어떤 말도 나오지 않는 걸까.

"기다리다가 지치겠군."

황태자의 손끝이 해나의 입술을 툭 건드렸다.

"제가…… 죽을 때까지 곁에 있겠습니다."

마침내 해나의 입에서 말이 나왔다. 그녀는 드레스 자락을 꽉 움켜쥔 채 그를 올곧은 눈으로 바라보았다.

"……허락해주신다면, 황태자님 곁에 머물겠습니다."

"여전히 귀여움은 조금도 없군."

누가 보면 기사로서 예를 갖추는 말인 줄 알 정도였다. 하지만 그녀의 고백을 들은 황태자의 입술이 길게 늘어났다.

상기된 뺨, 촉촉해진 눈가, 힘주어 꽉 다문 입술.

그녀의 긴장이 손에 잡힐 듯했다. 그 얼굴 위로 어린 시절의 얼굴이 겹쳤다. 그가 좋아하는 얼굴이었다.

황태자는 고개를 숙여 해나의 얼굴로 자신의 얼굴을 가까이 가져갔다. 그의 얼굴에 미소가 번졌다.

"허락하도록 하지."

"……."

"그대를 나의 황태자비로."

"……."

"거절은 불가능하니, 기억해두도록."

말을 마친 황태자의 입술이 그녀의 입술로 사뿐히 내려앉았다.

루퍼트 황태자와 해나 앤더슨 영애의 결혼식으로 대륙이 떠들썩했다. 사람들은 여러모로 놀랐다. 결혼식이 갑작스럽게 발표되었다는 점과, 황태자비가 해나 앤더슨 영애라는 사실 때문이었다.

둘이서 연회장에서 함께 춤을 추긴 했지만, 황태자와 해나 사이가 좋지 않다고 알려져 있던 터라 결혼까진 예상치 못했다.

귀족들은 황태자비로 삼기에 그녀의 가문이 미천하다고 항의했다. 그러나 황태자의 의사가 강경한데다, 황태자의 뜻을 펠릭스가 지지하고 나서면서 귀족들의 항의도 점점 사그라졌다. 황제 또한 침묵으로만 일관했다. 항간에선 황제가 황태자의 행복에 손을 들어줬다는 의견이 우세했다.

결혼식 준비는 일사천리였다. 중간에 어긋날 거라는 예상과 달리, 예식일도 무사히 다가왔다. 이 일로 해나를 얕보며 무시하던 귀족부인들은 흙빛이 된 얼굴로 결혼식에 참석했다.

그들은 앞으로 어째야 하냐며 수군거리기 바빴다.

특히 이름도 모를 가문에 시집을 간 아이리스 영애는 해나와 눈이 마주칠까 봐 구석에서 나오지도 못했다. 글로리아에게 미운털이 박힌 후로, 버클리 가문과 윌리엄 가문 사이가 틀어졌다.

이유를 알게 된 아이리스의 아버지는 그녀를 아무 남자에게나 시집 보내 치워버렸다. 이후 버클리 가문의 마음을 돌리려고 갖은 애를 썼지만, 버클리 가문은 고액의 수수료를 챙긴 윌리엄 가문에게 두 번 다시 기회를 주지 않았다.

결혼식은 황실의 연회장에서 치러졌다. 모든 귀족들이 식에 참석하게 된 티라 지방에서 올라온 귀족들로 황궁은 모처럼 활기를 띠었다.

결혼식을 기다리던 중, 사람들의 시선이 한곳으로 쏠렸다.

사람들이 수군거리며 앞쪽을 흘깃댔다. 연회장의 가장 앞줄에 앉은 펠릭스와 글로리아가 그 주인공이었다.

"세상에나. 버클리 공작 부부군요."

"실제로는 처음 보는데 굉장한 미남 미녀군요."

"그러게요. 이번에 수입한 물품들이 어마어마한 이윤을 냈다고 하더군요. 다른 귀족들은 전부 적자인데, 어떻게 버클리 가문만 계속 이득을 내는지 모르겠어요."

"이번에 빈민굴도 싹 다 정리해서 영지가 더 살기 좋아졌다고 하더군요. 그 덕분에 황제 폐하의 마음을 샀다고 하던데…….."

"버클리 공작도 대단한데, 저기 있는 글로리아 부인이 굉장히 똑똑하다고 하더군요. 글로리아 부인을 만나 이야기를 나누는 게 하늘에 별 따기라고 하더라고요. 이럴 줄 알았으면 진즉에 친하게 지내는 건데……. 어휴."

"그러게요."

사람들은 다시금 시선을 앞으로 돌렸다. 펠릭스 버클리는 자연스럽게 글로리아의 눈을 바라보며 이야기를 나누고 있었다.

신의가 가득 담긴 눈빛으로 이야기를 나누는 두 사람을, 사람들이 부러운 눈으로 바라보았다.

그들은 부족한 게 없어 보였다.

아름다움, 부, 명예.

거기다가 펠릭스는 평소에 황태자와 가깝다고 알려져 있었고, 글로리아는 해나 황태자비의 유일한 친우로 알려져 있었다. 결혼 소식이 공표된 후에도 해나는 글로리아의 집을 자주 드나들어, 이제는 버클리 가문에 날개가 달렸다는 소문까지 퍼지고 있었다.

부우우.

긴 나팔 소리에 사람들의 입이 다물렸다. 눈처럼 새하얀 카펫을 밟고 황태자와 해나가 팔짱을 낀 채 동시 입장했다.

그들의 걸음걸이마다 사람들의 시선이 뒤따랐다.

사람들은 감탄했다. 황태자와 적발에 핑크빛 드레스를 입은 해나 영애의 모습은 실로 아름다웠다. 두 사람이 사제 앞에 멈춰 섰다. 사제의 축하 기도가 끝난 후, 황제의 선언이 이어졌다.

이후, 두 사람이 마주 섰다.

루퍼트 황태자는 자신의 앞에 마주 선 해나를 바라보았다. 잔뜩 긴장한 듯 무뚝뚝한 얼굴에 붉은빛이 돌았다. 그녀 나름대로 부끄러워하는 얼굴이라는 걸 아는 그는 미소를 감추지 못했다.

황태자가 손을 뻗어 그녀의 뺨을 감싸 쥐었다. 그의 손길 하나하나마다 사랑이 듬뿍 묻어났다. 천천히 고개를 숙이자 붉어진 그녀의 눈가가 보였다.

그 얼굴 위로 어린 시절의 그녀가 겹쳤다.

그녀는 땀에 젖은 적발을 아무렇게나 묶은 채 그를 바라보고 있었다. 그녀의 아버지가 외교단으로 발탁되는 바람에 이 나라를 떠나기 전에 마지막으로 만나는 날이었다. 하루 종일 말이 없는 그녀 때문에 그는 짜증이 난 상황이었다.

떠나기 전까지 무뚝뚝하다니.

「황태자님, 돌아오자마자 꼭 황태자님께 고백하겠습니다. 기다려주세요.」

하루 종일 표정이 좋지 않더니, 그녀는 기어코 울음을 터트렸다.

남자가 아닌가 싶을 만큼 무뚝뚝해서 자신에게 마음이 없는 줄 알았더니 그게 아닌 모양이었다. 새빨간 머리카락만큼이나 붉어진 얼굴에서 커다란 눈물이 뚝뚝 떨어져 내렸다. 그 모습을 보는데 웃음을 참을 수가 없었다. 자신만 마음이 있었던 게 아니라고 생각하니 안도가 되었다.

「그래. 돌아와서 하도록 해.」

그의 허락에 어린 해나는 목이 빠지도록 고개를 끄덕였다. 난생처음 보는 해나의 귀여운 모습에 그는 눈을 떼지 못했다.

붉은 머리카락, 붉은 뺨, 붉은 입술.

모든 것이 붉은 네가 좋았다.

그날이었다.

그 색을 따라 내 마음이 붉어진 것은.

내 방과 내 물건들이 모두 붉어진 것 또한.

해나의 입술에 키스를 하는 황태자의 입술에 행복한 미소가 번졌다.

"공작부인."

이사벨라의 부름에 집무용 책상에 앉아 있던 글로리아가 고개를 들었다. 집중하느라 그녀기 코앞까지 다가온 걸 알아채지 못했다.

"응. 이사벨라."

글로리아가 다정하게 그녀의 이름을 불렀다. 그녀는 손에 쥐고 있던 두툼한 종이를 내밀었다.

"말씀하신 보고서입니다."

"고마워."

"별말씀을요."

이사벨라가 미소 지었다. 이사벨라는 3년 전, 글로리아가 직접 뽑은 여자 보좌관이다. 다니엘과 조슈아는 공작의 일을 도맡았고, 이사벨라는 글로리아의 일을 전담했다.

처음에 여자 보좌관을 뽑을 때만 해도 분위기가 썩 좋지 않았다. 사람들은 우려의 시선을 던졌고, 항간에선 '글로리아 버클리 부인이 잘못된 선택을 했다.'는 평가가 우세했다.

그러나 글로리아는 세간의 말들에 반응하지 않았고, 오히려 미안해하는 이사벨라를 달랬다. 1년도 채 되지 않아 이사벨라는 빠른 속도로 일에 적응했고, 지금은 다른 보좌관들의 인정을 받는 지경에 달했다.

이사벨라는 자신이 보좌관 일에 적응하고 성공할 수 있었던 데엔 글로리아의 신뢰가 크게 작용했다고 믿고 있었다. 실제로 글로리아의 위로가 그녀에겐 큰 힘이 되었고, 그 마음은 깊은 충성심으로 이어졌다.

"흠."

글로리아가 보고서를 확인하다 낮은 신음을 흘렸다. 오늘은 한 해에 한 번, 곳곳에 퍼져 있는 노예들에 관한 보고서를 받는 날이었다.

글로리아의 시선이 에리카라는 이름에 닿았다. 그녀의 사촌으로, 친아버지의 죽음을 숨기고 그녀 또한 죽이려고 했던 전적이 있는 자다.

에리카는 노예가 되어 현재까지 노역 중이었다. 탈출하려고 몇 번이나 시도했다가 발목에 쇠사슬을 세 겹째 차고 있으며, 요즘은 묵묵히 일을 하는 중이라고 했다. 모든 걸 포기한 듯하다는 관리자의 보고 내용이 적혀 있었다.

"에리카에 대한 보고는 앞으로도 1년에 한 번씩 빠지지 않고 계속하도록 해. 노예들에 대한 감시도 철저히 하도록 하고."

"네. 알겠습니다."

글로리아는 남은 보고서를 쭉 확인한 후, 덮었다. 오늘은 별다른 내용이 없었다.

"이건 오늘 글로리아 님 앞으로 온 편지들입니다."

이사벨라가 두툼한 편지를 내밀었다. 보통 공작에게 온 편지는 보좌관들이 1차로 확인했다. 위험한 물건이 들어 있을 수도 있고, 불필요한 초대장이 지나치게 많은 탓이었다.

그러나 글로리아는 자신의 앞으로 온 편지는 본인이 먼저 확인했다. 오랜 보좌관 경력 덕에 어떤 편지가 위험하고, 어떤 편지가 불필요한지는 봉투만 봐도 대충 구분할 수 있었다.

"오늘은 그만 쉬도록 해."

"알겠습니다."

이사벨라가 꾸벅 인사를 한 후, 문을 열고 나갔다. 홀로 집무실에 남은 글로리아는 두툼한 편지 뭉치를 풀었다. 편지를 넘기며 발신자만 대충 확인했다.

그리다 그녀의 시선이 한 편지에 머물렀다. 발신자 대신 커다란 별무늬가 그려져 있었다. 그녀의 시선이 받는 이의 이름에 닿았다.

[글로리아 버클리 공작부인께]

익숙한 필체였다.

글로리아의 눈동자가 흔들렸다.

설마…….

글로리아는 다급하게 편지봉투를 뜯었다. 그러자 그 안에서 여러 번 접은 종이 뭉치가 나왔다. 종이를 펼쳐 내용물을 확인한 글로리아의 입술이 자그맣게 벌어졌다.

대륙의 지도에 거대한 별 무늬가 그려져 있었다.

「이 넓은 대륙에 별을 완성시키는 게 내 꿈이지.」

언젠가 들었던 사무엘의 목소리가 떠올랐다. 이건 사무엘의 지도였다. 그가, 드디어 그의 여행을 완성시켰다.

입술을 깨문 글로리아는 먹먹한 눈으로 지도를 바라보았다.

꿈을 완성한 지도를 자신에게 선물할 줄이야.

봉투에는 지도 말고 다른 종이도 하나 있었다. 그 종이에는 주소 하나만이 달랑 적혀 있었다. 그 주소는 그녀도 잘 아는 곳이었다.

그와 에단이 처음 만났던 작은 마을이었다. 여행을 마친 그가 마지막으로 그곳에 정착한 것이다.

다시는 못 볼 줄 알았다. 그러면서도 언젠가 한 번은 보길 바랐다.

"사무엘."

글로리아는 그의 이름을 작게 불렀다.

곧 찾아갈게요.

글로리아는 미소 띤 얼굴로 지도를 다시 한 번 바라보았다.

펠릭스, 글로리아, 메이슨, 소피아가 다 함께 식탁에 둘러앉았다. 아무리 바빠도 저녁식사만큼은 꼭 함께 들자는 게 가족의 약속이었다.

펠릭스는 자리에 앉기 전, 자연스럽게 글로리아의 입술에 입을 맞추었다. 글로리아도 마치 인사처럼 입술을 맞댔다.

하녀들과 메이슨, 소피아는 그런 광경이 익숙하다는 듯 무심한 표정을 지었다.

"맛있게 먹으렴."

글로리아가 따스한 눈으로 메이슨과 소피아를 바라보았다.

첫째인 아들 메이슨은 은발에 푸른 눈을 갖고 있었다. 펠릭스의 미모를 고스란히 물려받은 메이슨은 여덟 살밖에 되지 않았음에도 화려한 미모를 자랑했다. 문제는 외모뿐만 아니라 성격까지 고스란히 물려받았다는 것이었다.

무표정한 얼굴에 무심한 성격, 더불어 과묵하기까지 했다. 그나마 다행인 것은, 부모에 대한 애정이 남달라 그들의 말을 귀 기울여 듣는다는 점이었다.

그에 비해 둘째인 소피아는 글로리아를 많이 닮았다. 금발에 대비되는 흑안, 어디 가도 눈에 띄는 얼굴이었다. 성격도 글로리아를 닮은데다 여섯 살밖에 되지 않은 그녀는 벌써부터 무역에 관심을 갖고 있었다. 그런 그녀를 벌써부터 며느릿감으로 눈독을 들이는 귀족집안도 있었다.

버클리 가문의 전성기를 일군 글로리아처럼 소피아를 며느리로 들이면 가문의 번영이 찾아올 거라 믿고 있는 듯했다. 물론 그 소식을 들은 펠릭스와 글로리아는 그 가문과는 거리를 두었다.

"그런데 소피아, 그 옷은 못 보던 건데?"

글로리아가 소피아의 분홍색 드레스를 보며 고개를 갸웃거렸다. 소피아의 드레스에 대해서 글로리아는 대부분 다 알고 있었다. 딸에게 예쁜 드레스를 골라 입히는 게 그녀의 또 다른 취미이기도 한 탓이다. 자신이 미처 발견하지 못한 옷이었나 하며 고개를 갸웃거렸다.

"외할아버지가 가져다주셨어요."

소피아가 방긋 웃으며 말했다. 그녀는 자신이 입은 드레스가 몹시 마음에 든다는 표정을 하고 있었다.

"……언제?"

글로리아가 한 박자 늦게 낮은 목소리로 물었다.

"오늘요! 방에 오셔서 예쁜 구두랑 맛있는 쿠키를 주셨어요. 재미있게 놀았어요."

소피아는 미들턴 백작과 즐겁게 놀았던 것을 회상하며 방긋 웃었다.

"오셨다는 말 못 들었는데……?"

"아! 비밀이라고 했는데……."

소피아가 자그마한 손으로 자신의 입술을 가렸다. 그녀가 큰 눈을 데굴데굴 굴리며 어찌할 바를 몰랐다.

"비밀로 해주세요, 어머니."

소피아가 간절한 표정을 지었다. 글로리아는 나오려는 한숨을 꾹 참았다.

……또 다녀가셨구나.

언젠가부터 미들턴 백작은 공작저를 자신의 집 드나들듯 하고 있었다. 다섯 번 중 한 번은 글로리아에게 비밀로 하고 다녀갔는데, 그럴 때 보통 그는 어마어마한 선물을 사들고 찾아왔다. 그러고는 소피아와 메이슨을 몰래 불러 선물을 주고, 신나게 놀아주다가 가곤 했다.

"그만 포기하지그래? 유일한 취미생활이신데……."

펠릭스가 냅킨으로 입가를 닦으며 말했다.

"너무 많이 사다주시니까 하는 말이죠."

글로리아가 이마를 짚으며 우울한 얼굴로 말했다.

그녀는 아이를 낳은 이후 자신의 드레스를 포함해 아이들의 옷을 산 적이 단 한 번도 없었다. 늘 차고 넘치게 선물하는 미들턴 백작 때문이었다. 그가 준 옷들을 한 번씩 입히고 나면, 아이들은 쑥 컸다.

결국 그 옷들은 입히지 못하게 되었다. 어딘가에 나눠줄 수도 없었다. 귀족들은 자존심이 강해서 다른 귀족이 입었던 옷을 입으려 하지 않았다. 그렇다고 어려운 사람들에게 나눠주기엔 옷들이 지나치게 화려하고 이국적이었다.

"할아버지가 사주신 옷 좋아요. 할아버지도 좋고……. 저 때문에 할아버지가 또 어머니한테 혼나시는 거예요?"

소피아가 눈치를 보며 말했다.

"혼나시다니. 아니야. 엄마는 할아버지를 혼낼 수 없어. 엄마도 할아버지를 굉장히 좋아하는걸."

"그렇지만 엄마가 뭐라고 하면 할아버지는 매일 슬픈 얼굴을 하시던데……."

……언제 본 거지?

글로리아는 난처한 표정을 지었다. 미들턴 백작에게 잔소리를 할 때면 되도록 아이들이 없는 곳을 택하곤 했건만, 우연히 소피아가 그 광경을 본 모양이었다. 소피아는 그게 또 마음이 아픈지 입꼬리를 축 늘어뜨린 채 울먹거리고 있었다.

"할아버지가 또 엄마한테 혼나서 슬퍼하시면, 소피아도 마음이 아플 것 같아요."

소피아의 울먹거리는 표정이 귀여워서 글로리아는 웃음이 나려 했다.

"할아버지가 그렇게 좋아?"

글로리아가 묻자, 소피아가 구불구불한 금발이 흔들리도록 고개를 세게 끄덕였다.

"네. 좋아요. 할아버지 좋아요. 매일 오셨으면 좋겠어요."

그 모습을 바라보던 글로리아는 나오려는 한숨을 꾹 참았다.

그래. 자신이 속상해한다고 해결될 일이었으면 진즉에 해결됐을 거다. 공작저의 번영보다 이루기 어려운 것이 미들턴 백작의 과소비를 막는 일 아니었던가. 벌써 9년째 실패했는데, 뭐 어쩌겠는가.

오히려 그녀로서는 고마워해야 했다. 일이 바쁜 그녀 대신 아이들과 즐거운 시간을 보내주는 것은 미들턴 백작이었다.

함께 연극도 관람하고, 마차를 타고 멀리 바람을 쐬러 다녀오기도 했다. 간간이 도시락을 싸서 피크닉을 가기도 했다.

미들턴 백작은 메이슨과 소피아가 태어나면서 매일 싱글벙글한 얼굴이었다.

「너와 메이슨과 소피아 덕분에 얼마나 행복한지 모르겠단다. 두 명이 늘었는데 나의 기쁨은 수십 배가 되었구나. 너희 가족을 생각하면 퍽퍽한 호밀빵도 꿀을 발라놓은 것처럼 달콤하단다. 정말 너희는 내 인생의 보석들이야.」

그 말을 하는 그는 진심으로 행복해 보였다. 그가 지나치게 행복해 보인 나머지 그를 위해 셋째를 낳아야 하나 하는 고민까지 들 정도였다.

"후우."

어쨌든 잘된 거지. 자신만 눈감아서 모두가 행복할 수 있다면 참기로 했다.

여태껏 그렇게 써댔는데도 가문이 망하지 않은 걸 보면 미들턴 백작은 자신이 생각한 것보다 더 큰 부자일지도 모른다는 생각도 들었다.

"백작가가 힘들어지면 내가 책임질 테니 걱정하지 말라니까."

펠릭스가 그녀의 생각을 꿰뚫어 본 듯 말했다.

글로리아는 그의 푸른 눈을 바라보다가 고개를 끄덕였다.

"네. 이젠 뭐라고 하지 않으려고요."

글로리아가 포기했다는 표정을 지었다.

"백작님이 이기셨군."

펠릭스가 피식 웃었다.

"……예전부터 이기고 계셨어요."

그녀가 매번 퍼붓는 잔소리에도 미들턴 백작은 지지 않고 선물을 사왔다. 그러고는 '이런, 약속을 잊었구나! 다음부터 꼭 조심하도록 하마!' 하곤 빠져나가곤 했다. 아무래도 자신의 잔소리에 면역이 된 것 같았다.

"소피아."

글로리아가 딸을 불렀다.

"네?"

"다음부터 할아버지가 몰래 오시면 말씀드려."

"뭐라고요?"

"엄마가 잔소리 안 할 테니까 그냥 오시라고. 몰래 오시면, 꼭 엄마 얼굴 보고 가시라고 전해드려. 알았지?"

"네."

"그리고 엄마는 할아버지를 좋아해서 그렇게 화를 냈던 거야. 더 행복하게 사시라고."

"네."

소피아가 금방 밝아진 얼굴로 고개를 끄덕였다.

"글로리아!"

미들턴 백작이 집무실 문을 몇 번 노크하더니 대답도 기다리지 않고 곧바로 문을 벌컥 열고 들어왔다. 갑작스러운 소란에 놀란 글로리아가 고개를 들었다.

"언제 오셨어요?"

미들턴 백작이 왔다는 이야기를 전해듣지 못한 터라, 그녀는 적잖이 당황했다.

"방금 왔단다!"

"하녀가 제게 오셨다는 보고를 하지 않았는데요."

"아, 그건 내가 하지 말라고 했거든."

"……."

글로리아가 어이없는 표정을 지었다. 아무리 그래도 이 저택의 안주인은 자신이었다. 자신도 모르게 미들턴 백작이 저택에 드나들 수 있다는 게 이상했다. 잠시 고민하던 글로리아는 고개를 비스듬히 돌려 펠릭스를 바라보았다. 그는 미들턴 백작이 들이닥쳐도 놀란 기색을 조금도 보이지 않았다.

아, 이 사람이 허락했구나.

글로리아는 금세 알아챘다. 미들턴 백작이 보고 없이 드나들어도 좋다고 허락할 수 있는 사람은, 자신 외에는 펠릭스 공작뿐이었다.

"소피아에게서 들었다!"

미들턴 백작이 소리쳤다.

"뭘요?"

글로리아가 의아한 얼굴로 물었다. 성큼성큼 다가온 미들턴 백작이 그녀 앞에 멈춰 섰다.

"날 좋아하는 만큼 화를 내는 거라며! 삐뚤어진 애정이지만, 네가 그렇게 애정표현을 하는 거라면 나는 다 받아줄 수 있다! 화내렴! 넓은 마음으로 받아주마!"

"……."

……아, 이건 또 무슨 소리지.

잠시 고민하던 글로리아는 며칠 전 소피아에게 했던 말을 떠올렸다. 아무래도 자신이 여섯 살 된 소피아에게 너무 어려운 말을 했나 보다.

사랑해서 화냈다고 했더니, 화내는 만큼 사랑하는 *거라고* 전달한 모양이었다.

어떻게 이런 식으로 와전될 수가 있나.

글로리아는 난처한 얼굴로 미들턴 백작을 바라보았다. 그는 어떤 잔소리도 달게 감당하겠다는 듯 비장한 표정을 짓고 있었다.

글로리아는 그런 그를 어처구니없는 얼굴로 바라보았다.

화내는 만큼 좋아하는 거라는 말을 곧이곧대로 믿고서, 화를 내라니. 거기다 삐뚤어진 애정도 받아들이겠다는 미들턴 백작의 말에 그녀는 결국 어이가 없어서 웃었다.

이런 아버지가 또 있을까.

글로리아는 웃음기 섞인 눈으로 미들턴 백작을 바라보았다.

"이제 아버지에게 화 안 낼 거예요."

"뭐? 왜? 화내는 만큼 사랑하는 거라더니……. 설마, 사랑이 식은 거니?"

미들턴 백작이 깜짝 놀라 물었다. 그의 안색이 삽시간에 하얗게 질렸다.

"아뇨. 지금 상상하시는 거 전부 다 아니에요. 그러니까 생각 거두세요. 이제는 바른 애정을 보이려고 그러는 거예요."

"바른 애정?"

글로리아의 말에 미들턴 백작이 고개를 갸웃거렸다. 글로리아는 머뭇거리다가 미들턴 백작의 흐트러진 옷깃을 정돈해주었다.

"앞으로 숨어서 오시지 마시고, 연락 주세요. 오시면 꼭 제 얼굴 보고 가시고요."

"......"

"저도 아버지 자주 뵈면 좋아요."

글로리아가 미소 지으며 말하자, 미들턴 백작의 얼굴이 멍해졌다. 그러더니 갑자기 코끝을 문지르기 시작했다. 그의 눈가가 붉어졌다.

"예고도 안 하고 그런 말을……. 그래, 알았다."

호들갑을 떨 줄 알았는데, 그는 잠시 입을 다문 채 바닥만 내려다보았다. 평소와 다른 그의 반응에 놀란 건 글로리아였다.

그녀가 조심스럽게 아버지, 라고 불렀다. 그러자 미들턴 백작이 고개를 들었다. 그러고는 평소보다 훨씬 낮은 목소리로 말했다.

"너희 엄마도 이 모습을 봤다면 좋았을 텐데……. 천사 같은 나의 딸, 정말 너는 천사가 환생해서 내 딸로 태어난 게 분명……."

……목소리 톤만 달라졌을 뿐, 평소 하던 말과 조금도 달라지지 않았다.

그의 찬양에 이골이 난 글로리아는 그럼 그렇지, 라는 얼굴로 미들턴 백작을 바라보았다.

메이슨은 턱을 괴고서 창밖을 바라보고 있었다. 검은 하늘 저편에서 먹구름이 몰려오고 있었다. 날씨를 유난히 잘 맞히는 하인의 말에 의하면, 오늘 밤엔 굉장히 많은 비가 내릴 테니 창문을 단단히 닫고 자라고 했다.

그러나 메이슨은 창문을 활짝 열어둔 채 바람을 쐬고 있었다. 비 오기 전에 불어오는 바람을 맞는 걸 좋아했다. 더군다나 오늘은 생각할 거리가 많아서 쉽게 잠을 이룰 수 없었다.

저벅저벅.

문 너머로 다가오는 기척이 들렸다. 얼마 지나지 않아 메이슨의 방문이 열렸다. 고개를 돌린 메이슨은 장신의 남자를 바라보았다. 자신의 아버지인 펠릭스 버클리 공작이었다.

"안 자는구나."

"네. 아버지도요?"

"잠이 오지 않아서 서재에 가려다가, 바람소리가 들려서 열어봤지. 넌 왜 이 시각까지 자지 않고 있지?"

"머리가 복잡해서요."

"……."

"아버지, 시간이 괜찮으신가요?"

"왜 그러지?"

"괜찮으시다면 이야기 좀 하다가 가시겠어요?"

메이슨의 청에 펠릭스가 그의 방으로 들어섰다. 걸터앉아 있던 창틀에서 폴짝 내려온 메이슨이 침대에 앉았다. 그러고는 소파에 앉은 펠릭스를 물끄러미 바라보았다.

"아버지."

메이슨의 부름에 펠릭스가 말하라는 듯 그를 쳐다보았다.

"이런 말씀 어떨지 모르겠는데……. 아버지는 어머니의 행동을 진심으로 이해하시나요?"

"무슨 말이지?"

"그러니까, 어머니가 하시는 일들이 모두 이해되시냐는 거예요. 빈민굴 환경개선, 고아원 설립, 어려운 사람들을 돕고, 계급에 상관없이 보좌관에 채용하거나 무역 관리감독을 시키는 것 말이에요."

"너는 이해를 못 하겠다는 말이구나."

펠릭스가 덤덤하게 대답했다.

"그건 아니지만……. 사실은, 그래요. 전 사실 이해가 되지 않아요."

메이슨이 눈을 내리깔며 대답했다. 펠릭스가 마저 말하라는 듯 지켜보자, 메이슨이 말을 이어나갔다.

"어머니가 하시는 일이니 믿고 따라야 한다는 걸 알지만 쉽지 않아요. 방금 말한 것처럼 이해가 안 돼요."

메이슨이 미간을 좁혔다. 어머니인 글로리아가 하는 일들에 대해 알아갈수록 이해가 되지 않는 것투성이였다.

영지민을 관리하는 것이 귀족의 일이니 어려운 영지민들을 돕는 것까진 이해할 수 있었다. 수해가 일어나거나 문제가 생겼을 때 먹고살 정도의 식량을 나눠주는 건 귀족으로서 당연한 일이었다.

그러나 왜 세금 한 푼 내지 않는 빈민굴에 돈을 퍼부어야 하는지, 고아원은 왜 설립하는 건지, 그들에게 교육은 왜 시키는 건지, 그들 중에서 왜 인재를 뽑아야 하는지 이해가 되지 않았다.

그중 가장 이해가 되지 않는 건, 버클리 가문의 무역 관리인이나 보

505

좌관 자리를 신분에 막론하고 능력에 따라 맡긴다는 거였다.

그 자리들은 남작가의 자식들조차 탐낼 만큼 좋은 자리였다. 그런 자리를 귀족들이 아닌 평민과 빈민에게 맡긴다는 게 아까웠다.

그런 것들을 할 시간에 어머니가 잘하는 무역에 집중한다면 더 많은 돈을 벌 게 분명했다. 어머니는 똑똑한 사람이었으니까.

"그것만이 아니에요."

메이슨이 얼굴을 찌푸렸다.

"또 뭐가 문제지?"

펠릭스가 고개를 기울이며 물었다.

"어머니는 왜 그런 사람들과 어울리는지 모르겠어요. 제너 부인과 황태자비와 어울리면 되는데, 별 도움이 되지 않는 사람들과도 종종 시간을 보내시잖아요. 특히 이사벨라처럼 빈민 출신에게도 친절하시고요."

글로리아는 사교계를 휘어잡아 귀족부인들을 거느리다시피 할 수 있었지만 꼭 필요한 자리가 아니고서는 사교계에 참석하지 않았다. 교류하는 이들도 제너와 황태자비를 비롯해 열 명도 채 되지 않았다.

"네 말은, 네 어머니가 귀족답지 못하다는 거구나."

"……."

메이슨은 대답하지 않았지만, 침묵으로 동의의 뜻을 밝혔다.

펠릭스는 얼굴을 찌푸리고 있는 메이슨을 물끄러미 바라보았다. 메이슨은 자신의 아들이지만, 성격이 조금 유순한 걸 제외하곤 자신과 지나치게 닮았다.

외모, 검술, 그리고 사고방식까지.

뼛속까지 귀족 마인드인 메이슨의 눈에는 글로리아의 행동이 기행처럼 보일 거다. 특히 아카데미에 입학해 빈민, 평민, 귀족이 다르다는 걸 배우고 나서는 더욱 혼란스러웠을 게 분명했다.

"메이슨."

펠릭스가 낮은 목소리로 불렀다.

"네. 아버지."

메이슨이 펠릭스를 흘깃 바라보았다.

속내를 털어놓아 시원하면서도 죄책감이 들었다. 어머니를 누구보다도 사랑하는 아버지에게 어머니의 험담을 늘어놓은 꼴이 되었다. 아버지가 화를 내도 할 말이 없었다. 또, 이 사실을 어머니가 알면 실망할지도 모른다.

"이건 내가 대답해줄 수가 없을 것 같다."

"……왜죠?"

메이슨이 얼굴을 찌푸리며 물었다. 기껏 용기 내어 말했는데 대답을 들을 수 없다니. 답답했다.

"네 어머니가 대답을 해줄 테니까."

"어머니께 말씀드린다는 건가요?"

메이슨이 초조한 표정으로 말했다. 어머니의 행동이 이해가 되지 않는다는 거지, 그녀를 실망시키거나 슬프게 할 생각은 없었다.

"아니."

"그럼요?"

"시간이 흐르면 알게 될 거야. 글로리아가 왜 그런 행동을 하는지, 내가 왜 그런 네 어머니를 지지하는지 말이야."

"……."

"내가 할 수 있는 대답은 여기까지구나."

펠릭스가 몸을 일으켰다. 메이슨은 이해 못 하겠다는 얼굴로 아버지를 올려다보았다. 펠릭스가 그의 머리를 쓰다듬었다.

"메이슨, 그건 알아둬."

메이슨의 눈이 펠릭스를 향했다.

"네 어머니인 글로리아 버클리는 누구보다도 현명하다는 걸."

"……."

"이제 그만 창문을 닫고 자도록 해."

펠릭스가 미소 띤 얼굴로 메이슨의 방문을 닫고 나갔다.

"후우."

홀로 방에 남은 메이슨은 얼굴을 찌푸렸다. 다시 고민이 원점으로 돌아왔다. 메이슨은 답답하다는 표정으로 창밖을 바라보았다.

잠시 비가 내리고 말 거라는 예상과 달리 며칠간 폭우가 쏟아졌고 새벽엔 하늘이 찢어질 것 같은 천둥번개까지 내리쳤다. 소피아는 울면서 공작 부부의 방으로 달려갔지만, 메이슨은 자신의 방에 머물렀다.

며칠간 잠을 이루지 못하던 메이슨은 비가 내린 지 사흘이 되던 날에 겨우 잠들 수 있었다. 여전히 창밖은 시끄러웠지만 피로가 가중되어 몸이 더는 버틸 수 없었다.

정신없이 잠들었다가 깨어난 메이슨의 눈에 가장 먼저 들어온 것은 창밖에서 들이치는 햇살이었다. 전날 밤까지 내리치던 천둥번개가 모두 꿈인 것처럼 말끔한 아침이었다.

"여기!"

"세상에나!"

조금 더 잘까 하던 메이슨은 이곳저곳에서 나는 시끄러운 소리에 억지로 몸을 일으켰다. 창문을 열어 밖을 내다본 메이슨은 고개를 쭉 내밀었다. 그러다 무언가를 발견한 듯 눈을 크게 부릅떴다.

정원에 심어놓은 아름드리나무들이 모조리 부러져 있었다. 쓰러진 방향도 제각기였다. 커다란 나무의 절반은 저택에 쓰러져 있었고, 다른 하나는 돌담을 부수고 길가로 뻗어나가 있었다.

어젯밤 유난히 천둥번개 소리가 심하다 싶더니 기어코 문제가 발생한 모양이었다.

서둘러 옷을 챙겨 입은 메이슨은 씻지도 못한 채 정원으로 달려 나갔다. 수습 중인 정원의 한가운데에 펠릭스가 서 있었다.

"……이게, 무슨 일이죠?"

놀란 메이슨이 펠릭스에게 물었다.

"벼락을 맞은 나무들이 쓰러졌구나. 쓰러지는 나무의 무게에 돌담도 무너졌고, 저택의 일부분도 저렇게 되었지."

펠릭스가 무심히 손끝으로 어딘가를 가리켰다. 손짓을 따라 돌아본 메이슨의 입이 벌어졌다. 저택의 지붕 일부분이 무너진 데다 곳곳이 엉망진창이었다.

이런 재난은 처음이라 메이슨은 어째야 할지 모르겠다는 표정을 지었다.

어린 자신이 보기에도 이 정도 공사는 하인들을 총동원해도 한참 걸릴 것 같았다. 그렇다면 기사들도 동원되는 건가. 아니면 돈을 주고 사람들을 조금 더 고용해야 하나.

"어쩌실 건가요? 아버지? 제 생각엔 아무래도 하인들로는 부족할 것 같아요."

"하인들이라면 그렇겠지."

"네?"

펠릭스의 모호한 말에, 메이슨이 무슨 소리냐는 듯 되물을 때였다.

"서두릅시다!"

"여깁니다!"

"세상에나!"

난생처음 보는 사람들이 우르르 몰려왔다. 허름한 옷차림과 낡은 장비들로 보건대 평민이나 빈민이었다. 그들은 멀리 서 있는 공작에게 바닥에 코가 닿을 듯이 절을 하고는 수습 담당인 앨버트에게 우르르 달려갔다.

"사람들을 고용하셨군요."

메이슨이 중얼거리듯 말했다.

고용해도 왜 하필이면 평민과 빈민일까. 기술자들을 부르면 될 텐데.

그가 못마땅한 표정을 지을 때였다.

"고용한 적 없단다."

"네? 그럼……."

"자발적으로 온 거지."

"……자발적으로요? 저들이 왜요?"

메이슨이 의아하다는 얼굴로 물었다. 그러자 펠릭스가 고개를 돌려 자신의 아들을 바라보았다.

"글쎄. 이유는 조금 더 지켜보면 알겠지."

펠릭스는 모호한 말을 남긴 후, 저택으로 들어섰다. 정원에 홀로 덩그러니 남은 메이슨은 펠릭스의 뒷모습을 눈으로 좇다가 앞을 바라보앉다.

앨버트의 지시에 따라 사람들이 팔을 걷어붙이더니 우르르 몰려가 흩어진 돌들을 주워 정리하는 등 일을 시작했다.

저들이 대체 왜…….

잠시 고민하던 메이슨은 이유를 알 것 같아서 눈을 가늘게 떴다.

……아마도 공작 집안인 우리에게 잘 보이려고 그러는 거겠지.

메이슨은 그렇게 생각하며 고개를 돌렸다.

하루가 지나서야 메이슨은 이번에 몰아친 비바람으로 영지 곳곳의 피해가 막심하다는 걸 알았다. 하인을 통해 들은 바로는, 집이 무너진 영지도 있고, 쏟아지는 비로 물에 잠긴 곳도 있다고 했다.

심각한 피해였다. 그러나 메이슨을 생각에 잠기게 한 건, 끔찍한 피해상황이 아니었다. 며칠째 보이는 수습현장이었다.

영지민들을 포함한 빈민들은 그들의 마을을 돌보기보다 먼저 공작저로 달려왔다. 자신의 집이 더 중요할 텐데 무너진 공작저의 돌담을 정리하고 있었다.

대체 왜?

메이슨은 여전히 이해가 안 된다는 얼굴로 창밖을 바라보았다. 아무리 공작가에 잘 보이고 싶다고 하더라도, 자신의 무너진 집까지 내팽개쳐가면서 올 일은 아니었다.

더군다나 한두 사람도 아니고 셀 수도 없이 많은 인원이 몰려들었다. 그들은 자체적으로 순번을 짜서 참여했다. 저렇게 많은 인원이 몰려오면, 공작가문 사람들에게 눈도장 찍히기도 힘들다.

결론은 별 볼일 없는 시간낭비라는 소리였다. 그런데도 사람들은 군말 없이 꾸준히 찾아와 저택의 돌담과 무너진 부분을 알아서 정리했다.

그 덕에 수리에 최소한 열흘 이상 걸릴 거라는 예상과 달리, 닷새도 채 되지 않아 막바지에 달했다.

수리가 끝나는 날, 메이슨은 발코니에 서 있었다. 바람을 쐬며 돌담이 마무리되는 광경을 지켜보고 있었다.

여전히 이해가 되지 않았다. 저들은 왜 저러는 걸까?

곁으로 다가오는 발소리를 들은 메이슨이 고개를 돌렸다. 펠릭스였다.

"공사가 끝이 났네요, 아버지."

펠릭스가 고개를 끄덕였다.

"이제 저들이 돈을 요구하겠군요. 아마도 저들은 자신의 집을 고칠 비용을 받으려고 저러는 거겠죠."

메이슨이 뻔하다는 투로 말했다.

"지켜보면 알겠지."

펠릭스가 팔짱을 낀 채 대문을 바라보았다. 앨버트에게 우르르 달려가 구걸할 거라는 예상과 달리 사람들은 꾸벅 인사를 한 후 돌아섰다.

메이슨의 눈이 커졌다. 자신이 잘못 본 게 아닌가 싶었다.

"이미 저들에게 지불이 끝난 건가요?"

메이슨이 그럴 리 없다는 듯한 표정으로 펠릭스를 바라보았다. 펠릭스의 시선은 여전히 먼 곳을 향하고 있었다.

"아니. 저들은 처음부터 돈을 요구하지 않았어. 오히려 네 어머니가 준다는 돈도 거절했지."

"......!"

메이슨이 놀란 얼굴로 펠릭스를 쳐다보았다. 한 박자 늦게 펠릭스가 메이슨을 바라보았다.

"저들은 모두 네 어머니 덕분에 새로운 삶을 살게 된 사람들이다. 글로리아가 세운 고아원에서 자란 사람, 교육을 받고 있는 사람, 생계가 위험할 때 빵과 우유를 얻어먹은 사람, 치료받은 사람들……. 이번 재난으로 그들은 자신들의 집을 다 내팽개치고 이곳까지 달려왔단다. 왜 그랬을 것 같으냐?"

"......"

메이슨이 대답하지 못한 채 멍하니 펠릭스를 바라보았다. 머리가 굳은 것처럼 아무 생각도 나지 않았다.

"저들은 은혜를 갚고 싶었던 거거든. 자신들에게 희망을 준 네 어머니에게."

"......"

"저들이 받은 건 단순한 빵이나 치료나 교육이 아니야. 자신도 사람 대접을 받을 수 있고, 더 나은 삶을 살 수 있을 거라는 희망이지."

"......!"

펠릭스의 말에 메이슨이 마른침을 꼴깍 삼켰다.

"네 어머니가 한 행동이 어찌 보면 도움이 안 되는 것처럼 보인다는 건 알아. 시간과 돈은 많이 드는 반면, 투자에 비해 회수되는 것은 별로 없는 것처럼 보이니까. 하지만 네 어머니는 처음부터 저들에게 투자한 비용만큼 돈을 벌길 원한 적이 없었단다."

"......"

"단지, 조금 더 가진 사람으로서 또 다른 사람에게 해야 할 일을 한다고 생각했을 뿐."

"……."

"네 어머니는 의도치 않은 행동이지만 결국은 그렇게 사람을 벌고 있었던 거란다. 돈보다 구하기 힘든 사람을 말이지."

"……."

"언젠가 네 어머니가 그러더구나. 돈은 사람을 편안하게 만들지만, 사람은 사람을 행복하게 만든다고. 그래서 자신은 사람이 좋다고."

펠릭스는 메이슨을 물끄러미 바라보았다. 그는 충격을 받은 듯 멍한 얼굴이었다.

펠릭스는 이 정도만 말해줘도 메이슨이 충분히 알아들을 거라고 생각했다. 설령 알아듣지 못한다고 해도 상관없었다. 언젠가는 이 말을 이해할 날이 오게 될 것이다. 자신이 그랬던 것처럼.

"가봐야겠구나."

펠릭스는 메이슨의 머리를 쓰다듬어준 후, 발코니 문을 열고 안으로 들어갔다. 발코니에 홀로 남은 메이슨은 다시금 시선을 앞으로 돌렸다.

자신의 어머니가 하인들을 대동한 채 정원을 가로질러 걸어가고 있었다. 뒤늦게 그녀를 발견한 사람들이 바닥에 코가 닿을 듯이 고개 숙여 인사를 했다.

글로리아를 발견한 사람들의 표정은 한결같이 밝았다. 방금 전까지 고된 공사를 한 사람들 같지 않았다.

글로리아가 손짓하자 하인들이 무언가를 내밀었다. 그녀는 고생한 사람들의 손에 직접 빵과 우유를 쥐여주었다. 사람들은 빵과 우유보다도 글로리아의 얼굴에서 눈을 떼지 못했다. 몇몇은 울음을 터트렸고, 글로리아는 그들의 어깨를 토닥여주었다. 먼지가 잔뜩 묻고 더러운 옷임에도, 개의치 않았다.

「……결국은 그렇게 사람을 벌고 있었던 거란다.」

아버지의 말이 귓가에서 웅 하고 울렸다.

그사이 머릿속으로 자신이 보았던 것들이 스쳐지나갔다.

글로리아가 아프다고 하자 득달같이 달려온 제너 부인, 황실 의사를 보내준 황태자비, 글로리아 대신 죽을 수 있다고 말한 이사벨라, 저택이 부서지자 자신들의 집도 등진 채 달려온 사람들까지…….

그러고 보면 어머니 곁에는 그녀를 돕고자 하는 사람들이 많았다.

그랬구나.

자신의 어머니는 자신이 감히 가늠할 수 없을 정도로 대단한 사람이었다. 자신이 그 뜻을 헤아리지 못했을 뿐이었다.

사람들에게 빵과 우유를 나눠준 글로리아가 돌아섰다. 발코니에 있는 그를 발견한 글로리아가 손을 흔들었다. 메이슨도 똑같이 손을 흔들어 보였다.

그러자 글로리아가 눈부신 햇살 속에서 환하게 웃었다. 햇살보다 밝고, 풀잎보다 싱그러웠다.

그의 눈에 자신의 어머니는 늘 아름다웠다. 그러나 지금처럼 아름다워 보인 적은 없었다.

메이슨의 얼굴에 환한 미소가 맺혔다.

"오셨습니까."

미들턴 백작가의 집사인 아드리안이 허리를 굽히며 자신의 주인에게 인사했다. 평소보다 늦은 귀가였다.

"응."

늘 그렇듯, 딸인 글로리아의 저택에 다녀온 미들턴 백작의 얼굴은 한없이 밝았다. 어두운 밤이 밝아진다고 느껴질 만큼.

미들턴 백작은 얼굴만큼이나 가벼운 발놀림으로 저택으로 들어섰다. 그가 들어서자 미리 대기 중이던 시종들이 다가와 그의 망토를 조심스럽게 벗겨 챙겨들었다.

"식사는 어떻게 하시겠습니까?"

아드리안이 물었다.

"들고 왔으니 신경 쓰지도 않아도 된다네."

"알겠습니다. 그럼 목욕물을 준비하겠습니다."

"그래. 그러도록 해."

미들턴 백작이 고개를 끄덕였다. 아드리안은 고개를 숙인 후 조용히 돌아섰다.

후우.

그는 소리 없는 한숨을 삼켰다. 남들 눈에 띄지 않을 만큼 표정이 풀어졌다.

오늘은 운 좋게 모처럼 빨리 퇴근할 수 있을…….

"아! 아드리안."

미들턴 백작의 부름에 아드리안이 우뚝 멈춰 섰다. 싸한 기분이 등골을 훑고 지나갔다.

"네."

그러나 능숙한 집사답게 자신의 감정을 최대한 감춘 채 미들턴 백작을 바라보았다. 충성스러운 눈빛을 보내는 것도 잊지 않았다.

"이거 보게나."

미들턴 백작이 쥐고 있던 무언가를 들어 보였다. 꽃 한 송이였다. 그것도 들꽃이었다. 꽃을 별로 좋아하지 않는 미들턴 백작이 꽃 한 송이를 소중하게 보관하고 있다는 건 한 가지 이유밖에 없다.

"소피아가 날 생각하며 꺾은 거라고 주더구만."

역시나.

아드리안은 자신의 짐작이 맞아떨어졌다는 걸 알았다.

"세상에나, 곱기도 하지. 이런 어여쁜 걸 보자마자 날 떠올렸다니. 소피아가 날 얼마나 생각하는지 자네는 짐작이나 하겠나? 응? 길을 가다가도 날 생각했다는 증거란 말이야."

미들턴 백작이 함박웃음을 지으며 말했다. 그러고는 조심스럽게 쥐고 있던 꽃을 살랑살랑 흔들며 뿌듯한 표정을 지었다.

"들꽃이라니. 정말 예뻐. 이렇게 예쁠 수가 없어."

누가 보면 금으로 만든 꽃이라도 받은 게 아닐까 착각할 만큼 좋아서 어쩔 줄 모르는 얼굴이었다. 그런 백작을 보는 아드리안의 속내는 복잡했다.

얼마 전에 들꽃 보기 싫다고 정원을 싹 밀어버리라고 한 게 누구였더라…….

아드리안은 차마 뱉지 못할 말을 삼켰다. 미들턴 백작은 아드리엔에게 크고 화려한 게 좋다며 들꽃을 모조리 뽑아버리고 그 자리에 화려한 꽃들을 심게끔 했다. 화려한 꽃정원을 만들자며 정원사를 열 명넘게 불러들어 대공사를 했다. 그 화려한 꽃정원도 글로리아와 소피아가 놀러왔을 때 보여주기 위해 만든 것이었다.

아드리안은 한숨이 나오려 했으나 이런 적이 한두 번이 아니었기에 능숙하게 표정을 감추었다.

미들턴 백작은 글로리아의 집에 다녀오면 한동안 구름 위에 둥둥 떠다니는 사람처럼 좋아서 어쩔 줄 몰라 했다. 특히 소피아가 열 살이 넘어가면서 애교가 더욱 늘고 할아버지를 살뜰히 챙기기 시작하면서 더욱 상태는 심각해졌다.

얼마 전에는 소피아가 긴 편지를 써서 주었는데, 그 편지를 받은 미들턴 백작은 사흘 내내 조울증 증상을 보였다. 편지를 보다 말고 '세상에나, 소피아가 세상에서 가장 사랑하는 사람 중 한 사람으로 나를 꼽았어.'라며 함박웃음을 짓다가, 밤이 되면 그 편지를 보며 눈물을 뚝뚝 흘렸다.

「이 어린 걸 두고 내가 먼저 가야 하다니.」

누가 보면 죽음을 목전에 둔 사람으로 오해할 만큼 가슴 아파했다. 그러다 또 얼마 지나지 않아 '그나저나 이 문장은 열 살의 필력이 아니야. 소피아는 어쩌면 대단한 문인이 될지도 모르겠어.'라 감탄했다.

폭풍급의 감정변화에 어떻게든 맞춰보려고 했던 아드리안은, 어느 순간 깨달았다. 미들턴 백작이 저럴 땐 그냥 내버려두는 게 현명한 행동이라는 것을. 그는 공감과 감탄을 바라는 게 아니다. 그냥 혼자 떠드는 거였다. 실제로 아드리안이 아무런 반응을 보이지 않아도 백작은 전혀 개의치 않았다.

그는 오랜 시간이 지나 모든 감탄과 슬픔의 감정을 관통한 후에, 마지막으로 결정을 내렸다.

「소피아에게 줄 선물을 마련해야겠어. 겸사겸사 글로리아 것도 준비해야지.」

결국은 가산 탕진으로 이어지는 끝을 맺고서야 미들턴 백작의 감정은 안정기에 접어들었다. 아드리안은 처음엔 아주 잠깐 자신의 주인이 미친 게 아닐까 고민했지만, 다행스럽게도 백작은 딸과 손주들의 일을 제외하곤 침착함을 아주 잘 유지하고 있었다.

재산 또한 증가 속도를 꾸준히 유지하고 있었다. 가족들의 만류도 있어서 타국으로 직접 물품을 구하러 가는 일은 더 이상 하지 않지만, 뛰어난 안목은 여전해서 샘플로 상품이 들어오면 그가 직접 선별해 유통을 진두지휘했다. 그 덕에 펑펑 써도 재산에는 부족함이 없었다.

"정말 소피아는 주변 사람을 살뜰히 챙기는 아름다운 아이야. 글로리아를 쏙 빼닮았지."

미들턴 백작의 말에 아드리안은 미소를 짓고 있었지만, 동의할 수 없었다. 글로리아는 대단하고 아름다운 여성이지만 소피아처럼 애교가 많지는 않았다. 모녀는 서로 정반대의 성격이었다.

아드리안이 무슨 생각을 하거나 말거나, 미들턴 백작은 이후로도 선 채로 계속 말을 이어갔다. 이대로 가다간 날 샐지도 모른다는 불안함에, 틈을 노리고 있던 아드리안이 재빠르게 입을 열었다.

"백작님, 정말 소피아 님께선 대단하신 것 같습니다."

"그렇지?"

"또 소피아 님을 만나시려면 컨디션 조절을 하시는 게 어떨까 싶군요. 목욕물을 준비하겠습니다. 취침시간이 늦을까 봐 걱정됩니다."

"아, 그렇군. 그래, 그래야지. 누구보다 건강해야지."

고개를 끄덕인 미들턴 백작이 마침내 놀아서서 2층으로 향했다. 아드리안은 안도했다.

평소보다 일찍 퇴근하지는 못하지만, 그렇다고 늦게 퇴근하지는 않겠…….

"아! 아드리안."

"네, 백작님."

아드리안이 고분고분하게 대답했다.

"목욕물을 준비하고 차를 내어오게나."

"알겠습니다."

"자네 것도 함께."

"……."

"아무래도 오늘 하루쯤은 늦게 자도 괜찮을 것 같아. 오늘 할 이야기가 아주 많아. 소피아가 얼마나 똑똑해졌는지 말해주겠네. 아! 그리고 글로리아가 마침내 내가 주는 선물을 받고 함박웃음을 지은 이야기도 해주겠네."

아니, 별로 궁금하지 않습니다만…….

그 말이 목끝까지 치밀어올랐다. 누가 툭 치면 튀어나올 정도였다. 그래서 아드리안은 입을 더욱 꽉 다물었다.

아드리안의 그런 심정 따위 아랑곳하지 않고 미들턴 백작은 해맑은 표정으로 돌아섰다. 2층으로 우아하게 올라가는 미들턴 백작의 뒷모습을 바라보던 아드리안이 입술을 꽉 깨물었다.

……오늘도 퇴근은 글렀군.

아드리안의 표정이 암울해졌다.

"집사님."

시종이 아드리안에게 다가왔다. 시킬 일이 있냐는 암묵적인 물음이었다. 그러다 침울해진 아드리안의 표정을 본 그가 "집사님?" 하고 한 번 더 불렀다.

"……가서 목욕물을 준비하게."

"알겠습니다. 그런데, 저…… 괜찮으시죠? 얼굴이 안 좋아 보이십니다. 어디 아프신 거 같기도 하고……."

"아마도 괜찮을 거야."

"네?"

무슨 말이냐는 듯 시종이 되물었다.

"아닐세. 가는 길에 주방에 들러 샌드위치를 부탁한다고 전해줘. 내가 먹을 거라고 하면 특별히 크게 만들어줄 거야."

"이 시간에 뭐 안 드시잖아요."

"오늘은 왠지 밤이 길 것 같아서 말이야."

아드리안은 그 말을 한 후 돌아섰다. 밤새 귀에 딱지가 앉도록 소피아라는 이름을 듣고 앉아 있으려면 샌드위치로 속을 든든히 채워둬야

한다.

"후우."

아드리안은 참았던 한숨을 길게 내쉬었다.

주인의 행복은 내 행복이겠거니…….

아드리안은 달관한 표정으로 백 번쯤 가슴속에 새긴 그 말을 속으로 중얼거렸다.

"……이만 가보도록 하겠습니다."

자리에서 일어난 아드리안의 얼굴이 몇 시간 만에 수척해졌다.

"그래. 알겠네. 아쉽지만 남은 이야기는 내일 하도록 하지. 내일은 글로리아가 내게 얼마나 살갑게 대하는지에 대해 이야기해주겠네."

"……."

"아드리안?"

왜 대답이 없냐는 듯 미들턴 백작이 물어왔다. 마음 같아선 듣고 싶지 않다고 말하고 싶지만 천진난만한 백작의 표정을 보고 있자니 차마 그 말이 나오지 않았다.

「이제 이 나이가 되니 자네가 내 친구처럼 느껴지는구만.」

언젠가 백작이 흘러가듯 그런 소릴 하기도 했고. 실제로 굉장히 많이 챙겨주는 편이라 그런 백작의 마음에 상처를 낼 수는 없었다.

"……몹시 기대됩니다, 백작님."

아드리안의 말에 미들턴 백작은 흡족한 얼굴로 고개를 끄덕였다.

"그래."

"그럼 저는 이만……."

아드리안이 비틀거리며 돌아섰다.

"어디 아픈가? 의사를 부르도록 하지."

백작의 걱정스러운 표정에 아드리안은 고개를 가로저었다.

의사도 못 고칠 겁니다. 백작님 때문이니까요…….

차마 그 말까지는 못 한 아드리안은 괜찮다는 말을 한 후, 백작의 방을 벗어났다.

백작 홀로 남자 방 안이 고요했다. 공작의 저택에 있던 동안 소란스러웠던 일들이 꿈이었다고 느껴질 만큼의 무거운 고요함이었다. 자리에서 일어난 미들턴 백작은 미지근하게 식은 찻잔을 들고 벽 앞에 섰다.

화려하게 꾸며진 백작가의 벽면 한가운데, 액자가 걸려 있었다. 검은 머리카락에 두툼한 턱, 일자로 뻗은 눈, 얼굴을 가로지르는 주근깨가 돋보이는 여자의 초상화였다.

"캐서린."

미들턴 백작의 애틋한 시선이 초상화에 가 닿았다. 그는 들고 있던 찻잔을 만지작거렸다. 그는 매일 밤 잠들기 전, 캐서린의 초상화 앞에 서서 무슨 일이 있었는지 말하곤 했다.

"오늘은 말이야, 소피아가 할머니에 대해 묻더군. 캐서린이 어떤 사람이었는지……. 늘 캐서린을 생각하면서도 막상 어떤 사람이었냐고 질문을 받으니 뭐라고 대답해야 할지 모르겠더라고."

그 어떤 말도 캐서린을 담아낼 수 없다는 걸 알기에 그랬는지도 모른다.

"말문이 막히더군. 그러니까 소피아가 그럼 어떻게 만났냐고 묻더군. 그래서 이야기해줬어."

천천히 말을 잇는 미들턴 백작의 입꼬리에 옅은 미소가 맺혔다.

"오랜만에 당신을 어떻게 처음 만났는지 떠올렸어."

눈가가 접히도록 나른한 미소를 지은 미들턴 백작은 아주 오래전의 일을 떠올렸다.

40년 전, 미들턴 백작가의 홀에 친인척이 모두 모였다.

"미들턴 백작의 작위를 벤저민에게 물려준다. 헤레이스에겐 150테인을 유산으로 남긴다. 백작가의 모든 권한과 재산은 벤저민이 소유한다."

미들턴 백작의 유언이 공표되었다. 황실 소속 작위권 담당자의 말을 끝으로 실내에 잠시 침묵이 흘렀다. 사람들의 시선이 한 방향으로 쏠렸다. 그곳엔 헤레이스와 벤저민이 나란히 서 있었다.

흑발의 벤저민과 금발의 헤레이스.

흑발의 벤저민은 웃음을 꾹 참고 있었고, 헤레이스는 속을 알 수 없는 표정으로 앞만 바라보고 있었다.

머리색이 확연히 차이 나는 것에서 추측할 수 있듯이, 두 사람은 어머니가 달랐다. 뼛속까지 귀족인 벤저민과 달리 헤레이스의 어머니는 절반만 귀족이었다. 평민과 귀족 사이에 태어난 여인으로, 귀족가에서 인정받지 못했다. 그 꼬리표가 헤레이스에게까지 달라붙어 따라왔다.

귀족이긴 하지만 귀족이 아닌 녀석.

헤레이스는 어렸을 적부터 그 말을 들으며 자라났다. 그 꼬리표를 떼어내기 위해 그는 최선을 다했다. 유통업에 재주를 가진 백작을 따라다니며 악착같이 일을 배웠다. 아무리 험한 일도 마다하지 않고 가장 먼저 나서서 했다. 그럴 때마다 미들턴 백작은 헤레이스를 흐뭇한 표정으로 바라보며 칭찬했다.

「열심히 하는구나. 노력하면 대가가 따라올 거다. 넌 아주 잘하고 있어.」

칭찬에 힘입어 더욱 열심히 했다. 이렇게 하면 아버지의 인정을 받을 줄 알았다. 작위까진 이어받지 못하겠지만, 적어도 대륙에 촘촘하게 뻗어 있는 유통망의 일부분은 얻을 줄 알았다. 그러나 자신의 몫으로 떨어진 건 150테인이 전부였다.

귀족가가 1년간 먹고사는 금액이 25테인이니, 6년간 생활할 수 있는 돈이었다. 언뜻 들으면 꽤 큰 금액 같지만 저택 하나 구입하면 끝날 돈이었다. 그야말로 자그마한 저택 하나 먹고 떨어지라는 뜻이었다.

금발에 새하얀 피부를 가진 헤레이스는 조용히 어금니를 깨물었다. 주먹이 부들부들 떨리려는 걸 간신히 참았다.

그들을 지켜보던 일가친척들이 일제히 벤저민의 주위로 몰려들었다. 그들은 벤저민을 한껏 추켜세웠다. 자신들에게 떨어질 콩고물을 바라듯이.

"네가 될 줄 알았다."

"그래. 네 아버지가 옳은 선택을 한 거야. 나한테 네 칭찬을 얼마나 하던지……."

"무엄하군요. 본격적으로 공표되었으니 이제 벤저민은 미들턴 백작님이나 다름없는 겁니다. 말을 높이셔야지요."

"암, 그래야지요."

누군가가 그렇게 소리치자 모두들 벤저민 미들턴 백작님, 이라고 부르기 시작했다. 그 소리가 메아리처럼 퍼져나갔다. 모두들 벤저민의 관심을 구걸했다. 그러나 벤저민이 가장 먼저 관심을 보인 건 구름떼처럼 몰려든 인파가 아니었다.

"헤레이스."

벤저민의 부름에 헤레이스가 고개를 들었다.

눈이 부신 금발에 새하얀 얼굴, 높은 콧대와 그린 듯이 일자로 뻗은 붉은 입술은 웬만한 여자보다 훨씬 아름다웠다. 거기다가 묘하게 색기 있는 냉랭한 분위기까지 갖추고 있었다. 그 탓에 사람들은 헤레이스를 한 번 보면 기억에서 쉽사리 지우지 못했다. 사람들은 헤레이스를 좋아했고, 벤저민에게 '멋진 동생을 두셔서 좋겠어요.'라는 말을 늘어놓았다.

그러나 벤저민은 저 아름다운 얼굴을 찢어버리고 싶었다. 헤레이스의 지나치게 아름다운 외모에 자신은 늘 피해를 입어야 했다.

「동생은 아름다운데, 형은 어째서 저렇게 생긴 거지?」

「어머니가 다르다잖아.」

「아, 그래서 그렇구나…….」

꽤 준수한 외모를 가졌음에도 항상 헤레이스와 비교당해 못난이 취급을 당했다. 거기까진 어떻게든 참을 수 있었다.

자신이 좋아하는 여자가 헤레이스에게 관심을 보이기 전까지만 해도.

자신의 구애에도 아랑곳하지 않던 여자는 헤레이스를 보자마자 첫
눈에 반한 사람처럼 굴었다. 도도하기 그지없던 그녀가 헤레이스에게
먼저 다가가 손편지를 주는 걸 보자마자 눈앞이 핑 돌았다. 더욱 참을
수 없었던 건, 그 편지를 매몰차게 거절한 헤레이스의 태도였다.

헤레이스를 따로 불러낸 벤저민은 화를 냈다. 여자를 그렇게 욕보
이는 건 신사의 태도가 아니라고 말하자, 헤레이스는 늘 그렇듯 고요
한 얼굴로 대꾸했다.

「전 그 여자에게 관심 없으니 안심하시죠.」
「......!」

마치 속내를 꿰뚫어 본 것처럼 그 말만 남긴 후, 헤레이스는 자리를
떴다. 그때 느꼈던 모멸감과 수치심은 지금도 벤저민을 견딜 수 없게
만들었다.

하지만 그래봤자다.

저렇게 인물이 좋아봤자, 결국은 저 꼴이 될 것을.

벤저민은 빈정거리는 미소를 지은 채 헤레이스를 바라보았다.

"아버지를 개처럼 쫓아다니며 꼬리를 흔들더니 그것 참 안되었구
나. 그렇게 내가 말하지 않았니? 쓸모없는 짓은 하지 말라고. 한심한
놈."

"......."

벤저민의 조롱에 헤레이스의 표정이 딱딱하게 굳었다. 벤저민은 품
에서 작은 주머니를 꺼내 헤레이스에게 내밀었다.

"150테인을 받아갈 테지만, 그걸로 턱없이 부족하겠지. 난 하나뿐인 동생을 그렇게 매몰차게 내쫓지 않는단다. 이걸 받아가렴."

벤저민의 손에 들린 작은 주머니를 바라보았다. 작게 열린 틈으로 금화가 보였다. 헤레이스가 손을 뻗었다.

툭.

벤저민의 손에 있던 작은 주머니가 바닥으로 떨어졌다.

"이런, 떨어졌군. 요즘 손에 힘이 없어서 말이야."

명백한 조롱이었다.

"조심히 잘 들고 가려무나. 되도록 짐은 오늘 중으로 빼고 말이다."

벤저민이 킬킬거리며 헤레이스를 스쳐지나갔다. 그를 뒤따라 사람들이 우르르 빠져나갔다. 사람들은 벤저민의 비위를 맞추기 위해 헤레이스의 욕을 했다. 순식간에 홀이 고요해졌다. 집사와 하녀들마저 다 빠져나간 후, 헤레이스는 눈을 내리깔아 떨어진 주머니를 바라보았다.

두고 갈까.

하지만 자존심은 돈을 만들어주지 않는다.

그는 허리를 굽혔다. 그의 손이 작은 주머니를 꽉 움켜쥐었다. 손끝이 하얗게 질리도록 힘을 준 채 그는 그 자리를 벗어났다.

헤레이스 미들턴은 백작가에서 더 이상 살 수 없게 되었다. 유언장에는 그의 거취에 대해 적혀 있지 않았다. 벤저민은 헤레이스를 내쫓았고, 헤레이스 또한 그 저택에 더 머물고 싶지 않았다. 그는 괜찮은 저택을 구입하는 대신 내실 있는 작은 집을 구한 후, 일을 시작했다. 처음엔 예전에 함께 일했던 무역상들을 찾아갔다. 그들은 벤저민에게서 무슨 말을 들은 건지 일제히 헤레이스와 일하기를 거부했다.

"미안해."

그들은 눈을 피했다. 자신을 부담스러워하는 게 느껴졌다. 어쩔 수 없이 헤레이스는 가진 자금을 다 털어 작은 거래상을 열었다.

괜찮은 물건을 저렴한 금액에 사들여 보수, 수리한 후 좋은 가격에 다시 판매했다. 안목이 뛰어난 그는 사람들이 가치를 모르고 처분하는 물건들을 싼값에 사들였다. 예전에 한번 해보고 싶다고 생각했지만 쉽게 하지 못했던 일이었다.

귀족들을 알고 지낸 것도 사업에 큰 도움이 되었다. 그는 자신이 가진 인맥을 이용해 그들이 버리려는 물건들을 모조리 받아왔다. 깨끗하게 수선하고 잘 손질한 물건들은 순식간에 판매되었다. 구매자들은 돈 있는 평민일 거라는 예상과 달리 작위만 있고 형편이 어려운 귀족들이었다.

파티나 연회가 열리기 직전에는 주문이 쇄도했다. 그들이 가장 많이 찾는 건 괜찮은 드레스였다.

이미 다른 귀족들이 입은 데다 사이즈가 다른 드레스를 사가서 무얼 할 거냐는 헤레이스의 물음에 영애는 수줍은 듯 말했다.

"수선해서 입을 거예요."

영애의 말에 잠시 고민하던 헤레이스는 얼마 후, 수선사를 고용했다. 드레스를 수선하는 동시에 살짝 디자인을 바꿔 비밀리에 재판매해 꽤 높은 수익을 올렸다.

그렇게 시작한 사업은 조금씩 확장되었다. 그는 일면식도 없는 귀족가를 찾아가는 데 주저하지 않았다. 머뭇거려봤자 사업에 별 도움이 되지 않는다는 걸 알고 있었다.

헤레이스에 대한 사람들의 태도는 제각각이었다. 그의 소문을 건너 들은 사람들은 동정, 연민의 시선을 던졌다. 조롱하는 이도 있었고 무시하는 이들도 있었다.

"귀족이 상인도 안 할 짓을 하는군."

"쓰레기를 받아 판다니……. 나는 그런 자존심 없는 귀족과는 말을 섞지 않네."

"정신 차려, 헤레이스. 돈 때문에 귀족의 자존심까지 파는 건가?"

사람들은 헤레이스의 면전에 대고 욕을 하며 화를 냈다. 귀족 열 명 중 아홉은 대체로 그런 반응이었다. 개중에는 드물게 진지하게 거래를 하는 사람들도 있었지만, 그것도 한두 번이면 끝이 났다. 다른 귀족들로부터 압박을 받는 모양이었다.

아주 가끔 먼저 연락이 오는 경우가 있었다. 그 경우, 연락한 사람들은 귀부인이나 영애들이었다. 처분할 물건이 있다는 말에 달려가보면 이상한 제안이 뒤따랐다.

"제 말만 잘 들어주면 돈 걱정은 하지 않고 살 수 있을 거예요, 헤레이스 미들턴."

중년부인의 애인 제안이라거나,

"저와 데이트해주세요. 그럼 필요하신 만큼 돈을 드릴게요. 얼마가 필요하세요?"

철없는 영애의 도발.

"……예전부터 좋아했어요. 저와 결혼하시면 작위를 받을 수 있을 거예요. 그러니 저와 결혼해주세요."

처음 보는 영애의 프러포즈.

그런 것들뿐이었다.

제안을 거절하면 돌아오는 건 비난 혹은 협박, 매달리기 같은 것들이었다.

지겨웠다. 자신의 얼굴만 보고 달려들다니. 자신이 어떤 사람인지도 모르면서.

그는 더 이상 영애나 귀족 부인에게서 먼저 연락이 오면 가지 않았다. 그렇다고 영영 이렇게 지낼 순 없는 노릇이었다.

잠시 고민하던 헤레이스는 집사들을 공략하기 시작했다. 귀족들이 버린 물건을 처분하는 건 집사의 역할이라는 게 떠올랐다. 귀족인 헤레이스의 부탁을 부담스러워하던 집사들은 어쩔 수 없이 거래를 시작했다.

집사의 연락이 오면 헤레이스는 정해진 시각에 늦지 않게 찾아갔다. 처분하기 곤란한 물건들을 직접 찾아와 싹 수거해가고 돈까지 준다고 하니 집사들 사이에서 입소문이 퍼지기 시작했다. 점점 의뢰가 들어오기 시작했다. 그 외에 다른 도시와의 거래도 시작했다. 다른 도시에서 나온 드레스나 물품이 더 빨리 팔린다는 점을 알아챈 덕이었다.

그의 사업은 몇 해 만에 어느 정도 자리를 잡았다. 하지만 여전히 그가 하고 싶은 일을 하기엔 턱없이 부족했다. 이렇게 가다간 평생 거래만 하다가 죽을 것 같았다.

이래선 안 돼. 다른 게 필요해.

고민하던 그의 시선이 무심코 책상의 귀퉁이로 향했다.

[B로부터]

익명의 편지가 놓여 있었다.

[만나고 싶습니다. 절대로 손해 보시진 않을 거예요.]

정갈한 글씨로 적힌 문장. 그것이 전부인 편지.
벌써 아홉 통째인 편지였다.

헤레이스는 턱을 괴고서 창밖을 바라보았다. 하얀 얼굴로 눈부신
햇살이 내려앉았다. 눈을 반쯤 내리뜨자 얼굴 위로 속눈썹의 그림자
가 드리웠다.
톡, 톡.
그의 손끝이 뺨을 두드렸다.
'……지금이라도 돌아갈까?'
충동적인 결정이었다. B의 익명편지에 '저 또한 만나 뵙고 싶습니
다.'라고 대답한 것은.
언제까지나 중고거래만 하고 있을 순 없었다. 그에겐 기회가 필요
했고, B의 편지가 어쩌면 그 기회일지도 모른다고 생각했다.
그런데 지금 생각하니 자신이 미쳤구나 싶었다. 어쩌면 덫일 수도
있겠다는 생각이 이제야 들었다. 그것도 아니라면 자신을 골탕 먹이
려는 벤저민의 장난일 수도 있었다. 워낙에 벤저민은 악질적인 장난
을 좋아했으니까.
시간이 흘러갔다. 약속시각이 넘어가자, 헤레이스의 생각이 달라
졌다. 차라리 장난에 걸린 편이 낫겠다 싶었다.
주인도 없는 빈 별장에 홀로 덩그러니 있자니 조금 섬뜩한 기분마

저 들었다.

B가 보낸 마차를 타고 온 탓에 이곳이 어딘지 정확히 알지도 못했다. 만남을 요구한 B는 자신이 말한 약속장소에서 비밀리에 접선하길 바랐다. 거부감이 들어서 둘러 거절하자, B는 충분히 좋은 제안이니 다시 생각해달라는 답변을 보내왔다. 고민 끝에 오긴 했는데, 어쩐지 실수한 것 같았다.

이대로 여기에 갇힌 거라면?

"흐음."

무심코 크게 숨을 들이마시고 내쉬던 헤레이스가 멈칫했다. 공기 중에서 희미한 물감냄새가 났다. 별장이라기보단 작업실처럼 느껴졌다.

아무래도 닫힌 방문 중 한곳에서 그림 작업이 이루어지는 듯했다.

이런 데서 보통 사건이 생기지 않나.

헤레이스가 실없는 생각을 할 때였다.

똑똑, 똑똑, 똑똑.

노크가 빠르게 두 번씩, 연달아 세 번 이어졌다. B가 왔다는 신호였다. 기다렸지만 나타나서 문을 열어주는 하녀는 없었다. 황당하다는 표정을 지으며 헤레이스는 직접 문을 열었다. 그러자 망토를 덮어쓴 사람이 불쑥 들어왔다. 흠칫한 헤레이스가 한 걸음 물러섰다. 자신의 가슴께까지 오는 자그마한 체구의 여자였다.

안도와 함께 여자라는 생각에 피곤함이 몰려왔다.

여자와 엮여서 좋았던 적이 없으니까.

"늦어서 죄송해요."

모자를 벗자 여자의 얼굴이 드러났다. 새까만 머리카락에 하얀 얼굴을 가진 여자였다. 여리여리하고 부드러운 인상의 소유자였다.

헤레이스는 와락 얼굴을 구겼다. 그는 이 여자가 누군지 알고 있었다.

캐서린 보덴.

보덴 후작가의 둘째 딸이다. 보덴 후작이 무척 아끼는 딸이라고 했다. 다른 사람도 곤란하지만, 이 여자와는 특히 엮이고 싶지 않았다. 딸이라면 눈이 뒤집힌다고 소문이 자자한 보덴 후작이었다.

헤레이스는 난처한 표정으로 눈앞의 캐서린 보덴을 바라보았다.

이번엔 또 뭐려나. 프러포즈거나 애인 요청이겠지. 그것도 아니면 신박한 또 다른 제안이 나올시노 모르겠다.

어느 쪽이든 피곤한 건 마찬가지였다. 헤레이스가 가까스로 구겨지려는 얼굴을 참고 있을 때였다.

"늦어서 죄송해요. 앉으시죠."

여자가 자연스럽게 나무로 만든 테이블에 앉으며 맞은편 자리를 권했다.

"이야기가 빨리 끝났으면 좋겠군요."

헤레이스가 쌀쌀맞은 말투로 말하며 맞은편 자리에 털썩 앉았다. 그의 이런 태도에 불쾌감을 느낄 만도 하건만, 여자의 표정은 변함없었다. 신경 쓰지 않는 듯했다.

"그러도록 하죠."

덤덤하게 대꾸한 여자는 헤레이스를 쳐다보았다. 그러고는 본론을 꺼냈다.

"바쁘실 테니 만남을 요청한 목적만 말씀드릴게요. 그림을 익명으로 거래하고 싶어요. 제가 드리는 제안은 그림 거래 가격의 50퍼센트를 드리겠다는 거예요. 제겐 그 나머지 금액만 주시면 돼요."

뜬금없는 제안이었다. 헤레이스는 아까 맡았던 희미한 물감 냄새를 떠올렸다. 이곳은 이 여자의 작업실인 모양이다.

"왜 그 제안을 제게 하시는 겁니까?"

헤레이스가 딱딱한 표정으로 물었다.

"그림을 거래하기에 가장 적합한 인물이라서요."

"제가 말인가요?"

"네. 익명화가의 그림을 익명으로 거래하고 싶은데, 마땅한 사람이 헤레이스 영식님밖에 없더군요."

"……."

이건 또 웬 새로운 작업방식일까.

헤레이스는 한쪽 입술이 삐뚤어지려는 걸 간신히 참았다. 그렇게밖에 생각할 수 없었다. 이 여자의 그림 실력은 알 수 없지만 후작가의 인맥만 이용해도 그리는 족족 높은 가격에 팔려나갈 거다.

그런데 굳이 익명으로 거래를 해달라니?

"후작가에서 원한다면 충분히 화려한 데뷔를 할 수 있으실 텐데요?"

헤레이스가 말 같지도 않은 소리 하지 말라는 표정을 지었다.

"후작님의 반대가 심하세요. 전 계속 그림을 그리고 싶고요."

익명의 화가가 자신이라는 걸 캐서린은 숨기지 않았다.

"생각만큼 높은 가격을 받아다드리지 못할 텐데요?"

"상관없어요. 돈을 벌고 싶은 게 아니라, 제 그림이 멀리 퍼져나가길 바라는 것뿐이니까요."

"제가 지금이라도 후작님께 달려가 이 사실을 말하면 어쩌려고 이러시는 겁니까?"

"안 그러실 거라고 생각해요."

"뭘 믿고 그렇게 생각하시는 거죠?"

"헤레이스 영식님께 이득 될 일이 없을 테니까요. 이득 되지 않을 일엔 움직이지 않으시잖아요."

헤레이스는 눈앞의 캐서린을 똑바로 응시했다. 독한 말을 한 사람 치곤 캐서린은 덤덤한 표정을 짓고 있었다.

"……저에 대해서 많이 아시는 말투군요."

헤레이스가 한 박자 늦게 말문을 열었다.

"제 그림을 거래할 만한 사람을 오래도록 물색했으니까요. 어떤 성향의 사람인지 정도는 알고 거래를 시작해야 하잖아요? 저한테도 부담되는 일이니까요."

캐서린이 당연한 게 아니냐는 표정으로 대꾸했다.

"그러시군요. 하지만 이득 되지 않을 일이라는 말에는 동의 못 할 것 같군요. 후작님과 좋은 인연을 맺는 것만으로도 굉장한 이득이 될 테니까요."

"후작님에 대해선 소문을 들어 잘 아실 텐데요. 딸과 엮인 남자는 모두 싫어하신다는 걸요."

캐서린이 미소 지으며 대답했다.

그러니 아마 좋은 인연은 힘들겠죠.

한 박자 늦게 캐서린이 말을 덧붙였다.

헤레이스는 등받이에 등을 댄 채 뻬딱하게 앉았다. 우아함과 단정함을 미덕으로 아는 귀족들이 보기엔 천한 행동거지라 눈살이 찌푸려질 만하건만, 캐서린은 아무런 반응도 보이지 않았다.

헤레이스는 실눈으로 캐서린을 빤히 쳐다보았다. 캐서린도 지지 않고 그를 마주 보았다. 두 사람 중 누구도 시선을 피하지 않았다. 헤레이스는 캐서린의 생각을 꿰뚫을 것처럼 바라보았지만, 어떤 것도 읽을 수 없었다. 캐서린은 자신의 노골적인 시선에도 얼굴을 붉히거나 민망해하지 않았다.

오히려 그녀의 얼굴엔 약간의 기대감과 답변을 기다리는 긴장감, 시간이 무의미하게 흘러가는 것에 대한 약간의 지루함이 뒤엉켜 있었다.

여자한테서 이런 시선을 받는 건 오랜만이군.

헤레이스가 속으로 생각하며 입을 열었다.

"그림이 거래되길 바라는 이유는 뭡니까? 자금을 확보하려는 건 아닌 것 같고."

얼마가 될지도 모르는, 어쩌면 거래가 안 될지도 모르는 그림을 팔아서 돈을 만들려는 멍청이는 없을 거다. 아니, 있다 해도 적어도 눈앞의 여자는 아닐 확률이 높았다. 자신을 이 별장까지 소리소문 없이 데려오는 치밀함을 봐선 말이다.

"아까 말씀드렸다시피 제 그림이 널리 퍼졌으면 해서요."

"……."

"아주 먼 곳에 제 그림이 존재한다면, 그것만으로도 저는 행복할 것 같거든요. 저 대신 제 그림이 여행을 하는 거죠."

말을 하던 캐서린이 눈을 접으며 미소 지었다. 예의상 웃던 표정과는 확연히 달랐다. 진심이 듬뿍 담겨 있었다. 그러나 숱하게 여자에게 데었던 헤레이스의 마음에는 와 닿지 않았다. 어쩌면 저것마저도 연기가 아닐까 하는 의심이 들었다.

"멀리 퍼지길 바란다면 다른 사람들에게 선물로 주는 게 낫지 않을까요?"

헤레이스가 손끝으로 테이블을 톡톡 두들기며 말했다.

"그럴까 했는데 말씀드렸다시피 후작님이 그림 그리는 걸 싫어하셔서요. 그리고, 또 한 가지 이유를 더하자면 사람이란 돈을 지불한 것에 더욱 애착을 가지니까요."

"……."

"쉽게 버리지 않을 거고, 설령 버린다고 하더라도 한 번 더 눈에 담고 버리겠죠."

"……."

"그러니 얼마라도 받는 게 좋겠죠."

캐서린의 말에 헤레이스는 잠시 고민에 빠졌다.

그림 거래라…….

한 번도 해본 적 없는 일이다. 재미있을 것 같지만, 귀찮을 것 같았다. 잠시 고민하던 헤레이스는 거절하기로 마음먹었다. 그림을 거래하는 건 문제가 아니지만, 이 여자와 엮이는 건 후에 문제가 될 것 같았다.

이 여자가 어떤 여자인지도 모를뿐더러, 나중에 어떻게 돌변할지 모르니까. 여자라면 질색이었다. 단기간 거래면 모를까, 한참 이어지는 장기간 거래는 피하는 게 상책이다. 그리고 이런 비밀스러운 거래는 언젠가 뒤탈이 나기 마련이다. 그런 위험을 감수할 만큼 수익이 좋은 것도 아니다.

마음의 결정을 내린 그가 입을 열려고 할 때였다.

"그러고 보니 제가 그 말씀을 안 드렸군요. 계약조건으로 한 달에 2

538

테인씩 지불하도록 하죠. 그림이 판매되지 않더라도 헤레이스 님의 노력엔 대가가 있어야 할 테니까요. 부족한 금액이지만, 제 성의라 생각하고 받아주셨으면 좋겠군요.”

캐서린의 말에 헤레이스는 흠칫했다. 제대로 생각하기도 전에 그의 입이 저절로 열렸다.

“……계약하도록 하죠.”

한 달에 2테인.

현재 하는 일로 많이 벌어봤자 한 달에 1테인도 되지 않았다. 그런데 2테인이라니, 고민할 필요가 없었다. 나중에 후작이 찾아와 자신의 멱살을 잡더라도 해야 할 일이었다.

헤레이스의 답변에 캐서린은 빙긋 웃었다.

“잘 결정하셨어요.”

“단 두 가지 조건이 있습니다.”

“말씀하세요.”

캐서린이 한결 편해진 표정으로 말했다.

“하나는 업무와 관련된 일 이외에는 만남을 요구하지 않을 것. 또 다른 하나는, 이 거래를 한 이상 저에게 연애나 결혼을 요구하거나 바라지 않을 것. 이를 위반할 경우 30테인을 지불할 것. 어떠십니까?”

말을 마친 헤레이스는 캐서린을 살폈다. 만약 자신에게 마음이 있다면 이 청을 거절할 게 분명했다. 그렇다면 지금 이 계약은 아까워도 백지화시켜야 한다. 아무리 급해도 수렁에 빠져들 순 없는 노릇이다.

“좋아요.”

캐서린의 대답은 빨랐다. 헤레이스는 조금 놀란 얼굴로 그녀를 바라보았다.

정말 자신에게 마음이 없는 건가.

"그 제안 받아들일게요. 어서 계약하도록 하죠."

"……."

"저도 빨리 돌아가봐야 해서요."

캐서린은 방긋 웃으며 미리 작성해둔 계약서를 품에서 꺼냈다. 추가조항을 거침없이 적어내려가는 그녀의 손길에서 어서 귀가하고 싶은 마음이 드러났다. 헤레이스는 묘한 눈길로 눈앞의 캐서린을 바라보았다.

캐서린과의 계약을 마친 후, 헤레이스는 저택에 돌아와 그녀에 대해 조사했다. 계약자가 어떤 사람인지 대충 알고 있어야 차후의 일을 예상할 수 있다.

그러나 조사한 보람도 없이 얻은 정보는 빈약하기 이를 데 없었다. 보덴 후작가의 둘째 딸인 캐서린은 사교계에서도 별다른 평판이 없었다. 사교계에 자주 드나들지 않을뿐더러 특별히 친한 사람도, 적도 없었다. 그야말로 있는 듯 없는 듯, 그런 사람이었다.

그나마 알려진 바로는 몸이 약해 한 달에 며칠씩 요양을 하러 가고, 말수가 적은 사람이라고 했다.

몹시 평범했다. 그런데 이상하다. 뭔가가 많이 이상하다.

헤레이스가 눈을 가늘게 떴다.

톡, 톡.

헤레이스는 손끝으로 테이블을 두드렸다.

아픈 사람이 그림이라…….

자세히는 모르지만 그림도 체력과 정신력을 많이 필요로 한다고 알고 있었다.

더군다나 계약하던 날 만난 그녀는 전혀 아파 보이지 않았다.

한 달에 며칠씩 요양을 가야 할 정도라면 기력이 없거나 다른 쪽으로 티가 났을 텐데.

이후, 신변상 문제가 있을 일이 있냐는 물음에 그녀는 '없어요.'라고 담백하게 답했다. 아픈 곳도 없냐는 물음에 그녀는 '네. 지금은요.'라고 답했다. 어딘가 이상한 답이라 자세히 캐물었다. 그러자 '여태껏 아픈 적 없고, 현재도 아픈 곳은 없지만 사람 일은 확신할 수 없잖아요.'라는 대답이 돌아왔다.

결론은 아픈 곳이 없다는 뜻이다. 아프지 않은데 미리 요양을 가다니. 있을 수 없는 일이다.

만약, 아픈 척하고 그림을 그리기 위해 요양을 이유로 별장에 가는 거라면?

뚝.

헤레이스의 손길이 멈췄다.

눈이 똘망똘망하고 담담하면서 대담해 보이던 그녀의 표정을 보건대 충분히 가능성이 있었다. 그림을 그리기 위해 가족까지 속이는 대담함이라니.

생각을 마친 헤레이스는 느릿하게 고개를 끄덕였다.

"신기한 여자군."

헤레이스는 고개를 돌려 캐서린이 보낸 그림을 바라보았다. 파도가 넘실거리는 푸른 바다를 그린 그림이었다. 마치 코앞에 바다가 있는 것처럼 사실감이 넘쳤다.

아름다우면서, 신비로웠다.

여러모로 흥미로운 여자이긴 하지만, 만날 일은 별로 없었다.

그는 앞으로 웬만하면 그녀를 직접 만날 생각이 없었으니까.

만날 일을 만들지도 않을 거고, 직접 만나지도 않을 거라 다짐했다. 그러나 그 다짐은 몇 달 가지 못했다. 헤레이스 쪽에서 캐서린을 만나야만 할 일이 생긴 것이다. 몇 번이나 만나자고 먼저 제안한 끝에야 겨우 약속을 잡을 수 있었다.

'이런 날이 올 줄이야.'

헤레이스는 창문 하나 없는 마차 안에 앉아 낮은 한숨을 내쉬었다. 자신이 캐서린을 만나지고 발을 동동 구를 날이 올 줄은 몰랐다. 이건 모두 그림 때문이었다.

헤레이스는 캐서린과 계약한 지 여드레가 지난 날, 그림 열 점을 받았다. 모두 바다 그림이었다. 그는 그림을 놓고 어느 계층을 공략할 것인지 고민했다.

그림을 향유하는 계층은 귀족이다. 그러나 귀족은 그림의 가치보다는 화가의 명성을 더욱 중시했다. 무명에 익명인 화가의 그림을 볼 리도, 구매할 리도 없다.

아주 드물게 익명화가가 유명화가가 되는 일이 있긴 했다. 그런 경우는 작품이 황실 사람이나 고위귀족 정도 되는 유력자의 눈에 드는 때뿐이었다. 헤레이스는 고위귀족들에게 캐서린의 그림을 소개할 만큼의 영향력을 갖고 있지 못했다. 설령 소개한다고 하더라도 그들이 그가 추천하는 그림을 살 리 없었다.

헤레이스가 미들턴 백작가에서 쫓겨나 중고품을 팔기 시작한 후,

귀족들은 그를 '귀족의 명예와 우아함을 잃은 자'라고 불렀으니까.

캐서린 또한 꼭 귀족들에게만 자신의 그림을 팔 필요는 없다고 했다.

그렇다면 어떤 계층이 좋을까. 평민들은 그림을 향유할 금전적 여유가 없었다. 남은 계층은 하나였다.

그림을 구매할 만큼 부를 소유했고, 귀족을 따라 그림을 소유하는 문화가 점점 퍼지고 있는 계층. 그러면서도 접근성이 높은 사람들.

상인.

헤레이스는 곧장 상인들을 공략했다. 헤레이스는 익명성은 신비로움으로, 캐서린이 그린 바다 그림들은 자유로움으로 포장했다. 그는 바닷가에서 멀리 떨어진 대륙의 상인들을 우선 표적으로 삼고, 대륙에서 가장 유명한 상인에게 그림을 한 점 선물했다.

눈부신 새파란 하늘과 맞닿은 바다의 풍경은 눈이 멀도록 아름다웠다. 귀퉁이에서 내리쬐는 햇살은 신성해 보이기까지 했다.

그림을 선물하고 일주일 동안 어떤 소식도 돌아오지 않았다. 헤레이스는 초조했지만 기다렸다. 왠지 감이 좋았다. 열흘이 될 무렵, 선물을 받은 상인에게서 연락이 왔다.

「그림을 추가로 구매하고 싶군요.」

헤레이스의 예상은 맞아떨어졌다. 헤레이스는 신중에 신중을 기해 바다 그림을 대상인에게 판매했다. 그러면서 상인에게 잘 보이고 싶어 하는 사람 몇을 알아내 이 사실을 조심스럽게 흘렸다.

사람들은 캐서린의 바다 그림을 구하려고 헤레이스에게 달려왔다. 이유는 가지각색이었다. 대상인에게 선물할 사람들, 대상인이 관심을 보였다고 하니 미리 그림을 사두려는 자들 등등. 자연스레 찾는 이

들이 많아지자, 그림의 가치도 높아졌다. 거래금액은 점점 높아졌다.

바다 그림에 대한 소문이 퍼져나갔다. 사람들은 바다 그림에 대해 궁금해하기 시작했다. 헤레이스를 찾는 이들이 많아졌다. 헤레이스는 일부러 방의 벽에 바다 그림을 전시해두기만 하고, 팔지는 않았다.

「죄송하지만 예약이 되어 있습니다.」

그렇게 몇 번 거절하자, 몸이 단 사람들은 예약을 하기 시작했다. 어느새 바다 그림을 소유하고 있는 게 유행이 되었다. 바다의 아름다움을 아는 내륙 상인들은 유행을 떠나 그림 자체에 열광하기도 했다.

바다 그림이 유행하자 뒤따라 비슷한 아류작을 내놓는 이들이 생겨났다. 그러나 그들의 그림은 캐서린이 화폭에 담은 바다의 신성한 분위기와 고요한 아름다움을 따라오지 못했다. 자연스레 아류들은 사라졌고, 캐서린의 작품은 더욱 가치가 높아졌다.

헤레이스는 그럴수록 공급과 수요를 철저하게 조절했다. 그렇게 안정적인 상황이 이어졌다. 하룻밤 자고 일어나면 그림의 금액은 높아졌다. 헤레이스는 중고거래를 그만두고 대신 그림에 집중했다.

얼마 되지 않아 미들턴 백작가의 저택을 구매할 수 있을 정도의 금액을 벌어들였다. 하지만 헤레이스는 좋은 저택을 사는 대신 모든 돈을 은행에 넣어두었다.

그러던 중, 가장 처음으로 선물했던 대상인이 직접 찾아와 그림을 그린 화가에 대해 물었다. 헤레이스가 알려줄 수 없다고 거절하자, 한숨을 내쉰 대상인이 제안했다.

「제 발등을 제가 찍은 것 같군요. 저를 이용해서 그림의 값어치를 높이실 줄은 몰랐어요. 제게 잘 보이려는 선물인 줄만 알았는데 말이지요.」

대상인이 미소를 지으며 뼈있는 말을 던졌다. 갑작스레 바다 그림 가격이 폭등한 이유에 대해 알아본 모양이었다.

「선물이기도 했습니다.」

헤레이스가 미소 지으며 말을 높여 대답했다. 신분차가 있긴 하지만, 눈앞의 상인은 대륙에서 웬만한 귀족급으로 힘이 있는 자였다. 황실에 좋은 물품을 상납해 좋은 관계를 유지하고 있으나, 귀족들의 반발로 작위 수여가 연기되고 있는 중이다.

나이 또한 한참 많아 예우 차원에서 말을 높였다. 대상인은 헤레이스의 대우가 의외라는 듯한 표정을 지었지만, 굳이 묻지 않았다.

「이렇게 바다 그림의 가치가 높아질 줄 알았다면 초반에 더 많이 사 둘 걸 그랬군요.」

「내륙에서 바다 그림을 가장 많이 소유하신 분이 그런 말씀을 하시다니요.」

헤레이스가 빙긋 웃자, 엄살 부리던 대상인이 너털웃음을 터트렸다. 대상인이 소유한 바다 그림만 해도 스무 점이 족히 넘었다. 그 스무 점만 팔아도 웬만한 귀족가가 3년은 놀고먹어도 될 정도였다. 대륙에서 바다 그림을 가장 많이 소유한 사람이 바로 그였다.

「좋은 그림은 아무리 많이 가져도 부족하게 느껴지는 법이죠.」

「그건 그렇죠. 그림의 가치를 알아보시는 안목에 감탄합니다. 하지만 소유한 그림이 많으신데…… 아직 한 점도 팔지 않으셨더군요.」

헤레이스가 떠보듯이 말하자, 대상인이 빙긋 웃었다.

「그 좋은 그림을 벌써 팔 수 있겠습니까? 소중하게 간직해야죠.」

아직 팔 생각이 없다는 말이었다. 돈냄새를 기가 막히게 맡는 상인이 아직 그림을 팔지 않았다는 건, 가치가 더욱 높아질 거라 예상한다는 거였다. 헤레이스가 자신의 예상이 맞아떨어졌다는 생각에 느긋한 표정으로 고개를 끄덕일 때였다.

「제가 여기 온 이유는 놀라운 제안을 하기 위해서랍니다. 높은 분께서 바다 그림을 갖고 싶어 하시더군요. 제게 직접 요청하셨죠.」

「높은 분이라면 어떤 분을 말씀하시는 건가요?」

공작 정도가 아닐까 생각할 때였다.

「황후마마이십니다.」

「……!」

찻잔을 들던 헤레이스는 흠칫했다.

황후? 황후기 바다 그림을 어떻게 알아서?

헤레이스가 의아한 얼굴로 쳐다보았다.

「황후께서 말씀하신 보석을 찾아서 가져다드리던 날, 바다 그림 한 점을 선물로 드렸습니다. 굉장히 마음에 드셨는지 잘 보이는 곳에 걸어두셨다더군요. 그걸로도 부족하셨는지 바다 그림을 아예 구매하길 바라셨습니다. 본래 황후께서 태어나신 곳이 바닷가거든요. 아마도 어린 시절이 그리워서 그러신 것 같습니다. 문제는 흔한 바다 그림을 원하시는 거라면 제가 가진 걸 선물로 드렸겠지만, 원하시는 바가 명확하시더군요. 햇살이 막 들이치는 새벽 바다를 보고 싶다고 하시는데 안타깝게도 제가 가진 그림 중엔 없더군요.」

황후가 직접 요구하다니.

숨 쉬는 것조차 잊은 헤레이스에게 대상인은 '잘 생각해보세요. 황후께서 그림을 소유하시면 바다 그림의 가치는 지금보다 열 배나 높아질 거니까요.'라며 조용히 속삭이듯 말했다.

열 배.

현재 금액의 열 배라면 헤레이스는 자신이 꿈꾸던 금액을 쥐게 될 거다.

「생각할 시간은 많이 못 드립니다. 사흘 정도면 되겠습니까?」

「네.」

　헤레이스가 가까스로 답했다.

「아, 그리고 바다 그림을 예약하겠습니다.」

「그러시죠. 몇 점 예약하시겠습니까?」

　겨우 정신을 차린 헤레이스가 장부를 꺼냈다.

「다섯 달간 나오는 작품 전부.」

「……!」

　헤레이스가 흠칫하며 쳐다보자, 대상인은 빙긋 웃었다.

「그림이 무척 마음에 들어서 말입니다.」

「금액이 상당할 겁니다. 거래 금액이 높아져서 말이죠.」

「괜찮습니다. 좋은 그림을 소유하려면 그 정도 값은 지불해야죠.」

　능구렁이 같은 미소를 지은 대상인은 예약금이라며 30테인을 주고 갔다.

　헤레이스는 대상인이 돌아간 직후, 곧바로 캐서린에게 편지를 보냈다. 만남을 요청하는 편지였다. 황후 이야기와 한 달에 나올 수 있는 그림의 최대치 등을 묻기 위해 직접 만나야 했다. 그러나 돌아온 답변은 충격적이었다.

[바쁘실 테니 굉장히 중요한 일이 아니라면 편지로 주고받아도 됩니다. 그러면 돌아올 답을 기다리겠습니다.]

심부름꾼이 건넨 편지를 받은 헤레이스는 나오려는 헛웃음을 삼켰다. 정중한 내용에선 노골적인 귀찮음이 묻어났다. 여자에게서 이런 취급을 당한 건 처음이라 기분이 묘했다.

잠시 혼란스러워하던 헤레이스는 사적인 감정을 밀어둔 후, 답장을 썼다.

[직접 만나야만 하는 일입니다. 새어나가선 안 되는 일입니다.]

얼마 지나 마지못해 만나자는 답이 돌아왔다. 대신, 첫 만남 때처럼 캐서린이 보낸 창문 없는 마차를 타고 와야 한다는 것과 유화, 캔버스, 붓 등 필요한 물건을 사서 오라는 조건이 붙었다.

그리고 지금, 헤레이스는 그녀가 말한 물건들을 사서 마차를 타고 가는 중이었다. 약속장소에 도착한 헤레이스는 마차에서 내려 눈앞의 별장을 바라보았다. 시녀도 다 물렸는지 별장 안은 텅 비어 있었다. 오래되었지만 깔끔하게 정리된 별장 안에선 여전히 물감 냄새가 났다.

"캐서린 영애."

헤레이스가 불렀으나, 안은 고요했다.

아직 오지 않은 건가. 이 여자의 시간감각은 최악이군.

헤레이스는 나오려는 한숨을 참으며 테이블 앞에 앉았다.

스윽, 스윽.

고요한 가운데 알 수 없는 소리가 들렸다. 간간이 덜컹거리는 소리와 물소리가 이어졌다.

아무래도 이 집은 음험하다.

헤레이스는 얼굴을 찌푸리며 몸을 일으켰다. 소리가 나는 방향으로 향하던 헤레이스는 걸음을 뚝 멈추었다.

반쯤 열려 있는 문 너머로 붓을 쥔 여자의 모습이 보였다. 커다란 흰 종이에는 새파란 물감이 아무렇게나 발려 있었다. 붓질이 시작되었다. 붓이 스치고 간 자리에 파도가, 포말이 생겼다. 푸른 하늘에 양털 같은 구름이 생겼고, 햇살이 내리쬐었다. 푸른 바다가 빛을 머금고서 반짝반짝 빛나기 시작했다.

마술처럼 그림이 완성되어갔다.

헤레이스는 얕게 숨을 내쉬며 그림을 바라보았다. 완성된 그림도 아름답지만, 완성되어가는 그림 또한 굉장히 아름다웠다. 마치 파도가 치는 바다 한가운데에 서 있는 기분이었다. 묘한 기분에 사로잡힌 헤레이스는 느릿하게 여자에게로 시선을 돌렸다.

이런 마술을 선보이는 여자의 모습이 새삼 궁금했다.

아무렇게나 흐트러진 머리카락, 손에 잔뜩 묻은 물감.

입을 다문 채 그림에 온 신경을 쏟아부은 여자의 옆얼굴로 햇살이 흘러내렸다. 푸른 그림을 담은 눈동자엔 총명한 빛이 가득했다.

고요한데 따스하며, 평범한데 신비로웠다.

그녀가 존재함으로써 이 방은 다른 세상처럼 느껴졌다.

헤레이스의 눈동자가 이리저리 흔들렸다.

처음이었다.

여자를 보고서 숨을 쉬지 못한 적은.

"오셨군요."

인기척을 느꼈는지 고개를 돌린 캐서린이 헤레이스를 보며 말을 건

네왔다.

"실례했습니다. 기다리다가 기척이 들려서 그만."

헤레이스가 당황한 표정을 감추며 말했다.

"괜찮아요. 저야말로 기다리게 해드린 것 같아 죄송하군요. 모습이 누추해서 그러니 조금만 기다려주시겠어요? 바쁘시다면 지금 당장 이야기를 나눠도 되고요."

"편하신 대로 하시죠."

"그럼 조금만 기다려주시겠어요?"

"네."

헤레이스가 테이블에 앉아 기다린 지 얼마 되지 않아, 옷을 갈아입은 캐서린이 들어왔다. 물감을 덕지덕지 묻힌 여인은 간데없고, 푸른색 드레스를 입은 아름다운 아가씨가 나타났다. 캐서린은 다시금 기다리게 해서 미안하다는 사과를 하며 그를 물끄러미 바라보았다. 헤레이스는 그간 있었던 일을 설명했다.

"……그렇군요."

황후가 그림을 찾는다는 말에도 캐서린은 별다른 반응을 보이지 않았다. 그저 덤덤하게 그렇군요, 라는 말이 전부였다.

"어떻게 하시고 싶으신가요?"

캐서린이 물었다.

"저는 영애께서 하자는 대로 따르겠습니다만, 제 의견을 말씀드리자면 황후께 그림을 선물하는 게 좋지 않을까 싶군요."

"이유는요?"

캐서린이 까만 눈동자로 그를 응시하며 물었다.

눈이 보석처럼 영롱하게 빛난다. 헤레이스는 무심코 그 생각을 하

550

며 캐서린을 마주 바라보았다.

"바다 그림이 널리, 더 많은 사람들에게 퍼지길 바라는 캐서린 영애의 뜻에 가장 부합하는 일일 테니까요."

"귀찮은 일이 생길 것 같아서 말이죠."

"황후마마의 청을 거절한다고 해서 귀찮은 일이 안 생기진 않을 겁니다. 캐서린 영애가 그린 바다 그림은 이미 많은 사람들의 사랑을 받고 있으니까요."

"그런가요."

"네."

헤레이스가 캐서린의 눈을 마주하며 미소 지었다. 다른 여자들에겐 잘 보이지 않는 미소였다. 자신의 미소와 적당한 호의가 여자들의 오해와 착각을 불러일으킨다는 것을 안 후로, 봉인해두었던 미소였다.

그러나 캐서린에게는 지어도 별 상관없을 것 같았다. 예상대로 그녀는 무심한 반응이었다. 오히려 헤레이스의 얼굴은 눈에도 안 들어온다는 듯, 머릿속이 복잡하다는 표정으로 테이블 끄트머리를 바라보았다.

"저는 조용히 그림을 그리고 싶어요. 황후께 선물을 하든, 파시든 그건 헤레이스 님께서 해결해주실 거라 믿어요. 저의 정체가 세간에 새어나가는 일만 없었으면 하는군요."

"그렇게 하죠."

헤레이스의 말에 캐서린이 가볍게 고개를 끄덕였다.

"그럼 이만 일어나도록 할까요?"

캐서린이 몸을 일으켰다. 흔한 안부도 주고받지 않은 채 대화가 끝날 기세였다.

왜일까. 조금 아쉬운 건.

헤레이스는 그 생각을 하며 몸을 일으켰다.

"죄송합니다. 마차가 고장이 나서……."

별장 밖으로 나간 헤레이스와 캐서린은 난처한 표정을 짓는 마부를 바라보았다. 마차의 바퀴 이음새가 느슨해져서 수리하는 데 시간이 필요하다고 했다.

"죄송해요, 바쁘실 텐데. 다른 마차가 없어서 수리될 때까지 기다려야 할 것 같은데, 어쩌죠?"

캐서린이 난처한 표정을 지었다. 헤레이스의 눈이 반짝였다. 늘 무심해 보이던 캐서린의 얼굴에 난처함이 번지는 게 신기했다.

"괜찮습니다. 수리될 때까지 기다리도록 하겠습니다."

"다시 한 번 죄송합니다."

"계속 죄송해하실 필요 없습니다."

헤레이스가 눈을 접으며 웃었다. 그러자 캐서린이 마음 놓인다는 듯 작은 한숨을 내쉬었다. 입술이 작다. 헤레이스의 시선이 그녀의 손에 닿았다. 미처 다 닦지 못한 물감이 손가락 사이에 남아 있었다.

언뜻 멍처럼 보이는 푸른 빛깔.

자연스레 캐서린이 그렸던 바다가 떠올랐다.

그녀는 그림을 그려야 한다. 한 점이라도 더 그려야 자신에게 이득이 된다. 밀린 계약도 많다.

안다. 아는데…….

"대신."

입술이 제멋대로 움직였다.

"저와 차 한잔해주시겠습니까?"

캐서린이 고개를 들어 헤레이스를 바라보았다. 자신을 물끄러미 바라보는 캐서린을 마주 보며 헤레이스가 입을 열었다.

"잠깐이면 됩니다."

아주 조금 궁금했다. 눈앞의 이 여자가.

캐서린은 잠시 고민하다 흔쾌히 승낙했다. 두 사람은 별장의 응접실에 마주 앉았다. 시녀를 모두 물린 터라, 캐서린이 직접 차를 내왔다. 헤레이스는 찻잔을 감싸 쥔 채 캐서린을 바라보았다.

"그림은 언제까지 그리실 건가요?"

"결혼 전까진 그리겠죠."

결혼하기 전까지라. 그게 언제가 될지 모르겠지만, 캐서린 영애의 결혼 소식이 들리면 예약 접수를 멈춰야겠다고 생각했다.

"왜 바다 그림만 그리시는 건지 여쭤봐도 되겠습니까?"

헤레이스가 정중하게 물었다.

캐서린의 그림을 구매하는 고객들은 왜 바다 그림밖에 없냐고 물었다. 산, 나무, 모래 등 다른 풍경도 보고 싶다고 말했다. 그때마다 헤레이스는 '글쎄요. 저도 궁금하군요. 하지만 그림을 그리는 건 화가의 마음이라…….'라고 답했지만, 사실 한 번도 궁금한 적은 없었다.

그랬는데, 새삼스럽게 궁금했다.

"바다가 좋아서요."

캐서린이 담백하게 대답했다.

"저도 좋아합니다."

헤레이스가 미소를 지었다.

"그러고 보니 감사인사를 드리지 않았네요. 제 예상보다 더 열심히

그림을 판매해주셔서 감사해요. 생각지 못한 큰 금액을 벌기도 했고
요.”

캐서린이 기억났다는 듯 말을 꺼냈다.

“제가 더 감사하죠. 캐서린 영애 덕분에 생각지 못한 횡재를 했으니
까요.”

“서로 도움이 되었으니 다행이군요.”

캐서린의 말을 끝으로 침묵이 찾아왔다.

헤레이스는 말주변이 좋은 편임에도, 여자와 마주 앉아 오랜 시간
대화를 나누는 건 처음이라 어색했다.

“그런데 제가 결혼을 해서 이 일을 더는 못 하게 되면, 그때 헤레이
스 님은 뭘 하실 거죠?”

불편한 침묵을 깨려는 듯, 캐서린이 질문했다. 관심 없지만, 예의상
묻는 듯했다.

“그땐 제가 하고 싶은 일을 하려고요.”

“무슨 일인지 물어봐도 될까요?”

캐서린의 물음에 헤레이스는 잠시 갈등했다. 누구에게도 말하지 않
았다. 아니, 단 한 번 가족들에게 말했다가 크게 비웃음을 산 적이 있
었다.

「네가 그걸 하겠다고?」

「네깟 게?」

아버지조차도 ‘좋은 꿈이구나.’라고 말은 했지만, 이루어질 거라 믿
는 눈치가 아니었다.

554

하지만 이 여자한테 말하는 건 상관없지 않을까.

캐서린의 덤덤한 성격상 자신이 무슨 이야기를 하든 개의치 않을 것 같았다. 설령 캐서린조차 비웃는다고 해도, 이젠 누군가가 자신의 꿈을 비웃는다고 해서 주눅 들 나이가 아니다.

누가 뭐라든 자신의 꿈은 스스로가 정하는 거니까.

"상선을 타고 다른 국가와 무역을 해볼 생각입니다."

달그락.

헤레이스의 답이 끝나기가 무섭게, 캐서린의 찻잔이 날카로운 소리를 내며 떨어졌다.

"죄송해요. 손이 미끄러져서요."

말과 달리 그녀는 당황한 표정이었다. 처음 보는 얼굴이었다.

"그런데 방금 무역이라고 하셨나요?"

캐서린이 조심스럽게 물어왔다.

"네. 다른 국가에서 좋은 물건을 가져다가 대륙에 팔 생각이에요. 대륙의 물건 또한 다른 국가에 전하고요. 나라 간의 거래가 왕성해질수록 문화는 풍성해지고 대륙은 더욱 강해질 거라 생각합니다. 이런 대의적인 이유도 있지만, 다른 나라로 여행을 가보고 싶은 것도 이유 중 하나입니다."

헤레이스는 잔잔하게 미소를 지으며 자신의 마음을 털어놓았다. 입버릇처럼 그렇군요 하고 넘길 거라는 예상과 달리 캐서린은 침묵을 지켰다.

"카릴에도 가보실 건가요?"

마침내 캐서린이 물었다.

"제일 먼저 가볼 예정입니다."

"카릴에는 '신의 손길'이라는 게 있다던데……. 굉장히 아름다운 폭포라죠?"

"그렇다고 하더군요. 그 폭포를 새긴 천이 카릴에서 한창 유행이라고 하더군요."

"맞아요. 그 색감을 한 번이라도 본 사람은 잊지 못한다고 하더군요. 그럼 호일로에도 가보실 건가요?"

캐서린이 상체를 앞으로 숙이며 물었다.

"네. 호일로도 아시나요?"

외국에 관심이 없는 사람은 잘 알지 못할 만큼 작은 나라였다. 자원도 변변찮은 데다 땅덩이도 작아서 약소국에 속했다. 그런 나라를 캐서린이 아는 게 신기했다.

"호일로도 가보실 거군요! 호일로에는 굉장히 맛있는 과일이 많다던데……. 혹시 다른 나라에 가보신 적은 있으신가요?"

"딱 한 번 있습니다. 아버지를 따라간 적 있었지요. 그게 카릴이었습니다."

"우아."

캐서린이 감탄사를 터트렸다. 그걸로도 부족했는지 그녀는 두 손으로 입을 가렸다. 캐서린의 이런 극적인 반응은 처음이라 헤레이스는 얼떨떨했다. 캐서린은 헤레이스가 의아하게 쳐다보는 것도 모른 채 말을 꺼냈다.

"카릴은 어떻던가요? 정말 신의 손길이라는 폭포는 사람들의 말처럼 웅장한가요?"

"카릴은 대륙과 확연히 다른 분위기입니다. 그리고 신의 손길은 저도 아직 가보지 못했습니다."

"아, 그렇군요. 다른 분위기라면 어떻다는 거죠?"

캐서린이 상체를 앞으로 숙이며 적극적으로 나섰다. 헤레이스가 "카릴은 화려한 대륙의 분위기와 달리 소박하고 아기자기한 분위기예요."라고 답하자, "아기자기요? 어떻게요?" 캐서린이 곧장 질문을 던졌다. 헤레이스가 뭐라고 할 틈도 없이 질문이 쏟아졌다.

헤레이스는 캐서린이 던진 질문에 대답하며, 그녀를 바라보았다. 그녀의 두 눈이 반짝반짝 빛났다. 세상에서 가장 예쁜 장난감을 발견한 어린아이 같았다. 예전과는 완전히 다른 사람 같았다.

캐서린의 질문엔 끝이 없었다. 대답만 하던 헤레이스는 점점 말을 길게 하기 시작했다. 그러자 캐서린은 숨도 쉬지 않은 채 그의 이야기에 집중했다. 말을 하는 헤레이스도 즐거웠고, 듣는 캐서린도 즐거워하는 표정을 숨기지 않았다.

"그러니까 그때……."

헤레이스가 즐거운 표정으로 말할 때였다.

똑똑.

"마차 수리가 끝났습니다."

마부의 말에 대화가 뚝 끊겼다. 헤레이스와 캐서린은 짠 듯이 문을 보고, 서로를 바라보았다. 그제야 그들은 창밖으로 해가 저물고 있다는 걸 알았다. 시간이 이만큼 흐른 줄 몰랐다. 그만 자리에서 일어나야 한다는 게 아쉬울 정도로 정신없이 대화를 나누었다.

"가보셔야죠."

캐서린의 말에 헤레이스가 고개를 끄덕였다.

"네."

대답은 했지만, 이상하게 발길이 무거웠다. 억지로 몸을 일으킨 헤레이스는 문을 열고 나섰다. 마부가 마차 문을 연 채 기다리고 있었다.

"늦어져서 죄송합니다."

마부의 말에 헤레이스는 가볍게 고개를 끄덕였다.

조금 더 늦어져도 될 뻔했는데.

헤레이스는 무심코 생각하다 움찔했다. 그는 억지로 생각을 떨치려고 고개를 가로저었다.

"오늘 시간을 내주셔서 감사합니다."

마차에 오르기 전, 헤레이스는 캐서린에게 정중하게 인사를 건넸다.

"저야말로 감사합니다."

"그럼."

"저기……."

캐서린의 부름에 헤레이스가 돌아섰다.

"그 꿈, 이루어지길 바랄게요. 아니, 이루어질 거예요."

"……."

숨을 쉬는 것도 잊은 채, 헤레이스는 캐서린을 바라보았다. 누군가가 자신의 꿈을 응원해주는 것은 처음이었다. 가족조차 자신의 꿈을 비웃지 않았던가.

"주제넘지만, 이 말을 꼭 하고 싶었어요."

"……."

"그리고 하나 더 말씀드리자면, 부러워요. 제 꿈은 다른 나라를 마음껏 여행하는 거거든요. 그러니 헤레이스 님의 그 꿈, 저 대신 꼭 이루어주세요. 기회가 된다면 여행담도 들려주세요."

그녀가 환하게 웃었다.

꿈을 떠올리는 것만으로도 행복하다는 듯이.

올라가는 입꼬리와 느슨하게 풀린 표정, 이리저리 부는 바람에 헝클어지는 머리카락, 그 머리카락을 쓸어넘기는 긴 손가락까지.

그 모든 것들이 눈에 새겨지듯 느리게 보였다. 마침내 한 폭의 그림처럼 눈앞의 장면이 머릿속에 새겨진 순간.

쿵.

심장이 내려앉았다.

베른이 헤레이스에게 고용된 지 이제 3개월이었다. 업무량이 많긴 했지만, 일이 끝나면 일찍 집에 갈 수 있는데다 보수가 좋아서 만족스러웠다.

사무실 책상 앞에 앉아 있는 헤레이스는 앞을 물끄러미 응시하고 있었다.

눈이 부신 금발, 한 번 보면 잊히지 않을 만큼 아름다운 외모. 하물며 손가락조차도 길고 아름다웠다.

매일 보는 헤레이스가 아름다운 게 하루 이틀이던가, 이제 감탄하기도 지쳤다. 다만 오늘따라 헤레이스에게 시선이 가는 이유는, 그의 상태가 평소와 달리 몹시 이상하기 때문이었다.

며칠 전 바다 그림을 그리는 익명화가를 만나고 온 후, 헤레이스는 줄곧 저 상태였다. 깊은 생각에 잠긴 것 같기도 하고, 넋을 놓은 것 같기도 했다.

"헤레이스 님."

불러도 알아채지 못했다. 툭툭 건드리고 나서야 헤레이스의 눈에 초점이 돌아왔다.

"어."

헤레이스가 베른을 쳐다보았다.

"저는 이만 퇴근하겠습니다."

"아, 음, 그러게."

"네."

"아, 베른."

헤레이스가 무언가 생각난 듯 그를 불러 세웠다.

"네."

"화가에게 지불힐 금액 정산이 나 뇌었던가?"

"네. 내일 중으로 은행 금고에 헤레이스 님 이름으로 입금할 예정입니다. 확인증은 화가 측에서 보낸 사람에게 건넬 겁니다."

"그렇단 말이지. 그래. 알았어."

헤레이스가 고개를 끄덕였다. 베른은 꾸벅 인사를 한 후, 건물을 빠져나오다 뒤를 흘긋 돌아보았다.

"뭘 잘못 드셨나……."

그는 저러다 말겠지 싶어, 금세 생각을 털어냈다.

저러다 말 줄 알았는데…….

베른은 암담한 표정으로 화가 측 사람과 실랑이를 벌이고 있는 헤레이스를 보았다. 언뜻 보면 정중하지만, 누가 봐도 떼를 쓰는 중이었다.

"이 확인증은 제가 직접 드리겠습니다."

"제게 주시면 됩니다."

이제 와서 새삼스럽게 왜 이러냐는 듯 화가 측 사람이 얼굴을 찌푸렸다.

"여태껏 제가 드린 확인증이 제대로 화가에게 전달되고 있는지, 한 달에 한 번 지급하는 이 방식은 괜찮은지, 기타 등등 의논할 게 있어서 말이죠."

"의심하시는 겁니까?"

"의심은 아니지만, 확실히 확인해둬서 나쁠 건 없죠."

"흠."

화가 측 사람이 얼굴을 찌푸렸다. 그러나 헤레이스의 말이 틀린 것도 아니었다. 확인증이 제대로 전달되고 있는지, 지급방식은 괜찮은지 한 번쯤 확인할 필요가 있기는 했다.

"알겠습니다. 말씀하신 그 뜻 전달하도록 하겠습니다."

"되도록 빠른 시일 내에 답이 돌아왔으면 좋겠군요."

헤레이스가 눈부신 미소를 지으며 답했다.

"흠, 알겠습니다."

얼마나 작정하고 지은 미소인지, 화가 측 사람은 자신이 방금 화내고 있었다는 것도 잊은 채, 얼굴을 붉혔다.

남자가 남자 얼굴을 보고 얼굴이 빨개지다니.

베른은 석 달 전 자신이 그랬다는 것도 잊은 채 '말세군.'이라고 생각하며 고개를 가로저었다.

며칠 후, 화가 측으로부터 답이 왔다. 베른은 답신을 읽지 않아도 어떤 답이 돌아왔는지 알 수 있었다. 헤레이스가 답을 보자마자 활짝 웃었다.

눈이 부시군.

베른은 그렇게 생각하며 헤레이스를 물끄러미 바라보았다.

"베른."

"네."

"내일 외출할 예정이니, 남은 일을 부탁해."

"네. 알겠습니다."

"아냐. 지금 외출하는 게 좋을 것 같군. 이만 가볼 테니 베른도 할 일 없다면 퇴근하도록 해."

헤레이스는 이미 퇴근 준비 중이었다. 사무실을 침실처럼 사용하던 헤레이스가 이렇게 일찍 퇴근하다니. 베른은 얼떨떨했다.

"약속은 내일이라고 하지 않으셨나요? 그런데 왜 지금……?"

"살 게 있어서. 그럼 수고하도록 해."

헤레이스는 베른의 대답도 듣지 않은 채 사무실을 빠져나왔다.

"……이게 다 뭔가요?"

캐서린이 의아한 얼굴로 헤레이스와 테이블 위에 놓인 물건을 번갈아 보았다. 자신이 보낸 사람으로부터 거래금이 제대로 지불되고 있는지 확인하고 싶다는 말에, 헤레이스를 오라고 했다. 그러나 뭔가를 사오라고 한 적은 없다.

"보시면 알 겁니다."

헤레이스는 테이블에 놓인 물건을 하나하나 풀어 보여주었다. 물감, 신상 붓, 새로 나온 미술용품들이 줄줄이 나왔다.

"이중 필요한 게 있으실까 싶어 챙겨왔습니다."

"감사해요."

새로운 미술용품과 붓을 보고 캐서린의 얼굴이 밝아졌다. 후작의 눈을 피해 그림을 그리고 있는 터라, 미술용품을 제때 구매하기 어려웠다. 은행에 가는 거야 후작이 준 용돈을 입금하러 간다, 출금하러 간다고 말하면 될 일이지만 화방은 핑계거리가 없던 차였다. 물건을 죽 살피던 캐서린은 책을 발견하고 눈을 크게 떴다.

"이건……."

"여행 관련 책입니다."

"……."

"여행 관련 책은 많이 보셨을 것 같지만, 새롭게 나온 책과 이 고서는 못 보셨을 것 같아서 말이죠."

헤레이스의 말처럼 책 하나는 몹시 낡았고, 또 다른 하나는 펼쳐본 적도 없는 새 책이었다. 그녀는 손을 뻗어 책을 스르륵 넘겼다. 책 안에는 그녀가 가보고 싶은 나라에 대한 이야기가 많았다.

"그 고서는 여행가가 직접 탐험하며 썼다고 하더군요."

"보고 싶었던 책인데, 어떻게 구하셨어요? 구하려고 해도 어렵던데……."

"저자가 저희 친척분이시거든요. 집에 몇 질 있으니 부담 갖지 않으셔도 됩니다."

"와, 그럼 혹시 여행을 종종 다니실 수 있었던 것도 친척 덕분인가요?"

"그런 셈이죠."

헤레이스의 말에 캐서린은 놀란 표정을 지었다.

또 나왔다, 평소의 무심하고 덤덤한 얼굴과 다르게 화사한 얼굴.

헤레이스는 홀린 것처럼 캐서린의 얼굴을 바라보았다. 생기 넘치는 그녀의 표정을 보고 있으면 이유 없이 가슴 한쪽이 뻐근했다.

헤레이스는 업무 관련 이야기를 간단히 했다. 자신이 확인서를 떼어준 금액과 캐서린이 받은 금액이 맞는지, 앞으로 대금은 얼마나 남았는지, 바다 그림은 얼마에 거래되고 있으며 앞으로 더욱 가치가 높아질 것 같다는 이야기를 주고받았다.

업무 이야기가 끝나자, 침묵이 찾아왔다.

"자세히 이야기해주셔서 감사해요."

업무 이야기를 하자 본래의 무심한 캐서린으로 돌아왔다.

"차를 한잔 얻어 마셔도 될까요?"

헤레이스가 조심스럽게 물었다. 캐서린은 고개를 끄덕이며 자리에서 일어났다. 얼마 후, 그녀는 그의 앞에 모락모락 김이 피어오르는 찻잔을 내려놓았다. 두 사람은 마주 앉아 조용히 차를 마셨다.

"여행을 직접 가보실 생각은 없으신가요?"

헤레이스가 찻잔을 감싸며 물었다.

"마음은 늘 있죠. 그런데 후작님께서 반대하시네요. 딸이 위험한 일을 하는 걸 원치 않으셔서요."

"그러시군요."

헤레이스는 보덴 후작에 대해 떠올렸다. 딸을 끔찍하게 사랑하지만, 보수적인 남자였다. 딸이 홀로 해외에 나가도록 내버려둘 사람이 아니었다.

"혹시 바다를 그리는 것도, 여행을 가고 싶어서인가요?"

"……!"

헤레이스의 직접적인 질문에 캐서린이 눈을 동그랗게 떴다.

"맞아요. 눈치가 빠르시네요. 바다는 곧 다른 나라로 가는 길이니까요. 바다를 좋아하기도 하지만, 바다 너머에 있는 새로운 세상을 보고 싶기도 해요. 끝없이 펼쳐져 있는 망망대해도 궁금하고요. 그 모든 바람이 총망라된 그림이에요."

캐서린이 순순히 인정했다. 다시금 침묵이 가라앉았다.

"오늘은 궁금한 게 없으신가요?"

헤레이스의 질문에 캐서린이 조심스러운 표정으로 말했다.

"여행 이야기를 해주실 건가요?"

"친척에게서 들은 이야기도 해드릴 수 있습니다."

헤레이스의 말에 캐서린의 표정이 단번에 밝아졌다.

정말 여행을 좋아하는구나.

헤레이스는 두 눈이 반짝반짝 빛나는 캐서린을 보며 생각했다. 헤레이스는 자신이 다녀왔던 여행, 친척에게서 들었던 여행 이야기를 풀어놓았다. 자연스럽게 화제는 여행기에서 헤레이스의 꿈으로 넘어왔다.

커다란 상선을 이끌고 타국으로 가 그 나라의 좋은 물건을 들여오고 싶다는 꿈. 문화 교류에 앞장서고 싶은 꿈.

"그리고 그 무엇보다도 돈을 많이 벌고 싶거든요."

헤레이스는 잔잔한 미소를 띤 채 말했지만, 명예와 우아함을 기본으로 삼는 귀족이라면 절대로 입에 담지 않을 소리였다.

돈을 노골적으로 바라는 귀족이라니.

다른 귀족들이라면 얼굴을 찌푸렸을 일이었다. 캐서린은 무슨 생각을 하는지 별다른 반응을 보이지 않았다. 헤레이스는 캐서린이 이런 반응을 보일 줄 알았다는 듯, 이야기를 이어갔다.

"돈을 벌면 원하는 걸 살 수도 있고, 제 사람들이 원하는 것도 이루어줄 수 있으니까요."

"돈이야 많을수록 좋죠. 적어도 돈이 많으면 불행할 요소들을 줄일 수 있잖아요."

캐서린의 말에 헤레이스는 조금 놀란 표정을 짓다 미소 지었다. 캐서린다운 대답이었다. 그녀는 편견과 고정관념에 사로잡혀 있지 않았다. 그 점이 헤레이스로 하여금 자꾸 말을 하게 만들었다.

"저도 그렇게 생각해요."

헤레이스의 대답에 캐서린이 빙긋 웃었다. 처음 보는 작은 미소에 헤레이스는 자신도 모르게 주먹을 꽉 움켜쥐었다. 배에 탄 것도 아닌데 멀미가 일었다. 마음이 이리저리 요동치는 기분. 누군가가 툭 건들기만 하면 마음이 뒤집힐 것 같은 느낌이다.

"해가 저물고 있군요."

더 늦기 전에 헤어지는 게 좋겠다는 캐서린의 뜻에 따라 헤레이스는 몸을 일으켰다. 그는 그녀가 준비한 마차를 타기 전, 돌아섰다. 캐서린이 입구에 서서 그를 바라보고 있었다.

헤레이스의 입술이 소리 없이 벙긋거렸다. 제멋대로 말이 끓어올랐다. 막아야 한다는 걸 알면서도, 말은 입술 밖으로 넘쳐흘렀다.

"……또, 와도 되겠습니까?"

"……."

캐서린이 대답하지 않자, 헤레이스의 눈동자가 흔들렸다. 캐서린이 거절할까 봐 불안했다.

"이야기를 나누는 친구가 되어달라는 말씀이지, 다른 뜻은 없습니다. 그러니까 한 번씩 여행 이야기를 하고, 일 이야기도 하고……. 이야기가 잘 통하는 것 같으니……."

헤레이스는 말을 할수록 꼬이는 기분을 느꼈다. 여자 앞에서 이렇게 긴장해 멍청한 모습을 보이는 건 처음이었다. 헤레이스가 애써 마음을 가다듬으며 말을 이어가려 할 때였다.

"그러죠."

캐서린은 선선한 미소를 짓고 있었다. 조금 장난스러워 보이기도 했다.

"한 번씩 만나요, 우리. 좋은 친구로서."

"……."

남자와 여자 간에 친구란 있을 수 없는 일이었다. 그러나 캐서린은 흔쾌히 허락했다.

"사실 저도 헤레이스 님과 이야기 나누는 게 재미있거든요. 전날 밤 설레서 잠을 못 잘 정도로."

헤레이스는 잠시 넋이 나가 캐서린을 바라보았다.

캐서린 쪽에서 자신에게 연애감정이 없다는 걸 알면서도, 기분이 묘했다.

"다음에 또 오세요. 기다릴게요."

기다릴게요.

그 흔한 말에.

툭.

그의 심장 위로 알 수 없는 무언가가 떨어졌다.

헤레이스와 캐서린은 한 달에 한 번쯤 만났다. 여전히 캐서린이 보낸 마차를 타고서 어딘지 모를 길을 통해 별장에 도착해야 했지만, 헤레이스는 불만을 갖지 않았다.

만나면 늘 즐거운 대화가 이어졌다. 여행 이야기, 업무 이야기, 그들의 꿈 이야기 등 화제는 이리저리 오갔다. 그러다 가끔 여행 책을 함께 읽기도 했다. 해가 저물어 세상이 붉은 노을에 잠기면 헤어졌다.

모든 것들이 수월하게 돌아갔다. 캐서린이 그린 바다 그림의 가치는 황후 덕분에 기하급수적으로 상승했다. 돈도 빠르게 벌었다.

다만, 예상치 못한 이상증세들이 조금씩 보이기 시작했다.

"베른."

"네."

베른이 고개를 돌려 사무용 책상 앞에 앉아 있는 헤레이스를 바라보았다. 그는 심각한 표정을 지은 채 아무 말 하지 않았다.

"부르셔놓고 왜 아무 말씀 없으십니까?"

베른이 의아한 얼굴로 물었다.

"가족 중에 의사가 있다고 했지?"

"네. 사촌형이요."

"그에게 물어봐줄 수 있어?"

"뭘 말씀하시는 건가요?"

"심장이 빨리 뛰고, 얼굴 하나만 둥둥 떠다니고, 그 사람 꿈을 꾸고, 약속이 있는 날이면 다리에 감각이 없어. 이게 대체 무슨 병이지?"

"……."

"심각한 건지 물어봐주겠어? 정신병은 아니겠지? 요즘 알 수 없는 병이 유행하고 있다더니."

헤레이스의 심각한 표정에 베른이 더욱 심각한 표정을 지었다.

내가 지금 뭘 들은 거야.

베른은 그런 표정으로 헤레이스를 쳐다보았다.

"왜 그렇게 보는 거야?"

"진짜, 정말로 몰라서 물으시는 거예요?"

"음. 모르니까 묻는 거잖아."

"누가 들어도 그거 상사병인데요."

"상사병?"

헤레이스의 입술이 삐뚤어졌다. 말 같지도 않은 소리 하지 말라는 듯한 그 표정에 베른은 울컥했다.

지금 말 같지도 않은 소릴 하는 게 누군데.

"헤레이스 님, 익명의 화가님 좋아하시잖아요."

베른이 퉁명스럽게 대답했다.

"내가? 그럴 리가."

"그런데 왜 화가님 만나러 가실 때마다 옷 사 입으십니까? 머리 손질도 새로 하시고, 선물도 매번 챙기시고요."

"말끔한 모습을 보이는 편이 나으니까."

"그런데 왜 예전엔 안 그러셨어요?"

"……."

헤레이스는 말문이 막혔다.

"그것뿐만 아니라 헤레이스 님, 화가님 만나시는 전날이면 하루 종일 웃고 계세요. 책상 보면서도 싱글벙글하시고, 일하시다가도 웃으시고, 퇴근하시다가도 히죽히죽하시고요. 누가 봐도 화가님을 사랑하는 게 티가 나는데 본인은 모르셨다고요?"

"내가? 누굴 좋아해? 난 누굴 좋아해본 적도 없고, 좋아할 수도 없는 사람이야."

"왜요? 헤레이스 님이라고 왜 누굴 좋아할 수 없는데요?"

"그건……!"

베른의 정곡을 찌르는 한마디에 헤레이스는 순간 말문이 막혔다.

여자들의 고백이 지겹고, 살면서 먼저 좋아해본 여자가 없었으며, 상황상 누군가를 마음에 품을 수 없었다. 그래서 자신은 연애를 할 수 없는 사람이라고 생각했다.

하지만 그렇다고 자신이 연애를 할 수 없는 확실한 근거가 되지는 못했다. 잠시 아무 말 못 하는 헤레이스에게 베른이 쐐기를 박듯 말했다.

"헤레이스 님이 화가님을 좋아하는 건지, 아니면 화가님을 만나러 가는 길에 만난 누군가를 좋아하는지는 모르겠지만, 하여튼 사랑하고는 계세요. 정말 모르겠으면 스스로에게 물어보세요. 그 사람을 만나지 않고도 무사히 살 수 있을 것 같은지."

"……."

그럼 저는 일하러 갑니다, 라고 말한 베른이 무심히 그를 지나쳤다. 홀로 남은 헤레이스는 초점이 맞지 않는 눈으로 앞을 바라보았다.

"내가, 좋아해?"

캐서린 영애를……?

헤레이스의 눈이 이리저리 흔들렸다.

헤레이스는 베른이 착각한 거라고 생각했다. 자신이 캐서린을 좋아할 리 없다. 태어나서 한 번도 여자를 좋아해본 적 없었다. 그저 자신의 꿈을 이해해주고 응원해주는 사람을 만난 게 고마워서라고만 생각했다.

인정하기 싫지만, 자신은 그런 가벼운 인사에 흔들릴 만큼 외로운 상태였으니까.

유일하게 인정받고 싶었던 아버지는 돌아가셨고, 가문에서는 쫓겨났다. 함께 일하는 동료를 얻어 부귀를 누리게 되었지만, 여전히 가슴 한구석은 헛헛했다.

가정을 꾸리고 싶다는 생각을 했지만, 자신이 원하는 여자를 만나기란 힘들었다. 여자들은 자신의 외모에 반해, 자신이 어떤 사람인지 알고 싶어 하지 않았다. 진지한 이야기를 하려 해도 제대로 듣지도 않고 그저 감탄하는 표정으로 그의 잘생긴 얼굴만 바라보고 있었다.

자신은 곁에 두고 보는 꽃이나 장신구가 아닌데.

한두 번 실망하자 여자를 만나는 것조차 흥미를 완전히 잃게 되었다. 거기다 그가 가문에서 쫓겨난 후로 친인척들은 그에게 완전히 등을 돌렸고, 친구라고 생각했던 몇몇도 벤저민의 눈치를 봐서 연락을 끊은 지 오래였다.

그러니까, 캐서린의 그런 따뜻한 위로에 흔들리는 건 당연한 일이었다.

"……그래. 그런 거야."

헤레이스는 캐서린의 별장으로 향하는 마차에 몸을 실은 채 작게 중얼거렸다. 캐서린은 자신의 외모에 별 반응을 보이지 않는 유일한 여자니까. 더군다나 처음으로 자신의 꿈을 비웃지 않은 사람이기도 했다. 자신의 여행 이야기나 꿈 이야기를 진지하게 들어주기도 했고.

캐서린 또한 자신을 좋은 친구로 생각하고 있을 거다.

마부가 마차 문을 두어 번 두드렸다. 곧 도착한다는 알림이었다. 헤레이스는 머리와 옷매무새를 정돈한 후 문 앞에 섰다. 마부가 열어주자, 환한 빛이 쏟아져 들어왔다. 헤레이스는 마차를 타기 전, 유난히 날이 좋았다는 걸 떠올리며 얼굴을 찌푸렸다.

"도착했습니다."

마부의 말에 헤레이스는 마차에서 내렸다. 눈이 부셨다. 잠시 눈을 감고 있다가 숨을 깊게 들이마셨다.

캐서린을 만난다.

그 생각만으로 입가에 웃음이 나오려 했다. 그러다 베른의 말이 떠올랐다.

「상사병 맞다니까요.」

아니야, 상사병은 아니라고. 그냥 좋은 친구야.

헤레이스는 속으로 대꾸하며 눈을 떴다.

"오셨어요?"

눈을 뜨자마자 시야에 캐서린이 들어왔다. 헤레이스의 미간이 움찔하며 좁아졌다. 흑발의 캐서린이 머리를 높게 묶은 채 그를 향해 미소 짓고 있었다. 두 눈이 여행기를 들을 때만큼 반짝였다.

기다리고 있었어요.

캐서린의 표정이 말하고 있었다. 헤레이스는 숨을 내쉬지 못했다. 환한 햇살 아래에서 캐서린이 빛나고 있었다. 눈이 부셔서 그는 자신도 모르게 눈을 감을 뻔했다.

「상사병 맞다니까요.」

머릿속에서 베른의 목소리가 들렸다. 헤레이스는 침묵을 지키다 속으로 자신도 모르게 대답했다.

……음. 네가 맞아.

아무래도 나, 상사병인 것 같아.

캐서린과 대화를 나누다 보면 시간이 금세 흘렀다. 대화의 주제는 다양했다. 그러나 그 끝은 언제나 '꿈과 미래'였다.

"그런데 왜 여행을 다니고 싶은 거죠?"

헤레이스의 물음에 캐서린은 빙긋 웃었다. 이전의 딱딱하고 무심한 분위기가 사라진 그녀에게선 부드러운 분위기가 풍겼다.

"어릴 때부터 여행기를 많이 읽었어요. 자연스럽게 여행에 관심이 가더라구요. 그리고 기왕 이 세상에 태어났으니 많은 곳과 많은 것들을 보면 좋잖아요. 이렇게 대륙의 한곳에만 머무는 건 지루하고 답답해요. 하다못해 대륙의 다른 데도 가보고 싶지만, 후작님께서 허락해 주지 않으시네요."

말을 마친 캐서린이 눈을 내리깔았다. 헤레이스는 그런 그녀에게 말을 하려다 말고 눈썹을 움찔했다.

"……영애, 귀 뒤에 상처가 생겼군요."

그의 목소리가 한층 낮아졌다.

"아, 그래요?"

캐서린이 다급하게 손으로 덮었다.

"넘어지셨나 봅니다."

"네. 며칠 전에 실수로 그만 그렇게 되었네요."

캐서린이 어색하게 대답했다. 그녀의 대답에 헤레이스의 미간이 좁아졌다.

어떻게 넘어져야 귀 뒤에 상처가 생길 수 있는지 의아했다. 더군다나 넘어졌다면 멍이 들지 살이 찢어지진 않는다. 넘어진 상처가 아닌 것 같았지만, 캐서린이 숨기고 싶어 하는 것 같아 깊게 묻지 못했다.

다만.

"캐서린 영애."

"네."

"제가 도와드릴 수 있는 일이나, 저를 필요로 하는 일이 있으면 언제든 말해주세요."

이 말은 해주고 싶었다.

그녀에게도 도움을 청할 곳이 있다고.

"……."

"우리 사이에 그 정도는 할 수 있다고 생각하니까요."

헤레이스의 말에 캐서린은 움찔하더니 언제 그랬냐는 듯 미소 지었다.

"그럴게요. 말씀만으로도 감사해요."

캐서린은 진심으로 고맙다는 표정을 지었다.

"자, 이런 무거운 이야기는 그만하고, 상선은 언제 구매하실 거예요? 작은 상선을 구매하실 거라고 했잖아요."

캐서린이 물었다.

"거래 중에 있습니다. 중도금까지 치렀으니, 상선을 인도받은 후 잔금을 치르면 되겠죠."

헤레이스가 뿌듯한 표정을 지었다.

"부러워요. 꿈에 한 발 한 발 다가가는 모습이요."

"영애도 하실 수 있어요. 제 배를 이용하셔도 됩니다. 캐서린 영애라면 언제든 환영입니다."

"말씀만으로도 감사해요."

캐서린은 기분 좋은 농담을 들은 사람처럼 웃었다.

진심인데.

헤레이스는 사실 '제발, 꼭 제 배를 타고 함께 여행을 갔으면 합니다.'라는 말을 하고 싶었지만 꾹 참았다. 자신을 친구로 여기고 있는 캐서린에게 부담을 안기고 싶지 않았다.

해가 저물고 있다는 마부의 이야기를 듣고서야 헤레이스는 마지못해 몸을 일으켰다. 몸이 천근만근이다.

일어나기 싫다. 일어나기 싫어서 미치겠다.

헤레이스는 표정을 관리한 얼굴과 다르게 속으론 몸부림을 쳤다.

"헤레이스 님?"

캐서린의 부름에 헤레이스가 고개를 들었다.

"네?"

"어디 불편하세요?"

"아뇨. 괜찮습니다."

"아……. 주먹을 꽉 움켜쥐고 계셔서."

캐서린이 헤레이스의 손을 가리켰다. 헤레이스는 희게 질리도록 움켜쥔 자신의 주먹을 발견하곤 얼른 펼쳤다.

"괜찮습니다."

헤레이스는 다시 한 번 괜찮다는 말을 한 후, 별장을 빠져나왔다. 마부가 마차를 대기시킨 채 기다리고 있었다.

"가보겠습니다. 빠른 시일 내에 또 뵈었으면 좋겠군요."

헤레이스의 말에 캐서린은 가볍게 고개를 끄덕였다.

"오늘은 먼저 들어가시죠. 그래야 제 마음이 편할 것 같군요."

"아니에요. 마차 가는 거 보고 들어갈게요."

"괜찮습니다. 먼저 들어가세요."

두 사람은 아옹다옹했다. 그러다 헤레이스의 고집에 진 캐서린이 먼저 별장으로 들어섰다. 별장 문이 닫히기 전, 가볍게 고개를 숙이는 그녀의 모습을 헤레이스는 눈도 깜빡이지 않고 바라보았다.

그는 아주 잠깐 상상했다.

이게 자신의 저택이고, 자신은 일을 하러 나가고, 캐서린은 배웅을 하는 풍경. 집 안에는 자신과 캐서린을 닮은 아이들이 있는 광경.

투둑.

심장 가운데에서 믿기가 솟아오르는 기분이었다. 그것이 무엇인지 알아채기도 전에 마부가 불쑥 시야를 가로막았다.

"이제 내려가셔야 합니다."

기분 좋은 상상을 방해받은 헤레이스는 얼굴을 구겼다. 그러나 마부는 제 할 일을 한 것이니 화를 낼 수 없었다. 설령 화를 내더라도 뭐라고 낼 건가.

'이제 막 캐서린을 닮은 딸을 상상하고 있었는데, 험상궂은 얼굴을 들이밀다니. 방금 큰 실수를 한 거네.'라고 할 건가?

헤레이스는 고개를 절레절레 흔들며 돌아섰다. 그러다 마차 문을 열고 있는 마부를 흘깃 보았다.

"바퀴는 튼튼하게 고친 건가?"

"그럼요. 몇 달 전 그 일 이후로 단 한 번도 고장 나지 않았습니다! 안심하셔도 됩니다!"

마부가 자신만만한 표정으로 호언장담했다.

"……그게 문제야."

왜 이렇게 튼튼하게 고친 걸까. 한두 번 더 고장 나도 될 거 같은 데…….

"네?"

마부가 무슨 소리냐는 듯 되물었다.

"아니야."

헤레이스는 아무것도 아니라는 듯 손을 내저었다. 마차에 훌쩍 올라탄 그는 마차 천장에 달린 자그마한 등을 바라보며 작게 중얼거렸다.

"……하, 집에 가기 싫군."

캐서린을 향한 감정을 깨닫기가 무섭게 마음은 빠른 속도로 커져갔다.

언젠가부터 헤레이스의 일과는 퇴근 후 보덴 후작저 앞을 얼쩡거리는 것으로 끝이 났다. 캐서린이 한 달 중 일주일은 별장에서 보내고 나머지 기간에는 보덴 후작저에서 머문다는 걸 알게 된 후부터였다.

그는 저택의 끄트머리를 바라보았다. 거대한 벽에 가로막혀 저택이 제대로 보이지 않았지만, 캐서린에게 한 발 더 가까이 있는 것만으로도 좋았다. 날이 제법 추워져 발을 동동거리며 서 있어야 했지만, 그래도 행복했다.

"캐서린."

그녀의 이름을 부르자, 헤레이스의 붉은 입술에서 입김이 새어나왔다. 그의 입가에 미소가 그려졌다. 이름을 불러보는 것만으로도 행복했다.

그녀와 이야기를 나누고 싶다. 그녀의 얼굴을 보고 싶고, 물감이 묻어 있는 그 손을 꼭 잡고 싶다.

간절한 마음을 담아 상상하던 헤레이스는 한참이나 저택의 끝자락만 바라보다가 귀가했다.

"감기에 걸리셨군요."

베른이 침대에 끙끙거리며 누워 있는 헤레이스를 보며 참담한 표정을 지었다. 함께 일한 지 1년이 넘어가지만, 아픈 적 없던 그였다. 갑작스레 감기에 걸린 게 아무래도 미심쩍었지만, 증거가 없으니 뭐라고 몰아붙일 수가 없었다.

"이렇게 바쁠 때 감기라니."

그가 잠긴 목소리로 대답했다.

"얼른 나으실 겁니다."

베른의 위로에 헤레이스는 가볍게 고개를 끄덕였다.

"그런데 이렇게 이른 시각에 우리 집엔 웬일이지?"

"아, 그게…… 아무것도 아닙니다."

"말해. 얼굴에 할 말이 있다고 적혀 있으니 말이야."

헤레이스의 말에 베른이 우물쭈물했다.

"아픈 와중에 이런 말씀을 드려도 될지……."

"기다리는 게 더 힘들어."

"그게…… 음, 어젯밤에 술집에서 우연찮게 들은 말인데요, 저기…… 에잇, 어차피 알게 되실 테니 그냥 말씀드릴게요. 미들턴 백작가가 망하게 생겼답니다."

"……뭐?"

헤레이스가 베른의 말에 상체를 벌떡 일으켰다.

"벤저민 미들턴 백작님이 어마어마한 도박 빚과 사채에 시달리고 계시대요. 그래서 백작 작위를 내어놓겠다고 했답니다. 작위는 황실에서 내리는 건데 어떻게 팔겠다는 건지 모르겠지만, 하여튼 그런 소문이 돌고 있어요. 아셔야 할 것 같아서요."

베른의 말에 헤레이스가 손바닥으로 이마를 눌렀다. 갑자기 두통이 생겼다.

베른의 말처럼 작위는 황실에서 내리는 거지만, 현 백작이 작위 구매자를 입양한 후 백작위를 물려줄 수 있어서 암암리에 거래가 가능했다. 그렇게 되면 작위를 구매한 자는 이전의 백작을 비롯해 백작가의 친인척들을 모조리 제명하고 자신의 사람들로 채워넣는 방식으로 물갈이를 했다. 복잡하고 까다롭지만, 충분히 가능한 일이었고 실제로도 이루어지고 있었다.

황실에서도 이 사실을 알고 있지만 후작 이상 되는 가문만 까다롭게 관리할 뿐, 백작까지는 크게 신경 쓰지 않았다. 실제로 백작위는 황실에 보고를 하면 작위 계승증을 받기만 하면 될 뿐으로, 그 외의 모든 절차가 생략되었다.

"그 미친 새끼가."

눈을 감고 있던 헤레이스의 입에서 험한 말이 튀어나왔다.

"헤레이스 님, 진정……."

베른이 진정하세요, 라는 말을 하다 말고 입을 다물었다. 눈을 뜬 헤레이스의 눈빛이 확 달라져 있었다. 살기 띤 눈빛에 오금이 저렸다. 베른은 잠시 잊고 있던 사실을 깨달았다. 요즘 사랑에 빠져 부드러워지긴 했지만, 헤레이스가 결코 만만하거나 순한 성격이 아니라는 것을.

헤레이스는 곧장 이불을 걷고 자리에서 일어났다.

"어디 가시게요?"

"미들턴 백작가."

"아니. 가셔도 할 수 있는 게……."

베른이 어물거렸다. 헤레이스는 대답하지 않고 외출 준비를 했다. 그냥 서 있기만 해도 비틀거리는 몸으로 그는 문을 박차고 나갔고, 베른은 그 뒤를 다급히 따랐다.

미들턴 백작가로 곧바로 직행할 거라는 예상과 달리 헤레이스는 정보 길드로 향했다. 그는 현재 미들턴 백작가의 자산 상태에 대한 정보를 샀다. 큰 비밀도 아니었는지 정보료도 그다지 비싸지 않았다.

미들턴 백작가는 실로 최악의 상황이었다. 겨우 1년 조금 넘는 동안 무슨 짓을 해야 이럴 수 있는지 의문일 정도였다.

대부분의 영지와 영토는 팔아넘겼고, 남은 건 백작가의 본 저택 한 채, 그리고 가문의 묘지가 있는 영지가 전부였다. 가족무덤까지 팔려고 했으나 구매자가 없어서 수포로 돌아갔다는 것까지 확인한 미들턴은 어금니를 사리물었다. 가족무덤엔 그의 어머니가 잠들어 있었다. 만약 땅이 팔렸다면 그녀는 편히 잠들지 못한 채 아무 산에나 버려졌으리라.

저택 또한 담보로 잡혀 있어서 없는 재산이나 마찬가지였다. 그는 담보 금액을 확인했다.

380테인.

한 귀족가의 1년치 생활비가 30테인인 걸 감안하면 대체 뭘 해야 1년 사이에 이렇게 빚을 질 수 있나 싶을 정도였다.

미들턴 백작가가 부유한 건 아니지만 그렇다고 형편이 어려운 상황도 아니었다. 매해 얼마쯤 금액이 남아 인근 영지를 조금씩 사들일 정도였는데, 한순간에 엉망이 되었다.

"어쩌실 겁니까?"

정보원 길드 수장이 마주 앉은 헤레이스를 쳐다보며 물었다. 다른 사람이라면 신경 쓰지 않겠지만, 헤레이스와는 평소에 알고 지내던 사이였다. 더군다나 헤레이스가 이런 표정을 짓는 건 처음이었다.

"답은 정해져 있는 거 아닌가."

헤레이스가 낮은 목소리로 답했다. 정보 길드 수장은 짧은 한숨을 내쉬었다.

"쉽지 않은 길이 될 겁니다."

"……."

"부디 좋은 결과를 빕니다."

정보 길드 수장이 진심을 다해 말했다. 헤레이스는 대꾸하지 않은 채 자리에서 일어났다.

헤레이스는 미들턴 백작가의 작위를 사들이기로 했다. 아니, 사들여야만 했다.

타인이 미들턴 백작위를 사들이면 헤레이스는 가족에서 제명당하게 된다. 제명을 당한다는 건, 더는 미들턴이라는 성을 사용할 수 없으며, 그나마 유지하고 있는 귀족 신분마저 박탈당한다는 소리였다.

대륙 내의 거래는 신분에 상관없이 할 수 있다. 평민도 충분히 거상이 될 수 있었다. 문제는 무역이다. 국가 간의 거래는 준남작 이상만이 가능했다. 상선을 구매하는 것도 마찬가지였기에 무조건 귀족 신분을 유지해야 했다.

박탈당한 귀족이 신분을 되찾는 방법이라면 귀족가문의 여자와 결혼하는 것, 혹은 황실에서 공로를 인정받을 만큼 대업을 이루는 것뿐이었다. 지금은 평화로운 시절이라 대업을 이룰 일이 거의 없었고, 신분을 유지하기 위해 귀족가 여성과 결혼하고 싶은 마음도 없었다.

더욱이 가족무덤에는 자신의 어머니가 묻혀 있었다. 그녀의 안식처를 지켜주고 싶은 마음도 컸기에 헤레이스는 미들턴 백작위를 사들이기로 했다.

문제는 헤레이스를 향한 벤저민의 적대심과 자격지심이다. 헐값에 작위를 팔더라도, 헤레이스에겐 팔지 않을 게 분명했다. 헤레이스가 어떻게 하나 고민하는 사이 벤저민의 기행 소식이 들려왔다.

미들턴 백작위를 음지 경매에 내어놓겠다는 거였다. 구매 희망자들끼리 경쟁을 붙여 높은 금액을 받으려는 꼼수였다.

가문을 이렇게나 욕보이다니.

누가 사가든 자격과는 관계없이, 오로지 돈을 많이 주는 자에게 넘기겠다는 뜻이었다. 자칫 잘못하다간 미들턴 가문이 더럽혀질 수도 있는데도 벤저민은 전혀 신경 쓰지 않는 듯했다.

어쨌거나 자신에겐 기회였기에 헤레이스는 어금니를 꽉 깨문 채 경매장에 들어섰다. 생각보다 많은 사람들이 입찰을 위해 들어와 있었다. 다들 신분을 감추기 위해 망토나 로브로 얼굴을 완전히 가린 상태였다. 몇몇은 대리인을 내세운 듯했다.

헤레이스는 긴장했다. 금액은 충분히 소유하고 있지만, 변수가 있을 수도 있다.

탕. 탕.

반원 무대 위에 선 남자가 자그마한 막대기로 테이블을 두어 번 두드렸다. 이는 곧 경매를 시작한다는 말이었다.

"경매를 시작하겠습니다. 미들턴 가문. 작위는 백작. 현재 자산은 본 저택 한 채와 가족묘지 15아티. 현재 고용인들의 임금 3개월치 체불 중……."

남자는 미들턴 가문이 어떤 상태인지에 대해 읊었다. 경매에 나선 몇몇 사람들은 생각보다 엉망인 백작가의 상태를 듣고 한숨을 내쉬었다. 몇은 남자의 말이 끝나기도 전에 자리를 털고 일어났다. 남자가 미들턴 가문에 대해 읊은 후, 경매가 시작되었다.

"30테인."

앞에 놓인 붉은 깃발을 들면 입찰하겠다는 의미였다. 금액은 점점 높아졌다. 300테인이 넘어서자 경매에 나선 사람들의 대부분이 깃발을 내려놓았다. 백작이라는 작위가 탐나긴 하지만, 내실이 없었다. 이런 가문을 300테인이나 주고 구매한다는 건 손해였다.

"550테인."

550테인이 넘어가자 한 차례 사람들이 깃발을 우르르 내려놓았다. 이제 세 사람이 남았다. 그중, 헤레이스도 남아 있었다.

그는 머릿속으로 자신이 끌어올 수 있는 전 재산에 대해 떠올렸다. 유산으로 상속받은 150테인과 벤저민이 던져준 돈을 합한 금액 중 남아 있는 50테인, 여태껏 일을 해서 모든 금액 520테인, 그리고 집과 사무실을 판매한다면 모두 합쳐 620테인 정도 될 것 같았다.

기껏해야 500테인 정도 쓰게 될 줄 알았는데, 그 금액을 넘길 줄이야.

헤레이스는 어이없었다.

"자, 600테인입니다."

그 말에 헤레이스는 붉은 깃발을 움켜쥔 손에 힘을 주었다.

툭.

누군가의 깃발이 떨어지는 소리가 들렸다. 헤레이스의 앞에서 줄곧 붉은 깃발을 들고 있던 자가 깃발을 내려놓았다. 이윽고 저 멀리에서도 툭 하고 깃발 내려놓는 소리가 났다. 사람들의 시선이 헤레이스에게 쏠렸다.

"600테인, 맞습니까?"

경매 진행자가 헤레이스를 가리키며 물었다. 헤레이스가 고개를 끄덕였다. 그러자 경매 진행자가 그에게 박수를 보내는 제스처를 취했다. 헤레이스에게 백작위가 낙찰되었다는 뜻이었다.

"하아."

헤레이스는 낮은 한숨을 내쉬며 로브에 감춰진 얼굴을 쓸어내렸다. 드디어 끝났다.

"말도 안 돼! 이건 무효야! 인정할 수 없다!"

눈에 핏발이 선 벤저민이 저택에 들어선 헤레이스를 윽박질렀다.

벤저민은 작위가 600테인이라는 높은 금액에 팔렸다는 소리를 듣고 좋아하다 말고, 혹시나 하는 마음에 구매자를 알아보았다. 구매자는 장사치라고 했다. 이름도 워런이라고, 처음 듣는 이름이었다.

그래서 돈 많은 평민이 백작위를 사들였구나 생각했다. 평민이 사간다면 대충 구워삶아서 미들턴의 성은 쓸 수 있게 해달라고 해야겠다는 계산까지 마쳤는데 뜬금없이 헤레이스가 들이닥쳤다.

"나는 워런이라는 자에게 이 가문을 팔았다! 네가 아니라!"

584

"아, 그건 내 두 번째 이름이지. 거래를 할 때의 이름."

헤레이스가 덤덤하게 대꾸했다.

"그럼 이 계약은 무효야! 네 본래 이름으로 하지 않았으니까!"

"낙찰은 워런으로 받았지만, 금액은 헤레이스로 지불했어. 그러니 계약은 헤레이스로 된 거지."

"말도 안 돼!"

벤저민이 외쳤지만, 먹히지 않았다.

음지 경매장에서 낙찰은 얼마든지 제2의 이름으로 받을 수 있었다. 중간에 파기할 수도 있기 때문에 본 계약 때까지 본명을 사용하지 않아도 괜찮았다. 헤레이스는 그 점을 이용해 끝까지 워런이라는 이름을 사용하다가, 금액을 완불하고 계약하는 날 본명을 밝히고 계약을 마무리 지었다.

예상대로 벤저민은 가명을 사용하든 말든 금액만 제대로 지불하고 계약만 본명으로 하면 상관없다는 음지 경매장의 세세한 룰까진 모르고 있었다. 헤레이스의 입장에선 다행이었다.

"인정하건 안 하건, 이 가문을 산 건 나야."

헤레이스가 그를 차갑게 비웃었다.

"네가 그 돈이 어디서 나서 샀다는 거야! 믿을 수가 없다! 아마 돈이 있는 척 속인 거겠지. 네게 600테인이 있다고? 하, 누가 그 말을 믿어?"

벤저민이 술과 약에 취한 얼굴로 소리쳤다. 고작 150테인을 받고서 쫓겨난 헤레이스다. 1년 조금 넘는 동안 그에게 600테인의 돈이 생길 리 없다. 설령 생겼다고 해도 이 저택과 작위를 저 녀석에게만큼은 넘겨줄 수 없었다.

"믿건 안 믿건, 이 저택과 가문은 내 것이니 당장 나가도록 해, 벤저민."

헤레이스가 차갑게 식은 눈으로 벤저민을 응시했다. 그러자 침대에서 벌떡 일어난 벤저민이 비틀거리며 다가와 헤레이스의 멱살을 잡았다.

"거짓말하지 말라고 했다! 네가 600테인이나 있을 리 없어!"

"거짓말이라니. 경매 담당자들이 이미 다 확인했는걸."

"그건······! 가짜 돈이겠지. 경매하는 녀석들이 속은 거야. 멍청한 녀석들, 수수료를 그렇게 많이 가져가면서 일을 이따위로 처리해?"

벤저민이 멱살을 잡은 손을 부르르 떨며 소리쳤다. 그러자 헤레이스와 함께 온 경매 담당자들이 얼굴을 찌푸렸다.

"그들이 그럴 리가 있나. 누구보다도 확실한 사람들인데."

"시끄러워! 당장 내 저택에서 나가! 작위도 줄 수 없어!"

"줄 수 없다?"

헤레이스가 차가운 눈으로 벤저민을 내려다보며 읊조리듯 물었다.

"그래! 꺼져! 당장 꺼져버려!"

"좋아. 나가주지. 대신 내가 지불한 600테인의 두 배가 되는 1,200테인을 줘야겠어."

"뭐? 무슨 말 같지도 않은 소리야! 나는 너한테서 600테인을 받은 적 없어! 당신들은 뭐하는 거야! 수수료를 그렇게 받아갔으면, 이 멍청한 녀석을 끌고 나가야지!"

벤저민의 분노가 엉뚱하게 경매 담당자들에게 향했다.

"실례지만, 이분의 말씀이 맞습니다."

담당자들이 침이 튄 뺨을 손수건으로 침착하게 닦으며 대답했다.

"뭐어?"

벤저민의 눈이 튀어나올 것처럼 커졌다.

"경매금을 지불한 낙찰자에게 일방적으로 파기를 요구할 경우, 지불한 금액의 두 배를 위약금으로 물게 되어 있습니다, 벤저민 백작님."

"뭐? 말도 안 돼! 나는 그 돈을 받은 적 없어!"

"백작님께서 입양확인서와 가문의 도장을 주신 걸 확인한 후, 600테인을 백작님의 계좌에 입금했습니다. 그러니 계약은 이미 끝난 거죠."

"무슨 소리야! 다들 미쳤군. 미친 게 틀림없어! 나가! 당장! 이 계약은 무효야! 내가 사기를 당한 거라고!"

벤저민은 길길이 날뛰었다. 그러나 술과 약에 취한 몸은 얼마 못 가 볼썽사납게 뒤로 벌렁 넘어졌다. 벤저민의 손이 덜덜 떨렸다.

"말도 안 돼. 말도 안 돼애⋯⋯."

벤저민은 눈이 풀린 채 중얼거렸다. 헤레이스는 그 모습을 보며 혀를 끌끌 찼다. 그가 왜 이렇게 되었는지 알 만했다.

뱀 같은 친인척들이 벤저민에게 다가가 혀를 놀렸겠지. 자산을 빼돌리기 쉽도록 벤저민이 약, 술, 여자를 가까이하게 만들었을 거다.

헤레이스는 고개를 절레절레 내저었다. 그는 저벅저벅 다가가 누워 있는 벤저민의 멱살을 거머쥐었다. 벤저민의 상체가 휘릭 들렸다. 어마어마한 힘에 벤저민이 눈을 부릅떴다. 다행히 자신이 무슨 수모를 당하고 있는지는 알고 있는 듯했다.

"놔라. 지금 누구 멱살을 잡는 거야! 이 버릇없는⋯⋯."

벤저민이 쉰 목소리로 악을 썼다.

"입 좀 닥쳐."

헤레이스가 어금니를 악문 채 벤저민에게 말했다.

"뭐, 뭐?"

"지금부터 한 번만 말할 테니 잘 듣도록 해. 내가 돈을 지불한 상황임에도 네가 계약을 일방적으로 거부할 경우, 1,200테인을 내게 줘야해. 만약 1,200테인을 물지 못하겠다고 우긴다면…… 넌 죽을 때까지빚에 시달리거나 노예가 될 거야."

헤레이스는 말과 달리 담백한 표정을 지었다. 음지의 경매장이란그랬다. 철저하게 돈과 계약에 의해 굴러갔다. 이를 위반할 시, 목숨을 잃게 되기도 했다. 그래야 다른 계약 건이 떴을 때 입찰자들이 믿고 참여할 수 있기 때문이다.

벤저민의 눈동자가 이리저리 흔들렸다. 거짓말, 말도 안 돼, 라는소리만 반복하고 있지만 음지 경매장의 룰에 대한 지식이 완전히 백지는 아닌 눈치였다.

"그러니까 잘 생각해. 남은 돈 챙겨서 나가 살 건지, 아니면 이렇게우기다가 저택과 작위마저 다 팔고도 남은 빚을 갚기 위해 노예가 될지."

"……."

"참고로 이제 음지 경매장도 이용할 수가 없어. 개인적으로 작위를팔아야 하는데, 사갈 사람이 있을지 모르겠군. 100테인이나 받을 수있을까? 그러니 잘 결정하도록 해. 기한은 내일까지야."

"……."

"개인적으로는 네가 일방적으로 계약을 파기해줬으면 좋겠군.1200테인을 받게 된다면 적어도 이것보다는 훨씬 좋은 가문을 살 수 있을 테니 말이야."

헤레이스는 일부러 그 말을 흘린 후, 미들턴 백작저를 빠져나왔다. 벤저민이 뒤에서 악을 썼지만 아랑곳하지 않았다.

다음 날, 같은 시각에 저택을 방문한 헤레이스의 눈앞에 펼쳐진 것은 텅 빈 저택이었다. 하녀와 집사들은 모조리 해고당한 상황이라 집을 지키는 자는 아무도 없었다. 저택 안 또한 엉망진창이었다. 일부러 모든 물건을 깨부수고 나간 모양이었다. 특히 안방은 칼로 난도질을 한 듯 엉망진창이 되어 있었다. 침대 위엔 벤저민이 쓴 듯한 편지가 놓여 있었다.

[이깟 백작위, 너에게 주도록 하지]

약에 취한 채 썼는지 글자가 삐뚤빼뚤했다. 헤레이스는 허탈하게 웃었다.

"끝까지 멍청하군."

벤저민은 자신이 1,200테인을 받기 위해 이런 짓을 꾸몄다고 생각한 모양이다. 그러느니 빈털터리가 된 미들턴 가문을 넘겨주는 게 낫다고 판단했나 보다.

헤레이스는 벤저민의 편지를 좍좍 찢어버렸다. 이후, 시간에 맞춰 경매 담당자들이 와서 백작위 양수 관련 서류와 입양증을 건네주었다. 경매 담당자들은 집을 떠나기 전, 엉망이 된 내부를 흘깃 둘러보고는 아무것도 못 본 척하며 조용히 집을 빠져나갔다.

홀로 저택에 남은 헤레이스는 손에 남은 종이를 보았다.

헤레이스 미들턴 백작.

백작위가 붙은 자신의 이름을 물끄러미 바라보던 헤레이스는 허무한 얼굴이 되었다. 고작 이 종이 한 장을 위해 자신이 가진 모든 것을 다 쏟아부어야 했다니…….

"백작님."

자신을 부르는 목소리에 헤레이스가 고개를 들었다. 베른이 웃는 얼굴로 서 있었다. 그의 손에는 서류가 한가득 들려 있었다.

"오늘까지 꼭 보셔야 하는 서류가 있어서요."

"그래. 고마워."

헤레이스는 고개를 수억거렸다.

"축하드립니다, 백작님."

"고마워."

베른의 인사에 헤레이스가 옅은 미소를 지었다.

"오늘은 겹경사네요."

"무슨 말이야?"

"화가 측에서 사람을 보냈습니다. 헤레이스 님을 빠른 시일 내에 만나고 싶다고요."

"……!"

헤레이스가 자리에서 벌떡 일어났다.

캐서린에게서 연락이 올 때가 훨씬 지났는데도 연락이 닿지 않았다. 기다리다가 지쳐 먼저 연락해보고 싶었지만, 방도가 없었다. 그들의 연락은 언제나 캐서린이 사람을 보내거나 마차를 보낼 때에만 가능했다. 그 때문에 헤레이스는 잔뜩 날이 서 있었다.

"화가 측에서 연락이 없어서 상심하셨잖아요. 오늘 오후에 연락이 왔습니다."

베른이 싱글벙글 웃었다.

"자세히 말해봐."

"내일 마차를 보내겠다고 합니다. 시간이 괜찮으시면 타고 오시고, 곤란하시면 언제 만나실 수 있는지 편지를 써서 마부에게 전달해달라고 하더군요."

"알았어."

헤레이스는 기분 좋은 얼굴로 고개를 끄덕였다. 방금 전까지 힘없어 보이던 그의 얼굴에 미소가 도는 걸 발견한 베른이 빙긋 웃었다.

헤레이스는 새벽부터 일찌감치 사무실로 나왔다. 시간에 맞춰 도착한 마차를 타고 별장으로 향했다. 가는 길이 길게 느껴졌다. 지루할까 봐 읽으려고 챙겨온 책도 눈에 들어오지 않았다. 캐서린을 만나면 무슨 이야기를 할까 그 생각뿐이었다.

마침내 마차가 멈춰 섰다. 마부가 말을 진정시키는 소리를 내는 걸 보니 도착한 모양이다. 헤레이스는 마부가 열어주기도 전에 마차 문을 밀고 나왔다.

늘 그렇듯, 캐서린이 환한 햇살 아래에서 미소 짓고 있었다.

자신을 기다리고 있는 누군가가 있다는 건 좋은 일이구나, 라고 헤레이스는 생각했다. 너무 좋아서 가슴이 조금 따끔거릴 정도였다.

"어서 오세요."

캐서린이 반가운 인사를 건네며 별장 안으로 손짓했다. 헤레이스는 그녀를 따라가며 고개를 갸웃거렸다. 평소와 똑같은데, 묘하게 분위기가 달랐다. 두 사람은 테이블을 사이에 놓고 차를 마셨다.

헤레이스는 찻잔으로 입술을 축인 후, 캐서린을 바라보았다.

"연락이 안 와서 걱정했습니다, 영애."

"죄송해요. 일이 많아서요. 그림도 그려야 하는데 시간이 나질 않네요."

"그림을 재촉하는 게 아니에요. 그러니까…… 순수하게 영애가 잘 지냈는지 궁금했다는 말입니다."

헤레이스가 한 박자 쉰 후 말을 꺼냈다. 오랜만에 만나서일까, 목소리가 떨리려고 했다. 가까스로 침착함을 유지하며 헤레이스는 말을 이었다.

"어디 아픈 건 아닌지 걱정했거든요."

헤레이스의 말에 캐서린은 조금 놀란 표정을 짓더니 작은 미소를 지었다.

"그러셨군요. 보시다시피 괜찮아요."

"다행입니다. 오늘은 바쁘게 오느라 함께 볼 책을 준비하지 못했어요. 대신, 친척분에게서 들었던 여행기가 떠오른 게 있어요."

헤레이스가 미소를 지으며 이야기를 시작하려 할 때였다.

"헤레이스 님."

캐서린이 다급하게 그의 말을 가로막았다. 헤레이스가 무슨 일이냐는 듯 눈을 크게 떴다. 그런 그를 바라보던 캐서린이 입술을 달싹거리다가 다물길 반복했다. 그러다 마침내 마음의 결정을 내린 듯 입을 열었다.

"……이제 그만 계약을 끝냈으면 해요."

캐서린의 말이 끝난 후, 침묵이 내려앉았다. 헤레이스는 못 들을 소리를 들은 사람처럼 창백해진 얼굴로 캐서린을 바라보았다.

"그 말씀은…… 그림을 더 이상 공급하지 않으시겠다는 뜻인가요?"

"네."

캐서린의 대답에 헤레이스의 가슴이 저만치 굴러떨어졌다. 그는 허물어지려는 표정을 다잡은 채 마른침을 삼켰다.

"그림은 아무래도 좋습니다. 가끔 이렇게 만나서 차를……."

"더는 이 별장에 올 일이 없을 거예요. 제가 그림 그리는 걸 후작님이 아셨어요. 바다 그림을 그리는 건 모르시지만, 취미로 그림을 그리는 걸 아셨으니 이 별장을 처분하실 거예요. 내일까지 별장에서 필요한 물건을 챙기고 정리하겠다고 말씀드려서 겨우 이곳에 올 수 있었어요."

"그러면…… 캐서린 영애를 만나려면 이제는 후작저로 정식방문을 해야겠군요."

헤레이스는 억지로 미소를 지으며 말했다. 친구 사이이니 괜찮지 않냐 하려 할 때였다.

"저, 곧 결혼할 것 같아요, 헤레이스 님."

"……."

"후작님께서 제 결혼 상대를 찾으셨거든요."

"……!"

결혼 상대를 찾았다는 건 몇 달 안에 식을 올린다는 뜻이다. 헤레이스는 더 이상 웃을 수 없었다. 캐서린은 미지근한 미소를 짓고 있었다.

"내일 마지막으로 그린 그림들을 보낼게요. 그동안 감사했어요. 덕분에 행복한 꿈을 꿨어요. 헤레이스 님이 여행 이야기를 해주실 때마다 제가 그곳에 있는 것처럼 즐거웠어요. 아마 죽을 때까지 헤레이스

님이 해주신 이야기들을 잊지 못할 거예요. 그리고⋯⋯."

"⋯⋯."

"⋯⋯헤레이스 님도요."

말을 마친 캐서린이 미소를 지었다. 그녀는 이미 모든 마음의 정리를 마친 것 같았다.

헤레이스는 덤덤하게 마지막 인사를 건네는 캐서린에게 아무 말도 하지 못했다. 입을 열면 아무 말이나 쏟아져 나올 것 같았다. 그 말들이 캐서린을 붙잡을 수 없다는 건 누구보다 자신이 잘 알고 있었다.

계약이 끝났다. 캐서린의 인사도 끝이 났다. 그러니 일어나야 하는데⋯⋯.

일어날 수가 없었다.

일어나면 정말 끝일 것 같았다.

"⋯⋯마지막이니 차라도 다 마시고 가야겠군요."

헤레이스는 식어가는 찻잔을 움켜쥐었다. 넘어가지 않는 찻물을 억지로 삼켰다. 이렇게라도 시간을 붙잡고 싶었다. 그러나 찻물은 아껴 마신 보람도 없이 금세 동이 났다.

마지막 티타임이 침묵 속에서 허무하게 끝났다.

백작저로 돌아온 헤레이스는 침실에 들어섰다. 백작위를 사기 위해 전 재산을 다 써버린 통에 아직 하녀와 집사를 구하지 못했다. 그렇다 보니 저택은 여전히 엉망이었다.

그는 칼로 난도질된 침대 위에 걸터앉았다.

캐서린과 헤어진 후, 그는 곧장 정보 길드로 향했다. 캐서린 영애가 어느 가문과 혼담이 오가는지 알아보았다. 상대는 그도 잘 아는 유력 후작가의 아들이었다. 장남이라 작위도 물려받을 거라고 했다. 뒷소 문도 없고 인품도 좋은 사람이라고 했다.

그 남자에게 흠이라도 있었다면, 잡을 수 있었을까.

헤레이스는 발자국이 이리저리 찍힌 더러운 바닥을 멍하니 내려다 보며 생각했다. 하지만 그 남자에게 흠이 설령 있다 쳐도 자신의 흠이 더 클 테니 그럴 수 있을 리가 없었다.

몰락 직전의 백작. 가진 재산은 겨우 15테인이 전부. 캐서린이 화가 일을 관둠으로써 그림 거래마저도 끝이 났다. 가족도 없고, 빈털터리 이며, 언제 상황이 나아질지도 모른다. 먹고살기 위해 꿈이었던 상선 을 되팔아야 할 상황이었다.

이런 상황인데 어떻게 붙잡을 수 있을까.

행복하게 해주겠다는 말조차 사치인데.

"하……하하."

헤레이스의 공허한 웃음이 텅 빈 방을 울렸다.

캐서린은 별장 앞에 우두커니 서 있었다. 물건을 모두 정리했지만 가져갈 짐은 많지 않았다. 그림에 관련된 것들을 모두 버리고 나니 가 방 하나가 전부였다.

다그닥 다그닥.

헤레이스에게 그림을 전달해준 마차가 별장으로 들어오고 있었다. 그녀는 쓴웃음을 지으며 마차를 바라보았다. 이제 마부에게서 거래 대금 확인서와 입금 확인증만 받으면 모든 것이 끝난다. 후작가로 돌 아가면 얌전히 결혼 준비를 해야 했다.

그럼 이제 헤레이스를 볼 일이 없겠지…….

그녀의 눈동자에 그리움이 차올랐다.

이 시각에 저 마차가 다그닥 소리를 내며 다가올 때면 기분이 좋았다. 문을 열고 나온 헤레이스가 자신을 보며 미소 지을 걸 상상하는 것도 좋았다. 그러다 정말로 헤레이스가 웃으며 나올 땐 잠시 호흡을 멈추었다. 좋으면 숨이 멎을 수도 있다는 걸 그때 알았다.

처음부터 이랬던 건 아니었다. 아주 처음엔 헤레이스가 해주는 여행기를 듣는 것이 즐거울 뿐이었다. 헤레이스의 이야기를 듣고 있으면 그곳에 자신이 가 있는 듯한 기분이었다.

언젠가부터 누구에게도 말하지 못한 서로의 꿈을 나누는 것도 행복했다. 이루어질지 아닐지 모르지만 서로에게 응원해주는 것도 좋았다.

그러다…… 그냥 함께 있는 게 좋아졌다.

침묵 속에 서로의 호흡이 녹아드는 것만으로도 행복했다. 누군가가 존재하는 것만으로도 행복할 수 있다는 걸 배웠다.

하지만 이제 끝이겠지.

캐서린이 서글픈 미소를 지었다. 잠깐 생각에 빠진 사이, 마차가 그녀의 앞에 멈춰 섰다. 캐서린은 애써 덤덤한 표정으로 마부를 바라보며 짐을 가리켰다.

"짐 실어. 나는 마차에……."

캐서린의 말은 끝까지 이어지지 못했다. 아무도 없을 거라 생각한 마차의 문이 벌컥 열렸다. 캐서린은 자신의 눈을 의심했다. 헤레이스가 마차에서 내려 그녀의 앞에 섰다.

"왜 여기에……."

캐서린이 눈을 크게 뜬 채 중얼거리듯 물었다. 말을 하면서도 자신이 꿈을 꾸는 게 아닌가 하고 생각할 때였다.

"꼭 할 말이 있어서요, 영애."

헤레이스가 그녀를 내려다보며 말했다.

캐서린은 조용히 헤레이스를 응시했다.

"잠시 자리 좀 비켜주겠나?"

헤레이스는 캐서린에게 시선을 고정한 채 마부에게 말했다. 마부는 심상찮은 두 사람의 분위기에 "네, 부르시면 오겠습니다."라고 대답한 후 마차를 끌고 사라졌다.

잠시 말이 사라진 두 사람 사이로 바람이 불었다. 헤레이스는 느릿하게 눈을 감았다가 떴다.

"차 한 잔 주시겠습니까?"

마침내 그가 말했다.

"네."

캐서린은 고개를 끄덕인 후, 안으로 들어섰다. 별장에 두고 갈 생각으로 놓아두었던 주전자와 찻잔을 다시 꺼냈다. 마지막 찻잎을 우려낸 차를 사이에 놓고 두 사람이 테이블에 마주 앉았다. 캐서린은 차를 마시면서도 현실감이 없었다.

헤레이스를 다시 보게 될 줄이야.

스윽.

헤레이스가 품에서 무언가를 꺼내 그녀에게 내밀었다.

"이게 뭔가요?"

"거래 대금 확인서와 입금 확인증입니다."

"아……."

캐서린은 테이블에 놓인 종이를 받아들었다.

"마지막 정산입니다."

"그렇군요."

캐서린은 쓰게 웃었다.

그럼 그렇지.

마무리 짓지 못한 일 때문에 방문했을 거라고 생각했다. 캐서린은 덤덤한 표정으로 헤레이스를 바라보았다. 그래도 다행인 건, 한 번 더 얼굴을 볼 수 있었다는 점이었다. 캐서린이 입을 열려던 순간이었다.

스윽.

다시금 헤레이스가 품에서 무언가를 꺼내 그녀의 앞에 내밀었다. 캐서린이 의아한 얼굴로 헤레이스가 내민 케이스를 바라보았다.

"그리고 이건 제가 사적으로 드리는 선물입니다."

헤레이스가 케이스에서 손을 뗐다. 케이스를 열어 내용물을 확인한 캐서린이 의아한 표정을 지었다.

"반지를 왜 제게 주시는 거죠?"

캐서린이 헤레이스를 쳐다보았다. 그러자 헤레이스가 옅은 미소를 지었다. 며칠 새 수척해진 얼굴이 안 웃느니만 못했다.

"할 말이 있다고 말씀드렸었죠?"

"……."

"제가, 영애를 좋아합니다."

"……!"

헤레이스의 말에 캐서린은 어떤 반응도 보이지 않았다. 다만 눈이 크게 벌어졌을 뿐이었다. 캐서린의 얼어붙은 반응에 헤레이스는 심장이 부서지는 통증을 느꼈지만, 내색하지 않았다. 지금이 마지막으로 고백할 수 있는 시간이었다. 집중해서 하고 싶은 말을 후회 없이 해야 했다.

"언제부터인지 모르겠지만, 좋아하게 되었습니다."

"……프러포즈인가요?"

"아뇨. 그럴 자격이 없다는 건 알고 있습니다. 영애께서도 소문을 들어 제 상황을 알고 계실 테니까요."

헤레이스가 덤덤하게 대답했다.

자신은 백작위를 유지하고는 있지만, 하녀 하나 없는 허름한 저택 하나와 가족묘지가 전부였다. 그런 자신에게, 풍족한 집안과 든든한 혼처를 모두 버리고 오라고 할 수 없었다. 그건 이기심이었다.

하지만.

"제가 이런 마음이었다는 걸 알리지 못하면 평생 후회할 것 같아서 말씀드립니다."

"……."

"힘든 시간이었는데, 이 반지를 고를 때만큼은 행복했습니다."

남은 재산을 다 털어 고른 반지였다. 반지를 사면 이제 정말 빈털터리라는 걸 알지만, 마지막이니 자신이 할 수 있는 것 중 가장 좋은 걸 해주고 싶었다.

"영애와 함께 이야기를 나눴던 시간은 평생 잊지 못할 겁니다."

헤레이스가 있는 힘을 다해 미소 지었다. 마지막일 테니 좋은 모습을 보여주고 싶었다.

"그럼 이만 가보겠습니다."

헤레이스는 말을 잇지 못하는 캐서린을 두고 먼저 일어섰다. 그녀는 얼음처럼 굳어 있었다. 그런 그녀에게 인사를 했다.

"영애의 행복을 빌겠습니다."

진심이었다. 누구보다도 아름다운 그녀가, 행복했으면 했다.

가볍게 고개를 숙였다가 든 헤레이스가 캐서린과 눈이 마주쳤다. 그녀는 여전히 입을 꾹 다물고 있었다.

헤레이스는 그런 캐서린을 눈으로 훑었다.

검은 머리카락, 꼿꼿하게 세운 허리, 무심한 듯 당찬 표정, 꿈 이야기가 나오면 반짝거리는 두 눈.

"잘 지내세요."

헤레이스는 마지막 인사를 한 후, 돌아섰다. 캐서린은 어떤 답도 하지 않았다. 놀란 듯했다. 그럴 만했다. 갑자기 고백하고 떠나는 남자라니. 헤레이스는 쓰게 웃으며 별장을 빠져나왔다.

헤레이스는 멀리서 자신을 알아보고 다가오는 마부에게 멈추라는 듯 손을 들어 보였다. 그러자 마부가 멈칫했다.

헤레이스는 캐서린의 별장을 등진 채 길을 따라 내려갔다. 꽤 오랫동안 걸어야 할 것 같지만, 아무래도 상관없었다. 지금은 걷고 싶었다.

길을 걷는 헤레이스의 금발로 햇살이 눈부시게 내려앉았다.

투둑.

캐서린을 만날 때면 이따금씩 들리던 소리가 지금도 들리는 듯했다. 살을 뚫고 뭔가가 치고 올라오는 듯한 느낌.

헤레이스는 이제 이게 무슨 소리인지 알고 있었다. 마음이 자라는 소리였다. 캐서린을 만난 순간부터 조금씩 자라던 마음.

그녀가 웃어줄 때마다, 함께 이야기를 나눌 때마다 자신도 모르게 마음이 조금씩 자라났다.

이제 그 마음은 뿌리를 뽑을 수 없을 만큼 커졌는데, 주인을 잃어버렸다.

　귀가 후, 헤레이스는 잠을 청했다. 잠이 오지 않았지만 억지로 침대에 누워 있다가 자는 둥 마는 둥 선잠이 들었다.

　그러다 베른이 찾아오는 바람에 한 번 깨어났다. 베른은 우물쭈물하다가 미안하다고 했다. 헤레이스가 아무 말 않자, 베른이 눈을 내리깐 채 입을 뗐다.

　"아시잖아요, 제가 장남이라서 생계를 책임져야 하는 거……. 마음 같아서는 백작님 곁에 있고 싶은데, 도저히 그럴 형편이 안 되네요. 정말 죄송합니다. 그간 저에게 잘해주셨던 거 평생 잊지 않고 살아가도록 하겠습니다. 다음에 백작님 사정이 나아지면 곧장 달려오겠습니다. 그땐 지금보다 더 적게 주셔도 돼요. 그러니까……."

　"무슨 말인지 알았어."

　헤레이스의 힘 빠진 목소리에 베른은 입술을 꽉 깨물었다.

　"죄송합니다."

　"미안해."

　"백작님이 미안할 게 뭐가 있으세요! 다 제가 죄송하죠. 정말 죄송합니다. 으흑."

　베른이 고개를 가로젓다 울음을 터트렸다. 침대에서 몸을 일으킨 헤레이스는 베른에게 다가가 주머니에 든 뭔가를 꺼냈다. 1테인 은화 세 닢이었다.

　"이거 가지고 가."

　"아휴, 왜 이걸 저한테 주세요! 괜찮아요!"

　베른은 손사래를 쳤다. 헤레이스는 그런 베른의 손에 억지로 은화를 쥐여주었다.

"이것밖에 못 줘서 미안해. 새로운 일자리를 구할 때까지 이걸로 지내도록 해."

"그럼 백작님은요?"

"한동안 지낼 돈은 있어. 그리고 나도 새롭게 살아갈 방법을 강구했으니 걱정하지 말고 돌아가도록 해."

"백작님……."

베른이 다시금 울먹거렸다. 이미 그의 눈에선 눈물이 철철 흐르고 있었다.

"조심히 가도록 해."

헤레이스가 먼저 돌아섰다. 그 자리에 서서 한참 울던 베른이 침실 문을 열고 나갔다. 홀로 남은 헤레이스는 침대에 다시 누웠다.

숨 막히는 고요가 찾아왔다. 그는 어둠이 내리기 시작한 창밖을 물끄러미 바라보았다.

……다시 혼자가 되었다.

차가운 외로움이 몰려들었다.

그는 느릿하게 눈을 깜빡이다가 감았다. 몸에 힘이 하나도 없었다. 조금만 더 자고 나서 앞으로 어떻게 살지를 궁리해보자고 생각하며 잠을 청했다.

스윽, 스윽.

얼마쯤 잠들었을까, 뭔가가 질질 끌리는 소리가 들렸다. 꿈이라고 하기엔 소리가 점점 분명해졌다.

끼익.

침실 문이 열렸다. 그 순간, 반쯤 잠에서 깨어난 헤레이스는 저택의 경비가 허술하다는 걸 떠올렸다. 누군가가 마음먹고 침입한다면 충분히 들어올 수 있는 상황이었다. 그 생각을 하자마자 곧장 몸이 반응했다.

몸을 벌떡 일으킨 헤레이스가 협탁 위에 놓인 단도를 들었다.

"헤레이스."

위협적으로 단도를 치켜들던 헤레이스가 멈칫했다. 캐서린이 서 있었다. 헤레이스는 눈을 크게 뜬 채 캐서린의 얼굴만 바라보았다. 그의 눈동자가 바람 앞의 촛불처럼 이리저리 흔들렸다.

꿈일까, 꿈일 거다.

……꿈이라도 좋다.

헤레이스는 혹여 꿈에서 깨어날까 봐 숨을 죽인 채 캐서린을 바라보았다. 이대로 잠에서 깨어나 캐서린을 보지 못하게 될까 봐 겁이 났다.

"헤레이스."

캐서린이 그를 부르며 한 발자국 다가왔다. 훅, 바람이 일었다. 피부에 닿는 바람을 느끼고서야 헤레이스는 이게 꿈이 아니라는 걸 알았다. 이게 어떻게 된 거냐고, 대체 이 시간에 여기에는 어떻게 온 거냐고 물으려는 찰나였다.

"오늘 제게 하실 말이 정말 그게 전부였어요?"

캐서린이 대뜸 물었다.

"……무슨 소리예요?"

"정말로, 제가 다른 사람과 결혼해서 행복하길 바란다는 얘길 하려고 오신 거였냐고요."

"네."

헤레이스가 잠긴 목소리로 대답했다.

"제가 다른 사람과 결혼해도 괜찮다는 건가요?"

"……제가 할 수 있는 게 그것뿐이니까요."

"그래요? 전 그렇게 생각하지 않는데……. 마지막으로 기회를 드릴게요. 저한테 청혼할 수 있는 기회요."

"……!"

헤레이스는 멈칫했다. 잠시 흔들렸다. 청혼할 수 있는 기회라니.

하지만 그는 뭔가 말을 하려다가 멈칫했다.

아름다운 캐서린의 뒤로 엉망진창이 된 저택이 보였다. 이게 앞으로 자신이 살아갈 삶이었다. 가족도 없이 밑바닥부터 새롭게 시작해야 한다. 다른 귀족들의 도움은 일체 받을 수 없을 거다. 어쩌면 비웃음만 사겠지.

이 형편없는 곳에 이렇게 아름다운 캐서린을 데리고 올 수 없었다. 행복하지 않은 건 자신 하나로 족했다.

그러니 허튼 꿈 꾸지 마, 헤레이스.

잠시 밝아졌던 헤레이스의 표정이 어두워졌다.

"돌아가요, 캐서린 영애. 이곳은 영애가 있을 만한 곳이 아니에요."

"그게 헤레이스 님의 대답인가요?"

캐서린이 헤레이스를 똑바로 쳐다보며 물었다. 청혼을 하지 않겠냐는 물음이었다. 헤레이스는 목이 멨다. 마음 같아선 캐서린을 붙들고 싶었다. 무슨 일을 해서라도 먹여살릴 테니까 함께 있자고 조르고 싶었다. 하지만 당장 함께 잘 깨끗한 침대도 없는 자신이 무슨 수로 그러겠는가.

"……네."

헤레이스가 숨을 삼키며 대답했다.

"그렇군요."

캐서린이 느릿하게 고개를 끄덕였다. 헤레이스는 울컥 치솟는 마음을 억누른 채 캐서린을 바라보았다.

"헤레이스 님의 뜻을 알았으니, 이제 제가 할 말을 할게요."

"……."

"저랑 결혼해요, 헤레이스 님."

"……!"

"아니, 결혼해주셔야겠어요. 헤레이스 님과 결혼할 거라고 말하고 집을 나와버렸거든요. 후작님께서 다시는 집에 들어올 생각 말라고, 의절하겠다고 하셨어요. 이제 전 돌아갈 곳이 없어요. 그러니까 저를 받아주셔야 할 것 같아요."

"……지금 뭐라고……."

헤레이스는 차마 말을 잇지 못했다.

"헤레이스 님이 청혼 못 하시니, 제가 하는 거예요."

캐서린이 환하게 웃었다.

"캐서린 영애."

헤레이스가 말리듯 그녀의 이름을 불렀다.

"네."

캐서린이 할 말 있으면 하라는 듯 대답했다.

"결혼은 그렇게 쉬운 문제가 아닙니다."

헤레이스가 일부러 딱딱한 목소리로 말했다.

"알아요. 쉬운 문제가 아니죠. 누구보다도 잘 알면서 택했어요."

"……."

"헤레이스 님이 안 될 거라는 걸 알면서도 제게 고백하는 걸 보고 용기가 났어요. 안 될 줄 알면서 해보는 것도 꽤 멋진 거구나 하는 것도 깨달았어요. 그래서 곰곰이 생각해봤어요. 나는 평생 그렇게 용기를 낸 적이 있던가 하고요. 없더군요. 그래서 나는 뭘 하고 싶은 걸까도 생각해봤어요. 그러니까 자연스럽게 떠오르더라고요."

"······."

"헤레이스 님과 함께 여행을 다니는 일을 하고 싶어요. 더 이상 다정한 아버지인 척하는 후작님에게 맞고 살고 싶지도 않고, 아버지가 정해준 갑갑한 사람과 결혼하고 싶지도 않아요. 제가 가진 모든 걸 다 내려놓고라도 꼭 하고 싶은 일, 지금 그 일을 시작하려고 하는 거니까, 시간 낭비하지 말고 제 손을 잡아주시겠어요, 헤레이스 님?"

캐서린은 미소를 지으며 왼손을 내밀었다. 그녀의 왼손 네 번째 손가락이 반짝 빛났다. 그가 선물한 반지였다.

헤레이스는 울컥 치솟아오른 무언가를 삼켰다.

"지금 제 상황은 소문보다 더 최악일지도 몰라요."

"침대 보고 직감했어요."

그러고도 청혼한 거니까 신경 쓰지 마요.

캐서린은 웃음기 머금은 목소리로 말했다.

"하녀도 하나 없고, 저택도 정리하는 데 시간이 한참 걸릴 거예요."

헤레이스가 캐서린을 물끄러미 바라보았다.

"그래도 괜찮으시다면."

"괜찮아요."

미소 짓고 있는 캐서린은 편안해 보였다.

헤레이스는 한 발자국 다가가 캐서린의 왼손을 거머쥐었다. 손이 닿자마자 눈앞이 아찔했다. 잡고 싶었던 마음이 너무나 컸던 만큼, 이 손을 절대 놓고 싶지 않았다.

투툭.

다시금 마음에서 무언가가 자라났다. 캐서린을 향한 마음이 뿌리를 내리고, 기둥을 세우고, 마침내 꽃을 피워냈다. 온통 연분홍빛으로 가득한 마음을 안고서 헤레이스는 고개를 숙여 그녀의 손등에 입을 맞췄다.

"저와 결혼해주시겠습니까?"

헤레이스의 말에 캐서린은 빙긋 웃으며 대답했다.

"물론이죠."

캐서린 보덴은 캐서린 미들턴이 되었다.

두 사람은 주변에 결혼 사실을 알리기만 했을 뿐, 누구도 초대하지 않고 둘만의 결혼식을 올렸다. 그 사실을 안 보덴 후작은 캐서린 보덴은 더 이상 자신의 자식이 아니라며 의절을 선언했다. 또한, 캐서린이나 헤레이스와 가깝게 지내는 귀족들도 가만두지 않을 거라고 으름장을 놓았다. 그들은 귀족들 사이에서 따돌림을 당했지만, 신경 쓰지 않았다.

캐서린은 다시 바다 그림을 그렸고, 헤레이스는 그 그림을 판매했다. 보덴 후작은 그림의 유통을 막기 위해 갖은 노력을 다했으나, 캐서린의 작품들이 황실과 고위귀족들의 사랑을 받게 되면서 더는 막을 수 없었다.

두 사람은 그간 노력해서 번 돈을 합쳐 처음으로 배를 타고 여행을 떠났다. 캐서린이 그림을 그려 번 돈의 절반을 써버릴 때까지 이곳저

곳을 돌아다녔다. 그사이 헤레이스의 성격은 몹시 밝아졌다. 캐서린은 헤레이스를 웃게 만들었다. 두 사람은 친구처럼, 때론 연인처럼 모든 순간을 함께했다.

이후 귀국한 캐서린의 배 속에서는 예쁜 아이가 자라고 있었다. 두 사람은 아이의 이름을 글로리아로 정했다.

다행히 아이는 무사히 태어났고, 헤레이스는 세상을 다 얻은 기분이었다. 사람들은 글로리아가 아버지를 닮았다고 했지만, 그의 눈에 글로리아는 캐서린을 쏙 빼닮은 용모를 하고 있었다.

피부결, 손가락, 자신을 바라보는 눈동자, 고요한 눈빛 등.

헤레이스는 캐서린과 글로리아를 위해서라면 뭐든지 다 할 수 있을 것 같았다. 일이 힘들어도 두 사람을 보면 힘이 났다. 자신의 꿈을 지켜봐주는 가족이 있다는 것만으로도 행복한 꿈을 꾸는 것처럼 즐거웠다.

글로리아가 어느 정도 자란 후, 헤레이스는 캐서린이 번 돈으로 작은 상선을 구매했다. 인근의 나라 정도만 갈 수 있을 정도로 작은 배였다. 무역 화물이라고 이름 붙이기에도 민망할 정도로 소량의 짐만 실을 수 있을 정도였다. 하지만 만족한 헤레이스는 그 배를 이용해 타국을 오가며 소량의 물건을 거래했다.

안목이 좋은 만큼 헤레이스가 몇 가지 물품을 골라 사오면 금세 불티나게 팔렸다. 그는 사업에 동참해줄 후원자를 구해야겠다고 생각했다. 분명 자신의 가치를 알아봐줄 사람이 있을 거라 여겼다. 캐서린 또한 그의 꿈을 응원했다.

그사이, 글로리아는 엄마와 아빠라는 말을 배웠다. 처음 엄마라는 말을 들은 캐서린은 웃음을 터트렸다. 일주일이 지난 후, 글로리아가 헤레이스를 향해 아빠라고 말한 순간 그는 그 자리에서 오열했다.

모든 순간이 빛에 휘감긴 듯 아름다운 나날들이었다. 이대로 영원히 행복할 거라 생각했다. 자신의 일을 도와 육지와 바다를 오가던 캐서린이 쓰러지기 전까지는.

급하게 연락해 데려온 의사는 피로가 누적되어 그런 거라고 했다.

"단순히 어지러워서 그래요. 걱정하지 마요."

캐서린 또한 신경 쓰지 말라고 했다.

하지만, 그 말과 달리 시간이 흐를수록 그녀의 상태는 점점 악화되어갔다. 음식을 먹지 못하는데도 몸이 붓기 시작했다. 그럼에도 피부의 탄력은 사라져갔다. 기미와 주근깨도 점점 짙어졌다. 캐서린은 점점 다른 사람이 되어갔다.

헤레이스는 대륙을 다 뒤져 가장 유명한 의사를 불러 진찰받게 했다. 의사는 오랜 시간 동안 진찰한 끝에 어렵사리 말문을 열었다.

"확신할 순 없습니다만, 구하두드 병으로 여겨집니다."

"구하두드가 뭐지?"

헤레이스가 불안한 목소리로 물었다. 의사가 자꾸만 자신의 눈을 피하는 게 불길했다.

"희귀병으로, 원인은 아직 알려지지 않았지만 한번 발병하면 최대 몇 개월밖에 살지 못하는 병…… 크읍!"

"입 닥쳐."

헤레이스가 핏발이 선 눈으로 의사의 멱살을 거머쥐었다. 순식간에 벽에 처박힌 의사는 숨이 막힌 듯 부들부들 떨었다.

"다시 진찰해. 잘못되었을 테니까."

헤레이스의 어마어마한 힘에 눌린 의사가 힘없이 고개를 끄덕였다.

다시 진찰해봤자 똑같은 결과겠지만, 일단 헤레이스의 손아귀에서 벗어나는 게 중요했다.

"헤레이스."

뒤에서 저를 부르는 소리에 헤레이스가 손에 힘을 풀었다. 의사가 그 자리에 털썩 쓰러졌다. 뒤로 돌아선 헤레이스는 자신을 물끄러미 바라보고 있는 캐서린을 보았다.

"캐서린, 왜 나와 있어? 날이 추워. 들어가자. 의사가 다시 진찰해야 한대. 그러니까……."

"의사보고 돌아가라고 하세요."

"캐서린, 아직 진료가 끝나지 않았어."

"괜찮아요. 내 병이 뭔지 알겠으니까……."

"무슨 소리야! 병이라니! 캐서린, 병에 걸린 게 아니야! 절대로 아니야!"

캐서린은 절박하게 소리치는 헤레이스를 바라보았다. 그는 발악하듯 강하게 부정했다. 캐서린은 그런 헤레이스를 지나쳐 의사 앞에 멈춰 섰다.

"돌아가세요. 얼른."

캐서린의 말에 의사는 군말하지 않고 도망쳤다. 의사를 잡으러 가는 헤레이스의 앞을 캐서린이 막아섰다. 그러자 헤레이스가 그 자리에 우뚝 멈춰 섰다.

"캐서린."

캐서린 앞에서 한없이 약한 헤레이스는 서글픈 표정으로 그녀를 불렀다. 왜 자신을 말리냐는 얼굴이었다. 그러자 캐서린이 빙긋 미소 지었다.

"나, 배고파요."

"……."

"혼자 밥 먹기 싫어서 그런데 같이 먹어줄래요?"

누가 봐도 의사를 도망치게 하려는 속셈이었다. 하지만 헤레이스는 고개를 끄덕일 수밖에 없었다. 캐서린이 먼저 밥을 먹자고 한 건 사흘 만에 처음이었다. 두 사람은 식당으로 향했다. 캐서린은 헤레이스를 안심시키려는 듯 앞에 놓인 음식을 전부 먹어치웠다.

"그래, 캐서린. 먹어야 나아. 그러니까 얼른 먹어."

헤레이스는 행복한 표정으로 캐서린의 앞에 자신 몫의 음식까지 모두 밀어주었다. 그는 아무것도 먹지 않고서 캐서린이 먹는 모습만을 지켜보았다. 그녀가 같이 식사하자고 권했지만, 요지부동이었다.

"캐서린이 먹는 모습이 예뻐서 그래. 눈에 새겨두고 싶어서."

그는 그렇게 말하며 행복해했고, 캐서린은 묵묵히 밥을 다 챙겨 먹었다.

그리고 그날 밤, 캐서린은 먹은 것을 죄다 게워냈다. 토사물에 핏덩이가 섞여 나왔다. 캐서린은 다급히 치웠지만, 헤레이스는 목격하고 말았다. 두 사람 사이에 싸한 침묵이 내려앉았다.

"……캐서린."

헤레이스가 절망에 찬 표정으로 그녀의 이름을 불렀다. 늘 '괜찮아요.'라고 하던 캐서린조차도 그 순간엔 아무 말도 못 했다. 그녀의 얼굴엔 아무 표정도 없었다. 텅 빈 그 얼굴엔 절망과 좌절밖에 남아 있지 않았다.

"캐서린."

헤레이스가 다시금 그녀의 이름을 불렀다. 그제야 캐서린이 고개를 돌려 그를 바라보았다.

"괜찮아. 내가 다 낫게 해줄게. 아무런 걱정 하지 마, 캐서린."

그녀를 안심시키려는 듯 미소 지은 헤레이스가 그녀의 퉁퉁 부은 뺨을 감싸며 말했다.

"……미안해요."

캐서린이 입을 벙긋거리다 말고 사과의 말을 뱉었다.

"뭐가. 캐서린이 미안할 게 뭐가 있어. 다 괜찮아."

"사실은…… 나, 알고 있었어요."

그녀는 목이 졸린 사람처럼 힘겹게 말을 뱉었다. 헤레이스가 의아한 표정으로 그녀를 바라보았다.

"내가 이런 병에 걸릴 거라는 거."

"……무슨 말이야?"

헤레이스의 표정이 굳었다.

"실은 어머니가 이 병으로 돌아가셨거든요. 어렸을 때부터 이런 징조가 몇 번 보였고, 사람들은 내가 어머니의 체질을 물려받은 거라고 했어요. 그러다 어른이 되어선 괜찮아진 것 같았어요. 사람들은 내가 다 나은 줄 알았고 나도 그런 거라 생각했어요. 아니, 그랬으면 좋겠다고 생각했어요. 하지만 그럴 수 없다는 것도 알고 있었어요. 알면서도, 욕심이 나서 당신을 붙잡았어요."

캐서린의 표정이 점점 허물어졌다.

"짧게 살더라도 당신이랑 살고 싶어서……. 같은 꿈을 꾸고, 같이 있고 싶어서……."

헤레이스를 만난 후 처음으로 진정으로 살아 있는 느낌을 받았다. 언제 죽을지 모르는 사람에서, 꿈을 꾸는 사람이 된 것 같았다. 너무

다디단 꿈이라 깨고 싶지 않았다. 욕심이라는 걸 알면서도 놓지 못했다.

"……미안해요, 욕심을 부려서……. 이렇게 아픈 모습을 보이는 게 고통스러운 건 줄 알았더라면……. 당신이 이렇게 힘들어하는 걸 보게 될 줄 알았더라면……. 행복한 만큼 힘들어질 줄 알았더라면, 당신을 그때 붙잡지 않는 거였는데."

말을 하던 캐서린이 눈을 질끈 감았다. 그녀의 얼굴로 눈물이 후드득 쏟아져 내렸다.

살면서 한 번은 행복해지고 싶어서 한 선택이, 이토록 아플 줄이야.

캐서린은 고개를 숙인 채 말을 이어갔다.

"지금이라도 헤어져요. 내가 떠날게요. 글로리아는 당신이 잘 키워 줘요. 병을 숨기고 결혼한 건 사기이니 이혼을 당해도 할 말 없다고 들었어요. 위자료는 줄 필요 없어요. 그림 팔아서 번 돈은 모두 당신이 갖고 있다가 글로리아를 위해 쓰도록 해요. 나는…… 당신과 글로리아의 그림 한 장만 있으면 충분……."

캐서린은 말을 채 끝내지 못했다. 헤레이스의 품에 안기는 바람에 입술이 그의 어깨에 짓눌렸다.

"예쁜 캐서린이 자꾸 쓸데없는 소리를 하네."

헤레이스가 달래는 듯한 목소리로 말했다. 캐서린이 뭐라고 말하려 하자, 그는 그녀의 머리를 꽉 끌어안아 아무 말도 못 하게 막았다.

"못난 말 할 거면 아무 말도 하지 마."

"……."

"나는 당신과 헤어지지 않아. 내가 낫게 할 거야. 그러니까 낫는 데에만 집중해, 캐서린."

헤레이스는 캐서린의 등을 다독이며 그녀의 귓가에 속삭였다. 캐서린은 울음을 터트리며 그의 품에서 허물어졌다.

헤레이스는 캐서린의 치료에 최선을 다했다. 가장 먼저 그녀의 병에 대해 알아보았다.

구하두드라는 병은 희귀병으로, 처음에는 이유 없이 음식을 거부하며 연신 구토를 하고, 얼마 뒤부터는 몸이 점점 굳어가며 손발톱이 모두 파랗게 물들어가는 증상을 갖고 있었다. 그 외에는 사람마다 발병하는 시기, 진행속도 등이 달라 치료법 또한 묘연했다. 죽음을 맞이하는 것 또한 달랐다. 누군가는 바짝 마른 채 죽기도 했고, 몸의 부기와 상관없이 발작 및 경련으로 사망하기도 했다.

결론은 언제 죽어도 이상할 게 없는 병이었다.

헤레이스는 돈을 퍼붓다시피 해 구하두드에 좋다는 약을 구해왔다. 그러나 노력한 보람도 없이 캐서린의 상태는 점점 더 악화되었다.

몇 달이 흘러 날씨가 추워지자 캐서린은 더 이상 거동할 수 없게 되었다. 하루 중 대부분의 시간을 침대에서 보냈다. 헤레이스는 그녀를 위해 안방을 가장 큰 창이 있는 방으로 옮겼다. 그 방의 침대에서는 글로리아가 뛰노는 정원이 한눈에 내려다보였다.

"헤레이스."

캐서린이 부르자, 그녀의 손을 물수건으로 직접 닦아주던 헤레이스가 고개를 들었다.

"응? 천사처럼 아름다운 캐서린?"

"그런 부끄러운 말은 그만하라고 했잖아요."

캐서린은 말과 달리 미소 짓고 있었다. 헤레이스는 언젠가부터 '요정 같은 우리 캐서린'이나 '캐서린은 내 천사' 같은 낯부끄러운 말들을 입에 달고 살았다. 그 때문에 어린 글로리아도 캐서린을 '천사 같은 엄마'라고 불렀다.

"왜? 진심인데."

헤레이스가 캐서린의 눈을 따스하게 바라보며 대꾸했다.

"다른 사람들이 들으면 속으로 욕해요."

"다른 사람들이 뭐라고 생각하든 무슨 상관이야. 내 눈에 캐서린은 언제나 요정처럼 아름답고 천사처럼 예쁜데."

헤레이스가 그녀의 부은 얼굴을 감싸며 빙긋 웃었다. 캐서린은 다시금 웃음을 터트렸다.

"캐서린이 웃으니 세상이 다 환해지는 것 같아."

헤레이스는 캐서린이 낯부끄러운 말을 들으면 웃는다는 걸 알게 된 후, 그런 식의 말들을 자주 했다. 예전이라면 입에도 담지 못할 말들이었지만, 지금은 그녀를 웃게 할 수만 있다면 누가 뭐라든 상관없었다. 그보다 더한 말들도 할 수 있었다.

"헤레이스, 부탁이 있어요."

"응. 뭐든지."

"화가를 불러줘요. 초상화를 그리고 싶어요."

"갑자기 초상화는 왜?"

"그냥…… 우리 방에 걸어두고 싶어서요."

캐서린이 옅은 미소를 지으며 말했다.

"그래. 화가를 불러줄게."

헤레이스는 곧장 집사를 불러 인물화로 가장 유명한 화가를 섭외하게 했다.

"헤레이스, 늘 고마워요."

캐서린이 자신의 팔을 따뜻하게 데운 물수건으로 닦고 있는 헤레이스를 바라보았다.

"고맙긴. 얼른 낫기만 해."

"네. 그럴게요."

캐서린이 헤레이스의 눈을 마주 보며 미소 지었다. 헤레이스도 마주 웃었지만, 두 사람 모두 알고 있었다.

낫는다는 건 불가능하다는 걸. 이별의 시간이 점점 다가오고 있다는 것 또한.

헤레이스가 섭외한 화가가 도착했다. 초상화를 그려달라는 캐서린의 말에 화가는 며칠간 매달린 끝에 그림을 완성했다. 캐서린은 화가가 완성한 초상화를 보고는 쓰게 웃었다.

"……내가 이렇게 생겼군요."

이렇게나 못나졌구나.

캐서린은 몸이 붓기 시작한 후부터 거울을 보지 않았다. 변해가는 스스로를 볼 자신이 없었다. 얼마 보지 않는 사이에 자신은 완전히 다른 사람이 되어 있었다. 두툼한 턱, 짙은 주근깨, 누가 봐도 인상 험한 아낙네 같았다.

이런 못난 모습을 보고 헤레이스는 요정 같다고 한 거구나.

울컥, 목이 메었다.

"건강할 때 초상화를 남겨둘 걸 그랬어요. 이런 모습이라면 초상화를 그려달라고 하지 않았을 텐데……."

헤레이스는 캐서린이 있는 침대에 걸터앉았다. 저 초상화도 실물보다 예쁘게 그린 거였지만, 헤레이스는 굳이 그 말을 하지 않았다. 대신 힘없이 축 늘어져 있는 캐서린의 손을 거머쥐었다.

"캐서린."

"……."

속상한 캐서린은 고개를 숙인 채 아무 말도 하지 않았다. 그녀의 눈동자에 물기가 어리기 시작했다. 여태껏 잘 참아오던 서러움이 터져 나온 듯, 그녀의 눈에서 눈물이 뚝뚝 떨어졌다.

"이런 못난 모습을 보일 줄 알았다면, 멀리 떠날 걸 그랬어요."

의연하게 버티던 캐서린이 처음으로 허물어진 표정을 지으며 말했다.

"캐서린, 다른 말은 다 해도, 그런 말은 하지 마. 정말 화가 날 것 같으니까."

"……."

"그리고 캐서린은 예뻐. 어떻게 변하든, 어떤 모습을 하고 있든, 캐서린은 캐서린이라는 사실만으로도 천사처럼 아름다워. 그러니까 그런 소리 마."

"……."

"난 여전히 당신을 보면 설레고 행복하니까."

헤레이스의 입술이 부은 캐서린의 이마에 닿았다. 캐서린은 조용히 눈을 감았다. 이마에 느껴지는 헤레이스의 온기를 느끼며 입술을 꽉 깨물었다.

자신이 헤레이스에게 짐이 된다는 걸 알고 있었다. 거동을 하기는 커녕 이제 팔 하나 들기도 버거웠다. 몸은 점점 부어 못생긴 모습만 보이고 있었다. 그러니 떠나는 게 맞는데……

……나, 자꾸만 욕심이 나요, 헤레이스. 당신과 글로리아가 나이 들어가는 모습을 곁에서 지켜보고 싶어요.

크게 뜬 눈에서 흘리고 싶지 않은 눈물이 후드득 떨어졌다.

캐서린은 온 힘을 다해 그를 끌어안고 싶었다. 하지만 굳어가는 몸으로 할 수 있는 건 고작, 바로 앞에 놓인 그의 옷깃을 툭 건드는 것밖엔 없었다.

일주일이 지난 후, 캐서린은 완전히 움직일 수 없게 되었다. 겨우 움직일 수 있는 건 눈동자와 입술이 전부였다. 말은 하지만 음식은 먹을 수 없게 되었다. 먹으면 토하던 예진과 달리, 이젠 음식물을 아예 삼킬 수 없게 되었다. 그럼에도 몸은 걷잡을 수 없이 부어갔다.

"헤레이스."

캐서린이 그를 불렀다.

"응. 일어났어? 더 자지 않고?"

헤레이스가 고개를 움직일 수 없는 캐서린을 위해 그녀의 시야로 얼굴을 들이밀며 말했다. 헤레이스는 캐서린을 향해 빙긋 웃고 있었다.

"지금 몇 시예요?"

"아직 새벽이야. 조금 더 자도 돼."

"그래요? 고개를 창가 쪽으로 돌려줄래요?"

헤레이스는 군말하지 않고 그녀의 고개를 창 쪽으로 돌려주었다. 캐서린은 힘이 다 빠진 눈동자로 하늘을 더듬거리며 바라보았다. 잿빛 하늘이 시야에 들어왔다.

"곧 눈이 올 것 같네요."

"그러게."

대꾸하는 헤레이스의 목소리엔 잠이 가득했다. 며칠 전부터 악화된 자신을 돌보느라 헤레이스가 잠을 제대로 이루지 못했다는 걸 알고 있었다.

캐서린은 한참이나 하늘을 바라보았다.

"눈이 왔으면 좋겠어요. 마지막으로 꼭 보고 싶은데……."

이 지역에서 눈은 굉장히 드물게 내렸다. 그래서 이곳 사람들은 눈이 내리면 행운이 찾아온다고 믿었다. 그만큼 귀했기에 여지없이 잿빛 하늘만 보이다가 끝날 거라 생각할 때였다.

툭툭 떨어지는 눈발이 보이기 시작했다. 처음엔 잘못 본 거라 생각하고 있던 캐서린은 눈을 가느스름하게 뜬 채 창밖을 유심히 바라보았다.

거짓말처럼 눈이 내리고 있었다. 세상이 소리 없이 하얗게 물들고 있었다.

"헤레이스, 눈이 내려요."

캐서린이 들뜬 목소리로 말했다. 그러나 헤레이스에게선 어떤 대답도 돌아오지 않았다.

"헤레이스?"

캐서린이 재차 불렀지만, 여전히 대답은 들리지 않았다. 잠들었는지 낮은 숨소리만 들렸다. 캐서린은 다시금 그를 부르려고 하다가 목에 힘을 주었다. 여태껏 절대로 움직이지 않던 고개가 거짓말처럼 돌아갔다. 그러자 의자에 앉아 침대에 얼굴을 파묻고 엎드려 있는 헤레이스가 눈에 들어왔다.

당신은 매일 이렇게 불편하게 잠들었구나.

캐서린이 손끝에 힘을 바짝 주었다. 절대로 움직이지 않던 손이 거 짓말처럼 움직였다. 그래봤자 겨우 손끝만 달싹여 그의 옷깃을 툭 건 드는 게 전부였다.

"……헤레이스."

캐서린은 물기 어린 눈으로 잠든 헤레이스의 얼굴을 가만히 들여다 보았다.

"눈이 오니까, 정말 행운이 찾아오네요. 이렇게 움직일 수 있게 되 다니……."

캐서린의 입가에 희미한 미소가 감돌았다. 그녀는 있는 힘을 다해 그를 끌어안듯, 손끝으로 그의 옷깃을 조심스럽게 쓸었다.

"고마워요, 천사 같은 헤레이스."

캐서린은 그의 잠을 깨우지 않으려는 듯 나지막하게 속삭였다. 헤 레이스를 바라보던 캐서린이 느릿하게 눈을 감았다 떴다. 점점 눈을 뜨고 있는 시간보다 감고 있는 시간이 길어졌다. 잠이 몰려왔다.

잠들기 전 이상하게 그를 만지고 싶었다. 건드리면 잠에서 깰 텐데. 하지만 지금이 아니면 먼저 움직여서 그를 만질 수 없을 것 같았다.

캐서린은 있는 힘을 다해 그의 손을 향해 손을 뻗었다.

툭.

마침내 그의 손에 손가락이 닿았다. 따뜻한 온기가 전해졌다.

좋았다. 손을 통해 전해지는 이 온기가.

영원히 잊지 못할 만큼.

캐서린의 입가에 희미한 미소가 맺혔다.

해주고 싶은 말이 있는데, 잠이 와서인지 입술이 굳어 더는 움직이 지 않았다. 대신 캐서린은 눈으로 그에게 말했다.

헤레이스, 당신은 내 인생에 내린 눈이에요. 내 삶에 내린 가장 큰 행운.

희미하게 미소 짓던 그녀가 무거운 눈꺼풀을 내렸다.

헤레이스가 섬뜩한 한기를 느끼고 눈을 떴을 때, 가장 먼저 발견한 것은 자신의 손목 위에 놓인 캐서린의 손가락이었다. 캐서린이 이만큼 움직였다는 것에 놀라서 고개를 든 헤레이스는 자신 쪽으로 고개를 돌린 그녀를 보았다.

"캐서린, 다 나아가나 봐!"

헤레이스가 잠이 싹 달아난 얼굴로 소리쳤다.

"……캐서린?"

헤레이스의 시선이 새파래진 캐서린의 입술에 닿았다. 한참 그녀를 바라보고 있던 헤레이스는 벌벌 떨리는 손을 그녀의 코 아래에 가져다 댔다. 숨결이 느껴지지 않았다. 그는 눈을 잠시 감았다가 떴다. 고개를 든 헤레이스는 눈 내리는 풍경을 보았다. 눈이 세상을 하얗게 뒤덮고 있었다.

"……눈이 내리네, 캐서린."

헤레이스가 텅 빈 얼굴로 중얼거렸다.

"……눈 내리는 풍경을 보자. 눈 보고 싶다고 했잖아."

헤레이스가 잠긴 목소리로 중얼거렸다. 그는 캐서린의 고개를 창 쪽으로 돌려주었다. 그리고 그녀의 옆에 나란히 누워 그녀의 손을 잡았다. 그러고는 늘 그래왔듯 이야기를 꺼냈다.

"눈이 내려, 캐서린. 오늘은 행운이 올 건가 봐. 오늘 아침에 글로리아가 애교를 잔뜩 피울 건가 봐. 우리에겐 그게 행운이니까……. 그러니까…… 내가 하고 싶은 말은…… 크흡."

　말을 이어가던 헤레이스가 눈을 질끈 감았다. 인정할 수 없어서 참고 있던 눈물이 순식간에 터져나왔다. 그는 차갑게 식은 캐서린의 몸을 끌어안고서 오열했다.

　행운이 찾아온다는 눈 내리는 밤이었다.

　캐서린의 초상화 앞에 서서 지난날을 회상하던 헤레이스는 희미하게 웃었다.

　캐서린이 떠난 후 헤레이스는 미친 듯이 일에 매달렸다. 함께 이루고 싶었던 목표인 무역일을 하고 싶었다. 간절하게 동업자를 찾아다닌 끝에 펠릭스 공작의 도움을 받아 본격적으로 무역을 시작했고, 지금의 부와 위치를 이룰 수 있었다.

　그러나 캐서린과 함께 세상을 누비던 때보다 행복하진 않았다.

　"캐서린."

　캐서린의 초상화를 사랑스러운 눈으로 바라보던 헤레이스가 그녀의 이름을 불렀다.

　"나는 아직도 당신을 보면 행복하고 좋아. 그리고 여전히…… 아파."

　이별한 지 오랜 시간이 흘렀지만, 마음은 여전히 아물지 못했다.

　"하지만 난 시간을 거슬러 예전으로 돌아간다고 해도 또 당신을 만날 거야. 같은 이별을 하더라도, 그래서 아프다는 말로 차마 다 형용할 수 없을 만큼 고통스럽더라도…… 그래도, 한 번 더 보는 게 좋으니까."

　헤레이스는 캐서린의 초상화로 다가가 허리를 숙였다. 잠들기 전

늘 입을 맞추었던 예전처럼, 캐서린의 초상화에 입을 맞추었다. 예전의 따스함과 달리 지금은 차가운 그림의 감촉만 느껴졌지만 아무래도 상관없었다.

그에게 유일하게 남은 캐서린의 모습이니까.

경건한 얼굴로 입을 맞춘 헤레이스는 한 발자국 멀어졌다. 그는 눈앞에서 캐서린이 살아나기라도 한 것처럼 다정한 표정을 지으며 매일 밤 하는 인사를 건넸다.

"꿈에서 봐, 캐서린."

– fin.

안녕하세요. 이채영입니다.

아주 오랜만에 종이책으로 인사드리려니 쑥스럽고 민망하며, 기다리셨을 분들에게 죄송한 마음입니다.

"공작님을 거절합니다"는 어느날 갑자기 '여자주인공은 도망치고, 남자주인공은 잡으러 다니는 술래잡기 로맨스를 쓰고 싶다!'라고 생각한 끝에 나온 글입니다.

개인적으로 무척 즐겁게 작업했습니다만, 동시에 출간을 앞두고는 몹시 부담스러웠던 기억도 납니다.

로맨스 판타지는 분명 어려운 장르지만, 그만큼 재미있고 색다른 것 같아서 종종 도전할 것 같습니다. 그때마다 예뻐해주시길(?) 바랍니다.

다음에는 현대 로맨스인 '삐뚤어진'으로 인사드리겠습니다.

이 글을 읽는 동안 행복하셨으면 좋겠습니다.

감사합니다.

2018년 가을,
이채영